elefanti b

Della stessa autrice in edizione Garzanti:
Le bambine che cercavano conchiglie

Hannah Richell

L'azzurro del cielo non ricorda

Traduzione di Alba Mantovani

Garzanti

Prima edizione: giugno 2014
Prima edizione negli Elefanti Bestseller: agosto 2015

Traduzione dall'inglese di
Alba Mantovani

Titolo originale dell'opera:
The Shadow Year

ISBN 978-88-11-68919-5

Printed in Italy

www.garzantilibri.it

L'AZZURRO DEL CIELO NON RICORDA

A Matt

Un lago è il tratto più bello ed espressivo del paesaggio. È l'occhio della terra, a guardare nel quale l'osservatore misura la profondità della propria natura.

Henry David Thoreau, *Walden ovvero Vita nei boschi*, 1854

PROLOGO

Sono i dettagli più minuti quelli che percepisce: l'erba umida striata di ranuncoli sotto i piedi, il brusio degli insetti che ronzano nell'aria, i lembi della sua camicia da notte mossi dalla brezza. Quando esce dal cottage e si dirige verso la superficie a specchio del lago, i suoi sensi si acuiscono. Ode il tonfo di un'anatra che si nasconde tra le canne e il battito lento del cuore nel petto. "Solo qualche istante per me", pensa: per bagnarsi, nuotare, chiarirsi le idee e prepararsi per ciò che la attende. Presto se ne andrà da lì.

A metà del pendio inciampa sul terreno sconnesso, poi si raddrizza e prosegue fino alla riva del lago. La distesa d'acqua si apre davanti a lei come un occhio ceruleo che fissa il cielo. Sulla sua superficie scorrono le ombre di nuvole che fluttuano lente e, mentre lei le guarda, l'immagine balugina come un miraggio nel caldo intenso di un giorno estivo. Sbatte gli occhi e la caligine svanisce.

Immerge la punta del piede nell'acqua bassa e fresca, poi si inoltra nel lago, mentre il limo e il fango vischioso si insinuano fra le dita e una chiazza bagnata e scura si allarga lentamente dall'orlo della camicia da notte. L'acqua si increspa e sciaborda intorno a lei e, forse a causa del luccichio del sole, le sembra sempre più di guardarla attraverso la lente sporca di una macchina fotografica, come se non stesse avanzando in mezzo al lago, ma in un sogno. I ciottoli sotto i piedi la riportano alla realtà, come l'acqua fresca che le sale al petto; intorno al corpo, il tessuto della camicia da notte si allarga sulla superficie del lago e fluttua come i petali di un fiore. È reale e allo stesso tempo irreale. Lei si riscuote: è un sogno?

Staccando i piedi dal fondale, nuota verso il largo, dove l'acqua è scura e profonda, poi si ferma a guardare la brezza che soffia sulla superficie sollevando piccole creste. Il suo corpo si sta raffreddando e lei ne avverte il peso: le braccia, le gambe, il viluppo ingombrante della camicia da notte, il cuore che batte lentamente. Stando a galla, vede il cottage inclinarsi in lontananza e la luce tremolare sopra la cima degli alberi. "È un sogno", si dice, e torna ad appoggiare la testa sull'acqua, sospesa fra la terra e il cielo, fluttuando solo per un istante sullo specchio del lago.

1.
LILA

LUGLIO

Lila è seduta all'estremità di un tavolo da picnic deserto, ha davanti a sé un bicchiere di caffè da asporto. Anche se all'aperto fa caldo – la temperatura è più mite da un po' di tempo a questa parte – il parco è mezzo vuoto; è quell'ora strana e tranquilla in cui gli impiegati sono tornati in ufficio dopo la pausa pranzo, ma i bambini non sono ancora usciti da scuola. Dal punto in cui è seduta, Lila vede nel bar del parco una donna che rifornisce il frigo delle bibite e, poco più in là, un giardiniere chinato su un'aiuola di calendule avvizzite. Una lattina vuota gli rotola accanto tintinnando, catturata dal vento. Vicino a lei, all'ombra di un platano altissimo, c'è una carrozzina.

Dentro, dorme una neonata. Lila riesce appena a intravedere il profilo del suo viso sopra la coperta rosa pallido. Ha le guance rosee e un ciuffo di capelli neri che sfugge dal cappellino di cotone. Rapita, Lila guarda la bambina fare smorfie nel sonno, con le ciglia che sbattono una, due volte per poi tornare immobili. La mamma della bimba è accanto alla piscinetta. Si è tolta calze e scarpe e sta sguazzando nell'acqua con un bambino di due o tre anni. Lila è seduta sulla panca e li guarda nascosta dietro gli occhiali da sole, rigirandosi il bicchiere del caffè tra le mani.

«Mamma, guarda, un'ape!» Il bambino indica qualcosa nell'acqua, la madre si avvicina e si china accanto a lui. Lila beve un sorso di caffè e si concede di tornare con lo sguardo alla carrozzina. Ne conosce il modello. Sa che il freno è inserito e che per toglierlo bisogna far scattare in su di centottanta gradi la maniglia bianca. L'ha provato solo qualche settimana prima in un negozio. Inghiotte il caffè amaro che ha in bocca. Dio, sarebbe così facile.

La madre e il figlio sguazzano nel punto più lontano della piscina. Balzano fuori, si dirigono verso un gruppo di cespugli accanto al bar e iniziano a cercare qualcosa con cui raccogliere l'ape dall'acqua. Mentre scorrazza sul cemento, il bambino lancia un urlo. Si tasta il piedino e la madre si avvicina, gli strofina via la terra dalla pianta del piede, lo abbraccia e infine gli arrotola i pantaloni già fradici.

Un sole pallido filtra attraverso i rami dell'albero sopra Lila, disegnando intrecci di luce ballerina sulle sue braccia nude. Da lontano giungono il tonfo di un pallone che viene calciato, il grido deliziato di un bambino spinto su un altalena, il rombo di un jet alto nel cielo. La madre e il bambino entrano nel bar. Lila li vede chiedere qualcosa: un bicchiere di carta. Lei lancia un'occhiata alla carrozzina e poi si alza.

Non presta attenzione al dolore che sente alle costole e, mentre si avvicina, si concentra sul battito sordo del cuore. Le labbra della bambina sono contratte, si aprono e si chiudono. Sta succhiando nel sonno. Una mosca sorvola il tettuccio della carrozzina, poi si posa sulla copertina rosa e avanza verso il viso della bimba. Lila fa un altro passo, lottando contro l'istinto di cacciarla via. Da qualche parte dentro di sé percepisce il freddo buco nero del suo cuore. Sarebbe così facile.

Allunga la mano e sfiora il manubrio della carrozzina. La plastica è calda. La bimba si muove. Alle sue spalle sente qualcuno che sguazza nella piscina, poi la risata del fratellino. «Prendila, mamma!» Lila guarda la bambina addormentata e rabbrividisce. Fa un lungo sospiro, poi si allontana dalla carrozzina, si allontana dalla neonata. Si volta e si avvia lungo il sentiero che porta alla piscinetta, dove madre e figlio stanno cercando di recuperare l'ape dall'acqua.

«È viva!» sente urlare contento il bambino.

«Non toccarla», lo avverte la madre, «potrebbe pungerti.»

La donna alza lo sguardo verso Lila e le sorride. Lei risponde con un lieve cenno del capo, nascondendo le lacrime calde dietro gli occhiali da sole, poi segue il sentiero che esce dal parco, attraversa sulle strisce pedonali e percorre la strada di ritorno in salita. Il cuore le rimbomba nel petto fino a casa. "Torna in te, Lila", si dice. "Accidenti, torna in te."

Quando Lila arriva al cancello, l'uomo è già sulla soglia di casa sua. È vestito da motociclista, con tuta di pelle e casco, e le dà la schiena, tenendo un dito premuto con insistenza sul campanello. «Sono qui», gli dice.

Quando lui si volta, tutto quello che Lila riesce a vedere del suo viso sono due occhi scuri che la guardano attraverso la visiera. Sul bavero ha una radiolina che gracchia. «È lei Lila Bailey?»

«Sì.»

«Una consegna, firmi qui.»

Lei annuisce e prende il tablet che lui le porge, scarabocchia la firma sullo schermo e poi glielo restituisce. In cambio lui le consegna una busta rigida color panna con l'indirizzo scritto in una grafia ordinata. Senza aggiungere altro, l'uomo si allontana lungo il vialetto in direzione della moto, che lo attende in strada. La avvia con un rombo assordante e si allontana a tutta velocità giù per la discesa. Lila si infila la busta sotto il braccio e armeggia con la chiave nella serratura.

Una volta entrata in casa, si china con cautela a raccogliere i menu dei takeaway e le bollette sparpagliate sul tappetino, aggiungendoli, insieme alla consegna speciale del fattorino, alla pila sempre più alta di lettere ancora chiuse abbandonate sul tavolo dell'ingresso. Ma ormai sono troppe e il mucchio rovina a terra. Lila è tentata di lasciare tutto com'è, ma poi si ricorda che quella sera, rientrando, Tom si accorgerebbe subito della confusione. Tenendo per prudenza una mano sulle costole, si accovaccia per raccogliere le buste e le risistema sul tavolo in due pile ordinate, per ultima la busta color panna del corriere. Mentre la deposita in cima a tutto, sente qualcosa di pesante scivolare e spostarsi all'interno. Ha un momento di esitazione, poi scrolla la busta. Sì, lì dentro c'è sicuramente qualcosa, una cosa piccola ma pesante che sbatacchia. Incuriosita, si allontana con il plico ancora in mano, dirigendosi al piano di sopra.

Una volta in bagno, apre l'acqua della vasca, più calda possibile, e osserva il vapore che forma una nuvola nell'aria e appanna lo specchio sopra il lavandino. Respira profondamente, poi cerca le pillole e ne ingoia due prima di riprendere in mano la busta.

La scrittura non le è familiare e il timbro postale è illeggibile. Lila fa scorrere le dita sotto l'apertura ed estrae una lettera scritta a macchina insieme a diversi documenti ripiegati. Scrolla la busta un'ultima volta e vede scivolare fuori una pesante chiave d'argento, che le cade nel palmo della mano. La scruta per un momento, poi la gira sull'altro lato, saggiandone la rassicurante rotondità tra le dita, e quando si sente pronta prende la lettera e comincia a leggerla.

Tom arriva a casa un'ora dopo. Lila intravede il suo viso distorto attraverso la superficie lattiginosa dell'acqua della vasca. Guarda i suoi occhi sbarrati e la bocca spalancata per la paura, poi emerge dall'acqua ansimando e si sposta i capelli dal viso.

«Accidenti!» esclama Tom portandosi una mano al petto, «per un attimo... ho pensato...» Scrolla la testa e poi la guarda fisso. «Cosa diamine stai *facendo*?»

«A te cosa sembra? Sto facendo il bagno.»

Tom si passa le mani tra i capelli. «Scusa, mi hai spaventato, ecco tutto.» Fa un respiro profondo, si allenta il nodo della cravatta e riprova a parlare in tono più fermo. «Com'è andata oggi?»

«Bene.» Lila allunga la mano per prendere la salvietta. «E a te?»

«Bene.» Esita. «Sei uscita?»

«Sì, sono andata al parco. È stato bello.» Non riesce a guardarlo negli occhi e fa finta di essere indaffarata a strofinarsi il viso.

«Bene.» Lui sorride. «Hai parlato con Suzie del lavoro?»

Lila fa segno di sì.

«E...?»

«Per il momento è tutto fermo.» L'acqua si sta raffreddando. Lila si siede e si abbraccia le ginocchia, appoggiandovi il mento. «Quasi tutti i nostri clienti stanno tagliando sul budget... Dice che posso prendermi tutto il tempo che voglio.»

«Ottimo.» Tom si guarda intorno e i suoi occhi si fermano sulla chiave posata sulla mensola del lavandino. «E questa cos'è?» chiede, prendendola in mano e soppesandola.

«È arrivata oggi.»

«Che cosa apre?» Prende la busta e le carte al suo interno.

«Non lo so.» Lila cerca di non sentirsi infastidita dal fatto che lui stia leggendo una lettera indirizzata a lei senza chiederle il permesso.

«Chi sono i signori Gordon & Boyd?»

«Degli avvocati, credo.»

Lui la guarda alzando gli occhi dalla lettera scritta a macchina. «C'entra qualcosa con il testamento di tuo padre?»

«Non lo so», risponde Lila di nuovo, cercando di mantenere un tono di voce normale. «Ma non credo. Non è il suo studio legale.»

Tom la osserva, nel modo esatto in cui Lila l'ha visto osservare degli estranei, cercando di inquadrarli, di capire se fossero amici o nemici. Poi alza le spalle e rimette la chiave sulla mensola dove l'ha trovata. «Okay, ci vediamo giù?»

«Certo», risponde lei guardandolo uscire. Aspetta che la porta si chiuda alle sue spalle, riapre il rubinetto e scivola di nuovo sotto la superficie dell'acqua.

Cenano insieme in cucina: Lila in pigiama, con i capelli ancora umidi, e Tom curvo sul piatto, ancora in camicia e pantaloni da lavoro spiegazzati. «Hai visto qualcuno, oggi?» chiede lui alla fine, rompendo il silenzio.

«No.»

«Hai qualche programma per domani?»

Lei fa segno di no.

«Tua mamma dice che ti chiamerà. Si chiedeva se per caso avresti voglia di incontrarla in città, verso la fine della settimana.»

Lei lo guarda attentamente. «Non è necessario che tu faccia programmi al posto mio, Tom.»

«Ma non è così, lei ha davvero voglia di vederti.»

Lila solleva un sopracciglio e si rimette a mangiare. Non ha fame; sposta il pollo nel piatto e cerca di farlo scomparire, tagliandolo in pezzi sempre più minuti.

Lui sospira. «Lila, lo capisco. Prima l'infarto di tuo padre... poi...» Non riesce a dirlo e lei non ce la fa a guardarlo negli occhi. Tom si schiarisce la voce e ci riprova. «Penso solo che non ti faccia bene isolarti per tutto il giorno. Stai soffrendo, certo, ma forse ti sentiresti meglio se uscissi e andassi un po' in giro, se vedessi qualche amica.»

Lei scuote la testa. «Sto bene. Te l'ho detto, oggi sono andata al parco.»

«Sì, ma andartene in giro da sola non...»

«Tom», lo avverte lei, «smettila di cercare di organizzarmi la vita. Smettila di cercare di *sistemarmi.*»

Lui alza le mani in segno di resa, poi entrambi si rimettono a mangiare e rimane solo il tintinnio delle posate a rompere il silenzio di tanto in tanto.

«Allora, che pensi di fare a proposito della lettera?» chiede lui alla fine. «È una cosa molto strana, se vuoi il mio parere.»

Lila annuisce. «Lo so. Perché mai qualcuno dovrebbe lasciarmi un lotto di terra?»

«Forse è una delle disposizioni relative alle proprietà di tuo padre.»

Lei scuote la testa. «Non credo, quella faccenda è stata chiusa qualche settimana fa. Ho ricevuto dei soldi, ma non c'era alcun riferimento ad appezzamenti di terreno. E poi, la lettera dice che si tratta di una donazione *anonima.*»

Tom aggrotta la fronte. «Hai guardato la cartina? È un terreno piuttosto grande. Conosci la zona?»

«No. Sembra molto isolata... sul confine nord del Peak District. Non ci sono mai stata e sono sicura di non conoscere nessuno di quelle parti.»

Il solco tra le sopracciglia di Tom si fa più profondo. «Domani dovresti chiamare gli avvocati e cercare di saperne di più. Loro dovrebbero essere in grado di dirti *qualcosa.*»

«Certo.» Sposta su un lato del piatto i resti della cena non consumati e sistema con cura le posate al centro. «Se non ottengo niente da loro, potrei andare lassù a dare un'occhiata di persona.»

Le mani di Tom si bloccano di colpo, forchetta e coltello immobili a mezz'aria.

«Perché fai quella faccia stupita? Ho la cartina e la chiave. Che pericolo potrà mai esserci?»

Lui fa una smorfia. «È che sembra tutto così strano.»

«Possiamo andarci insieme», propone lei. «Questo fine settimana... o il prossimo. Ci farebbe bene andarcene via, anche se solo per poco.»

Tom esita. Lila capisce che è rimasto colpito da questo suo desiderio improvviso di *fare* qualcosa e sa che deve sembrargli strano, dal momento che ha passato le ultime due settimane chiusa in casa senza combinare quasi niente, a parte dormire, piangere e vagabondare per le stanze senza sapere che cosa fare. Ma l'idea di andare in un posto nuovo e lontano... un posto dove nessuno li conosce... dove nessuno sa che cosa è successo, in effetti, è stranamente invitante.

Alla fine Tom scuote la testa. «Non posso andare da nessuna parte, almeno finché il mio ultimo progetto non sarà stato approvato.»

«Be'», replica lei abbassando lo sguardo sul tavolo, «posso sempre andarci da sola.»

«No», ribatte subito Tom, «vorrei venire anch'io. Dammi un paio di settimane e ti accompagno.» Allontana il piatto e le sorride. «Hai ragione, potrebbe essere divertente. Un cambiamento di scenario... un'avventura.»

«D'accordo», dice Lila, «aspetterò una settimana o due.» Prende il piatto di Tom, lo appoggia sopra il suo e li porta alla pattumiera, dove getta i resti quasi intatti della cena. Nessuno dei due, a quanto pare, aveva molta fame.

Più tardi, a letto, Tom le si avvicina e cerca di attrarla a sé. Le sue dita le sfiorano i lividi sulle costole e lei fa un respiro brusco. «Scusami», dice lui, «ti fa ancora male?»

«Sì.» Lila si allontana e rimane a fissare il buio. È ovvio che le faccia ancora male, e lei teme che le farà male per sempre, che il dolore chiuso nel suo petto non se ne andrà mai via.

«Scusami», mormora ancora lui.

Lo sente che si sposta sul materasso e sa che si è messo supino a fissare il soffitto. Sono separati da pochi centimetri, ma chissà come la distanza tra loro pare infinita. Ci sono tante cose di cui non hanno ancora parlato, tante cose che non hanno affrontato. Parole e scene le vengono in mente senza che lo voglia. Le respinge e cerca di concentrarsi sul ritmo del respiro di Tom, che piano piano rallenta.

Lila sa che non riuscirà a dormire. Il suo corpo è un fascio di nervi, le membra non hanno pace, la mente galoppa, ma lei ha anche paura: paura di dormire, di sentire che sta inciampando sull'orlo dell'oscurità, di cadere nell'oblio. Aspetta finché non sente Tom russare piano, poi scivola fuori da sotto le lenzuola senza fare rumore e va in bagno in punta di piedi.

Il flacone delle pillole è mezzo pieno. La dottoressa è stata generosa quando gliele ha prescritte; le ha suggerito di smettere di prenderle dopo una settimana o giù di lì, quando l'ansia avrebbe cominciato a diminuire, ma Lila si è ormai abituata a quella sensazione di graduale lenimento che si insinua dentro di lei alleviando il dolore, smussando gli spigoli vivi della sua mente. Così, svita il coperchio del flacone e ingoia altre due pillole con un sorso d'acqua direttamente dal rubinetto.

A pianterreno, la lettera arrivata quel giorno è ancora sul tavolo da pranzo, con accanto la chiave che scintilla sotto la luce di un lampione. Mentre aspetta che il farmaco faccia effetto, Lila prende una sedia e afferra la chiave, tenendola con cura nel palmo della mano. Intorno a lei echeggiano i suoni della città – una sirena in lontananza, tacchi alti che ticchettano rapidi sul marciapiede, il latrato distante di un cane – e, mentre le ombre scure cominciano ad affievolirsi e a svanire dalla sua mente, si ritrova a pensare alla chiave misteriosa, alla serratura che aprirà e a ciò che potrà esserci dietro quella porta.

2.
LUGLIO

1980

Entrano in cucina uno alla volta, attirati dal tintinnio delle bottiglie e dall'aroma inebriante della marijuana, finché non sono tutti e cinque stravaccati intorno al tavolo di legno sbilenco a tracannare birra e passarsi canne. Qualcuno schiaccia «play» sul mangianastri cigolante e i primi accordi di *Going Underground* iniziano a diffondersi nella notte calda e immobile. Nel buio brilla la fiamma di un accendino. Fanno girare un posacenere. Qualcuno apre una bottiglia. Sopra le loro teste, sospesa nell'alone di fumo, c'è un'atmosfera di aspettativa: attendono un alito di vento, una nuova sistemazione, l'inizio della vita *vera.*

«Allora, è arrivata l'estate», dice Kat facendo roteare la birra rimasta sul fondo della bottiglia. Ha i piedi nudi appoggiati sul bordo del tavolo. Allunga le braccia e solleva gli umidi capelli castani dalla nuca, li torce fino a formare uno chignon e poi se li fa ricadere pesantemente sulle spalle. «Stasera fa un caldo *infernale.*»

«Prima ho visto dei bambini che friggevano un uovo sul cofano di una macchina», aggiunge Ben, distribuendo pizzichi di tabacco presi dal marsupio su una cartina da sigaretta. «Aveva un gran bell'aspetto. Me lo sarei mangiato.»

«Perché la cosa non mi sorprende?» chiede Carla alzando gli occhi al cielo.

Sul tavolo, in mezzo a loro, tremola la fiamma di una candela, riflettendosi sulle bottiglie di birra vuote sparse tutto intorno e avvolgendo i ragazzi in una strana luce che sembra formare una trama. Kat gioca con i fili dei suoi jeans tagliati. «Penso che dovremmo essere contenti. Probabilmente la prossima settimana si rimetterà a piovere a dirotto.» Scuote la testa scoraggiata. «Dovremmo festeggiare... fare qualcosa... e non starcene qui seduti a guardare le uova che friggono.»

Simon, a capotavola, ride sommessamente e fa girare come una trottola il tappo della sua bottiglia di birra. «Vuoi dire che dobbiamo lanciare un ultimo evviva prima di tornare tutti a casa per andare a metterci in coda al centro per l'impiego locale?»

«Ma guardaci», dice Ben leccando la cartina di sigaretta e ripiegandola con una precisione da esperto. «Laureati illustri classe 1980. Tre anni in questo posto e tutti noi abbiamo poco più che i requisiti per rollare spinelli e reggere un po' d'alcol.» Torce l'estremità dello spinello, poi strappa un pezzetto di cartone dalla scatola delle cartine per arrotolarlo e usarlo come filtro.

«Parla per te», ribatte Kat. Lei ha passato le ultime settimane a compilare domande di impiego e finora non ha ricevuto altro che secche risposte negative, ma non ha perso la speranza.

«E poi, non sono ancora convinto che il nostro Mac regga l'alcol.» Simon indica l'angolo in cui è stravaccato Mac, con i capelli neri che gli cadono sul viso come una tenda.

Ben ride facendo scattare il suo Zippo, avvicina la fiamma allo spinello e brucia l'estremità ritorta. Soddisfatto della sua opera, si porta la canna alla bocca e fa due tiri profondi, finché la brace chiara non diventa rossa. Un altro tiro, poi la passa a Simon. Kat guarda Simon tirare a sua volta: il gesto gli scava le guance sottolineando il profilo degli zigomi. Lui solleva il mento verso il soffitto ed espira il fumo formando una scia lunga e corposa. Dopo un altro tiro passa la canna a Carla. Quando Simon si volta verso il tavolo, Kat lo sta ancora guardando; lui incrocia il suo sguardo e le rivolge un sorriso nella penombra.

Il nastro finisce con un clic. Kat si alza per girarlo e quando torna al suo posto nota che la luce della candela ha avvolto tutti e cinque in un alone dorato, mentre la penombra nasconde alcuni dei dettagli più sgradevoli della loro stanza ammobiliata da studenti. Nel buio, addossati alle pareti, ci sono il fornello elettrico sghembo con il piano cottura incrostato, le brutte macchie verdi di umidità che fioriscono sui muri e gli armadietti sudici con le ante fuori squadra che pendono dai cardini. In un angolo, il malconcio poster di Ben con una Kate Bush in calzamaglia inizia a staccarsi dalla parete, mentre da qualche parte vicino alla porta sul retro c'è un cestino dei rifiuti stracolmo, che rovescia sacchetti di patatine vuoti e bottiglie di birra sul pavimento di linoleum appiccicoso. Alle sue spalle c'è una pila traballante di pentole e padelle sporche contro le quali i ragazzi hanno perso da tempo la forza di combattere. Kat sa benissimo che alla fine qualcuno cederà, e che in base alla sua esperienza saranno probabilmente lei stessa o Carla. Al di là della luce della candela si nascondono i rimasugli e la desolazione della loro sciatta abitazione, ma per ora non ci sono altro che lei e i suoi amici, la musica e l'alone di fumo che aleggia sopra di loro. Kat guarda la sua strana, improvvisata famiglia studentesca e sorride. In una bolla dorata: è così che le sembra di aver trascorso con gli altri quegli ultimi anni di università.

«Dorme?» chiede Carla, indicando Mac.

«Boh. Mac!» Simon si china verso di lui e gli dà un colpetto sul torace. «Mac, svegliati!»

«Cosa c'è?» chiede Mac scostandosi i capelli dal viso e sfregandosi gli occhi. «Sono sveglio.»

«Come no.»

«Non dormire, dai», interviene Carla. «È una delle ultime sere che passiamo insieme, non sprechiamola.»

Una delle loro ultime sere insieme. «Giusto», concorda subito Kat, «non sprechiamo neanche un minuto. *Facciamo* qualcosa.» Strappa una lunga striscia di carta dall'etichetta della sua bottiglia di birra. «Cioè, vivere insieme a voi è davvero una gran rottura, ma persino io arrivo ad ammettere che mi mancherà.»

«Okay», dice Simon. «Che cos'hai in mente?»

«Domani dovrebbe fare ancora caldo... Perché non ce ne andiamo al mare?» Carla si appoggia all'incavo del braccio di Ben. «Nuotare... mangiare pesce e patatine... gelati. Ci porteresti in macchina, vero Mac?»

Mac sbadiglia. «Certo.»

Simon fa segno di no con la testa. «Avranno avuto tutti la stessa idea. Sarebbe un inferno. E poi ci vorrebbe quasi tutto il giorno solo per arrivare sulla costa.»

«C'è sempre il canale qui dietro», dice Ben sorridendo e facendo un tiro profondo dallo spinello ormai agli sgoccioli, prima di passarlo agli altri. «Cioè, se avete *davvero* voglia di nuotare.»

Kat ride ma è disgustata. «Ben, sei veramente una bestia. Solo tu potresti pensare di tuffarti in quella fogna.» Si rivolge a Carla. «E tu vai a letto con questo qui?»

Ben fa un rutto sonoro alla birra prima di strofinare il pizzetto rossiccio sul collo di Carla. «Non farti ingannare dal suo aspetto da signora: Carla adora le maniere rudi.»

«Sì, sì», dice Carla, prendendolo a scappellotti.

Kat salta il turno e passa lo spinello oltre; è già abbastanza ubriaca e il linoleum fantasia che hanno sopportato per gli ultimi due anni comincia a ondeggiare davanti ai suoi occhi in maniera preoccupante. Restano tutti in silenzio, pensando alle poche alternative, finché Mac si mette a parlare a voce così bassa che per sentirlo devono sporgersi in avanti. «C'è un posto...» dice esitante, «un lago, in campagna. Ci sono andato una volta da bambino.» Si schiarisce la voce. «Era okay... cioè... era bello.»

«Un lago vero e proprio?» chiede Kat socchiudendo gli occhi.

«Sì.» Mac annuisce, scostandosi i capelli dal viso. «Dovrei riuscire a ritrovarlo.»

«Quanto è lontano?» chiede Simon, con il tappo della birra nel palmo della mano.

Mac alza le spalle. «Direi un'ora o due verso nord.»

«Che ne dite?» domanda Simon rivolgendosi agli altri, gli occhi scuri che brillano alla luce della candela.

Carla afferra il colletto della maglia e lo scosta dalla pelle. «Ho talmente caldo che sono quasi tentata di fare il bagno nel canale. Io ci sto.»

Ben annuisce. «Anch'io.»

«Io pure» dice Kat, appoggiandosi alla fronte il vetro fresco della bottiglia di birra.

Si voltano tutti verso Simon. Lui li guarda, gli occhi neri e impenetrabili. Mentre lo fissa, Kat prova il solito groppo in gola. "Di' di sì", prega dentro di sé.

Con un gesto rapido, Simon lancia il tappo in aria, lo riprende e lo fa scivolare sul dorso della mano, studiandolo come se fosse una moneta. «Andata», dice con un sorriso. «Ci meritiamo un po' di festa, no, prima di fare i bagagli e andarcene da questo posto?»

«Domani?» chiede Kat.

«Domani», conferma lui, e il viso di Kat si apre in un sorriso.

Kat si aspetta quasi che gli altri, la mattina dopo, si siano dimenticati di quell'idea, perciò è sorpresa di trovarli tutti pigiati nella Fiesta spompata di Mac, diretti fuori città, quando l'orologio di Market Square suona le dieci. All'urlo di: «Voglio il posto davanti!» Simon si è seduto accanto a Mac, mentre a Carla, Ben e Kat non è rimasto che stringersi sul sedile posteriore. A quanto pare, sono tutti elettrizzati all'idea della fuga. Carla ha persino trovato il tempo di preparare dei panini al formaggio e di riempire una borsa termica di birre e limonata, con le bottiglie di vetro che tintinnano allegre nel bagagliaio mentre l'auto si dirige fuori dalla città.

«Fate i bravi», ammonisce Kat vedendo la mano di Ben che si fa strada tra le cosce di Carla. Si volta dall'altra parte e osserva la curva del collo di Simon, appena visibile attraverso la fessura del poggiatesta. Vede il vago luccichio del sudore sulla sua pelle olivastra e il neo a forma di cuore sotto il lobo dell'orecchio sinistro, dove i capelli si arricciano. Vorrebbe allungare una mano per toccarlo, ma non ne ha il coraggio.

La città sta già iniziando a mostrare i segni di un'altra giornata estiva più calda del previsto, come un turista che sfoggia l'abbronzatura. La strada balugina nella calura, l'asfalto nero è diventato appiccicoso, mentre l'erba sul ciglio inizia ad accartocciarsi e scurirsi come zucchero caramellato. Dopo un po', anche se i finestrini dell'auto sono abbassati, la temperatura diventa insopportabile: è come stare seduti davanti al getto di un phon. Kat vede un enorme cartello che pubblicizza purè di patate precotto, poi guarda con invidia un gruppo di bambinetti, che urlano spruzzandosi l'un l'altro con le pistole ad acqua all'angolo di una strada. Due donne con i capelli raccolti nei foulard siedono su un muretto di mattoni e scartano gelati al cioccolato guardando i bambini giocare. Lentamente, molto lentamente, la macchina si fa strada nel traffico e sbuca infine su una via sgombra.

Kat aveva pensato che sarebbe stato bello fare qualcosa, andare da qualche parte che non fosse il solito posto, ma più sta seduta sul sedile posteriore della minuscola utilitaria, più le sembra di non avere spazio per muoversi. I lacci del bikini le stanno segando il collo e la coscia a buccia d'arancia di Carla premuta contro la sua emana calore; tra loro si forma una pellicola di sudore e ogni tanto le loro braccia si strusciano e si appiccicano. Kat si avvicina di più al finestrino, scombussolata dai postumi della sbornia, con il gusto della birra della sera prima che le riveste la lingua come una coltre di polvere.

«Sei molto silenziosa», le dice Simon, girandosi a squadrarla da dietro le lenti dei Ray-Ban. «Stai bene?»

Lei annuisce.

«Postumi della sbornia?»

Annuisce ancora e Simon sorride. «Non mi stupisce. A *me* viene il mal di testa anche solo a guardare la maglietta di Ben.»

«Ehi, che cos'ha la mia maglietta? È da mare, no?» si offende Ben, tirando il tessuto da quattro soldi della sua maglietta hawaiana, ma fa troppo caldo perché qualcuno si prenda la briga di rispondere e Simon si volta nuovamente a guardare la strada. Il nastro grigio di asfalto si stende infinito davanti ai loro occhi. "Una strada che va verso il nulla", pensa Kat, appoggiando la testa di lato contro la portiera per cercare di sonnecchiare un po'.

«Allora, dov'è che stiamo andando *esattamente*?» sente Ben chiedere più o meno un'ora dopo, mentre attraversano l'ennesimo paesino pittoresco fatto di disordinati cottage di pietra e stradine di campagna piene di curve. «Siamo vicino al Peak District, giusto?»

«Sì. Andiamo verso nord.»

«Ci stai portando al parco nazionale?»

Mac alza le spalle. «Non saprei dire. Il lago potrebbe anche essere dentro il parco o magari in mezzo ai campi coltivati.»

«Andiamo bene», commenta Kat socchiudendo un occhio. «Non avevo capito che il programma di oggi fosse farsi sparare da un contadino infuriato.»

«Hai detto che volevi un'avventura», replica Simon voltandosi nuovamente a guardarla. «Sono sicuro che Mac sa il fatto suo. Vero, Mac?»

Ma Mac non dice una parola: è concentrato sulla strada, che li sta portando sempre più all'interno della campagna rigogliosa, lungo campi di colza che luccicano dorati al sole e pascoli verdi punteggiati di mucche bianche e nere.

Passa un'altra ora e i ragazzi si distraggono giocando a "Vedo, vedo" e bisticciano come bambini su quale musica mettere. Le ragazze vogliono sentire Blondie, ma sono in minoranza, così vince la cassetta di Ben. «I Clash?» si lamenta Carla. «Basta!»

Kat richiude gli occhi e cerca di non sentire il martellamento delle chitarre. Il mal di testa sta peggiorando.

«Dovremmo essere quasi arrivati», dice Carla tirandosi su i capelli ramati e crespi fino a formare una coda alta sulla testa. «Qui dietro si scoppia di caldo. Se ci vuole ancora molto, non sarebbe male fermarci un momento.»

«Che ne dici, compare?» chiede Ben piegandosi verso i sedili anteriori. «Quanto manca?»

«Non lo so di preciso», dice Mac senza nemmeno alzare gli occhi dal volante.

«*Non lo sai di preciso?*» esclama Kat sbalordita. «Pensavo che sapessi dov'è, questo lago.»

Mac si limita ad alzare le spalle.

«Quand'è che ci sei *stato*, quassù?»

Mac si stringe ancora nelle spalle, con gli occhi fissi sulla strada. «Non mi ricordo.»

Simon lo guarda per un istante, poi scoppia a ridere. «È questo che mi è sempre piaciuto di te, Mac: zittirti è veramente *un'impresa.*»

Kat appoggia di nuovo la testa contro la portiera e guarda i suoi amici uno dopo l'altro, cercando di immaginare che cosa succederà una settimana più tardi, dopo la cerimonia di laurea, quando lasceranno il loro appartamento da studenti e si saluteranno. Hanno passato due anni insieme in quella disordinata casa a schiera in mattoni rossi e, anche se hanno litigato quando si trattava di lavare i piatti e comprare la carta igienica, occuparsi della casa o pagare le bollette, Kat sa che le mancheranno il senso dell'umorismo di Ben, la generosità spontanea di Carla e i modi strani e tranquilli di Mac. E Simon... be', sa che non ci sarà nessun altro come lui. Nel breve lasso di tempo passato insieme, i suoi amici sono diventati tutta la sua vita.

Venti minuti più tardi, Mac rallenta su una stradina di campagna piena di curve, poi mette la freccia e svolta in un viottolo sterrato coperto di vegetazione, pieno di sassi e di buche. L'altezza dell'erba che cresce sulla mezzeria dimostra chiaramente che di lì non passano macchine da un bel pezzo. Kat si piega in avanti e guarda fuori dal finestrino, scrutando tra i varchi della siepe alla ricerca di un puntino azzurro rivelatore che brilli in lontananza, ma non c'è niente di niente. Mentre sobbalzano sul terreno sconnesso, il calore del sole di mezzogiorno ormai si fa sentire e Kat non vede l'ora che il viaggio finisca.

Le siepi sono alte, piene di cardi e rovi spessi e contorti. Al passaggio dell'auto, dal sottobosco sbucano rapidi i passeri che stanno nidificando, mentre le farfalle cavolaie battono le ali contro il cielo azzurro. Una grossa ape, ebbra di polline, entra dal finestrino portata dal vento; Carla lancia un urlo e agita freneticamente le mani finché Ben riesce a far uscire l'insetto sano e salvo dall'abitacolo. In alto sopra di loro il profilo nero di un falco si staglia sullo sfondo del cielo abbagliante; Simon lo indica e tutti lo guardano rapiti volteggiare come un'ombra sulle loro teste.

L'auto avanza sussultando lungo lo sterrato per qualche altro minuto, finché il muro di siepi inizia a stringersi su di loro da entrambi i lati e i rovi graffiano la macchina con uno stridio. «Sei sicuro che sia la strada giusta?» chiede Ben, allungandosi dal sedile posteriore. «Se rimaniamo incastrati non riusciremo a girare la macchina.»

«Aspettate e vedrete», risponde Mac.

Sul sedile posteriore, Ben e Kat si scambiano sguardi preoccupati, ma dopo qualche centinaio di metri lo sterrato, inaspettatamente, si allarga di nuovo. Mac accosta sul ciglio erboso e spegne il motore.

«Non vedo nessun lago», obietta Kat.

«Dobbiamo entrare da lì.» Mac indica un cancello di legno piegato sui cardini, appena visibile tra i rovi spessi e i rami intrecciati del biancospino. Guardano il cancello. Non c'è niente a spezzare il silenzio che è calato su di loro, tranne il forte ronzio degli insetti e il ticchettio del motore dentro il cofano.

«Dove porta questo viottolo?» chiede Simon indicando la strada di fronte a loro, che si inerpica su una collina in lontananza.

«Boh», dice Mac alzando le spalle. «Nella brughiera, credo. Ma il lago è da questa parte. Forza, prendete la vostra roba.»

«Andiamo a piedi?» domanda Kat inorridita.

Tirano fuori le loro cose dal bagagliaio – cappelli, asciugamani, un vecchio plaid scozzese, la borsa con le bibite e i panini – e poi, a turno, scavalcano il cancello di legno scricchiolante. L'erba dall'altra parte del cancello è alta quasi fino alla vita, il prato è disseminato di margherite di campo e papaveri rossi afflosciati sotto il sole a picco. I cinque si fanno strada in fila indiana, con Mac che guida la colonna verso un fitto filare di alberi in lontananza.

L'aria è colma di insetti e di sole. I grilli saltano via al loro passaggio in mezzo all'erba alta. Una grossa libellula azzurra va a sbattere contro Kat e poi fila via zigzagando, accompagnata dal ronzio sordo delle sue ali, che svanisce pian piano nell'aria. Ben trascina la borsa con una mano e ha già acceso un altro spinello, il cui aroma si libra come un profumo esotico. Kat sente un rivolo di sudore scenderle dall'incavo del collo fino ai seni; lo asciuga con il bordo della maglietta e poi infila il tessuto sotto l'elastico del reggiseno, scoprendo pancia e schiena al sole. Il doposbornia sta decisamente peggiorando.

Una volta raggiunto il boschetto all'estremità del prato, i ragazzi seguono Mac all'ombra degli alberi, sentendo il profumo di terra umida che sale dal suolo. Le felci color smeraldo si piegano al loro passaggio, nascondendo grandi distese di ortica. Non si ode alcun rumore, solo i loro passi e lo scricchiolio delle foglie secche e dei rametti sotto le scarpe. Kat si sente a mille miglia di distanza dal trambusto della città.

Alla fine emergono dal boschetto di ontani, ma ancora non ci sono tracce del lago. Ultima della fila, Kat segue gli altri su un crinale erboso, con i postumi della sbornia che martellano al ritmo dei suoi passi, finché Mac si ferma e si guarda intorno, come se stesse cercando di orientarsi.

Carla si lamenta. «Non dirmi che ci siamo persi!» esclama, con la coda di cavallo afflosciata per il caldo e le guance paffute chiazzate di rosa.

«No», risponde Mac scuotendo la testa, «non ci siamo persi. Venite.» E così dicendo li guida verso l'estremità del crinale e poi giù per un pendio coperto di ciuffi d'erba, fino a scomparire dietro una spessa siepe di rovi.

Lo seguono uno alla volta. Kat, sempre ultima, avanza a fatica e, quando emergono dall'altra parte della siepe, quasi rovina addosso a Carla, che si è fermata di colpo.

«Scusa», mormora, poi alza la testa e si guarda intorno, seguendo lo sguardo degli altri fino al panorama che si apre davanti a loro. Emette un respiro lungo e lentissimo: «Ooh».

«Eh già», dice Simon.

«È... è...» Kat non riesce a trovare le parole.

«...perfetto», interviene Carla, terminando la frase al suo posto.

«Incredibile», ammette Ben. «Non c'è anima viva.»

Mac non dice niente: se ne sta lì con un sorrisetto imbarazzato sul viso accaldato.

Si trovano in cima al pendio erboso e stanno guardando una valletta verdissima: un bacino di terra nascosto al resto del mondo dalle colline smeraldine e dai boschetti ombrosi che lo cingono da ogni lato. E a rendere il posto ancora più bello, incastonato alla base dei declivi e luminoso come una lastra di vetro al sole, c'è un lago stupendo, lucente. Dopo il lungo viaggio in macchina e la camminata tra campi e boschi sotto il sole rovente, quella vista è come un miraggio. Kat si scherma gli occhi dal riverbero del sole e si gode il panorama.

Non è mai stata brava a calcolare le distanze, ma lo specchio d'acqua è abbastanza grande – largo almeno trecento metri e lungo forse ottocento –, senza dubbio più un lago che uno stagno. Si apre come un occhio azzurro scintillante, circondato da una cintura di aree boschive e ripide colline erbose. È come se fossero finiti in una valle segreta, immersa in un'atmosfera di solitudine strana, beata.

Kat distoglie lo sguardo dall'acqua e osserva un vecchio cottage di pietra un po' arretrato rispetto alla riva del lago: una costruzione semplice a base quadrata e solida, tetto spiovente, due finestre quadrate al piano di sopra e altre due al piano di sotto, accanto a una porta rettangolare. Da entrambi i lati del tetto spunta un comignolo, che completa la simmetria di quel posto antico. A Kat ricorda i semplici disegni dell'infanzia fatti con i pastelli. Dietro il cottage c'è un fienile vecchio e sformato, inclinato in modo preoccupante verso la collina, e, vicino al lago, un instabile pontile di legno che si stacca dalla spiaggia: al palo più vicino all'acqua è legata, con una corda sfilacciata, una vecchia barchetta.

Mentre il cottage, il fienile, il pontile e la barca indicano che in passato qualcuno ha vissuto lì, dall'immobilità del paesaggio e dall'aria di abbandono e rovina che aleggia sui resti dell'edificio è chiaro che adesso non c'è anima viva, e che nessuno ci viene da molto tempo. Ben ha ragione, si rende conto Kat: hanno il lago tutto per loro.

Un pesce salta fuori dalla superficie lucente dell'acqua, rompendo l'incantesimo che li aveva stregati. Con un urlo di gioia, Simon prende la rincorsa fino a riva e Ben e Carla lo seguono a ruota. Simon è il primo a raggiungere il pontile e lo percorre di corsa sfilandosi la maglietta. Kat guarda il guizzo dei suoi muscoli sotto la pelle liscia e olivastra, il movimento delle costole mentre alza le braccia sopra la testa e si tuffa, disegnando un arco quasi perfetto. Scompare sotto la superficie, lasciando come unica traccia un disegno di cerchi concentrici sempre più grandi, e qualche attimo dopo riemerge cinque o sei metri più in là, scrollandosi l'acqua dai capelli scuri. Urla ancora di gioia e scompare nuovamente nel lago.

Poi si tuffa Ben. Saltella sul pontile, cercando di raggiungere l'acqua mentre si toglie maglietta e pantaloncini. Alla fine, rimasto ormai in mutande, con il torace ampio e pallido esposto alla luce del sole, si butta in acqua a bomba sollevando uno spruzzo gigantesco. Carla, un po' più placida, si sfila lo scamiciato e il top a fascia in riva al lago, cammina nell'acqua bassa in mutande e reggiseno, poi si tuffa e raggiunge i ragazzi che stanno nuotando. «È fredda!» strilla.

«Quando ti ci abitui non lo è più», risponde Simon da lontano, nuotando a dorso. «È bellissimo.»

«Forza!» urla Ben rivolgendosi a Kat e Mac che sono ancora lontani. «Che cosa aspettate voi due?»

Kat accenna un sorriso a Mac, scusandosi tacitamente per non aver creduto che sarebbe riuscito a trovare il lago, poi scende lungo il pendio erboso che porta alla riva, dove fasci di canne verdi si stagliano contro il cielo e gli insetti acquatici scivolano pigramente dentro e fuori dalle loro ombre. Rimane immobile per un attimo prima di sollevare la gonna di cotone giallo sulle cosce, guardando il riflesso dell'acqua che danza sulle sue gambe nude.

«Dai, vieni!» le grida Simon, e Kat si fa convincere vedendolo allontanarsi sempre di più verso il centro del lago. Si sfila gonna e maglietta, le getta sui ciottoli e poi, rimasta in bikini, si immerge nell'acqua bassa. All'inizio è calda, quasi come nella vasca da bagno, con fitte alghe verdi che fanno apparire scuri il limo e le pietre sul fondo; ma più si inoltra nel lago, più l'acqua diventa fresca e limpida, finché è così fredda da farle portare le braccia al petto e trattenere l'aria nei polmoni. Quando le arriva quasi al torace, Kat si volta e chiede a Mac: «Tu non entri?».

Lui la guarda dalla riva, con gli occhi nascosti dalla frangia troppo lunga dei capelli castani arruffati, poi fa segno di no con la testa. «Dopo», dice, e si accovaccia nell'erba.

Kat lo osserva, lì da solo con la sua maglietta nera sbiadita e i jeans strappati, e scuote la testa. È tipico di Mac: sempre a guardare, sempre in disparte. «Sei pazzo, starai morendo di caldo.» Ma Kat non ha intenzione di sprecare tempo a discutere con lui. Trattenendo il respiro, si tuffa sotto la superficie e agita piedi e braccia per spingersi al di là del pontile, dove gli altri tre stanno nuotando. Mentre si muove sott'acqua, vede le bollicine d'aria che le escono dalla bocca e salgono in superficie formando un filo di perle iridescenti.

Quando riemerge, Carla sta ridendo e strillando, nel vano tentativo di cacciare la testa di Ben sott'acqua. Kat li guarda per un attimo mentre fanno finta di lottare, poi si volta e nuota verso il largo, dove Simon galleggia tranquillo, il corpo che pare una stella marina sotto il sole. Nella luce accecante, la sua pelle olivastra sembra più pallida sulla superficie azzurroverde del lago. Lei lo osserva, vede il torace che si alza e si abbassa, le gambe lunghe, il viso completamente rilassato, felice. Si immagina mentre lo raggiunge a nuoto, lo abbraccia, lo attira a sé, premendo le labbra sulla sua bocca fresca e umida, i loro respiri caldi intrecciati, il suo sapore sulla lingua. Si chiede come reagirebbe Simon se lei trovasse il coraggio di andare da lui, poi al solo pensiero rabbrividisce.

Gli occhi scuri di Simon si aprono di scatto. Si volta e la vede, e Kat arrossisce chiedendosi se Simon le abbia letto nel pensiero. «Non vuole tuffarsi», dice senza guardarlo negli occhi, indicando Mac. «Dio solo sa perché.» Simon rimane zitto e continua a galleggiare. «Voglio dire, ci siamo fatti tutta questa strada e lui vuole solo starsene seduto lì?»

Il silenzio si fa più profondo, finché Simon si gira a pancia sotto e con un paio di agili bracciate si porta proprio di fronte a lei: ha la pelle lucente, il mento a pelo d'acqua e le labbra piene aperte in un sorriso. È così vicino che Kat riesce a vedere le minuscole gocce d'acqua appese alle lunghe ciglia e i riflessi verdi, dello stesso colore del lago, che gli splendono negli occhi. Lui la guarda in quel modo tutto suo, come se potesse vederla dentro e cogliere i suoi segreti più intimi, e Kat, sentendo accelerare il battito del cuore, cerca di respirare. L'attimo diventa eterno, finché, finalmente, lui le chiede: «Sei felice, Kat?».

Lei deglutisce, lottando per cercare di sostenere il suo sguardo. «Sì», risponde, «credo di sì.» Si chiede se è la risposta giusta e poi inspira a fondo. «Voglio dire, lo sono adesso, in questo preciso istante», aggiunge sentendosi avvampare, «se è questo che intendi.»

Ancora silenzio tra loro. Kat trattiene il respiro. "Baciami." Il pensiero è così forte che si domanda se non l'abbia sentito anche lui.

Ma Simon non la bacia e continua a sorridere, mostrando i denti bianchi che brillano al sole; poi chiude gli occhi e si distende sul dorso, mentre Kat resta da sola a galleggiare, scalciando e compiendo piccoli movimenti circolari con le mani per stare ferma sul posto. È ormai da tre anni che lo sta facendo, pensa: sta a galla cercando di non perdere la sua posizione... cercando di rimanere accanto a lui.

La prima volta che aveva visto Simon Everard, lui era in piedi su una barca a remi nel bel mezzo del lago del campus universitario e urlava dentro un cono stradale rubato, incitando gli studenti a protestare contro l'aumento dei prezzi della mensa scolastica. Kat, guardandolo con gli occhi stretti, aveva notato la maglietta stinta di Che Guevara e i capelli scuri lunghi fino alle spalle, e l'aveva etichettato come l'ennesimo rivoluzionario mancato: ce n'erano un bel po' in giro. Ma la scena era un diversivo, perciò si era seduta sulla riva del lago insieme a un gruppo di studenti sempre più folto e aveva osservato sorpresa il flusso crescente di corpi che si gettavano in acqua per sostenerlo nella protesta, mentre gli agenti di sicurezza del campus li osservavano perplessi.

«È figo, vero?» aveva sospirato una ragazza con i capelli lunghi e lucenti e i pantaloncini più corti che Kat avesse mai visto, seduta accanto a lei sul pendio erboso. Allora Kat, voltandosi per guardarlo meglio, aveva notato le spalle larghe e i muscoli slanciati appena visibili sotto il tessuto della maglietta, il viso notevole, con gli zigomi alti e la mascella volitiva, gli occhi scuri e brillanti. Sì, era decisamente un gran figo.

Da quel giorno lo aveva visto dappertutto. Era una di quelle persone che attiravano gli sguardi semplicemente con la loro presenza, non solo perché era bello, ma anche per via della sicurezza che trasmetteva. Era come se, per il semplice fatto di entrare in una stanza o di trovarsi nel bar degli studenti, spostasse l'aria che lo circondava obbligando gli altri a voltarsi per guardarlo. Kat l'aveva osservato da una certa distanza – sempre al centro dell'attenzione, circondato da amici e ammiratori – ma non si era mai avvicinata; i tipi come Simon non parlavano con ragazze come lei, lo sapeva per certo.

Poi, una sera sul tardi, lo aveva visto, curvo nel corridoio del suo dormitorio, con indosso solo un paio di boxer e un sorriso sghembo. Lei si era gettata la borsa di libri della biblioteca su una spalla e lo aveva guardato di sottecchi mentre infilava la chiave nella toppa. Ovviamente era sbronzo perso.

Avrebbe potuto richiudersi la porta alle spalle e lasciarlo lì, ma una fitta di senso di colpa glielo aveva impedito e, all'ultimo momento, si era riaffacciata sul corridoio chiedendogli: «Stai bene?».

«Certo», le aveva risposto lui con disinvoltura. «Stavo solo preparandomi ad affrontare l'attraversamento del campus.»

«Vestito così?»

«A quanto pare.»

Era stato allora che aveva sentito piangere dietro la porta chiusa di fronte a lui. «Amy?» aveva chiesto Kat, scrutando il ragazzo.

«Amy», aveva confermato lui.

«Sta bene?»

Lui aveva annuito. «Sta benissimo.» Poi, forse perché sentiva il bisogno di dare altre spiegazioni, aveva aggiunto: «Pare che abbiamo idee diametralmente opposte sul grado di *esclusività* del nostro rapporto».

«Ah.» Per qualche motivo si era ritrovata ad arrossire. «Capisco.»

«I miei vestiti sono là dentro», aveva continuato lui indicando la stanza di Amy, «ma dato che stasera non sembra dell'idea di perdonarmi, immagino che me ne tornerò a casa così.» Aveva sorriso.

Kat conosceva Amy a malapena: era una ragazza alta e snella con i cassetti pieni di abiti firmati e una cerchia di amiche tutte uguali. Kat si era presentata il primo giorno, ma da allora Amy non l'aveva quasi mai degnata di uno sguardo. Kat sapeva di non essere il suo tipo, ma capiva benissimo che Simon, invece, avrebbe potuto esserlo.

«Be'», aveva detto, decisa a togliersi da quella situazione il più velocemente possibile, «buona fortuna... e buonanotte.» Era entrata in camera sua richiudendosi la porta alle spalle con un leggero *clic*, poi vi si era appoggiata contro, tendendo l'orecchio per sentire se Simon se ne fosse andato. Quando lui aveva bussato alla porta, il rumore le era rintronato nella schiena come un tamburo.

«Senti», aveva detto Simon da fuori, facendole venire un coccolone, «non è che posso chiederti in prestito una maglietta o qualcosa del genere?»

Lei era rimasta senza fiato dall'altra parte dell'uscio, silenziosa e immobile.

«Una cosa qualunque, dai... non sono schizzinoso. Sai, mi sento un po' un idiota.»

Lei non aveva mosso un muscolo neanche allora.

«Te la posso restituire... domani», aveva proseguito lui.

Si era voltata lentamente impugnando il pomello della porta.

«Per favore.»

Aveva aperto con un sospiro. «Dubito di avere qualcosa

che ti vada bene» aveva detto guardandogli le spalle ampie e lisce.

«Be', potrei almeno entrare per un momento?» Si era passato le mani sul petto nudo, scosso dai brividi. «Qua fuori c'è corrente.»

Con riluttanza Kat aveva fatto un passo indietro, tenendogli aperta la porta. Era il primo uomo che invitava a entrare nella sua stanza nel dormitorio e le dava fastidio che lui la facesse sentire a disagio nel suo ambiente, passando in rassegna con uno sguardo sfrontato le sue poche cose. «James Dean... Jim Morrison... Jimi Hendrix», aveva commentato osservando i suoi poster. «Ti piacciono gli eroi tragici, eh? Della serie "Vivi al massimo... muori giovane"?»

Lei non aveva risposto, ma si era messa a cercare qualcosa da fargli indossare in mezzo a una pila di abiti. «Non so che cosa ho di pulito...» aveva mormorato.

«Che bella teiera», aveva esclamato lui andando verso il lavello e mettendosi a giocherellare con il coperchio dell'oggetto fiorito. «Davvero di classe.»

Kat l'aveva fulminato con lo sguardo. «Vuoi che ti aiuti, sì o no?»

«Scusa.» Aveva fatto un passo indietro.

L'unico indumento abbastanza grande era la sua maglietta rosa di mussola. Si era voltata e gliel'aveva porta. «Ho soltanto questa.»

«Grazie. Sei la mia salvatrice.» L'aveva indossata in fretta, allacciandosi malamente i bottoni e guardandosi poi allo specchio. «Mi sta. Te la riporto domani. La tua stanza è la 32...»

«324.»

«324. Okay, non me lo dimenticherò.»

Visto il suo grado di ubriachezza, Kat aveva seriamente dubitato che se ne sarebbe ricordato.

«A proposito, mi chiamo Simon», aveva aggiunto lui, andando verso la porta. L'aveva guardato andare via con una strana sensazione di rimescolio alla bocca dello stomaco. «Grazie», le aveva detto ancora voltandosi, mentre ondeggiava per il corridoio. «Sono in debito con te.»

Non si aspettava di rivedere né lui né la maglietta, ma il pomeriggio seguente Simon era tornato come promesso, ancora pallido per la sbornia, ma fedele alla parola data. «Solo un piccolo ringraziamento», aveva detto restituendole la maglietta avvolta intorno a una bottiglia di vino. Kat aveva guardato il regalo con gli occhi sgranati, perché non aveva mai bevuto vino rosso prima di allora – era più un tipo da sidro – poi l'aveva ringraziato per il pensiero e l'aveva preso dalle sue mani tese. «Dato che sono qui, non è che mi faresti una tazza di tè, vero?» aveva chiesto lui con un sorriso impudente. «Con quella teiera elegante che hai?»

Lei l'aveva osservato per un attimo.

«Oppure potremmo aprire questa bottiglia, come rimedio per il doposbornia... Mentre aspetto Amy...»

"Brutto bastardo", aveva pensato Kat; era evidente che Simon era abituato a ottenere sempre ciò che voleva. «Dai, vieni», aveva detto lei. «È meglio che entri.»

Era un'amicizia improbabile, eppure nell'arco di un anno si erano avvicinati: pranzavano insieme alla mensa, bevevano al bar degli studenti e discutevano di musica e politica scolandosi una tazza di tè dopo l'altra, appollaiati sul letto dell'angusta stanza di Kat. Tuttavia, lei era stata colta di sorpresa quando lui le aveva chiesto, davanti a una pinta di sidro nel bar dell'associazione studentesca, se le andava di traslocare con lui e alcuni suoi amici alla fine del primo anno. Lei l'aveva guardato fisso negli occhi scuri e aveva sentito il cuore battere in modo allarmante, come un uccello in gabbia.

«Fantastico», aveva detto lui, sorridendo. «La casa ha quattro camere. Il mio vecchio amico Ben – eravamo insieme al pensionato scolastico – dividerà la stanza più grande con la sua ragazza, Carla. Lei è uno spasso, ti piacerà.» Kat aveva annuito, cercando di evitare che sul suo viso si dipingesse un sorrisetto ebete. «Io prenderò la stanza accanto alla loro...» aveva continuato Simon. «E tu puoi prendere la soffitta, okay?» Lei aveva annuito ancora una volta. «A questo punto rimane lo stanzino: lo daremo a Mac.»

«Mac?»

«Sì.» Simon aveva alzato le spalle. «È un tipo un po' strambo... un solitario. Ma Ben dice che ci può procurare della buona erba, perciò direi che potremmo farcelo andare bene.» Si era appoggiato allo schienale della sedia e l'aveva guardata per un istante. «Sai che cosa mi piace di te, Kat?» Non aveva neanche aspettato la risposta. «Sei una delle poche ragazze che conosco che non ha programmi.» L'aveva guardata sbattendo le lunghe ciglia. «Possiamo essere *veri* amici.»

«Sì», aveva risposto lei con un debole sorriso. «Lo so.»

E, ovviamente, Simon aveva avuto ragione. Era stato un vero spasso. Per due splendidi anni avevano vissuto nel loro tugurio da studenti, sporco, umido e cadente, e Kat non si era mai sentita così felice. I suoi nuovi amici la avvolgevano nel loro calore e buonumore. La facevano sentire una di loro, parte della banda. Era una sensazione che non aveva mai sperimentato prima. Per un sacco di tempo non aveva permesso a nessuno di avvicinarla davvero, aveva tenuto tutti a distanza, rimanendo un'estranea, perché aveva imparato fin da piccola, nel modo più doloroso, che la gente può deluderti; eppure, non sapeva perché, con Simon faceva fatica a tenere alzate le difese.

Aveva cercato con tutte le forze di non innamorarsi di lui, ma con il passare dei semestri si era scoperta sempre più abile nel rimettere insieme i cocci del proprio cuore infranto. Sembrava assurdo che una persona potesse provare per un'altra qualcosa di così *intenso*, di così profondo, e che tutto quel sentimento andasse a finire in niente. Che spreco di emozioni. Che spreco di energia. La sua unica consolazione era il fatto che, mentre le altre ragazze andavano e venivano, lei, almeno, rimaneva una costante nella vita di Simon: non era la sua ragazza, ma restava nella sua orbita. E non poteva fare a meno di coltivare la speranza che un giorno sarebbe arrivato anche il suo turno, che lui si sarebbe reso conto che la persona con cui era destinato a fare coppia era stata accanto a lui sin dall'inizio.

Kat galleggia e rivolge il viso verso il cielo, chiudendo gli occhi per il sole. È da tre anni che si aggrappa a quella speranza, ormai, ma il tempo sta per scadere. Il loro futuro è aperto, ampio come il cielo sopra di lei, e tra pochi giorni lasceranno l'università per prendere ciascuno la propria strada. Kat è giunta alla dolorosa conclusione che non c'è attesa o desiderio che possa far innamorare Simon di lei.

Si immerge sott'acqua, vuole toccare il fondo del lago, verificarne la profondità. Allunga le dita per un tempo infinito e quando alla fine torna in superficie rimane delusa, perché vede che Simon sta già riguadagnando la riva, solcando l'acqua con perfette bracciate a stile libero. Lo guarda allontanarsi. Tre anni è un bel po' di tempo per amare qualcuno senza essere ricambiati.

Quando si decide a uscire dal lago e a raggiungere gli altri, Kat ha le mani raggrinzite e la pelle color rosa lampone. I suoi amici sono spaparanzati sul plaid a bere birra tiepida all'ombra degli alberi. Kat si sdraia a terra, la testa appoggiata sul morbido cuscino delle gambe di Carla, e guarda ritagli di cielo che si spostano e danzano nel reticolo formato dai rami sopra di lei. Dai capelli, le goccioline d'acqua le cascano sulle spalle bruciate dal sole. Intorno a loro si sente il basso ronzio soporifero degli insetti.

«Allora, Mac, *di chi è* questo posto?» chiede Simon guardando le finestre annerite del vecchio cottage di pietra. «È pazzesco che se ne stia lì così, vuoto e abbandonato.»

Mac alza le spalle. «Sarà un vecchio capanno di pastori», risponde schermandosi gli occhi dal sole.

«Però sembra completamente abbandonato», commenta Ben esalando uno sbuffo di fumo verso l'alto.

«Ha un nome?» chiede Carla.

Mac alza nuovamente le spalle. «Non lo so.»

«Dovremmo darglielo *noi*», interviene Kat. «Reclamarlo, farlo nostro. Potremmo tornare qui ogni anno in questo stesso giorno.» Rivolge un'occhiata speranzosa a Simon, ma lui ha lo sguardo rivolto verso il cottage.

«Vado a dare un'occhiata più da vicino», dice. «Chi viene?»

Carla fa cenno di andare pure senza di lei e anche Mac declina l'invito, accontentandosi di starsene seduto con le braccia intorno alle gambe a guardare l'acqua; perciò sono Kat e

Ben ad accompagnare Simon lungo la riva fino al cottage diroccato.

Da lontano quel rudere sembrava solido e massiccio, ma via via che si avvicinano Kat si rende conto che l'incuria ha fatto la sua parte. I muri di arenaria sono punteggiati di licheni e al tetto sembrano mancare diverse tegole. La grondaia pende formando un angolo preoccupante e, nascosti sotto la gronda, ci sono nidi di uccelli e ragnatele. Di fronte alle due finestre del pianterreno, annidate tra piante di tarassaco e ortiche, crescono a ciuffi disordinati delle infruttescenze verde acido, rotonde, piatte e traslucide come carta. Su un lato della casa si arrampica una vite legnosa, mentre accanto alla porta di ingresso un vecchio vaso di pietra, incrinato e vuoto, costituisce il muto ricordo degli abitanti di un tempo. Avvicinandosi ancora, i ragazzi notano che le finestre sono nere di sporcizia, e anche premendo il viso contro i vetri è impossibile riuscire a distinguere qualcosa dell'interno buio. Kat esita, ma Simon è già sull'uscio e bussa con forza. «Non si sa mai», dice, e si volta verso di loro sorridendo, ma gli altri trattengono il respiro ascoltando la sorda eco dei colpi rimbombare nella casa. Soddisfatto, Simon allunga la mano e prova a girare la maniglia, che si muove un po' e poi si blocca. «È chiusa a chiave.»

«Be', questo è quanto», dice Kat nascondendo a malapena il sollievo.

«Aspettate un attimo», insiste Simon spostando il vaso incrinato di lato.

«Sì, come no», ride Ben, «figuriamoci se qualcuno ha lasciato la chiave della porta per farcela trovare.»

Simon smuove la terra con il piede e lì, annidata tra il fango e gli onischi che fuggono da ogni parte, intravede una traccia d'argento ossidato. Si volta verso i due amici alzando un sopracciglio, poi si china a scavare e recupera la chiave da sottoterra. La pulisce sfregandola sulla camicia e la mostra ai due con un sorriso diabolico. Kat si sforza di apparire contenta, ma non riesce a liberarsi dall'ansia. Per qualche motivo la cosa le sembra sbagliata, in fondo stanno violando una proprietà privata.

La chiave gira senza intoppi nella serratura e la porta si apre. I tre restano immobili per qualche istante, incorniciati dal rettangolo nero degli stipiti. «Secondo voi possiamo farlo?» chiede Kat, ma Simon ha già varcato la soglia.

«Dai, forza», dice voltandosi e inchiodandola con lo sguardo, «non fare la fifona. Questo posto è tutto nostro.»

La temperatura all'interno è molto più fresca che fuori; le spesse pareti di pietra e le stanze che rimbombano, chiuse da molto tempo, sembrano refrattarie al calore del giorno, e l'aria stagnante e greve odora di umido e di stantio. Dalle finestre rigate di sporcizia filtrano i raggi del sole, catturando particelle di polvere che fluttuano e vorticano, smosse dal loro arrivo. La stanza in cui sono entrati è larga quanto il cottage ed è praticamente vuota, a parte un caminetto lungo e basso, un divano sfondato di velluto marrone, addossato alla parete sotto una delle finestre, una poltrona e una scala ripida che porta al piano superiore. Dai bastoni di legno pendono ancora le tende, ma sono vetuste e sbiadite, poco più che malconci stracci grigi. Kat nota le ragnatele sospese fra le travi e gli escrementi di un animale sconosciuto disseminati come ciottoli sul pavimento di legno polveroso. Cerca di non allontanarsi da Simon, che passa da una porta bassa ed entra nella seconda stanza, sul retro del cottage.

Qui si trova quella che un tempo doveva essere la cucina. Ci sono un altro camino, un'antiquata cucina economica, un tavolo di legno e due lunghe panche. Sulla cappa del camino, appesi a chiodi conficcati nella pietra, c'è quel che resta di alcuni utensili da cucina. Kat vede una casseruola dal fondo annerito, un grande paiolo di rame e un colino con macchie scure di ruggine. Sull'altro lato della stanza, Simon apre un rubinetto e nel lavello di pietra sotto la finestra si riversa un getto d'acqua. «C'è l'acqua corrente.»

Kat annuisce, apre l'anta di una grande credenza e, vedendo un topolino grigio che scappa a nascondersi, lancia un urlo. «Dio mio», esclama Simon ridendo, «mi hai fatto prendere un colpo.»

«Un po' spettrale, eh?» commenta Ben. Fa scattare un antiquato interruttore sulla parete. «Non c'è corrente.»

«Ti sorprende?»

«Venite», dice Simon, «diamo un'occhiata di sopra.»

«Magari troviamo un cadavere.»

«Smettila», lo rimprovera Kat con un brivido.

Tornano nella prima stanza e iniziano a salire i gradini di legno scricchiolante che portano al piano superiore. Sono arrivati quasi in cima, quando il piede di Simon ne trapassa uno. «State attenti», li avverte, «questo è marcio.» Kat e Ben sghignazzano, mentre lui cerca affannosamente di liberare il piede dal buco. «Un po' di aiuto non mi dispiacerebbe», dice, e alla fine gli amici riescono a liberargli il piede e a continuare la salita.

Come al pianterreno, anche qui non c'è granché da vedere, solo un pianerottolo minuscolo che separa due camere spartane. Kat entra nella prima e vede un materasso gettato a terra, grigio di polvere. Sopra un vecchio portacatino di legno, su cui si trovano ancora un grande bacile e una brocca di ceramica, è appeso uno specchio incrinato. Lì accanto, sul pavimento, c'è una padella per malati in porcellana. Simon le dà un calcio. «Il bagno non mi sembra un granché.»

Nella seconda camera c'è un altro materasso vecchio, in condizioni appena migliori del primo. Sotto la finestra giace la carcassa rinsecchita di un uccello, con le ossa scheletriche di un bianco splendente alla luce che filtra dai vetri. Kat immagina l'uccello mentre scende dal camino e rimane intrappolato dentro la casa; se lo vede che svolazza e sbatte contro le finestre, imprigionato nel cottage, poi al solo pensiero rabbrividisce e si avvicina a Simon. Lui sta trafficando con il gancio di una finestra. Colpisce con forza il telaio finché non si apre, portando in quel minuscolo spazio una piacevole ventata di aria calda e di luce. In lontananza, il lago luccica in modo accattivante, non più come uno specchio azzurro, ma più scuro, come uno zaffiro che risplende al sole del tardo pomeriggio. Kat riesce appena a distinguere Carla sdraiata all'ombra degli alberi e Mac seduto accanto a lei, con la testa rivolta al cottage. Kat alza la mano per salutarlo, ma lui non pare vederla.

Si avvicina alla finestra sul retro e attraverso il vetro rigato sbircia nel giardino incolto. Strofina lo sporco con le dita e scorge un piccolo capanno di legno. «Andiamo a vedere», suggerisce Simon guardando nella stessa direzione di Kat. Così scendono le scale con cautela, facendo attenzione a evitare il buco che si è appena formato in cima, e si dirigono sul retro della casa.

Non è tanto un giardino, quanto una massa disordinata di vegetazione e alberi a ridosso delle colline, ma ovunque ci sono tracce degli antichi occupanti: una vecchia carriola arrugginita, vasi di coccio rotti, aiuole ormai prive di forma e alberi da frutto. Anche qui ci sono le infruttescenze piatte e verdi che Kat ha visto davanti al cottage, raggruppate in fitti ammassi che si intrecciano a ramoscelli di fiori viola sbiaditi. «Guarda qui, Ben», dice Kat indicando i dischi traslucidi. «Questa roba cresce dappertutto.»

«So cos'è», risponde lui tastando uno dei dischi verdi. «Mia madre la usa per fare le composizioni di fiori secchi, a casa, ma non è verde, è bianca come la carta da lucido. Lei la chiama "lunaria" e dice che è un simbolo di sincerità. Sembra che qui intorno si propaghi spontaneamente.»

Kat osserva la pianta. «Lunaria, che strano nome.» Lei non s'intende di giardinaggio, ma guardandosi intorno vede le tracce di un vecchio orto: tutori per fagioli penzolanti, grossi rami legnosi di rabarbaro che spuntano da terra come in una foresta giurassica e, sopra questi, le prime mele della stagione che maturano sugli alberi cresciuti al riparo delle colline. «Sembra che una volta qualcuno abbia avuto a cuore questo posto e abbia cercato di addomesticarlo», commenta a bassa voce, ma nessuno dei due ragazzi la sente. Ben sta risalendo la collina, diretto verso i meli, mentre Simon tira con forza la porta del capanno in rovina.

«È una latrina e dietro c'è una vecchia vasca di metallo.» Sorride. «Molto rustico.»

«Chi se ne frega di una vecchia vasca arrugginita? Guardate che cosa ho trovato», grida Ben. Gli altri due si voltano e lo vedono piegato in due a osservare una pianta a foglia verde che cresce ai suoi piedi. «Fragole.» Coglie un frutto rosso e se lo infila in bocca. «Deliziosa.»

Kat e Simon lo raggiungono; la ragazza stacca una fragola carnosa dal gambo e se la porta alle labbra. Ben ha ragione: sono buonissime, dolci e tiepide, e tutti e tre ne colgono quante più possono, riempiendosi la bocca prima di tornare dagli altri e trasportando con cura il resto dei frutti nelle magliette ripiegate.

«La sai una cosa?» dice Ben, la testa in grembo a Carla, mentre lei gli infila in bocca l'ultima fragola. «Se dovessi morire in questo momento, morirei felice.»

Kat fissa la superficie del lago. Il sole sta iniziando a scomparire dietro le colline: è appeso in cielo come una palla di fuoco e trasforma in oro sfolgorante una nuvola solitaria. In lontananza, dall'altra parte del lago, echeggia il verso di un fagiano.

«Niente male, vero?» concorda Carla accarezzando il mento rasposo di Ben.

«Non riesco proprio a capacitarmi che non ci sia nessuno in questo posto. Che spreco.»

«Non credo che avrei bisogno di molto altro nella vita, se potessi vedere questo panorama tutte le mattine quando mi sveglio», interviene Simon.

«Dovremmo tornarci presto», aggiunge Mac, accarezzando l'erba con la punta delle scarpe da ginnastica.

«Che ne dite di lasciarmi qui?» scherza Ben. «Credo che preferirei vivere di stenti qui che tornare a casa con voi. Posso fare a meno di quel lavoro nello studio di ingegneria di mio padre.»

«Almeno tu hai un impiego che ti aspetta», replica Carla.

«Ce la caveremo», dice Kat, cogliendo le margherite che spuntano sull'erba lì intorno. «So che i giornali sono pieni di articoli disfattisti, ma noi siamo laureati.» Pensa alle interminabili richieste di lavoro che ha compilato, agli innumerevoli rifiuti gentili ma decisi che ha ricevuto in risposta, ma soffoca i propri dubbi. «Abbiamo capacità preziose.»

Simon soffoca a stento una risata. «Capacità preziose? Lo credi davvero? La disoccupazione è in aumento, le imposte continuano a salire, i tassi di interesse pure. La Thatcher ci va giù pesante. Dicono che presto arriverà la recessione... e allora sì che saremo fottuti.»

«Ehi, è deprimente.» Carla ha l'aria preoccupata.

Simon alza le spalle. «Solo se hai intenzione di diventare un altro ingranaggio del meccanismo.»

Kat lo osserva attentamente. Vede quel certo luccichio nei suoi occhi che le rivela quanto l'argomento gli stia a cuore.

«Allora dicci un po', grande saggio», lo provoca Ben, ancora sdraiato nell'erba, «quale sarebbe la soluzione?»

Simon riflette un attimo. «Bisogna tornare alle origini... dimenticare il sistema e pensare a che cosa vogliamo combinare *davvero* nella vita, indipendentemente dai soldi. Non sto parlando di ingegneria», dice guardando Ben, «o di giornalismo», e fissa Kat. «Parlo di quello che vi piace *sul serio*. Quello che avete sempre sognato di fare fin da quando eravate piccoli. Perché sono più che sicuro di non essere cresciuto sognando di diventare avvocato.»

Kat coglie un'altra margherita e stringe lo stelo tra le dita. «A me piace scrivere», dice, arrossendo quando si rende conto di aver espresso quel pensiero ad alta voce. «Voglio dire, ho sempre desiderato diventare una scrittrice. Era questo che volevo fare da piccola.»

Si aspetta che Simon si metta a ridere, ma lui si limita ad annuire. «Esatto, scrivere. Per farlo non hai bisogno di soldi, di una laurea o di una bella casa. Ti bastano una penna e un pezzo di carta. E tu, Ben?»

«A me piace fumare erba», risponde lui facendoli ridere. «E suonare la chitarra. Se potessi semplicemente starmene tutto il giorno a fumare erba e inventare stupide melodie sarei contento.»

«Cioè quello che hai sempre fatto?» chiede Kat.

Simon ignora la battuta. «Capite? Voi due amate fare cose che non richiedono altro che tempo e spazio. Eppure è esattamente questo ciò che si perde quando si inizia a lavorare. Non prendiamoci in giro: negli ultimi tre anni all'università non hanno fatto altro che spingerci a entrare in una società basata sul commercio e sull'avidità, come agnelli mandati al macello. Io entrerò in uno studio legale.» Si rivolge a Ben. «Tu avrai un lavoro nello studio di ingegneria di tuo padre, e tu inizierai a fare la gavetta in un quotidiano o in una rivista», aggiunge rivolto a Kat. «Il nostro Mac troverà un lavoro un po' hippy in campo ambientale e Carla potrebbe sfornare tanti piccoli Ben...»

«Ehi», esclama Carla, «io ho in programma di diventare assistente sociale, prima.»

«Lo so, lo so», risponde Simon sorridendo e alzando le mani in segno di resa, «stavo solo scherzando... Ma fra un po' di tempo ci ritroveremo tutti a chiedere il mutuo per la casa e il prestito per la macchina, avremo dei figli e, senza rendercene conto, perderemo di vista le cose più importanti per noi, i sogni e le ambizioni che adesso culliamo con passione. Finiremo intrappolati in mestieri che non amiamo per poterci permettere una vita che, in realtà, non abbiamo mai desiderato.»

«Bel discorso.» Kat osserva Simon con attenzione. L'ha già visto così infervorato, quando comincia a scaldarsi per sostenere una tesi. Capisce ciò che sta dicendo; riesce a cogliere la verità fondamentale dietro le sue parole, ma è facile esprimersi con tanto trasporto quando ci si trova in una situazione di ricchezza e privilegio. Non tutti sono così fortunati.

«Dimentichi un punto fondamentale: abbiamo tutti bisogno di soldi... di un reddito», ribatte tranquillamente Carla, rispecchiando il pensiero di Kat. «Ora come ora siamo tutti al verde.»

«Solo per colpa del sistema. È una trappola: vivere per lavorare. È questo che volete?»

«Allora *tu* che cosa suggerisci?» chiede Kat. «Di vivere del sussidio di disoccupazione? Di rimanere all'università per il resto della vita?» Scrolla la testa. «Non è che io voglia andarmene la settimana prossima, però...»

«È semplice. Dobbiamo solo trovare il modo di vivere senza rinunciare alla libertà e ai nostri ideali in cambio di qualche schifosa banconota. Si tratta di fare delle scelte e mantenere il controllo.»

«Credo che questo si chiami comunismo», sentenzia Ben

facendo un altro rutto. «Con Stalin non ha funzionato molto bene.»

Carla riflette un istante. «Capisco quello che dici, davvero, ma come fai a prendere posizione quando il resto del mondo *è* il sistema? Non tutti abbiamo la fortuna di avere dei genitori schifosamente ricchi», dice apertamente, lanciando un'occhiata di rimprovero a Ben e Simon.

Simon non pare cogliere l'affondo, oppure sceglie di ignorarlo. Preferisce mettersi a guardare il lago, e i suoi occhi scintillano ambrati nel sole. «E se avessimo la risposta sotto il naso?» Si volta e si avvicina agli amici, abbassando la voce. «Guardatevi intorno. Questo posto cade a pezzi, ma qualcuno potrebbe davvero tirarne fuori qualcosa. *Noi* potremmo tirarne fuori qualcosa.»

Ben ride. «Sì, come no, perché non ci trasferiamo quassù, ci ritiriamo dal mondo, buttiamo via il futuro?»

«Ma è proprio questo che voglio dire», insiste Simon. «Il futuro potrebbe essere *qui*. Questo posto potrebbe essere il *nostro* futuro.»

«Vuoi dire che dovremmo occupare questo luogo abusivamente?» chiede Carla con una traccia di disgusto nella voce.

«Non dargli retta», interviene Kat allungandosi sull'erba. «È tutta colpa del sole e della birra... gli hanno dato alla testa.»

«Ma perché no?» continua Simon imperturbabile. «È chiaro che qui è tutto abbandonato. Chiunque sia il proprietario del terreno, ammesso che ce ne sia uno, probabilmente è morto da tempo. Perché tutte queste fragole devono rimanere a marcire senza essere mangiate e il lago restare intonso in un giorno d'estate? Perché questo cottage deve essere lasciato cadere in rovina? Perché non possiamo goderceli... tirar fuori qualcosa da questo posto?»

«Detesto far crollare le tue illusioni, Simon, ma che mi dici dei soldi? Di cosa dovremmo vivere, secondo te?» chiede Ben. «Avremo bisogno di qualcosa di più delle fragole per sopravvivere anche solo una settimana.»

«Guardati bene intorno», ribatte Simon. «Tutto ciò che ci serve è proprio qui davanti ai nostri occhi: un rifugio, acqua fresca, prodotti della terra. Nel lago ci sono i pesci, nei boschi i fagiani e abbastanza legna per tenerci al caldo per il resto della vita. Potremmo rimettere in sesto l'orto che c'è dietro il cottage e scommetto che da qualche parte ci sono anche delle anatre... e dei cervi. Potremmo vivere da re, essere autosufficienti, contare solo su noi stessi, essere liberi di scegliere le nostre occupazioni.»

«Uau», esclama Ben con finta ammirazione, «non pensavo che fossi il tipo da zoccoli e pantaloni di velluto, Simon.»

«Non sto parlando di zoccoli e velluto, sto parlando di controllo. Sto dicendo di fuggire dal tran tran e stabilire le nostre regole da soli. Non parlo di quelle cazzate hippy del libero amore. Siamo negli anni Ottanta: è un nuovo decennio. Possiamo sottometterci al sistema oppure decidere di vivere a modo nostro, secondo le nostre regole. Pensateci: quassù Kat potrebbe scrivere... Ben, tu potresti fare musica... Potresti anche fumare fino a star male, se ne hai voglia.»

Ben solleva la bottiglia di birra verso gli altri. «Allora brindo a questo.»

Kat si gira e si appoggia su un gomito. Guarda Simon che si passa le mani tra i capelli, le ombre morbide che gli danzano sul viso intrecciate alla luce del sole. Sulla sua mascella spunta una leggera traccia di barba e sul naso una spruzzata di lentiggini infantili. La vista le riempie il cuore con quella fitta familiare, tra il dolce e l'amaro.

«Guardatela da questo punto di vista», continua Simon. «Forse la scelta più radicale che possiamo fare in questo momento è ritirarci da una società che ci chiede di sacrificare i nostri desideri in cambio di uno stipendio. Qui possiamo contare su quello che coltiviamo, costruiamo o raccogliamo. Potremmo concentrarci su ciò che ci piace davvero, sulle cose che hanno *valore*. Potremmo fare la differenza.»

«E quindi ci lasciamo semplicemente il mondo alle spalle?» chiede Kat.

Simon allarga le braccia. «E se il mondo fosse *questo*?»

Kat sente che suo malgrado le viene da sorridere.

«E se qualche contadino o guardia forestale se la prende a male perché siamo abusivi e ci caccia via?» chiede Carla. «O se dal nulla sbuca una vecchina che rivuole il suo cottage?»

Simon alza le spalle. «E anche se fosse, che cosa ci avremo perso? Abbiamo comunque tutta la vita per conformarci.» Si mette seduto e guarda gli amici uno per uno. «Potremmo provare per un anno e vedere come va... Considerarlo una specie di esperimento. Un anno: sì, credo che ce la possiamo fare.»

Kat vede che tutti fissano Simon rapiti. Sa bene quanto possa essere pericolosamente persuasivo quando è di quell'umore e si chiede da dove gli venga quella sicurezza, quella spavalderia. Sarà qualcosa di innato, di genetico, o magari è una dote che insegnano in certe costose scuole private... Forse è per quello che le famiglie ricche sborsano cifre astronomiche ogni semestre: per corsi di fascino e persuasione, che instillano una fiducia incrollabile in sé stessi. Kat, comunque, di una cosa è sicura: quando Simon ti coinvolge in un progetto o in una discussione, riesce a essere straordinario e irresistibile al tempo stesso.

«Che ne dite?» prosegue lui. «Dodici mesi nell'arco di una vita intera... non sono niente. Se non altro, nel frattempo ci saremo divertiti.» Si accovaccia sui talloni e li guarda; gli occhi scuri scintillano nella luce incerta e una goccia di succo di fragola gli macchia ancora le labbra. Kat deglutisce e distoglie lo sguardo.

Poi, rendendosi conto che nessuno dice niente, Simon sospira e si volta a guardare le acque immobili del lago. «Bah, lasciamo perdere. Forse avete ragione voi, sono un idiota. È ora di andare avanti, non possiamo stare insieme in questo modo per sempre.»

Su di loro cala il silenzio. Kat riflette su quello che Simon ha appena suggerito: loro cinque in un cottage isolato e cadente, provando a creare qualcosa dal nulla, trasformandolo in una casa in cui vivere tutti insieme proprio lì, all'aria aperta e sotto il sole, accanto a quel bellissimo lago scintillante. Pensa che avrebbe il tempo per leggere e scrivere, il tempo per pensare, il tempo per godere della compagnia dei suoi amici. Poi riflette sull'alternativa.

Le cose per lei non sono semplici come per gli altri: non ha genitori su cui contare, non ha la certezza di un lavoro o la promessa di un posto nell'azienda di famiglia. L'unica persona che ha al mondo è la sorella, ma Freya adesso è presa dalla sua vita. Eppure, quel posto, quell'idea, cambierebbero tutto. In confronto a qualunque altra ipotesi sul futuro, il progetto di Simon le sembra paradossalmente solido e reale, e offre l'unica, luminosa garanzia che fino a quel momento Kat non aveva neanche osato immaginare: trascorrere altri dodici mesi con lui.

Mentre rimugina sulle sue parole, sente una scintilla di entusiasmo accendersi dentro di lei. Fa un respiro profondo. «So che probabilmente me ne pentirò...» sussurra sospirando, «ma io ci sto.» Ha parlato a voce così bassa che è sicura che nessuno l'abbia udita, ma Simon si è già girato verso di lei e le sorride felice.

«Kat», dice. È solo una parola, ma la nota di approvazione nella sua voce trasforma immediatamente la scintilla di entusiasmo in una fiamma ardente. «Sapevo che *tu* avresti capito.»

Lei annuisce, cercando di nascondere un sorriso.

«Qualcun altro?» chiede Simon guardandosi intorno.

Ben si lamenta. «Uff, tu con... quella tua linguaccia persuasiva e quelle parole zuccherose. Sai che mio padre mi ucciderà, vero?»

Simon si limita ad alzare le spalle.

«E poi non c'è neanche l'elettricità. Voglio dire, non credo che riuscirei a sopravvivere senza il giradischi e i miei vinili. Potrei deperire.»

Simon continua a guardarlo in silenzio.

«Ma immagino che il lavoro possa anche aspettare, mentre noi sperimentiamo questo tuo programma strampalato.» Guarda Carla e lei inclina leggermente la testa. «Dodici mesi, hai detto?»

Simon annuisce.

«E va bene», si arrende Ben, «mi hai convinto. Ci sto.»

«Anch'io», dice Carla.

Kat fa un sorrisetto. Lo sanno tutti che, quando si tratta di Ben e Carla, dove va uno va anche l'altro.

«Ottimo. A questo punto rimani solo tu, Mac... Sei rimasto zitto nel tuo angolino. Allora, che ne pensi?»

Aspettano. Mac è seduto con le ginocchia al petto a fissare le scarpe da ginnastica polverose.

«E dai, Mac, non ce la possiamo fare senza il nostro amico *campagnolo*», lo incita Ben imitando un orribile accento del nord.

«Dai, Mac», insiste Kat, «tu sei quello che ci ha portati fin qui. Non sarebbe la stessa cosa senza di te.»

Lui li guarda uno per uno sbirciando attraverso la cortina disordinata dei capelli. Schiaccia un moscerino che gli si era posato su un braccio e poi si strofina il mento arrossato dalla barba ispida. «Siete ubriachi», dice.

Gli altri lo fissano, inchiodandolo con lo sguardo.

«Significa lavorare maledettamente duro», aggiunge.

Nessuno apre bocca. Dalla cima degli alberi arriva il verso di un colombaccio.

«Cristo santo», sbotta alla fine Mac con un sorriso sghembo, «come faccio a lasciarvi qui da soli, eh? Non durereste cinque minuti senza di me.» Fa un piccolo cenno con la testa. «Ci sto.»

«Bravo ragazzo», dice Simon, allungandosi verso di lui per dargli una pacca sulla spalla.

Sigillano il patto facendo tintinnare le bottiglie di birra e brindando. Poi, mentre il sole comincia a scomparire lentamente dietro le colline, rivolgono il pensiero al viaggio che li aspetta per tornare a casa, scuotono la coperta e gli asciugamani e richiudono la borsa termica. Mac fa strada verso il boschetto scuro, mentre gli altri lo seguono a distanza. Kat, però, rimane indietro un attimo, sulla riva, restia ad andarsene da lì. Ormai la luce è quasi svanita e, nella penombra del crepuscolo, il lago è diventato una pozza profonda e scura come l'inchiostro. Hanno deciso di tornare la settimana seguente – dopo avere impacchettato le loro cose, essersi procurati l'essenziale e aver detto addio alla casa da studenti –, ma ora che è arrivato il momento di tornare in città, Kat scopre di non riuscire a staccarsi da quel luogo.

Sente un calpestio alle sue spalle, ma non si volta neanche quando una seconda ombra appare in riva al lago, fondendosi con la sua e allungandosi sulla massa scura dell'acqua...

neanche quando un braccio caldo si insinua intorno alle sue spalle. Ebbra di sole e di birra, si concede il lusso di appoggiarsi al corpo solido di Simon, posando la testa sulla sua spalla.

«Non hai voglia di andartene, vero?»

«No», ammette lei.

«Non preoccuparti, torneremo tra qualche giorno.» Lei annuisce e si chiede se stia sognando o se davvero le dita di Simon stiano danzando leggere sulla sua pelle nuda. «Dodici mesi», sussurra lui. «Niente balle... solo duro, onesto lavoro e le gratificazioni che ne deriveranno.»

Per qualche motivo, le parole di Simon le ricordano la pianta che cresce intorno al cottage abbandonato, quei dischi verdi sottili come carta che luccicano nella brezza lieve dell'estate. «Probabilmente siamo pazzi», mormora Kat, ma la pensa come lui: in quel luogo vede la promessa di qualcosa di bello e concreto, una vita fatta di semplicità e solitudine. Una vita con Simon e gli amici, lontano dalle distrazioni del mondo esterno. Una vita sincera.

Simon reprime uno sbadiglio. «Dai, vieni», dice, prendendola per le spalle e facendola voltare verso il pendio erboso davanti a loro. «Gli altri ci staranno aspettando.»

Lei annuisce e lascia che lui la guidi per mano fino alla macchina, mentre le ombre si fanno sempre più lunghe.

3.
LILA

AGOSTO

Alla fine ci vogliono tre settimane prima che trovino il tempo e l'energia di andare a vedere quel misterioso terreno ereditato da Lila e, quando finalmente lasciano Londra, qualsiasi idea romantica di uno spensierato viaggetto estivo che potessero aver nutrito viene presto abbandonata. «Avremmo fatto meglio a mettere in valigia anche i cappotti», commenta Tom con la mascella serrata e le nocche bianche strette sul volante mentre la pioggia batte violentemente sul parabrezza.

«Già», concorda Lila fissando le scie distorte delle luci rosse dei fari davanti a loro. «Non è esattamente la giornata che avevamo previsto, eh?» La macchina viene investita da un'altra folata di vento e all'improvviso i tergicristalli sembrano troppo lenti.

«Forse avremmo dovuto aspettare», ribatte lui. «Secondo la tua cartina sarà un viaggio impegnativo, dobbiamo fare anche un pezzo a piedi. E con questo tempo non ci sarà da divertirsi.»

La *tua* cartina. Lila si rende conto che Tom si sta già tirando indietro. «Non eri *obbligato* a venire.»

«Non volevo...» Lui esita, cercando di scegliere le parole con attenzione. «In realtà volevo dire...» Ci rinuncia. «Senti, voglio soltanto stare qui con te, okay?»

Lei annuisce e sente gli occhi del marito su di sé, ma non riesce ancora a guardarlo. Ha paura che, se lo facesse, potrebbero aprirsi le cateratte e che lui potrebbe cominciare a parlare della cosa terribile rimasta sospesa tra loro, quella che nessuno dei due ha mai affrontato dal giorno in cui Lila è stata dimessa dall'ospedale. E non è certa di riuscire a sopportarlo, non oggi. L'effetto delle pillole che ha ingerito a colazione sta già svanendo.

«Ci sto provando, Lila», dice Tom. «Davvero.»

«Lo so.» Lila guarda il traffico e fa girare la sottile fede nuziale d'oro che porta al dito, chiedendosi se sia il caso di allungare una mano e sfiorare Tom, come piccolo gesto di riconciliazione. Vorrebbe rassicurarlo che anche lei ce la sta mettendo tutta, che lo ama ancora; ma le parole le restano bloccate in gola e le mani posate in grembo, mentre tiene lo sguardo fisso sulla strada davanti a sé.

La prima volta che aveva visto Tom era stato a una fermata dell'autobus nel quartiere di Crouch End. Era appoggiato alla pensilina, con una sacca di cuoio malandata ai piedi, la giacca del completo che sbatteva al vento e in mano un libro in edizione tascabile con le orecchie alle pagine. Aveva seguito i suoi occhi che si spostavano veloci sulle righe. "Mai fidarsi di un uomo che non legge": era un consiglio che le aveva dato il padre e che lei aveva dimenticato da tempo, visto che all'epoca non doveva avere più di dodici o tredici anni, ma lì sul marciapiede, mentre guardava quello sconosciuto con la fronte leggermente corrugata e le scarpe consumate, quelle parole le erano tornate in mente.

L'aveva osservato per un po', notando il movimento occasionale delle labbra mentre gli occhi seguivano le parole sulla pagina e, quando alla fine era arrivato l'autobus, si era seduta in fondo e si era distratta guardando le immagini che scorrevano rapide davanti al finestrino, concedendosi di cercarlo con lo sguardo solo una o due volte: la piega del colletto... la curva della mascella... il ciuffo ribelle dei capelli che immaginava non stesse mai a posto.

Il mattino dopo, il *lettore*, come l'aveva soprannominato, non c'era, e neanche quello seguente, ma il quarto giorno era tornato e si era appoggiato alla pensilina sempre nella stessa posizione, questa volta con un altro libro. Quando era arrivato l'autobus, Lila l'aveva seguito nel corridoio e si era seduta nel posto libero accanto a lui, lanciando un'occhiata al volume che aveva posato sulle ginocchia. Lui le aveva rivolto un sorriso sghembo e aveva tirato su il libro perché lei vedesse la copertina. «Mi hai beccata, perdonami», aveva detto Lila per scusarsi, arrossendo violentemente.

«No, anch'io sono fatto così... voglio sempre sapere che cosa leggono gli altri.»

«Com'è, bello?» gli aveva chiesto, indicando con un cenno della testa il voluminoso tascabile dal titolo in lettere dorate e in rilievo.

«Non male. L'ho preso in prestito da un amico. A dirla tutta», aveva detto, «non è proprio il mio genere, ma una volta che ho iniziato un libro detesto non finirlo.»

«Anch'io», aveva ribattuto Lila. «Ecco perché non ho mai cominciato a leggere *Guerra e Pace.*»

«O *Moby Dick.*»

«O *Anna Karenina.*»

Si erano sorrisi a vicenda e, mentre l'autobus si faceva strada nel traffico dell'ora di punta e raggiungeva Holborn, avevano infranto tutte le regole non scritte dei trasporti pubblici londinesi e si erano scambiati nome e numero di telefono.

Lui era un ingegnere progettista che si stava specializzando in ponti. Le aveva raccontato tutto di sé al pub, due sere dopo. Il suo lavoro lo portava in giro per tutto il paese, ma sarebbe rimasto a Londra ancora per qualche settimana, ospite di amici a Crouch End, per ispezionare diverse costruzioni e realizzare un nuovo progetto vicino a Stratford. «Fa parte di un grande piano di riqualificazione dell'area.»

Lila aveva annuito cercando di capire se la cosa le pareva interessantissima o noiosissima.

«Non è tutto caschi di sicurezza e blocchi per appunti», le aveva detto, come se le leggesse nel pensiero. «Andare a fare i sopralluoghi mi piace, ma quello che amo davvero è il lavoro di progettazione. Un ponte non deve annoiare, non è semplicemente un mezzo per arrivare dal punto A al punto B; deve essere interessante come gli edifici che lo circondano, dinamico quanto il paesaggio di cui fa parte.»

Lila aveva fatto ancora un cenno d'assenso col capo, ma ascoltava sì e no, perché la sua attenzione era stata catturata dall'intensità degli occhi castani di Tom mentre parlava del suo lavoro e dalla cicatrice bianca frastagliata sulla sua guancia destra, che spariva in una ruga quando sorrideva. Aveva allungato la mano per toccarla con la punta del dito.

«Il mio fratello minore», aveva detto lui sorridendo, «mi ha sparato con un fucile a pallini quando avevo otto anni. Questi fratelli, eh?»

Lila aveva sorriso. «Sono figlia unica.»

«Be', sei fortunata, l'hai scampata. Immagino che tu abbia qualche cicatrice in meno, allora.»

Lila aveva alzato le spalle. Sapeva che, a suo modo, anche lei si portava dietro delle ferite. «Ho sempre desiderato avere fratelli e sorelle», gli aveva confessato. «Essere figlia unica può farti sentire sola.»

Lui l'aveva guardata da sopra l'orlo del boccale di birra. «E *tu* che cosa fai di bello, Lila?»

Gli aveva raccontato di essere anche lei una designer, in un certo senso. «Interni, ristrutturazioni. Lavoro per le aziende che vogliono riqualificare gli uffici, in genere sono aziende creative, nel *settore comunicazione.*» L'aveva pronunciato strascicando volutamente le parole e avevano sorriso. «Ma ogni tanto accetto anche qualche cliente privato, per una casa o un appartamento.»

«Sembra divertente.» Le aveva sorriso e l'aria era stata percorsa da una scarica elettrica.

Si conoscevano a malapena, ma mentre la riaccompagnava a casa, molto più tardi, entrambi vacillando ubriachi, lui l'aveva spinta dolcemente contro la saracinesca di un'edicola e l'aveva baciata sotto la luce intermittente di un lampione difettoso, senza che nessuno dei due si curasse di chi avrebbe potuto vederli. Si erano fermati solo quando il cielo era esploso intorno a loro con improvvisi scoppi e lampi colorati. «Ma che diav...» aveva esclamato lui, guardando gli enormi fuochi d'artificio che illuminavano a giorno il cielo notturno, innalzando sopra le loro teste colonne di fumo grigio dall'acre odore sulfureo.

Lei l'aveva attirato nuovamente a sé. «È la Notte dei falò», aveva detto incollando le labbra alle sue.

«Ah», aveva risposto lui sorridendo, «allora non c'è speranza che riesca a convincerti di avere organizzato questo piccolo spettacolo per il nostro primo appuntamento, eh?»

Lei ricordava che lo stomaco le si era agitato sentendolo pronunciare la parola «primo», per la sottile implicazione che avrebbe potuto essercene un secondo e forse anche un terzo... Si era avvicinata per metterlo alla prova e, quando alla fine si erano staccati, invitarlo a casa sua le era sembrata la cosa più naturale del mondo.

Proseguono verso nord per diverse ore, fermandosi solo una volta a uno squallido distributore per fare il pieno e chiedere indicazioni, poi si rimettono in marcia, attraversano una zona periferica e si ritrovano in aperta campagna. Fattorie e campi coltivati cedono poi lentamente il passo a un paesaggio più selvatico, finché Lila e Tom non si ritrovano ad avanzare in mezzo a boschi intricati e brughiere aperte e disseminate di cespugli. Alla fine accostano sul ciglio di una stradina isolata di campagna e guardano il viottolo senza cartelli che si inerpica ripido davanti a loro.

«Deve essere lassù», dice Lila studiando la cartina. «È l'unico posto in cui potrebbe essere. Ormai abbiamo percorso questa stradina avanti e indietro per tre volte.»

Tom scuote la testa. «Non mi piace, Lila. Mi sembra stretto e fangoso. Con tutta questa pioggia... e se la macchina rimanesse impantanata?» Controlla il suo cellulare. «Tra l'altro, qui non c'è campo.»

«E allora che cosa facciamo, giriamo la macchina e ce ne torniamo a casa?»

Tom non risponde.

«Dai», ribatte Lila, sorpresa di riscoprirsi la più ottimista dei due, «abbiamo stivali e mantelle: sopravvivremo. Siamo nel Peak District, non in Mongolia.» Lo guarda di sbieco; nelle ultime settimane è diventato anche troppo prudente.

Tom forse avverte che lei lo sta squadrando, perché senza voltarsi fissa il parabrezza con un'espressione buffa che fa sorridere Lila. «Forza», insiste, un po' più dolcemente, «abbiamo fatto tutta questa strada, non rinunciamo proprio adesso.»

«Okay», sospira lui affrontando la salita ingombra di vegetazione, «ma ti avverto: se ci impantaniamo, ci tiri fuori tu.»

«Andata», risponde Lila, e sente un sorriso farsi strada sul viso come una strana anomalia. Quand'è stata l'ultima volta che ha sorriso?

Nei primi tempi, il loro rapporto era stato spontaneo e pieno di passione, alimentata dall'intensità implicita di un amore a distanza. A causa del lavoro, Tom era stato costretto a viaggiare molto: era andato a trovarla a Londra ogni volta che aveva potuto, ma quando un progetto lo tratteneva a lungo in un posto, Lila saltava su un treno o su un aereo per un fine settimana rubato in qualunque città in cui lo avesse condotto la sua attività. Lei aveva amato l'eccitazione di quelle fughe, le stanze d'albergo anonime, i grandi letti bianchi, gli accappatoi morbidi e il servizio in camera. Era un modo romantico di iniziare un rapporto, e la fisicità dei loro incontri – l'intimità che provavano, il modo per nulla complicato di cercarsi, toccarsi – sembrava costituire la base di tutto ciò che avevano in comune.

Al contrario di altri uomini con cui era uscita, Tom pareva perfettamente a proprio agio con sé stesso. Comunicava con le mani e con il corpo: le carezzava la nuca con le dita, posava la mano con un tocco leggero sul suo fianco, le circondava le spalle con il braccio quando camminavano per strada. Ogni volta che Lila pensava a lui, nei primi tempi, era sempre in modo fisico – vedeva la curva dei suoi bicipiti, la fossetta della clavicola, la barba che gli spuntava sul viso di primo mattino –, e quei pensieri evocavano sempre in lei una punta di desiderio.

Stavano insieme da poco più di diciotto mesi quando lui le aveva chiesto di sposarlo offrendole un anello di diamanti antico in un'enoteca dall'atmosfera intima, nascosta in una stradina secondaria dietro lo Strand. Lila non aveva neanche dovuto pensarci; aveva gridato: «Sì», e gli aveva gettato le braccia al collo. Sei mesi dopo si erano sposati davanti ad amici e familiari in un minuscolo ufficio comunale e avevano tenuto il rinfresco in un tendone bianco in fondo all'enorme giardino dei genitori di Lila nel Buckinghamshire.

«Ti prometto che non ci lasceremo mai sfuggire tutto questo», gli aveva detto attirandolo a sé la prima notte di nozze. Aveva pensato ad alcune coppie di amici che litigavano e si criticavano in pubblico, cercando di trascinare i presenti nelle loro battaglie personali con frecciate scherzose e mezze frasi concepite per danneggiare o umiliare l'altro. Aveva pensato anche ai suoi genitori durante il banchetto di nozze: il padre ubriaco di whisky e champagne che corteggiava spudoratamente una damigella d'onore, mentre la madre guardava dall'altra parte con quella sua espressione tesa e triste. No, aveva deciso, loro non sarebbero mai finiti in quel modo. Non avrebbero mai perso l'intimità, la confidenza, non avrebbero mai smesso di desiderarsi.

«E io ti prometto», aveva risposto lui baciandole la spalla prima di scendere con le labbra lungo il braccio fino all'incavo del gomito, «che non andremo mai a letto la sera arrabbiati l'uno con l'altra. Non c'è niente che non potremo risolvere scendendo a qualche compromesso... o facendo sesso», e aveva sorriso in quel suo modo sghembo, facendola cadere indietro sul letto.

«Ecco», dice Lila spostando lo sguardo dalla cartina allo spiazzo in cui sbuca il viottolo. «Deve essere qui.» Tom ha l'aria perplessa, ma parcheggia l'auto accanto a un cancello di legno marcio. Poi si infilano stivali e mantella, scavalcano il cancello e si ritrovano in un prato che sembra un pantano. Facendosi guidare dalla cartina, Lila avanza in mezzo a una fitta area boscosa che sbuca su un crinale alto, su cui incombono basse nuvole livide.

Lila appiattisce la cartina lottando contro il vento e cerca di ritrovare l'orientamento. Solleva lo sguardo e indica un punto. «Credo che si trovi proprio al di là di questo crinale...»

Tom annuisce e guarda il cielo che si sta scurendo. «Speriamo che sia vero, perché credo che tra poco si rimetterà a diluviare.»

Coprono le ultime centinaia di metri di corsa mentre le prime gocce cadono dal cielo plumbeo: superano il crinale, aggirano un fitto intrico di rovi e poi scendono lungo un pendio erboso verso una distesa d'acqua grigia come l'ardesia. Non c'è tempo di fermarsi a guardare il paesaggio; la pioggia li frusta, ostinata e gelida, pungendo loro la pelle. «Forza», grida Tom, ma Lila non riesce a stare al passo. Incespica, cade a sedere e scivola giù lungo il resto del pendio, strillando mentre sente i jeans inzupparsi.

Lui la aiuta ad alzarsi e indica il profilo grigio antracite di un edificio, appena visibile in lontananza attraverso la cortina di pioggia. «Là c'è qualcosa», dice. Si rimettono a correre e pochi attimi dopo arrivano sulla soglia, completamente fradici e senza fiato.

«È questo?» chiede Lila.

«Non lo so.»

La ragazza osserva le finestre oscurate del cottage diroccato. «Deve essere questo, no?» Adesso che è arrivata, si sente improvvisamente nervosa.

«Prova ad aprire. Sbrigati», la esorta Tom.

Lila estrae dalla tasca la chiave argentata e cerca di girarla nella toppa, ma ha freddo, è bagnata e le tremano le mani. Niente da fare. «Forse non è questa», dice. «Forse siamo nel posto sbagliato.»

Ma Tom le prende la chiave di mano e riprova. Dopo qualche secondo la porta si spalanca con un cigolio sinistro. Lui la tiene aperta per fare entrare Lila, poi la segue nell'interno buio e richiude la porta con un botto.

Lila si volta a guardarlo nell'oscurità: sono entrambi ansimanti e bagnati fino alle ossa. «Ce l'abbiamo fatta», dice guardandosi intorno e registrando le prime impressioni su quel posto. «Siamo arrivati.»

Tom allunga la mano per far scattare l'interruttore sul muro, più per abitudine che aspettandosi di vedere la luce, ma quando la lampadina lampeggia, sfrigola e si accende rimangono entrambi a bocca aperta. «C'è la corrente», esclama lui, «non l'avrei mai detto.»

Lila non fa commenti. Si limita a stare in piedi al centro della stanza e a osservare l'ambiente, immersa come Tom nella debole luce della lampadina. Vede un lungo camino di pietra con la grata di ferro, pieno di cenere bianca e fredda, e accanto a questo un cesto di vimini, che probabilmente un tempo conteneva ciocchi e ramoscelli. Sopra la mensola del camino c'è una collezione di polverosi mozziconi di candela infilati nel collo di varie bottiglie di vetro, ciascuno sciolto in una forma sinuosa e unica. Ci sono anche una pila di vecchi libri e un mazzo di carte da gioco spiegazzate, una scatola di Scarabeo ammuffita, una scacchiera e una copia del *Walden* di Thoreau ancora aperta e girata, come se chi la stava leggendo l'avesse posata per un attimo, solo per andare a prepararsi una tazza di tè. Al centro della stanza giace una cassa di legno capovolta: su quella specie di tavolo improvvisato sono abbandonati una lampada a olio coperta di polvere, alcune bottiglie di birra vuote e un posacenere sudicio. Lila solleva una delle bottiglie e la mette sotto la luce fioca, intravedendo la corazza di uno scarafaggio nero sul fondo, morto stecchito da tempo. Intorno alla cassa ci sono un divano di velluto marrone sfondato, vari pouf ammuffiti e una poltrona con l'imbottitura che fuoriesce dal cuscino.

«Sono i topi», spiega Tom seguendo lo sguardo di Lila. «Probabilmente la usano come nido.»

Lei annuisce avvertendo un piccolo brivido.

«Allora, eccoci qui», dice lui. «È piuttosto spartano, eh?»

«Credo che la parola giusta sia *rustico*», risponde Lila. Si sfrega le mani, cercando di scaldarsi. «Se avessimo dei fiammiferi potremmo accendere il fuoco.»

«Io non lo farei. Probabilmente il camino è intasato di nidi di uccelli e fuliggine. Incendieremmo questo posto in pochi minuti.»

«Oh», dice Lila, demoralizzata, pensando ai jeans freddi e bagnati che le stanno appiccicati alla pelle. La stanza emana un'aria strana, come di qualcosa di abusivo. Lila si chiede se i ragazzi del luogo lo abbiano usato come ritrovo, anche se a giudicare dallo spesso strato di polvere che copre ogni cosa e dall'aria stagnante e umida che stanno respirando, è ovvio che non ci venga nessuno da un po'. Le uniche impronte visibili nel locale sono le loro. Lila si china e spazza con la mano la superficie di una delle luride assi del pavimento, scoprendo un bel legno color miele nascosto sotto la polvere. "Potrebbe essere lucidato", pensa, "rimesso a nuovo." Le spesse pareti di pietra, ridipinte di bianco, farebbero risaltare le travi di legno che sporgono dal soffitto basso. E poi nuove tende e nuovi mobili. Lila non riesce a trattenersi: persino nella penombra dell'acquazzone, l'istinto da decoratrice di interni prende il sopravvento e le fa vedere il potenziale della casa.

Si spostano nella seconda stanza: una cucina malmessa con una vecchia cucina economica in ghisa e una padella solitaria rimasta sulla piastra. Dalla parte opposta c'è un lungo tavolo di legno con due panche traballanti e altre candele infilate nel collo di vecchie bottiglie di birra. Sul tavolo sono rimaste tre tazze, accanto a una latta arrugginita e vuota di una marca di latte in polvere che non è più in commercio. In fila su una mensola, altre tazze sbeccate e qualche boccale polveroso, e più in alto, per tutta la lunghezza del soffitto, una trave bassa e sporgente. Lila la osserva e nota che il legno ha un buco profondo e scheggiato, un foro quasi perfettamente circolare con una minima traccia di bruciatura sui bordi. Forse un colpo di pistola? *Dentro* il cottage? Il pensiero la mette a disagio e sta per chiedere a Tom di dare un'occhiata quando lui la chiama. «Toh, prendi.»

L'aria è attraversata da un lampo colorato, poi Lila afferra l'oggetto che rotola verso di lei. «Un cubo di Rubik», esclama tenendolo nel palmo della mano.

«Non ne vedevo uno da anni. Probabilmente adesso è un pezzo da collezione: dovresti venderlo su eBay.»

Lila prova a fargli fare un paio di giri prima di posarlo sulla mensola accanto ai boccali. «Non ho mai capito come si fa.»

Mentre salgono la scala scricchiolante, Tom le indica un buco dall'aria pericolosa in uno dei gradini più in cima. «Stai attenta, qualcuno di questi scalini ha visto tempi migliori.»

Lila scansa il buco e raggiunge un piccolo pianerottolo su cui si affacciano due stanze poste una di fronte all'altra. È subito evidente che, mentre una è a tenuta stagna, nell'altra ci sono infiltrazioni d'acqua dalla cappa del camino. «Probabilmente il tetto ha bisogno di nuove tegole e di una scossalina», commenta Lila osservando la pozza che si sta formando sul pavimento. A ogni finestra sono appese tende di cotone sbiadito: le rose rosa che una volta sbocciavano sul tessuto liso ormai sono a malapena visibili. In ogni stanza ci sono dei materassi posati a terra, e su uno di questi è ancora stesa una trapunta patchwork mangiata dalle tarme. Alla parete è appeso uno specchio incrinato e sbilenco, mentre su una sedia di legno sono appoggiati un'altra lampada a olio e un bicchiere vuoto. Lila va verso un angolo della stanza per ispezionare quello che sembra un ammasso di stracci e si accorge che è invece un borsone polveroso da cui fuoriescono indumenti vari: un vestito di cotone bianco ingiallito dal tempo, una blusa ricamata, una calzamaglia a righe e una polo sbiadita.

Avvicinandosi a una finestra, vede sul davanzale una brocca di ceramica ancora piena di pallide infruttescenze essiccate di lunaria. Allunga la mano per toccare uno di quei dischi traslucidi con la punta del dito e osserva il fiore sbriciolarsi come cenere e andare a posarsi accanto ai gusci vuoti di insetti morti da chissà quanto. Osservando le piante secche, gli abiti dimenticati, la lampada a olio e il bicchiere vuoto abbandonati sulla sedia accanto al materasso, Lila si sente invadere improvvisamente da una tristezza profonda. Qui abitava qualcuno. Persone che una volta indossavano quegli abiti e che tenevano abbastanza alla casa da cogliere quel mazzo di lunaria e metterlo in una bella brocca sul davanzale, dove poteva prendere luce. Lila si chiede chi siano quelle persone e perché abbiano abbandonato lì tutte le loro cose; se possano avere immaginato che sarebbero rimaste intatte al loro posto per anni, in attesa che una sconosciuta le scoprisse.

Tornati al piano di sotto, Lila e Tom si siedono su una delle panche di legno e bevono il caffè dai thermos preparati la mattina. Lei sorseggia il suo dalla tazza di plastica e cerca di accantonare le emozioni per osservare il cottage con occhio distaccato e professionale. Capisce che avrà bisogno di un bel po' di lavori per essere nuovamente abitabile.

«Certo che è proprio desolato», dice Tom, come se le leggesse nella mente. «Sembra di essere in mezzo al nulla.»

Lila annuisce. Tom ha ragione: non si sente il rumore del traffico, non ci sono cani che abbaiano né sirene, solo il ticchettio delicato della pioggia sul tetto. Il posto è avvolto da un'atmosfera strana, malinconica. «È caratteristico», dice, cercando di farlo sorridere.

«Mi chiedo a chi appartenesse.» Tom soffia sul caffè. «Faccio fatica a immaginare tuo padre in questo posto.»

«In effetti», concorda Lila osservando lo squallore generale. Suo padre era un patito del comfort casalingo, del buon cibo, dei vini d'annata e dei sigari costosi. «Sappiamo entrambi che non era un santo... beveva... gli piacevano le donne... che cosa c'entra con questo posto?» Lila scuote la testa. «Anche se fosse stato suo, perché avrebbe dovuto lasciarmelo in un modo così strano? Perché non era inserito nel suo testamento? Perché tutto questo mistero? Non ha senso.»

«Perciò a chi pensi?» chiede Tom.

Lila lo guarda in silenzio per un istante. «Qualcuno che conosceva? Una delle sue donne? Dio solo sa quante ne ha avute...»

«Un'amante che lascia in eredità a te il loro nido d'amore?» domanda Tom dubbioso.

«E allora chi altri?»

Lui alza le spalle.

Lila si guarda intorno. «È un vero mistero.» Il rumore della pioggia si va affievolendo. Lila stringe la tazza, scaldandosi le mani.

«Hai telefonato agli avvocati?» le chiede Tom.

«Sì. Sono stati molto evasivi, non volevano dirmi niente. Hanno sostenuto di dover "rispettare le volontà del cliente". Forse potrei chiedere alla mamma la prossima volta che tornerà dalla Francia.»

«Sì», concorda Tom, «ma procedi con cautela. Se la faccenda c'entra qualcosa con le relazioni extraconiugali di tuo padre, potresti sconvolgerla.»

«Hai ragione.»

Tom beve un altro sorso di caffè. «La cosa più importante è che adesso questo posto è tuo. Hai idea di che cosa farne?» Fa una pausa. «Non so se il cottage possa valere granché, ma la terra avrà un certo valore. Potremmo portare qui un perito e fargli dare un'occhiata.»

«Mmm...» mormora Lila senza sbilanciarsi. C'è un tarlo che la sta tormentando, una sensazione che le è cresciuta dentro da quando ha varcato la soglia. È la stessa sensazione che prova quando inizia a lavorare a un progetto: le possibilità infinite della pagina bianca, il brivido della creazione, anche se non sa da che parte cominciare un progetto del genere. Piega la testa di lato. «Ascolta», dice.

«Cosa c'è?» chiede Tom. «Non sento niente.»

Lila alza gli occhi al soffitto. «Ha smesso di piovere.»

La trasformazione è davvero incredibile. Quando escono dalla porta d'ingresso, un raggio di sole trafigge le nuvole color acciaio e si posa sul lago come una colonna di luce. L'acqua è ancora agitata dalla brezza tesa e danza formando ombre scure, ma alla fine la luce riesce a farla sembrare un po' meno grigia e minacciosa. Lila guarda la superficie del lago. «Oh», esclama, assalita di colpo da una strana sensazione.

Si avvicina alla riva e si ferma accanto alle canne alte. Un rondone sfiora l'acqua, poi si alza in volo e si allontana come un caccia in miniatura che si inclina nel vento. Lila ha un déjà vu, quella sensazione di avere già vissuto un certo momento o di essere già stata in un dato posto. Scossa, fa un passo indietro e si avvicina a un vecchio tronco marcio abbandonato sulla riva erbosa; si siede sul sedile di fortuna e passa le dita su un nodo grinzoso del legno. È una strana spirale a forma di mandorla, con quella che sembra una lacrima scura che scende da un angolo. Più la guarda da vicino e più le pare che quel nodo somigli in modo sorprendente a un occhio che piange, incastonato al centro del tronco. Le viene un brivido e si gira a guardare il lago. Sa di non essere mai stata lì, eppure avverte qualcosa di stranamente familiare, qualcosa di viscerale e vivo, come il dolore che prova dentro di sé.

E poi, all'improvviso, il dolore la sommerge di nuovo come un'onda terribile e non c'è modo di fermarlo. Tutta la pena, tutta la sofferenza e la tristezza profonda, la delusione e la rabbia. Non riesce più a tenerle a freno. Con un singhiozzo fortissimo, le lacrime cominciano a scorrerle sul viso e il lago scompare dietro la cortina del suo dolore. Sente che Tom si sta sedendo accanto a lei sul ceppo, sente che la prende tra le braccia. «Va tutto bene», le sussurra stringendola a sé. «Va tutto bene.»

Ma non va affatto bene, non andrà mai bene. Lila ha perso la sua bambina, la loro bellissima bambina, ed è tutta colpa sua.

«Mi dispiace, mi dispiace», dice tra i singhiozzi. «Non so come sia successo, come sia potuta cadere. Vorrei solo... vorrei solo riuscire a ricordare. Mi uccide... il fatto di non sapere.»

«Ssh...» cerca di calmarla lui. «Devi liberarti di questo pensiero, Lila. Non è stata colpa tua.»

«Sì, invece. Sono caduta. Sarei dovuta stare più attenta.»

«Continuare a pensarci non la riporterà indietro.»

Lila si porta una mano alla bocca e morde la manica del maglione, cercando di fermare i singhiozzi.

«Devi smetterla di incolparti. Eri incinta e hai perso l'equilibrio, sei caduta dalle scale. Non c'era niente che tu, che *nessun altro* avrebbe potuto fare. Ringrazio soltanto il cielo che tu stia bene: avrei potuto perdervi entrambe, quel giorno.»

Lila sente le lacrime scorrerle sul viso, ma non riesce più a fermarle. «Era così piccola... così perfetta.» La loro bellissima bambina.

Rimangono seduti in silenzio a ricordare i momenti più duri e strazianti all'ospedale. Una rottura della placenta, così avevano detto, determinata dalla caduta. Lila era rinvenuta in ospedale e le avevano spiegato che avrebbe dovuto partorire subito. «È troppo presto», aveva gridato. «Non posso.» Ma aveva dovuto farlo, per la loro bambina.

Lila tira su con il naso, prende il fazzoletto che Tom le porge e se lo soffia. «Aveva i tuoi occhi», singhiozza.

«E i tuoi capelli biondi.»

«Le sue piccole unghie...»

Tom annuisce, ricondando. «...Erano perfette.»

Era tutto perfetto: unghie, dita dei piedi, ciglia; tutto tranne i suoi piccoli polmoni, ancora troppo deboli per respirare da soli. I medici avevano fatto del loro meglio. Li avevano rassicurati dicendo che aveva buone possibilità. Era nell'ospedale migliore, con il personale più qualificato e le attrezzature necessarie. La loro bimba era rimasta nell'unità neonatale per tre giorni e Lila non l'aveva lasciata un momento. Attraverso il foro dell'incubatrice aveva accarezzato le minuscole dita piegate e aveva sperato che vivesse, l'aveva implorata di resistere. Aveva recitato tutte le preghiere che era riuscita a ricordare, era scesa a patti per la vita di sua figlia. Ma poi erano subentrate delle complicazioni, una polmonite, e i medici avevano detto a Tom e Lila che la sua vita era appesa a un filo. Due giorni dopo, il personale medico aveva staccato il respiratore ed erano finalmente riusciti a prenderla in braccio. Tom aveva avvolto il corpicino della loro bambina nella soffice coperta di maglia che solo una settimana prima Lila aveva comprato tutta felice per la cameretta, poi l'avevano tenuta in braccio. Era pallida e spaventosamente immobile, la loro bellissima bimba di cinque giorni. L'avevano chiamata Milly.

Tom l'abbraccia più stretta. «Non è stata colpa tua.» Lila non riesce ad alzare gli occhi, ma lui le solleva il viso verso di sé e la costringe a guardarlo attraverso le lacrime. «Dillo, forza: "Non è stata colpa mia".»

Lei lo guarda per un istante, poi scrolla la testa.

Tom le scosta una ciocca di capelli dal viso, le accarezza la guancia e la bacia. "Senti *qualcosa*", esorta sé stessa. "Devi sentire qualcosa." Ricambia il bacio, premendo le labbra fredde contro quelle calde del marito.

«Possiamo riprovarci», dice Tom. «Quando sarai pronta.»

Lei annuisce e lascia che lui la baci ancora, che con le mani si insinui sotto il cappotto e salga, sotto la maglietta, ad accarezzarle delicatamente i lividi ormai sbiaditi sul torace, lividi non più rossi ma di un giallo spettrale, cercando di non trasalire quando le sue mani le sfiorano il ventre vuoto.

"Questi siamo noi", pensa, "questo è ciò che facciamo. Fra

noi ci sono sempre state vicinanza, intimità." Poi si avvicina di più a lui. "Senti qualcosa", si esorta di nuovo.

Le mani di Tom stanno salendo verso i seni e lui preme il corpo contro il suo. Lila sente il suo desiderio e si arrende per un istante. *Senti qualcosa.*

Tom la tiene sempre più stretta, ha la bocca sulla sua, e Lila sente il fiato caldo sulla pelle, ma non può funzionare. Lei non riesce a dimenticare... e non può tornare indietro. In quell'istante non sa come convivere con il dolore che prova e che sommerge ogni altro sentimento e sensazione. Prima di rendersi conto di ciò che sta facendo, l'ha già respinto. Si alza e si strofina i jeans, arrabbiata. «Dio mio, Tom, perché per te si riduce sempre tutto al sesso?»

Lui solleva lo sguardo verso di lei, palesemente ferito e confuso. «Io... io... pensavo che tu...»

«No», ribatte lei, «non pensavi un bel niente, questo è il problema.» Poi si volta e si allontana, tornando alle ombre scure del cottage.

A quel punto non c'è più motivo di restare lì, perciò raccolgono le loro cose e tornano in silenzio alla macchina. Ha smesso di piovere, ma la strada verso casa rimane faticosa e l'atmosfera in auto è claustrofobica, colma di disperazione e delusione. Per tutto il viaggio fino a Londra, riescono appena a scambiare due parole. Lila si limita a starsene seduta al posto del passeggero, guardando il cielo chiazzato che da grigio diventa lentamente arancione e poi rosa scuro. "Rosso di sera bel tempo si spera", pensa, ma neanche la scomparsa delle nuvole e la promessa del sereno riescono a sollevarle il morale. "Possiamo riprovarci", ha detto Tom, ma Lila non vuole riprovarci. Come si fa a sostituire l'insostituibile? Come si fa a sopportare l'insopportabile? Lei rivuole solamente sua figlia, vuole che quella nauseante sensazione di vuoto che la sta mangiando viva se ne vada per sempre. Pensa ai flaconi di pillole nell'armadietto del bagno di casa. Immagina di svitare i tappi e di inghiottirle tutte, una alla volta, abbandonandosi lentamente all'oblio.

Si agita sul sedile, si volta per guardare fuori dal finestrino. Pensa a Tom e all'orlo del precipizio su cui vacilla il loro matrimonio, a come siano cambiate velocemente le cose tra loro. Sono passati solo un paio d'anni dal giorno delle nozze e, Lila capisce che tutte le promesse superficiali che si erano sussurrati erano state dettate dall'ingenuità – no, peggio, dall'arroganza – di ritenersi speciali... diversi. Adesso sa che lei e Tom non sono né speciali né diversi, bensì esattamente uguali a tutti gli altri: un paio d'anni di gioie matrimoniali ed eccoli lì, a inciampare e annaspare sul terreno accidentato del loro rapporto.

Torna con la mente al cottage che si sono lasciati alle spalle, gelido e solitario, accanto a quello strano lago lucente, e si rende conto di sentirsi proprio così: fredda e svuotata. L'amore che stava crescendo e fiorendo dentro di lei adesso è sbiadito, come il cottage, forse; e la cosa che le fa più paura, pensa dando una rapida occhiata al viso cupo del marito, è che non è affatto sicura che riusciranno a ravvivarlo.

4.
AGOSTO

1980

Kat è sdraiata nella barchetta di metallo, con la canna da pesca appoggiata al bordo dello scafo, mentre il galleggiante della lenza sussulta pigramente sulla superficie del lago. Sopra di lei, effimere nuvole bianche si rincorrono in cielo, cambiando continuamente forma. Kat chiude gli occhi, già assonnati per via del dolce rollio della barca, del cielo infinito, della libertà di quella situazione.

Sono passate solo poche settimane da quando si sono trasferiti nel cottage, ma Kat ha già perso il conto dei giorni, che si snodano intorno al lago nebulosi e liberi. I ragazzi si adagiano in routine familiari, che in gran parte si riducono a dormire, fumare e bere, mentre il lago rappresenta una sorta di punto focale. Di mattina fanno il bagno nell'acqua bassa, poi strizzano magliette e costumi in modo che siano pronti per il giorno che li aspetta; all'ora di pranzo, quando fa più caldo, galleggiano sull'acqua che sembra uno specchio, assorbendo i raggi del sole; la sera accendono un falò sulla spiaggia di ciottoli, schiacciano i moscerini e guardano il sole tramontare dietro le colline. Fino a quel momento, il tempo trascorso al cottage è stato una lunga, pigra vacanza, una vacanza che nessuno vuole interrompere. Kat non si è mai sentita così profondamente appagata.

Mac è seduto di fronte a lei, all'altro capo della barca. Lo sente prendere i remi e fendere l'acqua una, due volte per rendere più stabile la loro posizione. Da quando sono arrivati, Mac ha pescato quasi tutti i giorni, ma per Kat è la prima uscita in barca e le piace la nuova prospettiva che le offre: il lieve moto ondulatorio, che le ricorda un'amaca nella brezza, il cottage che in lontananza sembra una casa delle bambole, il tonfo sordo e pigro dei remi, il sottile ronzio delle libellule che sorvolano il lago. Allunga la mano e pettina l'acqua. È difficile credere che non molto lontano da lì c'è un mondo intero brulicante di vita, mentre loro passano le giornate in quel paradiso isolato. È difficile credere che solo poche settimane prima ci sia voluto Simon per convincerli a mettere in pratica quell'idea. Nonostante i loro timori, fino a quel momento non è venuto nessuno a reclamare il cottage malmesso, nessuno è sceso come una furia dalla collina minacciando di farli sloggiare da quel posto. Stanno cominciando a rilassarsi un po', adesso, e ad accarezzare l'idea che, forse, per tutto quel tempo il cottage sia rimasto lì ad aspettare che loro lo trovassero... che ne facessero la loro casa.

«Guarda», dice Mac di fronte a lei, «quella lassù sembra un cane arruffato. La vedi? Là.»

Kat strizza gli occhi e guarda nella direzione indicata da Mac, finché non vede lo sbuffo di nuvola in movimento, con le orecchie cadenti e la coda piumata. Sorride e la guarda fluttuare e cambiare forma, fino a che le si annebbia la vista ed è costretta a distogliere lo sguardo dall'immensità celeste.

Gli occhi di Mac si sono richiusi, ha i capelli scarmigliati scostati dal viso, il mento alzato verso il sole. Kat lo osserva per un istante. Senza la solita frangia a coprirgli gli occhi, per una volta lo vede bene e le appare un po' cambiato. È ancora scarno, ha ancora quel suo aspetto po' strano. Al contrario di Simon e Ben, Mac è rimasto imprigionato nell'imbarazzante terra di nessuno tra l'essere un ragazzo e l'essere un uomo, con uno sfogo di brufoli sul mento irsuto e il fisico alto e slanciato che ancora deve svilupparsi appieno. Eppure, paragonato a solo qualche settimana prima, ha già un aspetto diverso: è una versione più abbronzata e sana del suo vecchio sé. Kat immagina che sia successo a tutti loro: tre settimane di vita all'aperto nell'aria fresca della campagna li hanno trasformati.

«Che cosa ti manca di più?» chiede Mac, con gli occhi grigi ancora chiusi per via del sole.

Kat sorride. «Sono passate solo tre settimane.»

«Lo so», replica lui, «ma ci deve essere qualcosa che ti manca.»

«Ma se ci siamo portati dietro quasi tutto.»

Mac sorride, senza aprire gli occhi. «È vero.»

«Dio mio», dice Kat ridendo, «i primi due giorni non abbiamo fatto altro che trottare avanti e indietro per quel maledetto prato, trascinando tutta quella robaccia che ci eravamo portati. Se devo dire la verità, ero sul punto di mollare tutto.» Si riappoggia al caldo scafo di metallo. «Grazie a Dio non l'ho fatto, eh?»

«Adesso ti potrà sembrare robaccia, ma presto ringrazieremo di averla con noi.»

Kat alza le spalle. Le erano sembrate un po' inutili quelle interminabili discussioni su ciò che sarebbe servito per sopravvivere al cottage. All'inizio, Simon aveva detto che tutto ciò che occorreva l'avrebbero trovato là, ma più ci pensavano, più si rendevano conto che, se volevano essere subito operativi, avrebbero dovuto procurarsi un po' di cose essenziali. La lista che avevano stilato comprendeva biancheria da letto e utensili da cucina, attrezzi vari e provviste, esche per il fuoco, torce e candele, pile, fiammiferi, coltellini tascabili e canne da pesca, più una cassetta di pronto soccorso.

«Per essere gente che dice di voler abbandonare gli ammennicoli della vita moderna abbiamo bisogno di un bel po' di roba, non c'è che dire», aveva detto Kat un po' per scherzo. «Capisco che tu ti debba portare la chitarra, Ben, ma abbiamo davvero bisogno di tutti questi vecchi numeri di "Melody Maker"? Qui ce n'è una scatola intera.»

«Tu ti porti i libri, no?»

«I libri sono un'altra cosa.»

«Perché?»

Kat aveva alzato le spalle. «È così e basta.»

«Non per me», aveva ribattuto lui sbuffando. «Se non mi posso portare i dischi, le riviste sono la mia seconda scelta.»

Alla fine si erano portati tutto. Avevano comprato comodi scarponi e giubbotti impermeabili, e proprio quando Kat aveva pensato che fossero arrivati alla fine della lista, Mac aveva iniziato ad aggiungere cose stranissime: filo di ferro e chiodi, un'ascia, un seghetto e un coltello da caccia dall'aria minacciosa.

«Porca miseria, Mac», aveva detto Carla ridendo, «non vorrai farci rivivere *Cuore di tenebra*, vero? Che cosa hai intenzione di fare esattamente lassù?»

Lui aveva spostato il peso da una gamba all'altra e aveva spiegato pazientemente: «Rete metallica per il pollaio che costruiremo, filo di rame per le trappole, un buon coltello per scuoiare e sventrare i conigli.» Lo avevano guardato sorpresi e lui aveva scosso la testa. «Che cosa pensate che mangeremo quando saremo là? C'è da camminare un bel po' per raggiungere il chiosco più vicino.»

Simon si era limitato ad annuire e aveva aggiunto le voci alla lista.

«Be', se Mac si porta il fil di ferro, io voglio la carta igienica», aveva detto Carla. «Già sarà dura farla in quella buca all'esterno. Non voglio essere anche costretta a pulirmi con le foglie.»

«Che ne dite di portare un kit per farci la birra da soli?» aveva suggerito Ben suscitando mormorii di approvazione, e così la lista si era allungata. Alla fine avevano deciso che la cosa più sensata era mettere insieme i risparmi e fare scorta dei materiali essenziali. Era stato un sollievo vedere che, anche dopo aver comprato praticamente mezzo negozio di attrezzatura da campeggio, nella cassa comune era rimasto un discreto gruzzolo. Simon aveva garantito loro che, se fossero stati attenti a non spendere troppo, sarebbero arrivati tranquillamente alla primavera.

«Non so se mi manca qualcosa», dice alla fine Kat, guardando Mac. «Però dammi qualche altro giorno e sono certa che sarò stufa di voi e non vedrò l'ora di farmi un bagno caldo e mangiarmi una barretta di cioccolato.»

Mac sorride. «E della famiglia che cosa mi dici? Non ti manca?»

Kat ci pensa su un istante. «Io non ho una famiglia vera. Ho soltanto una sorella, Freya.»

«E i tuoi dove sono?»

Kat scuote la testa. «E chi lo sa?»

Mac la guarda incuriosito.

«Sono dei tossici», spiega lei fissando l'acqua. «Fanno parte di quella categoria di adulti ai quali non dovrebbe mai essere permesso di fare figli. A lasciarci per primo è stato papà, e quando lui se n'è andato la mamma è crollata.» Deglutisce. Ci sarebbe molto di più da dire, ma Kat non vuole pronunciare parole amare in una giornata magnifica come quella.

«Mi dispiace», borbotta Mac.

«Non fa niente. Ci hanno cresciute i nostri genitori adottivi, Peter e Margaret Browning.» Entrambi avvertono la punta di acredine nella sua voce. «Non fraintendermi, erano brave persone, ma credo che non gli sia dispiaciuto vederci andar via appena siamo diventate maggiorenni. Ci hanno spedito al college con una pacca sulle spalle, dicendoci che una lettera di tanto in tanto gli avrebbe fatto piacere, "giusto per sapere che siete vive".» Guarda Mac. «Ho vissuto a casa loro per dodici anni e tutto quello che volevano era una lettera ogni tanto. Mi è bruciato un po'.» Cerca di sorridere.

Mac la osserva. «Dev'essere stata dura per te e tua sorella.»

Era stata durissima, sì, ma neanche paragonabile alle difficoltà degli anni che avevano preceduto l'affido ai Browning. Kat alza le spalle. «È andata così e basta. Credo che ai nostri genitori adottivi piacesse l'idea di "salvarci" più del compito vero e proprio di genitori. E poi, io e Freya eravamo molto indipendenti. Abbiamo imparato subito a contare solo l'una sull'altra. Freya è tutta la mia famiglia, ma adesso vive a Londra e frequenta la scuola d'arte.» Fissa Mac per un istante. «È eccezionale. Ti piacerebbe.»

«Vi assomigliate molto?»

«Io e Freya? Per la verità, no. Ci sono solo due anni di differenza, ma siamo diversissime.» Guarda Mac e sorride. «Freya piace a tutti, ha un certo non so che.»

«Le hai raccontato di questo posto?»

Kat scuote la testa. «Tu cosa pensi? "Non ditelo a nessuno", non è questo che ha detto Simon? E di te, invece, che cosa mi dici?» chiede, spostando l'attenzione su Mac. «Ti manca qualcosa... qualcuno? La famiglia?»

Mac alza le spalle. «No. Ci siamo soltanto io e la mamma, e a quanto pare a lei non importa quello che faccio, basta che io sia felice.»

«Sembra una bella persona.»

Mac annuisce. «Sì, infatti. Papà era molto più vecchio... faceva l'agricoltore. Mi portava sempre nei campi e mi insegnava a coltivare la terra e a cacciare, a rispettare l'ambiente. Probabilmente gli piacerebbe molto quello che stiamo cercando di fare qui.»

Kat sorride. «Allora è per questo che sai tante cose sulla campagna?»

Lui alza le spalle. «Credo di sì. Papà mi ha insegnato molto... finché non è morto, qualche anno fa, di infarto. Però aveva sempre desiderato che frequentassi l'università. Voleva che avessi delle "alternative", per questo ci sono andato. L'ho fatto per lui, in realtà.»

Kat osserva la cima sfilacciata arrotolata sul fondo della barca. «Ti manca?»

«Certo», risponde alzando ancora le spalle. «Era mio padre.»

Kat avverte la tenerezza nella voce di Mac e manda giù il groppo che ha in gola. È la prima volta che parla dei suoi genitori in quel modo, non l'aveva mai fatto. Allunga la mano e tocca la cima, lasciando che la canapa spessa le sfreghi la pelle. «Non è strano? Abbiamo condiviso l'appartamento per tutto questo tempo e non abbiamo mai parlato così.»

Mac annuisce.

«Siamo dovuti venire fin quassù per scoprire qualcosa di più l'uno dell'altro.» Kat lo osserva e stavolta lui sostiene il suo sguardo, finché la solennità del momento viene interrotta da un tonfo. Si voltano e vedono il galleggiante della canna da pesca di Kat che si agita e poi sprofonda sotto la superficie dell'acqua. «Ehi, tira su», dice Mac con un sorriso. Si alza stando attento a non cadere e si sposta per sedersi vicino a lei.

Kat impugna la canna saldamente con due mani, poi si volta verso Mac scoppiando a ridere suo malgrado. «È il momento giusto per dirti che non ho idea di quello che sto facendo?»

«Avvolgi la lenza, lentamente e senza strappi. Così.» Mac appoggia le mani sulle sue e le mostra come girare la manovella del mulinello. Lei si concentra e avvolge la lenza, con la lingua tra i denti, poi la tira su finché si ritrova con un grosso pesce persico argentato che si agita sul fondo della barca. Kat lo guarda, un po' stupita e un po' disgustata. I fianchi squamosi del pesce si alzano e si abbassano, la bocca si apre e si chiude.

«E adesso che cosa facciamo?»

«Stai indietro», dice Mac. Si china, toglie l'amo dalla bocca gommosa del pesce e poi, prima che Kat possa dire una parola, afferra un pesante bastone dal fondo della barca e colpisce la creatura sulla testa. Un colpo secco e il pesce rimane immobile.

«Oh», mormora Kat sconvolta. «Non potevi lasciarlo lì? Sarebbe morto in poco tempo.»

«Così ha sofferto di meno», replica Mac con un'alzata di spalle. Poi solleva lo sguardo su di lei, mostrando la faccia trasformata dalla piega del suo sorriso e dallo schizzo di sangue del pesce, che si spande sulla guancia sinistra e gocciola come una lacrima vermiglia dall'angolo di un occhio. «Ancora uno di queste dimensioni e avremo rimediato la cena. Ben fatto.»

Kat non può evitarlo. Nonostante la repulsione persistente per la violenza della faccenda, sente montare anche qualcos'altro: una vampata di orgoglio.

Quella sera, quando si riuniscono intorno al fuoco, i grilli cantano. I ragazzi cuociono il pesce persico sulla fiamma condendolo con l'acetosella selvatica che Mac ha scovato nei boschi e lo mangiano direttamente dalla padella. Il pesce si scioglie in bocca come burro.

Kat guarda gli amici mentre si riempiono la pancia del pesce pescato da lei solo qualche ora prima e non può fare a meno di sorridere. «Cosa c'è?» chiede Ben, intercettando il suo sguardo. «Ho qualcosa sulla faccia?» Si strofina il pizzetto disordinato.

«No», dice lei ridendo. «È soltanto questo.» Fa un gesto ampio. «Intendo questo posto.»

Simon si volta verso di lei. «Questo posto cosa?»

«È anche meglio di quanto pensassi.» Simon la fissa per un istante e poi annuisce. «Non credo di essermi mai sentita a casa come qui», aggiunge Kat in tono pacato. «Sembra davvero che fosse destino, no?» Simon annuisce di nuovo e ricambia il suo sorriso.

Dopo aver ripulito anche l'ultima lisca di pesce, Simon si stende sul pendio erboso. «Credo che dovremmo fare dei programmi», annuncia. «L'estate è stata mite, ma i giorni si stanno già accorciando.»

«Oh oh», dice Carla scherzando, «è venuta l'ora di uno dei discorsi seri di Simon.»

Lui sorride, ma non si lascia scoraggiare. «Le cose non potranno che diventare più difficili... Farà più freddo, e se restiamo qui anche quest'inverno – cosa che spero davvero – il cibo scarseggerà sempre di più.»

«Che cosa suggerisci di fare?» chiede Ben, prendendo l'astuccio del tabacco e le cartine.

«Dobbiamo mettere da parte delle provviste. Potremmo iniziare dall'orto. So che non viene curato da un pezzo e che molte piante sono andate a seme, ma c'è ancora qualcosa da mangiare. Dovremmo raccogliere adesso quello che possiamo, per evitare che vada a male o che gli uccelli e le lumache se lo divorino.»

«E cosa ne facciamo di tutto quello che abbiamo trascinato fin quassù quando ci siamo trasferiti? Ancora non riesco a capire come potremo mai smaltire quegli enormi sacchi di farina, riso e zucchero.»

«Se ci limitiamo a questi alimenti, vi assicuro che entro ottobre avremo lo scorbuto, e anche grave. Non possiamo correre in paese ogni volta che abbiamo bisogno del pane o di una scatola di cereali. Meno attiriamo l'attenzione, meglio è. E poi, se il tempo peggiora, se dovesse cadere un albero sullo sterrato o se restiamo bloccati dalla neve, non potremo andare da nessuna parte.»

«È vero», ammette Kat.

«E ci sono anche altre cose a cui pensare. Ci servirà una grossa provvista di legna da ardere. Dobbiamo cominciare a metterla da parte per l'inverno.»

«Abbiamo bisogno anche di polli», aggiunge Mac.

Carla ride. «Polli?»

«Certo», conferma Simon, «galline. Per le uova, e anche per la carne, se dovessimo essere proprio disperati.»

Mac annuisce. «Io so costruire un pollaio.»

«C'è qualcosa che il nostro Mac non sappia fare?» scherza Ben avvicinando l'accendino alla sigaretta.

Simon non gli dà ascolto. «Dovremo anche cominciare a cacciare e ad andare alla ricerca di cibo ogni giorno. Un po' di cose le metteremo da parte: mele, tuberi, noci, tutto quello che non va a male, e possiamo essiccare delle erbe. Gli alimenti che invece deperiscono potremmo stufarli o cercare di conservarli in qualche modo. Ho trovato un sacco di vecchi barattoli di vetro ammucchiati nel capanno. Possiamo usare quelli.»

Kat guarda Carla e alza gli occhi al cielo. «Immagino che toccherà a noi.»

«Non è detto», ribatte Simon. «Non siamo costretti a ricadere negli stereotipi di genere. Siamo *noi* a fare le regole, ricordate?»

«Perciò vivremo davvero dei frutti della terra?» chiede Ben. «Ho sempre pensato che fosse una specie di scherzo. I cornflakes e il purè istantaneo mi vanno più che bene.»

«No», ribatte Simon deciso. «Non sto dicendo che non avremo più bisogno di andare al negozio di alimentari di tanto in tanto, ma i soldi non ci dureranno a lungo se li sprechiamo in provviste inutili. Basta con le scatole di cereali, basta con i biscotti, il caffè e il balsamo per capelli.» Rivolge a Carla un'occhiata pungente. «Dobbiamo adattarci, arrangiarci. Siamo stati fortunati: sono già passate tre settimane e nessuno ci ha ancora trovati, ma non dobbiamo montarci la testa.»

Li guarda, uno a uno. «Siamo d'accordo?»

Si sente qualche mugugno e uno scalpiccio di piedi, ma alla fine tutti concordano.

«Potremmo pensare ai turni di servizio», dice Kat. «Assegnare a ciascuno di noi un compito o due. Sarebbe equo, no?»

Ben si lamenta. «Mi sa che la vacanza è bell'e finita.»

«Forse», dice Simon, «ma la cosa più importante è mantenere un profilo basso. Siamo stati fortunati, continuiamo così. Io non sono ancora pronto a tornare a casa, e voi?»

Scuotono tutti la testa e, nonostante borbottii e lamenti, Kat si rende conto che sono elettrizzati e pronti ad affrontare la sfida che li attende. «Cosa ne facciamo della macchina di Mac?» chiede. «È rimasta là sullo sterrato. È un po' troppo esposta, no?»

«Sì», concorda Simon. «Ci ho pensato: potremmo spostarla in un angolo del prato, coprirla con arbusti e rametti e usarla solo quando è assolutamente necessario, razionando la benzina.»

I ragazzi annuiscono.

«E per le camere da letto?» chiede Kat.

«Che cosa intendi?»

Lei deglutisce. «Be', non le abbiamo mai assegnate davvero. Non sapevo...» Si schiarisce la voce, colta da un imbarazzo improvviso. «Cioè... Ben e Carla hanno preso una di quelle al piano di sopra e io l'altra... ma mi sembra un po' egoistico averla tutta per me mentre tu e Mac state stretti al piano di sotto.»

Simon la guarda. «Che cosa proponi?»

«Niente... volevo solo...» Arrossisce e improvvisamente rimpiange di non aver tenuto la bocca chiusa. «Mi chiedo solamente se non dovremmo tirare a sorte...»

«Ma noi siamo una coppia», protesta Carla. «Io e Ben abbiamo bisogno di una stanza per noi.»

«Non stavo dicendo questo...» Kat deglutisce di nuovo. «Forse Simon e Mac dovrebbero condividere la seconda stanza e io potrei dormire al pianoterra. Dopo tutto sono sola...»

Simon alza le spalle. «A me non dispiace stare giù. E a te, Mac?»

Mac fa segno di no con la testa.

«A meno che uno di voi non voglia dividere la camera con Kat...» aggiunge Carla con aria maliziosa.

Kat arrossisce e scrolla la testa. «Sì, per sentirli russare?»
«Allora siamo d'accordo?» chiede Simon.
Gli altri annuiscono.
«Ottimo», conclude Simon, «domani ci mettiamo al lavoro.»
«Okay», dice Ben, «domani lavoriamo, ma stasera...» aggiunge con un sorriso, «festeggiamo.»
Passa la sigaretta accesa a Carla e si avvia lentamente sul pontile, avanzando impettito sulle assi scricchiolanti e togliendosi la maglietta e i pantaloncini con uno striptease esagerato, mentre Kat e Carla gli fischiano dietro dalla spiaggia. Quando raggiunge la fine del pontile, si sfila le mutande lentamente dando loro le spalle e le getta a terra mostrando le chiappe pallide alla luce della luna. Gira solo la testa per lanciare agli amici un'ultima occhiata, accoglie il fischio di Carla con un profondo inchino e poi si tuffa nel lago, spanciando sulla superficie dell'acqua con un rumore sordo che li fa mugolare all'unisono. «Ahia», dice Simon ridendo, «chissà che male...»

L'atmosfera nel cottage cambia da un giorno all'altro. Mentre prima i ragazzi poltrivano, vivendo alla giornata e spostandosi dalla casa al lago come bambini viziati a un campo estivo, adesso si alzano presto, svegliandosi alle prime luci dell'alba e radunandosi intorno al tavolo della cucina, per poi uscire a svolgere il lungo elenco di compiti steso da Simon. Kat sa che, nonostante i borbottii, sono tutti estasiati all'idea di far loro quel posto. All'inizio si danno i turni e ciascuno di loro prova attività diverse, ma presto ognuno sceglie il proprio ruolo.
Ben, con grande sorpresa sua e degli altri, si assume quello di cuoco. Ci provano tutti, ma nessuno ha il suo tocco abile con la vecchia, stizzosa cucina economica. Dopo qualche cena a base di stufati acquosi e pagnotte dalla crosta bruciata ma crude al centro, concordano che la parte culinaria spetta a Ben. È l'unico che sembra in grado di attizzare il fuoco e preparare pasti commestibili, e sono tutti felici di lasciargli campo libero. Kat si abitua a vederlo seduto sui gra-

dini della porta sul retro, con indosso soltanto i boxer e una delle sue vivaci camicie hawaiane, a fumare spinelli e ad accarezzarsi il pizzetto guardando soddisfatto le piantine di marijuana che crescono sul davanzale della finestra o il tino della birra fatta in casa che fermenta nella dispensa. Carla non si allontana mai molto: generalmente è fuori in giardino con un cestino al braccio, a caccia di frutti di bosco, curva sulle aiuole fiorite o intenta a cogliere enormi steli di rabarbaro, sempre in cerca di qualcosa di commestibile. «Voi due sembrate Tom e Barbara Good, i due del telefilm, sapete, però in versione debosciata», dice scherzando Kat un pomeriggio.

Carla si limita a sorridere e torna nell'orto. «Mi piace stare qui fuori, c'è una tale pace.»

Mentre Ben e Carla sono affaccendati nei dintorni del cottage, Mac si avventura più lontano. Dimostrando di essere il più intraprendente del gruppo, vaga per la campagna ed è raro che torni a mani vuote. Nessuno sa esattamente dove vada o come faccia – nessuno in realtà si prende il disturbo di domandarglielo –, ma spesso e volentieri torna con i trofei conquistati nei suoi giri. Un pomeriggio arriva con manciate di funghi terrosi colti nel sottobosco, un altro con un cestino di tenere foglie di tarassaco da mangiare in insalata; poi ci sono l'ortica selvatica, i mirtilli e i conigli grassottelli presi con le trappole che Mac posa con molta cura, selvaggina che poi cucinano arrosto sul falò. Una mattina si alza molto presto e comincia a darsi da fare con una catasta di legna, avvolgendola nel filo di ferro, finché Kat non vede prendere forma il recinto di un pollaio. La sera dopo, Mac torna al cottage con cinque galline ovaiole che raspano e si becchettano a vicenda in una vecchia gabbia.

«Ma dove diavolo?...» chiede Carla, osservando i pennuti arrabbiati tra le stecche di legno.

«Non chiedermelo», risponde Mac asciugandosi la fronte con il dorso della mano. «So che paiono pelle e ossa, ma pesano più di quanto sembra.»

«Bruttine, eh?» osserva Kat fissando i piccoli occhi tondi e le zampe scheletriche delle galline.

«Il loro aspetto non conta», replica Mac, «basta che depongano le uova.»

Kat lo guarda meravigliata. «Eri un talento sprecato all'università, lo sai, vero?»

A quel complimento Mac arrossisce, poi insieme tranquillizzano i volatili schiamazzanti e indispettiti e li fanno entrare nella loro nuova casa. Kat li osserva mentre si sprimacciano le piume e zampettano nel pollaio. "Polli", pensa, "e adesso che altro ci aspetta?"

Dal momento che tre di loro si occupano delle questioni legate al cibo e alle provviste in genere, le responsabilità di Simon ricadono inevitabilmente sulla manutenzione del posto. Trascorre ore in cima alla vecchia scala che hanno trovato abbandonata nell'erba alta dietro il capanno, cercando di sistemare le tegole del tetto o aggiustare la grondaia. Sposta la macchina di Mac in un angolo lontano del prato incolto e la copre con uno strato di rami e felci, finché non è completamente nascosta alla vista. E ogni giorno passa diverse ore raccogliendo e spaccando legna e impilando i ceppi e le fascine dietro la casa formando una catasta sempre più alta. A Kat piace guardarlo mentre lavora accanto al capanno, osservare l'ampio movimento dell'ascia nelle sue mani, la camicia legata intorno alla vita, il velo di sudore che luccica sulle sue spalle abbronzate, l'espressione concentrata.

Con il passare dei giorni, tutti paiono adattarsi in modo naturale al nuovo stile di vita; solo Kat fatica a trovare il proprio ruolo all'interno del gruppo. Mac è un solitario, e in cucina con Ben e Carla lei si sente come il terzo incomodo. Le piacerebbe passare le giornate con Simon, ma non è abbastanza forte né abbastanza abile per aiutarlo a tagliare la legna o a sistemare il tetto, perciò finisce per concentrarsi sui compiti più elementari, quelli che sa di poter svolgere.

Inizia dal cottage: spazza e strofina i pavimenti, lava le finestre rigate di sporcizia e pulisce le pareti finché il posto quasi risplende. Porta dentro la legna e le fascine per la cucina economica, pianta dei chiodi nella parete accanto alla porta d'ingresso per appendervi gli impermeabili e trascina i materassi fuori dalle camere da letto per batterli finché anche gli ultimi rimasugli di polvere non se ne sono volati via verso il lago. Ogni nuovo lavoro la fa sentire in qualche modo più vicina al cottage, l'aiuta a vederne ogni dettaglio: un nodo nelle vecchie assi di legno del pavimento, un mattone ballerino sulla bocca del camino, la curva del saliscendi di ferro di una finestra al piano di sopra. Il lavoro è duro, ma a lei non pesa. Non le importano i calli alle mani, lo sporco sotto le unghie, le schegge e il sudiciume. Ripensa a tutte le ore passate in auditorium a meditare sulle idee e le filosofie astratte del mondo, quando in realtà Simon aveva ragione: non erano quelle le cose importanti. Sono i lavori umili, si rende conto Kat, a riempirla della gioia più grande. Accendere il fuoco, far bollire l'acqua, cogliere le fragole, preparare il tè, scarabocchiare parole su un taccuino o sedersi sui gradini dell'ingresso con le mani strette intorno a una tazza e una sigaretta arrotolata a mano appesa alle labbra, mentre il sole le scalda il viso e il lago luccica seducente davanti a lei. Sono soprattutto quei momenti a confermarle che venendo qui ha fatto la scelta giusta.

«Questo posto ti si addice», afferma Simon un pomeriggio guardandola dalla soglia. Lei è inginocchiata accanto a un secchio d'acqua e sta lavando le tavole fangose del pavimento, i capelli raccolti in una vecchia sciarpa e il bordo della maglietta annodato sul davanti all'altezza dell'ombelico. «Qui sei diversa», aggiunge.

Lei annuisce e guarda Simon aprire il pugno rivelando nel palmo della mano una manciata di more, il cui succo sta già iniziando a macchiargli la pelle.

«Vengono dai cespugli dietro casa. Stanno cominciando a maturare proprio adesso. Ben dice che vuole fare una torta per il compleanno di Carla, domani... Forse anche della marmellata.» Gliene offre una e lei si alza. «Sono dolcissime», aggiunge Simon, mentre Kat apre la bocca per prendere la mora che lui le ha portato alle labbra e ne gusta la dolcezza tiepida. Il succo le gocciola dalla bocca, facendola ridere, ma Simon allunga la mano e lo raccoglie con un dito, che poi si porta alle labbra: un gesto così intimo da farla arrossire.

Qualcosa del sapore dolce della mora, del sole caldo che

entra dalla porta aperta, del forte ronzio degli insetti che viene da fuori la fa sentire strana, quasi ubriaca; imbarazzata, si volta e torna al pavimento pulito per metà. Solo quando trova il coraggio di voltarsi a guardare la porta si accorge che lui se n'è andato.

Per ventiquattr'ore si ripete che se l'è immaginato, che lo sguardo negli occhi di Simon, il modo in cui si è portato il dito sporco di succo di mora alle labbra, non sono altro che il frutto della sua immaginazione sfrenata. Ha sognato troppe volte momenti del genere per essere certa che sia accaduto davvero. Ma più tardi, al lago, sotto le stelle, con i resti della cena di compleanno di Carla ancora davanti a loro, mentre Ben strimpella tranquillo la chitarra, Kat sente lo sguardo di Simon posarsi su di lei. I suoi occhi si accendono nel buio e il suo viso, illuminato di tanto in tanto dal chiarore di una sigaretta, rimane rivolto verso di lei. Il pensiero del suo sguardo addosso le fa girare la testa. Cerca di concentrarsi sulle stelle tremolanti sopra di loro e ricorda una cosa che Simon le ha detto tempo prima: probabilmente le luci che si vedono splendere in cielo non sono altro che i bagliori residui di stelle esplose milioni di anni prima, bagliori che arrivano sulla terra da molti anni luce di distanza. Kat alza lo sguardo e si chiede come faccia qualcosa di così bello a essere soltanto una menzogna, un'illusione, un inganno oscuro. Il pensiero non l'aiuta a mitigare il senso di vertigine.

«Allora, cosa hai detto ai tuoi?» sente chiedere a Ben quando si rimette in ascolto della conversazione in corso.

«Gli ho detto che mi sarei preso un anno sabbatico», risponde Simon. «Che volevo fare un po' di esperienza del mondo reale prima di completare la mia formazione giuridica.»

«Gli hai raccontato di questo posto?»

«Dio mio, no!» Simon scrolla la testa. «Credi che sia pazzo? Meno persone lo conoscono e meglio è. Pensavo che fossimo d'accordo su questo, no?»

Ben annuisce.

«E poi», continua Simon, «non credo che occupare abusivamente un cottage abbandonato del nord combaci con l'idea che hanno i miei di successo e realizzazione personale.» Sorride nella penombra. «Per quanto ne sanno loro, potrei essere in viaggio per l'Africa.»

Ben ridacchia, ma Carla, appoggiata alle sue gambe, protesta. «Non ridere in quel modo», si lagna, «mi fai venire la nausea.»

«Scusami, amore», dice Ben posando la chitarra e accarezzandole i capelli.

Kat guarda la mano dell'amico che si insinua tra i riccioli di Carla, vede le dita che le accarezzano la guancia e sospira piano. Sono sempre insieme, sempre allacciati.

«E come l'ha presa *tuo* padre?» chiede Simon a Ben.

«Be'», risponde lui, «mi ha fatto sedere e mi ha chiesto dov'erano finiti la mia motivazione e il mio senso di responsabilità; mi ha detto che ho buttato via le rette universitarie che ha pagato e diversi anni di buoni risultati scolastici... poi ha minacciato di tagliarmi i fondi. Tutto considerato, credo sia andata piuttosto bene.»

Simon ride sottovoce e Kat lascia che quel suono dolce la avvolga come un manto. Guarda il cielo e vede nuvole nere come pece che tagliano l'orbita pallida della luna. In mezzo al lago, in lontananza, un pesce salta rituffandosi in acqua. A parte la luce del falò, la fiamma dell'accendino e la brace rossa delle sigarette di tanto in tanto, sta diventando sempre più buio. Kat si stende a terra e guarda l'immensità sopra di lei.

Le chiacchiere dei ragazzi sulla famiglia mettono in moto i suoi pensieri. Qualcosa nella loro conversazione le riporta alla memoria un ricordo che si affaccia alla soglia della sua coscienza. Eccola là, accovacciata in un armadio che sa di stantio con la sorellina che trema tra le sue braccia, mentre fuori dalla sottile porta di truciolato si sentono le urla e i colpi del terribile litigio dei loro genitori.

«Ho paura», sussurra Freya.

«Ssh», mormora Kat tenendola stretta. «Presto sarà tutto finito.»

Il padre strepita; le bambine avvertono il rumore secco del legno che si spacca, seguito dal debole piagnucolio della madre. Aspettano finché non sentono sbattere la porta d'ingresso, poi escono dal nascondiglio e vanno in cucina. La sorella prende il latte e i biscotti che Kat le offre, ma i suoi occhi azzurri sono ancora spalancati per la paura.

«Mamma, vuoi qualcosa?» chiede Kat davanti alla porta aperta della camera dei suoi.

«Sei una brava bambina, Kat», biascica la madre, buttata sul letto come uno straccio usato. «Sempre attenta a tua sorella. Sei una brava bambina.»

Nel buio, Kat ha un brivido. Aveva pensato di essere la sola a desiderare di liberarsi del peso delle responsabilità familiari ma, mentre è sdraiata sull'erba umida ad ascoltare le chiacchiere degli amici, le diventa sempre più chiaro che, indipendentemente dalle esperienze che hanno vissuto da piccoli – privilegio, affetto o abbandono –, in qualche modo stanno cercando tutti di sfuggire alle limitazioni del loro passato. Forse è proprio questa una delle attrattive della vita in quel luogo, pensa Kat: la libertà di esplorare il proprio vero sé... di capire chi vogliono *davvero* diventare... senza che il peso del passato gravi su di loro.

«Allora, chi vuole andare?» domanda Simon.

«Andare dove?» chiede Kat rientrando nel flusso della conversazione.

«Al negozio, domani mattina.»

Carla si esibisce in un altro dei suoi mugolii.

«Carla sarà troppo intontita dalla sbornia per poter andare da qualche parte», osserva Ben allegro.

«Ci vado io», si offre Kat, «se nessun altro vuole farlo.»

«Ottimo», dice Simon. «Mac può accompagnarti in macchina.»

«Veramente, avevo intenzione di...»

«No», taglia corto Simon, «devi accompagnare Kat.»

«Penso di farcela anche da sola», replica Kat in tono leggero, non volendo essere causa di un disaccordo, ma Simon non sente ragioni.

«Mac, tu accompagnerai Kat, fine della discussione. Qualunque piano del genere *La famiglia Robinson* avessi in mente, dovrà aspettare.»

Mac si agita, a disagio, e tutti vedono avvampare le sue guance, anche se è buio. Kat gli lancia un'occhiata di scuse. All'orizzonte, in alto sopra le colline, un lampo di fine estate trafigge il cielo. «Sta arrivando un temporale», mormora Kat, ma per un tempo lunghissimo nessuno si muove, finché le prime gocce di pioggia cominciano a cadere dal cielo, sfrigolando sui carboni ardenti del falò.

Di sopra, sdraiata sul materasso, Kat non riesce a dormire. Non è solo per via dei lampi che ogni tanto illuminano a giorno la stanza o dei tuoni che rombano per tutta la vallata, ma anche per i frammenti della conversazione di quella sera che le assillano ancora la mente. Tutto quel parlare di famiglia e responsabilità ha portato a galla un'ondata di senso di colpa che la schiaccia.

Sta pensando a Freya, sua sorella: non le ha detto dove si trova. Ha cercato di giustificare la propria scomparsa dicendo a sé stessa che Freya sarebbe stata presissima con la sua vita londinese, impegnata con gli amici e il suo corso, e comprende il desiderio di Simon di tenere segreto il loro nascondiglio, lo capisce davvero... ma Freya è la sua sorellina e non importa quanto sia inebriante sentirsi libera dal proprio passato e dal senso del dovere o dalle responsabilità, lei è *sempre* stata presente, per Freya. Non le sembra giusto.

Con un sospiro scivola fuori dal letto, riaccende la lampada a olio e fruga tra le sue cose, finché non trova il taccuino e una biro masticata. Guarda la pagina bianca che ha davanti e scrive in bella grafia: «*Cara Freya*». Fissa le parole con la biro appoggiata alle labbra, poi la riabbassa e continua a scrivere. Quando ha finito, rilegge la lettera e infila il foglio di carta sotto il cuscino prima di spegnere la lampada. La imbucherà il giorno seguente, quando andrà al negozio. Nessuno lo verrà a sapere. E poi non le ha scritto l'indirizzo, solo qualche informazione approssimativa, rassicurandola che sta bene e che le scriverà ancora presto. Questo basta a farla sentire un po' meglio mentre si rimette sotto le coperte.

Il temporale si sta avvicinando. Nel buio compare un altro

lampo; Kat strizza gli occhi e si mette a contare in attesa del tuono, cercando di calcolare quanto è vicina la tempesta. Un secondo... due secondi... finché non arriva il boato e sembra che sia proprio sopra al cottage. Kat si spinge di più sotto le coperte. Pensa a Carla e Ben rannicchiati l'una accanto all'altro nella camera accanto e a Mac e Simon raggomitolati da qualche parte nel soggiorno al piano di sotto, e si sente molto sola. Vorrebbe dormire, ma pochi istanti dopo c'è un altro lampo, una pulsazione di luce bianca. Apre gli occhi e rimane senza fiato. Nell'istante del fulmine vede la sua sagoma sulla soglia, poi la stanza ritorna al buio. Il respiro si blocca in gola. Se l'è solo immaginato? Cerca di sbirciare nell'oscurità, ma non serve a niente: i suoi occhi sono temporaneamente accecati dal lampo, mentre un altro tuono scuote la valle.

Poi sente l'inequivocabile scricchiolio delle assi del pavimento, seguito dal rumore di passi che attraversano la stanza, diretti verso di lei. Tiene le orecchie bene aperte e riesce a udire il fruscio di una maglietta che cade a terra seguito dal rumore di una zip, poi lo scricchiolio di un'altra asse e il materasso che si abbassa sotto un nuovo peso. Kat chiude gli occhi, cerca di respirare, mentre il suo corpo freme nel buio. Per un istante non succede niente, poi sente la mano di lui sul fianco, le sue dita che le accarezzano la pelle nuda sopra l'elastico del pigiama.

«So che sei sveglia», dice soffiandole il fiato caldo sul collo. «Lo sento da come respiri.»

Lei non si muove, non dice niente, ma assapora il suo profumo: birra, sigarette e una debole traccia di acqua di lago che indugia ancora sulla pelle. La sua mano si muove e Kat deve obbligarsi a respirare.

«Ti va, vero?» le chiede, accarezzando con un dito la curva del suo seno. «Mi vuoi?»

Kat si chiede se non stia sognando. Tre anni insieme all'università e mai una volta che Simon abbia fatto il benché minimo passo verso di lei. Tre anni e mai *una volta* che le abbia fatto capire che la considerava qualcosa di più di una semplice amica. Tre anni di attesa, di desiderio, di sguardi, e adesso Kat non riesce a trovare le parole; così si volta e cerca i suoi occhi nell'oscurità, tentando di leggerli in quel buio pesto. Lui si avvicina ancora di più, finché i loro corpi si toccano e ognuno respira il fiato dell'altro, e alla fine Simon incolla le labbra alle sue. Kat non riesce a frenarsi: dalle labbra le scappa un verso, metà mugolio e metà gemito, poi gli restituisce il bacio, mentre il lampo si accende e il tuono romba nuovamente.

Lui le afferra la maglietta, la solleva e gliela sfila, poi le abbassa i pantaloni del pigiama finché non si perdono nel groviglio di lenzuola. Le passa le mani tra i capelli, le spinge delicatamente indietro la testa per poterle baciare il collo. La stanza viene illuminata da un altro lampo, poi ripiomba nel buio.

«E se gli altri?...» sussurra lei.

«Ssh...» dice lui. Gli occhi di Kat si sono abituati al buio, ormai. Riesce a vedere il suo viso, il profilo degli zigomi, gli occhi che brillano nell'oscurità. «Basta parlare», le dice. «Ci siamo solo noi.»

Kat capisce ciò che vuole dirle: non deve stare da nessun'altra parte all'infuori di lì. Essere lì, in quel momento, con lui. Si solleva per accoglierlo e si perde tra le sue braccia.

5.
LILA

SETTEMBRE

Lila è in attesa al banco della gastronomia, con un carrello della spesa mezzo pieno, quando la voce di una donna la chiama dal corridoio. «Lila?» Sente la sua mano sul braccio. «Lila, ero sicura che fossi tu.»

Lei distoglie lo sguardo dalle confezioni di olive ripiene e vede una donna paffuta con i capelli biondi e limpidi occhi azzurri che le sorride. Cerca di abbozzare un sorriso anche lei, tentando di recuperare il suo nome dal cervello in pappa. «Ciao...»

«Sono io», dice la donna posandosi la mano sul petto. «Marissa, la tua compagna del liceo, ti ricordi?» Sorride incoraggiante, mentre la mente di Lila ricollega lentamente una serie di ricordi ormai sbiaditi: gambe con la pelle d'oca e calzoncini da netball, odore di stantio dello scuolabus, risatine e passaggi di bigliettini in fondo all'aula di inglese.

«Oh, ciao», esclama Lila. «Scusami, ero con la testa da un'altra parte.»

Marissa ride. «Non preoccuparti, io sono un po' cambiata», dice dandosi un colpetto sul girovita, «soprattutto dopo l'arrivo di questo signorino.» Fa un cenno verso il carrello e solo in quel momento Lila vede il bimbo paffuto seduto sul seggiolino. «Ti presento Jack», dice Marissa orgogliosa. «Di' ciao, Jack.»

Jack la guarda e un sottile rivolo di saliva gli cade dal mento sulla giraffa di plastica che tiene stretta in pugno. Lila vede le guance tonde e arrossate, gli occhi azzurri da angelo e una testolina di ricci biondi, proprio come quelli della sua mamma.

«Sta mettendo i denti», spiega Marissa in tono di scusa. «Ehi», aggiunge con un ampio sorriso, «qualche mese fa ho incontrato Jen, mi ha detto che anche tu aspettavi un bambino. Congratulazioni. E dov'è oggi il tuo adorato fagottino? Non dirmi che sei riuscita a scappare per qualche ora!»

Lila esita. Sente un nodo di paura nelle viscere. «Sì», dice piano, «sono scappata.»

Marissa sorride. «Beata te. Li amiamo alla follia, ma è bello ritagliarci un po' di tempo per noi, vero?»

Lila annuisce cercando di deglutire.

«Maschio o femmina?»

«Una... bambina.»

«Ah, che bello. Scommetto che sei al settimo cielo.»

Lila annuisce di nuovo e si guarda intorno in preda al panico.

«Come si chiama?»

«Milly.»

«Bel nome. Spero che sia una dormigliona.» Marissa la scruta con attenzione. «Non sono mai stata così stanca in vita mia, ma le borse sotto gli occhi sono una medaglia d'onore, giusto? Proprio come quelle cavolo di smagliature.» Marissa sorride e Lila deglutisce ancora. «Dovremmo farli giocare insieme qualche volta, che ne dici?»

«Certo», risponde Lila, laconica per la vergogna. «Sarebbe bello», riesce poi ad aggiungere con un filo di voce.

«Ottimo. Mi farò dare il tuo numero da Jen e ti manderò un messaggio.»

Lila fa cenno di sì.

«Perfetto.» Marissa sorride. «Dai, non sprecare altro tempo prezioso a chiacchierare con me. Vai a prenderti un caffè o a farti le unghie, approfittane finché puoi. Prima ancora di accorgertene sarai già tornata a casa a cambiare pannolini e preparare pappine di verdure.»

Lila cerca di sorridere.

«Forza, ometto», dice Marissa girando il carrello, «finiamo la spesa, così possiamo tornarcene a casa da papà. Nel pomeriggio porterà Jack alla sua prima lezione di nuoto», spiega con un sorriso indulgente. Poi le lancia un bacio, fa un cenno di saluto e si dirige verso la corsia più vicina.

Lila allunga la mano per reggersi al bancone della rosticceria. La vergogna le fa girare la testa. Perché l'ha fatto? Perché ha *mentito* a quella donna? Non poteva dirle semplicemente la verità? Marissa non ci metterà molto a scoprire quello che è successo, probabilmente proprio da Jen, e così sapranno entrambe che ha perso il senno. Lila scuote la testa: forse Tom ha ragione, forse dovrebbe smetterla di prendere quelle pillole. Attutiscono il dolore ma rendono tutto confuso, e anche le decisioni più semplici diventano difficili.

«Che cosa desidera, signora?» dice al di là del banco un adolescente con i postumi di una sbornia che indossa un grembiule bianco pieno di macchie. Lila guarda le fettine di carne rosa brillante e le verdure marinate che galleggiano fra chiazze d'olio lucente. Per l'amor di Dio, non riesce nemmeno a decidere se comprare o no un vasetto di olive.

«Sono... sono a posto così», sussurra, «grazie.»

Si allontana dal bancone. La gente le sciama intorno da tutte le parti, una marea di corpi. Lila si sente sopraffatta, spinta da ogni lato. In qualche angolo lontano sente un bambino strillare nervoso. L'altoparlante gracchia reclamando un inserviente alla corsia otto. È troppo. Senza neanche guardarsi indietro, Lila molla il carrello mezzo pieno dietro lo scaffale dei cereali per la colazione e corre verso l'uscita.

Mentre supera la porta di casa, le mani le tremano ancora. La richiude con un leggero *clic* e rimane ferma per un istante, cercando di ricomporsi. La vista delle scale coperte dalla moquette davanti a lei e del tappetino che Tom ha messo alla base per coprire accuratamente le macchie di sangue le fa venire voglia di piangere. Chiude gli occhi e si costringe a respirare. Se solo riuscisse a ricordare... Come è successo? *Perché* è successo? In quel momento Lila sa che, se soltanto trovasse il modo di aprirsi il cervello e recuperare il ricordo di quelle ore svanite, lo farebbe. Non servirebbe a riportare indietro Milly, ma almeno potrebbe aiutarla a capire.

Mentre se ne sta ferma lì, in piedi, a combattere contro il dolore, le sue orecchie si sintonizzano sui suoni che provengono dal soggiorno: il tono basso e serio di Tom si mescola a un'altra voce, più acuta. Quello che Lila desidera di più è andare direttamente di sopra e crollare sulla distesa fresca e bianca del letto; invece, facendo appello alle ultime riserve di energia, apre la porta ed entra in soggiorno.

«Eccoti qui», dice Tom balzando in piedi. «Guarda chi è venuto a trovarci.» Indica il divano.

Lila guarda l'ospite per un momento senza parlare. «Ciao, mamma», dice poi in tono stanco, avvicinandosi per darle un bacio. «Che cosa ci fai qui? Credevo che saresti tornata dalla Francia tra una settimana o giù di lì...»

«Be', non è granché come benvenuto, non ti pare?» replica la madre con un gran sorriso. Poi stringe Lila in un abbraccio e si rimette a sedere sul divano lisciandosi la gonna. Ha una borsetta di pelle dall'aria costosa posata a terra accanto a sé e un aspetto perfetto, con i capelli biondi acconciati in un bel carré e il trucco immacolato. Lila si volta verso Tom e gli lancia un'occhiata pungente, ma lui fa finta di non vedere.

«Tua madre ha cambiato programma... ha chiamato stamattina per dire che era tornata e che sarebbe passata da noi a prendere il tè», aggiunge lui in tono allegro.

Lila ripensa alla fretta inspiegabile di Tom di riordinare la casa quella mattina e capisce tutto. Si rivolge alla madre. «Tom ti ha chiesto di venire, vero?»

La madre arrossisce e alza le spalle, impotente davanti all'evidenza della loro bugia. "Accidenti a Tom", pensa Lila. Mentre i tre si studiano a vicenda, non vola una mosca.

«Ti ho portato una torta», dice alla fine la madre indicando la scatola bianca di cartone posata sul tavolino del soggiorno.

«Che bel pensiero. Me ne occupo io.» Tom prende la scatola, palesemente sollevato di avere una scusa per uscire dalla stanza. «Preparo il tè. Tu mettiti pure seduta.» Accompagna Lila verso la sedia accanto alla finestra. Poi se ne va, lasciando la moglie e sua madre a confrontarsi, separate da un tappeto color crema.

«La casa è incantevole», esordisce la madre guardandosi intorno. «Carine anche le piastrelle», aggiunge osservando il camino. «Mi sa che non le avevo mai notate prima. Sono quelle originali?»

Lila scuote la testa stancamente. «No, le ho prese a un mercatino dell'usato.»

«Be', stanno molto bene.» Si guarda intorno ammirata. «Difficile ricordare com'era ridotta quando vi siete trasferiti qui. Hai compiuto un altro dei tuoi miracoli.»

Lila annuisce. «Com'era la Francia?»

«È... è stata un sollievo», risponde sua madre. «Trovo che la casa su nel Buckinghamshire sia così vuota, senza tuo padre. Da sola mi sento un po' persa, ma quella dimora di villeggiatura mi dà conforto... mi ricorda le vacanze che facevamo insieme, in tempi più felici.»

Lila annuisce e nella stanza cala un silenzio imbarazzato.

«E tu come sei stata?»

«Bene», risponde Lila.

La madre la scruta con attenzione. «Hai l'aria distrutta.»

Lei sorride debolmente. *Distrutta*: immagina che sia una parola come un'altra per definire le sue condizioni in questo periodo. «Sto bene, mamma, mi sento molto meglio. Non so perché Tom ti abbia chiamata.»

Se non altro la madre ha la decenza di smettere di fingere. «È semplicemente preoccupato per te, tesoro. Lo siamo entrambi. Mi ha detto che stavi lottando con... che ultimamente sei stata piuttosto... depressa.»

Lila non riesce a sostenere il suo sguardo. Si volta verso la finestra e lascia che il silenzio le inghiotta.

«Sia chiaro, è perfettamente comprensibile», continua la madre coraggiosamente, «dopo aver subito una... perdita così terribile... è naturale aver bisogno... be', di un po' di tempo per elaborarla.»

Lila la guarda.

«Un tragico incidente.» Altra pausa. «Non riesci ancora a ricordare come è successo? Come sei caduta?»

Lila scrolla la testa. Ma perché sua madre è lì? Che cosa vuole da lei?

«Be', immagino che a suo modo sia una benedizione.»

Sua madre rabbrividisce appena e Lila risponde con un cenno, imponendosi di non piangere. Una *benedizione*?

«Sei già tornata al lavoro?»

«No. Al momento è tutto tranquillo, non hanno bisogno di me.» Cavolo, Tom la sentirà, più tardi. Quanto deve essere disperato – o quanto devono essere lontani l'uno dall'altra – per pensare che quel bell'invito per il tè del pomeriggio possa essere la soluzione giusta.

«Ovviamente, da quando è morto tuo padre... è stata molto dura anche per me.»

Sentendo nominare suo padre, Lila si addolcisce un po'. «Lo so, mamma.»

«Ci sono stati giorni, fino a pochi mesi fa, in cui facevo fatica persino ad alzarmi dal letto... non riuscivo proprio a capire che senso avesse andare avanti. Era una presenza così forte nelle nostre vite e adesso che non c'è più, be'...» si porta un mano alla bocca, «è dura. Credo sia questo il motivo per cui in questo periodo preferisco stare in Francia.»

Lila si volta per guardare ancora fuori dalla finestra. L'ultima cosa che desidera è avere quella conversazione con la madre: non vuole parlare della bambina, né tantomeno di suo padre. Fuori, un ragazzo sfreccia sul suo scooter davanti alla finestra. Subito dopo, ecco il padre preoccupato che cerca di stargli dietro, gridandogli di rallentare. Lila sente che la madre le sta ancora parlando, ma fa fatica a seguire il filo, è come se le parole le giungessero dal fondo di un lungo corridoio echeggiante. Ha il palmo delle mani sudato e viene colta nuovamente da quella strana sensazione di vertigine, come se la sua testa non fosse del tutto attaccata al corpo. Si asciuga le mani sui pantaloni e cerca di concentrarsi.

«...ho scoperto che focalizzarmi sugli aspetti positivi della mia vita mi aiuta molto», continua la madre, ignara dell'agitazione interiore di Lila, «come anche ricordare i bei tempi in cui eravamo una famiglia.»

Lila si morde la lingua. Potrebbe sottolineare la mancanza di tatto nelle parole di sua madre, il fatto che lei invece non ha avuto la possibilità di vivere dei «bei tempi» con la propria figlia. Potrebbe farle notare che i suoi ricordi familiari sembrano falsati dal tempo e dal dolore. Potrebbe ricordarle le interminabili bugie, le telefonate sussurrate che il padre riceveva nello studio, le notti in cui non si dava neanche la pena di tornare a casa. Ma non ha senso rivangare tutte quelle cose oggi che è venuta a farle visita, non adesso che Lila non riesce nemmeno a trovare l'energia per andare al supermercato.

«...contenta di venire a Londra oggi», conclude la madre, allegra. Sorride. «Forse è ora che tu torni al lavoro o che trovi qualcosa di piacevole per tenerti occupata, che ti faccia uscire di casa, insomma, che ti rimetta in sesto.»

Lila è sollevata nel vedere Tom che rientra in salotto con un vassoio su cui tintinnano le tazze. «La torta sembra favolosa», dice. «Grazie di averla portata.»

«Figurati», risponde la suocera con un cenno della mano. «Stavo giusto dicendo a Lila che quello che ci vuole è un bel progettino.» Si rivolge a Tom con intenzione.

"Dammi la forza", pensa Lila, "questi due sono i peggiori attori del mondo." «Nella credenza c'è il bricco del latte», dice indicando con lo sguardo la bottiglia di plastica sul vassoio, ma Tom si limita a lanciarle un'occhiata e a posare tutto sul tavolino del salotto.

«Stavo raccontando a Lila di come, quando è morto suo padre, quello che mi ha aiutato a resistere è stato darmi da fare. È stato allora che sono entrata nel gruppo di trekking e mi sono iscritta alle lezioni serali. Un'attività o due possono essere davvero utili.»

«Sì, infatti», concorda Tom, e attacca la torta al cioccolato con un grosso coltello da pane. «Le ho già suggerito di provare a riprendere i contatti con qualche amica.»

«E nel cassetto c'è il coltello da torta», dice Lila guardandolo fare scempio del dolce.

«Questo va benissimo», risponde lui.

«Ma stai facendo un pasticcio tremendo...»

«Va *bene.*»

Con la coda dell'occhio vede che sua madre ha alzato un sopracciglio. "Oddio", pensa Lila, "siamo già diventati *quel* genere di coppia, che litiga per il bricco del latte e le fette di torta."

«Ovviamente avevo voglia di starmene a casa, gironzolare in vestaglia e piangermi addosso», continua la madre, «ma non si può fare così, no? Bisogna andare avanti, rimettersi in piedi e tenere duro.»

In quel momento Lila sente l'impulso di scaraventare il vassoio del tè sul pavimento e di urlare alla madre di andarsene, ma decide di contare fino a tre. «Non mi sto "piangendo addosso"», dice a denti stretti. «Nostra figlia è morta. Milly: uno di voi due si ricorda almeno il suo nome?»

«Non credo che...»

Lila interrompe Tom. Non vuole lasciarlo parlare. «Sto soffrendo per *Milly*... nostra figlia. È normalissimo, o almeno è quello che le infermiere dell'ospedale mi hanno fatto capire.»

«Certo, tesoro», dice la madre con voce suadente. «Comprendo bene, davvero. Sto solo dicendo che il tempo guarisce le ferite... E poi potrai sempre riprovarci.»

Lila si volta ancora verso la finestra. Altre banalità. Ma nessuno riesce a capire come si sente? Nessuno riesce a capire come stanno le cose? Che le è stata strappata una parte vitale di sé?

Lei e Tom avevano provato ad avere figli per un anno intero prima che, finalmente, Lila vedesse comparire sullo stick del test di gravidanza quella righina blu, e quando insieme avevano preso atto di quel responso inequivocabile si erano guardati e avevano riso come bambini.

«Oh, cavolo», aveva detto Tom sorridendo, «questo vuol dire che adesso dovrò togliere la mia attrezzatura da snowboard dalla stanza libera.»

Lei l'aveva baciato sulla bocca e aveva pensato con stupore a come sarebbe cambiata la loro vita.

Essere incinta le era piaciuto molto, soprattutto la sensazione di contenere la vita. Per sette esaltanti mesi aveva cresciuto una bambina dentro di sé. Si era sentita come un fiore che sboccia realizzando il suo autentico, profondo potenziale. Ogni mattina si svegliava presto e se ne stava a letto, accarezzandosi la pancia, pensando con gioia al miracolo di quella creaturina che cresceva dentro di lei e al futuro che le si spalancava davanti. Aveva cominciato a cucinare e a pulire, si era goduta il tempo passato con Tom, sapendo che quelle sarebbero state le loro ultime settimane da soli. Aveva gli ormoni in subbuglio, era all'apice della vitalità, quando – in un attimo inspiegabile, un istante che apparentemente era stato cancellato per sempre dalla sua mente – il sogno le era stato rubato.

E adesso, gli unici frammenti rimasti nella sua memoria, l'unica prova dell'esistenza di sua figlia, sono la pila di inutili abiti prémaman nascosti in fondo all'armadio, le poche smagliature sbiadite sulla pelle e la scatolina bianca con le ceneri che le avevano consegnato alle onoranze funebri dopo la cerimonia. Vorrebbe scuotere sua madre, scuotere Tom, vorrebbe urlare che quella non è la vita che avrebbe dovuto avere. Non dovrebbe starsene lì seduta a mangiare la torta e a parlare con voce calma e serena di dolore e perdita. Tutti loro dovrebbero vivere una vita nuova, trasformata dalla gioia, dall'amore e dalla presenza incontenibile e irresistibile di una bimbetta gorgogliante.

Fuori, il pezzetto di cielo londinese visibile dalla finestra è di un grigio freddo e vuoto. Rispecchia esattamente il suo stato d'animo: spento e svuotato, incolore. Dal nulla le attraversa la mente un'immagine: un lago scintillante, incastonato in un anfiteatro di colline verdi, e un piccolo cottage sbilenco, che nel sole pomeridiano risplende di un tenue color miele. Si rivede là, seduta sul ceppo abbandonato, sotto un cielo infinito e mutevole, a fissare la superficie del lago.

«In realtà», dice, e le parole le escono di bocca prima di poterle fermare, «*sto* pensando di fare qualcosa di nuovo.»

«Ah sì?» dice Tom leccandosi la glassa al cioccolato sulle dita.

«Ma è meraviglioso», dice la madre. Prende la tazza e il piattino. «Di che si tratta? Altre migliorie all'ufficio?»

«No», risponde Lila scuotendo la testa. «Un lavoro per me: la ristrutturazione di un cottage.»

Tom la fissa per un istante. «Non vorrai dire...»
«Sì», ribatte lei, «esatto.»
«Sei sicura?» chiede lui, mentre sul viso gli ricompare un'espressione preoccupata. «È un progetto impegnativo.»
«Non poi così tanto», replica Lila. «E poi, sei stato proprio tu a dirmi che dovevo *fare* qualcosa.»
«Sì, però non intendevo... è solo che... Be', si trova a molti chilometri da qui.»
Lila alza le spalle. La madre rimane zitta, improvvisamente impegnata a osservare la tazza e il piattino che ha in mano e a rimescolare il tè con il cucchiaino.
«Come faremo ad andare avanti, tu lassù e io qua?» continua Tom.
«Posso stare là durante la settimana e tornare nei weekend. Oppure potresti venire anche tu e darmi una mano, no? Non sarebbe poi così diverso da come vivevamo prima... nei primi tempi.»
La ruga di preoccupazione di Tom si accentua. «Be', non è esattamente quello che avevo in mente. Non so se startene così lontana e isolata è una buona idea. E poi, come potremo permettercelo, se non è un vero lavoro pagato?»
«Ho i soldi che mi ha lasciato mio padre nel testamento, no? Se rimetto in sesto quel posto poi magari potrò rivenderlo, guadagnarci e investire il denaro in un altro progetto. Ne parlo da secoli, di mettere su qualcosa per conto mio. Forse è ora che smetta di parlarne e cominci a farlo.»
«Be', mi sembra molto positivo», interviene la madre sollevata. «Un po' di ristrutturazione in campagna, che meraviglia.»
Tom scuote la testa. «Non so se...»
«Vuoi che faccia qualcosa, no?» dice Lila guardandolo. «Be', ecco la soluzione.»
Lui alza le mani in segno di sconfitta. «Immagino che non ci sia niente di male nel provare per una o due settimane.»
Lila annuisce e allunga la mano per prendere la teiera. «Allora, qualcuno vuole un'altra tazza di tè?»

La madre se ne va circa un'ora più tardi. Abbraccia forte Lila, poi fa un passo indietro e le scosta la lunga frangia dagli occhi. «La settimana prossima torno in Francia. Voi due potreste venire con l'Eurostar... per una vacanza. Mi piacerebbe avervi lì con me.»

Lila annuisce e si sente a disagio per essersi mostrata così suscettibile. «Mamma», chiede, cogliendo l'attimo, «siamo mai andati in vacanza tutti insieme al nord... nel Peak District?»

«Come?» La madre la guarda perplessa.

«Sì... non siamo mai... papà non ci ha mai?...»

La madre scuote la testa e fa una risatina. «Nel Peak District? Non credo che tuo padre ci abbia mai portato più a nord del Watford Gap.» La osserva. «Perché?»

Lila scuote la testa e abbandona l'argomento. «Così.»

Sua madre si gingilla con la cinghia della borsetta, poi si schiarisce la voce. «Ti chiamo tra una settimana. Abbi cura di te, Lila... e riposati.»

La ragazza annuisce, l'abbraccia un'ultima volta, poi rimane sulla porta e la guarda partire: è una donna sulla cinquantina, snella, dritta, molto elegante. Lila vuole bene a sua madre, ma sa che la distanza tra loro è aumentata, non solo a causa della recente perdita della bambina e del suo nodo di dolore: c'entrano anche il padre e la sua morte, avvenuta sei mesi prima. È stato un periodo difficile per entrambe.

Poco prima, osservando la madre in salotto mentre parlava del proprio matrimonio e della perdita del marito, Lila si era morsa la lingua. Dopo tutti quegli anni ha ormai imparato a non darlo a vedere, ma perfino lei rimane sorpresa dall'abilità della madre non solo di mascherare il dolore, ma di reinventare addirittura la storia del suo matrimonio, ora che lui non c'è più, e di dipingere le cose in una luce più rosea. Lila doveva scrutare sotto la maschera che la madre indossava sempre per vedere il profondo dolore che anni di delusioni e disinganni avevano impresso sul suo viso.

Ma Lila conosce la verità, anche se la madre non la ammetterà mai. Sa fin da quando era bambina che il rapporto tra i suoi genitori era carico di attriti. La tensione era lì, nei lunghi silenzi durante i viaggi in auto – quando Lila, seduta sul sedile posteriore, sentiva l'aria sibilare e crepitare in mezzo a loro – e anche nelle sere in cui il padre buttava giù whisky e gridava alla moglie parole dure e rabbiose, parlando di perdita e dolore e di una vita sprecata tra bugie e ideali smarriti. Lila li guardava dalla cima delle scale, senza capire davvero tutto... ma abbastanza per sapere che non era normale che un papà passasse metà della settimana nel suo pied-à-terre londinese a scoparsi l'ultima assistente *personale* o che una mamma trascorresse le notti in cui lui non c'era distesa in una stanza buia a piangere con il viso affondato nel cuscino. Eppure lui tornava sempre e, quando lo faceva, sua madre era lì ad aspettarlo, si era asciugata le lacrime e mostrava la sua maschera allegra e sollevata, pronta a giocare ancora una volta alla famiglia felice.

Quando Lila era cresciuta, la cosa l'aveva fatta arrabbiare. Voleva bene a suo padre, ma non riusciva a capire perché sua madre non facesse qualcosa... Perché non si ribellava? Perché non lo cacciava via? Ma la madre non lo aveva mai fatto, e le cose le erano apparse in una luce ancora più cruda dopo che Lila aveva incontrato Tom e passato un po' di tempo con la sua chiassosa e numerosa famiglia. Aveva osservato gli scambi distesi fra Tom e i fratelli minori, il modo in cui abbracciava la madre in cucina mentre lei preparava la cena o il modo in cui tutti quanti, seduti intorno alla tavola, prendevano in giro affettuosamente il padre, e si era stupita di quei rapporti così sciolti e spontanei. «Ma voi non litigate mai?» gli aveva chiesto.

«Abbiamo i nostri momenti.»

Lila aveva scosso la testa.

«Che c'è?»

«Sembra che vi vogliate bene *davvero*.»

Tom l'aveva osservata per un attimo. «Se la rende così infelice, perché non lo lascia?»

«Non lo so. Lo ama... ma ogni volta gli rende troppo facile tornare a casa.»

«Ovviamente sei molto arrabbiata. Dovresti parlargli *tu*», le aveva suggerito.

«Credi davvero?»
«Se ti infastidisce così tanto, sì.»
Aveva riflettuto seriamente sul consiglio di Tom e stava raccogliendo il coraggio per affrontare il padre, quando aveva ricevuto la telefonata: suo padre era morto di infarto mentre era seduto alla scrivania a esaminare le carte della causa di un cliente.
Se n'era andato così, lasciando dietro di sé dolore, ferite e una rabbia bruciante. Ciò che Lila rimpiangeva di più era il fatto di non avere accettato subito il consiglio di Tom e di non avere parlato con il padre prima che fosse troppo tardi. Adesso, oltre a tutto il resto, deve subire la versione sempre più rosea del passato offerta da sua madre, una versione che non coincide affatto con i suoi ricordi. La guarda salire sull'automobile azzurro splendente, rivolgerle un ultimo cenno di saluto e allontanarsi. Lila scuote la testa. Le famiglie possono essere davvero un terribile pasticcio.
Tom le si avvicina silenziosamente sulla soglia. «Mi dispiace», dice, sfiorandole la manica del maglione, «avrei dovuto dirti che sarebbe venuta.»
«Sì, infatti.»
Lui esita prima di riprendere a parlare. «È vero quello che hai detto del cottage o stavi solo cercando di farci cambiare discorso?»
«È vero.» Sostiene il suo sguardo. «Non fare quella faccia preoccupata, andrà tutto bene. Ci starò per qualche giorno e vedrò che cosa riesco a fare. Se non funziona, tornerò indietro.»
«Ma io *sono* preoccupato. Sarai tagliata fuori da tutto, e dopo quello che hai passato – che *abbiamo* passato – non sono convinto che sia una buona idea.»
«E se invece fosse proprio quello di cui ho bisogno?» Lila ricorda l'incontro con Marissa al supermercato, la messinscena straziante che ha recitato. Di colpo, l'idea di rifugiarsi in un posto in cui nessuno la conosce non sembra affatto brutta. «Pensaci, quel cottage e il lago... non sono solo qualcosa per tenermi impegnata, ma anche un cambiamento di scenario. Un ritiro, un posto dove riprendermi. A quanto pare,

con la mamma la Francia funziona.» Osserva il viso preoccupato di Tom. «E c'era anche una gran pace, no?»

Lui non sembra convinto. «Non ho mai pensato che saresti stata attirata da un lago. Non sai nemmeno nuotare, per l'amor del cielo.»

«Posso sempre imparare.»

Lui è scettico. «Imparare a nuotare tu? Con la tua fobia? Non ti avvicinerai nemmeno alla riva.»

«Non mi butterò nel lago, se è questo che ti preoccupa.»

Lui la osserva attentamente. «Certo che no.» Tra di loro cala il silenzio. «Credo che potresti provarci per una settimana o giù di lì.» Ci pensa un attimo. «Ma come diavolo farai a sistemare quel posto? Non c'è una vera strada e siamo già in autunno. Sarà un problema.»

Lila si stringe nelle spalle. «Non voglio trasformarlo in una casa di vacanza a cinque stelle. Voglio solo pulirlo e renderlo un po' più confortevole, oltre che una soluzione più attraente nel caso decidessi di venderlo. Probabilmente posso cavarmela in gran parte da sola.»

Tom la osserva. «Sei più coraggiosa di me.»

Lei sorride. «Coraggiosa? Qualcuno potrebbe dire stupida.» Nella luce austera del pomeriggio Lila vede le ombre sotto gli occhi di Tom, la prima traccia di grigio sulle tempie, la cicatrice bianca sulla guancia destra.

Lui la osserva per un istante. «Se non ti conoscessi, penserei che stai scappando.» Non è necessario che aggiunga «da me»: entrambi lo indovinano dal tono della voce.

Lei sospira. Non ha la forza di rassicurarlo, non dopo la visita della madre. Vorrebbe rimettere le cose a posto. Desidera tornare a quell'intimità che hanno condiviso fino a poche settimane prima, ma sembra tutto troppo difficile. Lei ha talento estetico, è capace di rendere belle le cose; lui sa costruire ponti in scala e nella realtà; eppure, l'abisso che li divide sembra più brutto e invalicabile ogni giorno che passa. L'ironia della situazione non le sfugge. E ora che ha avuto l'idea della fuga, desidera solo essere su al cottage, almeno per un po' lontano da Londra e dalla loro vita insieme, arrivata a un punto morto.

Tom allunga una mano e segue la curva della sua guancia con un dito. «Tra noi va tutto bene, vero?»

«Certo», risponde Lila, ma la parola rimane sospesa a mezz'aria, ingombrante come la bugia che entrambi riconoscono al volo.

«Quando parti?»

«Presto», dice, incapace di guardarlo negli occhi. «Hai ragione: l'autunno è alle porte. È meglio che mi metta in moto, prima che cambi idea.»

Tom si appoggia a lei e rimangono lì, due linee rette inclinate l'una verso l'altra, a sorreggersi a vicenda per un istante, finché lei si stacca, lasciandolo solo alla porta, e va di sopra a preparare le valigie.

6.
SETTEMBRE

1980

L'airone bianco è fermo sulle secche del lago. Kat scosta lo scampolo sottile di tenda e lo vede lì nella prima luce del mattino, alto ed elegante accanto a un ciuffo di canne verdi. È perfettamente immobile, con il collo allungato in direzione dell'acqua, in attesa della preda. Avvolta in una coperta di lana, lei lo guarda per un istante, osservando come nessun muscolo, tendine e piuma del suo corpo faccia un minimo movimento mentre l'uccello è intento al proprio compito. È l'immagine stessa della concentrazione e della tenacia.

Alle sue spalle, Simon è stravaccato sul materasso; Kat ne intravede appena il riflesso nel vetro della finestra. Il suo corpo forma una curva leggera sotto le lenzuola, e per un attimo è tentata di togliersi di dosso la coperta e infilarsi di nuovo nel letto. Quasi tutte le mattine, al risveglio, lo trova disteso al suo fianco, eppure il fatto di vederlo non manca mai di sorprenderla, di darle quell'emozione alla bocca dello stomaco. Sa che è grazie alla propria tenacia e determinazione se Simon è lì nella sua stanza, rannicchiato sul materasso intorno all'avvallamento ancora caldo dove lei era distesa fino a pochi momenti prima.

Kat torna a osservare il lago, appena in tempo per vedere il rapido movimento dell'airone, che piega il capo e con il becco arancione estrae dall'acqua un pesce carnoso. Il persico argenteo si divincola. Kat osserva l'uccello ingoiare la sua colazione e poi, con un movimento sciolto, distendere le ali e prendere il volo, librandosi sul lago.

Sorride. Il pensiero della colazione le fa brontolare lo stomaco. Prende i jeans, una maglietta a maniche lunghe e un cardigan fatto a maglia, si infila un paio di calzini e scende le scale a passo leggero, facendo attenzione a non svegliare la casa ancora addormentata.

In cucina beve avidamente un bicchiere d'acqua e afferra un tozzo di pane del giorno prima, su cui spalma uno strato sottile della marmellata troppo liquida di Ben. Lo mangia in piedi, ansiosa di uscire nell'aria fresca del mattino.

Le galline stanno già razzolando e beccando nella stia dietro casa. Sa che sarebbe il momento di cominciare il solito giro – dar da mangiare ai polli, raccogliere le uova, sistemare la legna da ardere accanto alla cucina economica –, ma qualcosa la blocca. Forse è stata la vista dell'airone, così a suo agio nella solitudine, ma in realtà quello che ha voglia di fare è uscire da sola: fare il giro del lago disegnando una mappa dei dintorni. Si lascia alle spalle il cottage e i compagni che dormono e si dirige verso la riva, seguendo le orme dei giorni precedenti, rimaste impresse sull'erba appiattita, fino alla sponda del lago. Si ferma a circa un metro dal punto in cui solo pochi istanti prima si trovava l'airone e guarda la valle.

Le foglie degli ontani stanno ingiallendo e un manto marrone brunito si va via via posando sulle colline; Kat si rende conto che il velo discreto dell'autunno sta iniziando a insediarsi. L'intensità dell'estate è svanita ed è un sollievo essere immersi in un clima più fresco e frizzante. Adesso la mattina ci vogliono calzini e maglioni, e i nugoli di moscerini che nelle ultime settimane erano sospesi sull'acqua sono stati portati via dalla brezza per essere sostituiti da bassi banchi di nebbia che aleggiano sulla superficie del lago. Nella valle, il sole impiega un po' più di tempo a raggiungere la cima delle colline e a scacciare le ombre del primo mattino, e nel pomeriggio cala un po' prima sull'orizzonte. Mentre osserva i colori intensi e terrosi della campagna, a Kat torna in mente il verso di una poesia che ha imparato a scuola: "Stagione delle nebbie e della soffice fecondità".*

* *Ode all'autunno*, trad. it. di Mario Roffi, in John Keats, *Poesie*, Einaudi, Torino 1983. [*n.d.t.*]

L'idea di Kat è costeggiare il lago e perlustrare i boschi che ne circondano le acque. Fino a quel momento le è bastato stare vicina al cottage, ma il mattino le sembra ricco di possibilità. Se Mac può vagabondare per la campagna e ritornare con conigli sanguinanti in spalla o con le braccia cariche di bacche di sambuco, perché non può cercare anche lei qualcosa da mangiare? Quanto potrà essere difficile?

Allontanandosi dalla riva, Kat abbassa la testa per schivare alcuni rami ed entra nel bosco, dove le foglie scricchiolano sotto gli scarponcini e il terreno è cosparso dei frutti conici marroni dell'ontano. A differenza della riva asciutta ed erbosa vicino al cottage, qui il terreno è paludoso. Kat avanza nella fanghiglia, supera fossi melmosi e scavalca pozzanghere, ascoltando gli uccellini che svolazzano e il lieve fruscio del sottobosco al suo passaggio, e facendo attenzione a tutto ciò che potrebbe essere commestibile o utile in qualche modo.

Dice a sé stessa che vuole soltanto passare un po' di tempo da sola, lontano dagli altri, ma la verità è che vuole pensare a Simon, a ciò che sta succedendo tra loro. Vuole avere la possibilità di analizzare i propri pensieri, di estrarli come pietre preziose dal fondo delle tasche, per portarli alla luce e strofinarli fino a farli brillare. Mentre cammina, pensa alle sue mani su di lei, alle sue labbra sulla pelle, al modo in cui i suoi occhi luccicano, neri come il carbone, quando si muove sopra di lei al buio. Le sembra di amarlo da tanto tempo, eppure non aveva mai sognato che le cose potessero andare in questo modo. Si è sempre sentita troppo distaccata, troppo estranea, perché qualcuno potesse desiderarla o amarla. Il suo cuore era un prisma inaccessibile, che teneva fuori emozioni e dolore, nascosto a tutti tranne che a sua sorella Freya. Ma adesso ciò che sembrava impossibile è accaduto. Simon è venuto da lei. La vuole, e finalmente Kat sente di aprirsi e trasformarsi, come il cottage abbandonato in cui abitano. Non si è mai sentita tanto viva. Non si è mai sentita così vulnerabile. È esaltante e spaventoso al tempo stesso.

Kat non sa ancora come definire ciò che esiste tra loro. È qualcosa di più del sesso, ne è sicura, perché si conoscono da molto tempo; c'è molto altro sotto l'intimità fisica che hanno raggiunto: una corrente sotterranea di emozioni impossibile da ignorare. Ma il terreno su cui si muovono è nuovo e sconosciuto, come la zona impervia intorno al lago. È come se ci camminasse sopra in punta di piedi: procede saggiando ogni passo fino a sentirsi sicura quanto basta per appoggiarsi con tutto il peso. E così Kat scopre dove si trovano i confini, dove sono le rocce e i crepacci che deve superare. Ha già imparato a non essere troppo affettuosa con lui durante il giorno. Le poche volte che lo ha toccato o l'ha abbracciato, lui ha tollerato la cosa con un sorriso circospetto, ma lei si è accorta che si sottraeva o si allontanava. Lo capisce: è imbarazzante per gli altri. Sono un gruppo piccolo e molto legato; non è bene sbandierare davanti a tutti il modo in cui è cambiato il loro rapporto. Ben e Carla stanno insieme fin dall'inizio, è un fatto che tutti hanno subito accettato, ma un'altra coppia che ostentasse la propria intimità... be', potrebbe destabilizzare la situazione e non sarebbe giusto nei confronti di Mac. Lo capisce.

E non ha nemmeno osato giocare a carte scoperte dicendo a Simon che lo ama. Sa che è soltanto questione di tempo, ma per ora non lo farà, non ancora, non finché non sarà certa della sua risposta. Così, nel frattempo, si aggrappa ad altre certezze: il calore del suo sguardo che la segue, l'insistenza del suo tocco nel buio pesto della stanza e, forse più di tutto, la nuova, profonda convinzione che fosse *destino* che finissero lì. Quel cottage, il lago: un giorno d'estate una felice coincidenza li ha condotti in quel luogo, dove regnano la semplicità e la libertà, e dove possono far crescere l'amore che li unisce e farlo diventare più profondo e forte. Ne è sicura.

Si ferma ai piedi di un albero per esaminare diversi funghi bianchi, sferici e rigonfi, che crescono sul terreno. Si chiede se dovrebbe coglierli, ma decide che è meglio non farlo. Potrebbero essere velenosi e hanno l'aria di potersi disintegrare appena li sfiora. Cerca invece di memorizzarli in modo da poterli descrivere agli altri; sta imparando in fretta che a volte anche le cose più strane possono essere commestibili.

Kat avanza ancora nel bosco e si imbatte in un vecchio albero di nocciolo, carico di frutti incorniciati da foglie soffici e lanuginose. Allunga un braccio e scuote uno dei rami più bassi, facendo cadere alcune nocciole ai propri piedi come gocce d'acqua, poi si china per raccoglierle, infilandole in fondo alle tasche. Dovrà portarci Ben, qui: è il più bravo di tutti ad arrampicarsi e potrebbero farne una bella scorta se si muovono per tempo, prima che arrivino gli scoiattoli.

In lontananza sente uno sguazzare nel lago. Si avvicina curiosa alla riva e vede due germani reali che si immergono tra le canne. Li osserva per un istante, immagina la faccia di Simon se tornasse al cottage con due anatre grassottelle e vorrebbe tanto avere la possibilità di prenderle. Mentre i pennuti si allontanano nuotando, Kat è attratta da una pianta alta e legnosa che cresce sulla riva: sopra un fusto grosso e scanalato come il sedano, minuscoli grappoli di fiori bianchi spuntano sulla cima di sottili steli a ombrello. Si avvicina e sradica un fusto, chiedendosi cosa possa essere. Le radici, grosse e bianche, somigliano a dita fangose che puntano verso terra. A Kat sembrano carote sbiadite, o forse rape; hanno un'aria decisamente commestibile. Incoraggiata dalla scoperta, inizia a estrarre manciate di piante dal terreno, completamente assorbita dalla sua attività finché da un punto alle sue spalle giunge lo schiocco di rametti spezzati seguito dal forte chiurlare di un fagiano che sbatte le ali nel sottobosco.

Meravigliata, Kat si volta. Sul pendio boscoso a monte vede una figura maschile a una decina di metri di distanza. Rimane a bocca aperta portandosi le mani al petto. «Mac, mi hai fatto spaventare. Perché ti sei avvicinato così di soppiatto?»

Lui solleva una mano e le mostra i tre conigli esanimi che gli pendono dalla spalla. «Sto solo controllando le trappole. Stanotte hanno funzionato alla grande.» Indica le piante che Kat tiene in mano. «Che cosa hai trovato?»

«Non lo so. Potrebbe essere cerfoglio selvatico, ma guarda le radici.» Le solleva per fargliele vedere. «Sembrano carote, vero? O saranno rape? Potremmo assaggiarle.» Gli sorride raggiante e orgogliosa, mentre lui scende dal pendio boscoso per raggiungerla, con i conigli senza vita che gli rimbalzano sul petto al ritmo delle lunghe falcate.

Scruta più da vicino la pianta di Kat e indietreggia. «Gettala via», dice. «È cicuta acquatica. Roba pericolosa. Se ce la fai mangiare, ci ucciderai tutti.»

La ragazza fa una risatina. «Sì, come no.»

«Dico sul serio.» Mac scuote la testa. «Se la mangi hai buone probabilità di non svegliarti, domani. Le foglie sono velenose, ma le radici sono anche peggio. Una volta le abbiamo fatte mangiare a una mucca. È morta nel giro di un'ora.»

Kat lo guarda a bocca aperta, cercando di leggere nei suoi occhi, nascosti come sono sotto i capelli scompigliati. «Dici sul serio?» Guarda la pianta dall'aria innocua che ha in mano. Una sostanza lattiginosa e fluida stilla da uno dei fusti legnosi nel punto in cui lo ha spezzato. Lo osserva, sorpresa e spaventata dal fatto che un paesaggio tanto innocente possa produrre qualcosa di così velenoso, poi arrossisce, sentendosi stupida. «Non sono molto brava in questo genere di cose, vero? Forse dovrei limitarmi a lavare e pulire.»

Mac si sistema i conigli sulla spalla e Kat vede una macchia rosso scuro sul suo giubbotto di jeans, nel punto in cui gli animali hanno perso sangue. «Vieni» le dice lui. «Se davvero vuoi fare provviste, ho qualcosa da mostrarti. Seguimi.»

La guida in mezzo agli alberi, poi giù per una gola boscosa e ripida, scavalcando massi e cespugli di felci fino a inoltrarsi in un boschetto di alberi tozzi, dove le indica il fogliame di un verde intenso: «Guarda». Avvicinandosi, Kat vede grappoli di bacche blu scuro annidate in mezzo ai rami.

«Che cos'è?» chiede, allungando la mano per toccarne la superficie scura con un dito.

«Prugnolo. Dovremo raccoglierlo dopo la prima gelata.»

Lei lo guarda, un po' incerta. «Si mangia?»

Lui scuote la testa. «Non hai mai provato il liquore di prugnolo?»

«No.»

Le rivolge un sorriso sghembo. «Aspetta e vedrai. Ti farà impazzire.»

Mentre si avvicinano al cottage, Kat e Mac sentono voci e risate provenire dalla cucina. Kat pesta i piedi scuotendo via il fango dagli scarponi, poi entra dalla porta sul retro a piedi scalzi, lasciando fuori Mac alle prese con i conigli. Si aspetta un fuoco di fila di domande su dove è stata e qualche canzonatura amichevole sul fatto che gli altri hanno dovuto farsi carico dei suoi compiti, ma quando vede la scena in cucina, tutto quello che aveva pensato di dire a propria difesa svanisce nel nulla.

«Hai visite», le dice Simon. Le sta sorridendo, ma Kat sente una punta di fastidio nella sua voce.

«Sorpresa!»

Kat guarda Freya a bocca aperta. Sua sorella è seduta a capotavola, con Simon da una parte e Carla dall'altra. Le fa un sorriso smagliante e poi si rivolge agli altri. «Visto?» dice ridendo. «Ve l'avevo detto che avrebbe fatto una faccia impagabile.»

Carla sorride. «Non ti sbagliavi.»

Freya si alza e si avvicina a Kat, stringendola in un abbraccio. Kat si immerge nel fresco profumo fiorito della sorella, sente i lunghi capelli biondi che le sfiorano il volto, ma per tutto il tempo dell'abbraccio non stacca gli occhi dal viso di Simon. «Che cosa ci fai, qui?» le chiede alla fine, allontanandosi di un passo. «E come diavolo hai fatto a trovarci?» Non ha ancora finito di porre la domanda, che già se ne pente.

«Grazie alla tua lettera, ovviamente.»

Con la coda dell'occhio Kat vede che Simon inarca le sopracciglia.

«Non appena ho letto di questo posto ho capito che dovevo venire a vederlo di persona», prosegue; poi, notando l'espressione della sorella, le chiede: «Non ti dispiace, vero?».

«Certo che no», risponde Kat, riuscendo a ritrovare il sorriso. Fa un passo indietro e osserva attentamente Freya. È più alta e più magra di come la ricordava; indossa un variopinto abito di seta che le ondeggia intorno alle gambe, calzettoni di lana e scarponi neri che stridono con tutto il resto. I capelli lucenti le ricadono sulla schiena, con un intrico di trecce morbide qua e là. La cosa più sorprendente di tutte, però, è la pelle: è chiara come il marmo e fa risaltare l'azzurro degli occhi, che splendono come zaffiri. Mentre Kat la osserva, le tornano in mente le bambole di porcellana che la loro madre adottiva, Margaret, teneva in fila sul letto: avevano il permesso di guardarle, ma non potevano *mai* toccarle. Sorride e si rende conto per la prima volta che sua sorella è ormai una donna, una donna bellissima.

«Ma guardati», esclama stringendola finalmente in un vero abbraccio, «sei stupenda! Comunque continuo a non capire», aggiunge cauta, lasciandola andare. «Come hai fatto a trovarci? Non ti ho scritto dov'era questo posto.»

Freya si dà un colpetto sulla fronte con un dito. «Non ho solo un visetto grazioso», risponde sorridendo. «Non è stato affatto difficile. Tanto per cominciare sulla busta c'era il timbro postale. E hai menzionato un laghetto circondato dalle colline, senza niente intorno per chilometri e chilometri. Non c'è voluto molto. La sezione di geografia della biblioteca universitaria è molto ben fornita di cartine. Guarda», aggiunge porgendole un pacco di biscotti al cioccolato. «Sono venuta con dei doni. Sono i tuoi preferiti, vero?»

Kat annuisce, ma non ne prende neanche uno; sente ancora addosso lo sguardo interrogativo di Simon. Sa di aver fatto un pasticcio e si maledice in silenzio per non avergli detto della lettera.

«Freya ci stava giusto raccontando come ha fatto ad arrivare», interviene Ben. «È stato piuttosto avventuroso, a quanto pare.»

Kat si gira verso la sorella. «Ah sì?»

«Già», conferma Freya con una punta di orgoglio nella voce. «Ho fatto l'autostop da Londra... almeno finché ho potuto. Stanotte ho dormito sulla panchina di una stazione di servizio, poi sono finita nel cassone di un trattore. Ho percorso gli ultimi tre chilometri a piedi. Sono davvero contenta di avere indovinato il posto. Sarebbe stato un viaggio troppo lungo da fare a vuoto.»

«Non hai detto a nessuno che siamo qui, vero?» le chiede Simon con aria preoccupata.

«Ma no, ho soltanto detto che andavo a fare una gita in montagna. Forse sarà sembrato un po' strano che partissi da sola con questo borsone», dice dando un calcio alla grossa sacca da viaggio che ha posato sul pavimento, «ma nessuno ha fatto troppe domande.»

«Hai avuto fortuna», la redarguisce Kat. «Avrebbe potuto prenderti a bordo chiunque: uno stupratore, un pericoloso assassino... Lo squartatore dello Yorkshire non è stato ancora catturato...»

Freya si gira verso gli altri e sorride. «Visto? Ve l'avevo detto che era la tipica sorellona protettiva.»

Kat non si fa scoraggiare. «Ma che cosa ci *fai*, qui? Cosa mi dici dell'università? Dovresti iniziare in questi giorni, no?»

«Be', a questo proposito...» dice Freya improvvisamente evasiva, «alla fine dell'ultimo semestre c'è stato un po' di scalpore. Il capo del mio dipartimento ha ritenuto meglio che sospendessi la frequenza per un anno.»

«Che genere di "scalpore"?»

«Con uno dei miei docenti...»

«Sei andata a letto con lui?»

«No, certo che no! È un vecchio porco. L'ho denunciato per molestie, la storia è venuta fuori e pare che all'università pensino che sia meglio se me ne sto lontana per qualche mese, finché non si calmano le acque.» Freya allunga la mano verso il pacco di biscotti, ne prende uno e lo sbocconcella.

«È meglio che *tu* stia lontana? Non credo proprio che possano farlo.» Kat è indignata.

«Lo so», dice Freya spensierata, sgranocchiando il biscotto. «Stavo per protestare, ma poi ho ricevuto la tua lettera e all'improvviso mi sono resa conto che non ero obbligata a farlo. Questa era l'occasione ideale per venire a trovarti quassù.» Sorride dolcemente e i suoi occhi riflettono la luce che entra dalla finestra, splendendo come il lago placido là fuori. Osservando le briciole rimaste sul suo labbro superiore, Kat si ricorda improvvisamente dell'abilità prodigiosa di Freya nel convincere le persone ad accettare la sua volontà, di qualunque cosa si tratti: da una gita al parco a un pacchetto di biscotti, dall'ora del rientro serale a una maglietta da prendere in prestito. «Simon mi stava giusto raccontando di questo posto. È incredibile», continua Freya sorridendo. «State facendo una cosa bellissima.» Poi si interrompe e fruga nella borsa, estraendo un oggetto colorato che lancia a Kat. «Ecco, ti ho portato anche questo.»

Kat fissa lo strano cubo che ha tra le mani.

«È un rompicapo», le dice Freya. «L'ho fregato nell'ufficio di quel vecchio sporcaccione... Pensavo che fosse in debito con me.» Sorride. «Pare sia l'ultimo grido.»

«Forte», dice Ben, prendendo il cubo dalle mani tese di Kat. «Il cubo di Rubik, ne ho sentito parlare.» Gli fa compiere qualche rapido giro, ma la conversazione è interrotta dal rumore di scarponi proveniente dall'esterno, seguito dallo sbattere della porta sul retro. Mac entra nella stanza, ma si ferma di colpo appena vede Freya in piedi in mezzo al gruppo.

«Ciao», dice lei, porgendogli la mano per salutarlo. «Sono Freya, la sorella di Kat. Tu devi essere Mac.»

Mac si scosta i capelli dagli occhi e fa per stringerle la mano.

«Oh», esclama la ragazza, indietreggiando di un passo.

Kat allunga il collo e vede le tracce di sangue sulle mani e i polsi di Mac. Imbarazzato, lui ritira la mano.

«Be', non si saluta così una signora», lo prende in giro Simon. «Devi perdonare il nostro contadinotto, non è molto abile con le ragazze.»

«Scusa», mormora Mac diventando rosso fuoco. «Mi sono occupato dei conigli, dovrei prima lavarmi le mani.»

Freya deglutisce. «Non volevo...» Sorride esitante. «Scusa, piacere di conoscerti.»

Mac fa un cenno con la testa e si avvicina al lavello.

Kat osserva ancora Simon con la coda dell'occhio e nota come i suoi occhi si soffermano su Freya. Capisce che con quello sguardo attento la sta valutando, soppesando, e si sente divisa in due. Da un lato è protettiva: vuole mettere Freya al riparo dallo sguardo critico di Simon, certa che il suo giudizio sarà severo; penserà che sia troppo ingenua, infantile e fragile per stare in un posto del genere. "Le fa paura persino un po' di sangue di coniglio", dirà tra sé e sé. Allo stesso tempo desidera disperatamente che lui apprezzi sua sorella e che lei lo ricambi. Sono le due persone più importanti della sua vita, ma osservandoli parlare tra loro si rende conto che non ha idea di quanto potranno capirsi.

«Che cosa studi?» le chiede Simon.

Freya sorride in modo accattivante. «Moda e tessuti. Sto imparando le tecniche di serigrafia e a disegnare le mie stoffe. Mi piacerebbe lavorare nel campo della moda, un giorno.»

«Sei un'artista.» Simon fa un cenno con la testa e Kat si rende conto che approva. «Qui abbiamo una scrittrice, un musicista, un'assistente sociale, un ambientalista e un avvocato, ma niente artisti... per ora.» Si apre in un gran sorriso. «Be', non so che cosa ne pensino gli altri, ma per me dovresti restare. Non credo che in questo momento siamo nella posizione di poter rifiutare un paio di braccia in più.»

«Certo», dice Carla allungandosi per dare un buffetto sul braccio a Freya. «Sarà divertente avere qui un'altra ragazza. I ragazzi sono stati in soprannumero per troppo tempo, vero, Kat?»

Kat lascia andare un respiro che non si era nemmeno accorta di trattenere e sorride. «Staremo strette», avvisa. «Dovremo dividere la stanza.»

«Non importa», replica Freya sorridendo. «Sarà divertente, come ai vecchi tempi.»

«Sì», concorda Kat scompigliandole i capelli, «proprio come ai vecchi tempi.»

«Accidenti, è difficile!» si lamenta Ben alzando gli occhi esasperato dal cubo di Rubik. «Ragazzi, stasera non aspettatevi la cena... Be', non prima che abbia risolto 'sto cubo.»

«Vieni», dice Kat alla sorella, «ti faccio fare un giro. Dovrai rimboccarti le maniche, sai. Non è un villaggio turistico.»

Il sorriso di Freya è così sfolgorante da illuminare tutta la cucina.

L'arrivo di sua sorella è una boccata di aria fresca che si diffonde in tutto il cottage. Mentre glielo mostra, Kat vede le cose come se fosse la prima volta e rimane sorpresa di quanto sono riusciti a realizzare in poche settimane. Ci sono uova fresche in una ciotola sul tavolo e vasetti di marmellata di more allineati sulla mensola sopra la cucina economica, file di funghi grigio chiaro messi a seccare sui vassoi nella dispensa e abiti puliti che sventolano appesi al filo teso in mezzo a due alberi sul retro. Persino la luce del sole che adesso risplende attraverso le finestre, un tempo sporche, fa inorgoglire Kat. Tutt'intorno a loro ci sono segni di miglioramento, a riprova del fatto che stanno trasformando il cottage e i dintorni in una vera casa, e Kat si sente colma di profonda soddisfazione.

Freya, a sua volta, si dimostra più che felice di dare una mano. Ripulisce il giardino dalle erbacce con Carla oppure aiuta Ben in cucina pulendo le verdure e accendendo il fuoco o ancora si occupa di lavare i piatti e la biancheria. Organizza un sistema di compostaggio degli avanzi e ben presto si rende indispensabile assumendosi i compiti meno ambiti.

«Non sei obbligata a fare tutte queste cose», le dice Kat entrando in cucina e vedendola con l'acqua sporca fino ai gomiti a strofinare una pentola bruciata. «Non devi fare la parte di Cenerentola.»

Freya si stringe nelle spalle. «Mi piace. Sembra un po' come giocare alla casa, no?» Poi aggiunge: «Capisco perché ti piace questo posto».

«Davvero?»

«Sì.» Freya sorride. «Tu e i tuoi amici... tutti insieme... è un po' come la famiglia che non abbiamo mai avuto, non credi?»

Kat annuisce. «Immagino di sì.»

Freya torna al lavello. «Credo che potrei provare a realizzare delle tende nuove per il soggiorno», dice. «E forse anche per la nostra camera, che ne pensi?»

«Dove prenderai la stoffa?»

«Potrei usare un vecchio vestito. È carino... color crema con delle splendide rose rosa.»

Kat si stringe nelle spalle. «Io lascerei perdere.» Le tende a fiori sembrano un po' frivole persino a lei e non può fare a meno di chiedersi che cosa ne penserebbe Simon. «Probabilmente butteresti via un vestito in ottime condizioni.»

«Ma quelle che ci sono qui sono orribili, vecchi scampoli di tessuto grigio che si stanno praticamente disintegrando. È una piccola cosa, ma farebbe davvero la differenza.»

Kat scuote la testa. «Non stare a perdere tempo.»

Ma Freya non si lascia dissuadere. Il giorno seguente Kat

la trova seduta su una delle poltrone sacco del soggiorno, circondata da strisce di stoffa color crema coperte da allegre rose fucsia chiaro. La osserva disporre due strisce l'una sull'altra e poi cucirle insieme su un lato, notando i movimenti precisi e rapidi delle mani sottili della sorella mentre fa passare ago e filo nella stoffa. «Non sarei mai capace di farlo», confessa Kat invidiosa. «Non sono tagliata.»

«È solo questione di pratica», replica Freya.

«No, tu sei sempre stata brava in queste cose. Sei sempre stata creativa. Ti ricordi quei vestiti che facevi per la bambola che ti piaceva tanto? Li cucivi con cura uno per uno.»

Freya sorride. «Be', sei sempre stata tu la più pratica delle due. Per i tuoi usavi colla e graffette e finivi in metà tempo.»

Kat ride. «Pensaci, se potessimo prendere le parti migliori di entrambe in pratica saremmo Wonder Woman.»

Freya le lancia un'occhiata. «Io credo che tu sia *già* Wonder Woman, Kat.»

«Non dire sciocchezze», la rimbrotta la sorella, ma è costretta a voltarsi per nascondere il rossore.

Quel pomeriggio, allungati sulle poltrone sacco davanti al fuoco, mentre assaggiano i primi bicchieri della forte birra casalinga di Ben, Kat osserva l'opera di Freya. Le nuove tende sono state appese e tirate, e sul davanzale è in bella mostra una brocca piena di cardi viola. Freya ha persino trovato alcune candele e le ha infilate nel collo delle bottiglie di vetro vuote, disseminandole sopra la mensola del caminetto. Kat osserva una striscia di cera fusa che gocciola lungo il fianco di una bottiglia e forma una piccola pozza torbida sulla superficie di pietra. "Freya aveva ragione", pensa, "ha fatto la differenza." La stanza ha assunto un'atmosfera più accogliente, e pare che lei non sia l'unica a pensarla così.

«C'è qualcosa di diverso», dice Ben alzando gli occhi dal cubo di Rubik ancora incollato alle mani. «Che cos'è?»

Carla alza gli occhi al cielo. «Ignoralo, Freya», dice. «Se tu abbattessi un muro e ampliassi il retro della casa, non se ne accorgerebbe nemmeno. La stanza è bellissima.»

«Davvero», aggiunge Simon posando il libro e fissando la piccola brocca di fiori viola alla finestra. «Sono le piccole cose, no? Erano quello di cui sentivamo la mancanza senza rendercene conto: il tocco che dà a questo posto un'aria di casa.» Sorride calorosamente a Freya.

Kat lo guarda sorpresa. Non lo aveva mai preso per un tipo che si fa impressionare dai fiori e dagli arredi accoglienti, perciò scuote la testa e strizza l'occhio alla sorellina per congratularsi, contenta che Simon accetti la presenza di Freya, cercando al tempo stesso di soffocare un minuscolo, irrazionale barlume di gelosia spuntato dal nulla. Sono lì da due mesi e non ricorda che Simon abbia mai lodato i *suoi* sforzi in quel modo. Prende un sorso della corrosiva birra casalinga di Ben e lo inghiotte con una smorfia.

«Allora, è il vostro capo o cosa?» le chiede Freya quella sera, mentre lei e Kat si distendono l'una accanto all'altra sul materasso a fissare il soffitto.

«Chi?» chiede Kat, pur conoscendo già la risposta.

«Simon.»

Kat fissa il vuoto sopra di loro. «No. Che cosa te lo fa pensare?»

«Ho semplicemente notato che siete tutti pronti a rimettere a lui le decisioni.»

«Non è vero.»

«Sì che lo è. Qualunque cosa dica Simon va bene.»

«Non mi sembra.»

«Pensaci: alla fine anche il fatto che io sia rimasta è stata una sua decisione.»

Kat riflette per un attimo sulle parole della sorella, poi scuote la testa. «Non funziona così, decidiamo le cose in gruppo. Qui nessuno è il capo, siamo una squadra.»

Nel buio cala il silenzio. «Però ti piace, vero?» dice Freya alla fine. «Me lo puoi dire, non sono più una bambina.»

«So che non lo sei.» Kat valuta se parlarne a Freya. Si chiede che sensazione le darebbe dirlo ad alta voce, esprimere l'attrazione che prova per Simon e confessarla per la prima volta a un'altra persona. Le parole le bruciano sulla punta della lingua, ma non riesce ancora a farle uscire, nemmeno nel buio della stanza, nemmeno con Freya. «Dormi», dice, «sono stanca.»

Ma Freya non ha voglia di dormire, vuole chiacchierare. «Ben e Carla sono simpatici, vero?»

«Mmm», concorda Kat.

«Stanno insieme da tanto tempo?»

«Da sempre. Tre anni o giù di lì.»

«E Mac com'è?»

Kat sospira. «Non lo so. Simpatico. È piuttosto silenzioso, però... e a volte può sembrare un po' strano. Gli piace stare per conto suo, ma penso che in fondo sia un bravo ragazzo.»

«Sembra gentile. Forse è soltanto un po' timido.»

«Forse», concorda Kat.

Pensa che Freya stia per addormentarsi, ma un attimo dopo ricomincia. «Per te va bene che io stia qui, vero? Non ti dispiace?»

«No», dice Kat, «non mi dispiace.»

«Perché posso sempre...»

«Ssh...», ribatte Kat, «dormi. Domani abbiamo un sacco di cose da fare.»

Freya sbuffa, ma poi si gira su un fianco e finalmente rimane in silenzio.

Kat resta lì supina, con gli occhi aperti nel buio, ad ascoltare il borbottio lontano di Ben che russa nella stanza accanto. Sente il materasso che la sostiene, la trapunta come un bozzolo caldo avvolto intorno al corpo, ma dopo un po' il buio pesto la disorienta e ha la sensazione di non trovarsi più sul pavimento solido, ma di fluttuare: è una minuscola particella che galleggia nello spazio.

Deglutisce, chiude gli occhi e cerca di liberarsi di quella sensazione snervante. Ciò che vorrebbe davvero è l'abbraccio di Simon, sentire la sua pelle contro la propria, il suo respiro sul collo. Quello che vorrebbe davvero è ancorarsi al suo corpo caldo. Ma sa che, finché c'è Freya, lui non verrà, perciò si consola con i ricordi: il sapore di more tiepide sulla lingua, le sue mani che le sfiorano la pelle, le sue labbra sulle proprie, le sue dita intrecciate nei capelli, finché un po' per volta si lascia andare al lento richiamo del sonno.

7.
LILA

OTTOBRE

La bambina sta piangendo. Sentendo quegli strilli acuti, Lila si rigira sotto la coperta di lana. "Ancora un minuto", pensa dagli abissi del sonno, "ancora un minuto, per favore, piccolina mia."

Un altro urlo penetrante trafigge la notte e poi, di colpo, come se qualcuno le avesse rovesciato addosso un secchio di acqua ghiacciata, Lila è sveglia. Spalanca gli occhi nel buio. Rimane immobile, quasi non osa respirare.

Non c'è nessun pianto, non c'è nessuna bambina. È solo un sogno.

Il senso di vuoto, freddo e duro come la pietra, le invade lo stomaco. Si abbraccia e sbatte gli occhi, cercando qualcosa su cui fissare lo sguardo nel buio pesto, ma è troppo tardi: il panico la sta già afferrando. La schiaccia, le mozza il respiro, la invade. "Inspira", dice a sé stessa. "Inspira e stai calma."

Si sposta appena, e la sottile striscia di tela del lettino da campo scricchiola sotto il suo peso. Quel rumore le fa capire dove si trova: al piano superiore del vecchio cottage ammuffito vicino al lago, distesa su una branda scomoda, infagottata in un sacco a pelo e con una coperta di lana addosso per stare più calda. Quando si era trattato di trasportarli lungo il prato e giù dal crinale, era stata sul punto di rinunciare al letto e alla coperta in più, ma adesso è contenta di non averlo fatto. Il lettino da campeggio non sarà molto comodo, ma Lila sa che è di gran lunga meglio delle assi del pavimento. Cerca di non pensare a Tom, disteso sul letto della loro casa, illuminato dal neon di un lampione; cerca di non pensare a quanto sia lontana da lui in quel momento. Si rigira in cerca di una posizione comoda prima di rimettersi a pensare al sogno.

È sempre stata una sognatrice, una di quelle persone legate alle ombre del proprio io più profondo, a quella parte misteriosa del cervello che prende il sopravvento quando arriva il sonno e il corpo si addormenta. Da quando ha perso Milly, però, teme quella sensazione di inabissamento. Sta distesa sul letto, in bilico ai confini del sonno, e poi, proprio quando la mente comincia ad annebbiarsi e il respiro rallenta, si sveglia di soprassalto, con l'immagine fin troppo viva di quell'orribile caduta dalle scale.

Quel che è peggio è che, quando il sonno finalmente arriva, è intermittente e disturbato, e che i suoi sogni peggiorano fino a diventare veri e propri incubi. A volte sogna la caduta: precipita vertiginosamente nel buio senza mai toccare terra, aspettando un impatto che non arriva. Altre volte sogna il lago: ne guada le acque calme e fresche, oltrepassando le secche, finché i suoi piedi perdono il contatto con il fondale e lei si ritrova a dibattersi in mezzo all'acqua scura, che alla fine si richiude sopra di lei. Ma stavolta sogna la bambina: vede i minuscoli pugni chiusi e gli occhi blu della figlia e sente il suo richiamo straziante nella notte, finché è talmente sopraffatta dal bisogno di stringerla ancora una volta fra le braccia che potrebbe urlare di dolore.

Aveva pensato che andarsene da Londra l'avrebbe aiutata, che cambiare completamente contesto le avrebbe permesso di riposarsi e rilassarsi, forse anche di recuperare alcuni ricordi perduti. Ma nell'immenso silenzio e nel buio assoluto della notte sul lago c'è qualcosa che offre terreno fertile alla sua immaginazione. È chiaro che il cottage è il posto ideale per i sogni e, invece di sentirsi meglio, Lila è ancora più inquieta. Inspira a grandi boccate l'aria fresca della notte. "Respira", si ripete, "respira e basta."

A poco a poco il battito rallenta. Lila respira profondamente e chiude gli occhi. Quando il panico si è attenuato, si prende un momento, distesa al buio, per fare ciò che fa ogni notte quando non riesce a dormire. Il dottore le ha detto che potrebbe non ricordare mai del tutto la caduta, ma lei non riesce ad accettarlo; *ha bisogno* di ricordare per poter capire e, forse, andare avanti. Stringe forte gli occhi e inizia a ripercorrere i pochi ricordi che ha.

Si ritrova nella sua camera a Londra, i raggi obliqui del sole filtrano dalla finestra e si posano sulla trapunta di seta ricamata che ricopre il letto alle sue spalle. È in piedi davanti allo specchio intero e si allunga per prendere una maglietta nera elasticizzata. Cerca di indossarla, ma non le sta bene: è troppo stretta sulla pancia e la fa sentire ancora più grossa di quel che è, perciò se la toglie e la getta sulla pila sempre più alta di abiti scartati di cui è ingombro il letto. Afferra spazientita un'altra maglietta e la indossa, elettrizzando i capelli e facendoli crepitare con la seta rosa. Si volta nuovamente verso lo specchio e si osserva con attenzione: gli occhi azzurri risplendono di salute e le guance sono piene per via degli ormoni della gravidanza, una ciocca di capelli biondi è scivolata fuori dallo chignon disordinato, gli orecchini d'oro a spirale che Tom le ha regalato per il suo ultimo compleanno catturano la luce. I dettagli ci sono tutti, chiari come il sole. Finché all'improvviso sbiadiscono, come uno specchio che si annebbia... e non rimane niente. La sua mente è vuota, non c'è altro che il buio. Poi nel suo cervello riparte una connessione e Lila sente i clacson insistenti delle auto, un rumore di passi veloci sul linoleum e l'inconfondibile odore di disinfettante di una stanza di ospedale. È tutto quello che le rimane.

Scuote la testa e ricomincia da capo. Rivede la scena più e più volte, sperando che qualcosa di nuovo, *qualunque cosa*, risalga in superficie, finché alla fine viene sommersa dalla stanchezza, che minaccia di trascinarla giù ancora una volta. Si rigira sulla branda, si tira la coperta fin sotto il mento. Adesso riuscirà a dormire, lo sa. Sente il tiepido richiamo del sonno e sta per arrendersi, quando il silenzio è squarciato da un pianto acuto e raccapricciante.

Lila si irrigidisce. La bambina. È lo stesso pianto lamentoso, lo stesso vagito acuto del sogno, solo che stavolta Lila *sa* che non sta sognando. È perfettamente sveglia e il suono non è soltanto reale, ma anche molto vicino. Il grido echeggia nel cottage e svanisce nella notte, mentre la paura le agita le viscere e il sangue diventa gelido come l'aria che la circonda.

Lottando contro l'impulso di nascondere la testa sotto la coperta, tira fuori un braccio dal sacco a pelo e lo allunga nel buio, cercando a tastoni il cellulare. Lo sblocca e vede che sono le due e mezzo e che non c'è campo. La notte è ancora lunga.

Il grido ritorna, sempre più vicino, e riecheggia ancora una volta nel cottage vuoto. Lila soffoca un gemito e pensa alle alternative. Potrebbe scivolare fuori dal letto e brancolare fino all'interruttore della luce accanto alla porta. Potrebbe scendere al piano di sotto in punta di piedi e cercare un'arma da nascondere sotto il cuscino o un oggetto che potrebbe farla sentire un po' più al sicuro: un martello, il coltello del pane, l'attizzatoio di metallo del caminetto? O magari potrebbe fuggire nella notte, superare il crinale e il prato e raggiungere la sua macchina. Potrebbe ammettere di aver commesso un terribile errore e guidare fino a Londra, tornando a casa da Tom più in fretta che può.

Alla fine, però, persino il pensiero di abbandonare la protezione del sacco a pelo, di camminare in punta di piedi nel cottage freddo, di scendere gli scalini scricchiolanti e insinuarsi nelle stanze vuote del piano di sotto la terrorizza. Si rende conto che, piuttosto che affrontare la fonte di quel rumore agghiacciante, preferisce rimanere paralizzata su quel lettino spaccaossa, in un cottage cadente nel bel mezzo del nulla, ad aspettare il suo destino, sotto forma del fantasma inquietante di una neonata o di un assassino armato di ascia. Lila soffoca una risata isterica. Perché si trova lì da sola in quel posto deserto? Come ha potuto anche solo pensare che andare *in quel cottage* sarebbe stata una buona idea? "Ci siamo", si dice, "ho perso la ragione."

Nel buio risuona un altro gemito. È un rumore così strano, rozzo, primitivo... così animale; all'improvviso capisce: ma sì, ha già sentito quel grido. Non è il pianto di una neonata che cerca la mamma, ma il verso di una volpe che lancia un avvertimento: *questo è mio, stai lontano.* L'ha sentito un paio di volte a Londra, ha visto la sagoma ossuta delle volpi strisciare furtiva intorno ai cassonetti dell'immondizia, mentre si chiamavano l'un l'altra sotto la luce arancione dei lampioni. Grazie a Dio, pensa. Figurarsi se fosse tornata di corsa da Tom solo per una volpe. Rimane distesa a godersi il senso di sollievo che la pervade. Non c'è alcun bisogno di partire, non ancora, per lo meno.

Si rigira un'altra volta sulla branda. È davvero scomodissima e Lila è di nuovo sveglia, con l'adrenalina che le scorre nelle vene. Se ne avesse il coraggio, si alzerebbe, accenderebbe il fuoco, preparerebbe il tè e si metterebbe seduta ad aspettare il sorgere del sole. Appena arrivata al cottage, aveva dimenticato gli avvertimenti di Tom sui nidi degli uccelli e sugli incendi e nelle ultime due sere si era goduta un bel fuoco, riuscendo a non incenerire la vecchia casa. Se si fermerà un po' più a lungo, magari potrebbe investire anche in una stufa elettrica.

Pensa ai ciocchi di legno nella cesta accanto al camino e si chiede quanti ne fossero rimasti prima che decidesse di andare a letto. Avrebbe dovuto rifornirla prima. Si rende conto che da adesso in poi dovrà ragionare così: non può più dare le cose per scontate. Lì la vita è diversa e lei è da sola. Deve pianificare e organizzare, perché niente le pioverà dal cielo.

E poi ecco un pensiero che le bussa alla mente con un'insistenza rumorosa. Quella cesta di vimini sfilacciata piena di legna, che quando è tornata al cottage era sistemata in modo comodo e ordinato accanto al caminetto, c'era anche la prima volta, quando lei e Tom erano arrivati lì insieme? Con un brivido, si rende conto di non ricordarsene. E se c'era, non era forse vuota? Non le viene in mente, è tutto molto confuso. Si spreme le meningi. Durante quella prima visita erano elettrizzati e distratti. Probabilmente aveva registrato nella mente meno della metà del cottage e delle sue condizioni cadenti, ma di certo si sarebbe ricordata di una cesta con una pila ordinata di legna secca e di rametti, che aspettavano solo che lei accendesse il fuoco, no? E se i ceppi durante la loro prima visita non c'erano, come diavolo avevano fatto ad arrivare fin lì? Sembra quasi che qualcuno li abbia lasciati lì apposta per lei... come se quel qualcuno la stesse aspettando.

Un brivido le corre per la spina dorsale. Perché le hanno inviato le chiavi del cottage? Chi c'è dietro quella faccenda e che cosa vuole da lei? E, soprattutto, perché si è fatta trascinare lì, da sola, in quel posto strano e isolato? Prima gli incubi e le neonate che piangono, poi le volpi e il misterioso dono della legna da ardere. Lila deglutisce e capisce, senza ombra di dubbio, che non riuscirà più a dormire.

Affrontando il freddo, allunga un braccio per prendere il flacone accanto al lettino da campo. Svita il tappo e scuote la boccetta, facendosi cadere in mano due pillole, poi le inghiotte in fretta, prima di avere il tempo di cambiare idea, e si tira la coperta fin sopra la testa. Se deve essere assassinata in un cottage qualunque in mezzo al nulla, tanto vale che sia in uno stato semicomatoso.

Quando finalmente arriva l'alba, la giornata si presenta fredda e smorta. Il suo respiro produce una nebbiolina bianca che rimane sospesa nell'aria, ricordando a Lila le ragnatele appese agli angoli di ogni stanza. È stanca e intontita dalle pastiglie, ma si sente anche pervasa da un'energia inquieta. Non vuole rimanere distesa un momento di più. Deve mettersi all'opera: ha un sacco di cose da fare.

Spinge via sacco a pelo e coperta, sfreccia per la stanza e indossa jeans, calzettoni di lana, due magliette, un pile e un paio di robusti scarponi di pelle, poi scende le scale ed esce dalla stanza sul retro, calpesta l'erba ricoperta di un velo bianco come una torta glassata e si infila nell'orrenda latrina. Sarebbe carino ampliare il cottage, aprire la cucina e aggiungere un vero bagno sul retro. Ma quelli non sono lavori da svolgere adesso: sono da prevedere in futuro, *se* deciderà di tenersi quel posto.

Va in cucina e rovescia i cereali in una ciotola di plastica. Mentre li divora, si guarda intorno con occhio professionale e inizia a pensare agli interventi che potrebbe fare. Non ha dubbi, si tratta di un progetto enorme, ma ci sono già alcune piccole cose di cui rallegrarsi: l'acqua corrente e l'elettricità che funziona. Dalla soglia, sbircia la stanza di fronte e immagina l'assito sabbiato e lucidato, le pareti dipinte di bianco e le finestre che scintillano al sole, con tende nuove che fluttuano nella brezza estiva. Nella cucina visualizza il tavolo di quercia ripulito a fondo, le lunghe panche di legno riparate e la cucina economica lucidata fino a brillare. Sì, riesce a vedere tutto quanto, sfavillante e pulito, caldo e accogliente, con le mele verdi in una ciotola e tanti vasetti di erbe aromatiche sui davanzali delle finestre. La trasformazione osservata con l'occhio della mente la aiuta a rilassarsi un po'. Questo è il suo lavoro, la cosa che le riesce meglio.

Rivede il foro di pallottola nella trave di legno sopra la cucina economica. Non riesce ancora a trovare una ragione plausibile che ne spieghi la presenza *dentro* il cottage – o almeno nessuna che non la preoccupi profondamene –, perciò distoglie la mente concentrandosi sulle vecchie credenze e sulla vernice che si squama dai telai delle finestre. La vista di escrementi di topo freschi sul pavimento interrompe per un attimo i suoi pensieri. Tra un boccone di cereali e l'altro prende una penna e scarabocchia «trappole per topi» sulla lista della spesa, che sta diventando sempre più lunga. Potrebbe accendere la cucina economica, se volesse: sarebbe piacevole avere acqua calda per il tè, ma Lila ha voglia di uscire a controllare meglio l'esterno della proprietà, perciò finisce di fare colazionc in picdi, davanti a una fincstra, guardando il lago disteso come una lastra di acciaio grigio nella luce autunnale.

Fuori si è alzata la brezza. Canta sull'acqua e sussurra tra i rami degli alberi, dove le foglie si arricciano e si seccano prima di cadere lentamente al suolo. Lila fissa il lago e rabbrividisce. Sembra non riuscire a scuotersi di dosso la sensazione che quella vecchia casa stia cercando di dirle qualcosa. Probabilmente è lo sfinimento, pensa, ma laggiù, tutta sola, una persona potrebbe davvero impazzire.

L'infiltrazione d'acqua in camera è la questione più urgente da sistemare, perciò Lila decide di dare subito un'occhiata al tetto; fintanto che la copertura non è impermeabile, non ha molto senso occuparsi di altro. Inizia a studiarlo dal basso. Anche al suo occhio non allenato appare evidente che le tegole smosse intorno al camino e una crepa nei mattoni sono sufficienti a lasciar passare l'acqua che filtra in camera da letto nei giorni di pioggia. Sa che dovrà trovare un vero muratore, ma osservando le tegole si chiede come farà a procurarsi un'ardesia di quel tipo; laddove possibile, preferirebbe riportare l'edificio alle sue condizioni originarie usando analoghi materiali locali.

Poi rivolge l'attenzione alle grondaie, che non sembrano in cattive condizioni, anche se si rende conto che sono intasate dal fango e che in un paio di punti sono marce e vanno sostituite. "Un'altra cosa da aggiungere alla lista."

Dando le spalle al cottage, Lila si dirige verso il capanno di legno, che sembra appoggiato al fianco della collina come un anziano che riprende fiato. Spera di trovare una scala nascosta nell'interno buio. Dentro, gli attrezzi pendono da grandi ganci metallici: una falce, una vanga, grosse cesoie e un forcone; c'è anche un vecchio ceppo per tagliare la legna con l'ascia arrugginita ancora conficcata. Lila perlustra oltre e scopre con gioia, appoggiate a una parete, non solo una grossa catasta di legna da ardere, ma anche una pila di lastre di ardesia grigia, identiche a quelle del tetto. Questo le risparmierà senz'altro un po' di tempo e di denaro. La scoperta è resa ancora più piacevole dalla vista di una vecchia scala abbandonata in mezzo alla polvere. La solleva, se la mette in spalla e la porta al cottage, poi la appoggia contro la facciata e trascorre le due ore successive a raccogliere manciate di melma viscida dalle grondaie. È un lavoro disgustoso, ma vi si dedica con calma determinazione, felice di perdersi per un po' in un compito semplice. Si accorge di stare meglio. Fuori, alla luce del sole, all'aria fresca e pungente, i suoi incubi svaniscono. "È sempre così", dice a sé stessa, "tutto sembra più brutto prima dell'alba."

Dopo aver pulito l'ultima grondaia sulla facciata, inizia a scendere dalla scala, tenendo in equilibrio il secchio dei rifiuti sui pioli. Alle sue spalle sente un battito di ali e un fruscio di foglie. Si gira appena in tempo per vedere una grande gazza che prende il volo da un albero sulla riva del lago. "Una per un dispiacere", pensa, ricordando il verso di una filastrocca per bambini. Osserva l'uccello volare rapido sopra il lago e svanire sullo sfondo delle colline, poi abbassa lo sguardo a scrutare la fila di alberi più vicini all'acqua. I tronchi sono scuri e impenetrabili, ma lei li fissa a lungo rabbrividendo. Lo sente, c'è qualcuno. Qualcuno la sta guardando.

Sbircia in mezzo ai tronchi, con la pelle d'oca che le solletica le braccia, ma nell'oscurità non riesce a distinguere niente... solo rami mossi e ombre scure. Scuote la testa: la mancanza di sonno e l'isolamento di quel posto si stanno decisamente facendo sentire. Non c'è nessuno: soltanto lei, gli uccelli e la brezza che sospira lieve, sfiorando il lago e frusciando in mezzo agli alberi.

Scende con cautela gli ultimi pioli. Tra gli incubi e questi pensieri, si chiede se non sia venuto il momento di staccare per un paio d'ore e fare la conoscenza del vicinato. Si merita senz'altro una pausa. Si cambierà e andrà al paese più vicino, un posto che si chiama Little Ramsdale e che si trova pochi chilometri a est, stando alla sua cartina. Le servono un po' di provviste e magari potrebbe trovare qualcuno in grado di raccontarle qualcosa di più sul cottage e sui suoi antichi proprietari.

Dietro la casa una famigliola di conigli zampetta via vedendola arrivare, con le code bianche che risplendono in mezzo all'erba alta. Lila si abbassa passando sotto il filo del bucato, che pende molle e basso fra due alberi, e prosegue oltre la stia rovesciata all'ombra di un melo ritorto, trascinata fin lì, immagina, dal vento forte. Batte i piedi, poi entra in casa per lavarsi le mani e indossare un paio di pantaloni puliti.

Al piano di sopra si sofferma davanti allo specchio incrinato, facendo smorfie al suo riflesso distorto mentre si raccoglie i capelli in una coda. Sta analizzando mentalmente la lista dei muratori che conosce, chiedendosi chi potrebbe chiamare per sistemare il tetto e le infiltrazioni, quando il suo sguardo è attirato dal riflesso di un disegno scarabocchiato sulla parete alle sue spalle. Sorpresa, si volta e si avvicina, cercando di capire di che cosa si tratta. Si inginocchia e strofina la superficie del muro, eliminando uno strato di polvere, poi guarda più da vicino e strofina ancora, osservando stupita l'immagine tenue ma distinguibile che compare, come il disegno di un bambino fatto con l'inchiostro invisibile.

«Oh», dice sedendosi sui talloni e fissando il muro. Toglie la polvere da un rettangolo di mezzo metro per due, riportando alla luce sei strane figure stilizzate che danzano sulla parete, scarabocchiate in un viola sbiadito. Sono rappresentazioni naïf, ma è chiaro che tre o quattro di quelle figure sono maschi, le altre femmine. Dalla mano di uno dei maschi penzola una grossa sigaretta conica. "Non ci sono dubbi", pensa Lila, "qui ci sono stati dei bambini."

Decide di lasciare lì il murale per un po'; avrà tutto il tempo di occuparsene quando i lavori più importanti saranno finiti, e nel frattempo le sei figure danzanti possono anche restare. Non è che la compagnia le dia fastidio.

A Little Ramsdale c'è un solo negozio, una piccola rivendita di ortofrutta che funge anche da ufficio postale, in un caratteristico edificio con il tetto di paglia. Lila attraversa tutto il paese, ma gli unici altri luoghi degni di nota sono una chiesetta in pietra e una costruzione più grande che in passato doveva essere un pub, ma che è stata trasformata in residenza privata. "Peccato", pensa, "mi sarei fatta volentieri una birra." Gira l'auto e parcheggia di fronte al negozio.

Quando Lila entra, il campanello suona e una signora di mezza età in piedi dietro il bancone, che sta sfogliando pigramente le pagine di una rivista patinata, solleva la testa e le rivolge un allegro «Salve».

«Salve», risponde Lila, rendendosi conto che quella è la prima persona che vede e con cui parla da due giorni.

«Posso fare qualcosa per te, cara?»

«Grazie, devo prendere solo qualche piccola cosa.»

«Benissimo.» La donna sorride e torna alla sua rivista, lasciando Lila libera di esaminare i pochi scaffali. La ragazza prende un pacco di biscotti, una pagnotta, mezzo litro di latte, quattro mele e un paio di lattine di minestra e le mette sul bancone.

«È tutto?»

«Sì, grazie.»

La donna rubiconda batte gli acquisti sul registratore di cassa. «Fanno sei sterline e venti, grazie, cara.» Poi osserva Lila che fruga nel portafogli in cerca dei soldi. «Sei in vacanza nei dintorni?» le chiede.

«Più o meno. Be', non proprio, in realtà... abito nel vecchio cottage di pietra accanto al lago. Lo conosce?»

La donna ci pensa un attimo. «Quel vecchio edificio cadente, su vicino alla brughiera?» le chiede, osservandola con interesse.

«Sì», risponde Lila sorridendo. «Me lo hanno lasciato da poco in eredità», spiega. «Sono venuta solo a controllare in che stato è.»

La donna annuisce e ripone gli acquisti di Lila nelle borse di tela. «Quella casa è stata vuota per un sacco di tempo. A essere sincera non pensavo nemmeno che fosse ancora in piedi.»

«Lei non ha idea di chi fossero i vecchi proprietari?» La voce di Lila è piena di speranza, ma la donna si limita a scuotere la testa.

«No, tesoro. Credo che sia abbandonato da un bel po'.»

«Qualcuno...» Non riesce a trovare il modo di chiederlo con più discrezione, perciò alla fine si decide a farlo. «Qualcuno che lei conosce è venuto a mancare qui intorno, recentemente?»

La donna le rivolge un'occhiata perplessa.

«Vede», prosegue Lila per darle una spiegazione, «mi è stato lasciato da qualcuno, ma non so da chi. Vorrei tanto scoprire chi è stato.»

La donna sembra sorpresa. «Mi dispiace, cara. Ti aiuterei volentieri, ma non saprei dirti chi potrebbe essere. Grazie a Dio nessuno di quelli che conosco è morto negli ultimi mesi.» Tocca lo scaffale di ferro che ha accanto.

Lila annuisce e cerca di non mostrare la propria delusione.

«Allora resterai nei paraggi per un po'?» chiede la donna.
«Sì, sicuramente per qualche giorno ancora.»
La donna sorride. «Be', sai dove venire se ti serve qualcosa. Io sono Sally», dice porgendole la mano.
«Lila.» Si sorridono sopra il bancone.

Appena tornata alla macchina, Lila decide di controllare il cellulare e vede tre chiamate perse di Tom. Sapendo che è preoccupato, digita il suo numero. Mentre aspetta che risponda, vede due ciclisti vestiti di lycra sfrecciarle davanti. La chiamata passa direttamente alla segreteria telefonica.
«Ehi, ciao», dice cercando di mettere nella voce più allegria possibile, «sono io. Va tutto bene. Sono arrivata qui senza problemi e il cottage non è tremendo come me lo ricordavo, anche se dovrò corrompere Barry o uno dei suoi ragazzi perché vengano su ad aiutarmi con il tetto e con l'infiltrazione in camera. Tutto considerato, comunque, questo vecchio rudere ha tenuto davvero bene.» Fa una pausa, chiedendosi cos'altro dire. «Be', spero che tu stia bene. Volevo solo farti un saluto.» Indecisa, si chiede se deve invitarlo ad andarla a trovare nel fine settimana. «Okay, allora ti saluto. Ah», aggiunge rapidamente, «il telefono prende davvero male quassù... Forse è meglio se provo a richiamarti domani... o dopodomani. Spero che riusciremo a sentirci.» Silenzio. «Ciao.»
Solo dopo aver riattaccato, aver imboccato il viottolo sterrato e percorso metà della strada che porta al cottage, si rende conto di essersi dimenticata di dirgli che le manca.

8.
OTTOBRE

1980

La mattina in cui vengono scoperti, Kat si sveglia e trova il paesaggio coperto da una coltre fresca di brina: tutto è chiaro e scintillante, imbiancato durante la notte dalla prima pennellata dell'inverno. È il quadro che le è ormai familiare, ma più luminoso, più bianco, quasi accecante, come colto dal flash di un fotografo. La vista le toglie il fiato.

«Sveglia», dice a Freya. «Devi venire a vedere, è bellissimo.»

«Mmm», mormora Freya da sotto le coperte, «dopo.»

«Come vuoi.» Kat indossa un maglione sopra il pigiama e si dirige al piano inferiore, passando accanto a Simon rannicchiato sotto una coperta davanti al focolare pieno di cenere. Si ferma a guardarlo per un attimo, notando le labbra dischiuse e il respiro che forma minuscole nuvolette bianche nell'aria. Si guarda intorno cercando Mac e vede un affossamento nel divano, la prova che ha dormito lì, ma non ci sono altri segni o rumori che segnalino la sua presenza.

Incapace di resistere, attraversa la stanza e scivola sotto la coperta di Simon, stringendosi a lui con tutto il corpo. Lui mormora, intontito dal sonno, poi si volta verso di lei. «Buongiorno», sussurra Kat, e lui strofina il viso contro il suo collo. Senza fiato per la propria audacia, lei gli fa scivolare le mani sul ventre e poi sotto l'elastico del pigiama.

«Oddio», dice Simon con un gemito, e si gira mettendosi sopra di lei. «Kat», bisbiglia, «la mia Kat.» Le allontana i capelli dal collo e si piega a baciarla, sfiorandole con le labbra la pelle sopra la clavicola. Poi si sposta su di lei e Kat solleva i fianchi, guidandolo dentro di sé e muovendosi al suo ritmo.

«Mi è mancato», gli sussurra all'orecchio, mordendogli il

lobo finché lui rabbrividisce e rimane immobile, abbandonato sopra di lei, schiacciandola contro il pavimento duro. Sono in una nuvola di respiri. «Devi raderti», gli bisbiglia quando la sua barba corta le graffia la guancia, e la risata di lui è calda sul suo collo.

Kat lo lascia disteso davanti al fuoco e va in cucina ad accendere la stufa economica. Mentre si muove, sente l'odore e la sensazione pungente che lui le ha lasciato sulla pelle. Questa volta è stato diverso: questa volta *lei* è andata da lui, e si sente incoraggiata dalla reazione di Simon, dalla sua accoglienza. Sa che dovrebbero stare più attenti, che probabilmente dovrebbero usare dei contraccettivi, ma mentre accende il fuoco nel focolare si chiede se sarebbe così terribile rimanere incinta di Simon. Si immagina con lui al cottage, felici e soddisfatti, una vera famiglia: lei, Simon e un bambino con gli occhi e la pelle olivastra di lui e i capelli scuri di lei. No, non ha certo fretta di avere un figlio, ma se accadesse... be', sarebbe davvero così tremendo? Un bambino con Simon significherebbe un legame con lui per sempre, qualcosa che nessuno potrebbe mai portarle via. E le darebbe anche la possibilità di dimostrare di essersi liberata una volta per tutte della sua infanzia infelice. Un bambino con Simon sarebbe l'occasione per fare le cose diversamente, per seppellire i fantasmi del passato. Mentre accosta un fiammifero ai legnetti nel focolare, canticchia sottovoce una melodia. Forse non è qualcosa che hanno in mente, certo, ma se succedesse non sarebbe certo la cosa peggiore del mondo.

Nel giro di qualche minuto riesce a ottenere una fiammella viva e una pentola d'acqua vicina al punto di ebollizione, ma invece di rimanere lì a guardare, esce dalla porta sul retro e si dirige verso la riva, con i piedi che scricchiolano su lame d'erba bianche, frantumandole come vetro.

Il lago è immobile e sereno; una nebbiolina bassa crea un velo diafano sull'acqua e un cormorano nero ne sfiora la superficie, come un'ombra che subito svanisce nella nebbia. Più su, il sole spunta dalle colline circostanti come una luna pallida che sta ancora raccogliendo le forze per la giornata che l'aspetta. Kat si stringe nelle braccia e batte i piedi. La prima gelata: impossibile negare che l'inverno sta arrivando.

Se la stanno cavando bene. Con l'aiuto extra di Freya e un pizzico di fortuna hanno fatto notevoli progressi. La dispensa si sta riempiendo di marmellate e conserve, hanno messo a essiccare piselli e funghi e iniziato a immagazzinare tuberi di ogni forma e dimensione. Dagli alberi dietro casa hanno raccolto mele cotogne e susine, e hanno scoperto diverse zucche nascoste tra l'erba dell'orto. Per Kat è stata una sorpresa vedere quanti ortaggi sono riusciti a recuperare da quel terreno abbandonato. Hanno appeso a seccare cipolle, bacche di rosa canina e le ultime erbe aromatiche e si sono organizzati per integrare le scorte di pasta, riso, scatolame, farina, latte in polvere, olio e zucchero, acquistandoli in negozi di paesi diversi, tutti lontani da lì, facendo sempre attenzione a non tornare nello stesso a distanza di poco tempo dalla visita precedente. La ciliegina sulla torta è il fatto che le galline si sono dimostrate preziose deponendo uova tutti i giorni e fornendo loro parte delle proteine indispensabili quando le canne da pesca o le trappole di Mac non davano frutti. Mac li ha avvertiti che presto le galline chiuderanno i battenti per l'inverno, ma con la dispensa sempre più rifornita non sembra esserci motivo perché la vita al cottage non continui senza restrizioni anche nei mesi invernali.

Per Kat, però, la benedizione più grande è la sensazione di essere nel posto giusto, con persone alle quali tiene. Non solo Freya e Simon, ma anche gli altri. Freya aveva ragione: non li sente più come un gruppo di amici che stanno insieme per giocare alla casa, li sente come una famiglia, anticonvenzionale e caotica, ma comunque la *sua* famiglia. Non ha mai avuto un'esperienza simile prima di allora.

Si china e pettina l'acqua con le dita, non più calda e invitante, ma cristallina e pungente. I ciottoli scintillano come gemme chiare sul limo. Un ciuffo di alghe verdi fluttua nella corrente. I giorni passati a nuotare nel lago, a prendere il sole sulla riva erbosa, sembrano lontani una vita. Rabbrividisce e pensa al tè, ricordando la pentola che ha lasciato a bollire sul fornello.

È mentre si volta per tornare al cottage che la vede: una donna, in piedi nella parte alta del crinale, la cui figura risalta vivida contro il cielo chiaro. Kat resta di pietra, con il respiro bloccato in gola. È troppo lontana per poterne vedere il viso, ma dall'inclinazione della testa e dall'immobilità del corpo è in grado di dire con certezza che la donna la sta guardando. Kat la fissa di rimando e per un momento interminabile il mondo rallenta, intorno a loro si fa tutto silenzioso e fermo, mentre le due donne sono una di fronte all'altra, ma separate da una distesa di terreno ghiacciato.

Prima che Kat riesca a reagire, un labrador color miele balza fuori da dietro il crinale e rimane fermo ad ansimare ai piedi della donna, con la lingua che gli penzola dalla bocca. Kat dà un'occhiata al cottage, cercando di vederlo con gli occhi dell'altra: gli scarponi infangati sparsi accanto alla porta, la sagoma spettrale del bucato del giorno prima, ancora appeso al filo e irrigidito dal gelo, la sottile colonna di fumo che inizia appena a salire a volute dal camino, tutti segni indiscutibili della loro presenza. Riporta lo sguardo alla donna sul crinale.

Non sa nemmeno lei che cosa si aspetta. Grida irose? Gesti concitati? Che la donna agiti contro di lei un fucile da caccia carico? Qualunque cosa si immagini, non è certo quel lento sollevarsi della mano in un esitante cenno di saluto. Kat deglutisce e, prima ancora di rendersene conto, alza anche lei la mano per metà. La donna la fissa ancora per un attimo e sembra fare un lieve cenno con la testa prima di indietreggiare di un passo, poi di un altro e un altro ancora... fino a scomparire al di là del crinale, con il labrador al suo fianco.

Kat rimane immobile un istante, poi si volta e corre verso il cottage.

Quando irrompe dalla porta sul retro, Simon è lì seduto al tavolo di cucina con in mano una tazza di tè. «Ne ho preparato una teiera», dice senza quasi sollevare lo sguardo.

Kat è senza fiato. «Ho visto una persona...» dice boccheggiando, «fuori, che guardava.» Non riesce a fare uscire le parole.

«Rallenta. Chi ti ha visto? Di cosa stai parlando?»
«Una donna. Era lassù... che mi guardava.»
Simon si alza da tavola e va alla finestra. Guarda fuori. «Dove?»
«In cima al crinale. Aveva un cane.»
Si volta verso Kat. «Che cosa ha fatto? Ha detto qualcosa?»
«No, è rimasta lì a fissarmi.»
«Non ha detto nemmeno una parola?»
«No. Ha salutato con la mano.»
«Ha salutato?»
«Sì.»
«E tu che cosa hai fatto?»
«Io... ho ricambiato il saluto.»
«Ricambiato il saluto?» Simon è rimasto a bocca aperta. «E com'era?»
Lei si stringe nelle spalle. «Non lo so. Di mezza età.» Si sforza di pensare, si ricorda la lunga cerata e gli scarponi massicci della donna, il taglio pratico dei capelli all'altezza delle spalle. «Era... normale.»
Simon attraversa la stanza e sprofonda nuovamente nella sua sedia, poi picchia un pugno sul tavolo, facendo fare un salto all'indietro a Kat per la paura. «Maledizione!»
Kat non sa che cosa fare. Ha la sensazione che sia tutta colpa sua. Se solo non fosse andata al lago...
«Cosa succede?» chiede Carla, che è comparsa sulla porta sbadigliando, avvolta in uno dei maglioni sformati di Ben e con i capelli ricci che le sparano in fuori ad angolature sorprendenti.
Simon la ignora e si rivolge a Kat. «È ancora là?»
«No, è sparita dietro il crinale.»
«Vai a svegliare gli altri», dice Simon a Carla, voltando di poco la testa.
«Ma cosa succ...»
«Subito!» insiste Simon.
Kat coglie un lampo di irritazione negli occhi di Carla, ma la ragazza fa quello che le è stato detto e se ne va strascicando i piedi a svegliare gli altri. Appena esce cala un silenzio di piombo. Kat aspetta, mordendosi nervosamente un'unghia

e sperando che Simon dica qualcosa di rassicurante, ma lui tace e il silenzio si fa pesante, interminabile.

Alla fine Ben compare rabbrividendo nell'aria pungente, con un pigiama a strisce e un berretto con il pompon. «Mio Dio, che freddo», dice stringendosi le braccia intorno al corpo. «C'è un po' di tè?»

Simon gli avvicina la teiera.

«Non riesco a trovare Mac», dice Carla rientrando, «ma Freya sta scendendo. Vuoi dirci che cosa sta succedendo?»

«Qualcuno sa dov'è Mac?» chiede Simon non appena Freya entra trascinando i piedi e stropicciandosi gli occhi come una bambina.

Tutti scuotono la testa.

Simon sospira. «Okay, allora, questo è quanto.» Li guarda uno dopo l'altro con aria seria. «Pare che siamo stati scoperti. Kat ha visto una donna in cima al crinale, che la guardava.» Simon riferisce gli altri fatti al gruppo, poi si appoggia allo schienale della sedia e attende le loro reazioni.

«Perché la donna non ti ha detto niente?» chiede Ben, rivolgendosi a Kat.

«Non lo so», risponde Kat stringendosi nelle spalle. «Era piuttosto lontana, immagino.» Sa che in riva al lago avrebbe potuto esserci uno qualunque di loro, ma in qualche modo le sembra che il racconto di Simon la incolpi di qualcosa.

«Bel casino», dice Ben.

Simon annuisce. «Già.»

Rimangono tutti in silenzio a contemplare l'enormità della cosa. Si sono rilassati. Hanno iniziato a sentirsi invisibili, invincibili. Ma adesso, a tre mesi dall'inizio del loro piccolo esperimento, la realtà è venuta a bussare alla porta – o, per meglio dire, a salutarli dalla cima della collina –, e improvvisamente hanno la sensazione che la loro nuova vita potrebbe crollargli addosso. Kat è sul punto di piangere.

«E allora che cosa facciamo?» chiede Carla. «Cominciamo a fare le valigie?»

«Ci arrendiamo così?» chiede Kat in preda al panico.

«Aspettate un attimo», dice Simon, alzando le mani. «Chi ha mai parlato di arrendersi? Non sappiamo chi fosse quella donna né cosa volesse. Magari era uscita a fare una passeggiata con il cane e si è imbattuta in noi per caso. Poteva essere un'escursionista o una turista alla scoperta della campagna. Non è detto che sappia che questo posto non è legittimamente nostro.»

Kat scuote la testa. Non sa perché ma la donna non aveva l'aria di essere una turista.

«Magari sta tornando alla macchina, se ne andrà lontano e non penserà più a noi», prosegue Simon.

Kat vuole credergli: le sue parole e la sua sicurezza sono confortanti. Sente che il cuore inizia a rallentare.

«Io voto per rimanere qui e stare a vedere che cosa succede», prosegue lui. «Potrebbe tornare, potrebbe portare altra gente. E, sì, forse ci butteranno fuori dal cottage. Ma aspettiamo che lo facciano e allora ce ne andremo in pace. Non l'abbiamo certo rovinato questo posto, no?»

Ben annuisce. «In effetti è in condizioni migliori di quando siamo arrivati. Chissà, il proprietario potrebbe persino ringraziarci», butta lì con un sorriso speranzoso.

Simon li guarda uno per uno. «Che ne dite?»

Freya guarda Kat e si stringe nelle spalle.

Kat conosce la risposta. Non è affatto pronta a dire addio a tutto questo. «Sì», dice, «restiamo finché non ci dicono di andare via... o finché non *vogliamo* andare via... a seconda di quello che succederà prima.»

Un'ora più tardi, quando sono ancora tutti riuniti intorno al tavolo di cucina, Mac entra incespicando dalla porta sul retro con le guance arrossate, i jeans sporchi di fango e il bavero del giubbotto alzato per difendersi dal freddo. «Perché siete così seri?» chiede scuotendo la testa per levarsi i capelli dagli occhi. «Che cosa mi sono perso?»

Nessuno risponde. Sono troppo distratti dal rumore di qualcosa che si divincola e sbuffa sotto il giubbotto di jeans di Mac.

«Ma che diavolo?...» chiede Carla, guardandolo con un misto di rapimento e orrore.

Mac sorride e si sbottona di poco il giubbotto, rivelando un muso rosa chiaro e due occhietti color cioccolato.

«Oh mio Dio», sussurra Freya avvicinandosi a Mac, «è divina.» Allunga la mano per slacciare gli altri bottoni e lentamente emergono una pelle rosea e lanuginosa e quattro minuscole zampette.

«È un *lui*», dice Mac, sollevando il maialino strappato al calore del suo giubbotto e reggendolo in alto perché tutti lo vedano. Il maialino grugnisce piano.

«Posso prenderlo?» implora Freya. «Ha fame? Che cosa mangia?» Guarda Mac, improvvisamente preoccupata. «Lo teniamo, vero?»

«Sì», dice Mac, «lo teniamo.»

Freya lo ricompensa con uno dei suoi sorrisi più abbaglianti e Kat sogghigna vedendo le guance di Mac farsi ancora più rosse.

«Dove l'hai trovato?» chiede Simon.

Mac si volta verso di lui. «Ho preso il cucciolo più debole. Dubito che il vecchio contadino si accorgerà che è sparito.»

«L'hai rubato?» chiede Carla in tono severo.

«Preferisco pensare di avergli offerto una vita migliore», precisa Mac con un sorriso.

Freya gli toglie dalle mani l'animale che sta fiutando l'aria e lo coccola come una bambola. Kat la guarda e si ricorda che quando Freya era bambina era sempre al massimo della felicità quando giocavano alla casa o a vestire le bambole.

«Gli piaci», dice Mac guardando Freya alle prese con il maialino.

«È piuttosto magro... ma immagino che possa bastare per un paio di panini con la pancetta.»

«Simon!» grida Freya. «Non lo mangeremo *di certo.*» Si rivolge al maialino: «Non ti mangeremo, non ti preoccupare. Puoi essere la mascotte di casa. Ti chiameremo Wilbur. Nella *Tela di Carlotta* non mangiavano il porcellino, vero?».

«"La mascotte di casa"?» le fa eco Simon in tono interrogativo. «Supponendo che avremo ancora una casa in cui vivere...»

Mac lo guarda. «Mi sono perso qualcosa?» chiede, perce

pendo solo in quel momento la tensione che aleggia ancora nella stanza.

Simon si rivolge a Kat: «Glielo vuoi dire tu o glielo dico io?».

Anche se hanno deciso di far finta di niente, la mattinata trascorre in una specie di limbo inquieto e i ragazzi sono tesi e nervosi. Nessuno osa dar voce ai propri timori, ma Kat sa che tutti loro si immaginano una folla di paesani infuriati che cala dalla collina imbracciando i forconi, diretta verso il cottage.

«Non resisto», sbotta alla fine Ben, posando la chitarra. «Facciamo qualcosa.»

Mac annuisce. «Che ne dite se andiamo a raccogliere le prugnole nel bosco? Stamani c'è stata una gelata, è il momento giusto.»

Ben accetta l'invito. «Qualcun altro vuole venire con noi?»

Carla e Simon decidono di accompagnarli, mentre Kat si offre di rimanere a casa. «Sapete», dice, «per ogni evenienza.» Non c'è bisogno di dire altro.

«Rimango anch'io», dice Freya coccolando il maialino.

«Mi sa che qualcuno qui si è innamorato», ride Ben.

«Non ti ci affezionare troppo», la mette in guardia Kat. «Potremmo essere costretti a mangiarlo.»

Freya si erge in tutta la sua statura. «Nessuno mangerà Wilbur.»

Simon guarda Kat e Freya a più riprese scuotendo la testa divertito.

«Che c'è?» gli chiede Kat, che si è accorta delle sue occhiate.

«Siete molto diverse, per essere sorelle.»

«Che cosa vuoi dire?»

«Be', tu, Kat, sei tosta... pratica e razionale.»

Lei annuisce, compiaciuta.

«Ma tu, Freya», prosegue lui, «ho ragione a pensare che sia un po' più impulsiva ed esprima le tue emozioni con maggiore libertà?»

Freya si stringe nelle spalle. «Non lo so, forse.»

Simon scuote ancora la testa. «Siete come il giorno e la notte.»

Kat guarda Freya, la sorella le sorride e alza gli occhi al cielo, ma il sorriso di Kat, quando spunta, è rigido come quello di una maschera. "Essere pratica è una bella cosa", pensa, "e anche essere razionale."

«Non vi annoiate mai, qui?» domanda Freya dopo che gli altri sono usciti. È stravaccata a un'estremità del divano, intenta a togliersi le doppie punte.

«No», risponde Kat, alzando gli occhi dal taccuino. «Non proprio. Perché», le chiede, «ti stai annoiando?»

«No», dice Freya, «ma è tutto così *tranquillo*.»

Kat annuisce. «Sono contenta che lo sia. Stare qui dovrebbe significare esattamente tornare a uno stile di vita più semplice; stiamo creando un legame forte con l'ambiente e il paesaggio, diamo tempo alle cose che contano davvero.»

Freya lascia perdere i capelli e guarda Kat.

«Che c'è?»

Nasconde un sorriso. «Niente.»

«Dai, che cosa c'è?» insiste Kat, ma Freya non risponde. «Non sono chiacchiere, è vero. Simon ha ragione: siamo talmente condizionati dalla società che non riusciamo più ad apprezzare il nostro legame con il mondo *reale*. Qui sappiamo da dove viene il nostro cibo e come riempire le giornate di lavoro onesto e significativo. E quando abbiamo finito di lavorare, c'è tempo per divertirsi: leggere e pensare, scrivere, entrare in contatto con gli altri. Ma sai», aggiunge con una punta di fastidio nella voce, vedendo ancora l'ombra di un sorriso sulle labbra della sorella, «se non ti piace non sei costretta a rimanere, nessuno ti obbliga.»

«Lo so. Ma non voglio andarmene... non ancora. Mi piace stare qui, dico sul serio. È divertente passare di nuovo un po' di tempo con te.»

Kat la osserva per un attimo e si addolcisce. «Quanto pensi di restare?»

«Ancora un po'». Freya esita. «Magari fino a Natale... se per te va bene. Non che abbia un altro posto dove andare.»

«Ma certo», concorda Kat. Torna al taccuino che ha in grembo e tra loro cala il silenzio. Mordicchia la penna e scarabocchia qualche riga, poi sente nuovamente lo sguardo di Freya, carico di aspettativa, fisso su di sé. Alza gli occhi sospirando. «E adesso che c'è?»

Freya alza le spalle. «C'era una ragazza al college, davvero carina, con degli zigomi incredibili, proprio come i tuoi. Le ho tagliato i capelli, corti come quelli di un folletto. Credo che staresti bene con i capelli corti.»

«Davvero?» Kat si tocca la nuca e sente i capelli che le ricadono in grosse ciocche sulle spalle. Sono unti e non sarebbe male poterli lavare, ma fare il bagno nel cottage, ora che il lago è troppo freddo per nuotare, è complicato. Non sa se ha voglia di darsi da fare a scaldare l'acqua e riempire la vecchia vasca di stagno.

Freya la guarda in silenzio. «Potrei tagliarteli, se vuoi.»

«Potresti tagliarmeli?» Kat la fissa per un istante.

«Certo, ma solo se ti va.»

Kat la scruta stringendo gli occhi. «Quanto corti?»

«Corti.»

«Come un ragazzo?»

«Sì, ma verrebbero bene, dico sul serio.»

Kat scuote la testa. Li ha sempre portati lunghi.

«Ti starebbero benissimo.»

Kat sospira e appoggia il taccuino sul bracciolo del divano. «Non sono nemmeno sicura che abbiamo un paio di forbici.»

«Ho portato il set da cucito.»

Kat valuta la proposta di Freya. Dentro di sé sente l'eco delle parole di Simon: "così pratica, così razionale". «E mi giuri che verrà bene?»

«Te lo giuro.»

Kat ci pensa ancora un po'. «Allora andiamo», si arrende. «Dopo tutto sono solo capelli.»

Il maialino le osserva mentre Freya inumidisce i capelli di Kat nel lavandino della cucina, poi trotterella dietro di loro al piano di sopra, in camera da letto. Freya sistema Kat davanti allo specchio incrinato e inizia a tagliare. Mentre lavora, canticchia a bocca chiusa la melodia di una delle sue canzoni preferite, e intanto il maialino grugnisce incoraggiante in un angolo della stanza.

«Non troppo corti», dice Kat all'improvviso, vedendo un lungo ciuffo di capelli castano scuro scivolare a terra.

«Non puoi dirmelo adesso», esclama Freya. «Ho già tagliato una parte. Fidati di me, vanno di moda i tagli corti e asimmetrici; i capelli lunghi sono out, la tendenza attuale è lo stile punk e new wave.»

«Perché non ti sei tagliata i tuoi, allora?» le chiede Kat. «Visto che è così di moda.»

«Il mio viso non è adatto a un taglio corto, ma il tuo sì. Sarà stupendo.»

Guidata dalle mani della sorella, Kat inclina la testa di lato e, quando il metallo freddo delle forbici preme contro il collo, rabbrividisce. «Sarà meglio per te.»

Freya continua a tagliare, facendo planare ciuffi di capelli scuri, che si adagiano come piume ai piedi di Kat. Intanto, canta e ricanta *Love Will Tear Us Apart.*

«Meno canzoni e più concentrazione, per favore.»

«Rilassati», scherza Freya.

Quando ha finito, fa un passo indietro e guarda la sorella stringendo gli occhi. «Perfetto», annuncia. «Mi piacerebbe avere un po' di gel per farli stare dritti, ma sono belli comunque.»

Kat scuote la testa per scrollarsi di dosso gli ultimi capelli tagliati, poi si osserva nella superficie incrinata dello specchio. Sgrana gli occhi per un momento, si riconosce a malapena.

«Stai benissimo, sei davvero un'altra», dice Freya entusiasta.

«Credi?» Si volta da una parte e dall'altra. La sorella le ha rasato i capelli sulla nuca e ha modellato un ciuffo asimmetrico sul davanti. È un cambiamento drastico. All'improvviso, i suoi occhi appaiono molto più grandi e gli zigomi più pronunciati. Inclina la testa e prova un sorriso. Freya ha ragione: sembra davvero un'altra.

«Credo che mi piaccia», dice con un sorriso sincero che

parte dagli angoli della bocca. Sente l'aria sulla pelle nel punto in cui prima c'erano i capelli. «È una bella sensazione», aggiunge spettinandoli con le mani. «Di leggerezza, di libertà. Saranno anche più facili da gestire, qui.» Freya annuisce e Kat le dà una stretta sul braccio. «Grazie», dice.

Freya sorride. «Te l'avevo detto che saresti stata bene.»

«D'accordo, Vidal», dice Kat scherzosamente, chiamandola come l'acconciatore delle dive. Si scrolla ancora i capelli di dosso. «Ma non è il caso di gongolare.»

Carla è la prima a rientrare dalla porta sul retro, mentre gli altri stanno tornando dai boschi. «Oh», esclama appena vede il nuovo look di Kat. Lascia cadere un cestino di prugnole sul tavolo della cucina e le si avvicina. «Ma guarda!» Allunga una mano e tocca una ciocca corta di Kat. «Voltati.»

«Ti piacciono?» chiede Kat, improvvisamente nervosa.

«Sì. Te li ha fatti Freya? Ma quanto è in gamba?»

Kat sbircia alle spalle di Carla, ansiosa di vedere la reazione di Simon, ma i primi a entrare nel cottage sono Ben e Mac.

«Ehi», dice Ben, «vi lasciamo sole per cinque minuti e vi trasformate in Twiggy».

«Non è lo stile alla Twiggy», lo corregge Freya, «è *new wave.* È completamente diverso.»

Simon entra nella stanza e sistema un altro cestino di prugnole sul tavolo, poi si volta verso di loro. «C'è qualche problema?» chiede, poi si blocca vedendo la stupefacente trasformazione di Kat. «Ah», dice, «ti sei tagliata i capelli.»

«Sì», gli risponde lei sorridendo. «Ti piacciono?»

Simon la osserva per un istante. «Sono molto corti.»

«Sì, Freya dice che il corto è di moda. A Londra sta spopolando. Ti piacciono?» chiede di nuovo.

Simon fa un sorriso ambiguo. «Non importa se mi piacciono, giusto? Quello che conta davvero è che cosa ne pensi tu.» Torna a occuparsi del cestino di prugnole sul tavolo.

«Ma la tua opinione mi interessa», insiste Kat.

«Be'», dice lui, «se proprio vuoi saperlo, non approvo l'essere schiavi della moda. Li preferivo lunghi; credo che il look femminile mi piaccia di più. Ma, come dicevo, la mia opinione in realtà non conta... a patto che *tu* sia soddisfatta.»

«Ah.» Kat sente il disagio colorarle le guance, mentre nella stanza cala un silenzio imbarazzato. Nessuno sa bene che cosa dire.

«Abbiamo fatto un buon bottino, oggi», interviene alla fine Ben. «Vogliamo selezionare il raccolto?»

«Sì», si affretta a rispondere Carla, mentre gli altri si avvicinano al tavolo, evidentemente sollevati da quella distrazione, lasciando Kat a lottare da sola con le sue emozioni. Sente Freya che le prende la mano e gliela stringe affettuosamente. «Io penso che tu stia benissimo», le sussurra. Ma Kat non vuole sentire le sue banalità. Ritrae la mano. Perché si è lasciata convincere? Si guarda intorno, vede la coda di Carla che ondeggia e l'intrico dei lunghi riccioli biondi di Freya e improvvisamente si sente moderna e attraente quanto una pecora tosata. Fissa la distesa di frutti violacei che viene sparsa sulla tavola, finché tutto si fonde in un'indistinta nebbia color indaco velata dalle lacrime che le salgono agli occhi. "Non piangere", si impone, "non davanti a tutti."

Ben continua la sua opera di distrazione infilandosi in bocca una prugnola e masticandola. «Mio Dio», dice, sputandone la polpa violacea direttamente nel lavandino, «sono schifose. Ricordatemi per quale motivo le abbiamo raccolte.»

«Servono per fare il liquore», risponde pazientemente Mac.

«Cosa? E noi vogliamo rovinare dell'ottimo gin con questa roba?»

«Credimi», insiste Mac, «quando lo avrai provato mi ringrazierai... E se prenderemo un raffreddore, be', è la miglior medicina del mondo: mia mamma lo diceva sempre.»

«La tua *mammina* lo diceva sempre, eh, Mac?» replica Simon ridendo, seduto a capotavola.

Mac alza il viso e osserva Simon dall'altra parte del tavolo. «Sì», risponde tranquillo.

«Sono sicura che questi rimedi a base di erbe sono più benefici di quanto pensiamo», dice Freya rivolgendogli un sorriso cauto.

«Be', di certo sarà un cambiamento gradito rispetto alla birra fatta in casa», aggiunge Carla.

«Non c'è niente che non va nella mia birra», scatta Ben.

«Niente che non va? L'ultima che hai fatto era praticamente imbevibile.»

Ben si gira verso Carla. «Non è stata colpa mia. Ve l'avevo detto che non aveva avuto il tempo di fermentare come si deve, ma non avete voluto starmi a sentire.»

«Su, su», dice Simon mellifluo, «lasciamo i battibecchi da innamorati a quando vi troverete da soli in una stanza.»

«Oh, non rompermi le palle», risponde Ben irritato.

Kat fa un respiro profondo e si avvicina al tavolo. «Allora, quand'è che potremo bere questa roba?»

Mac scuote la testa. «Prima dobbiamo prepararla. Bisogna forare le bacche, farle macerare con gin e zucchero e poi lasciar fermentare il tutto per un po'. Ci vorrà qualche settimana.»

Ben sbotta: «Sapete, a volte vorrei non essere costretto ad aspettare sempre tutto, in questo cavolo di posto».

«Su, dai», dice Simon, «non si dice forse che vale la pena di aspettare le cose migliori della vita?»

«Credevo si dicesse che le cose migliori della vita sono gratis», risponde Freya.

Kat vede Simon lanciare a Freya un'occhiata irritata.

«Penso che si dica in tutti e due i modi», interviene Kat ritrovando la voce.

Simon la ignora e fruga nella tasca del giubbotto. «Be', per adesso potete dimenticarvi delle prugnole. Credo che *questi* siano gratis e più stimolanti delle bacche di Mac.» Estrae la mano dalla tasca e mostra dei funghi bianchi e fibrosi raccolti nel palmo.

Ben si avvicina per guardarli meglio e lancia un lungo fischio.

«Dove hai trovato queste meraviglie?»

«Giù nel prato.»

«Che cosa sono?» chiede Carla.

«Funghi magici», risponde Mac in tono piatto.

«Funghi magici?» Carla si avvicina per guardarli meglio.

«Oh, sì», conferma Ben raggiante.

Kat osserva il gruppo: Simon e Ben hanno un sorriso che va da un orecchio all'altro, ma Carla e Freya sembrano meno entusiaste e Mac, come al solito, è difficile da decifrare. In quel momento se ne sta in disparte, nell'ombra, e lascia che Simon si goda il suo momento di gloria.

«Sei sicuro?» chiede Carla. «Con i funghi bisogna stare attenti...»

«Sicurissimo», dice Ben. «Sono funghi allucinogeni... del tipo migliore.» Si strofina le mani. «Be', a questo punto la prospettiva della serata è decisamente migliorata».

Simon li guarda con un largo sorriso: «Allora, chi vuole farsi un viaggetto?».

«Sono perplessa», dice Freya un'ora più tardi, occhieggiando le fettine di fungo che Ben sta tagliando e disponendo con cura per ciascuno di loro. «Come facciamo a sapere che non ci faranno male? Si sente dire, no? E se qualcosa va storto?»

«Hai fifa, eh?» chiede Kat, e le parole suonano sgarbate persino alle sue orecchie. Sta ancora cercando di non incolparla per la reazione di Simon alla vista dei suoi capelli.

«Fra tutti i presenti, avrei detto che la nostra studentessa d'arte sarebbe stata la più curiosa di provare», dice Simon con una nota pungente nella voce lanciando uno sguardo a Freya. «Qualcun altro ha avuto un ripensamento?»

Kat fa un respiro. Sente il fantasma dei genitori lì nella stanza e sa che lo sente anche Freya. Ma quella non è eroina, preparata in una squallida topaia e venduta all'angolo della strada. Quei funghi sono naturali, cresciuti nel prato e raccolti dalla mano di Simon. Sente che lui la sta osservando e solleva appena il mento. «Io no.»

Simon le fa un cenno di approvazione. «Carla?»

La ragazza sospira. «No.»

«Mac?»

Mac annuisce. «Io ci sto.»

Ben distribuisce i pezzi di fungo spingendoli uno per volta attraverso il tavolo verso ciascuno di loro. Mac prende il suo e lo mette subito in bocca; Kat lo segue a ruota e mastica rapidamente. Il sapore è orribile, sembra un boccone di terra dolciastra e umida.

«Freya?» chiede Simon.

La ragazza sembra non averlo sentito. Se ne sta accoccolata sul divano, con le mani nascoste nelle maniche del cardigan, e guarda Kat, come se da un momento all'altro si aspettasse un effetto collaterale grave. Kat le sorride e mastica con cura.

Simon ingoia direttamente il suo pezzo di fungo, poi cerca lo Zippo e si accende la sigaretta arrotolata a mano che tiene fra le dita.

Freya continua a guardare gli altri con aria nervosa.

Kat sente Mac che bisbiglia a sua sorella: «Non sei obbligata a farlo, se non vuoi».

Kat si rende conto che sta battendo nervosamente un piede e smette. Prima di allora ha soltanto fumato un po' d'erba e sente ancora le parole di Freya che le risuonano nelle orecchie: "E se qualcosa va storto?". E se le capitasse un brutto trip o, peggio ancora, se i funghi li avvelenassero tutti? Guarda ancora la sorella. «Dai», le dice, sentendosi addosso lo sguardo di Simon, «non dà problemi. Dopo tutto, hai detto che ti annoiavi...»

Freya lancia un'ultima occhiata a Kat, poi prende il suo pezzo di fungo e lo ingoia con un sorso di birra. «E adesso che succede?» domanda, guardandoli a uno a uno con gli occhi sgranati. «Quanto tempo ci vuole?»

«Proprio non lo so», risponde Ben. «Stiamo qui, aspettiamo, seguiamo la corrente.» Prende la chitarra e strimpella l'attacco di una canzone dei Pink Floyd. «La cosa più importante è non farsi prendere dal panico. Godiamoci il viaggio.»

Kat sorride a Simon. Seguire la corrente, godersi il viaggio: non dovrebbe essere difficile.

Non saprebbe dire quanto tempo è passato. Un momento è seduta accanto a Carla a parlare dei progetti per l'orto mentre Ben suona piano la chitarra, e il momento dopo la serata assume un aspetto strano e mutevole e niente sembra più davvero stabile o reale. Il tempo si distorce e si allunga in modo nuovo e curioso. Freya è distesa sul pavimento in mezzo al soggiorno. Tiene le mani alzate e le fa oscillare e roteare alla luce delle candele, come se fossero le cose più belle che avesse mai visto. Kat la osserva, ascoltando a metà i discorsi di Carla sulle zucche, presa dalla strana danza vorticosa delle mani della sorella. Si rivolge a Carla e le chiede: «Tu lo senti?».

Carla abbozza un sorriso con le labbra esangui. «Sì.»

«Sembra psichedelico, vero?»

«Ah-ha.»

Simon è seduto in un angolo su una delle poltrone sacco, con la testa rivolta al soffitto, e fuma una sigaretta. Mac è sul divano e osserva la strana danza orizzontale di Freya. Dopo un po' Simon spegne il mozzicone e si alza per distendersi accanto a lei sul pavimento. Freya si volta e gli sorride, e lui inizia a imitare i suoi strani movimenti danzanti. «Non è incredibile?» gli chiede lei.

Simon ricambia il sorriso, le afferra la mano destra e se la porta alle labbra, poi continuano insieme quella strana danza di mani. Kat, guardandoli, sorride: sono le due persone a cui tiene di più al mondo e sente l'amore che prova per loro crescere fino a riempire la stanza.

«La senti?» chiede Carla, avvicinandosi a Kat.

«Che cosa?»

«La musica.»

Kat fa segno di no. «Quale musica?»

«Ascolta.» Carla inclina la testa di lato. «Adesso la senti?»

Kat scuote ancora la testa, ma poi, dal nulla, la sente anche lei: è come un rullo sordo di tamburi che cala su di loro. «I tamburi?»

Carla ride. «Tu senti dei tamburi?»

Kat annuisce, un po' confusa. «E tu che cosa senti?»

Carla sospira e sorride beata. «Io sento la pioggia.»

Kat osserva Carla, nella confusione più totale. La pioggia? Come può essere così ritmica, così tribale? All'improvviso Carla scoppia a ridere. «Vieni con me», le dice prendendola per mano. «C'è una cosa che voglio fare al piano di sopra.»

È un po' come trovarsi all'interno di un caleidoscopio. Lei è il punto fisso, mentre tutto intorno la scena si muove e sfugge in direzioni nuove. Ora è al piano di sopra, nella camera da letto di Carla e Ben. Sul pavimento c'è una lampada a olio che diffonde nella stanza uno strano baluginio. Si siede a gambe incrociate sul materasso e guarda Carla che esegue una danza strana sullo sfondo della parete bianca e spoglia. Mentre la osserva, tra le ombre prendono forma alcune figure, strane immagini sbavate di un colore viola acceso.

«Che cos'è?» chiede Kat guardando la parete e accorgendosi che la sostanza viola gocciolante non è affatto vernice, ma il colore lasciato dalle prugnole.

«Guarda», le dice Carla, che di colpo ha assunto un'aria solenne, «siamo noi. Ho disegnato tutti noi qui al lago, vedi?»

Kat osserva la parete, e un po' per volta gli scarabocchi si trasformano davanti ai suoi occhi finché, sì, riesce a vedere che sono proprio loro, per nulla sbavati ma chiari e nitidi, perfettamente somiglianti: le sei figure sono all'improvviso identificabili come se fossero ricavate da una fotografia. C'è Ben con il suo pizzetto cespuglioso e uno spinello in mano, Simon con le spalle larghe e i begli occhi neri, Freya con gli occhioni spalancati e le trecce arruffate, sottobraccio a Carla, la cui zazzera le incornicia la testa come un'aureola; dietro di loro viene Kat, smilza come un ragazzo e con il nuovo taglio corto, mentre per ultima, a distanza, si vede la figura allampanata di Mac. Affascinata, Kat osserva con maggiore attenzione fino a che le figure sembrano prendere vita di colpo davanti ai suoi occhi, danzando un'allegra conga improvvisata sulla parete. Kat le guarda e sorride: sembrano tutti molto felici. «Sei davvero brava a disegnare», dice a Carla, ma lei se n'è andata.

Il caleidoscopio gira ancora e Kat è distesa sul materasso a guardare il soffitto della camera da letto, ondulato come un enorme telo di stoffa. Tra un attimo, pensa, si alzerà e niente la separerà più dall'immensa volta del cielo. E infatti, proprio mentre lo sta guardando, il tetto del cottage si solleva e fluttua via come un grande lenzuolo bianco trasportato dalla brezza. Kat fissa le stelle sfavillanti sparse nel cielo notturno, le vede avvicinarsi sempre più e cadere una dopo l'altra intorno a lei nella stanza, come un'esplosione di fuochi d'artificio.

"È bellissimo", pensa, "davvero bellissimo."

Ecco, l'ha raggiunta. Simon è lì. Si muove sopra di lei e Kat lo abbraccia, sente il tocco della sua pelle, gli affonda le unghie nella schiena.

«Simon», dice.

Lui la guarda intensamente e i suoi occhi sono profondi pozzi neri.

"Ti amo, ti amo, ti amo." Non sa se sta pronunciando quelle parole ad alta voce, ma sente il cuore dilatarsi e aprirsi, finché tutto il suo essere è racchiuso in quell'organo palpitante, che batte, pulsando di vita.

Si volta: Freya è dall'altra parte della stanza insieme a Mac, che le sta accanto e la bacia, tenendo goffamente una mano sul suo seno. Kat sorride divertita: Mac e Freya insieme. «Guarda», dice a Simon, «guardali.» Poi chiude gli occhi e si sente trasportare via.

Quando apre gli occhi il caleidoscopio si è spostato un'altra volta. Adesso è sola... e ha freddo. Allunga una mano per prendere le coperte, le tira sul suo corpo nudo, rotola su un fianco. Nel buio vede che Mac e Freya sono ancora lì, ma ora Mac si è raggomitolato da una parte e Freya è supina, con i lunghi capelli distesi a ventaglio sul pavimento a formare un'aureola dorata e gli occhi chiusi. Sembra una bambola. Quella che Kat non riesce a decifrare, con cui si scontra, è l'immagine di Simon sospeso sopra di lei. Lo guarda per un attimo. Che cosa sta facendo? Lo vede muoversi sopra sua sorella, con i capelli scuri che si spostano a tempo con il suo movimento ritmico. Simon e Freya, Simon e Freya. Kat scuote la testa e li guarda, raggelata, con il corpo freddo come il ghiaccio, mentre da qualche parte, nel profondo, al centro del suo essere, sente sgorgare qualcosa di caldo e acido che le brucia alla bocca dello stomaco. Simon e Freya.

«No», dice. Alza gli occhi al soffitto, dove le stelle non sfavillano più e hanno smesso di cadere dal cielo. Non rimane che il buio, che incombe su di lei e la trascina nel suo gelido abisso. "No", pensa, ma l'oscurità arriva e la invade.

Quando si sveglia è tardi e il sole pallido scivola già verso l'orizzonte. Per quanto tempo ha dormito? La stanza è fredda e vuota e Kat sente di essere nuda sotto le lenzuola. Da qualche parte dentro la sua testa comincia un rullo di tamburi, e poco per volta, al ritmo del pulsare sordo del mal di testa, ricorda alcuni frammenti della notte passata. La pioggia, la musica, il murale, le stelle. Lei e Simon. Simon e Freya.

Simon e Freya.

Kat deglutisce. Si rende conto troppo tardi di essere sul punto di vomitare, perciò si sporge dal materasso, riversando un fiotto di bile calda sul pavimento della camera.

9.
LILA

NOVEMBRE

Mentre le giornate si accorciano e l'inverno cala sulla valle, spogliando gli alberi delle ultime foglie e coprendo ogni cosa di una sottile brina bianca, Lila si chiede se non ha fatto il passo più lungo della gamba. Con il cottage sta facendo qualche progresso, ma non ammettere che da quando è arrivata ogni giorno è stato una lotta significherebbe mentire a sé stessa. Ancora non riesce a dormire bene, è sempre perseguitata dagli incubi e si spreme le meningi per cercare di ricordare i dettagli della caduta. Per di più inizia a sentire la mancanza delle piccole comodità di casa che aveva sempre dato per scontate: i bagni caldi e i tappeti soffici sotto i piedi, il wi-fi e un espresso come si deve. Ha preso ripetutamente in considerazione l'idea di gettare la spugna e tornarsene a Londra, ma ogni volta che è stata sul punto di farlo, il pensiero di ammettere la sconfitta con Tom e di tornare nella loro casa vuota l'ha indotta a restare testardamente lì.

Per essere sincera con sé stessa, deve ammettere che una parte di lei si sta abituando a quel posto, alla sua atmosfera strana e solitaria. Di notte, gli scricchiolii del cottage e i fruscii e i versi degli animali all'esterno stanno diventando sempre più familiari. Ormai non si agita più al richiamo stridulo della volpe o al verso del gufo; e, se è ancora un po' spaventata al pensiero di chi può aver camminato su quel pavimento, rifornito di legna la cucina economica e dormito in quelle stanze prima di lei, e sta ancora lottando con la sensazione inquietante di non essere sola in quella valle nascosta, può se non altro attribuire la sua apprensione alla totale solitudine.

A volte, quando il tempo glielo permette, Lila abbandona gli attrezzi e va a sedersi sulle rive del lago. L'albero ricoperto di muschio caduto sulla sponda erbosa è ideale per la contemplazione. Le piace guardare il riflesso delle nuvole che scivola sulla superficie grigia e piatta dell'acqua, e trova che l'aria fresca la aiuti a schiarirsi le idee. Anche il semplice fatto di allontanarsi per un'ora o due le serve a vedere le cose in prospettiva e le ricorda il motivo per cui è lì e ciò che sta cercando di fare. Qualcuno la osserva? È ridicolo: in mezzo alla natura selvaggia è fin troppo facile lasciarsi trasportare dall'immaginazione.

Ed è anche facile, si accorge Lila, perdere il conto dei giorni. Scopre di non avere nessun reale bisogno di tenersi aggiornata sulle date, ma mentre trasporta un mucchio di ciarpame verso la pila sempre più alta di rifiuti in fondo al giardino, le viene in mente che quella sera è la Notte dei falò, il 5 novembre. È stata talmente presa dal lavoro che le implicazioni di quella data le sono completamente sfuggite. Quella sera Tom la raggiungerà al cottage e mentre è lì, all'ombra delle colline, a fissare la pila di rifiuti che aumenta a vista d'occhio, Lila pensa all'improvviso a come sia davvero una coincidenza fortunata che, di tutti i giorni in cui potrebbero ritrovarsi ancora insieme, quello predestinato sia proprio oggi. Gli ci sono volute parecchie settimane, ma alla fine Tom è riuscito a risolvere il problema strutturale di un ponte nel Sud e l'ha chiamata per dire che la raggiungerà in giornata.

A Lila è sempre piaciuta la Notte dei falò, e non solo per via del suo primo bacio a Tom in una sera in cui aveva bevuto. Fin da quando era bambina, ha sempre amato quella festa irriverente. Ai suoi genitori non erano mai piaciute granché le riunioni dei comitati e le feste in giardino, gli incontri dell'associazione genitori e insegnanti o le cene, ma per qualche ragione, quando si trattava della notte di Guy Fawkes, facevano tutto il possibile perché fosse un successo. «Dovremmo festeggiare il fatto che la congiura delle polveri di Guy Fawkes sia stata sventata», diceva suo padre con un luccichio malizioso negli occhi, «ma io preferisco pensare che si tratti di una celebrazione del personaggio. Era uno che sapeva il fatto suo quando si trattava di infrangere qualche regola, di smuovere le cose, a ogni costo... anche se per difendere i suoi ideali ha pagato il prezzo più alto.»

«Il prezzo più alto?» aveva chiesto Lila.

«Sì», aveva risposto, «è stato impiccato, sventrato e squartato: la pena capitale per alto tradimento». Lei era inorridita vedendo il padre che si passava un dito sulla gola cacciando fuori la lingua nella macabra imitazione di un cadavere.

«Simon», lo aveva ammonito la madre, «non c'è bisogno di terrorizzare questa povera bambina.»

Ma Lila non era terrorizzata: aveva sorriso e rabbrividito al pensiero, ma per lo più era elettrizzata. La Notte dei falò voleva dire salsicce e patate arrosto cotte sulle braci ardenti del grande fuoco acceso in fondo al giardino, la madre con l'elegante cappotto con il collo di pelliccia e il rossetto più acceso e il padre al centro di tutto, a riempire bicchieri e distribuire stelle filanti. Gli invitati infagottati, in guanti e cappello, l'inebriante aroma del fumo di legna sospeso nell'aria e lei e i suoi amici che roteavano le stelle filanti con le mani infilate nelle muffole, scrivendo il proprio nome contro il cielo scuro. Le era sempre sembrata una notte proibita, pericolosa, una delle poche dell'anno in cui le era permesso stare alzata fino a tardi e vagabondare in giardino, con il calore del falò che le scaldava il viso, l'aria fredda della notte sulla schiena e tutti ad aspettare il momento in cui suo padre avrebbe acceso i fuochi d'artificio e li avrebbe lanciati nel cielo notturno. Tutti facevano «Ooooh» e «Aaaah» vedendo gli originali giochi pirotecnici, mentre sua madre se ne stava lì, silenziosa e severa.

«Oh, cara», le diceva il padre in quel suo modo tutto particolare, come se stesse pronunciando la battuta finale di uno scherzo che conoscevano soltanto loro, «una volta sapevi goderti una bella festa.» Le buttava le braccia al collo in uno dei suoi rari gesti d'affetto e la incitava a «vivere un po'». E a quel punto a volte riusciva a strapparle un sorriso, al caldo bagliore del falò.

In quelle serate suo padre era nel proprio elemento: affascinante ed eccentrico, rifilava vino aromatizzato e whisky ai padri e flirtava in modo scandaloso con le madri. Come un pezzo di legna secca accostato alla fiamma, all'improvviso, come per miracolo, si accendeva e prendeva vita.

Lila, in piedi all'estremità del giardino trasandato, ricorda tutto quanto e sorride. Non c'è modo di organizzare niente di simile a una delle sontuose feste dei suoi genitori, ma ha legna stagionata a sufficienza, mobili rotti, tende e materassi ammuffiti perché almeno il falò possa competere con il loro. In quel momento prende la decisione: lei e Tom, insieme, daranno fuoco alla grossa pila di ciarpame. Lo faranno stasera, non solo per rendere omaggio a Guy Fawkes, ma anche come simbolo di qualcos'altro, di qualcosa di non detto. Lila immagina di trovarsi nel buio accanto a Tom a guardare il mucchio di oggetti prendere fuoco, tutte quelle cianfrusaglie e quel vecchiume scomparire nel fumo e nella cenere, bruciando a fiamma lenta. Sarà un momento di condivisione, qualcosa di simbolico.

Poi, forse, passeggeranno mano nella mano in giardino e apriranno una bottiglia di vino davanti al fuoco vivo. Non ci saranno altre distrazioni. Per una volta avranno occasione di parlare di Milly e di quello che li aspetta. Sì, pensa Lila gettando un'asse di legno marcia sulla pila sempre più alta di scarti, ormai ha deciso. Dopo tutte quelle settimane di lontananza, è esattamente ciò di cui hanno bisogno. Sarà il primo passo verso il riavvicinamento.

Fruga nel mucchio ai suoi piedi, aggiunge alla pila un frammento di balaustra, una scacchiera macchiata di muffa, un sacco a pelo logoro e una scatola di cartone sfondata. Si sofferma su una vecchia culla, una cesta ovale di vimini, sporca e rotta in vari punti, che custodisce una copertina mangiata dalle tarme. L'ha trovata nel sottoscala insieme al resto della roba da buttare e ha subito capito che era buona solo per la pila dei rifiuti, ma adesso che l'ha messa accanto al falò ancora spento, ha un momento di esitazione. "Buttala nel mucchio", pensa, "liberatene... fai un repulisti." Ma non ci riesce. Tasta un angolo della coperta viola lavorata a maglia e, senza sapere se dipenda dall'idea di ciò che la culla può avere ospitato in passato o dal pensiero della bambina che ha perso, la mette da parte. E quando ha finito di gettare le ultime cianfrusaglie, la raccoglie e la riporta nel cottage, riponendola nel sottoscala dove l'ha trovata. Dopo un ultimo sguardo turbato, richiude sbattendola la porta dell'armadio a muro.

«Bentornata.» Sally la saluta dal bancone con un sorriso accogliente. «Il tempo sembra tremendo. Piove già?»

«Non ancora», dice Lila prendendo uno dei cestini di plastica posati accanto alla porta.

«Ma manca poco», interviene un uomo alto che sta davanti al frigo dei surgelati, «è nell'aria.»

Lila abbozza un sorriso, poi si dirige allo scaffale in fondo al negozio, dove è esposto un ristretto assortimento di vini e liquori. Guarda le etichette, senza avere idea di che cosa scegliere. Le sembra una serata da vino rosso, ma non riconosce nemmeno uno dei nomi sulle bottiglie.

«Come te la cavi fuori dal mondo, cara?» le chiede Sally. «Ce la fai a sopravvivere lassù?»

«Sì», risponde Lila, «me la cavo. Stasera arriva mio marito, sarà bello avere un po' di compagnia.»

Sally rabbrividisce in maniera plateale. «Non so come tu riesca a startene tutta sola, giorno e notte.»

«Mi ci sto abituando», spiega Lila cercando di sorridere.

La donna si rivolge all'altro cliente. «Sta ristrutturando quella vecchia casa su vicino alla brughiera, la abbellisce, sai, come si vede nei programmi televisivi. È matta, se proprio vuoi saperlo. Per restare sana di mente, a me non basterebbe di certo fare due chiacchiere ogni tanto con la vecchia rompiscatole che gestisce il negozio del paese.»

L'uomo si volta e rivolge a Lila un cenno di saluto. «È vero? Di quale casa si tratta?»

Lila sorride, imbarazzata per quello sbandieramento delle sue vicende private. «Si trova a cinque o sei chilometri da qui... è un vecchio cottage di pietra accanto a un lago. Non so nemmeno se ha un nome. Ha capito qual è?»

L'uomo si stringe nelle spalle. «Potrebbe essere un vecchio cottage di pastori, qui intorno ce n'è qualcuno.»

Lila esita. «Ha idea di chi potessero essere i vecchi proprietari?» Lo guarda speranzosa, ma l'uomo si gratta la testa. «Non lo so, mi dispiace. Se è quello che penso io, è rimasto vuoto per anni.»

«Ah.» Lila torna al suo vino, delusa. Prende una bottiglia, attratta dall'etichetta con il bel disegno di una foglia, e la infila nel cestino.

«È stato un autunno pessimo, vero?» prosegue Sally, rivolgendosi all'uomo che ora si trova accanto al bancone. Lui annuisce educatamente, impilando lattine di cibo per cani accanto al registratore di cassa. «Il mio Stan dice che se i prezzi continuano a diminuire in questo modo, tanto varrebbe vendere il bestiame al mercato.»

L'uomo borbotta una risposta e Lila si estranea, concentrandosi sulla lista della spesa che ha stilato mentalmente. Posa nel cestino una fetta di formaggio blu Stilton, un pacco di cracker, pane, cornflakes, caffè, biscotti, salsa chutney e prosciutto, poi aggiunge anche un sacchetto di arance e del latte. Si avvicina alla cassa e attende pazientemente alle spalle dell'uomo, che sta infilando le provviste in due grossi sacchi. Ha i capelli grigi tagliati corti e indossa una lunga cerata e pesanti stivali di gomma. "Anch'io dovrei attrezzarmi con abiti adatti al clima", pensa.

«Stammi bene, caro», dice Sally quando l'uomo si volta per uscire. Mentre le passa accanto, Lila si sente osservata e alza gli occhi per sorridergli, ma lui non incrocia il suo sguardo e se ne va facendo tintinnare il campanello della porta. Sally si china in avanti verso Lila e le sussurra: «Non ho mai capito perché sia solo, quello lì. A quanto pare non ha mai trovato una donna come si deve. È un peccato, mi dispiace che un brav'uomo vada sprecato, a te no?».

Lila annuisce, ma non vuole farsi trascinare in una lunga conversazione sulle difficoltà a uscire con qualcuno nel Peak District rurale. Pensa invece al viottolo fangoso che dovrà affrontare tornando al cottage in macchina e a quelle nuvole basse che minacciano di scaricare un altro rovescio da un momento all'altro. Sarà meglio affrettarsi.

«Allora il maritino ti raggiunge più tardi?» prosegue Sally, battendo sul registratore il prezzo del vino e sistemandolo in una borsa della spesa.

«Tom, sì», risponde Lila ammucchiando il resto delle provviste sul bancone.

«Non avete bambini, quindi?»

Lila inspira lentamente. «Non ancora, no.»

«Avete un sacco di tempo per averne. Sei giovane, no?»

«Già», dice Lila deglutendo.

«Hai scelto una buona bottiglia», aggiunge Sally, indicando il vino. «Vi piacerà.» Poi le si avvicina. «Se per caso hai bisogno di qualcos'altro – cioccolato, gelato, riviste di cronaca rosa», aggiunge in un sussurro teatrale, «vieni a trovare la vecchia Sally, d'acccordo?»

«D'accordo», risponde Lila, riuscendo finalmente a ritrovare il sorriso.

Mentre corre verso l'auto, dal cielo cominciano a cadere grosse gocce di pioggia che atterrano sulla strada davanti a lei e segnano l'asfalto come gigantesche macchie d'inchiostro. Scaraventa la spesa sui sedili posteriori, poi si butta su quello del guidatore. È già troppo tardi, la pioggia è arrivata. Gira la chiave e aspetta che il motore prenda vita rombando.

Niente. Il motore scoppietta, fa uno schiocco e si ferma. Riprova, ma stavolta non scoppietta nemmeno, si limita a qualche schiocco e poi più nulla. *Merda.*

Sbircia oltre il parabrezza rigato di pioggia e individua la Land Rover parcheggiata sull'altro lato della strada, con l'uomo del negozio appena visibile al posto di guida. Lui si allaccia la cintura, poi alza gli occhi e vede Lila. Incrociano lo sguardo e Lila distoglie il suo, imbarazzata. «E dai!» incita Lila e riprova a girare la chiave nell'accensione. *Clic... clic...* niente. Si abbandona contro lo schienale, frustrata. E adesso? Deve chiamare Tom e aspettare seduta lì che arrivi a salvarla Dio solo sa quando? Non è proprio l'immagine di autosufficienza, indipendenza e capacità di cavarsela da sola che voleva mostrargli. Potrebbe chiamare un meccanico, ma in quella parte del mondo ci vorrebbero ore e, peggio ancora, probabilmente le costerebbe uno sproposito. “Rifletti”, si incoraggia Lila, “rifletti.”

Un colpetto improvviso sul finestrino la riscuote dalle sue fantasticherie. Fuori c'è l'uomo del negozio, con la pioggia che cola dal cappello a tesa larga e scorre in rivoli lungo la cerata. Lila abbassa il finestrino lasciando aperta una fessura. «Problemi?» chiede lui.

«Non vuole partire.»

«Mi offrirei di dare un'occhiata al motore, ma con questo tempo credo che la cosa più sensata sia accompagnarla a casa. Posso darle un passaggio? Potrà tornare a prendere l'auto domani.»

Lila esita, le sue apprensioni da donna di città si fanno sentire.

«Non ha detto che suo marito sta venendo qui?»

Lila annuisce.

«Allora potrà aiutarla a far ripartire l'auto domani.» L'uomo rabbrividisce e guarda eloquentemente verso il cielo. «Comincia a diventare un po' umido qua fuori...»

“Oh, al diavolo”, pensa Lila, gettando al vento la prudenza. Al negozio, Sally ha detto che quell'uomo è una brava persona. «Va bene, grazie», dice in fretta. «Mi lasci solo prendere le borse della spesa.»

Giusto il tempo di spostare i sacchetti nel bagagliaio della Land Rover e di sistemarsi sul sedile del passeggero, e Lila è inzuppata fino al midollo e scossa dai brividi.

L'uomo si toglie il cappello e aziona i tergicristalli, poi dirige il soffio di aria calda sul parabrezza per eliminare la condensa che si sta formando sul vetro. «Dobbiamo dargli un attimo perché si disappanni... devo vedere dove vado.»

Lila annuisce. «Grazie.» La Land Rover odora di cane bagnato. Sul pavimento sotto i suoi piedi ci sono incarti di caramelle alla menta e grumi di fango secco e paglia.

«Mi dispiace per il disordine», dice l'uomo, un po' imbarazzato nel vedere che Lila si guarda intorno.

«Ci mancherebbe. La ringrazio per il passaggio: dubito di abitare vicino al posto dove sta andando.»

«Nessun problema», ribatte lui, «credo di conoscere la direzione, grossomodo. Poi mi dirà lei da che parte andare.» Gira l'auto e imbocca la strada stretta che conduce al lago.

Per un po', gli unici suoni all'interno dell'auto sono la pioggia che sferza il parabrezza e il fruscio dei tergicristalli, che si spostano coraggiosamente avanti e indietro. Ma non si muovono abbastanza in fretta da respingere quell'attacco, e l'uomo è costretto a rallentare e ad avanzare a passo d'uomo sui tornanti, perché la visibilità è ridotta a pochi metri. Lila aspetta un po', sperando che lui dica qualcos'altro per interrompere quel silenzio imbarazzato, ma alla fine è lei a parlare. «Mi chiamo Lila», dice.

«Io sono William», risponde lui, chinandosi sul volante per guadagnare qualche centimetro di visibilità.

«Piacere di conoscerla.» Silenzio. «Allora lei è un allevatore della zona?»

«Sì.»

«E che cosa alleva?»

«Soprattutto pecore, ma ho anche un po' di selvaggina e pollame.»

«Dev'essere interessante.»

Lui la guarda e annuisce.

"Chiudi la bocca, Lila", si dice. "Non c'è motivo di essere nervosa. Sembra un uomo gentile, forse un po' timido, un po' restio a guardarti negli occhi, ma comunque molto piacevole." Eppure, per qualche motivo non riesce a rilassarsi e se ne sta seduta, tesa e impacciata, ad ascoltare lo sciacquio delle pozzanghere sotto le ruote dell'auto. «Per di qua», dice alla fine, indicando una svolta non segnalata.

William annuisce e mette la freccia a sinistra, aguzzando la vista per individuare l'apertura nella siepe, poi imbocca il viottolo fangoso sul quale l'auto procede sobbalzando.

«Spero che suo marito abbia una macchina alta», dice dopo un po'. «Ne avrà bisogno, se vuole riuscire ad arrivare fin qui stasera.»

Lila si rende conto che ha ragione. Il recente passaggio dei muratori aveva già rovinato il fondo fangoso, ma adesso, con quel rovescio torrenziale, la strada inizia ad assomigliare a un acquitrino. Continuano ad avanzare sbandando e sprofondando di tanto in tanto in un fosso o in una pozzanghera talmente fonda che sul cofano ricade un grosso spruzzo di fango.

«Sa nuotare?» le chiede William, e Lila ride nervosamente.

«Mi dispiace darle questo disturbo.»

«Nessun problema.»

«Non credo proprio che la mia auto ce l'avrebbe fatta», ammette Lila, «nemmeno se fosse partita. Tom comunque dovrebbe cavarsela. Ha un'auto con quattro ruote motrici.» Indica il ciglio erboso e si slaccia la cintura di sicurezza. «Qui va benissimo, grazie.»

William si schiarisce la gola, con le mani ancora sul volante. «Su alla fattoria ho delle vecchie traversine della ferrovia. Potrei portarle qui con il trattore, se vuole. Se le posiamo lungo il viottolo sterrato, infilate nel terreno, le daranno un po' più di trazione e impediranno che diventi un acquitrino impraticabile.»

Lila è in imbarazzo. «Lei è molto gentile, ma non vorrei...»

«Non sarebbe un disturbo», dice lui. «Sono lì a casa mia che si stanno sciupando.»

«Va bene così, davvero. Questa pioggia non durerà per sempre.»

Lui si stringe nelle spalle. «Come preferisce.»

Lila si allunga verso la maniglia proprio mentre un'altra potente folata di vento spara una raffica di gocce di pioggia sul parabrezza. Il rumore la fa sussultare. «Mio Dio», esclama, «è proprio un tempo infame.» Sa di dover uscire dall'auto, ma non si decide ad abbandonare il calduccio dell'abitacolo.

«Tenga», dice William allungandosi verso il sedile posteriore in cerca di un poncho di plastica di un arancione brillante, «si metta questo. Non è bello, ma è meglio della giacca di lana che ha addosso. La aiuto con le borse.»

«Oh, grazie, ma da qui c'è ancora un bel po' di strada», risponde Lila, ma William ha già preso la sua spesa e così lei fa come le ha detto: si infila il poncho e lo segue fuori, sotto la pioggia.

Attraversa a fatica il prato con William alle spalle e quando arrivano al boschetto ha le scarpe piene d'acqua e i jeans inzuppati fino al ginocchio. Non c'è quasi riparo tra gli alberi spogli e nel tempo che impiegano a scendere per il crinale e raggiungere la porta del cottage, Lila si ritrova non solo fradicia, ma anche infangata. Si sente assalire da qualcosa di simile all'isteria e per qualche motivo non riesce a smettere di ridere. Che diavolo ci fa in quel posto remoto e inospitale con quello strano tizio? È presa da un altro attacco di risa. «Mi scusi», dice cercando di ricomporsi. «Non so che cosa mi sia preso.»

L'uomo rimane accanto a lei sulla soglia guardandola perplesso, e dalla sua espressione Lila si rende conto di quanto debba apparire folle. «Prego», dice infilando la chiave nella serratura, «entri un attimo. Può asciugarsi qui e magari dare un'occhiata ai miei lavori mentre aspetta che smetta di piovere. Preparo un po' di tè?» Le sembra il minimo che possa fare.

Lui esita ancora, sembra sul punto di dire qualcosa, ma poi si limita ad annuire e la segue in silenzio nell'interno buio del cottage.

«Lasci che le prenda il giaccone.» Lui si è già tolto gli stivali infangati e le porge la cerata gocciolante, guardandola senza parlare mentre lei la appende a uno dei chiodi arrugginiti piantati nella parete vicino alla porta principale. «Mi cambio, accendo il fuoco e preparo il tè. Si metta comodo, dia un'occhiata in giro.»

Lui annuisce, ma non si muove.

«O magari potrebbe accendere il fuoco», suggerisce Lila.

«Sì», risponde lui, grato per la proposta. «Volentieri.»

Gli indica il caminetto e la cesta di legna da ardere, poi lo lascia all'opera e si dirige al piano di sopra dove si toglie jeans, calzini, giacca di lana e maglione bagnati e li sostituisce con vestiti asciutti, prima di tornare al piano di sotto a mettere sul fuoco l'acqua per il tè. Quando scende, trova William chino davanti al focolare, ed è stupita nel vedere che ha già avviato un bel focherello e se ne sta piegato sopra la grata a soffiare piano, sventolando le fiamme finché la legna scoppietta e sfrigola per il calore.

«Vorrei riuscire anch'io ad avviarlo così in fretta», dice passandogli accanto per entrare in cucina, dove mette a bollire l'acqua per il tè. Sistema le provviste, posa la bottiglia di vino rosso sul davanzale, riempie una ciotola di arance e apre il pacco di biscotti, sistemandone qualcuno su uno dei pochi piatti a disposizione. Mette in tavola tazze e latte, accanto a una brocca di bacche rosse che ha raccolto in giardino, poi porta la teiera.

«Tutto pronto?» Lila sussulta nel sentire la sua voce. Lui la sta osservando dalla soglia. «La stanza sarà calda tra un attimo», aggiunge.

Lila nota per la prima volta quanto la sua pelle sia segnata dalle intemperie, con rughe profonde scavate intorno alla bocca e sulla fronte, senza dubbio frutto degli anni passati all'aperto, al vento e al sole. Ha spalle ampie e braccia forti, le mani rosse e callose. Con quei capelli grigi tagliati corti e il viso vissuto è difficile stabilire quanti anni abbia, ma Lila pensa sia sulla cinquantina.

«Ho dimenticato di comprare lo zucchero», dice tornando verso la tavola e trafficando con la teiera, un po' imbarazzata perché si è accorta di averlo fissato apertamente. Non sa perché, ma le sembra strano che sia lì con lei: è il suo primo visitatore. Nel vedere quell'uomo alto e forte con maglione da marinaio e calzettoni che incombe sulla soglia della cucina, prova una sensazione curiosa. È di nuovo quello strano déjà vu. Forse è l'intimità della situazione: loro due che si occupano delle faccende domestiche, muovendosi a passi felpati per il cottage, con i capelli umidi e le guance arrossate dal freddo. Si scrolla di dosso quella sensazione e lo invita a sedersi su una delle lunghe panche di legno, poi si sistema su quella di fronte.

«Allora, come vanno i suoi lavori?» le chiede lui. «Procedono bene?»

«Più o meno», risponde Lila versando il tè. «È dura, ma con un po' di aiuto ho già portato a termine alcuni degli interventi più impegnativi. È stato applicato uno strato di materiale isolante», spiega indicando alcune pezze di intonaco che si stanno asciugando alle pareti, «ho fatto aggiustare il tetto e controllare l'impianto elettrico, i camini e la struttura dell'edificio. È vecchio e trascurato, ma incredibilmente solido. Ero preoccupata soprattutto per le travi che attraversano tutta la costruzione, ma sono abbastanza resistenti; solo quella del soggiorno ha avuto un piccolo cedimento, ma si dovrebbe sistemare mettendo una colonna.»

Lui annuisce e beve un sorso di tè. «Sembra che lei sappia il fatto suo.»

Lila si stringe nelle spalle. «È il mio lavoro, anche se finora non ho mai affrontato niente di simile. Dovrebbe vedere il mucchio di cianfrusaglie che ho radunato sul retro. Ne farò un falò con Tom, stasera, per liberarmi di tutto quanto. Dopo tutto, è la Notte di Guy Fawkes.» Si ferma, rendendosi conto di quello che ha appena detto. «Già. *Volevamo* fare un falò...»

«Eh sì», dice William, «mi piacerebbe proprio vederla accendere il fuoco stasera.» Quando sorride, gli si formano tante piccole rughe intorno agli occhi, dominati da cespugliose sopracciglia grigie.

Lila è delusa. L'immagine intima di lei e Tom mano nella mano in fondo al giardino davanti al fuoco si è dissolta.

«E che cosa ne sarà di questo posto quando avrà finito?» le chiede William, prendendo un biscotto dal piattino in mezzo al tavolo.

Lila ci pensa un attimo. «Sinceramente non lo so, forse lo venderò. Non ho ancora deciso.»

William annuisce, fissando la sua tazza e masticando piano. «È bene pensarci con calma», dice alla fine. Resta seduto in silenzio per un momento, poi si allunga per toccare una delle bacche rosso acceso che pendono dagli steli nella piccola brocca.

«Graziose, vero?» dice lei. «Crescono in giardino.»

Lui annuisce. «È biancospino.»

«Ah, davvero? Non lo sapevo.» Nella stanza cala nuovamente il silenzio. Lila si schiarisce la voce. «Mi dica, dove si trova la sua fattoria? Spero di non averla trascinata troppo lontano da casa.»

«È pochi chilometri a nord. La via più veloce in auto è tornare indietro da dove siamo venuti, superare Little Ramsdale e poi proseguire oltre il paese successivo; da lì c'è un altro chilometro e mezzo di strada.»

«Ci abita da molto tempo?»

«Ormai sono alcuni anni che la mando avanti.»

Lila annuisce e addenta un digestive al cioccolato.

«È sposata da molto?»

«Un paio d'anni. Tom» aggiunge, sentendo il bisogno improvviso di dare un nome alla figura invisibile che aleggia tra loro. «Mio marito si chiama Tom.»

«E a lui non dispiace che lei se ne stia quassù da sola?»

Lila avverte un giudizio nella voce dell'uomo e si lancia in difesa del marito. «No, è molto impegnato con il lavoro e questa cosa è capitata al momento giusto. Venire qui è stata una mia idea. Volevo... volevo andarmene per un po'...» Lila si rende conto di come la spiegazione suoni male. «Lui lo capisce.»

«Ed è buono con lei?»

Che strana domanda, pensa Lila. «Sì, direi di sì.»

William annuisce. Lila beve un altro sorso di tè, ascolta il vento lambire il cottage per poi tuffarsi nuovamente a fondovalle.

«Bambini?»

Lila tace, con le labbra posate sul bordo caldo della tazza, poi scuote la testa. «E lei?»

«No», dice William, «niente moglie né bambini. Non ho mai incontrato la donna giusta. Però penso spesso che mi piacerebbe avere in casa qualche ragazzo robusto che mi desse una mano con la terra.»

«O ragazza», suggerisce Lila.

«Prego?»

«O ragazza robusta, per darle una mano. Cerchiamo di non essere sessisti.»

«Giusto», dice William sorridendo. «Sembra che lei se la cavi benissimo, qui.»

Per qualche ragione Lila si accorge che quel complimento la fa arrossire. «A essere sincera, non pensavo di aver fatto granché... ma forse ha ragione.» Si guarda intorno nella cucina e si affaccenda a versare un'altra tazza di tè a entrambi, riportando infine la conversazione sul lavoro dell'uomo alla fattoria. Mentre chiacchierano, il suono della pioggia battente e gli scricchiolii della casa creano un'atmosfera intima e accogliente; sembra di essere in mare, su una vecchia barca di legno. Nessuno dei due si accorge che la luce del pomeriggio sta svanendo, passando dal grigio scuro a un crepuscolo viola e nero; nessuno dei due si accorge che il rumore della pioggia sul tetto si è leggermente affievolito, ma entrambi sussultano quando la porta principale si apre con uno schianto e il rumore secco di scarponi sbattuti sul pavimento del soggiorno riempie la casa. «Lila?» dice una voce.

Lei balza in piedi. «È Tom», dice a William, «mio marito.» Arrossisce. «Avevo completamente perso il senso del tempo», aggiunge sorridendo.

«Lila», la chiama Tom dall'altra stanza, «ci sei?»

«Torno subito», dice a William. «Così vi presento.»

William annuisce di nuovo e prende la tazza per finire quel che resta del tè.

Lila trova Tom sulla soglia, che scuote un enorme ombrello nell'aria umida della sera. «Ce l'hai fatta», esclama lei, raggiungendolo e abbracciandolo.

«Aspetta», dice lui, respingendola delicatamente, «sono bagnato fradicio. Lasciami chiudere la porta. Non sapevo se c'eri», aggiunge dandole le spalle. «Sul viottolo c'era una vecchia Land Rover, ma non ho visto la tua macchina.» Lei indietreggia e lo guarda mentre appoggia l'ombrello al muro, chiude la porta lottando contro il vento e poi si toglie il cappotto e le scarpe inzuppate. «Piove a dirotto. Stavo quasi per non farcela, lungo lo sterrato. La macchina è tutta sporca, completamente ricoperta di fango... e guarda in che condizioni sono io.» Le tende le braccia e sorride, mentre l'acqua gli gocciola dal viso bagnando il colletto della camicia. «Brrr», dice, rabbrividendo in maniera teatrale. «Però qui è caldo e accogliente. Vieni a darmi un abbraccio, mi sei mancata.»

Sembra così fuori posto, in camicia e cravatta, come un frammento di mondo esterno che la tempesta ha inaspettatamente soffiato nel cottage. Lila gli si avvicina e lo abbraccia, sentendo il suo respiro caldo sui capelli. «Ti trovo bene.»

«Anch'io. Mi sei mancata.» Si piega per baciarla e lei gli si stringe contro.

Tom fa un passo indietro e guarda la stanza minuscola, meravigliato. «Caspita, il solo fatto di avere un fuoco acceso la fa sembrare un po' più allegra dell'ultima volta che siamo stati qui. Forse è meglio che tu mi tolga di dosso i vestiti bagnati, prima che prenda un raffreddore di quelli potenti.»

Lila coglie il luccichio impertinente nei suoi occhi, ma quando lui la attira a sé di nuovo si tira indietro. «Tom...»

«Dai, vieni...» cerca di convincerla lui.

«Tom, aspetta, c'è qui una persona...»

Si sente un colpo di tosse ed entrambi si voltano, trovandosi davanti William sulla soglia della cucina. «Salve», dice lui avvicinandosi e porgendo la mano a Tom.

Tom fa un passetto indietro guardando Lila con aria interrogativa.

«Ti presento William», dice lei. «Ci siamo incontrati al negozio. La mia auto si è rotta e lui mi ha gentilmente accompagnata qui.»

«Ah», dice Tom più rilassato, stringendo la mano che gli era stata porta. «Capisco. Questo spiega l'assenza della tua macchina.» Esita, come se stesse prendendo le misure dell'uomo in piedi di fronte a loro.

«Sì», continua Lila per compensare l'occhiata insistente del marito, «è stato molto gentile da parte sua. L'ho costretto ad allontanarsi parecchio da casa e ci stavamo giusto bevendo una tazza di tè. Ne vuoi una? Posso farne ancora.»

Tom scuote la testa e cinge le spalle di Lila. «Sono a posto così.»

I tre restano lì, imbarazzati.

«Bene», dice William dopo un istante, «sarà meglio che vada. Rosie mi starà aspettando.»

«Rosie?» chiede Lila.

«Il mio collie», spiega lui. «È molto esigente: ogni sera vuole trovare la cena servita in cucina alle cinque precise.»

Lila sorride. «Be', non possiamo far aspettare Rosie, vero?

Riesce a ritrovare la strada per tornare alla macchina? È già buio. Dovrei proprio mettere qualche luce all'esterno.»

«Non ti preoccupare», interviene Tom, «William è un adulto, se la caverà.» Apre la porta e Lila arrossisce per il brusco commiato.

William non sembra infastidito. «Certo, me la caverò», dice a Lila alzando il bavero del giaccone. «Grazie per il tè.»

«Venga quando vuole.»

Lui esita. «Sa, se cambiasse idea su quelle traversine, sarei contento di portargliele.»

«Grazie», risponde Lila, ignorando la stretta di Tom sulla spalla, «è molto gentile.»

«E ce la farà a riprendere la macchina domani?»

«Ci penserò io», dichiara Tom.

William annuisce e si incammina. «Be', piacere di avervi conosciuti, arrivederci», dice voltandosi, prima di essere inghiottito dal buio del crinale.

«Stai già fraternizzando con gli zotici del posto, vedo», commenta Tom dopo aver chiuso la porta.

Lei gli dà uno schiaffetto scherzoso sul braccio. «Non è uno zotico. E tu non dovevi far vedere così chiaramente che volevi che se ne andasse.»

«Non l'ho fatto.»

Lila lo guarda. «Era *mio* ospite.»

Tom si stringe nelle spalle. «Non mi puoi biasimare, non ti vedo da un secolo.»

«Era solo una tazza di tè. Gliela dovevo, ha fatto un sacco di strada in più.»

Tom annuisce, ma il suo sorriso è incerto. «Dovresti stare attenta, sai, a invitare degli estranei quassù quando sei da sola.»

«Non preoccuparti, sembra una persona per bene. Un po' timido, forse, ma gentile.»

«Non lo conosci per niente.»

Lila sa decifrarlo come un libro aperto: «Sei geloso».

«Geloso, io?»

«Sì.»

Lui la osserva per un attimo. «Dovrei esserlo?»

«Di William?» Ride. «Ma smettila, è talmente vecchio che potrebbe essere mio padre!»

Lui non risponde e Lila cerca di ridere di quella situazione assurda. «Ti stai comportando da sciocco. Mi ha dato un passaggio, nient'altro. Vieni qui.» Lo attira a sé prendendolo per il passante della cintura e lo bacia su una guancia, sentendo la barba che le graffia la pelle. Il suo odore è dolorosamente familiare. «Com'è andato il viaggio?»

«È stato orribile: tutto bloccato per ben tre uscite della M1.»

«Hai l'aria sfinita», dice lei, facendo un passo indietro e guardandolo come si deve per la prima volta, notando il viso pallido e le ombre scure sotto gli occhi.

«Sì», risponde Tom, «al lavoro è stata una tortura... e mi sei mancata.» Si appoggia a lei.

«Anche tu mi sei mancato.»

Tom la osserva attentamente. «Allora, quando torni a casa?»

«Tom», lo ammonisce. Non vuole parlarne, non ancora, almeno.

«Dai, dico sul serio, quand'è che torni a casa? Ti sei finalmente tolta dalla testa questo progetto strampalato?»

«Non è strampalato. E poi, mi sembra di avere iniziato a fare dei progressi.»

Tom si guarda intorno. «Davvero?»

«Sì», dice lei.

«A me sembra tutto uguale a prima» replica lui, sbadigliando.

Lila reprime un moto di stizza. «Davvero non noti niente di diverso?»

Tom si guarda intorno un'altra volta e si stringe nelle spalle. «Sì, qualcosa.» Ma Lila capisce che sta mentendo. «Senti, abbiamo due giorni da passare insieme. Non litighiamo. Mi sei mancata, non ti basta?»

«Sì.» Lila si placa. «Mi basta.»

Lui si allenta la cravatta e slaccia il primo bottone della camicia. «Sto morendo di fame, c'è qualcosa da mangiare?»

«Vieni», dice lei. Mette un altro pezzo di legna sul fuoco, poi lo accompagna in cucina, dove porta in tavola pane, formaggio e prosciutto e apre la bottiglia di vino. Mangiano e bevono in silenzio, ascoltando il vento che strepita e la pioggia che ticchetta contro le finestre. Vedendo la casa con gli occhi di Tom, improvvisamente si sente sopraffatta. Tutti i piccoli cambiamenti che ha apportato, le piccole cose che sperava facessero la differenza – le bacche sul tavolo, la ciotola piena di arance, il pavimento pulito e il fuoco che arde nel camino – non sono abbastanza. Riesce a vedere soltanto le cose che hanno ancora bisogno di essere sistemate. Provando una rabbia irrazionale verso Tom, che ha smontato la magia, rabbrividisce per gli spifferi e si stringe nel maglione. E addio Notte dei falò.

Non è il fine settimana con Tom che aveva desiderato. Sabato mattina si svegliano presto e, anche se Lila gli ha ceduto il lettino da campeggio, lui sembra stanco e irritabile. «Non capisco come tu faccia a dormire su quel coso», grugnisce, «è come la branda di una prigione.»

«Per me va bene», mente Lila.

«Dovremo quantomeno recuperare un materasso come si deve, se davvero vuoi rimanertene quassù.»

«Sì, resterò qui», dice lei, e si mette a trafficare al lavandino della cucina, in modo da non vedere l'espressione del marito.

«Allora, che cosa hai in programma per noi, oggi?» chiede Tom, e Lila si sente di nuovo mortificata, sapendo perfettamente che lui la odierà.

Il negozio di fai da te più vicino si trova a più di trenta chilometri di distanza. Ci vanno con la macchina di Tom, percorrendo lo sterrato fangoso e scivoloso e poi le stradine di campagna, attraversando graziosi paesini con le case in pietra e strade statali più grandi, finché riescono finalmente a individuare il parcheggio del negozio alla periferia di Glossop. Sta ancora piovendo e sembra che tutti quelli che abitano in un raggio di ottanta chilometri abbiano deciso di rifugiarsi in quel cupo centro commerciale. Nel parcheggio c'è un traffico spaventoso. Tom litiga con un tizio alla guida di un'auto sportiva fiammante per un posto vicino all'ingresso del negozio, poi lui e Lila attraversano di corsa l'asfalto ed entrano dalle porte girevoli. «Santo cielo», dice Tom osservando sbalordito le file di scaffali alti fino al soffitto, «da dove cominciamo?»

«Dalle vernici», risponde lei afferrando un carrello e facendogli strada lungo i corridoi. Lila ha in testa la lista della spesa e riempie metodicamente il carrello di vernici e pennelli, acquaragia e rulli, spuntando gli acquisti dalla lista mentale mentre procedono.

«Sai, non è così che speravo di passare il fine settimana con te», dice Tom spingendo il carrello un po' più veloce e salendo con i piedi sulla base, come un bambino, per scivolare in direzione delle casse.

Lila sospira. «Sono solo un paio d'ore. Avevo bisogno di prendere questa roba e un paio di braccia in più mi fanno comodo.»

«D'accordo, ma almeno salviamo la giornata andando a mangiare al pub, che ne dici?» propone lui posando a uno a uno gli oggetti del carrello sul nastro trasportatore della cassa.

Lila annuisce. «Certo, perché no?»

Percepisce lo sguardo della cassiera che sta passando gli acquisti sotto il lettore ottico e improvvisamente si vede da fuori, attraverso gli occhi della donna: sono solo un'altra coppia litigiosa in un negozio di fai da te il sabato mattina. Capisce perché Tom è irritato.

Mentre tornano a casa, non riescono a decidere dove fermarsi, e alla fine scelgono un pub decisamente mediocre di una cittadina di campagna. Il cibo è insipido e la conversazione forzata, e dopo un po' Tom allontana il piatto con l'hamburger mangiato solo a metà. «Dai», dice ammettendo la sconfitta, «andiamo a prendere la tua macchina.»

È esattamente dove l'aveva lasciata la sera prima, parcheggiata di fronte al negozio del paese. Tom le prende le chiavi e le infila nel quadro. «È la batteria», dice sentendo il singhiozzo del motore. «Probabilmente non l'hai tenuta abbastanza in movimento. Ho dei cavetti in macchina, possiamo farla ripartire, basta che avvicini la mia auto al cofano della tua.»

Ci impiegano quaranta minuti, ma alla fine riescono a far ripartire il motore e Lila lo segue guidando fino al cottage la macchina di Tom, sollevata nel vedere che lui riesce a portare la sua auto tutta intera fino in cima allo sterrato fangoso.

«Perché non tieni la mia macchina per qualche settimana?» suggerisce lui quando Lila lo raggiunge per scaricare gli acquisti.

«Dici sul serio?»

«Certo», insiste lui. «Prendila: la riporterai a casa per Natale.» Rovina lo slancio di generosità alzando gli occhi al cielo. «Se questo è l'unico modo per convincerti a tornare a casa...»

«Grazie», dice lei, chinandosi per dargli un bacio, ma le labbra si posano sul suo mento, perché lui si sta già voltando verso il baule della macchina.

Tom alza le spalle. «Diamoci da fare: è meglio cominciare a portare tutta questa roba su al cottage», conclude, indicando gli acquisti di Lila e scuotendo la testa. «Ci metteremo un bel po'.»

Quando è ora di andare a letto, sono troppo stanchi per riuscire a scambiarsi qualcosa di più di un frettoloso bacio della buonanotte. Tom offre a Lila il lettino da campeggio, ma lei rifiuta. «A me non serve, prendilo tu.»

Lui ha un attimo di esitazione. «Sei sicura?»

«Sì.»

Ma lui non si muove. Se ne sta lì in maglietta e pantaloni della tuta e la guarda per un istante. «Vorrei che potessimo starci entrambi.»

«Ha ha!», dice lei, «sarebbe divertente da vedere.» Poi si allontana e comincia a sistemare il suo nido di coperte sul pavimento, grata del fatto che quella notte non divideranno il letto. I lividi sul suo corpo possono essere guariti, ma nel profondo le cicatrici emotive sono ancora fresche. Il pensiero di andare a letto con Tom la terrorizza: non sa neanche se quella parte di lei – la Lila in cerca di desiderio e intimità – esista ancora, e non ha idea di cosa gli direbbe se suo marito dovesse insistere.

«Allora, buonanotte», dice lui spegnendo la luce e sistemandosi sul lettino scricchiolante.

Lila lascia uscire un silenzioso sospiro di sollievo. «Buonanotte.»

Nel buio cala il silenzio.

«Lila...»

«Sì?»

Pausa. «Niente.»

Lei trattiene il respiro, ma Tom rimane zitto. «Domani andrà meglio», dice Lila alla fine, «te lo prometto.» Ma lui deve essersi già addormentato, perché non risponde.

«Lila!» Tom la sta scuotendo, al buio. «Lila, svegliati.»

«Cosa c'è?» chiede lei. «Che succede?» Sente il cuore che le martella con forza nel petto.

«Stavi urlando.»

«Davvero?» Si appoggia a un gomito e cerca di individuare la sagoma di lui nell'oscurità.

«Sì.»

«Oh», dice lei passandosi la mano sulla fronte sudata. «Già.»

«Stai bene?»

Lei ci pensa per un istante cercando di calmare il battito del cuore. «Sì, sto bene. È stato solo un sogno.»

«Mi hai spaventato a morte.»

«Scusa.»

«Non ti preoccupare.» Tom esita, poi si siede accanto a lei e le posa la mano calda sulla spalla, accarezzandole la curva del collo. «Che cosa stavi sognando?»

Lila deglutisce. «La caduta.»

«Ah.» Nel buio, Lila vede che la testa di Tom si china leggermente. «La sogni spesso?»

Lei annuisce.

«Hai ricordato qualche particolare in più?»

«È strano. Mi tornano in mente dei frammenti, ma c'è sempre quel grosso vuoto di memoria. Tutte le notti è la stessa storia. Sono in camera mia e mi sto provando dei vestiti. C'è il sole che entra dalla finestra. Mi guardo allo specchio.» Deglutisce ancora. «E questo è tutto ciò che sono riuscita a ricordare per molto tempo, ma adesso c'è un particolare in più.»

«Quale?» chiede Tom.

«La mia memoria salta, come un disco incantato, ed è questa la cosa più strana...» Esita. «Vedi, sto *correndo* verso il pianerottolo di casa e arrivo in cima alle scale», continua, «ma poi mi vedo semplicemente cadere, precipitare nell'oscurità.»

Tom rimane in silenzio per un istante. «Forse stai confondendo i sogni con i ricordi.»

Lei scuote la testa. «No, ho la sensazione che sia reale.»

Tom allunga la mano per scostarle una ciocca di capelli dal viso. «Non trovi che questo posto sia sinistro, stando qui da sola?» le chiede dolcemente.

«Sinistro in che senso?»

«Non saprei.» Tom rabbrividisce nell'aria fredda della notte. «È difficile da spiegare. Ci sono dei luoghi dove... dove hai la sensazione che in passato sia *successo* qualcosa. Credo che questo cottage potrebbe essere un posto così.»

Lila capisce: i ceppi nel cesto... il buco del proiettile in cucina... tutti quegli oggetti abbandonati... l'inspiegabile sensazione di essere osservati... Da quando è arrivata al cottage non è mai riuscita a scrollarsi di dosso l'impressione che quel vecchio edificio stia cercando di dirle qualcosa.

«Non trovi che sia inquietante?» insiste lui.

«No», mente lei, «veramente no.»

Tom le rimane seduto accanto ancora per un po', accarezzandole i capelli finché il sonno la avviluppa nuovamente. «Tom», sussurra.

«Sì, Lila.»

«Torna a letto.»

«Okay, Lila.»

Il mattino dopo Lila propone di fare una camminata fino alla brughiera. Finalmente ha smesso di piovere e, guardando l'occhio blu del lago, desidera con tutte le sue forze offrire a Tom un'altra prospettiva della sua vita nella valle. Vuole mostrargli quanto possa essere bello stare lì, la pace e la quiete che vi regnano. «Dai, è il tuo ultimo giorno. Dovresti dare un'occhiata più approfondita a questo posto.»

«E la verniciatura? Pensavo che volessi il mio aiuto...»

«La verniciatura può aspettare. Andiamo, approfittiamo di questo cambiamento del tempo.»

Tom annuisce. «Forza, allora», dice con un vago tono di sfida nella voce, «fammi vedere che cosa *ami* di questo posto.»

All'inizio Lila pensa di portarlo in mezzo ai boschi che circondano il lago, dove gli alberi fremono nel loro stato di quasi totale nudità e lanciano ombre lunghe e aguzze sul lago, ma poi si ricorda della pioggia e del fatto che probabilmente il terreno sarà un pantano, perciò decide di prendere per il prato e risalire il sentiero ripido che porta sulle colline. Più si inoltrano verso la vetta, più la terra è spoglia, finché non si ritrovano a camminare nella brughiera aperta. Per un po' proseguono in silenzio, le braccia che si muovono al ritmo dei passi, rimanendo sempre a un metro di distanza l'uno dall'altra.

«Dove stiamo andando?» chiede lui.

«Non lo so di preciso», ammette Lila, togliendosi la sciarpa di lana e lasciandola penzolare dalle mani, «facciamo solo un giro.»

Lui annuisce. «Okay.»

Alla fine arrivano nei pressi di un vecchio muro di pietra. «Ci sediamo un momento?» chiede lei.

Si appollaiano insieme sul muretto segnato dalle intemperie e osservano l'immensità del cielo. «Non è meraviglioso?» dice Lila. «Guarda, quello dev'essere il cottage, laggiù in fondo.» Indica un sottile sbuffo di fumo che sale in lontananza, prodotto dal fuoco che hanno lasciato a bruciare senza fiamma nel focolare. «Non ti senti a mille miglia di distanza da Londra? Dal resto del mondo?»

«Sì», risponde Tom, ma il modo in cui lo dice non la fa sembrare una cosa positiva.

Lila si chiede se non sia il momento di parlare, lassù, nell'aria limpida, lontani da tutte le cose familiari o reali. Il cambiamento di ambiente fa bene, lo sa, è una distrazione, ma Lila sta anche cominciando a capire che Tom ha ragione: non può correre più veloce del dolore. Per quanto desideri lasciarselo alle spalle, come un velocista che scatta sulla linea di partenza, capisce che essere veloce non conta, perché sta percorrendo una pista ovale e ogni volta torna al punto di partenza, al dolore con cui non sa ancora come convivere. Forse dovrebbe analizzare meglio i suoi sogni strani e inquietanti, ma ogni volta che pensa di introdurre l'argomento le manca il coraggio. L'unica cosa di cui Tom pare abbia voglia di parlare è *quando* lascerà il cottage e tornerà a casa.

Lui sospira e le si avvicina. «È così isolato, questo posto, Lila. Sono solo preoccupato per te.»

«Sto bene. Mi piace tutto questo spazio... la libertà. Mi piace svegliarmi al mattino sentendo nei muscoli quella stanchezza che mi dice che il giorno prima ho lavorato sodo.»

«E a *me* piace svegliarmi nel nostro letto e trovarti accanto.»

«Ma io non voglio stare lì, per ora, anche se non riesco a spiegare perché.»

«Significa che in questo momento non vuoi stare con *me*?»

«No, non ho detto questo. Non sei tu, è solo che ho una sensazione di... di...»

«Di cosa, Lila?»

«Non riesco a spiegarlo.»

«Be', provaci.»

Lei sospira.

«Non è stata colpa mia», mormora alla fine Tom, così sottovoce che Lila quasi non lo sente.

«Lo so benissimo», dice lei sconvolta. «Perché dovrei pensare che la perdita di Milly sia stata colpa tua?»

Lui si stringe nelle spalle. «A volte mi sembra che tu dia la colpa a me.»

Lila è frastornata. L'unica persona che ha sempre incolpato è sé stessa. «Non ti sto dando la colpa... ma mi sarebbe d'aiuto se me ne parlassi... se ti aprissi un po'. A volte mi sembra di essere l'unica a piangere la sua perdita.»

Tom scrolla la testa. «Ma come puoi dire una cosa simile?»

«Be', per prima cosa potresti parlare di lei... nominarla.»

Tom la fissa.

«Non dici mai "Milly", non pronunci mai il nome di tua figlia.»

«Sì che lo faccio.»

«No», Lila scuote la testa con decisione, «non lo fai.»

Tom rimane zitto, a testa bassa. Quando riprende a parlare ha la voce così flebile che per sentirlo Lila deve avvicinarsi. «Lo dico dentro di me... a volte mi sembra di avere solo lei in testa.»

Lei annuisce, capendolo bene, ma non può fare a meno di notare che non ha pronunciato il nome della figlia ad alta voce neanche adesso. «Senti», gli dice poco dopo, dolcemente, «perché non ti prendi un periodo di vacanza dal lavoro e non vieni a stare qui per un po'? Quattro mani sono molto più veloci di due. Sarebbe l'occasione per passare del tempo insieme, potrebbe farci bene.»

«Sai che non posso mollare tutto.» Si passa le mani tra i capelli scrutando l'orizzonte. «Non è un buon momento al lavoro.»

«Penso solo che...»

Ma lui taglia corto. «Lila, non so che cosa ti stia succedendo, ma non possiamo andare avanti in questo modo. Torna a casa, per favore, ho bisogno di te.»

Lei lo guarda, ferita. Non sa cosa le stia succedendo? Non si ricorda quello che entrambi hanno passato solo pochi mesi prima? L'agonia del parto, la vista terribile della loro bimba – troppo piccola, troppo pallida –, che veniva portata via in fretta dalle infermiere e agganciata a una sfilza spaventosa di tubicini e macchine nell'unità neonatale. Non si ricorda le lacrime, i lividi, il dolore per la perdita della bambina, il crollo di tutto quello che avevano sognato? Ovviamente i segni fisici della gravidanza e della caduta sono scomparsi: Lila è dimagrita, i tagli e i lividi sono guariti... ma il suo cuore... il cuore è tutto un altro discorso, è ancora spezzato, sofferente. Davvero Tom non ricorda *niente* di tutto ciò?

«E io ho bisogno di questo», ribatte Lila alla fine. Lo guarda con le lacrime agli occhi, implorandolo di cercare di capire, ma lui tiene lo sguardo fisso sul cielo vuoto, gli occhi puntati su un gheppio che vola in tondo in una corrente ascensionale sopra di loro. «Tom?»

Lui non si volta e, mentre lo guarda, Lila sente un'ondata di rabbia che le monta dal profondo. Ecco qual è il loro problema, pensa: quella distanza che a quanto pare non riescono a superare.

Lasciandolo seduto sul muretto, salta giù, si volta e riprende a camminare pestando i piedi sul terreno fangoso, mentre il vento freddo le asciuga le lacrime prima che possano bagnarle le guance. Che trovi da solo la strada per il cottage, pensa Lila; a lei non interessa.

Quando si salutano, quella sera, una piccola parte di lei è sollevata nel vederlo andare via. Non è stato l'incontro romantico che entrambi avevano sperato. Con Tom presente, Lila ha visto quel posto con occhi ancora diversi, quelli del marito, notando ogni difetto e imperfezione, ogni lavoro che resta ancora da fare, grande o piccolo che sia; ma invece di farle venire voglia di andarsene, questo ha rinforzato quella parte testarda di lei che non molla mai. L'ha resa impaziente di andare avanti, di sistemare le cose senza perdersi d'animo.

Sale nella camera da letto al piano di sopra, osserva il lettino da campo dove solo poche ore prima stava disteso Tom. Prende le coperte e le ripiega accuratamente, poi si siede sul telaio del letto e guarda, senza riuscire a vederlo, in direzione del vecchio caminetto polveroso dalla parte opposta della stanza. Sente ancora il dolore lì con lei, come un indumento consumato che ha tolto dalla valigia, scosso e appeso con cura all'appendiabiti nell'angolo; una presenza fisica permanente, che resta lì in silenzio ad aspettarla sempre, ovunque vada.

Guarda il focolare vuoto e si chiede come diavolo faranno lei e Tom a riavvicinarsi superando l'abisso del loro dolore. Ci rimugina a lungo, finché la mente torna a rivolgersi all'esterno e i suoi occhi cominciano a concentrarsi su una strana ombra sui mattoni in pietra della bocca del camino. Probabilmente è solo fuliggine, ma Lila attraversa la stanza e allunga la mano per toccare la pietra con la punta delle dita. Il mattone si sposta leggermente e Lila capisce che, tirandolo un po', potrà estrarlo dal suo alloggiamento. Dà uno strappo leggero e il mattone le resta in mano. Sotto, vede un foglio di carta ripiegato, grigio per la polvere e la sporcizia.

Lo apre in fretta e legge le prime parole scarabocchiate a mano. Inizia così: "*Non riesco a smettere di pensarci...*".

Lila sente che il cuore comincia a martellarle in petto. Pensa al buffo murale nell'altra stanza, al foro di proiettile al piano terra, alla pila di ciarpame in fondo al giardino che aspetta solo di essere bruciata e poi torna a guardare il foglio di carta che ha in mano. Lì c'è stato qualcuno, qualcuno ha affidato quelle parole alla carta e le ha nascoste dietro quel mattone. Lila ha di nuovo la pelle d'oca. Si guarda intorno, cercando di liberarsi del ricordo delle parole che Tom ha pronunciato proprio in quella stanza solo qualche ora prima: *qui è successo qualcosa.* Scrolla la testa e poi, con le mani che tremano, liscia il foglietto spiegazzato e inizia a leggere.

10.
NOVEMBRE

1980

Non riesco a smettere di pensarci. Di pensare a quella notte: quell'orribile, maledetta notte. Non vorrei farlo, ma è dentro il mio cervello e mi sta facendo impazzire. Naturalmente eravamo tutti fuori di testa, ma... qualcuno direbbe che è allora che diventiamo noi stessi, che i nostri veri istinti prendono il sopravvento. Perché lo hanno fatto? Come hanno potuto? Proprio lì davanti a me!

Si comportano tutti come se non fosse successo niente, ma in realtà lo sanno. Lo vedo nei loro occhi. Tutto sembra diverso, adesso. E, peggio ancora, lui è diverso. Mi guarda a malapena, mi tocca a malapena. Mi sta uccidendo. Io lo amo ed ero sicura, nel profondo di me stessa, che anche lui mi amasse. Oh, questa è un'agonia. Non posso perderlo: preferirei morire, preferirei...

«Kat!»

Kat sbatte giù la penna e fa scivolare sotto le lenzuola il taccuino su cui stava scrivendo.

«Non hai sentito che ti stavo chiamando?» Freya è sulla soglia della loro camera da letto con le mani sui fianchi.

«Cosa?»

«Vieni o no? Ti stiamo aspettando.» Freya la osserva. «Che cosa stai facendo, comunque?»

Kat spinge il taccuino più in fondo sotto le lenzuola. «Niente, sto solo poltrendo un po'. È un problema?»

«Naturalmente no», risponde la sorella con un'alzata di spalle. «Solo che pensavamo che volessi venire a raccogliere le castagne con noi. Ieri sera hai detto...»

«Chi viene?»

«Carla, Ben e... Simon.» Un tenue rossore soffonde le guance pallide di Freya.

«D'accordo, vengo», taglia corto Kat. «Dammi il tempo di vestirmi.»

«Va bene.» Freya esita un momento.

«Che cosa c'è?»

Freya non si muove.

«Hai intenzione di startene lì così?»

Freya deglutisce. «Ti lascio sola.»

Kat guarda la sorella mentre si volta e si allontana, e ascolta il suono dei suoi passi che scendono le scale, prima di lasciarsi andare sul cuscino con un sospiro. La carta del taccuino scricchiola sotto di lei. Anche se non è molto, si sente meglio dopo aver sfogato un po' della sua rabbia, mettendo nero su bianco quelle parole brutte, amare, e potendole vedere lì scritte, ora, nel loro inchiostro nitido. In un certo senso è una liberazione, un balsamo contro la collera che le ribolle dentro come in una fornace.

È da quella stupida notte in cui hanno mangiato i funghi allucinogeni che Kat la sente montare: non può farci niente. Alla fredda luce del giorno si rende conto che è stato un momento di follia, che tutti loro erano fatti, fuori di testa, e tuttavia non riesce a togliersi dalla mente l'immagine di Simon e Freya insieme. Ha cercato ripetutamente di scacciarla, ma ogni volta che si convince di esserci riuscita, quella esplode come un fuoco d'artificio, più vivida e intensa che mai.

Non starebbe così male se Simon si comportasse normalmente, ma c'è stato un evidente cambiamento nel loro rapporto. Kat non sa se sia lei stessa la causa – con la sua rabbia che si incunea fra loro – o se sia lui ad allontanarsi, a trattarla con crescente distacco. È difficile valutare: le sembra di vedere un significato nascosto in ogni sua mossa, in ogni sua parola, fino a impazzire per i sospetti e l'angoscia. Desidera solo che la vita torni a sembrare semplice.

Ma non c'è più niente di semplice. Fa freddo. Lei è stanca di nutrirsi di pasta, riso e tuberi. Vuole farsi un bagno caldo; vuole mangiare fette di pane tostate al punto giusto e non semibruciate, dopo che lei stessa ha dovuto accudirle sul focolare fumoso. Vuole bere cioccolata calda da una tazza non sbeccata e raggomitolarsi al calduccio davanti alla tv a guardare un vecchio film. Vuole far scorrere l'acqua in un vero bagno, non doversi sedere sul sedile di legno grezzo del pozzo nero, tremando dal freddo e guardandosi intorno febbrilmente nella semioscurità in cerca di ragni e blatte. È stanca e nervosa; vorrebbe che le cose tornassero com'erano solo pochi giorni prima. O, meglio ancora, vorrebbe che Simon dichiarasse concluso il loro piccolo esperimento e annunciasse che è arrivato il momento di andarsene.

Più di una volta, Kat ha fantasticato sul possibile ritorno della donna che ha visto il mese precedente sul crinale insieme al suo cane. Si è immaginata di vederla scendere dalla collina con un manipolo di paesani arrabbiati al seguito. Volerebbero proiettili e insulti; allora Kat e gli altri alzerebbero le mani in segno di resa, farebbero i bagagli e lascerebbero il cottage, tornando alla loro vecchia vita. Mac potrebbe portarli in macchina fino in città. Si saluterebbero con un'alzata di spalle, dicendosi che ci hanno provato, e andrebbero ognuno per la sua strada: lei e Simon insieme in un posto nuovo, un luogo diverso. Soltanto loro due.

Ma il solo pensiero di rinunciare al loro progetto la riempie di rabbia. Ogni volta che le viene in mente, le sembra di impazzire. È Freya che dovrebbe andarsene: è lei l'intrusa, l'ospite non invitata. Sarebbe giusto che lasciasse il cottage, ma sua sorella non ha ancora manifestato alcuna intenzione di farlo, e gli altri sembrano abbastanza contenti di averla fra loro.

«Kat!» È la voce di Simon, adesso, forte e impaziente, che sale dalle scale. «Fra due minuti ce ne andiamo senza di te.»

«Sto arrivando», grida Kat buttando indietro le lenzuola, e si veste in fretta. Si ferma un momento davanti allo specchio con una smorfia. I capelli sono ancora troppo corti e sparano in fuori nelle direzioni più disparate. Se li liscia meglio che può e si avvia verso la porta, ma quando sta per uscire si ricorda del foglio compromettente ancora nascosto sotto le lenzuola. Torna di corsa al letto e tira fuori il taccuino, poi lo esamina per un momento, domandandosi dove diavolo può nasconderlo in modo che nessuno lo trovi. Sarebbe meglio distruggerlo, in realtà, bruciarlo perché nessuno possa mai leggere le sue parole, ma non ce n'è il tempo, così strappa la pagina incriminata e corre al camino vuoto, alla ricerca frenetica di un nascondiglio sicuro. Deve pur esserci un posto... Di certo non fra i suoi indumenti: lei e Freya frugano sempre fra le cose l'una dell'altra per scambiarsele. Poi lo vede: un'ombra più scura intorno a uno dei blocchi di pietra consumati che circondano il camino. Lo tira con forza e, come previsto, l'intero mattone viene via, scoprendo una perfetta cavità polverosa nella parete. Allora Kat ripiega in fretta il foglio in un piccolo quadrato e lo infila nel buco; poi rimette a posto la pietra. "Perfetto", pensa. "Ha lo stesso aspetto di prima. Non lo troverà nessuno." E comunque, quella sera stessa tornerà a prenderlo per bruciarlo mentre gli altri sono impegnati in altre faccende.

«Kat!» strilla Simon.

Lei esce dalla stanza e scende le scale in un lampo, cercando di ricomporre il viso in un'espressione di calma.

«Eccoti», dice Simon lanciandole un'occhiataccia. «Te la sei presa comoda.»

«Scusa», risponde lei con il suo sorriso più luminoso. «Allora, andiamo?»

Quando escono dal cottage e si avviano sull'argine erboso, Kat si mette al passo con Simon, felice di notare che Freya si tiene a distanza da tutti loro, chiudendo la fila con lo sguardo basso.

Andare ancora alla ricerca di castagne era stata un'idea di Simon, ma Mac li aveva avvertiti che si sarebbe rivelata un'impresa ardua. «Gli scoiattoli se le saranno accaparrate tutte, ormai», aveva detto, «e quelle rimaste sul terreno sono sicuramente troppo umide. Abbiamo raccolto le migliori il mese scorso.»

«Cosa sarà mai un po' di umidità?» aveva risposto Simon, chiaramente infastidito perché Mac non sembrava colpito dalla sua proposta. «Possiamo asciugarle abbrustolendole.

Caldarroste sul caminetto...» aveva intonato a mezza voce, in una cattiva imitazione di Bing Crosby in *Chestnuts Roasting on an Open Fire*.

Gli altri avevano riso, ma Mac si era limitato a scuotere la testa. «Ammuffiscono. Sono cibo buono per Wilbur, non per noi.»

Gli avevano creduto solo a metà, ma adesso, mentre si fanno strada nel bosco, è più che evidente per tutti che Mac aveva ragione. Vagano inutilmente fra i tronchi contorti dei grandi alberi, e le poche castagne che trovano nascoste sotto la coltre di foglie bagnate mostrano segni inconfondibili di deterioramento. Dopo tre ore sono costretti ad ammettere la sconfitta e a tornare indietro infreddoliti, affamati e a mani vuote, tranne che per una manciata di castagne infestate da larve, che il porcellino divora direttamente dalle loro mani. A quella vista, lo stomaco di Kat si contrae: è anche più affamata di quanto pensasse.

Purtroppo sta diventando un fatto frequente. Sono finiti i giorni inebrianti in cui raccoglievano more vellutate fra i rovi e catturavano pesci nel lago. Anche le galline depongono le uova a ritmo incostante e persino Mac è in difficoltà: torna sempre più spesso a mani vuote, senza il corpo inanimato di un coniglio o di un fagiano appeso in spalla. La campagna sta chiudendo i battenti per l'inverno.

«C'è un unico rimedio», annuncia Ben quella sera, mentre distribuisce a cucchiaiate il riso rimasto. «Dovremo cominciare a mangiare meno, razionando le scorte, per riuscire a superare l'inverno. Credo che sia ora di tirare la cinghia.»

«Io ho già tirato la mia di due buchi», protesta Carla, e si alza la felpa scoprendo il ventre pallido e piatto. «È la miglior dieta che abbia seguito in vita mia. Non sono mai stata così magra.» Kat le lancia un'occhiata e nota che le sue guance, un tempo paffute, ora sono scavate. Carla sta perdendo le sue rotondità, come tutti loro, probabilmente.

Simon annuisce. «Ben ha ragione. Se non facciamo come dice, sarà un lungo, freddo inverno... e Wilbur dovrà essere sacrificato prima di quanto pensiamo», aggiunge con un cenno della testa rivolto al maialino in grembo a Freya.

«No, non puoi farlo», esclama lei inorridita.

«Abbiamo ancora dei risparmi, vero?» chiede Kat.

«Sì, ma non possiamo continuare ad attingere a quelli. Dobbiamo preservarli per le emergenze.»

Ben ha un'espressione preoccupata. «Ma abbiamo bisogno di altro latte in polvere e di zucchero. E stiamo finendo anche la farina e il sale.»

Simon alza le mani. «Non sto dicendo che non possiamo comprare i beni di prima necessità. L'anno prossimo saremo molto più preparati. Quest'anno abbiamo cominciato troppo tardi.»

Intorno alla tavola si levano mormorii.

«Ascoltate», continua Simon, «so che è dura, e so che ci mancano le comodità di casa. Personalmente, sarei pronto a uccidere per una pinta di birra e un sacchetto di patatine fritte all'aceto. Ma non dobbiamo arrenderci solo per qualche difficoltà in più. Abbiamo sempre saputo che l'inverno sarebbe stato il periodo più duro, ma finora ce l'abbiamo fatta. Siamo qui già da quattro mesi e nessuno è venuto a sbatterci fuori. Cerchiamo di arrivare al nuovo anno, coraggio», li esorta fissandoli a uno a uno. «Io ci sto, e voi?»

Kat lancia un'occhiata a Freya. La sorella è a testa china, tiene lo sguardo basso. "Forse se ne andrà", pensa Kat. "Forse anche lei ne ha abbastanza." Come se avvertisse il suo sguardo, Freya alza il viso e incontra i suoi occhi. Le due sorelle si osservano per un istante.

«Allora, chi farà la prossima puntata al negozio insieme a Mac?» chiede Simon guardandosi intorno.

«Ci vado io», risponde Freya sollevando quasi impercettibilmente il mento.

«Bene. È per domani, allora.»

Kat distoglie lo sguardo da Freya. Non può farci niente: una parte di lei spera che la sorella se ne vada e non torni mai più.

Purtoppo Freya torna. Si precipita in casa insieme a Mac dalla porta posteriore con gli occhi brillanti di eccitazione e le guance arrossate dalla fredda aria invernale. «Non indovinerete mai cosa abbiamo trovato», annuncia posando sul pavimento della cucina due sacchetti della spesa pieni di provviste.

«Che cosa?» domanda Carla asciugandosi le mani con uno strofinaccio.

«Questo.» Mac fa un passo avanti sollevando un grasso volatile con il piumaggio rossiccio e la coda tozza.

«Una pernice rossa», esclama Simon, «e anche grossa. Come diavolo avete fatto a catturarla?»

«Non l'abbiamo catturata: l'abbiamo trovata sul ciglio della strada», risponde Mac. «Deve essere stata investita da un'auto. L'ha vista Freya mentre passavamo di lì.» Mac le rivolge un sorriso. «Ho fatto retromarcia, lei è saltata giù e l'ha raccolta senza nemmeno un attimo di esitazione.»

«Puah», dice Kat, irritata dagli sguardi di ammirazione dei ragazzi. «Non possiamo mangiarla. È la carcassa di un animale investito.»

Mac fa spallucce. «Che importanza ha? Guarda: è freschissima, si capisce dal colore del sangue, qui... e anche gli occhi sono ancora brillanti. Sarà morta al massimo da un'ora o poco più.»

«Ben fatto», dice Simon a Freya in tono sommesso, ma Kat riesce a sentirlo e frigge di rabbia.

«Cosa ne facciamo?» chiede Carla.

«La mangiamo, naturalmente!» esclama Ben. «Non avete mai assaggiato una pernice?»

Le ragazze scuotono la testa.

«Be', allora non avete vissuto davvero.» Allarga le braccia con un gesto ampio, teatrale. «Stasera faremo un banchetto regale.»

Kat sgattaiola via, lasciando a Ben e Carla l'incombenza poco invidiabile di spennare ed eviscerare il volatile. Vuole stare da sola, per riflettere e scribacchiare sul suo taccuino, ma appena si sdraia sul letto sente uno scricchiolio di passi sulle scale. Spera che si tratti di Simon e prova una delusione cocente quando vede la testa di Freya che si affaccia dalla porta. «Scusami», dice, «volevi stare da sola?»

Kat annuisce, ma Freya scivola lo stesso dentro la stanza e rimane lì ferma con il suo vestito di seta svolazzante e un paio di ridicole babbucce di velluto rosso.

«Penso che dovremmo parlare», aggiunge.

Kat scrolla le spalle e rimane in silenzio. "Bene, se vuole parlare, che parli."

«Ho capito che sei arrabbiata con me. È per... l'altra notte?»

Kat non si muove, respira appena.

«So che ti piace Simon. Tu non vuoi dirlo, ma è evidente... per me e per tutti gli altri.»

Kat si sente avvampare ma non dice una parola.

«Voglio solo che tu sappia», continua Freya, «che l'altra notte è stata folle. Non credo che tu abbia capito come... insomma...» Fatica a trovare le parole. «Voglio dire che fra Simon e me non c'è stato niente di...»

«Sta' zitta, Freya.» Il solo sentirle nominare Simon la manda su tutte le furie. Kat alza una mano. «Hai detto abbastanza. Hai appena ammesso di sapere cosa provo, eppure lo hai fatto lo stesso, non è così?»

«Ma...»

Kat ride. «Ma *cosa*? Non hai fatto sesso con lui? Bel tentativo, Freya. Peccato che io fossi *proprio lì* nella stanza con te e ti abbia vista. Perciò, non provare nemmeno a dire il contrario. D'accordo?»

Freya arrossisce e Kat vede che ha gli occhi gonfi di lacrime. «Non è stato così», dice con voce implorante.

Ma Kat è troppo arrabbiata per sentire scuse. «Non voglio ascoltarti, Freya. È ora che tu cresca. Non essere come la mamma: non puoi calpestare le vite degli altri senza mai assumerti la responsabilità delle tue azioni. Non prendere questa strada.»

Freya la fissa e le lacrime le rotolano giù dalle guance.

Kat sospira. «Vattene, per favore, lasciami in pace.» Torna a rivolgere l'attenzione al suo taccuino, cercando di ignorare i singhiozzi della sorella.

«Non voglio che sia così», dice Freya con voce talmente sommessa che Kat quasi non la sente. «Non posso cancellare quello che è successo... Per quanto lo desideri, non è mi possibile.»

«No.»

«Non possiamo semplicemente tornare a com'era prima?»

Kat alza le spalle. Vuole solo che se ne vada.

«Mi dispiace, va bene? Non ho mai avuto l'intenzione di ferirti.»

Kat abbassa lo sguardo e si sente sollevata quando ode finalmente lo scricchiolio dei passi di Freya che esce dalla stanza. Si appoggia al cuscino e sospira. Dal piano di sotto si diffonde il profumo del soffritto di cipolle e quell'aroma le dà i crampi allo stomaco. Posa le mani sul ventre e avverte la sensazione sorda di pesantezza che ha sentito crescere per tutto il giorno: il ciclo in arrivo. Be', quello mette fine alla sua *piccola* fantasia per un altro mese, pensa con un sorriso amaro.

Poche ore dopo il gruppo si riunisce intorno al tavolo della cucina. Con un mestolo, Ben serve nelle scodelle il ricco stufato di selvaggina e, appena tutti sono seduti, Simon alza il bicchiere. «Propongo un brindisi: a Freya, per aver trovato la pernice e averla portata sulla nostra tavola.»

«Evviva!» si uniscono gli altri. «A Freya.»

Kat rimane in silenzio. L'odore prepotente dello stufato sta facendo uno strano effetto al suo stomaco vuoto. Vorrebbe tuffarcisi dentro, ma sembra che Simon abbia altro da dire. «Questo non fa che dimostrare la mia teoria», dichiara, «che, se abbiamo fiducia nella terra, la terra ci ricompenserà. È il modo in cui la natura ci dice che siamo nel posto giusto, che è qui che dobbiamo stare. Chi vuole ancora tornare a casa, eh?»

Kat si aspetta che qualcuno scoppi a ridere: Simon sta diventando sempre più pomposo ed evangelico. Invece, nessuno ride. In verità, c'è qualcosa che ispira riverenza nella sua figura seduta a capotavola, nella sua espressione seria e intensa, con gli occhi scuri che brillano alla luce delle candele e gli zigomi alti evidenziati dal fioco baluginio. Kat guarda il suo viso e le si riaffaccia alla mente il pensiero di quanto amore prova per lui.

Ha ragione Simon, pensa: il suo posto è lì, seduta accanto a lui, in quel cottage sul lago. Quella è la sua famiglia, adesso. Devono solo arrivare a Natale, poi Freya se ne andrà come previsto e tutto tornerà alla normalità. Kat abbassa lo sguardo e afferra il cucchiaio. Quando tutti chinano la testa sulle scodelle e cominciano a mangiare, nella stanza cala il silenzio.

11.
LILA

DICEMBRE

Ogni mattina, Lila si sveglia con in testa uno scampolo dei suoi sogni: una corsa sul pianerottolo, un volo nauseante, un impatto distruttivo. È sempre la stessa sequenza, finché un giorno, in una gelida mattina, apre gli occhi con la sensazione angosciante di qualcos'altro, di un frammento nuovo che riecheggia dal profondo fra le ombre del sonno. Sta ancora correndo, sta ancora cadendo, ma questa volta ci sono tre nitide parole che la inseguono mentre precipita nel vuoto: *proprio come lei.*

Resta distesa nel letto a fissare il soffitto, per metà ridipinto di un bianco luminoso, mentre l'altra metà è ancora grigia di fuliggine. *Proprio come lei.* Cosa può significare? Mentre riflette su quel nuovo dettaglio, le tre parole rimbombano come un tamburo nella sua testa. *Proprio. Come. Lei.*

Ha caldo. Spinge via la coperta e preme il palmo della mano sulla fronte. Quando lo toglie, è umido di sudore. Anche il suo pigiama è madido. Deglutisce e le sembra di avere una lama affondata in gola. Soffoca un gemito: non può ammalarsi, non adesso, non con tutto quello che deve ancora fare.

Scende barcollando dalla branda ed esce dal cottage per andare al gabinetto esterno, dove la sua urina fluisce nel buco nero scavato nel terreno. L'aria invernale è un balsamo che le rinfresca la pelle, ma quando torna nel cottage comincia a tremare senza riuscire a controllarsi. Riempie d'acqua un bicchiere al lavello della cucina, ne beve un sorso e guarda fuori dalla finestra. Cosa può fare? Aveva in mente di imbiancare l'altra metà del soffitto, quel giorno, ma il buon senso le dice che dovrebbe accendere il fuoco e tornare a letto per un'altra ora almeno.

Un movimento all'esterno cattura la sua attenzione: qualcosa di un colore rosso dorato si muove furtivamente nel grigio paesaggio invernale, scivolando fra i sottili baccelli argentei di lunaria. Lila resta a guardare e i suoi occhi uniscono a poco a poco i punti della figura che si muove tra il fogliame, finché riescono a delineare il profilo di una volpe. La creatura si ferma vicino alla cornice marcia della stia per i polli e alza il muso al vento, soffiando nell'aria sbuffi di fiato. Poi, lentamente, gira la testa verso la finestra. Lila trattiene il respiro. Potrà vederla? La starà guardando? Per un momento il mondo intero resta immobile: ci sono solo Lila e la volpe, con le orecchie rizzate verso il cielo e quelle nuvolette di fiato che si condensano sulla sua testa. Quando un uccello sull'albero vicino vola via spaventato, la volpe sfreccia nella boscaglia scomparendo alla vista.

Il cervello di Lila è lento a cogliere il cambiamento. Continua a fissare lo spazio deserto, occupato dalla volpe solo pochi secondi prima, come se l'aria trattenesse l'impronta dell'animale, mentre le molecole si spostano lentamente fino a richiudersi sul vuoto. Lila scuote la testa. Non si sente affatto bene.

Tornata in camera, vede il suo fiato condensarsi in nuvolette come quello della volpe. Tocca il calorifero elettrico che occupa un angolo della stanza e si accorge che è gelido. Fa scattare l'interruttore di accensione, gira il regolatore della temperatura, poi prova a staccare l'apparecchio dalla vecchia presa di corrente e a ricollegarlo. Niente da fare: è rotto. Gli molla un calcio, innervosita. Non se la sente proprio di trasportare la legna per le scale fino alla camera, e nemmeno di trasferire la sua branda a pianterreno, dove c'è un cesto di legna accanto al focolare. Invece, torna a sdraiarsi sulla tela scricchiolante, infilandosi nel suo sacco a pelo e tirandosi addosso le coperte. Ancora qualche minuto a letto, poi si preparerà del tè e andrà in cerca di una Tachipirina. Lila chiude gli occhi contro il lento martellare delle tempie e la luce troppo violenta che si riversa nella stanza dalla finestra. Ancora qualche minuto di sonno. Solo qualche minuto.

Quando riapre gli occhi, la luce fuori della finestra è cambiata: ha perso quel bianco brutale ed è diventata di uno strano grigio cupo, Lila non sa se dell'alba o del crepuscolo. È di nuovo madida di sudore e trema incontrollabilmente. Sa che deve alzarsi, indossare abiti asciutti e scaldarsi.

Si aggira per la stanza come un'anziana signora, infilandosi i pantaloni di una tuta, una t-shirt a maniche lunghe, due maglioni e un paio di calzettoni da trekking. Scende al piano di sotto e prova ad accendere il camino: prepara rametti e materiale che brucia facilmente e li guarda prendere fuoco, ma non ha la pazienza di curarlo come dovrebbe e lo soffoca coprendolo di ceppi troppo presto. Alla fine, dopo un brutto accesso di tosse davanti alla legna che brucia senza fiamma, Lila si dà per vinta e torna al relativo tepore del suo letto. Fuori, nella luce tenue, una coltre di pizzo sta adagiandosi sulla valle. Lei la osserva per un momento, domandandosi cosa possa essere, finché la coltre si avvicina abbastanza da rivelarsi: è neve, che cade tutto intorno, ammantando il cottage e il lago con uno spesso velo bianco. È un'immagine di strana bellezza, e lei si scopre a pensare a Tom e a desiderare che sia lì con lei.

Il velo si avvicina ancora e i fiocchi di neve turbinano contro il vetro della finestra, come piume nell'aria dopo una lotta con i cuscini. Lila resta a guardare per un po', fino a che i suoi occhi non cedono alla stanchezza abbandonandosi al sonno ancora una volta.

Lila delira per la febbre; trascorre la notte in uno stato terribile, popolato di sogni, con un flusso ininterrotto di scene e immagini che girano vorticose sulla giostra della sua mente. A un certo punto, vede suo padre: è seduto accanto a lei e le accarezza la fronte. «Sei proprio come lei», dice. Allora Lila si mette a sedere dritta nel buio e gli domanda gridando: «Lei chi?». Ma lui si limita a sorridere e a passarsi il dito di traverso sulla gola in un gesto macabro, prima di scomparire come uno spettro nella notte.

Poi è il turno di Tom, che la invita con un cenno ad avvicinarsi a lui dalle acque basse del lago. Lila si spinge fino alla riva e lo osserva per un momento. Vorrebbe entrare nell'acqua, vorrebbe stare con lui, ma non può farlo perché ha paura: non sa nuotare. Tom allunga le braccia verso di lei, pregandola di raggiungerlo, ma non c'è niente che Lila possa fare. Scuote la testa tristemente, si volta e si allontana.

Rientrata nel cottage, ode il pianto acuto di un bambino. Si ferma ad ascoltare, cerca di capire da dove provenga il suono. Dal piano di sopra, pensa, e si precipita su per le scale, ma in camera da letto ci sono solo polvere e ragnatele, oltre allo strano murale sbiadito dipinto su una parete. Dev'esserci un qualche trucco, perché adesso il pianto arriva dal piano di sotto, sempre più forte. Controlla il salotto e la cucina, ma è solo quando guarda fuori dalla finestra che la vede: una neonata avvolta in fasce in una culla ovale di vimini e una volpe con il pelo rosso-dorato, che la sovrasta annusandola. «Vattene!» grida Lila. «Va' via da lei!» Ma la volpe gira la testa mostrando i denti e Lila la guarda impotente mentre l'animale afferra con le fauci il fagottino e lo trascina nella foresta. «No!» urla. «No, non portarmela via!» Non riesce a sopportarlo: la sensazione di perdita la assale ancora una volta. Lacrime calde le scorrono sulle guance.

Un rumore di passi sulla porta di casa, in lontananza. Qualcuno bussa e una voce maschile chiama. «C'è nessuno?»

Lei è troppo stanca per rispondere e si rifugia nel sonno.

«Ehilà, è in casa, Lila?»

Sa che dovrebbe svegliarsi, ma non riesce ad aprire gli occhi, nemmeno quando sente la porta che si apre e passi pesanti che attraversano l'ingresso e salgono la scala scricchiolante fino a lei. Un'ombra si stende sul letto e una mano ruvida si posa sulla sua fronte. «Brucia di febbre, Lila. Riesce a sentirmi?»

Lei cerca di aprire gli occhi, cerca di dirgli che va tutto bene, ma i pensieri sembrano affastellati e confusi, così le parole che le escono di bocca sono quelle sbagliate. «C'è una volpe», dice. «Ha preso la mia bambina.»

«Ssh», risponde l'uomo. «Ssh, ha la febbre.»

All'improvviso Lila è per aria, sollevata come un fiocco di neve sospinto dalla brezza. Poi si trova all'esterno, in piena luce del giorno, ma è troppo forte per lei, e le fa affondare la testa sulla spalla dell'uomo. Lui la tiene stretta e la trasporta attraverso un'ampia distesa bianca: le sembra di volare, di essere una piuma che volteggia nell'aria limpida e fredda.

Quando Lila si sveglia, sente qualcosa di caldo e pesante sulle gambe e un'umida lingua rasposa che le lecca la faccia. Spaventata, cerca di mettersi seduta.

«Rosie! Rosie, scendi subito!»

Attraverso gli occhi annebbiati, Lila vede un cane bianco e nero attraversare la stanza a balzi e mettersi a girare in tondo intorno a un paio di gambe.

«Mi scusi per Rosie. Si eccita sempre un po' quando ci sono degli estranei.» William si staglia sulla porta, e adesso tiene il cane per il collare. «Non riceviamo molte visite qui alla fattoria. Rosie è il mio vecchio cane da lavoro – ormai in pensione –, e temo che sia terribilmente viziata, vero piccola?» Il cane dimena la coda sul pavimento.

Quando si solleva con la schiena dritta contro la testata del letto, Lila vede una bella gatta grigia che si stiracchia languidamente in fondo al copriletto e poi salta giù, indispettita per aver perso il suo comodo appoggio per dormire. Lila sorride debolmente sistemandosi i cuscini.

«Come si sente?» chiede William indugiando sulla soglia.

«Io... non saprei.» Si porta una mano alla tempia: la pelle è fresca e asciutta. «Meglio, credo.»

«Bene.» William annuisce. «La febbre deve essersi abbassata.»

«Dove sono?»

«Oddio, mi scusi», dice William con uno sguardo inorridito. «Siamo alla mia fattoria.» Sposta il peso da un piede all'altro e si gratta un braccio. «Deve aver pensato che l'avessi rapita.» Deglutisce senza riuscire a guardarla negli occhi. «Lei stava male e io ho semplicemente ritenuto che sarebbe stato meglio portarla qui: non solo fa più caldo, ma avremmo potuto chiamare il medico se ne avesse avuto bisogno.»

«E ha dovuto chiamarlo?»

«Sì. Lei delirava.»

«Davvero?»

William annuisce. «Una brutta influenza. A quanto pare ce n'è in giro parecchia. Il medico dice che guarirà in pochi giorni, comunque. Ha solo bisogno di riposo e di molti liquidi.»

«Da quanto tempo sono qui?»

«Circa ventiquattr'ore.»

Lila lo fissa. «Ho dormito per ventiquattr'ore?» Scuote la testa. «Devo chiamare Tom.»

«Non si preoccupi. Gli ho telefonato ieri sera. Voleva venire subito qui, ma il dottore aveva raccomandato che lei restasse a letto a riposare, così gli ho detto che lo avrebbe chiamato lei appena sveglia. Cosa ne dice di bere qualcosa? Una tazza di tè?»

Lila annuisce. «Sì, grazie. Posso... usare il bagno?»

«Seconda porta a sinistra, appena prima delle scale. Le porterò su il tè.»

«No, non ce n'è bisogno. Scenderò io. Mi sento abbastanza in forze.»

«Bene, però non si affretti, faccia con calma.»

«Grazie.»

William esce dalla stanza e Lila non riesce a trattenersi: solleva le lenzuola e sospira di sollievo vedendo che è ancora completamente vestita, con indosso i pantaloni della tuta e la vecchia t-shirt dell'università. Bene, è già qualcosa.

Guardandosi intorno, si rende conto di essere su un letto singolo in un angolo della stanza: una mansarda con un lucernario nel soffitto basso e inclinato. Un radiatore diffonde un rumore metallico dalla parete opposta. Sul pavimento è steso un tappeto annodato dai colori vivaci; tende ricamate con graziose farfalle verdi e blu ornano la finestra. Lila ne scosta una ed è sorpresa dal paesaggio che si apre davanti ai suoi occhi: la brughiera e i campi innevati sembrano innalzarsi per incontrare il cielo pallido. La fattoria dev'essere in posizione elevata, perché le pare di riuscire a vedere in lontananza per molti chilometri. Non c'è nient'altro che neve: uno spesso strato bianco abbarbicato alle siepi e ai rami nudi delle betulle affusolate e argentee, che paiono fantasmi stagliati all'orizzonte. Proprio sotto la finestra, Lila scorge il tetto della Land Rover di William e una serie di edifici agricoli disseminati nell'aia, dove la neve mostra qua e là impronte infangate. Mentre osserva la scena, un vento basso spazza il terreno, sollevando una polvere di neve e spargendone i fiocchi come frammenti di carta.

Quando Lila rivolge di nuovo lo sguardo alla stanza, vede il suo cellulare sul comodino. Chiama il numero di Tom e, con suo grande sollievo, lui le risponde subito.

«Lila, stai bene?»

«Ciao. Sì.» Ha la voce rauca. «Almeno credo... Sono a casa di William.»

«Lo so. Mi ha chiamato ieri sera dal tuo telefono. Stai bene? Come ti senti?»

«Veramente... non lo so. Mi sono appena svegliata. Mi sento un po' debole.»

«Voglio venire a prenderti.»

«Ehm... non so.» Lila ha il cervello ancora annebbiato, ma cerca di riflettere. «Ho qui la tua macchina.»

«Dimentica la macchina. Vengo immediatamente. Non dovresti essere lì: dovresti essere qui a casa.»

Lila ragiona per un momento. «C'è un sacco di neve; non credo che l'auto ce la possa fare. Non muoverti per il momento. Dammi un paio d'ore: devo prima capire come mi sento. Poi ti richiamo, d'accordo?»

All'altro capo del telefono c'è il silenzio.

«D'accordo?» ripete Lila.

Tom sospira. «Aspetterò la tua chiamata.»

Le dà una strana sensazione muoversi a passi felpati nel silenzio della casa sconosciuta. Lila si sente come Alice, calata nella tana di un coniglio. Attraversa un pianerottolo coperto da un tappeto e tira il chiavistello di una porta di legno sperando che dietro ci sia il bagno. Trova un'altra stanzetta con il tetto spiovente, una vecchia sedia a dondolo, un tappeto annodato e una lunga scrivania cosparsa di un armamentario polveroso di perline e fil di ferro, pinze e arnesi da taglio, e altri attrezzi sottili sconosciuti. Decisamente non è il bagno.

Arretra in fretta e prova con un'altra porta, sollevata perché questa volta è il locale giusto. Chiude a chiave e si volta per guardarsi nello specchio sopra il lavabo. La sua immagine le appare spettrale: il viso bianco come il paesaggio innevato, gli occhi arrossati e cerchiati e i capelli unti. Guarda con desiderio la vasca da bagno, domandandosi se William possa infastidirsi se la usasse. È passato parecchio tempo dall'ultima volta che si è fatta un vero bagno.

Per il momento si accontenta di lavarsi la faccia e strofinarsi i denti spalmando il dentifricio con un dito, poi si infila i capelli flosci dietro le orecchie. Quando torna in corridoio si sente un po' meglio; scende le scale con cautela, un gradino alla volta, tenendosi saldamente alla balaustra, perché non si fida del proprio equilibrio dopo due giorni interi passati a letto in posizione orizzontale. Lila vede che il cane – Rosie – la sta aspettando in fondo e, quando arriva all'ultimo gradino, si ferma ad accarezzarla. Il pelo dell'animale è morbido e setoso sotto le dita. «Ciao, Rosie», le dice, e l'animale ricambia il saluto scodinzolando.

È Rosie a guidarla lungo il corridoio di pietra verso un tintinnio di porcellana e posate. Passa attraverso un basso vano di legno e si ritrova in un'allegra cucina di campagna, calda e luminosa. William sta sciacquando delle tazze nel lavello. Una teiera di rame fuma sulla cucina Aga in ghisa. Lila si schiarisce la gola.

«Ben arrivata», dice William voltandosi a salutarla. «Ha trovato tutto ciò che le serviva?»

Lei annuisce. «Sì, grazie.»

«Bene.» L'uomo la osserva un attimo di troppo e Lila arrossisce, imbarazzata per il proprio aspetto disordinato, mettendosi a giocherellare con una ciocca di capelli sporchi. Lui sembra accorgersene e sposta lo sguardo su qualcosa alle sue spalle. «Allora», continua, «lasci che le presenti Evelyn.»

Lila si volta verso il lungo tavolo di quercia e solo in quel momento nota l'anziana signora dai capelli grigi seduta su una sedia di legno al capo più lontano del tavolo.

«Mamma», continua William, «questa è Lila.»

La donna le rivolge un sorriso raggiante. «Salve, cara. Finalmente ti sei svegliata. Spero che tu ti senta un po' meglio.»

«Salve», risponde Lila. Il viso dell'anziana è rugoso come una mela selvatica avvizzita, ma la somiglianza fra madre e figlio è ancora evidente: lei e William hanno i medesimi occhi grigi e lo stesso naso lungo e dritto. La donna ha un gatto rosso in grembo e un gomitolo di lana con i ferri da maglia davanti a sé sul tavolo. «Grazie», aggiunge Lila, «mi sento molto meglio.»

La donna fa un cenno di approvazione con il capo. «Bene.»

Lila è in piedi in mezzo alla stanza, a disagio. Le sembra più che bizzarro trovarsi lì, nella cucina di persone che, in pratica, sono perfetti sconosciuti. Si guarda intorno e vede il pavimento di pietra color miele, le pareti gialle come ranuncoli, le graziose tende a righe, le tazze di terracotta appese ai ganci sotto una lunga mensola, gli strofinacci a quadretti stesi sul radiatore ad asciugare, un copriteiera fatto a maglia e la cuccia del cane in un angolo accanto alla cucina in ghisa calda. Ogni cosa è funzionale, ma semplice, casalinga.

«Si accomodi, prego», la esorta William.

Lila prende una delle sedie di legno e si siede di fronte a Evelyn.

Qualcosa di caldo preme contro le sue gambe; lei guarda giù e vede un altro gatto: questo è bianco e nero e si struscia su di lei inarcando la schiena. Lila allunga una mano e lo saluta accarezzandogli il pelo.

«Lui è Fred», spiega William portando in tavola la teiera e le tazze. «Ginger è in grembo a mia madre.» Quando Fred le salta sulle ginocchia, gira in tondo un paio di volte e poi si acciambella, Lila sorride. «Spero che non sia allergica», aggiunge William. «Qui abbiamo una specie di serraglio.»

«No, nessun problema. Amo gli animali.»

«Vuole mangiare qualcosa? Magari del pane tostato?»

Lila scuote la testa. Le sembra ancora di avere la carta vetrata in gola. «Solo del tè, grazie.»

«Metti un po' di zucchero», dice Evelyn al figlio osservando Lila con attenzione. «Questa povera ragazza ha tutta l'aria di averne bisogno.»

Lila sorride. «Prima ho detto a Tom che lo avrei richiamato... per fargli sapere quando torno a casa.»

«Naturalmente, ma spero che sappia che non c'è nessuna fretta», risponde William prendendo i cucchiaini e il latte. «Ho appena ascoltato la radio, e a quanto pare non ci libereremo di questa neve per almeno altre ventiquattro ore. Può trattenersi quanto vuole per riprendere le forze.»

«Grazie, ma davvero non vorrei essere di disturbo.»

«Nessun disturbo», la rassicura Evelyn sorridendole e guardandola con i velati occhi grigi. «È bello avere un po' di compagnia.» Lila annuisce stringendosi le braccia intorno al corpo. «Siamo felici che tu sia tornata, vero, William?»

Lila accenna un sorriso e lancia un'occhiata incerta a William.

Lui interviene posando le tazze sul tavolo davanti alle due donne. «Mi scusi, avrei dovuto dirglielo. Ogni tanto la mamma si confonde.» Poi, quando Evelyn torna al suo lavoro a maglia, aggiunge sottovoce: «Demenza senile».

«Oh», mormora Lila, «mi dispiace.»

William annuisce. «È brutto... soprattutto per lei», dice piano. «A volte è molto angosciata.»

Evelyn sferruzza per un attimo, poi, sentendosi osservata, alza lo sguardo e sorride, mostrando loro un accurato riquadro rosa. «Per la bambina», spiega.

«È bellissimo», dice Lila cercando di sorridere.

William le lancia un'altra occhiata di scuse. «Le verso il tè.»

Nonostante le proprie proteste, Lila rimane a casa di William ed Evelyn altri due giorni. Si sente troppo debole per pensare veramente di andarsene prima, e poi apprezza la pace di quel luogo remoto e le semplici comodità della fattoria.

«Qui sono di peso per voi», dichiara più di una volta, ma William scuote la testa.

«Non andrà da nessuna parte finché non si rimette», dice risoluto e un po' burbero.

Tom si era opposto alla sua decisione, ma quando Lila gli aveva spiegato della neve e lo aveva rassicurato che stava bene e che sarebbe tornata a Londra appena avesse recuperato le forze, lui aveva ceduto. «Guarda il lato positivo», gli aveva detto al telefono. «Potrò tornare a casa con la tua macchina e starò con te per tutto il periodo natalizio. È quello che desideri, no?» Quando lui aveva accettato, si era sentita sollevata.

Lila trascorre le giornate acciambellata sul divano di William davanti a un fuoco scoppiettante, con Rosie ai suoi piedi e gatti di vari colori che si alternano sulle sue ginocchia. William le porta zuppa fatta in casa e libri, e persino una rivista patinata con le foto del matrimonio di una celebrità sbattute in copertina. «I libri sono miei», precisa consegnandole una pila di romanzi di Thomas Hardy consumati per l'uso, «ma la rivista gliela manda Sally dal negozio in paese. Mi ha detto di portarle i suoi saluti e di augurarle una pronta guarigione.» Lila fa finalmente il bagno tanto desiderato, e per la prima volta dopo tanto tempo riesce a immergersi in un sonno profondo e senza sogni nel piccolo letto sotto il tetto spiovente, mentre fuori il vento geme, facendo tintinnare i vetri delle finestre.

«Grazie di tutto», dice, e si chiede se potrà mai decidersi a lasciare il fascino accogliente della fattoria per tornare al suo freddo, desolato cottage, giù accanto al lago. Anche se li conosce appena, per qualche motivo stare in compagnia di William ed Evelyn le dà serenità. Nel suo rapporto con la madre William mostra il suo lato più gentile, è meno brusco e impacciato. Che sia il modo in cui l'aiuta ogni sera a sistemars davanti al fuoco con un plaid sulle gambe per ascoltare la trasmissione radiofonica preferita, o la pazienza con cui si siede di fronte a lei allungando le braccia per avvolgere la lan che la madre districa da una matassa sul suo grembo, no smette di sorprendere Lila per la sua dolcezza.

«La mamma ha sempre amato realizzare oggetti», le spieg indicando la maglia. «Coperte, cuscini, tende, gioielli... Prob bilmente il suo talento è andato sprecato nel ruolo di moglie di un fattore, sebbene sia stata piuttosto brava anche in quello.»

Lila avverte l'orgoglio nella sua voce. «Allora servono a questo tutti gli oggetti nella stanza al piano di sopra?» chiede ripensando agli strani attrezzi in cui si è imbattuta per caso la prima mattina alla fattoria.

«Sì, un tempo creava e vendeva gioielli, ma adesso ha smesso: è troppo complicato con la sua artrite.»

«Che peccato», dice Lila. «La vita può essere davvero crudele, vero?»

William annuisce distogliendo lo sguardo e fissa il focolare crepitante.

Il terzo giorno, al suo risveglio, Lila vede filtrare la pallida luce del sole attraverso le tende e scopre un paesaggio di nuovo trasformato. Ci sono ancora cumuli di neve ammucchiata dal vento nelle zone più alte della brughiera e sul tetto del fienile e dei fabbricati annessi alla fattoria, ma la maggior parte si sta sciogliendo e gocciola ticchettando senza sosta dalle grondaie, formando pozze fangose nell'aia. La vista della terra marrone che fa capolino in mezzo al bianco segnala a Lila che è arrivato il momento di tornare a Londra. Raggiunge i padroni di casa in cucina e chiede a William se dopo la colazione può riaccompagnarla in macchina al cottage. «Naturalmente», risponde lui rompendo il guscio del suo uovo con un cucchiaino. «Appena sarà pronta.»

«Siete stati gentilissimi. Mi fermerei anche un'altra settimana, ma devo davvero tornare a Londra... da Tom. Grazie ancora di tutto.»

«Perché non rimani ancora un po'?» dice Evelyn all'improvviso, allungando la mano sul tavolo per prendere quella di Lila. «Non ti ho ancora mostrato i miei gioielli. Non lasciarci di nuovo così presto.»

«Su, mamma», risponde William, «Lila deve andare.»

Evelyn ha un'espressione abbattuta.

«Mi dispiace, devo proprio andare a casa, ma tornerò a rovarvi... l'anno prossimo.»

Evelyn le accarezza la mano con le sue dita calde. «Ma la prossima volta non aspettare così tanto, promesso?»

Lila la asseconda. «Promesso», risponde, e sorride a William, che la ringrazia con un cenno.

Poi lui la accompagna fino al punto dove è parcheggiata l'auto di Tom. Non c'è più traccia di neve adesso, solo il fango rimescolato del viottolo che si snoda sul fianco della collina fino al vecchio cancello sgangherato, che getta la sua lunga ombra nella pallida luce invernale.

«Grazie», dice Lila a William, non sapendo se abbracciarlo o stringergli la mano, ma alla fine non riesce a fare nessuna delle due cose perché lui si volta ad accarezzare Rosie sul sedile posteriore.

«Guidi con prudenza», le raccomanda.

«Lo farò. Passi un buon Natale.»

«Anche lei.»

Lila scivola fuori dall'auto e si avvia facendo *cic ciac* con i piedi mentre attraversa il prato e scende il pendio fino al cottage. Trova tutto esattamente come lo ha lasciato: un paio di scarpe da ginnastica infangate davanti all'ingresso, una brocca di bacche avvizzite sul tavolo della cucina, un bicchiere mezzo pieno d'acqua accanto al lavello. Al piano di sopra, la camera da letto esibisce ancora il suo soffitto imbiancato a metà e le tolle di vernice posate su un telo di protezione in un angolo della stanza, mentre in un altro si trova la sua branda, da cui penzola un ammasso di coperte che sfiora il pavimento polveroso. Dopo il calore accogliente della fattoria, il cottage sembra freddo e vuoto, e Lila non perde tempo a fare le valigie, ma butta solo in una borsa qualche indumento e poche cose che le servono.

Non sta arrendendosi, si dice, sta solo tornando a casa per riposarsi un po' e recuperare le forze, ma per qualche motivo non riesce a liberarsi della sensazione persistente di fallimento. Quando viene il momento di partire, si sofferma in ogni stanza, guardandosi intorno come per imprimersela nella memoria. "Qui dev'essere accaduto qualcosa." Scuote la testa. Forse non lo scoprirà mai.

12.
DICEMBRE

1980

Kat siede sotto un cielo grigio ardesia in fondo al pontile e fa dondolare i piedi nello spazio vuoto fra le assi di legno e la superficie scura del lago. L'immobilità della scena ha qualcosa di spettrale. Non ci sono uccelli né insetti né pesci che saltano fuori dall'acqua. C'è solo lei con i suoi pensieri, che tuttavia non la distraggono abbastanza da non permetterle di cogliere quel quadretto romantico: una giovane donna seduta in solitudine ai margini del lago. Così, quando sente scricchiolare le tavole di legno alle sue spalle, non è del tutto sorpresa. Tira a indovinare fra sé e sé: sarà Simon? O forse Mac con una canna da pesca? Sono settimane, ormai, che non pescano più niente, ma questo non gli ha impedito di continuare a provarci.

Non si volta; si limita a guardare le tavole vuote del pontile accanto a sé, sperando di veder comparire i logori stivali di pelle di Simon. Ma non è Simon, e nemmeno Mac. Al suo fianco appaiono la calzamaglia a righe e le babbucce di velluo rosso della sorella. «Posso farti compagnia?» chiede Freya.

Kat alza le spalle. «Certo», risponde, ma entrambe sentono il "no" nella sua voce.

Con un movimento lieve, Freya si siede accanto a lei. Indossa ancora la sua lunga camicia da notte bianca, ma ci ha messo sopra un dolcevita e una giacca di lana pesante, completando il tutto con calzamaglia e babbucce. Su chiunque ltro quell'insieme risulterebbe ridicolo, ma su Freya pare il ostume di un'eterea eroina tragica. Le due sorelle rimango-o sedute in silenzio spaziando con lo sguardo sulla distesa el lago. Non ci sono rumori, a parte il fruscio delle canne e lo sciabordio leggero dell'acqua, che lambisce i pali di legno marcio del pontile.

«Ho deciso di andarmene.» Freya parla con il mento affondato nel collo del maglione e Kat deve chinarsi verso di lei per afferrare ciò che dice. «Alla fine del mese. Dopo Natale.»

Kat fa un cenno con la testa. Se Freya sperava che cercasse di fermarla, si sbagliava.

«Ho un'amica a Londra», continua Freya dopo un po'. «La cercherò... vedrò se posso dormire sul suo pavimento per qualche settimana, solo finché non trovo un lavoro per pagarmi l'affitto... prima di tornare al college il prossimo settembre.»

«Bene.»

Su di loro cala il silenzio. Poi Freya si schiarisce la gola. «Io non volevo...»

«Taci», la interrompe Kat. Non riesce a sopportarlo.

«Ma quella notte... non potremmo almeno...»

Kat si volta bruscamente verso di lei. «Ti ho detto *taci*. Non voglio parlarne. Penso che la cosa migliore sia dimenticarsene.»

Freya abbassa lo sguardo e arrossisce. Poi sul suo viso si dipinge l'espressione che Kat conosce bene, quella di quando sta per piangere, ma lei si morde il labbro e lotta visibilmente per trattenere le lacrime. «D'accordo», dice, «ce ne dimenticheremo e basta.» Per un momento sembra che voglia aggiungere qualcosa, ma dev'essere troppo difficile per lei perché alla fine si alza e si allontana. Lo scricchiolio del pon tile accompagna i suoi passi fino a riva e a Kat non resta al tro che la solitudine.

Sa che non possono sperare altro per ora: una penosa tre gua finché Freya non se ne sarà finalmente andata. Vorreb be raggiungere la sorella e poterle dire che è tutto a posto tutto dimenticato e perdonato, ma non sarebbe la verità. S sente ancora trafitta dal suo tradimento. Le duole come un lama conficcata nel cuore, perché per molti anni è stata le a occuparsi di Freya, a proteggerla e accudirla, e adesso è co me se la sorella avesse buttato via tutto questo e l'avesse pu gnalata alle spalle. E per cosa? Per una stupida avventura amorosa? No. Per quanto abbia cercato di ripetersi che non ha importanza, che è stato solo uno sciocco errore, la sua mente continua a tornare a quella notte, all'immagine di Freya e Simon... insieme. È ora che Freya cresca, che capisca che le sue azioni hanno delle conseguenze: non può pensare di risolvere ogni situazione con un battito di ciglia dei suoi occhioni blu e delle tiepide scuse. Ci sono situazioni che richiedono tempo e... distacco. Sì, pensa Kat, la cosa migliore è che Freya se ne vada. Prima possibile.

Si china in avanti sporgendosi dal pontile e osserva l'acqua per un po'. È una distesa profonda e immobile, sulla cui superficie trasparente vede riflesso il proprio viso pallido: una versione smunta di sé stessa, con gli occhi quasi neri sprofondati nelle orbite. Stenta a riconoscersi. È traslucida e scavata, come un guscio vuoto.

Quando comincia a fare troppo freddo, Kat ritorna al cottage, fermandosi al pollaio per controllare se ci sono uova. Anche il maialino è lì a grufolare e raspare il terreno dove le galline hanno fatto cadere dei chicchi di grano. Kat allontana i volatili con una mano, ma non trova niente – nemmeno questa volta – e si avvia a mani vuote verso il cottage, con il porcellino che le trotterella dietro. È solo quando entra in cucina passando dalla porta sul retro che si rende conto di trovarsi nel bel mezzo di una lite. Carla è in piedi con le mani sui fianchi, l'aureola dei suoi indomabili ricci ramati intorno alla testa e un'espressione furibonda sul viso. A Kat ricorda una *banshee*, lo spirito femminile del folclore irlandese. «Ti avevo detto che dovevamo distanziarle: deve poter passare l'aria. Adesso l'intera scatola si è guastata. Guarda!» Carla agita un cartone di mele selvatiche sotto il naso di Ben. «Tutte andate.»

«Calmati. Non so perché te la stai prendendo con me. Non mi hai mai detto che avrei dovuto conservarle in un modo particolare.»

«Sì che te l'ho detto.»

«No, non è vero. E comunque, se era così importante, perché non te ne sei occupata tu?»

«Lo avrei fatto, ma tu non permetti a nessuno di mettere piede qui. Gestisci questa cucina come se fosse il tuo regno privato. Non credi che potrei voler cucinare qualcosa anch'io di tanto in tanto? O che possa volerlo fare Kat?» Sentendo menzionare il suo nome, Kat abbassa lo sguardo. «E che dire di Mac o di Freya?» lo incalza Carla.

«Sai una cosa?» ribatte Ben scagliando uno strofinaccio nel lavello. «Accomodati pure. Non ho mai chiesto di essere il tuo chef personale. Mi piacerebbe vedere voi alla ricerca di qualcosa di meglio in quella dannata dispensa.»

Con un gesto da genitore protettivo, Kat prende in braccio il maialino e lo porta nel soggiorno, dove Simon è stravaccato su una poltrona sacco davanti al fuoco, con in mano un libro tascabile consumato dall'uso. «Ecco», dice, apparentemente ignaro della lite che risuona dalla cucina, «ascolta questo: "La maggioranza dell'umanità vive un'esistenza di tranquilla disperazione".» Alza lo sguardo su di lei con un'occhiata eloquente, ma lei si limita a fissarlo senza la minima espressione. «D'accordo. E di questo cosa mi dici?» Sfoglia in fretta le pagine. «Ecco qua: "Datemi la verità, invece che amore, danaro o fama. Sedetti a una tavola imbandita di cibo ricco, vino abbondante e servi ossequiosi, ma alla quale mancavano la sincerità e la verità; partii affamato da quel desco inospitale".»*

«Che cos'è?» chiede Kat posando il porcellino vicino al fuoco, prima di sedersi sul bordo del divano di fronte a Simon.

«*Walden ovvero Vita nei boschi*, scritto da Henry David Thoreau a metà dell'Ottocento. Davvero un uomo che precorreva i tempi.»

Kat annuisce tirando distrattamente i fili dell'imbottitura che fuoriescono dal bracciolo. «Quindi mi stai dicendo che soffrire tutti la fame è una buona cosa perché viviamo un'esistenza di sincerità e verità?»

Simon scuote la testa, visibilmente irritato. «Non è quello

* Henry David Thoreau, *Walden ovvero Vita nei boschi*, trad. it. di Piero Sanavio, Bur, Milano 1988. [*n.d.t.*]

che dico *io*, ma quello che dice questo tizio, Thoreau.» Agita il libro. «Devi ammettere che colpisce, no?»

Kat annuisce di nuovo e volta la testa verso la cucina, da cui proviene un altro scoppio di grida incollerite. «Credi che dovremmo intervenire?» chiede guardando il maialino che allunga le zampe e chiude gli occhi per dormire.

Simon scuote la testa. «Lascia che si sfoghino. Sono giorni che questa lite cova sotto la cenere. Probabilmente darle fuoco fa bene a entrambi.»

«A quanto pare abbiamo un altro problema di cibo: con le mele, questa volta», riprende Kat osservando il viso di Simon in cerca di una traccia di preoccupazione.

«Davvero?» risponde lui, ma la sua attenzione è rivolta di nuovo al libro.

«Proprio così» conferma Kat. Non c'è bisogno di menzionare le patate o il sacco di farina che sono già andati a male. Tutti loro sono consapevoli che le scorte si stanno assottigliando. Dopo un attimo di esitazione, decide che non ha niente da perdere e continua. «Sono preoccupata, Simon. Penso che ciascuno di noi sia stanco di nutrirsi di noci e di riso. Il morale di tutti è a terra, non credi?»

Simon sospira e posa il libro sul pavimento. «Ti preoccupi troppo, Kat, lo sai?»

«Abbiamo tutti fame.» Le ultime parole suonano lagnose e Kat vede un lampo di irritazione sul viso di Simon.

«Cosa vorresti da me, Kat? Che facessi comparire per magia una grassa oca e un'enorme zuppa inglese per sfamarvi? Non ho obbligato nessuno a venire a vivere qui. Tutti conoscevano la situazione. Se adesso siamo in difficoltà è perché non abbiamo lavorato abbastanza duramente qualche mese fa. Impareremo la lezione. Non c'è niente di più motivante dello stimolo della fame nello stomaco, non ti pare? E comunque», aggiunge, «non trattengo nessuno. Potete raggiungere il resto del mondo quando volete e vivere "un'esistenza di tranquilla disperazione". Che diamine, per quel che me ne importa siete liberi di rimpinzarvi di cibo dei fast food e di pasti pronti da consumare davanti alla tv.»

Kat arrossisce. Simon non le aveva mai parlato così duramente e lei adesso si pente di aver sollevato la questione con lui.

«*Be', è un po' tardi per questo, non credi?*» urla Ben, e l'eco delle sue parole attraversa il cottage.

Kat sospira. Simon può continuare a far finta di niente, ma il morale *è* a terra. Negli ultimi giorni l'umore di tutti si è logorato, e la fame certo non aiuta. La sera prima, seduti intorno alla tavola, non hanno quasi aperto bocca mentre davano la caccia ai pochi fagioli stufati nei piatti. Mancano solo un paio di settimane a Natale e Kat sa che nei loro pensieri ci sono gli agi di casa e le tradizioni familiari che non potranno condividere.

In cucina il volume delle voci si attenua. Kat sente mormorii concilianti seguiti da singhiozzi sommessi. Simon le lancia un'occhiata eloquente. «Vedi», dice, «te l'avevo detto che avevano solo bisogno di sfogarsi.»

Tuttavia, deve averla ascoltata, perché è proprio Simon che, quella sera stessa, suggerisce un altro giro al negozio. «Andate», dice, «cambiate un po' aria, perché no? Così facciamo scorte per il Natale.»

I cinque amici lo fissano sorpresi. «Cosa c'è?» chiede lui con finta innocenza. «Dobbiamo festeggiare, no?»

Carla sorride. «Vieni anche tu, Kat? In auto c'è ancora un posto.» Kat scuote la testa. Le piacerebbe andare con loro, vagabondare fra le corsie di un supermercato, far scorrere le mani sulla miriade di confezioni di cibo e meravigliarsi di quell'esagerata abbondanza, ma se Simon non vuole andare, allora non ci andrà nemmeno lei. Per quanto abbia voglia di tornare nel mondo esterno, sa che passare del tempo con lui da sola è ciò che desidera di più.

Partono il mattino dopo, e Kat li guarda andare via: quattro sagome che percorrono a passo svelto il pendio e si allontanano verso gli alberi. Carla e Ben sembrano aver dimenticato la loro lite; Ben cinge le spalle di Carla con un braccio e lei affonda una mano nella tasca posteriore dei suoi jeans. La vista di quei due uniti alle spalle e ai fianchi ricorda a Kat le catene di bambole di carta che faceva da bambina. Mac e Freya li seguono a poca distanza. Kat vede che Mac le dice qualcosa, e sua sorella butta indietro i lunghi capelli biondi ridendo rivolta al cielo. Mac la guarda per un momento e fa un ampio sorriso, che trasforma il suo viso pallido. Kat è sorpresa: Mac non è un tipo da battute.

Appena scompaiono alla vista, Kat si volta verso Simon. «Ho un'idea», dice.

«Ah, sì?»

«Ti va una passeggiata?»

Lui annuisce. «Va bene, ma dove andiamo?»

«Ti faccio strada io, vieni. Ci servirà l'accetta.»

Lo guida fuori dal cottage fino alla zona boschiva vicino al lago. Mentre entrano nella radura buia, lei si fa coraggio e lo prende per mano; la sente calda e forte nella sua e gliela stringe, felice che lui non la ritragga. Si fanno strada fra i tronchi affusolati degli ontani e le betulle argentee e alla fine arrivano alla destinazione che aveva in mente Kat. «Guarda là», gli dice indicando la boscaglia densa. All'inizio Simon non capisce, ma quando lo vede sorride. «Un albero di Natale?»

Kat annuisce. È un pino solitario, alto due metri, con i rami generosi che si assottigliano verso l'alto. «È troppo grosso? Pensi che riusciremo a portarlo al cottage?»

Simon annuisce. «Certo.» Poi si volta a guardarla. «Be', se non li rallegra questo, non so cosa potrebbe riuscirci.»

Lei sorride e le sembra la cosa più naturale del mondo fare un passo verso di lui e premere le labbra sulle sue. Cerca di non pensare a Freya, a loro due insieme. Scaccia quell'immagine premendo il corpo contro quello di Simon, dal petto ai fianchi, mostrandogli quanto lo desidera.

Lui la accetta e la ricambia con i movimenti del suo corpo prima di prenderle le mani e spingerla indietro, un passo dopo l'altro, finché Kat sente la corteccia ruvida di un grosso tronco d'albero dietro la schiena. Allora Simon china la testa e le bacia il collo nudo, facendo scivolare le mani sul suo corpo e sbottonandole i jeans. Kat chiude gli occhi e lascia che quelle sensazioni sommergano ogni altro pensiero e sentimento.

Quando alla fine Simon si stacca da lei, si scosta un ciuffo di capelli dalla faccia e le sorride, ma senza guardarla negli occhi. «Dobbiamo sbrigarci se vogliamo portare a casa l'albero in tempo per fare una sorpresa agli altri.» Si volta allacciandosi i pantaloni. Lei annuisce cercando di non sentirsi delusa perché è finito tutto così in fretta. Dopo tutto, è successo. In un certo senso, le sembra di averlo reclamato e fatto suo, ed è un sollievo sapere che lui la desidera ancora.

Simon recupera l'accetta rimasta a terra e comincia a colpire il tronco del pino. Kat resta a guardare, ammirando la sua forza, la facilità con cui fa oscillare la lama nell'aria e assorbe l'impatto quando colpisce il legno, con i frammenti di corteccia che volano come scintille intorno a lui. In pochi minuti l'albero crolla a terra e loro lo trascinano attraverso la boscaglia fino al cottage, dove va a occupare lo spazio davanti alla finestra del soggiorno, con la cima spinosa che si piega leggermente sfiorando il soffitto. Kat inspira il fresco profumo di pino e prova un'ondata di felicità. «Ne saranno entusiasti» commenta guardandolo proprio dove se l'era immaginato.

Gli altri non ritornano fino a sera inoltrata, molto dopo che il sole è scivolato dietro le colline e l'oscurità ha avvolto il cottage come un mantello.

«È successa una cosa terribile», esclama Carla irrompendo per prima dalla porta, con le guance infiammate e gli occhi cerchiati di rosso come se avesse pianto. «Hanno sparato a John Lennon.»

Kat la guarda a bocca aperta. «È... morto?»

Freya, comparsa dietro Carla sulla soglia, annuisce.

«Non riesco proprio a crederci», dice Carla.

«Mio dio... è terribile.» Kat deglutisce, poi Carla comincia a piangere e le lacrime le scorrono sul viso. Kat attraversa la stanza per abbracciarla e viene investita da una nuvola di alcol che dà quasi alla testa.

«Io proprio non...» Carla alza lo sguardo verso Kat. «Perché mai qualcuno dovrebbe fare una cosa del genere?» dice con un gemito.

«È stato qualche pazzo», risponde Ben. «È tutto scritto sui giornali, e alla radio non fanno che trasmettere *Imagine.*» Scuote la testa. «Non riesco ancora a credere che non ne sapessimo niente.»

«Una delle fortune di vivere così isolati, direi», dichiara Simon lasciandosi cadere sul bracciolo del divano. «Accidenti, il mondo moderno è un tale casino.»

Arriva anche Mac, che posa diverse sporte della spesa sul pavimento. «Bell'albero», dice vedendo il pino in un angolo della stanza.

Kat annuisce. «Lo abbiamo trovato nel bosco. Ho pensato che potremmo decorarlo tutti insieme, per rendere l'ambiente un po' più festoso.» Si stringe nelle spalle. Non c'è niente di festoso nell'atmosfera di quel momento, solo tristezza, e aleggia una strana tensione.

Simon si rivolge a Mac. «Siete stati via dei secoli. Perché ci avete messo tanto?»

Non è Mac a rispondere, ma Ben, e Kat ha la sensazione che abbiano deciso fra loro che fosse lui ad affrontare l'argomento spinoso. «Le ragazze erano scioccate, capisci... è stato un vero colpo. Così abbiamo pensato che ci volesse qualcosa di forte.» Alza leggermente il mento sostenendo lo sguardo di Simon.

«Siete stati al pub?»

Ben annuisce. «Sì, è un problema?»

Simon lo guarda. «Non avrete speso lì *tutti* i nostri soldi, spero?»

Freya si avvicina alle sporte della spesa e comincia a vuotarle. «No, guarda, abbiamo comprato un sacco di cose.» Solleva un sacchetto di arance, una scatola di tortine Bakewell con la ciliegina, noccioline, datteri, patate, carote, cavolini di Bruxelles e tre bottiglie di vino dall'aria scadente.

«Quello cosa cavolo è?» chiede Simon indicando l'ultimo articolo che emerge dai sacchetti, qualcosa di lungo avvolto nella plastica. Lo guarda più da vicino. «Rotolo di tacchino?

Ma che diamine... non ho mai visto un tacchino di quella forma in tutta la mia vita.»

«Costava poco», replica Freya. «Stavamo cercando di *risparmiare*.»

«Ah, allora è per questo che siete andati al pub... per risparmiare?»

Per lo meno hanno la decenza di mostrare un po' di vergogna. Kat esamina gli acquisti scaturiti dal giro di shopping e capisce che non dureranno a lungo, qualche giorno nella migliore delle ipotesi. Sospira e si avvicina timidamente a Simon. «Be', adesso siete tornati», dice in tono conciliante, cercando di disperdere l'atmosfera pesante. «Chi mi dà una mano a decorare l'albero?»

Alla fine, le magre provviste di Natale e la visita clandestina al pub non hanno più importanza, e nemmeno il rotolo di tacchino dall'aria rivoltante. Infatti, li aspetta qualcosa di molto migliore. Lo trovano davanti alla porta d'ingresso, nelle prime ore del giorno di Natale. Lo scopre Ben uscendo di casa, e il suo grido di gioia risuona nella valle, facendo precipitare tutti al pianterreno. «A quanto pare, stanotte è venuto a trovarci Babbo Natale», dice sollevando un enorme tacchino spennato.

«Cosa diavolo... da dove arriva quello?» chiede Carla.

«Era proprio qui, sul gradino davanti a casa. Guarda.» Ben indica una grossa cesta di vimini carica di provviste: verdure fresche, tortini natalizi ripieni di frutta secca, una bottiglia di brandy, un vasetto di panna e una ciotola di ceramica avvolta in un allegro panno a quadretti che, Kat lo sa, può contenere solo il pudding di Natale. «Qualcuno ci ha portato un banchetto completo.»

Simon esce a piedi scalzi e si guarda intorno. «Chi è stato? C'è un biglietto?»

Ben fa segno di no. «E chi lo sa? Ma che importa? Chiunque sia stato, è evidente che gli siamo simpatici.» Butta indietro la testa arruffata e ulula un sonoro grazie al cielo.

Carla, raggiante, abbraccia Mac. Freya si mette a quattro

zampe e fruga fra le delizie. Quando alza una scatola di bastoncini al cioccolato, un sorriso le illumina il viso. «Squisiti.»

Solo Kat e Simon sembrano preoccupati dal dono anonimo. La consegna sul gradino d'ingresso significa che qualcuno sa che sono lì. E non solo sa che sono lì, ma è arrivato furtivamente fino alla casa lasciandolo davanti alla porta perché loro lo trovassero la mattina di Natale. Di certo non è un gesto malevolo, ma comunque rende Kat nervosa. Chi può essere al corrente della loro presenza? Ripensa alla donna che solo lei ha visto parecchie settimane prima sul crinale. Potrebbe essere ritornata con il dono per loro? Dopo tutto quel tempo, sembra improbabile, ma quali altre possibilità ci sono? Che ci sia qualcun altro là fuori che li sta osservando?

«Avanti», li esorta Ben raccogliendo la cesta, «non restiamo qui a prendere freddo. Abbiamo un pranzo di Natale da preparare.»

Kat spazia con lo sguardo fino all'orizzonte, lungo il crinale e fra gli alberi, in cerca delle tracce di qualcuno che possa osservarli di nascosto. Quando si volta verso il cottage, legge nell'espressione di Simon che è preoccupato quanto lei. Capisce che quella faccenda non piace neanche a lui, ma è altrettanto evidente che nessuno di loro è disposto a rinunciare a un pasto gratis, soprattutto a Natale.

È qualcosa che assomiglia a un miracolo di Natale: tutti i battibecchi, i brontolii e le lamentele dimenticati nel giro di poche ore. "Com'è semplice", pensa Kat, "far cambiare l'umore di tutti. È bastata una cesta di cibo a renderci sorridenti, gioviali ed efficienti." Carla e Kat pelano le verdure, mentre Ben, davanti al lavello, litiga con il tacchino. Simon e Mac vanno a prendere la legna e la impilano accanto alla cucina economica, poi Simon afferra la chitarra di Ben e li allieta con un pot-pourri di carole natalizie dalla panca vicino alla finestra. Ben e Carla si lanciano in un duetto esuberante di *While Shepherds Washed Their Socks By Night* e, mentre cantano, Kat sente che all'improvviso tutto sembra tornato com'era all'inizio, quando si erano trasferiti al cottage pieni di eccitazione per la libertà e le possibilità che offriva loro. Solo Freya sembra voler restare in disparte. È indaffarata in giardino, dove dà da mangiare ai polli e poi vaga per il pendio erboso dietro la casa, con il maialino che trotterella fedelmente dietro di lei.

«Cosa sta facendo?» chiede Carla guardando fuori dalla finestra, mentre pulisce dalla terra una patata a pasta bianca.

Kat alza le spalle. «E chi lo sa?»

Carla si ferma a osservarla per un momento. «Sembra un angelo di Natale con quei capelli biondi che fluttuano nella brezza.»

Kat pensa ai propri capelli corti e arruffati, che solo adesso cominciano a coprirle le orecchie, e ricaccia giù il nodo di gelosia che le sale in gola. «Avrà freddo con solo la camicia da notte e il cardigan. Che sciocchina.»

Carla sorride. «A volte sembri più una madre che una sorella maggiore.»

Kat aggrotta la fronte. «Sa essere così svagata... così infantile... qualcuno deve prendersi cura di lei.»

«Non è buffo come quel porcellino la segua dappertutto? Sono una coppia singolare, non c'è che dire», continua Carla. «Sei fortunata ad avere una sorella. Io ne ho sempre desiderata una.»

«Sì», risponde Kat in tono asciutto, «sono fortunata.» Si domanda se debba dirle che Freya ha deciso di andarsene, ma Carla si è già allontanata per guardare Ben alle prese con le frattaglie di tacchino. Così, Kat rimane alla finestra a pulire le patate e intanto osserva la sorella che si muove per il giardino.

Simon riprende a suonare, cantando in tono sommesso le parole di uno dei suoi canti di Natale preferiti: «La neve era caduta, neve su neve su neve, nel pieno di un desolato inverno, tanto tempo fa».

Kat canticchia con lui, continuando a guardare Freya. Sembra davvero un angelo, così pallida ed eterea. La pelle del suo viso è quasi dello stesso bianco latte della camicia da notte, tranne che per le gote rosse come mele, e i suoi capelli mandano bagliori dorati nella luce tenue. Kat vede che la sorella ha in mano le cesoie e la osserva mentre le allunga verso un arbusto. Freya taglia uno stelo di bacche rosse, disturbando un tordo che saltella di ramo in ramo sull'albero sopra di lei, contrariato nel vedere impoverita la sua scorta per l'inverno. Poi si china e raccoglie qualcosa dal terreno: infruttescenze luccicanti di lunaria, non più verdi, ma trasformate in carta traslucida, rotonde e pallide come piccole lune.

«Angeli e arcangeli erano tutti lì riuniti. Cherubini e serafini affollavano l'aria.»

Mentre Kat si sente avvolta dal canto di Simon, una nuova folata di vento attraversa come un fremito il giardino, facendo vibrare le finestre del cottage. Vede che Freya si stringe addosso il cardigan.

«Ma solo la madre, nella sua virginea felicità, adorò l'amato con un bacio.»

«Questo pennuto avrà bisogno di qualche ora di cottura nel forno», dice Ben alle sue spalle, ma Kat non sta più ascoltando nessuno, nemmeno il canto sommesso di Simon. È rimasta pietrificata a guardare Freya: la strana forma del suo corpo, il dolce declivio del suo ventre, ora visibile sotto la lana tesa del cardigan. Kat scruta attraverso il vetro chiedendosi se possa essere un'allucinazione. Di certo non è possibile. La sorella è magra come un chiodo, ha braccia e gambe pallide e scarne come i rami sottili delle betulle argentee. Kat scuote la testa e la guarda di nuovo, ma quella rotondità è ancora lì, un leggero rigonfiamento che è sicura non ci fosse un paio di mesi prima e di certo non dovrebbe esserci ora. Nessuno di loro è ingrassato da quando sono arrivati al cottage, semmai è accaduto l'opposto. Si sente afferrare dal terrore.

Kat guarda la sorella che attraversa il giardino e compare qualche momento dopo alla porta sul retro, con un grazioso mazzo di frasche di bacche e lunaria luccicante fra le braccia.

«Brrr», dice battendo i piedi. «Si gela là fuori. Guardate cosa ho trovato. Ho pensato che fanno una bella decorazione. La lunaria può andare in camera nostra e le bacche sono per il soggiorno.»

«Molto festose», dice Carla, ma Kat non riesce a spiccicare parola.

«Cos'hai?» chiede Freya. «C'è qualcosa che non va? Hai un'aria terribile.» Kat scuote solo la testa e si allontana.

Quando arriva il momento di sedersi a tavola, Kat non ha appetito, ma mangia lo stesso scrupolosamente il tacchino arrosto e si unisce al tintinnio di bicchieri, brindando con gli altri al cuoco e al loro misterioso benefattore con la prima bottiglia di liquore di prugnolo, aperta con gran cerimoniale da un orgoglioso Mac. Quando le ombre del pomeriggio li avvolgono, Freya accende le candele, la cui luce tremolante si riflette sul vetro dei bicchieri e fa risplendere i loro occhi come le bacche brillanti che ora decorano il camino.

«Ve l'avevo detto che è buono, eh?» dice Mac con un largo sorriso macchiato dal liquore.

Bevono la bevanda sciropposa e Kat guarda Freya che butta giù un bicchiere ridendo a una battuta di Ben. Cerca di concentrarsi sulla cena e sulla conversazione, ma non riesce a fare a meno di lanciare continue occhiate oblique alla sorella, seduta al lato opposto del tavolo, domandandosi se possa essersi sbagliata, se gli occhi possano averla ingannata. Ma sa di avere ragione; è certa di ciò che ha visto.

Dopo cena, mezzi ubriachi e molto allegri, si ritirano in soggiorno a fare il gioco dei mimi. Kat cerca di partecipare, ma dopo settimane di dieta scarsa e semplice, quel pasto così ricco è stato eccessivo. Si scusa, lascia gli altri al loro passatempo e si sposta in cucina, dove spalanca la porta sul retro per farsi sommergere dall'aria fredda. Fa alcuni respiri profondi, cercando di liberarsi della sensazione di rimescolio che sente nella pancia. Fuori è buio pesto, ma quando i suoi occhi si adattano all'oscurità, Kat nota le forme pallide che fioccano dal cielo e si posano come una delicata coltre grigia, illuminati dalla luce che filtra dalla porta aperta.

«Nevica», dice Freya sottovoce.

Kat non l'ha sentita arrivare. Si volta a guardarla, poi torna a fissare l'oscurità esterna.

«Non è bellissimo?»

Kat ricaccia indietro la collera, ma Freya, ignara del tumulto interiore della sorella, cerca di prenderla per mano.

Sospira piano. «Che incantevole... un bianco Natale.» Poi porta il bicchiere alle labbra e beve una lunga sorsata.

Kat non riesce a trattenersi. Strappa via la mano da quella di Freya e si volta verso di lei con occhi fiammeggianti. «Non pensi che non dovresti farlo?»

«Fare cosa?» chiede Freya, sconcertata dal tono della sorella.

«Bere.»

«Cosa c'è di male? È Natale, no? Da quando sei così rigida?» Si porta una mano alla bocca. «Oh, mi dispiace... se stai pensando alla mamma, al fatto che beveva... non devi...»

«No», la interrompe Kat, «non è per la mamma... è per *te*. Pensavo che nelle tue condizioni...» Kat lancia un'occhiata eloquente al ventre di Freya, poi alza lo sguardo con aria di sfida. Freya può fingere finché le pare, ma Kat non se ne starà lì a farsi raccontare fandonie.

«Cosa vuol dire "nelle mie condizioni"?» Freya fissa la sorella con aria confusa. Poi, come sabbia che stilla dalla clessidra, Kat vede la confusione trasformarsi in dubbio e il dubbio mutare ancora, finché gli occhi di Freya si spalancano per la nuova, raggelante comprensione. Le sue mani scattano sul ventre, la bocca forma una piccola "o", e d'un tratto Kat capisce qualcosa di diverso, che la sbalordisce: Freya non lo sapeva. Non aveva idea di essere incinta.

"Povera, sciocca Freya", pensa Kat. Se non le facesse tanto male, scoppierebbe a ridere.

13.
LILA

GENNAIO

C'è ancora l'albero di Natale, che sparge i suoi aghi sul tappeto color crema, appoggiato come un ubriaco esausto alla finestra ad arco. La vista dei tristi rami marroni e delle decorazioni penzolanti è molto deprimente, e tuttavia Lila non riesce a raccogliere l'energia per smontarlo. Sa che lasciarlo lì porta sfortuna, ma impacchettare tutte le palline e i fronzoli luccicanti, districare i nastri aggrovigliati di luci e trascinare l'albero in giardino le sembra un'impresa troppo ardua. Tuttavia, mentre si trucca davanti allo specchio che sormonta il caminetto, coglie l'aria di rimprovero della pianta con la coda dell'occhio. "Domani", pensa mettendosi il mascara. "Lo smonterò domani." Oggi ha altre cose da affrontare.

Lila fa un passo indietro e studia il suo riflesso. È strano vedersi di nuovo truccata. È ancora pallida per l'influenza e il belletto non si adatta bene alla pelle: è troppo evidente, troppo artificiale. Si osserva con occhi critici, poi si toglie il fard e il rossetto con un fazzolettino. Non c'è bisogno di truccarsi in modo così appariscente. Prende le pillole e ne inghiotte due in fretta, tanto per essere tranquilla.

Incontrarsi a pranzo è stata un'idea della madre. L'ha presentata come "un'uscita fra donne", un'occasione per stare un po' insieme, prima del suo rientro in Francia. Lila sa benissimo che è un altro tentativo maldestro per vedere come sta, ma dopo la triste giornata di Natale non se l'è sentita di rifiutare.

Per una volta, i trasporti pubblici sono dalla sua parte. Il conducente dell'autobus, vedendola arrivare di corsa sul marciapiede, la aspetta alla fermata. «Grazie», dice lei senza fiato, strisciando la sua tessera magnetica. L'uomo le strizza l'occhio e chiude le porte alle sue spalle. Lila si dirige barcollando verso il fondo dell'autobus e si infila in un posto vuoto, sentendo bruciare i polmoni per lo sforzo della corsa. Posa la borsa in grembo – quella nuova che le ha regalato la madre per Natale – e si volta verso il finestrino, a guardare la città indaffarata che le sfila davanti agli occhi.

Oltrepassano un negozio turco di alimentari, una macelleria islamica e una variopinta gastronomia italiana. Su un ponte della ferrovia è appeso un enorme cartellone pubblicitario che invita i pendolari a TROVARE IL PARADISO. Un tassista suona il clacson a un gruppo di ragazzini che corrono ridendo in mezzo alla strada. Un capannello di uomini gesticola fuori da un'agenzia di scommesse, mentre un cane nero e malmesso, legato a un lampione, li incoraggia abbaiando. Quando l'autobus accosta alla fermata successiva, Lila distoglie lo sguardo da una donna in avanzato stato di gravidanza, che sale ancheggiando sui gradini, e si concentra invece su due ragazzi con la stessa peluria sulla faccia, gli stessi jeans neri aderenti e occhiali da sole Ray-Ban. Salgono goffamente sul mezzo e si infilano nei sedili di fronte a Lila, entrambi chini sul cellulare a battere furiosamente sulle piccole tastiere. In lontananza ulula una sirena e un bambino piange. La città è una distesa grigia, eppure emerge ovunque un'umanità spavalda e colorata, come fiori spuntati dalle crepe dell'asfalto, che si allungano verso lo spazio e la luce.

È questo che ha sempre amato di Londra: il ritmo, la vitalità, ma mentre vede sfilare la sua città natale fuori dal finestrino, sente la mente che si ritrae su sé stessa e si rifugia nella tranquillità del lago. C'è un tale contrasto... La valle è un posto insensibile agli andamenti dell'economia, un luogo non scalfito dal tempo. Le uniche forze cui il lago si sottomette sono l'alternarsi delle stagioni e il vento che infuria sulla brughiera, o il sole e le piogge che variano il livello delle sue acque: influenze tanto inevitabili quanto naturali.

Mentre riflette sul lago, la sua mente divaga su William ed Evelyn. Pensa alla loro vita semplice alla fattoria, al piacere che deriva dall'accudire gli animali o passeggiare con un cane, dal realizzare un braccialetto o lavorare a maglia. È strano: ha sempre considerato Londra una città pulsante di vita e di energia, un luogo dove tutto è tangibile e reale, ma osservando la frenesia che la circonda si domanda se non sia *questa* l'illusione. Può essere che adesso, per lei, siano diventati più reali il cottage e la sua valle, la brughiera aperta e il lago cristallino? Guardando la città di cemento che le torreggia intorno, Lila è travolta all'improvviso dalla sensazione che non sia niente di più di una fragile messinscena, che potrebbe crollare da un momento all'altro. Guarda in alto verso uno squarcio di cielo grigio e si sforza di respirare.

Hanno stabilito di incontrarsi nel bar di un raffinato boutique hotel nei pressi di Regent Street. Lila entra da una porta girevole e il portiere le indica una stanza elegante in fondo alla hall, con poltroncine ricercate, lucide superfici cromate e carta da parati appariscente. Di sua madre non c'è traccia, così lei va ad appollaiarsi su uno sgabello del bar e comincia a studiare la carta dei cocktail.

Lila non ha più visto la madre dal giorno di Natale e prova un certo nervosismo. La giornata non era andata bene. Lei e Tom avevano lasciato Londra in automobile per raggiungere la sua vecchia casa di famiglia nel Buckinghamshire: la residenza neogotica dei suoi genitori, situata nella strada privata di una cittadina residenziale. Lì avevano cercato di trascorrere una giornata speciale, a dispetto dell'aria di smobilitazione polverosa della casa dopo settimane di abbandono e del dolore che aleggiava su tutti loro.

Avevano visitato la tomba di suo padre, deponendo gigl bianchi sulla lapide lucida, prima di tornare a casa a riscal darsi con il vino rosso e un pranzo natalizio di gran lung troppo abbondante per loro tre. Lila aveva tentato di scaccia re la tristezza, ma non ci era riuscita. Persino i canti di Nata le trasmessi alla radio mentre pelava le patate nella cucin della madre avevano perduto la loro patina festosa e nosta gica. Per qualche motivo, alle sue orecchie erano sembra malinconici, deprimenti. Lila aveva guardato fuori lo spento cielo grigio: un cupo nulla. "Nel pieno di un desolato inverno": non avrebbe saputo trovare parole migliori.

«Il tacchino è delizioso», aveva detto Tom a sua madre sorridendo, ma il posto vuoto a capotavola era un ricordo troppo presente.

«Non piangere, mamma», aveva cercato di dire Lila. «Dopo tutto è Natale, e lui non vorrebbe che tu fossi triste.»

Sua madre aveva annuito, tenendo il fazzoletto sulle labbra. «Lo so, mi dispiace, ma è molto dura per me. È stato un anno difficile, e adesso eccoci qui al primo Natale senza di lui, e senza... senza la vostra bella bambina.» Aveva tirato su col naso e fissato il vino nel bicchiere.

Lila le aveva preso una mano. La madre sembrava così chiusa in sé stessa. Il Natale era sempre stato un momento delicato per lei, questo lo sapeva. Pareva far emergere il suo lato cupo.

«Perché a Natale la mamma è così triste?» aveva chiesto a suo padre una volta, mentre lui le rimboccava le coperte la sera della Vigilia. «Non dovrebbe essere un giorno felice?»

Lui aveva annuito con un'espressione un po' abbattuta. «Ad alcune persone il Natale fa questo effetto... riporta a galla i ricordi... può farle sentire molto sole.»

«Ma la mamma non deve sentirsi sola... lei ha noi», aveva risposto Lila.

«È vero.» Il padre aveva sorriso scostandole la frangia dalla fronte. «Lei ha noi.»

Anche se Lila poi aveva capito che la madre non aveva mai *avuto* veramente suo padre, non tutto per sé, comunque. Persino nel giorno di Natale, dopo aver cantato e mangiato il tacchino, spruzzato il brandy sul pudding per il flambé e aperto la scatola di cioccolatini, lui si ritirava nel suo studio a bere fino a stordirsi oppure a sussurrare al telefono appassionatamente alla donna del momento. Intanto, Lila guardava zuccherosi programmi natalizi alla televisione, mentre la madre, seduta accanto a lei, fissava fuori dalla finestra senza vedere nulla, persa nei suoi pensieri. No, il Natale non era mai stato un momento particolarmente gioioso nella sua famiglia.

Ma se il padre era stato il fantasma che aveva aleggiato sull'ultimo Natale, quello del prossimo era già lì, nell'assenza ingombrante della sua bambina. Dalla data in cui avrebbe dovuto partorire, non aveva più provato il senso di perdita così acutamente come a Natale. Il suo errore, lo sapeva, era aver osato immaginare quella giornata mentre era ancora incinta e piena di speranze. Mentre la piccola cresceva dentro di lei, la sua mente aveva anticipato il futuro, pensando alle tradizioni e ai ricordi del Natale che avrebbe costruito insieme a Tom e alla bambina nella loro nuova famiglia. Così, quel giorno con la madre, era stato evidente a tutti che la sua piccolina di quattro mesi sarebbe dovuta essere lì a saltare sulle loro ginocchia, ridendo e gorgogliando. Ci sarebbero dovuti essere pacchetti regalo variopinti da aprire, giocattoli e indumenti da neonato su cui lanciarsi in mormorii, e tutti si sarebbero addolciti alla presenza di quella nuova vita e alla speranza che la accompagnava.

Invece, tutto era sembrato sbagliato: l'intera giornata immersa nel dolore e nella tristezza per suo padre e per la sua bambina. Per affrontarla, aveva buttato giù troppe pastiglie con un grosso bicchiere di vino e poi aveva continuato a bere per tutto il giorno. Ma solo quando era inciampata rovesciando il vino rosso sul tappeto grigio chiaro della madre, si erano resi conto di quanto doveva aver bevuto. «Credo che dovrei portarti a casa», aveva detto Tom quando il crepuscolo si era allungato sulla casa. L'aveva sostenuta delicatamente fino alla macchina e riportata a Londra, e lei era rimasta con la fronte contro il vetro freddo del finestrino per tutto il tragitto. «Promettimi una cosa», le aveva detto Tom, allungando la mano calda per accarezzarle una coscia. «Promettimi che non tornerai al cottage... almeno finché non avremo risolto questa situazione.»

Lei aveva annuito, ma non si era girata verso di lui perché non vedesse le lacrime nei suoi occhi. Tom l'aveva portata in braccio al piano di sopra, aveva spostato la costosa biancheria intima di seta, che giaceva ancora nella carta velina rosa in fondo al letto, dove lei aveva scartato il regalo quella mattina, e aveva cercato di farla sdraiare. «Vu-vuoi che la indossi adesso?» aveva biascicato Lila, buttandogli le braccia al collo. «La metterò per te.»

«Provala domani mattina», aveva risposto lui dolcemente.

«Oh, avanti, fai l'amore con me», lo aveva provocato. «Dai.»

Lui l'aveva tenuta stretta per un momento, accarezzandole con un dito la curva morbida del collo, e lei aveva visto il desiderio infiammargli lo sguardo.

«Fammi *sentire* qualcosa», lo aveva incalzato, e allora sul viso di Tom era apparso qualcos'altro, confusione e pena, insieme al desiderio. Si era sciolto dal suo abbraccio con gentilezza, l'aveva svestita e aveva coperto il suo corpo nudo con le lenzuola. Mentre lui spegneva la luce e la lasciava lì al buio, lei aveva pianto silenziosamente. Erano sotto lo stesso tetto, eppure ancora così distanti.

Vede la madre che si fa strada fra le poltroncine del bar, elegante come sempre con un cappotto cammello e gli stivali di pelle, e i capelli freschi di parrucchiere. «Stai benissimo», le dice Lila.

«Grazie.» Si baciano sulle guance.

«A quanto pare non sono l'unica a pensarlo», la stuzzica Lila con un cenno in direzione dell'uomo brizzolato seduto qualche tavolo più in là, che continua a fissare la madre.

Lei arrossisce. «Non essere sciocca.»

«Non lo sono. Non ti toglie gli occhi di dosso.»

Sul viso della madre il rossore diventa più intenso. «Ma smettila.»

Lila fa un sorrisetto. «Cosa vuoi bere?»

«Prendo un bicchiere di vino bianco... un Sémillon, se lo tengono. Tu?»

Lila studia la carta dei cocktail. I prezzi sono stratosferici e il ricordo dei postumi della sbornia di Natale è ancora presente. Senza contare che ha preso due pillole da poco tempo. «Solo dell'acqua frizzante, direi.»

La madre volta di scatto la testa verso di lei e Lila si rende conto troppo tardi del suo errore. «Oh, Lila, sei?...»

«No», risponde lei in fretta, interrompendola. «Non sono incinta, no.»

«Oh.» La madre sembra delusa. «Be', sono certa che non ci vorrà molto.»

Lila non risponde. Non prova alcun desiderio di condividere gli scarsi dettagli della sua vita amorosa.

Il barista si avvicina con ostentata deferenza. «Signore?»

La madre ordina un bicchiere di vino e Lila un vodka tonic, cambiando idea all'ultimo momento. «Può andare lo stesso, no?» dice con eccessiva allegria.

«Allora, come stai?» le chiede la madre.

«Sto bene.»

«Quella fastidiosa influenza ti è passata del tutto?»

«Sì.»

«Non stai lavorando troppo?»

Lila scuote la testa. Si chiede per un attimo se sia il caso di raccontarle del cottage, ma la madre è già passata oltre nella conversazione.

«E fra te e Tom va tutto bene?»

La madre la scruta attentamente. «Sì», risponde Lila.

«Sei sicura? È solo che... a Natale sembravate entrambi un po'... be', dopo quello che è successo sarebbe perfettamente comprensibile se...»

«Va tutto bene, grazie», la interrompe Lila. Non sopporta l'idea di stare ad ascoltare i consigli matrimoniali di sua madre, ma lei non sembra capirlo.

«Sai, Lila, il matrimonio è un cammino lungo e accidentato, ed è importante che cerchiate di tenere vivo il contatto fra voi quando le cose si fanno difficili...»

Lila manda giù una sorsata di vodka e la sente bruciare dalla gola in giù. Ne trangugia un'altra prima di tornare ad ascoltare le parole della madre.

«Quando le cose non vanno tanto bene, non c'è niente di cui vergognarsi ad ammetterlo, e anche a parlarne con qualcuno – un professionista –, se è necessario.»

Lila beve di nuovo e decide che non ce la fa a sopportare ancora la pseudo-consulenza della madre. Le parole che le bruciavano da mesi sulla punta della lingua erompono dalle

sue labbra. «Non ti sei mai stancata di fingere?» sbotta. «Non hai mai pensato di lasciare papà?»
La madre stringe gli occhi. «Perché mai avrei dovuto farlo?»
«Piantala, mamma. Era mio padre e gli volevo bene, ma anch'io vivevo in quella casa. Non ero cieca: sapevo cosa faceva. Tutte quelle notti che non tornava a casa, e poi le telefonate nel suo studio... Flirtava persino con la mia insegnante di violino, la signorina Wade. Te la ricordi? Io me ne stavo lì sulla soglia con la custodia del violino che mi sbatteva contro le gambe, sentendomi di troppo. Era un donnaiolo impenitente.»
«Basta così», dice sua madre con durezza. «Non mi piace sentirti parlare di tuo padre in questo modo.»
«Perché no, mamma? Non pensi che sia ora di dirci la verità? Di dire le cose come stanno?»
La madre scuote la testa. «È proprio necessario tornare su questo argomento, Lila?»
«*Tornare*?» Lila la fissa. «Per quanto ricordi, non abbiamo mai parlato dell'infedeltà di papà. Non è stata ammessa nemmeno una volta. Ci abbiamo sempre girato intorno tutti, accuratamente ed educatamente.»
La madre arrossisce. Prende il calice di vino e ne fa girare lo stelo fra le dita. «No, è vero, ma intendevo dire che avevo già affrontato l'argomento con lui tanto tempo fa. Era una cosa fra noi, e non vorrei tornarci sopra con te. Non adesso.» Infila una mano nella borsetta, prende un fazzoletto e si soffia il naso. Poi armeggia con la fibbia di chiusura. Lila è sorpresa: la madre sembra molto turbata.
«Sto solo cercando di capire», riprende Lila più dolcemente. «Se vuoi sapere la verità, sono arrabbiata con lui.»
«Sei *arrabbiata* con tuo padre?» La madre ha un'espressione sconcertata.
«Sì. Non avrò più la possibilità di dirglielo in faccia, ormai, ma sono davvero arrabbiata. Penso che sia stato egoista... e crudele con te. Non credo che ti abbia reso felice.»
La madre la fissa per un momento, poi scuote la testa. «Credi che io fossi una vittima?» Abbozza un sorriso. «Non capisci. Tuo padre ha fatto scelte difficili, per te... e per me.

Ha rinunciato a molto per darci la vita che abbiamo avuto... molto più di quanto saprai mai.»

Lila si agita sullo sgabello, frustrata. «Allora raccontamelo. Aiutami a capire.»

Sua madre la guarda. «Sai che era un uomo di sani principi.» Lila alza un sopracciglio, ma la madre la ignora. «Ed era molto carismatico, molto persuasivo. Per questo è diventato un avvocato così bravo.» Lila vede addolcirsi il suo viso. «Credeva che la vita andasse vissuta in un certo modo... Non gli piaceva l'elemosina: aveva fiducia nel lavoro duro e nelle ricompense che ne derivavano. Non gettava la spugna facilmente, e odiava i compromessi.»

«Cioè era testardo come un mulo», aggiunge Lila con una risata secca.

«Non sempre. Quando sei nata tu, avevamo poco di tutto. Dover accettare un lavoro nello studio di suo padre per lui è stato come morire.»

«È per questo che i rapporti fra lui e il nonno erano sempre così tesi?»

La madre sospira. «Tu sei giovane, Lila. La vita non va sempre come vorresti. Lavori duro, combatti per quello che vuoi ottenere – quello che ritieni importante –, ma a volte la vita che desideravi può lo stesso sfuggirti di mano.»

Lila la fissa confusa. Di chi sta parlando la madre? Di sé stessa, di suo padre, oppure di lei? Perché sua madre si sbaglia: Lila capisce meglio di chiunque altro cosa significhi vedersi portare via la speranza.

Le parole del sogno le tornano in mente all'improvviso: *proprio come lei.* Lila osserva la madre, curva sul calice di vino, che fa girare avanti e indietro fra le dita. Allora capisce di essere più simile alla madre di quanto lei stessa si rendesse conto, entrambe unite e paralizzate dal dolore. È questo che cercano di dirle i sogni? Allunga la mano sul bancone lucido del bar e stringe quella fredda della madre, cercando di non guardarla mentre le sue lacrime cadono sulla superficie argentea; poi le passa un fazzoletto e aspetta che la crisi passi.

Quando la madre si ricompone, Lila si guarda intorno in cerca di una distrazione. Le cade di nuovo lo sguardo sul l'uomo brizzolato che cena da solo in un angolo. «Ti sta ancora fissando», sussurra, cercando di sollevare il velo di tristezza che ha avvolto entrambe. «Vuoi che vada a dargli il tuo numero di telefono?»

La madre riesce a fare una risatina, che per metà è ancora un singhiozzo. «Perché faresti una cosa del genere?» le chiede.

«Perché sei ancora giovane, mamma... e ancora attraente. Non devi stare da sola.»

La madre scuote la testa. «Nessuno sostituirà mai tuo padre, Lila.» Rigira di nuovo il bicchiere fra le dita. «Lui era unico.»

Lila beve una lunga sorsata di vodka. «Be', su questo non c'è dubbio.»

Pranzano lì vicino, in un piccolo bistrot francese. C'è poca gente e il cameriere è troppo sollecito; la sua presenza assidua impedisce a madre e figlia di riprendere gli argomenti emotivamente coinvolgenti di cui hanno parlato prima. Quando arriva il conto, Lila ha già deciso di fingere un mal di testa per sottrarsi al giro di shopping che avevano progettato. «Non ti dispiace, vero? Possiamo incontrarci un'altra volta. Quando pensi di tornare?»

«Ma certo che non mi dispiace», risponde la madre in tono lieve, porgendo la guancia a Lila. «Devi badare a te stessa; sei ancora molto pallida.»

Lila annuisce. «Ciao, mamma.»

Si lasciano alla stazione della metropolitana e Lila si avvia in mezzo alla calca di gente che la spintona sciamando su Oxford Street con le braccia cariche di acquisti dei saldi di gennaio. Lei si arrende a quel flusso come una foglia intrappolata dalla corrente di una rapida, finché sbuca su Tottenham Court Road, dove la folla si dirada un po'. Il display alla fermata dell'autobus informa che ci sono undici minuti di attesa, così decide di distrarsi curiosando nella vetrina di un negozio vicino, zeppo di oggetti per la casa: grosse ciotole marocchine dipinte in sgargianti colori che stridono fra loro, tappeti fantasia e cuscini colorati sparpagliati in giro. Due di questi, in tessuto ikat color indaco, attirano il suo sguardo: se li immagina sistemati vicini su una panca bianca sotto la finestra del cottage e, seguendo un impulso irrazionale, si precipita dentro il negozio per comprarli.

Si tiene i cuscini in grembo per tutto il tragitto in autobus fino a casa. Il solo pensiero di vederli appoggiati alla finestra le fa venire in mente la vallata e il lago. Ha promesso a Tom che non tornerà al Peak District finché le cose fra loro non saranno migliorate, ma adesso sente il richiamo di quel luogo: è dentro di lei, come un filo invisibile che si allunga per riportarla lì. Benché sappia che sarà freddo e desolato, che il tepore e i colori della primavera sono ancora lontani e che quel posto risuona delle voci dei suoi abitanti passati, prova il desiderio acuto di tornare nella valle, per lavorare al cottage o camminare attraverso la brughiera deserta, lasciandosi inghiottire dal cielo smisurato fino a diventare niente più che un puntino insignificante nel paesaggio brullo.

Lila sospira agitandosi sul sedile. Vede sfilare fuori dal finestrino un negozio serrato, un'automobile rimorchiata, una bambina con un berretto rosa col pompon che pedala furiosamente sul suo triciclo... e, mentre l'autobus si fa strada nel traffico a rilento, Lila capisce che non riuscirà a mantenere la promessa fatta a Tom.

14.
GENNAIO

1981

Kat e Mac siedono sulla barca a remi tirata a riva, curvi sotto una pila di vecchie coperte. Uno strato sottile di ghiaccio copre come una lastra di vetro l'acqua poco profonda. Più al largo, il lago è calmo e immobile come uno stagno, dello stesso colore grigio pallido del cielo sopra di loro. Fa freddo. Kat è avvolta in un vecchio giaccone con una sciarpa tirata su fino alle orecchie, mentre Mac ha in testa un berretto calato così basso da lasciare visibile solo il luccichio lieve dei suoi occhi e le nuvolette di fiato fra la tesa del cappello e la coperta sotto cui sta tremando. Kat fissa il centro del lago, dove due cigni selvatici scivolano lentamente sull'acqua. Mentre li guarda, il suo stomaco emette un basso brontolio. «Che sapore pensi che abbiano?» chiede senza distogliere gli occhi dal lago.

Mac segue il suo sguardo fino agli uccelli. «Non lo so... di pollo?»

«Forse di anatra», dice lei pensosamente. «Devono avere un bel po' di carne sul corpo. Credi che riusciremmo a catturarne uno?»

«Dici sul serio?» Mac la guarda sconcertato.

«Potremmo aspettare che si avvicini alla riva», continua lei, «e poi afferrarlo.» Kat osserva i volatili che sembrano solo sfiorare il lago grigio. Immagina di stringere le mani intorno a un lungo collo bianco e di torcerlo, le piume arruffate, lo schiocco secco delle ossa che si spezzano sotto le dita.

«Possono essere molto aggressivi. Non mi piacerebbe avvicinarmi troppo.»

«Sì», replica Kat, «sarebbe meglio usare un fucile.»

Mac solleva leggermente il cappello con un sorriso divertito. «Lo sai che uccidere i cigni è contro la legge, vero? Sono animali protetti. Appartengono alla regina... o qualcosa del genere.»

«'Fanculo la legge e 'fanculo anche la regina», replica Kat.

Mac la fissa con un'espressione a metà fra il preoccupato e il divertito.

«Ti senti bene?»

«No, affatto. Sto morendo di maledetta fame.»

Mac riflette per un momento. «Potremmo uccidere una delle galline.»

«No. Dovrebbero ricominciare a deporre da un momento all'altro e noi abbiamo bisogno di uova. Sono l'unica fonte sicura di proteine che abbiamo.» Kat mette le mani a coppa intorno alla bocca e ci respira dentro, riflettendo. «C'è sempre Wilbur. Adesso è cresciuto.»

«Vuoi parlarne con Freya?»

Kat fa spallucce. «Dubito che Freya resterà qui ancora a lungo.»

«Come?»

Lei avverte che Mac volta di scatto la testa, ma non si gira a ricambiare il suo sguardo: continua a tenere gli occhi fissi sul lago. «Sì, ha detto che vuole tornare a Londra.»

Mac non smette di fissarla. «Ah» è tutto ciò che dice infine. È un'unica insignificante sillaba, ma nella sua voce Kat sente stupore e delusione, come quelli di un bambino che apre il regalo sbagliato a Natale.

«Dio santo, anche tu?»

«Anch'io cosa?»

Kat scuote la testa. «Ti piace.»

Mac deglutisce. «Certo che mi piace: Freya piace a tutti noi.» Si volta a guardare il lago.

«Volevo dire che ti piace in un modo *particolare.*»

Lui non risponde e, mentre se ne stanno lì sulla spiaggia in silenzio, Kat si domanda se debba dirgli del bambino. Una parte malevola di sé vorrebbe far scoppiare la sua bolla romantica. Alla fine, tuttavia, è Mac a parlare. «*Tu* vuoi che se ne vada?»

Kat tiene lo sguardo fisso sul lago. «Penso che Freya debba fare quello che si sente.»

Mac sospira scuotendo la testa. «Perché andarsene proprio adesso, però? La primavera non è lontana, e lei non ha visto questo posto nel suo momento migliore.»

Kat scrolla le spalle senza rispondere.

«Dovresti essere più gentile con lei», riprende Mac a bassa voce. «Non è colpa sua.»

«Cosa non è colpa sua?» Adesso Kat lo guarda con attenzione e lui non riesce a sostenere il suo sguardo.

«Lo sai», mormora. «Intendo Simon, il suo comportamento...»

Il suo comportamento. E così, l'ha notato anche Mac: lo sguardo di Simon che segue Freya in giro per il cottage, il modo troppo intimo con cui le sfiora la mano o le stringe una spalla mentre passa accanto a lei. Kat si volta di nuovo verso il lago per nascondere il rossore che le sale alle guance.

«Potresti prendere più spesso le sue parti», continua Mac; poi scuote la testa e serra i pugni. «Anzi no, *noi* dovremmo tenere testa a *lui* più spesso.»

Ora i cigni si stanno allontanando, e le loro forme eleganti scompaiono dietro un velo di foschia, lasciando solo una scia argentea che si apre a ventaglio sul lago dietro di loro. «Non so di cosa parli», risponde Kat guardando le increspature sull'acqua che si smorzano e svaniscono.

Tornano al cottage, e Mac le tende la mano per aiutarla ad attraversare l'argine fangoso e scivoloso del lago. Prima di rientrare nel tepore della cucina, raccolgono un paio di ceppi ciascuno dalla pila di legna accanto alla porta sul retro. Vengono accolti dal suono di una brutta tosse, secca e continua. Si diffonde giù dalle scale ed echeggia in tutto il cottage. Kat coglie lo sguardo preoccupato di Carla. «Nessun miglioramento?»

Carla scuote la testa.

«Hai parlato con Simon?»

«Non ancora.»

Kat vede l'ansietà dipingersi sul suo viso. «Facciamolo insieme, subito.»

«Davvero?» Carla sembra sollevata.
«Sì. Da quanto tempo sta così?»
«Più di una settimana.»
Kat annuisce. «Andiamo.»
Vanno insieme nella stanza oltre la cucina, dove un fuoco scoppietta nel focolare. Simon è sdraiato davanti al camino con le lunghe gambe distese, tanto che i piedi nei calzettoni sfiorano il parascintille caldo. Sta intagliando dei rametti con un coltellino per renderli appuntiti. Una sigaretta in equilibrio precario sul portacenere accanto a lui si consuma piano, con la cenere che si allunga pericolosamente all'estremità. Kat si guarda intorno e prova sollievo vedendo che è solo. «Ben sta davvero male», dice.
«Lo so. Lo sento tossire, poveretto.»
«Pensiamo che debba visitarlo un medico.» Guarda verso Carla, che annuisce. «Potrebbe avere bisogno di antibiotici.»
«Sembra che la tosse gli sia scesa nel petto», aggiunge Carla.
«Chi dice che ha bisogno del dottore?» risponde Simon con un sorrisetto. «Sembrate molto brave entrambe a fare diagnosi.»
«Ma avremo bisogno della prescrizione medica», continua Kat con calma.
Simon sospira e allunga le braccia verso il soffitto ruotando le spalle. «Abbiamo l'aspirina, e quei cinorrodi di rosa canina sono pieni di vitamina C. E poi c'è il miele. Avete provato con le tisane?»
Carla si torce le mani. «Sì, e anche con i suffumigi, ma niente sembra fargli effetto.»
Simon scrolla le spalle e stacca un altro pezzo di corteccia dal rametto che ha in mano. «Ben è un ragazzone. Sono certo che può farcela da solo. La responsabile dell'infermeria della scuola ci diceva sempre di non ricorrere troppo presto agli antibiotici. Se ci si riesce a liberare di un'infezione da soli, la volta successiva il nostro sistema immunitario sarà molto più forte. Bagni freddi e aria fresca, ecco cosa ci prescriveva lei... e qui abbiamo entrambe le cose in abbondanza.»
Ma Carla non si lascia scoraggiare. «Ascoltalo, Simon. La tosse ha un suono terribile e io sono preoccupata. Sta davve

ro male: non mangia da un paio di giorni, ormai, e non beve quasi.» Scuote la testa. «Potrebbe disidratarsi... prendere la polmonite. Credo proprio che debba visitarlo un dottore.»

Le mani di Simon si fermano, la lama del coltello resta appoggiata a un ricciolo sottile di corteccia che pende dal rametto. «E allora cosa vorresti fare, Carla? Portarlo in macchina dal medico del paese, fornendogli nome e indirizzo?»

Carla si fa più piccola sotto il tono di voce di Simon, ma non molla. «Credo che tu sia diventato un po' paranoico. Al medico locale non interesserà dove vive. Senza contare che potremmo inventarci qualcosa, fingere che siamo solo di passaggio.»

«Certo, potremmo fare così. Ma temo che non sia molto semplice. Dobbiamo anche pensare ai costi. I nostri soldi non sono una risorsa infinita, e dobbiamo tenerli per le emergenze.»

«Ma è solo una prescrizione, qualche pillola. Costerebbe ben poco.» Lo guarda sconcertata.

«Avanti», dice Kat in tono suadente cercando di convincerlo. «Ben sta davvero male. Questa potrebbe essere una di quelle emergenze.»

Simon scuote la testa. «Ben è un ragazzo robusto, starà bene. In men che non si dica sarà di nuovo in piedi a strimpellare la chitarra e a infastidirci con le sue interpretazioni mal riuscite di Jimi Hendrix.»

Carla lo fissa. «Allora, se volessi usare un po' di quei soldi e portarlo dal medico di mia iniziativa... me lo impediresti?»

Kat vede un bagliore d'acciaio negli occhi di Simon, duri e freddi come la pietra. Rammenta le parole di Mac sulla riva del lago: "Dovremmo tenergli testa più spesso".

«Sarebbe veramente un problema se...» cerca di intervenire Kat, ma Simon alza una mano per interromperla, e la lama del coltellino brilla come una lingua di fuoco nella luce proiettata dal camino.

«Basta così», dice. «Vi ho dato la mia risposta. Aspettiamo ancora ventiquattro ore e vediamo se si riprende da solo.»

Carla sposta lo sguardo da Simon a Kat, gira sui tacchi ed esce impettita dalla stanza.

«Simon», comincia a dirgli Kat, «penso davvero che...»

«Non adesso», la interrompe Simon con il sospiro di chi è stanco del mondo. «Perché non cerchi di calmarla?» Le lancia un'occhiata conciliante. «Prova a farla ragionare. Sei brava in questo.»

Kat vorrebbe discutere, ma le parole non le vengono.

«Hai visto Freya?» continua lui in tono noncurante.

«No.» Kat non riesce a guardarlo negli occhi. Sempre la maledetta Freya.

Simon scuote la testa. «Potrebbe rendersi un po' più d'aiuto in casa, non credi?»

Kat annuisce in silenzio.

«È un po' strana tua sorella, non ti pare?» aggiunge lui con un sorriso tirato.

«Sì», risponde Kat. È combattuta: una piccola parte di lei sente che dovrebbe difendere Freya, ma nel profondo di sé è contenta di avvertire contrarietà nel tono di Simon. Naturalmente, Kat ha notato le assenze prolungate della sorella, ma a dire la verità non le importa niente di dove vada. È solo grata che si tolga dai piedi e dalla vista di Simon, che non giri con aria depressa per la casa e non sgattaioli fuori per andare al gabinetto con la faccia verde per la nausea. Dal giorno di Natale non si sono più parlate, a parte scambi educati riguardo ai lavori da fare al cottage, ma il nuovo anno è arrivato e Kat sta *ancora* aspettando che Freya annunci la sua partenza. Se non se ne va presto, gli altri potrebbero insospettirsi.

«Allora, vedi cosa riesci a fare con Carla, vuoi?» continua Simon. «Insomma, tutte queste donne nervose che girano per la casa...» Alza gli occhi al cielo. «Non so... in fondo siamo qui anche per divertirci...» La guarda. «Forse dovremmo fare le valigie e andare ognuno per la sua strada», conclude. Poi scuote la testa e torna al rametto che ha in mano. Kat, sentendo agitarsi il panico nelle viscere, annuisce ed esce dalla stanza.

Trova Carla al lavello della cucina, dove borbotta su una pentola piena d'acqua. Al rumore dei passi di Kat si volta di scatto. «Chi crede di essere?» sbotta. «Chi lo ha eletto signore e padrone di tutti noi? Non ricordo che ci sia stata una votazione.»

«Lo so.» Kat si muove a disagio accanto al tavolo, domandandosi come fare a calmarla. «Ma sai com'è, finisce che tutti assumono il ruolo che gli è più congeniale, non credi? Simon è un leader nato. All'inizio, quando le cose erano più semplici, lo ringraziavamo per questo, ricordi?»

Carla sbatte la pentola contro il lavello, facendo schizzare l'acqua sul pavimento. «Non sembra nemmeno che sia una questione di soldi, vero? È solo che lui vuole esercitare il suo potere.»

Kat scuote la testa. «Diamogli fiducia. Le cose miglioreranno presto; Ben si riprenderà e fra poco sarà primavera. Credo che dovremmo fidarci di lui.»

Carla si volta verso di lei. «Il tuo ruolo qual è, allora?» chiede fissandola con attenzione.

«Scusa?»

«Che ruolo giochi tu? Sei l'incoronatrice del "re"?»

«Non fare così. Sto solo cercando di essere d'aiuto.»

Carla sospira. «Scusami, è che ne ho le tasche piene di tutto: di questo posto, del freddo, della fame. È troppo difficile. Se Ben non stesse così male, sarei tentata di gettare la spugna subito e tornarmene a casa.»

«Lo so», risponde Kat gentilmente, «ma stiamo affrontando la parte dura. Presto sarà tutto più semplice. Ti ricordi com'era l'estate scorsa? Nuotate nel lago, mirtilli da raccogliere, bevute di birra... tutti noi a rilassarci e divertirci insieme?»

Carla crolla contro il lavello.

«Proviamo un altro suffumigio», insiste Kat dolcemente. «Se non migliora nelle prossime ventiquattro ore, affronteremo di nuovo la questione con Simon. Oppure prenderemo i soldi e lo faremo comunque. D'accordo?»

In realtà spera davvero che non si arrivi a quello, e sospira di sollievo quando Carla annuisce, si raddrizza e va a mettere la pentola sul fornello. Il morale di tutti è così a terra che l'ultima cosa di cui hanno bisogno è uno scontro aperto. Potrebbe causare la rottura del gruppo una volta per tutte. «Vedrai», aggiunge con voce più sicura di quanto lei stessa si senta, «tutto si sistemerà.»

Carla annuisce ancora una volta e smettono di parlarne, ma più tardi, quella notte, mentre gli altri dormono, Kat sgattaiola fuori dal letto e giù per le scale, diretta allo scaffale della cucina, dove sa che Simon tiene il denaro. Infila la mano nel vecchio barattolo di latta ed estrae un fascio di banconote. Le conta sul tavolo alla luce di una falce sottile di luna crescente, sollevata di vedere che ci sono ancora più di centocinquanta sterline, più che abbastanza per curare Ben... e per arrivare alla fine dell'inverno. Si siede sulla panca e guarda il denaro sparpagliato sul tavolo. Simon vuole che lei faccia da pacificatrice, che appiani le divergenze? Be', forse dovranno fare tutti un piccolo sacrificio per il bene del gruppo. Rimane seduta lì per un po', rimuginando sulle alternative, e quando torna a letto le sembra di camminare più leggera sull'assito.

Kat sveglia la sorella presto, prima che gli altri comincino a muoversi. «Freya», le dice scuotendola gentilmente. «Freya, svegliati.»

La ragazza mormora parole incoerenti e si gira dall'altra parte sotto le coperte.

«Avanti», insiste Kat, «fatti più in là, fa freddo.»

Freya si sposta con riluttanza per fare posto a Kat. «Cosa fai? Che ore sono?» sussurra.

«È ancora presto.»

«Santo cielo, hai i piedi gelati!» Freya si scansa avvicinandosi al muro, con la schiena ancora rivolta alla sorella.

«Ssh», ribatte Kat, «non svegliare gli altri.»

L'alba sale all'orizzonte. Una luce pallida filtra attraverso le tende sottili ornate da rose e si allunga in un triangolo sul soffitto. «Ti ricordi quando facevamo così?» mormora Freya da sotto le coperte. «Odiavi la cuccetta in alto del letto a castello.»

Kat non può fare a meno di sorridere. Sono passati anni dall'ultima volta che si sono sdraiate insieme nello stesso letto, ma quella vicinanza dei loro corpi tiepidi sul materasso sottile e il lento, ritmico abbassarsi e alzarsi del respiro hanno lo stesso un sapore familiare.

«Non la odiavo», risponde. «Lo dicevo solo per non farti vergognare di avere paura. Appena ti addormentavi, risalivo la scaletta e tornavo al mio letto.»

«Oh.»

Il silenzio cala su di loro mentre riemergono i ricordi.

«Sono stati difficili, vero, quei primi mesi con Margaret e Peter... a casa loro...» dice Freya a bassa voce.

«Sì.» Non c'è bisogno di aggiungere altro. Freya ha messo il dito sul problema con quelle due semplici parole: *casa loro.* Una graziosa casetta a schiera con i doppi vetri alle finestre e un fazzoletto curato di prato sul retro: non avrebbe potuto esserci niente di più distante dalla vita caotica da cui erano state allontanate. I Browning si erano presi cura di loro: bagni caldi e cestini di alimenti sani per il pranzo, frutta fresca e divise scolastiche ben stirate. Le scarpe erano sempre della misura giusta e Margaret e Peter non avevano mai alzato le mani su di loro, né avevano rubato i loro spiccioli per comprarsi alcol e sigarette. All'improvviso, tutte le cose che indicavano la disfunzione e il disordine della vita con i loro genitori biologici – le mattine in cui la madre non era in grado di alzarsi dal letto o restava distesa sul divano in mezzo al suo vomito, e le sere in cui il padre se ne andava sparendo per giorni interi – erano scomparse, sostituite da un modo di essere genitori più freddo, più pulito, più asettico.

I Browning erano una coppia moralmente integra, che credeva nell'importanza della crescita personale e della filantropia. «La carità comincia a casa» era una loro espressione tipica, ma Kat ricorda che la metteva sempre a disagio perché sembrava la prova che più che essere mossi dal desiderio di crearsi una famiglia, vedevano le sorelle come un progetto: due bambine svantaggiate da offrire al mondo come simboli della loro benevolenza. Aveva udito Margaret parlare di loro durante i ricevimenti che davano a tarda sera: Kat si sedeva in cima alle scale con la sua camicia da notte inamidata, mentre la madre adottiva parlava di responsabilità sociale in quel suo tono buonista. Nella sua voce Kat avvertiva l'autocompiacimento e capiva che lei e la sorella erano poco più che simboli, il modo in cui i due coniugi misuravano il loro valore nei confronti della società.

Ma, nonostante i loro difetti, erano stati genitori responsabili ed equilibrati, oltre che gentili con le due sorelle. Certo, Margaret avrebbe preferito stirare una cesta piena di biancheria che parlare con Kat dei ragazzi che le piacevano o della confusione che provava per i cambiamenti del suo corpo durante la pubertà. E il giorno in cui Kat aveva trovato il coraggio di parlargli delle compagne meschine che a scuola facevano le bulle con lei, Peter si era piegato con un ginocchio a terra e la faccia all'altezza della sua, e le aveva detto: «Non venire da me con un problema, ragazza mia, vieni con una soluzione». Era uno dei suoi detti preferiti. Voleva che fossero indipendenti, che imparassero a difendersi da sole. Kat lo capiva, ma quello che *lui* non capiva era che loro erano già indipendenti: avevano dovuto esserlo nei giorni in cui i loro genitori non riuscivano ad alzarsi dal letto o nelle notti in cui non tornavano nemmeno a casa. Se i Browning avessero sostenuto un esame per verificare la loro genitorialità in base a criteri comunemente accettati, lo avrebbero superato con un grado B, non il massimo dei voti ma pur sempre meglio – supponeva Kat – della clamorosa bocciatura che avrebbero subito i suoi genitori biologici.

Alla fine, era stato inevitabile che Kat diventasse una figura materna per la sorella più giovane, e in una certa misura quel ruolo le era anche piaciuto. Era stata felice che Freya corresse da lei quando si sbucciava un ginocchio o alle sue prime mestruazioni. Era stato divertente essere la sua confidente per le prime cotte, la persona con cui Freya aveva voluto festeggiare i risultati positivi degli esami e condividere la prima bevuta alcolica legale. A quei tempi, avrebbe fatto qualsiasi cosa per proteggere o aiutare la sua sorellina. Kat si domanda cosa sia cambiato, perché sia distesa su quel materasso, nella piccola conca calda lasciata dal corpo di Freya, e provi così tanta rabbia e tanto risentimento.

Simon.

Dipende tutto da Simon. Kat ha finalmente aperto il cuore a qualcuno, si è lasciata andare fino a innamorarsi, ma Freya si è intromessa e glielo ha portato via. Avrebbe tollerato molte cose dalla sorella, ma fare l'amore con Simon è stata la cosa peggiore che potesse farle. Avrebbe potuto avere chiunque: perché proprio lui?

Freya è ancora distesa con la schiena rivolta a lei, ma Kat riesce a intuire dal ritmo del suo respiro e dalla lieve tensione del corpo che adesso è completamente sveglia. Deglutisce e comprende che è il momento di parlarle. «Che cosa farai?» le chiede infine, spezzando il silenzio. «Non puoi ignorarlo, sai. Non è qualcosa che sparirà da sé.»

Freya sospira e rotola sulla schiena. «Vorrei che succedesse.»

Kat vede un'unica lacrima scivolare sul suo viso pallido e cadere sul cuscino fra di loro con un lieve rumore sordo. «Quella notte... era l'inizio di ottobre... hai già superato i tre mesi.» Kat ha fatto i calcoli nella sua testa.

«Credi che non lo sappia?» chiede Freya, voltandosi verso di lei.

«Allora cosa pensi di fare?»

«Che cosa *posso* fare?»

«Potresti andartene, abortire... liberartene.» Nessuna delle due vuole usare la parola *bambino.*

Nella mente di Kat è una scelta sensata, ma Freya ride amaramente. «Ah sì? E dove potrei andare?» Scuote la testa. «Non ho soldi, non ho una casa, non posso tornare al college in questo stato e di certo non posso tornare nemmeno da Margaret e Peter. Te li immagini?»

Sì, Kat se li immagina: vede dipingersi la vergogna sulle guance di Margaret e lo sguardo freddo e duro di Peter. "Non venire da me con un problema, vieni con una soluzione." La sorella ha ragione: non può assolutamente tornare da loro.

«E so che *tu* non mi vuoi qui», aggiunge Freya.

Kat rimane in silenzio.

«Affronta la realtà: non ho alternative.»

«E se io potessi trovarti i soldi... sai, per andare in un posto confortevole, una clinica privata... abbastanza per pagare la procedura e poi rimetterti in piedi? Abbastanza per i trasporti e qualche settimana di vitto e alloggio?»

«E dove prenderesti questi soldi?»

Kat deglutisce. «Dal barattolo.»

Freya resta in silenzio per un momento. «Ma quel denaro è di tutti. Voi come fareste a sopravvivere? Tiriamo avanti a malapena anche così. E poi, cosa direbbero gli altri?» Un attimo di esitazione. «Cosa direbbe Simon?»

Kat si stringe nelle spalle. «Ce la caveremo. Saremo costretti a farlo. Inoltre, quando qualcuno se ne accorgerà, tu te ne sarai andata da un pezzo e io mi prenderò la colpa.»

Freya la osserva per un momento. «Faresti questo per me?»

"No", vorrebbe risponderle Kat. "Non per te, non questa volta." Lo farebbe per sé e per Simon, per far tornare le cose com'erano solo pochi mesi prima, quando Freya non era ancora arrivata al cottage. «Sì», risponde, ormai convinta della sua offerta. «Lo farei... ma a una condizione: devi promettermi che te ne andrai e che... non tornerai più; devi promettermi che lascerai in pace Simon.»

Freya si volta di scatto a guardare Kat negli occhi. Nel suo sguardo arde un fuoco, ma le parole, quando arrivano, sono di ghiaccio. «*Io* lasciare in pace Simon?»

Kat annuisce.

«Pensi che sia stata *io* a sedurre *lui*?» Nella luce pallida del mattino, Kat vede fiammeggiare gli occhi della sorella. «Pensi che *io* te l'abbia portato via?»

Kat deglutisce. «Lo capisco, credimi, lo capisco meglio di chiunque altro: lui è un tipo carismatico; ho visto all'università l'effetto che faceva alle ragazze quando rivolgeva loro l'attenzione. Onestamente non ti biasimo per esserti lasciata travolgere.»

«Non biasimi *me*?» Freya spalanca gli occhi scioccata e incredula scuotendo la testa. «Io non l'ho sedotto, Kat.» Deglutisce e scruta lo spazio vuoto sopra le loro teste. «Lui mi ha *violentata*.»

Kat fissa i perfetti occhi azzurri della sorella, aspetta di vederli increspare divertiti, di scorgere un sorriso sul suo grazioso viso da bambola di porcellana. "Ci sei cascata", le dirà.

Ma Freya continua a fissare il soffitto con occhi immobili.
«Smettila», le dice Kat. «Non credo proprio che...»

«Non farlo!» esclama Freya. «Non dirmi che mi sbaglio. Non stare dalla *sua* parte.»

«Io non sto dalla parte di nessuno; penso solo che tu sia completamente fuori strada. Quella notte è stata folle – eravamo tutti fuori di testa –, ma dire che Simon ti ha *violentata...* Dai, abbiamo visto tutti come civettavi con lui.»

«Cosa? Ero solo cordiale, volevo piacere ai tuoi amici, farmi accettare. Con Simon mi sono comportata come con Ben... o con Mac.»

«Allora civettavi con tutti? Ti buttavi fra le loro braccia come una prostituta da quattro soldi? Simon, Mac... persino Ben, eh? Quando Carla non era nei paraggi?»

«Di cosa stai parlando?» Freya sembra sinceramente confusa.

«Non fare l'innocente. Sapevi quello che stavi facendo... Agitavi i lunghi capelli biondi, sbattevi le ciglia dei tuoi occhioni blu. Non riuscivi proprio a farne a meno. Benché sapessi cosa provavo per Simon, hai tirato dritto per la tua strada e sei andata a letto con lui.» Kat fatica a trattenere la voce in un sussurro iroso. «Me l'hai portato via.»

«Te l'ho portato via? Eh, già», risponde Freya ridendo amaramente, «ero lunga distesa sul pavimento, priva di conoscenza, fuori di testa per i funghi allucinogeni, gli spinelli e la birra, e te l'ho *rubato.*» Pronuncia le parole in un sibilo. «Mi dispiace far scoppiare la bolla delle tue illusioni, Kat, ma niente di tutto questo ha a che vedere con te. Si tratta solo di Simon e del suo esercizio del potere. Si sta divertendo a dominare su tutti qui, non lo vedi?»

Kat scuote la testa. «Almeno per una volta nella vita, Freya, puoi smettere di fare la vittima?»

«Ma io *sono* la vittima. Quella notte lui si è approfittato di me. Quando ho ripreso conoscenza, era lì e stava...» Freya si morde il labbro. «È stato orribile.»

«Davvero?» replica Kat scuotendo la testa. «Be', scusami se proprio non riesco a crederti, visto che sembri così contenta di stare qui... di passare il tuo tempo con qualcuno così violento, così manipolatore.» Scoppia in una risata amara, sommessa. «Tu hai civettato con lui, facendo di tutto per piacergli.»

«È questo che vedi?» Freya scuote la testa. «Santo cielo, Kat, apri gli occhi. Perché credi che esca dalla stanza o mi allontani ogni volta che mi viene vicino? Perché credi che passi così tanto tempo fuori dal cottage? Non riesco a sopportarlo. Mi osserva continuamente, mi tocca e mi palpeggia...» Freya riduce la voce a un basso sussurro. «Non è un uomo gentile. Credo veramente... sì, credo che potrebbe essere pericoloso.»

Kat scoppia in una risata, un suono acuto che la spinge a coprirsi la bocca con una mano appena echeggia nella stanza. Pericoloso, Simon? No, Freya sta sparando a zero, negando la verità, perché non sa affrontare la situazione in cui si è cacciata. «Perché non te ne vai, allora? Se qui stai così male, vattene. Prendi i soldi che ti ho offerto: sono la tua via d'uscita.»

Freya si guarda intorno nella stanza. «C'è... ecco, c'è un'altra complicazione.»

Kat alza un sopracciglio.

«Mac.»

«Mac cosa?»

«Non posso essere sicura... è stata una notte così strana... Non credo che io e Mac abbiamo... hai capito, ma nella mia testa è tutto molto confuso.» Si volta verso la sorella avvampando in viso. «Potrebbe essere lui... Il bambino potrebbe essere suo.»

«Bene, eccoci al punto», dice Kat sollevata. «Per forza non puoi essere sicura: è esattamente quello che stavo dicendo. Eravamo tutti fuori di testa: tu hai fatto sesso con Mac e anche con Simon. Non sai nemmeno chi è il padre.» Kat non riesce a mascherare il disgusto nella sua voce. «Dammi retta, Freya: prendi i soldi e vattene. Abortisci e riprendi la tua vita. È la tua unica via d'uscita.»

«Ma ho bisogno che tu mi creda.» Freya sembra sul punto di piangere. «Ho bisogno che tu sappia che non ti avrei mai fatto una cosa del genere, Kat.»

Kat studia il viso della sorella. Non può crederle, e non

vuole. Perché, se fosse così, significherebbe che la sua storia su Simon è vera, e lei è convinta nel profondo del cuore che lui non userebbe mai violenza. Non a Freya, non a sua sorella. Kat torna a fissare il vuoto sopra le loro teste. Il silenzio che grava su di loro è la sua risposta.

«D'accordo», dice Freya infine, «me ne vado. Procurami i soldi e me ne vado subito.»

Kat annuisce. «Bene.»

Rimangono lì sdraiate l'una accanto all'altra ancora un momento, ma la complicità di prima si è dissolta. Non ci sono più sentimenti fraterni, solo la luce fredda del giorno che filtra attraverso le tende e un gusto amaro che brucia in gola a Kat. Stupro? Non può crederlo di Simon. Proprio non può.

Kat resta nervosa per gran parte della mattinata. La pioggia scroscia sulle finestre e sono tutti barricati in casa, annoiati e irrequieti. Freya rimane rannicchiata sul suo letto al piano di sopra, e il momento più eccitante della mattina è quando Ben gracchia con voce rauca giù dalle scale che il tetto ha cominciato a perdere. Kat e Simon corrono su con una varietà di sacchetti di plastica e pentole nel vano tentativo di arginare il gocciolamento. È veramente una pessima giornata.

Dopo un altro magro pasto, Simon e Mac si siedono sulle poltrone sacco a giocare a scacchi, mentre Carla scorrazza per la casa, su e giù dalle scale, per portare bevande calde e coperte a Ben. Lo sentono tutti tossire, ma il suono è cambiato, sembra più libero, più leggero. Simon lancia ripetutamente a Kat occhiate da "te l'avevo detto". Per lei, comunque, la giornata è una tortura. Siede acciambellata davanti alla finestra e rilegge una copia consumata dall'uso di *Orgoglio e pregiudizio*. I suoi occhi scorrono più volte gli stessi paragrafi, la sua attenzione si sposta continuamente sulla porta della cucina. Pensa al denaro nel barattolo di latta e alla promessa sussurrata da Freya di andarsene se Kat ruberà i soldi per lei. Sa che dovrà saper cogliere il momento buono.

«Scacco matto», esclama Simon a un certo punto, spezzando il silenzio della stanza. Butta giù il re di Mac, che cade sulla scacchiera con un tonfo sordo.

Mac fa un piccolo cenno con la testa. «Hai vinto... di nuovo.»

«Andiamo», propone Simon, stiracchiandosi come un gatto. «Ne ho abbastanza.»

«Vuoi uscire con questo tempo?» chiede Mac incredulo.

«Che problema c'è? Hai paura di un po' di pioggia?»

«No, è solo che... be', dove vorresti andare?»

«Prendi il giaccone, te lo spiego mentre camminiamo.»

Mac alza un sopracciglio rivolto a Kat, ma lei scuote la testa. Non sa cosa voglia fare Simon, però si sente sollevata vedendoli prendere gli stivali e le giacche per affrontare la giornata tempestosa. Con loro fuori di casa sarà più semplice.

Per essere sicura che si siano allontanati, aspetta un minuto o due guardando la pioggia che riga le finestre cancellando completamente la vista del lago. Poi Carla si affaccia sulle scale con un vassoio in mano. «Freya sta bene?» chiede. «È rimasta a letto tutto il giorno.»

«Credo di sì», risponde Kat voltandosi dalla finestra. «Probabilmente ha solo il ciclo.»

Carla sembra preoccupata. «Spero che non si stia ammalando come Ben.»

«Mmm», mormora Kat, «sembra che lui stia molto meglio.»

«Sì», concorda Carla, ma non la guarda negli occhi, e Kat capisce che è ancora arrabbiata perché ha preso le parti di Simon.

Carla si avvia in cucina. Kat sente un acciottolio, poi la porta sul retro che sbatte quando lei esce per andare al gabinetto. Pensa di nuovo al denaro e coglie l'occasione.

La cucina è silenziosa. Mentre si avvicina alle mensole in punta di piedi, cerca di giustificarsi per quel gesto. Senza più Freya, le cose potranno continuare come prima, come se lei non fosse nemmeno stata lì. Troveranno altri modi per procurarsi dei soldi. Potrebbero vendere uova e in primavera, quando ricominceranno a crescere, anche ortaggi. "Sì", pensa, "liberati di Freya e tutto tornerà come prima."

Sta allungando la mano verso il barattolo quando il suono di passi alle sue spalle la fa trasalire. «Oh!» esclama voltandosi di scatto con una mano sul cuore vedendo Ben sulla soglia in pigiama e berretto, con una coperta avvolta intorno alle spalle, la faccia pallida e la barba rossiccia incolta. «Mi hai fatto spaventare.»

«Lo vedo», dice lui strascicando i piedi dentro la cucina. «Stai bene?»

«Sì», dice lei agitata. «Ma sono io che dovrei chiedere *a te* come stai. Cosa ci fai fuori dal letto?»

«Acqua», dice mostrandole il bicchiere vuoto.

«Vieni, dallo a me.» Prende il bicchiere dalla sua mano tesa, lo riempie e glielo restituisce, guardandolo mente lo vuota a grosse sorsate.

«Vacci piano», gli dice, e resta in attesa, sperando che lui torni in camera. Invece, Ben prende una sedia davanti al tavolo e ci si lascia cadere.

«Sono stufo marcio di starmene sdraiato lassù a fissare il soffitto. Non si possono contare le ragnatele o leggere i vecchi numeri di una rivista come "Melody Maker" all'infinito. Vorei che avessimo più libri, o anche della musica. Qualsiasi cosa.»

Kat sorride e continua ad aspettare, pensando al barattolo sulla mensola alle sue spalle. «Vuoi un'aspirina?»

«No, grazie. Carla me ne ha somministrate a forza una quantità. Giuro che se mi scuotessi le sentiresti tintinnare.» Si passa la mano sulla barba cespugliosa. «Mi sento uno schifo.»

«E si vede», ammette Kat.

«Non devo avere nemmeno un buon odore», aggiunge lui con un ghigno.

«Vuoi una tazza di tè?» gli propone Kat infine e, quando lui annuisce, capisce che i soldi nel barattolo dovranno attendere ancora un po'.

«Non quella merda di tisana alla rosa canina, però. Fammi un vero tè.»

Kat annuisce. «È pronto in un attimo.»

Poco più tardi smette di piovere. Freya si avventura a pianterreno – ancora in camicia da notte – e si raggomitola sul divano vicino alla finestra, come se stesse cercando di farsi più piccola possibile. Poco dopo rientrano Simon e Mac, battendo forte i piedi e scuotendo le giacche fuori dalla porta. Si voltano tutti verso di loro, in attesa delle novità. Simon si precipita dentro per primo, con le guance rubiconde e un sorriso diabolico sulle labbra. Kat sperava che portassero provviste – verdura fresca, magari, e un po' di carne, o persino una stecca proibita di cioccolato –, ma non ci sono sporte della spesa. Quello che vede in mostra fra le braccia di Simon, invece, le mette un'improvvisa, inspiegabile paura.

«I cacciatori sono di ritorno», dice Simon esultante.

Con la coda dell'occhio Kat nota che Freya si ritrae voltando la faccia verso la finestra.

«Dove diavolo lo hai preso?» gracchia Ben.

«Oh, salve, amico. Sei in piedi. Come ti senti? Meglio?» Simon fa un cenno d'intesa a Carla, ma lei ricambia solo con un'occhiataccia.

«Mi sento da cani. Quello cos'è?» dice Ben.

«Mac e io siamo andati da un tizio per comprare un fucile.» Sventola l'arma in giro per la stanza come un trofeo. È un calibro ventidue. «Non è una bellezza?»

«Sta' attento», dice Carla indietreggiando. «È carico?»

«Non c'è pericolo», risponde Mac uscendo dall'ombra di Simon. «C'è la sicura inserita.»

Ben si arrotola una sigaretta e sta per prendere l'accendino, quando Carla gli si rivolta contro. «Non osare», dice strappandogli la sigaretta dalle labbra. «Hai un'infezione al petto, e fumare è la cosa peggiore che tu possa fare in questo momento.» Sospira e scuote la testa. «Voi ragazzi... siete come i bambini piccoli.» Torna a rivolgersi a Simon. «Dove avete preso i soldi?»

«Dai risparmi.» La voce di Simon ha un tono leggero, noncurante, ma Kat nota che non riesce a guardare Carla negli occhi.

«Bene», dice Carla. «E così abbiamo abbastanza soldi per fucili e sigarette, ma non per le medicine? Non avevo capito che fossimo in un posto del genere.» Simon si limita ad alzare le spalle, ma Carla non è disposta a lasciar perdere. «Sembra costoso. Non avremmo dovuto votare per decidere questo acquisto, o qualcosa del genere?» Simon fa di nuovo spallucce. «Avevo ragione io riguardo al medico, no? Ben è di nuovo in piedi.» Si volta verso Ben. «Ti senti meglio, non è vero, amico?» Ben fa un cenno accondiscendente, seguito da un lungo accesso di tosse convulsa. «Inoltre», continua Simon agitando di nuovo l'arma, «questa piccola bellezza si ripagherà da sé.»

«E come credi che possa farlo?»

«Finora abbiamo lottato per procurarci cibo sufficiente. Adesso potremo cacciare la nostra carne: cervi, fagiani, anatre. Sono tutti là fuori, ma noi non siamo stati in grado di catturarli... finora. Avremo più cibo... un'alimentazione più sana. Questo impedirà agli altri di ammalarsi. Prevenire è meglio che curare.»

Kat ripensa alla conversazione con Mac riguardo al cigno e si chiede se sia stata una sua idea, ma in qualche modo riesce a capire dalla sua espressione che non è così.

Simon posa lo sguardo raggiante su ciascuno di loro. «Santo cielo, pensavo che avrebbe fatto piacere a tutti.»

Nessuno apre bocca. «Fate come vi pare. State pure qui dentro a deprimervi, se volete, ma io me ne vado fuori a fare un po' di pratica di tiro. Chi vuole mi segua.» La porta che sbatte risuona sul lago come uno sparo.

Alla fine, il richiamo della novità è troppo forte perché possano resistere. Tutti tranne Freya si trascinano fuori nella luce incerta e guardano a turno Simon, Mac e Ben che si esercitano mirando a bersagli improvvisati: una vecchia cassetta di legno, un ceppo coperto di muschio in fondo al pontile, una bottiglia vuota di birra, ora riempita dalla pioggia. Li mancano tutti e nessuno sembra preoccuparsi dello schiocco secco degli spari che echeggiano per la valle. Carla alza gli occhi al cielo guardando Kat. «I maschi e i loro giocattoli.» Kat annuisce e, sentendo di dover cogliere quell'attimo, rientra in casa.

Freya è ancora seduta vicino alla finestra. Quando Kat entra nella stanza si volta verso di lei con quell'espressione da "te l'avevo detto" sul viso che fa ribollire il sangue a Kat. «Dobbiamo nutrirci», dice, e affretta il passo verso la cucina, notando il lieve tremito delle proprie mani mentre le allunga verso il barattolo. Una preoccupazione fastidiosa le assilla la mente, e non se ne libererà finché non avrà controllato la cassa comune.

Si rende conto immediatamente che non ci sono abbastanza soldi, ma li conta lo stesso, maneggiando le banconote con mani tremanti. Venti, trenta, quaranta, cinquanta. Sono rimaste solo poco più di cinquanta sterline dopo l'ultimo acquisto folle di Simon. Non basterà nemmeno a loro per superare le ultime settimane dell'inverno, figuriamoci se può offrire una via di uscita a Freya.

Risuona un altro sparo, questa volta seguito quasi immediatamente da un rumore di vetro in frantumi. Tutti applaudono.

Kat scuote la testa. Cinquanta sterline. Una somma nemmeno lontanamente vicina a quella che servirebbe a Freya per andarsene dal cottage e sistemarsi al sicuro da qualche parte. Resta lì a fissare il denaro, desiderando che si moltiplichi magicamente davanti ai suoi occhi con la forza del pensiero, che le offra una soluzione. Si sente molto stanca. Non ne può più di preoccuparsi per la sorella, di cercare di risolvere i suoi problemi. Ripiega per bene le banconote rimaste e le rimette nel barattolo con un sospiro, poi lo posa accuratamente sull'impronta in mezzo alla polvere che indica la sua posizione precedente.

Quando si volta, trasale alla vista di Simon in piedi sulla soglia, con il fucile appoggiato nella piega del braccio. La luce mutata del crepuscolo, che incombe sulle colline dietro di lui, proietta la sua ombra nella stanza, puntata come un dito accusatore contro Kat. «Cosa stai facendo?» le chiede, e i suoi occhi luccicano un po' troppo nella luce fioca.

«Niente.»

«Controlli?»

«No.» Arrossisce. «Io... ero solo curiosa di sapere quanto avete speso per il fucile. È un problema?»

Simon scuote la testa. «Quel denaro appartiene a tutti noi, no?»
«Sì», risponde lei. «Appunto.»
Si fronteggiano ancora per un momento, e Kat nota la piega ostinata, da bambino, del mento, e i capelli, ormai lunghi e arruffati, che si arricciano sulla nuca.
«Carla è ancora arrabbiata», dice infine Simon, spezzando il silenzio.
«È solo preoccupata per Ben.»
«E Freya? Anche lei è di cattivo umore.»
Kat si stringe nelle spalle, ma non riesce a guardarlo negli occhi.
Restano lì in silenzio ancora un istante, poi lui le apre le braccia. «Vieni qui», le dice, e lei non riesce a farne a meno. Attraversa la stanza e si rifugia nel suo abbraccio, sentendo il metallo freddo del fucile contro la clavicola. Lui le accarezza i capelli con la mano libera e la bacia sulla testa. «La mia Kat», dice. «La mia affidabile Kat. Tutti gli altri sono così maledettamente emotivi, imprevedibili. Sai di essere l'unica su cui posso contare, vero?»
Per un momento lei si lascia andare a quell'abbraccio, respira il suo profumo caldo, gli permette di sorreggerla. Poi lui la fa voltare dolcemente con la schiena contro il suo petto, avvolgendola ancora con le braccia, mentre alza il fucile e le fa stringere l'impugnatura con una mano e il grilletto con l'altra. «Ecco», le spiega, «si fa così.» Mette le mani sulle sue e insieme alzano l'arma, puntando il mirino su una vecchia padella, appesa a un gancio sopra al camino di pietra. Kat chiude gli occhi e gode della percezione del corpo di Simon contro il proprio, sente la forza delle sue spalle, i muscoli tonici delle sue braccia. Prova più nitidamente di quanto le sia mai successo la sensazione di essere a casa. È *lui* la sua casa, adesso, e lei non vuole perderlo per niente al mondo.
«Bang!» esclama Simon risvegliandola di colpo dal suo sogno a occhi aperti, mentre mima il rinculo dell'arma e fa oscillare indietro Kat finché aderisce alla curva del suo corpo. «Vedi», le dice, «tu e io insieme non potremo mai perdere.»

15.
LILA

FEBBRAIO

Lila sta diventando esperta nel trovare modi per distrarre la mente: scegliere il cotone per orlare una coppia di tende; intingere ad arte il pennello in un barattolo di pittura; raschiare via le bolle dalla cornice di una finestra ascoltando il suono ritmico della carta vetrata; picchiettare un chiodo facendolo affondare nel legno. Sono solo lavoretti, ma ciascuno contribuisce allo scopo: mentre le mani sono occupate, la mente smette di ribollire di pensieri e lei tiene a bada l'ansia. Inoltre, ogni giorno passato lì porta qualche piccolo miglioramento nel cottage, e lei trae anche da questo un barlume di soddisfazione. Benché Tom sia in collera perché se n'è andata di nuovo, Lila non ha alcun dubbio che tornare al cottage sia stata la decisione giusta.

Ode ancora rumori che echeggiano nella casa deserta, ma deve averci fatto l'abitudine, perché non ha più tanto spesso la sensazione di essere osservata, e sta anche mettendo a punto nuove strategie per far fronte alla solitudine. Adesso esce ogni giorno, con la pioggia come con il sole. A un certo punto della giornata posa i suoi attrezzi, infila giaccone e stivali e se ne va per la brughiera, oppure attraverso la foresta che circonda il lago, respirando a pieni polmoni l'aria gelata, godendo la sensazione del sangue che le circola nel corpo.

Le giornate sono corte e il freddo è pungente, ma una flebile promessa di primavera pare sospesa come un sussurro sulla campagna. Lila nota gli amenti che crescono fra le cime sottili degli ontani e i grappoli fitti di bucaneve, che sembrano spuntare nel giro di una notte dal terreno boschivo.

Vede stormi di oche selvatiche alzarsi in volo sul lago, e una volta si imbatte persino in un vecchio airone grigio, immobile fra le canne come un ornamento da giardino. Mentre cammina in mezzo a quel paesaggio, con il sole pallido alle spalle, nota i cambiamenti quasi impercettibili che avvengono intorno a lei. L'inverno è ancora molto presente, ma Lila non può fare a meno di sperare di aver superato il peggio.

Sta trascinando un grosso pezzo di legno fuori dal bosco, sbuffando e ansimando per la fatica, ma decisa a impossessarsene, quando sente il latrato eccitato di un cane. Si volta di scatto, sorpresa, e vede William che scende dal crinale a passo deciso con Rosie che gli saltella alle calcagna. «Sei tornata», le grida, alzando una mano guantata per salutarla.

«Sì», risponde Lila lasciando cadere il legno e togliendosi i capelli dagli occhi. «Ciao. Buon anno.» Si china ad accarezzare Rosie e a grattarle le orecchie. «Avevo intenzione di passare...»

Lui annuisce. «Non preoccuparti. Abbiamo solo pensato di venire a vedere se per caso eri di nuovo qui.»

«Grazie... e grazie per la strada... e per la legna da ardere. Immagino che sia stato tu a mettere le traversine per rendere percorribile lo sterrato e ad aggiungere legname alla mia catasta.»

William annuisce timidamente. «So che mi avevi detto di non farlo, ma sapevo che, se avessi deciso di tornare, non saresti riuscita ad arrivare fin qui in automobile.»

Lila era partita all'improvviso seguendo l'impulso del momento, e si era ricordata della stradina fangosa e delle difficoltà che poteva avere l'auto a percorrerla solo quando era stato troppo tardi per tornare indietro. Ma preoccuparsi si era rivelato inutile. Mentre la macchina sobbalzava su per lo sterrato ripido, era stato subito evidente che durante la sua assenza William si era dato da fare, interrando a intervalli regolari vecchie traversine ferroviarie lungo tutto il percorso. Quando poi Lila era arrivata alla porta sul retro, aveva visto che la sua esigua scorta di legna da ardere era stata generosamente rimpinguata. Mentre entrava nel cottage, aveva innalzato una preghiera silenziosa di ringraziamento per la sua gentilezza. «Vorrei poter dire che non avresti dovuto farlo, ma in realtà mi sei stato di grande aiuto. Spero che tu non abbia dovuto lavorare troppo.»

William alza le spalle. «Nessun problema.»

Si osservano. Lila nota che William non si rade da qualche giorno, e l'accenno di barba sul mento manda bagliori argentei come i suoi occhi. «Come procedono le cose al cottage?» chiede lui infine.

«Mi sono data da fare», risponde Lila. «Vuoi venire a dare un'occhiata?»

«Certo.» William fischia per chiamare Rosie, che arriva subito correndo.

«Andiamo, allora», dice Lila. «Puoi darmi una mano con il mio nuovo tesoro.» Indica il grosso pezzo di legno ai suoi piedi.

«Per cosa ti serve?»

«Un tavolino per il soggiorno.»

William scuote la testa sorridendo, alza senza sforzo il legno a un'estremità e lo trascina verso il cottage, seguito da Lila e da Rosie.

Si tolgono gli stivali infangati ed entrano in cucina.

«Accidenti», esclama William guardandosi intorno, «non stavi scherzando: questo posto è trasformato.»

Lila sorride. «Allora, ti piace?» Ci ha messo quasi due settimane di duro lavoro: ha pulito i muri da cima a fondo e li ha pitturati di un bianco caldo; ha scartavetrato e dipinto di verdeazzurro tutte le credenze di legno; ha lucidato la vecchia cucina economica di ghisa fino a farla splendere e ha sostituito pentole e padelle arrugginite con una nuova batteria di rame lucente, appesa ai ganci sopra il camino; ha strofinato a fondo il tavolo della cucina, aggiustato le panche traballanti e messo tende vivaci alle finestre. Ma la cosa che la appaga di più è il sedile che ha costruito nella nicchia della finestra e su cui ha sistemato i due cuscini in tessuto ikat comprati a Londra, insieme a una varietà di altri cuscini vintage variopinti, scovati nei negozi di rigattiere. Sul tavolo una brocca di latta straripa di bucaneve, mentre molti dei piatti con i motivi blu che erano nella credenza – quelli meno sbeccati e quindi recuperabili – ora sono appesi alla parete di fronte al camino. È una trasformazione semplice, ma di grande effetto.

«È bellissimo... molto allegro», commenta William.

«Sì, vero?» Guardandolo attraverso i suoi occhi, Lila riesce finalmente ad apprezzare il risultato del proprio lavoro. Si piega ad attizzare la legna che brucia senza fiamma e aggiunge un altro ceppo al fuoco. «Vuoi fermarti a cena con Rosie? Ho intenzione di fare i pancake. È Martedì grasso, dopo tutto.»

«Davvero?» William si gratta la testa. «Non me ne ricordavo.»

«Resta», insiste Lila. «Mi farebbe piacere avere un po' di compagnia.»

Lui esita.

«Per favore.»

William fa un cenno di assenso. «D'accordo.»

Lila mescola la pastella e scalda il burro nella padella per friggere, lanciando occhiate oblique a William, seduto sulla nuova panca davanti alla finestra a guardare il giardino incolto. Non è propriamente bello – non in modo appariscente, comunque –, ma è innegabile che in lui ci sia qualcosa che attrae. Il suo viso dai lineamenti marcati ha un'espressione gentile e porta i segni di una vita passata all'aria aperta; il corpo è forte, reso muscoloso dal lavoro fisico. La prima volta che l'ha incontrato le era sembrato sfuggente e impacciato, ma oggi le trasmette un'impressione diversa: una sorta di sicurezza tranquilla, come quella di un uomo che sa di essere esattamente al suo posto. Rosie è accucciata ai suoi piedi con un'aria beata e allunga il collo mentre lui glielo gratta. Lila cucina, e intanto chiacchierano dei suoi lavori al cottage e delle speranze di William per l'imminente figliatura delle pecore. «Ecco qui», dice infine lei, posando un piatto pieno di pancake sul tavolo. «Ne ho fatto qualcuno in più per Rosie.»

«Non dovrebbe», risponde lui, «sta ingrassando.» Ma mentre fanno una scorpacciata di pancake irrorati di limone e zucchero, William ne dà dei pezzetti a Rosie con le mani, sotto il tavolo. «Pensavo che saresti rimasta a Londra più a lungo, sai», dice dopo un po', «che avresti aspettato l'arrivo del caldo prima di affrontare di nuovo questo posto.»

«No», risponde lei esitando. «Avevo voglia di tornare qui.»

«Ti sta entrando sotto pelle, eh?»

Lei china la testa verso di lui senza capire.

«Intendo questo posto, il lago, la terra. Ti ha conquistato, no?»

Lei annuisce. «È pieno di pace... e mi accoglie come un rifugio.» Lui le lancia un'occhiata incuriosita e lei sospira. «Le cose fra me e Tom si sono complicate ultimamente.»

William abbassa lo sguardo sul piatto e non chiede ulteriori spiegazioni, ma per qualche motivo Lila si ritrova a offrirle spontaneamente. «Noi abbiamo... perso un bambino l'estate scorsa.»

Lui deglutisce. «Mi dispiace.»

«Grazie.» Lila esita, poi si sorprende a continuare. «È stata colpa mia. Dovevo andare con mia madre a fare spese per il bambino in arrivo, stavo preparandomi in fretta e furia e sono caduta malamente dalle scale. Non ricordo come sia successo... so solo di essere rotolata per tutta la rampa. Ero incinta di ventisette settimane.»

William ha un sussulto.

«La mamma venne a prendermi e, visto che non andavo ad aprirle, guardò dalla cassetta delle lettere e mi vide lì per terra ai piedi della scala... priva di conoscenza... C'era sangue dappertutto, pare.»

«Mio Dio», mormora William, «deve essere stato terribile... per tutti voi.»

Lila annuisce. «La mamma chiamò un'ambulanza e mi portarono di corsa all'ospedale.»

William ascolta con attenzione senza interromperla, come se percepisse il suo bisogno di raccontare.

«Quando rinvenni, mi dissero che il trauma della caduta aveva provocato il distacco della placenta. Non c'era tempo da perdere e nessun'altra possibilità: dovevo partorire subito.» Deglutisce. «È stata la cosa più difficile che abbia mai fatto, sapendo che la bambina stava arrivando troppo presto e che era colpa mia.» Lila si zittisce e fissa il piatto vuoto davanti a sé. «È nata il ventitré di giugno e ha vissuto per cinque giorni. Ha lottato con tutte le forze, la nostra piccola. Ha tenuto duro.» Una lacrima scivola sulla guancia di Lila e cade sulla superficie levigata del tavolo. Lei la asciuga con la punta del dito. «Le tenevo la mano attraverso l'apertura dell'incubatrice, le dicevo di essere forte, di resistere, ma non è bastato. Non sono riuscita a salvarla.»

«Come si chiamava?» chiede William senza guardarla negli occhi.

«L'abbiamo chiamata Milly. Significa "coraggiosa", perché lei lo è stata.»

William sorride. «Milly, che bel nome.»

Lila non sa se sia uno scherzo della luce, ma le sembra che anche lui stia lottando contro le lacrime. Lei deglutisce e prende un respiro, ma le parole continuano a sgorgare. «È stato davvero difficile, e da allora sono molto triste... e anche molto arrabbiata. Desideravo solo svegliarmi da quell'incubo, tornare alla vita che stavamo vivendo solo pochi giorni prima, quando il futuro si stendeva davanti a noi pieno di possibilità. Volevo solo riavvolgere il nastro, essere di nuovo in ospedale, prendere la mia bambina e portarmela a casa per farle da madre. Volevo tenerla al sicuro, e non sono stata capace di farlo.»

William annuisce.

«Ogni giorno, quando mi sveglio, il mio primo pensiero è che lei non è più con noi.» Sospira. «Vorrei poter tornare a quel giorno, poterlo rivivere. Non farei tutto in fretta e furia, non mi preoccuperei di cose stupide... che camicetta indossare, quali scarpe sono più adatte. Prenderei le cose con calma, mi godrei la gravidanza, ascolterei la vita che cresce dentro di me.» Si asciuga gli occhi. «Non smetto di domandarmi come ho fatto a cadere. Sarei dovuta stare più attenta, avrei dovuto lottare con più forza. Avrei dovuto trovare il modo di salvarla, di tenerla con me.»

Con la coda dell'occhio vede che William scuote la testa

mentre si schiarisce la voce. «Alcune cose – cose preziose – ci sfuggono, nonostante tutti i nostri sforzi per tenerle vicine.»

Lei lo osserva, cogliendo l'emozione nella sua voce, e capisce che anche lui ha perso qualcosa o qualcuno di importante. Pensa alla sua esistenza solitaria alla fattoria. Si tratta di una donna che se ne è andata, forse.

«A volte la vera lotta è quella che segue l'evento, quando devi affrontare quello che ti resta», continua lui. «Come fare a vivere dopo la perdita: è questa la vera lotta.»

Lei comprende cosa vuol dire. Annuisce, allungando cautamente una mano per stringere la sua con gentilezza, poi la ritira di nuovo lasciandola cadere in grembo.

«Ma è questa lotta a renderti più forte», aggiunge lui, «e a fare di te una persona migliore. Per lo meno, io la penso così.» Si passa una mano sul mento e sembra imbarazzato per aver parlato così apertamente. Si schiarisce di nuovo la gola. «Tuttavia, non mi sembra che ciò che è accaduto quel giorno sia colpa tua. È stato un incidente.»

Lei scuote la testa. «È il fatto di non ricordare... Non posso mettermi il cuore in pace finché non so esattamente cosa è successo... e non riesco a liberarmi della sensazione che manchi qualche tassello... qualcosa che ho dimenticato. Fino a quando non riuscirò a ricordarmene, non credo di poter andare avanti.»

William la osserva con un'espressione triste. «E se non riuscissi a ricordare?»

Lila scrolla le spalle. «Credo che sia per questo che mi piace stare qui. C'è qualcosa in questo posto – una fuga, una fonte di distrazione – che mi impedisce di impazzire. Sistemo questa casa, e be'...» dice con una risata aspra, «non ci vuole un genio per capire cosa sto cercando di sistemare in realtà.»

William annuisce. «E cosa mi dici di Tom?»

Lila lo guarda, confusa.

«Anche lui starà lottando. Perché non è qui con te? Perché non state facendo tutto questo insieme?»

Lila scuote la testa. «Come ho detto, le cose fra noi non sono andate tanto bene dopo l'incidente. È come se fossimo su due lunghezze d'onda completamente diverse riguardo al dolore. Io ero e sono distrutta, mentre il suo modo di affrontarlo è tenersi tutto dentro e concentrarsi sul lavoro. Non mi parla mai della caduta e non sembra voler affrontare quello che abbiamo perduto.»

William scuote la testa. «Voi due non dovreste lasciare che le cose peggiorino.»

«Lo so, ma ogni volta che cerchiamo di riavvicinarci, è come se si frapponesse un muro insormontabile. Scusa», aggiunge Lila, «non volevo scaricare tutto questo su di te.» Allontana il piatto, sentendosi improvvisamente imbarazzata.

«Non c'è problema.»

«Ho parlato troppo, non avrei dovuto.»

«No, davvero, sono felice che tu me lo abbia raccontato.»

Lila si appoggia allo schienale e lo osserva per un momento. «Grazie», dice infine.

«Per cosa?»

«Per avere ascoltato... per essere stato così gentile con me.»

William alza le spalle. Tocca a lui, adesso, sentirsi in imbarazzo. Si guarda intorno, in cerca di una distrazione. «Potrei aiutarti con quello», propone posando lo sguardo sul grosso pezzo di legno appoggiato al muro in un angolo della stanza.

«Oh, non ce n'è bisogno; dovrei farcela da sola.»

«Hai detto di volerlo utilizzare per un tavolino, ma prima dovrai essiccarlo, poi tagliarlo a misura e piallarlo.»

Lila annuisce. «Pensavo di lasciar perdere la fase di essiccazione. Qualche piccola crepa o deformazione aggiunge carattere al legno, no?» Non ha voglia di aspettare: è impaziente di mettersi all'opera, di vedere i cambiamenti prendere forma nel resto del cottage.

«Sì, va bene, ma lascia che lo faccia io per te. Mi farebbe piacere.»

«Ma tu hai già tanto lavoro...» protesta lei.

«A essere sincero, alla fattoria non c'è molto da fare in questo periodo dell'anno: solo un sacco di staccionate da aggiustare... Mi faresti un favore.»

Lei ci pensa per un momento, poi accetta. «D'accordo, affare fatto.»

«Ottimo.» William si alza e porta i piatti vuoti al lavello.

«Adesso ti aiuto a riordinare, poi devo proprio tornare da Evelyn: si starà preoccupando.»

Lila annuisce.

«Ma torno domani, se per te va bene. Comincerò a lavorare quel legno.»

«Grazie», risponde lei sorridendo.

William lava i piatti e Lila, al suo fianco, li prende dalle sue mani insaponate e li asciuga con uno strofinaccio. Un paio di volte le loro dita si sfiorano su una tazza o un piatto, provocando un sorriso imbarazzato. C'è qualcosa di nuovo fra loro, adesso: un calore e una comprensione che prima non esistevano. Quando finiscono, lei lo guarda allontanarsi nell'oscurità con Rosie al fianco. «Buonanotte», grida alle loro spalle, e la sua voce echeggia sul lago, mentre le due sagome si fondono con la notte.

Quando non li vede più, torna dentro ed esamina il soggiorno. La cucina è migliorata, ma c'è ancora parecchio da fare. Si sente impaziente di proseguire la sua opera. "Non lasciare che le cose peggiorino", le ha consigliato William per il suo rapporto con Tom, e quel suggerimento si adatta anche alla casa. "A volte la vera lotta è quella che segue l'evento, quando devi affrontare quello che ti resta... Come fare a vivere dopo la perdita: è questa la vera lotta." Quelle parole sono significative a molti livelli. È stato tutto troppo confuso: negli ultimi mesi le sembra di aver vissuto come una sonnambula. Non vuole più restare in quella nebbia: vuole riuscire a pensare, vedere e *sentire* le cose con chiarezza. All'improvviso capisce c'è qualcos'altro che deve fare.

Sale le scale di corsa, afferra la boccetta di pillole che tiene nell'astuccio da bagno e va in punta di piedi al gabinetto esterno, facendosi luce con una torcia, poi svita il coperchio e, prima di poter cambiare idea, le butta tutte nel buco nero. "Ecco", pensa fissando l'oscurità sotto di sé, "è fatta. Non potrò mai più recuperarle."

Fedele alla parola data, William arriva il mattino dopo con i suoi attrezzi e trasforma il grosso ceppo in una bella asse liscia e dalla forma originale, perfetta per quello che Lila aveva in mente. Il pomeriggio successivo William ritorna, questa volta trainando un carrello con la sua Land Rover. «Alla fattoria avrebbero finito per rovinarsi», dichiara, indugiando con le mani in tasca davanti alla struttura polverosa di un letto matrimoniale di mogano e relativo materasso. «Sono rimasti nel fienile per un po'. So che non è dei più belli, ma è comodo e sarà molto meglio della branda su cui hai dormito finora.» Si sbaglia: è anche un bel letto. Lila capisce dalla qualità del legno e della fattura che è un pezzo antico. «Bisogna trasportare la struttura e le doghe attraverso il prato e giù per il pendio, ma in due dovremmo farcela, non credi?» Lei sta per protestare per la sua generosità, ma lui la ferma con una mano. «Prendili, ti prego; a casa mia sono solo d'ingombro.»

«Ma...»

«Per favore.»

Lei lo guarda per un momento, pensando alla sua branda stretta nella camera da letto. «Va bene», dice lasciandosi convincere. «Grazie.»

Trasportano al cottage prima la struttura, poi tornano a prendere il materasso, che si rivela poco maneggevole e così pesante che Lila deve continuare ad appoggiare la sua metà per riposarsi, e riescono finalmente a portarlo in casa solo a pomeriggio inoltrato, mentre la luce sfuma sulle colline. «Manca l'ultimo sforzo», dice lei guardando le scale. «Credi che possiamo farcela?»

«Coraggio», risponde William. «Prenderò l'estremità più in alto.»

In parte lo spingono e in parte lo tirano su per i primi gradini e sono appena riusciti a incunearlo fra il muro e la balaustra – William in cima e Lila in basso –, quando una voce la chiama dalla soglia di casa. «Lila, ci sei?»

Lei scruta attraverso la ringhiera e vede Tom nel varco della porta aperta, con una borsa ventiquattrore in spalla e un grosso mazzo di fresie bianche in mano. «Tom!» esclama. «Cosa ci fai qui?»

Lui attraversa la stanza porgendole i fiori. «È San Valentino», dice fissando il materasso sulle scale. «Santo cielo, non starai spostandolo da sola, vero? Aspetta», aggiunge facendo scivolare la borsa sul pavimento e posando i fiori sulla mensola di pietra del camino. «Lascia che ti aiuti.»

«Non si preoccupi» dice William da sopra. «Sto tenendo io l'altra estremità.»

Tom fa un passo indietro e allunga il collo per guardare in cima alle scale. «Oh, salve William. È lei, vero? Scusi, non l'avevo vista lassù.» Scocca un'occhiata a Lila.

Lei avvampa. «Cosa ci fai qui?» chiede, e sembra sulla difensiva senza volerlo.

«Volevo farti una sorpresa.» Tom indugia ai piedi delle scale. «Vuoi una mano?»

«Sì», risponde Lila, «dalla mia parte servirebbe una spinta.»

Tom si toglie il cappotto e sale sulla scala, poi manovrano insieme il materasso fino alla camera dove la struttura di legno del letto è già stata montata. Tom guarda il letto e si gira verso Lila con un sopracciglio alzato, prima che tutti e tre sollevino il materasso e lo appoggino sulla base.

«Bene», dice William alla fine spolverandosi le mani, «sarà meglio che vada e vi lasci in pace.»

Lila avverte l'ostilità irradiata da Tom in piedi accanto a lei. «D'accordo, amico.»

«Grazie mille », farfuglia Lila. «L'ho apprezzato davvero.»

«Non c'è di che. Come ti ho detto, a casa mia era solo d'intralcio.»

William prende il suo giaccone, chiama Rosie con un fischio e un attimo dopo se n'è andato.

Tom aspetta un momento, poi si volta verso di lei. «Un letto?» chiede incredulo. «Ti ha regalato un letto?»

«Perché?»

Tom scuote la testa. «Devo riconoscerlo a questo tizio: è una delle mosse più furbe che abbia mai visto... e a San Valentino, per di più.»

«Non è così, Tom», protesta Lila arrossendo per l'imbarazzo. «È un amico. Mi ha portato il letto fin qui con il suo carrello; è stato incredibilmente gentile.»

«Mmm», mormora Tom.

«Cosa?»

«Puoi pensare che sia il gesto platonico di un amico, Lila, ma è un uomo. Un uomo solo e anziano, che vuole venire a letto con te.»

«Non è vero. E comunque, non è tanto *anziano*.»

Tom scuote la testa. «Non mi piace, Lila. Perché mai ogni volta che vengo qui trovo anche lui, che ti ronza intorno rendendosi utile? Sono più che certo che abbia un secondo fine.»

Lila sbuffa. Vorrebbe discutere, vorrebbe dire a Tom che non tutti hanno il pensiero fisso del sesso, ma c'è una parte di lei che il sesso non riesce nemmeno a menzionarlo in quel momento, non con quel grande letto per due che troneggia imbarazzante in mezzo a loro.

Tom sembra addolcirsi. «Non merito nemmeno un saluto?»

«Scusa.» Lei aggira il letto e si avvicina. «Ciao.»

Lui la abbraccia e per un momento Lila si sforza di smettere di pensare e di godere semplicemente della sensazione di essere fra le sue braccia. «Sono felice che tu sia qui.»

«Lo sei davvero?»

«Sì. Per quanto tempo ti fermi?»

«Solo una notte o due. Sono stato fortunato a riuscire a scappare. Il cantiere Stratford ci sta impegnando al massimo in questo momento.»

Lei alza lo sguardo e solo allora lo vede distintamente: la sua pelle olivastra, gli occhi castani, la barba di due giorni sul mento. Allunga una mano e gli accarezza con dolcezza la cicatrice argentea sulla guancia. Lui lascia che le sue dita la seguano e scendano lungo il profilo del suo viso prima di prenderle la mano e attirarla a sé per baciarla. Quando le loro bocche si toccano, lei sente un groviglio caldo dentro di sé, qualcosa che non prova da molto tempo, e appoggia il corpo al suo. È un sollievo capire che lo desidera ancora, ma al tempo stesso ha paura.

Come se le avesse letto nel pensiero, lui si ritrae. «Su, avanti», le dice, «sarà meglio che mi faccia vedere i risultati del tuo lavoro. Devi dimostrarmi di non essere quassù solo per una bella vacanza.»

Lei annuisce, grata che lui non voglia forzarla, e lo guida per mano sulla scala scricchiolante.

Quando viene il momento di andare a dormire, coprono il materasso con delle vecchie coperte e si sdraiano vicini dentro i sacchi a pelo, fissando il soffitto.

«È molto silenzioso qui», dice Tom.

«Sì.»

«E fa freddo.»

«Sì», ripete Lila.

«Questo materasso non è male, vero?»

«Allora adesso non sei più arrabbiato con William?» chiede lei, incapace di resistere all'impulso di lanciargli una frecciata.

«Penso ancora che abbia un secondo fine.»

Lila non risponde e il silenzio fra loro si espande.

«Dovremmo stare vicini vicini per scaldarci», propone lui infine, con un sorriso nella voce. «Sai, come i pinguini.»

Lei aspetta un istante. «Sì, dovremmo», concorda.

Tom sembra sorpreso dalla sua risposta; resta immobile. Allora lei, per dimostrare che dice sul serio, apre la cerniera del sacco a pelo. Tom fa lo stesso, escono insieme dai sacchi a pelo e li stendono sopra di loro per coprirsi. Tom la tira a sé e le abbraccia la vita. Lei si rifugia nella curva calda del suo corpo e ricorda la scintilla scoccata prima. Le braccia di Tom la stringono un po' di più. Lei avverte i minimi movimenti delle sue dita sul petto mentre la accarezza sotto la t-shirt. Si volta lentamente e le loro labbra s'incontrano nell'oscurità. Le mani di Tom si muovono sotto la stoffa, seguono la curva del seno, poi scendono fino ai fianchi. Lei sospira dentro la sua bocca, inala il suo respiro.

«Ti voglio», le dice.

Lila gli risponde con le labbra. Tom abbassa le mani alla chiusura del suo pigiama e armeggia con il fiocco, finché Lila, impaziente di desiderio, se lo toglie da sola. Anche lui si spoglia. Finalmente i loro corpi nudi e caldi si muovono all'unisono nel buio, e quell'intreccio le è familiare come la sua stessa pelle. Non ci sono più parole né pensieri. Solo pelle su pelle, respiri bollenti e il battito ininterrotto del cuore.

Nel sogno è tornata a Londra, è al piano di sopra, nella loro camera, e la luce del sole illumina attraverso la finestra i vestiti scartati sparsi sul letto. Lei ha fretta ed è nervosa: sa che farà tardi. Si prova prima il top nero, poi quello rosa. Il sogno salta oltre e all'improvviso non è più impaziente, ma arrabbiata. La collera le circola nelle vene come acido caldo. Ha i pugni serrati. Deve lottare o fuggire? Gira sui tacchi e attraversa di corsa il pianerottolo, verso le scale, verso la libertà.

Un altro balzo e raggiunge il primo gradino. Emerge un nuovo dettaglio: in lontananza, al pianterreno, si staglia la porta d'ingresso, e una luce bianca filtra all'interno attraverso il pannello di vetro smerigliato. Poi qualcos'altro: un rumore di passi che echeggia sul pianerottolo alle sue spalle. "Lila!" Il grido è distorto come in una colonna sonora trasmessa alla velocità sbagliata. È ancora in cima alle scale quando le sente: mani su di lei, che la afferrano, la tirano, la fanno inciampare...

Lei barcolla per un momento, raggelata, con il cuore in gola. Cerca di afferrare il corrimano, ma non trova niente all'infuori dello spazio vuoto e ruzzola giù dal pianerottolo.

Sempre più giù, precipitando nell'abisso, senza niente che possa salvarla, eccetto la fredda, dura realtà dell'impatto.

Si sveglia di soprassalto nel buio. Accanto a sé sente il peso caldo e immoto del corpo di Tom sul materasso. Si ricorda dov'è e il battito martellante del cuore rallenta a poco a poco. Deglutisce e cerca di respirare.

Era così reale.

Così reale.

All'improvviso lo sa. Sa che non era a casa da sola quando è caduta.

Qualcuno era lì con lei. C'era stata una lite. Era scappata e l'avevano inseguita, afferrandola per la schiena, e lei era ruzzolata giù dalle scale. A quel pensiero le sembra che il cuore le balzi fuori dal petto. Con un brivido si volta a guardare Tom nel buio pesto. Riesce a vedere solo la curva della schiena voltata verso di lei, il contorno delle spalle larghe, che si alzano e si abbassano al ritmo del suo respiro tranquillo. Lo studia per un momento, poi scivola fuori dal letto. Si gela, ma lei sa di non poter restare distesa lì nemmeno un minuto di più.

Al piano di sotto, in cucina, si siede al tavolo avvolta in una coperta e cerca di ricordare. C'era qualcuno con lei, a casa sua, il giorno in cui è caduta, ormai ne è certa. Ma chi? Ci pensa e ci ripensa, ma l'unica cosa che le viene in mente sono le parole che le ha detto Tom a novembre nella brughiera: "A volte sembra che tu stia incolpando me".

Quelle parole erano suonate strane anche allora, ma adesso, mentre studia i nuovi frammenti del sogno, si chiede se abbiano un significato più sinistro. C'era Tom lì con lei? Avevano litigato? Poteva aver causato lui la sua caduta? Forse le sue parole indicavano che aveva la coscienza sporca?

Scuote la testa. Le sembra impossibile. Tom non l'avrebbe lasciata così ai piedi delle scale, svenuta e sanguinante...

Ma il sogno era sembrato molto *reale*. E non poteva esserci nessun altro. Era stata la madre a vederla attraverso la buca delle lettere e a chiamare l'ambulanza. Nessun altro avrebbe potuto essere *dentro* la casa con lei, a parte Tom... Tom che non vuole parlare della caduta... Tom che riesce a malapena a pronunciare il nome della loro bambina... e che si chiede se la moglie lo *incolpi* di qualcosa.

Lila rabbrividisce e si stringe la coperta intorno alle spalle. Continua a rivedere i dettagli del sogno nella mente, finché le dita pallide dell'alba superano le colline e la raggiungono, avvolgendola in un freddo abbraccio.

16.
FEBBRAIO

1981

Nel corso della giornata, sopra la valle si formano minacciose nuvole grigie foriere di tempesta, e questa arriva carica di violenza al calare della sera. La bufera li ha presi di mira: colpisce il cottage, sibila attraverso le crepe delle finestre e sbatte ogni porta rimasta aperta. Si ritrovano a pianterreno, attratti dal fuoco e dal conforto inespresso procurato dallo stare tutti insieme. Kat osserva le fiamme che si stanno affievolendo e tira un calcio alla cesta di legna quasi vuota. «Di chi era il turno di riempirla?» chiede.

«Io l'ho fatto stamattina», risponde Ben.

Simon e Mac si limitano ad alzare le spalle, così Kat lancia un'occhiata fiammeggiante a Freya, accoccolata in fondo al divano con il viso rivolto alla finestra.

«Freya?»

Lei si guarda intorno trasalendo. «Sì?»

«Eri tu che dovevi riempire la cesta?»

«La cesta di cosa?» Sembra assorta in tutt'altro.

«La cesta della legna. Toccava a te riempirla?»

«Non lo so... Può darsi.»

Kat sospira. «Oh, lascia perdere, lo farò io.»

Entra rumorosamente in cucina, oltrepassando Carla, in piedi davanti al lavello con le mani immerse nell'acqua saponata. «Non starai andando là fuori, vero?» chiede Carla a Kat, che si sta infilando il giaccone pesante di Simon.

«Qualcuno deve pur farlo. Abbiamo bisogno di legna.»

«Non stiamo razionando quella che ci è rimasta?»

Kat annuisce. Avevano creduto tutti che la legna che avevano tagliato sarebbe bastata fino alla primavera, ma l'inverno era stato molto rigido e le loro scorte si erano esaurite in fretta. Quella che restava sul terreno era troppo umida per dare un fuoco soddisfacente: fumava e scoppiettava senza prendere. Kat non sa cosa succederà quando avranno bruciato l'ultimo ceppo – nessuno sembra volerne parlare –, ma fissa lo stesso Carla con un sopracciglio alzato.

«Di tutte le notti vorresti passare senza un fuoco proprio stanotte?»

Carla torna a voltarsi verso il lavello. «Giusto.»

Il vento le strappa di mano la porta sul retro, facendola quasi uscire dai cardini. Kat se la chiude accuratamente alle spalle e raggiunge l'esigua scorta di legna accatastata sotto il cornicione della casa, dove riempie in fretta la cesta con un numero sufficiente di ceppi per alimentare il fuoco fino alla mattina successiva, prima di trascinarla verso la casa. Davanti alla porta trova Wilbur che respira rumorosamente e soffia, e gli apre appena la porta perché possa entrare in cucina; poi la richiude e porge la faccia al vento. Nell'aria c'è qualcosa che le parla: un crepitio di elettricità, un sentore di violenza... Kat decide di voler sperimentare la massima potenza della tempesta, solo per un minuto.

Abbandona la cesta ed esce dal riparo della casa, lottando per avanzare verso il lago, dove il vento sferza la superficie dell'acqua facendo ondeggiare le canne e piegandole fino ad appiattirle sulla riva. Lei continua a camminare con le braccia spalancate contro la bufera, finché raggiunge il precario rifugio degli alberi. Resta ferma per un momento a occhi chiusi e ascolta la tempesta che ruggisce come il motore di un jet attraverso il lago. L'aria fredda le punge le guance e si insinua fino al midollo. Lungo tutto l'argine gli alberi scricchiolano e gemono, i rami si scontrano come spade in lotta. Kat spalanca di nuovo le braccia e ulula nel buio, assaporando a pieni polmoni il respiro gelido della notte. Immediatamente, il suo grido viene portato via come un sacchetto di carta che rotola nel vento. Di fronte a quella forza, lei si sente piccola e insignificante, ma viva.

Chissà da dove, come trasportato dalla tempesta, riaffiora

un ricordo. «Faccio solo un salto fuori, Kat. Tu fa' la brava e cura tua sorella... Torno presto.»

«Sì, mamma», risponde cercando di non piangere quando la madre chiude la porta e gira la chiave con un *clic*.

Si aggirano per due giorni e due notti nell'appartamento, sporche, affamate e derelitte. Nell'anta bassa della credenza ci sono un pacchetto di biscotti già aperto e una scatola di cornflakes con una manciata di cereali schiacciati sul fondo del sacchetto. Kat rovescia tutto sul pavimento e le bambine mangiano le briciole direttamente da lì. Hanno anche sete, ma il biberon di latte di Freya finisce in fretta e loro non riescono ad arrivare al rubinetto del lavello. Il pannolino della sorella comincia a emanare un cattivo odore. Kat glielo toglie e cerca di pulirla, ma la lordura si sparge dappertutto. Lei la ripulisce come meglio può con una vecchia coperta, poi si rannicchiano nel letto dei genitori, infreddolite e affamate. «Non preoccuparti», dice alla sorellina, «la mamma tornerà presto.» L'unica cosa che resta da fare è dormire.

Quando cominciano a bussare forte e a gridare, sembra una tempesta paurosa che scuote le porte e le finestre. «Apra, signora Thomas. Abbiamo un mandato.» Poi Kat apre gli occhi: nella camera dei suoi genitori sono comparsi due strani uomini in divisa che le fissano. Richiude gli occhi di scatto per la paura. «Merda, Mark», sente dire a uno dei due, «quella stupida vacca se n'è andata e ha lasciato qui le bambine.»

Poi l'uomo si avvicina. Lei chiude gli occhi ancora più stretti. «Stai bene, piccola?» chiede. «Come ti chiami?»

Lei non risponde, non è così sciocca. Socchiude gli occhi in una fessura e spera solo che la madre torni presto, ma quando le porgono un bicchiere d'acqua non riesce a resistere e lo beve tutto d'un fiato, sotto il sorriso incoraggiante del poliziotto.

«Sei stata una bambina coraggiosa a curare così la tua sorellina. Una sopravvissuta, ecco cosa sei.»

Poi la corsa in ambulanza e i letti candidi di un lustro ospedale, che odora come la pomata che Kat ricorda di aver spalmato una volta sulle ginocchia sbucciate della sorella. Quando l'infermiera con le lentiggini ritorna, Kat le chiede: «La mamma è nei guai?».

«Oh», risponde la donna, «non preoccuparti per lei: starà bene. Prima dobbiamo pensare a voi due.»

Mentre il vento le strattona la pelle e i vestiti, Kat ricorda tutto. Chiude gli occhi e un'altra raffica violenta le fa quasi perdere l'equilibrio. Lei barcolla all'indietro di un paio di passi, lottando per stare dritta. Da un punto imprecisato alla sua destra ode il fragore di qualcosa che si spezza, come se lo scafo di una nave avesse solcato il lago e si fosse schiantato sulla spiaggia in mezzo agli alberi. Kat alza lo sguardo e vede uno degli ontani più alti che si piega verso di lei uscendo dall'ombra. Sembra un enorme dito puntato che vacilla gemendo. Lei fa un altro passo indietro e guarda affascinata e inorridita la pianta che comincia la sua lunga discesa verso il suolo, fino a schiantarsi ai suoi piedi come un colossale fantasma sconfitto in battaglia.

Kat osserva l'albero caduto. Solo pochi centimetri più vicino e lei sarebbe stata travolta dai suoi rami. Lo fissa per un momento; poi, eccitata dalla paura e dalla violenza straordinaria della tempesta, alza il mento al vento e ride dentro il cielo notturno. Quell'uomo aveva ragione: lei *è* una sopravvissuta.

«Stavo cominciando a preoccuparmi per te», le dice Carla, quando Kat rientra dalla porta sul retro trascinando la cesta della legna piena. «Allora, sei sopravvissuta là fuori?»

«Sì», risponde Kat con l'accenno di un sorriso. Ha già deciso di lasciare che scoprano l'albero loro stessi l'indomani mattina.

«Hai trovato Wilbur?»

«Sì, l'ho fatto entrare in casa prima.»

Carla annuisce. «Bene. Probabilmente quel pigrone di un maialino sarà disteso davanti al fuoco insieme a Freya.»

«Speriamo che non si avvicini troppo. Diventerà pancetta croccante se finisce nelle grinfie dei ragazzi.»

«Finché c'è Freya non succederà.»

Kat annuisce. «A Freya sono sempre piaciuti i trovatelli e gli animali randagi. Aveva l'abitudine di raccogliere gli uccellini e metterli nelle scatole da scarpe, aspettandosi che noi potessimo compiere un miracolo. Non capiva che una volta caduti dal nido non si può fare più niente per loro: meglio lasciarli ai gatti.»

Carla la studia. «Sei una tipa tosta, sai?»

Kat scrolla le spalle. «È un fatto naturale, no? Sopravvive il più forte. È così che va il mondo.»

Carla prende uno strofinaccio e si asciuga le mani. «Kat, pensi che Freya stia bene?»

«Certo.» Resta un momento in attesa, con il cuore in gola, domandandosi se Carla abbia intuito.

«È che ha un'aria così... depressa. Non sembra la stessa persona che è arrivata qui pochi mesi fa. Non l'hai notato?»

Kat non sa bene cosa rispondere. «È sempre stata un po' lunatica.» Quella bugia ha il sapore di un tradimento, ma sa di non avere altra scelta.

«Ah.» Carla appende lo strofinaccio a un gancio libero. «Immagino di non conoscerla bene come te. E poi, se non si trovasse bene qui, potrebbe andarsene quando vuole. Nessuno la trattiene.»

«Certo», conferma Kat inghiottendo il groppo che ha in gola. «Allora», continua cercando di cambiare argomento, «se non possiamo avere pancetta croccante, cosa c'è per cena stasera?»

«Fagioli.»

Kat esala un gemito.

«Lo so: è sempre fagioli o riso.»

Kat riflette per un momento. «C'è rimasto dello zucchero o del latte in polvere?»

«Un pochino di entrambi.»

«E marmellata?»

«Gli ultimi due vasetti.»

«E se facessimo il pudding di riso?»

Carla sorride. «Affare fatto.»

Il vento ringhia e ghermisce la casa per tutta la notte. Sdraiata nella camera al primo piano, Kat si gira e rigira nel letto senza riuscire a dormire, rimuginando sul problema di Freya. Più ci riflette e più si sente invadere da un panico strisciante. Hanno aspettato troppo. Carla sembra già sospettosa e presto il ventre sempre più gonfio di Freya sarà visibile a tutti. A dispetto delle camicie da notte ampie e dei vestiti fluttuanti in cui si drappeggia, tra breve non riuscirà più a nascondere la gravidanza, né a Carla né a nessun altro. E, cosa ancora più importante, si sta avvicinando il momento in cui Freya non potrà più abortire.

Kat si è scervellata in cerca di un modo per racimolare i soldi che servono a mandare via la sorella. Anche se riuscisse ad abortire senza pagare, avrà bisogno di denaro per mangiare e trovare un alloggio da qualche parte, per lo meno finché non si rimetterà in piedi. Ma, a parte una rapina in banca, non le è venuta in mente nessuna idea. È stufa di preoccuparsene, stufa di cercare di escogitare un piano. Una parte di lei desidera svegliarsi una mattina e non trovare più la sorella, ma Kat sa che non potrà mai succedere perché Freya non ha un posto dove andare. Intanto, il tempo passa e il bambino dentro di lei cresce giorno dopo giorno. Kat è terrorizzata che gli altri se ne accorgano – che Simon se ne accorga –, ma non sa proprio cosa fare.

Maledizione a Simon e a quel dannato fucile. Se solo avesse saputo che la stupida decisione di comprarlo poteva mettere in pericolo tutto il loro futuro al cottage... Mentre fissa l'oscurità sopra di lei, Kat pensa a Simon e a come potrà reagire quando il segreto di Freya sarà svelato. Capirà meglio di chiunque altro che un neonato rovinerebbe tutto. Un bambino vero, che piange, si lamenta e gattona in giro, non sarebbe niente di meno che un disatro, qualcosa che metterebbe fine alla loro vita al cottage. Se ne andrebbero ognuno per la sua strada, tornando in città, alle loro famiglie e a cercarsi un lavoro. Simon la lascerebbe senza guardarsi indietro, diretto alla sicurezza dei genitori benestanti con la loro grande casa e le auto costose, e a Kat non resterebbe niente: né un lavoro né una casa né Simon.

È mentre ripete mentalmente tutto il ragionamento che l'idea le esplode nella testa. Simon, la sua famiglia. Ha avuto tanta paura che lui scoprisse di Freya, ma perché? E se anche lo sapesse? E se potesse essere d'aiuto? Se si facesse prestare i soldi dai suoi genitori, Freya potrebbe andarsene e loro continuerebbero a vivere al cottage senza più intralci. Prova e riprova nella sua mente quella conversazione e, benché sappia che non gli piacerà, crede di poterlo convincere che quello è l'unico modo per non perdere il cottage. Sicuramente lui lo deve a lei e a Freya, considerando la parte che ha avuto. Kat non ce la fa più a reggere la situazione da sola: ha bisogno del suo aiuto.

Ascolta la tempesta che infuria mentre ripete mentalmente le proprie argomentazioni; il sonno la coglie solo quando il vento ormai sofferente riduce il proprio ululato a un fievole gemito incerto.

È Ben a scoprire l'albero. Il suo grido di gioia sveglia Freya, che strascica i piedi fino alla finestra, avvolta in una coperta. «Vieni a vedere», dice a Kat dal davanzale.

Kat è intontita dalla mancanza di sonno, ma raggiunge la sorella alla finestra e guarda in lontananza, vedendo Ben con un piede sul tronco massiccio dell'ontano e le mani intrecciate sopra la testa nella posa vittoriosa di un cacciatore che rivendica la sua preda. Alla luce fredda del giorno, l'albero è ancora più notevole. Lei ha un brivido e si volta verso la sorella. «Come ti senti?»

Freya arrossisce e sfiora uno degli steli bianchi di lunaria nella brocca sul davanzale. Non parlano mai apertamente della gravidanza, eppure lei sembra comprendere il senso della domanda di Kat. «Non ho più le nausee.»

Kat deglutisce. Se la nausea del mattino è passata, significa che la gravidanza è inoltrata. Il tempo a loro disposizione sta scadendo. Sa di dover parlare a Simon... quel giorno stesso.

«Peccato che non abbiamo una motosega», dice Simon. «Non riusciremo mai a segare questo tronco a mano, ma per lo meno possiamo staccare tutti i rami morti. Dovrebbero bastare a fare legna per arrivare fino all'estate.»

Kat è accanto a lui e osserva l'albero. Riesce ancora a udire l'eco del suo crollo assordante. Gira lentamente intorno alla pianta e nota la protuberanza nodosa a metà del grosso tronco, dove la corteccia si è corrugata in un'inusuale forma ovale, con all'interno un'altra voluta, che ricorda l'iride di un occhio. Da un angolo, come una lacrima scura, scende una macchia che segna la corteccia. Kat segue con le dita l'imperfezione del legno, stupendosi per come assomiglia a un occhio che piange. Vorrebbe mostrarlo a Simon, ma lui sta ancora parlando. «Se portiamo in casa la più grossa quantità possibile di rami, si seccheranno abbastanza in fretta», aggiunge. Kat annuisce e lui la guarda. «Stai bene? Sei molto silenziosa. Posso farmi aiutare da qualcun altro se tu non te la senti.»

«Sto bene», risponde lei. È raro che loro due restino da soli e lei desidera godere di quel tempo con lui ancora per qualche minuto prima che lo spettro di Freya si erga di nuovo fra di loro.

Il cielo è una lastra grigia che li sovrasta mentre spezzano e strappano i ramoscelli più piccoli dell'albero, spingendosi gradualmente verso il centro della chioma, dove spaccano i rami più grossi con l'accetta e una piccola sega a mano. Via via che la pila di legna da ardere cresce, Kat sente i muscoli che si scaldano per lo sforzo. Un velo di sudore le copre la pelle e lei si sfila il maglione, sentendo l'aria fredda suscitare un brivido sulle sue braccia nude. La fatica fisica le dà una bella sensazione e per un po' Kat si perde nel ritmo del lavoro. «Facciamo una pausa», propone Simon alla fine, porgendole una borraccia d'acqua fresca. Lei beve una lunga sorsata e gliela restituisce, restando a guardare mentre lui inclina la testa e deglutisce, con il pomo d'Adamo che scivola su e giù. «Allora, pensi di dirmi cosa ti preoccupa?» le chiede asciugandosi la bocca sulla manica. «Hai detto a malapena una parola in tutta la mattina.»

“Non farmelo fare”, pensa Kat. “Non farmi rovinare tutto.” Ma sa di doverglielo dire. Con un sospiro, dà dei colpetti al tronco dell’albero per dirgli di sedersi lì. «C’è qualcosa di cui ti devo parlare e che non credo ti piacerà.»

Lui la guarda con calma. «Sputa il rospo.»

«Si tratta di Freya.»

«Va’ avanti.»

“Non ha davvero il minimo sospetto”, pensa Kat. Prende un respiro. «È incinta.»

Gli occhi di Simon si allargano visibilmente. «Incinta?»

«Sì.»

«Vuoi dire che...»

«Avrà un bambino? Esatto.» Scoprendo che è lei ad arrossire, Kat è infastidita. Possibile che debba spiegarglielo proprio lei per filo e per segno?

«È successo quella notte», continua, «sai, quando abbiamo preso i funghi allucinogeni ed è stato tutto un po’ folle.» Cerca di sorridere, di fargli vedere che capisce, che lo perdona. Simon la fissa e poi ha almeno la decenza di abbassare lo sguardo, avvampando per l’imbarazzo. Assistere alla sua vergogna è una piccola soddisfazione.

«Oh», dice lui.

«Già, oh.»

Simon alza la testa e si toglie i capelli dagli occhi. «Kat, non so cosa...»

Kat scuote la testa. «È successo.»

Simon la guarda. «Non sei... arrabbiata?»

Lei sostiene il suo sguardo. Le chiede se è arrabbiata? Sta scherzando? Certo che è arrabbiata. È furibonda. È distrutta. Il suo cuore non è più una cosa tiepida che batte di calore e bellezza, ma cristallo mandato in frantumi dentro il suo petto. Lui non saprà mai cosa le ha fatto, e lei non glielo dirà. Non gli farà vedere di essere debole e bisognosa. Sa come è Simon. Così, scuote la testa. «No», dice con leggerezza, «non sono arrabbiata. È stata solo una stupida notte, giusto?»

Simon esala un lento respiro. «Merda... dev’essere di... quanto? Quattro, quasi cinque mesi?»

Kat annuisce.

Lui scuote la testa e rimangono per un po' seduti insieme in silenzio sul tronco, finché Kat non riesce più a resistere. «Freya vuole abortire, ma non ha soldi né un posto dove andare dopo. È per questo che ho guardato nel barattolo di latta l'altro giorno.»

«Ah.»

«Abbiamo bisogno di soldi urgentemente... in modo che possa andare in una clinica, capisci, pensavo a una struttura privata, un posto accogliente. E dopo dovrà trovare una sistemazione per un po', finché si rimette in piedi e torna al college.» Kat parla in fretta, accavallando quasi le parole.

Simon scuote di nuovo la testa. «Un aborto?»

«Sì», risponde Kat. «Non credo che abbia altra scelta.»

Simon si strofina l'accenno di barba sul mento. «Quanti soldi?»

«Non lo so esattamente. Pensavo a duecento sterline o poco più, quanto basta per la procedura e un paio di mesi di affitto.»

«Non abbiamo così tanti soldi. Sai come me quanti ne sono rimasti nel barattolo.»

«Lo so.» Kat esita. «Pensavo che forse... potresti parlare con i tuoi genitori.»

La risata di Simon la sorprende. «I miei genitori? Oh, ne sarebbero entusiasti. Il figliol prodigo che ricompare all'improvviso e chiede la carità per abortire il suo bastardo e sistemare la sua puttanella in qualche rifugio d'amore.» Scuote la testa. «Non credo proprio.»

Kat lo guarda per un momento. «Freya non è la tua *puttanella.* Inoltre, se è l'aborto quello che disapproverebbero, potresti sempre mentire riguardo al motivo per cui ti servono i soldi.»

Simon stringe gli occhi e, quando parla di nuovo, le sue parole scioccano Kat fino al midollo. «Perché non può tenerlo?»

«Perché... perché... non può e basta», esplode Kat scuotendo la testa. «Certo che non può: ha solo vent'anni.»

«Cosa c'entra l'età?»

«Tutto.» Kat lo guarda a bocca aperta. «È troppo giovane. Vuole tornare al college.»

Lui sorride debolmente. «Nella vita non possiamo sempre fare quello che vogliamo, non ti pare? Adesso, forse, lei ha nuove responsabilità.»

«E dovrebbe crescere il bambino da sola, una ragazza madre senza soldi e senza casa?» Kat ride amaramente. «Io non credo possa farcela, e tu?»

«Ma lei non è da sola, vero? Ha noi, e *questa* è la sua casa.»

Kat sente un gusto acido in gola. Deglutisce e cerca di concentrare i pensieri su un'argomentazione logica. «D'accordo», dice con calma, «mettiamo il caso che abbia il bambino... come facciamo con i medici, gli ospedali, i controlli periodici?»

Simon sorride di nuovo. «Sei troppo condizionata, Kat, troppo pronta ad accettare quello che la società ti impone. Non ti ha insegnato niente il tempo che abbiamo passato qui? Avere un bambino dovrebbe essere la cosa più naturale del mondo. E cosa significa scegliere di stare in questo posto se non affidarsi alla natura, accettare i suoi frutti e usare al meglio ciò che ci viene donato? Freya avrà te e Carla ad aiutarla, donne che le vogliono bene e la sostengono.»

«Ma noi non siamo levatrici professioniste.» Kat non crede alle sue orecchie. «E comunque, come compreremo pannolini, cibo e vestiti per bambini? Qui non siamo attrezzati per niente di tutto questo. Come potremo permettercelo? È impossibile.»

«Cosa credi che facessero le donne anni fa? Che corressero in un negozio specializzato a riempirsi il carrello di pannolini usa e getta e lozioni per bambini? Se ci rifletti bene, le cose più importanti di cui avrà bisogno il bambino sono già qui: latte, un tetto e un numero più che sufficiente di adulti per crescerlo e accudirlo.»

«Un bambino... non possiamo allevare un bambino *qui.*» Kat è sconcertata.

Simon si strofina di nuovo il mento. «Credo che tu stia sbagliando completamente, Kat. Forse non è il problema che tu credi sia.» Simon si sta visibilmente scaldando a quell'idea. Kat vede la scintilla di eccitazione che si è accesa nei suoi occhi. «Forse si tratta di un'opportunità, invece. Una nuova vita che dobbiamo accogliere, Kat. Ci è stata riservata come parte della sfida che stiamo affrontando qui al cottage. Questo bambino potrebbe essere la cosa migliore che ci è capitata: per Freya, per te, per me. Possiamo crescerlo in un nuovo genere di famiglia. Impareremo dagli errori dei nostri genitori e affronteremo le cose in un modo diverso.» Sorride e le sfiora il braccio con la mano. «Lo faremo insieme.»

Insieme? Sta delirando? Kat vorrebbe scuoterlo. «Quindi non ci aiuterai?»

Simon spazia con lo sguardo sulle acque placide del lago. «Certo che vi aiuterò... ma non con il denaro per un aborto.»

Le guance di Kat avvampano di rabbia. «La decisione spetta a Freya. Il corpo è suo.»

«Sì, ma che decisione può prendere se è già a più di quattro mesi di gravidanza e senza soldi?» Si alza dal tronco e porge la mano a Kat. Lei non vorrebbe prenderla, ma Simon la tiene ferma lì, e alla fine Kat l'afferra, domandandosi se il suo tremore sia visibile. Lui si dondola avanti e indietro sui piedi per l'impazienza. «Rimettiamoci al lavoro. Non ci manca molto. Poi parlerò con Freya.»

Mortificata, Kat si volta verso un ramo bianco e fragile come un osso. Lo spezza staccandolo da uno più grosso e lo scaglia sulla pila di legna. È furiosa; non riesce a credere alla reazione di Simon. Lo guarda mentre lotta con un grosso ramo e nota che è visibilmente soddisfatto della notizia, con il petto gonfio come quello di un galletto. Di tanto in tanto lancia un'occhiata alla casa, scuote la testa e sorride. Mentre lo osserva, si rende conto con orrore crescente che tenere il bambino – un'idea che lei finora non aveva nemmeno preso in considerazione – è la cosa peggiore che possa accadere. Un essere umano che cresce in mezzo a loro rappresenterà per sempre un legame fisico tra Simon e Freya, qualcosa che lei non potrà mai spezzare. Mentre lotta con un intrico di rami, sente radicarsi il seme dell'amarezza che già alberga in lei: le radici crescono e si espandono, nascoste nel suo intimo, come nella vegetazione che la circonda e che aspetta solo di venire alla luce nella campagna. Guarda il grosso tronco disteso davanti a lei. Forse, dopo tutto, sarebbe stato meglio se non l'avesse mancata.

Kat si sfila gli stivali per entrare in cucina e trova Freya che riempie d'acqua una pentola al lavello. Simon entra nella stanza dietro di lei, si avvicina a Freya e le stringe una spalla. «Brava ragazza», dice, guardando un piatto con pane e prosciutto posato lì di fianco. «Devi conservare le forze adesso, vero?»

Freya si volta di scatto e il suo sguardo spaventato guizza da Simon a Kat. Negli occhi della sorella, Kat legge un'unica domanda: "Lui sa?".

Kat annuisce lentamente, si gira e lascia la stanza con un macigno sul cuore. "Hai vinto", pensa. "Lui è tuo. Io non ce la faccio più."

17.
LILA

MARZO

Lila è appena arrivata alla fine di un'altra giornata di lavoro massacrante al cottage quando decide che ne ha abbastanza: non può permettere neanche un minuto di più che le cose fra lei e Tom incancreniscano.

Il mattino dopo San Valentino, quando lei era rimasta sveglia fino all'alba a rimuginare sul nuovo, scioccante dettaglio della sua caduta, era stata incapace di qualsiasi gesto per lui che non fosse di distacco. Dopo la loro notte insieme, Tom aveva cercato di starle vicino, di abbracciarla, ma lei era rimasta fredda e distante, e lo aveva accompagnato alla porta appena aveva potuto. Tom, con un'espressione confusa, le aveva chiesto cosa fosse successo, ma lei non aveva trovato parole rassicuranti da dirgli, e in realtà era stata contenta di vederlo andare via, atterrita com'era all'idea di lasciarsi sfuggire le paure che impazzavano nella sua mente.

Ma che lui sia lì con lei oppure lontano non sembra fare differenza: la paura rimane. Lila ha bisogno di conoscere la verità sulla sua caduta. Deve sapere che ruolo ha avuto Tom. Afferra il telefono ed esce a passo deciso, attraversando il crinale e il prato diretta alla macchina.

Mentre guida veloce lungo il viottolo sterrato e per le stradine tortuose della campagna, in cerca di un punto in cui il cellulare prenda, comincia a calare la sera. È a metà strada per Little Ramsdale quando un paio di tacche compaiono sul display. Accende le luci di emergenza e accosta sul margine della strada, cercando il numero di Tom.

Lo lascia suonare a lungo e sta per rinunciare quando le arriva la sua voce. «Pronto», grida lui. «Lila?»

«Sì, sono io.» Sente risate roche, musica a tutto volume e un tintinnio di bicchieri di sottofondo.

«Va tutto bene?»

«Dove sei?» gli chiede.

«Al pub.»

«Ah.»

«Cosa succede? Stai bene?»

«Sì, pensavo solo che... volevo...» Prende un profondo respiro. «Non lo so.» All'improvviso si sente insicura. Non aveva immaginato che la conversazione si svolgesse così.

«Resta in linea», grida Tom, così forte che lei deve allontanare il telefono dall'orecchio. «Non riesco a sentirti; esco dal locale.»

Lila coglie le parole soffocate di Tom, poi la risposta canzonatoria di uno dei suoi amici, finché a poco a poco i rumori si attutiscono e resta solo il brusio del traffico di Londra.

«Sei ancora lì?» le chiede. «Scusami: c'è la partita di football e là dentro c'è un chiasso indiavolato.»

«Ci sono.»

«È tutto a posto?»

Lei deglutisce e fissa il buio fuori dal parabrezza. Come fa a dirglielo? Come fa a chiedergli se era lui? Se era lì con lei il giorno della caduta? Se è lui la persona dei suoi ricordi, quella che la inseguiva e la afferrava per le spalle, facendola inciampare e ruzzolare giù dalle scale? Come fa a dare voce a quelle parole?

«Lila, ci sei?»

«Sì, sono ancora qui.»

«Cosa è successo?»

Il rombo distante di una folla che acclama un gol filtra attraverso il telefono. Quel rumore la fa sentire distante non trecento, ma un milione di chilometri. Lei si sta tormentando per la cosa più brutta che le sia mai successa e lui si sta divertendo a una serata con gli amici al pub. «Niente», risponde. «Ti ho chiamato solo per salutarti.» Si maledice per la propria vigliaccheria.

«Ah.» Tom sembra sorpreso. «Bene.» Il silenzio fra loro si

protrae. «Pensavo che magari mi stessi chiamando per dirmi che stavi tornando a casa.»

Lei scuote la testa. «No, non ancora.»

«Capisco.»

Lila prende un respiro. «E tu stai bene?»

«Sì.» Le risponde in modo brusco, improvvisamente diverso dal Tom che conosce. Dopo un'altra pausa di silenzio, è lui a parlare di nuovo, e le sue parole sgorgano di getto. «Senti, non avevo intenzione di dirtelo stasera, ma visto che hai chiamato... Credo che tu debba sapere che ho deciso di restare lontano. Da come è finita fra noi dopo la giornata di San Valentino, è chiaro che non mi vuoi lì con te, perciò non correrò più lassù a infastidirti. Il modo in cui ci siamo salutati l'ultima volta... be', mi ha fatto male, Lila. Non posso andare avanti così. Quando sarai pronta, sai dove trovarmi...»

Lei va su tutte le furie. Tom sta male? Non dovrebbe essere lei quella ferita e arrabbiata? Il silenzio si espande. Lila vorrebbe dire qualcosa, vorrebbe chiedergli della caduta, ma le parole ancora non salgono alle labbra.

«Devo tornare dagli altri, adesso. Tocca a me offrire questo giro.»

«Oh.»

«Sai dove sono. Aspetterò.» Un'altra pausa. «Abbi cura di te, Lila.»

Prima che lei possa dire qualcosa, Tom chiude la chiamata.

Lila rimane seduta in macchina sul bordo della strada ancora un po'; le luci di emergenza continuano a lampeggiare, illuminando a intermittenza un tratto di siepe. Non ha idea di quanto tempo resti lì a guardare gli arbusti che compaiono e scompaiono passando dall'arancione al nero all'arancione, ma alla fine si decide a girare la chiave dell'accensione, inverte la marcia e ripercorre tutta la strada fino al cottage.

È la prima notte da un po' di tempo a questa parte che vorrebbe non aver buttato via le sue pillole. Si gira e si rigira, rimuginando sulla conversazione avuta con Tom e, anche quando il sonno arriva, è agitato da un vorticare di sogni inquietanti. Le immagini guizzano e si rincorrono dietro le sue palpebre chiuse.

Sogna il padre, seduto accanto a lei al tavolo della cucina, che controlla i suoi compiti con una smorfia di delusione sul viso. «Devi applicarti, Lila», le dice battendo un pugno sul tavolo con gli occhi scuri lampeggianti. «Devi impegnarti.» Allora la risposta le sgorga dalle labbra: «E come mai tu non ti applichi, non ti impegni... nei confronti di tua moglie... della tua famiglia?». Ma lui se n'è già andato e le sue parole si perdono come pulviscolo nella brezza.

Sogna una donna che si muove leggera per il cottage cantando dolci ninnenanne, accompagnata dal fruscio delle infruttescenze di lunaria, mosse da un alito d'aria mentre passa accanto a loro.

Sogna di correre in un corridoio senza fine, inseguita da un rumore di passi, sorpresa da mani che la afferrano alle spalle e la strattonano, facendola precipitare nel vuoto di un'irrecuperabile perdita. *Proprio come lei.* Quelle parole echeggiano per i meandri del sonno, facendola girare e rigirare nel letto, così che il mattino seguente si sveglia ancora stanca e con in bocca il sapore forte del dolore.

Rimane lì per un momento, acciambellata nel letto antico, e capisce di non poter affrontare una nuova giornata di duro lavoro fisico e vapori di vernice. Ha bisogno di una pausa. Ha voglia di parlare. Sono settimane che William la invita: le ha persino disegnato una mappa di come raggiungere casa sua a piedi, ma lei ha sempre trovato qualche lavoro da fare che le impedisse di accettare l'invito. Immagina di sedersi nella cucina calda e scricchiolante, con le padelle di rame lucente e le graziose tende a quadretti. Evelyn lavora a maglia seduta al tavolo con un gatto acciambellato in grembo che le scalda le gambe e Rosie stesa ai suoi piedi. È lì che vorrebbe essere: adesso Lila lo sa. È stanca di stare da sola, non ne può più di pensare a Tom e alla caduta. Si infila un maglione caldo e un berretto di lana, si avvolge in una sciarpa e si inerpica sulla collina a testa bassa, battendo i piedi sul terreno fangoso e sollevando la testa di tanto in tanto per controllare dove si trova sulla mappa disegnata a mano da William.

È una giornata da passare all'aperto: l'aria è umida e fresca, il sole una sfera gialla ancora bassa nel cielo. Le campanule sbocciano tardi nel Peak District; Lila nota i loro rigogliosi steli verdi e le campanelle blu ancora chine, e si piega a raccoglierne un mazzolino prima di proseguire nella brughiera.

Più in alto si ferma a riposare su un vecchio muretto di pietra, toglie il berretto perché adesso le tiene troppo caldo e le fa prudere la testa, poi riprende il cammino e si sorprende di arrivare alla fattoria in poco più di un'ora. Rosie la accoglie abbaiando festosamente e una graziosa insegna di ceramica su un montante del cancello le dà il benvenuto alla FATTORIA MACKENZIE. Mentre attraversa il cortile, un'esplosione di allegri narcisi gialli la saluta dalle aiuole. È tutto molto diverso dal panorama innevato che ricorda dalla sua ultima, inaspettata visita lì.

«Bene, bene», le grida William da dietro un grosso trattore verde, pulendosi le mani con uno straccio sporco di olio. «Così ti sei decisa a venirci a trovare, finalmente.»

Lei sorride. «È un buon momento?»

«Ma certo. Aspetta solo che Evelyn ti veda.» Rosie gira in cerchio senza sosta intorno a Lila. «Dai, Rosie, lascia entrare in casa questa povera ragazza. Deve avere un gran bisogno di una tazza di tè.»

Trovano Evelyn in cucina, e l'anziana signora saluta Lila come se fosse una vecchia amica, con le lacrime negli occhi grigio pallido. «Oh, mia cara», dice afferrandole un braccio, «sei tornata.»

«Naturalmente», risponde Lila. «Le ho portato questi», aggiunge, porgendole il mazzolino di campanule. «E poi... come le ho detto l'altra volta, dovevo tornare per vedere i suoi gioielli.»

Evelyn accetta i fiori con un sorriso radioso. «Grazie, sono incantevoli. Appena avremo bevuto una tazza di tè, ti accompagnerò di sopra.»

«Lo preparo io, mamma», dice William prendendo la teiera a strisce bianche e blu.

Dopo il tè e un po' di chiacchiere, Evelyn le fa strada sulla scala di legno scricchiolante fino alla stanzetta dove Lila ha visto la scrivania ingombra di strani attrezzi la prima volta che è stata lì. Ma Evelyn ignora il tavolo e si avvicina invece a una bassa cassapanca di legno nell'angolo più lontano della stanza. «Qui tengo il mio tesoro.» Soffia via uno strato sottile di polvere dal coperchio e lo solleva, rivelando due scatole portagioielli annidate fra pile di vecchie fotografie, cartoline, lettere e fronzoli vari. «È molto tempo che non guardo qui dentro...»

Mentre Evelyn armeggia con le scatole, Lila non riesce a trattenersi: allunga una mano per prendere una delle foto più vicine ed esamina i visi del ritratto. «È lei?» chiede, indicando una signora in vestaglia con i capelli scuri.

Evelyn guarda la fotografia con un velo di confusione negli occhi. Le ci vuole qualche secondo, ma alla fine si riconosce e il suo viso si apre in un sorriso. «Sì, sono io... e quello è il mio Albert», dice indicando l'uomo alto accanto a lei, che porta un berretto floscio e larghi pantaloni di velluto a coste.

«Eravate proprio una bella coppia.»

«Grazie, cara. Albert era un brav'uomo.»

Lila osserva più attentamente la figura minuta alla loro destra e cerca di identificare i tratti di William nell'immagine sbiadita del ragazzino magro con i capelli scuri e un paio di jeans a zampa d'elefante che strizza gli occhi davanti alla macchina fotografica. Si mette a ridere. «Ma guarda William. Com'è diverso, no?»

«Sì, davvero», risponde Evelyn dando un'altra occhiata alla fotografia. «Era un ragazzino buffo, allora. Così magro... tutto orecchie e gambe. Ah, ecco qui. Ti mostro il mio tesoro.» Passa la prima scatola a Lila e la osserva mentre lei rovista eccitata fra braccialetti, spille e collane d'argento.

«Li ha fatti tutti lei?» chiede incredula. «Sono stupendi, Evelyn. Lei ha un vero talento.»

«Oh, questo non lo so.»

Lila alza verso la luce una collana con un piccolo ciondolo d'argento a forma di non ti scordar di me. «Be', per me sono assolutamente incantevoli.»

Le gote grinzose di Evelyn si colorano di un rosa delicato. «Grazie, mia cara. Puoi tenere quella se ti piace.»

«Oh, ma non posso farlo, sono suoi.» Rimette la collana nella scatola di gioielli e si volta a guardare Evelyn. Quando i loro occhi si incontrano, l'anziana signora le accarezza una guancia con il palmo ruvido e Lila ha la stranissima sensazione che non stia vedendo lei, ma qualcun'altra, attraverso la sua pelle.

«Sono tanto felice che tu sia tornata», dice. «Ci sei mancata.»

«Prima che tu te ne vada», le propone William guidandola dalla fattoria a uno dei fienili, «ho pensato che potrebbe piacerti vedere gli agnelli. C'è una neonata che sto allattando con il biberon.» La lancia un'occhiata obliqua. «Ti va di aiutarmi?»

«Certo», risponde Lila. «Mi piacerebbe molto. Cosa posso fare?»

«Seguimi.»

William apre la porta del fienile e Lila entra nel suo interno caldo, con il pavimento di terra battuta. Si sentono lo zampettare leggero e i belati delle pecore. «L'agnellina è qui.» William oltrepassa i recinti e si dirige a un angolo del fienile dove una soffice palla lanuginosa e bianca è distesa da sola in mezzo a un cumulo di paglia.

«Poverina», dice Lila, «è così piccola. Perché devi nutrirla tu?»

«La madre è morta nel parto.»

«Oh, che cosa triste.»

William alza le spalle prendendo un biberon e Lila lo guarda mentre lo riempie di latte, avvita il coperchio e lo agita. «Guarda, ti mostro come si fa.»

Lila è nervosa, ma segue le sue istruzioni, si inginocchia sulla paglia e lascia che lui appoggi le zampe anteriori dell'animale sulle sue cosce. Alla vista del biberon, l'agnellina sembra sapere subito cosa deve fare. Ansiosa di arrivare al latte, dà una testata a Lila, facendola quasi cadere all'indietro. Lila ride e abbassa la tettarella verso il muso dell'animale, che dopo un attimo sta già tirando e succhiando felice con rumorosa avidità. «È meraviglioso», dice in soggezione, con voce sommessa.

«Sì, vero?»

Lila tiene la creatura fra le braccia, chiude gli occhi e inspira l'odore dolce della paglia e della lana calda e muschiata dell'animale. L'agnella è così minuta e fragile che riporta alla mente di Lila l'ultima volta in cui ha tenuto fra le braccia qualcosa di altrettanto piccolo e prezioso... È stato all'ospedale, solo che allora non c'era stato un corpicino in movimento, caldo e vitale... non c'era stato un cuore martellante sotto le sue dita.

Non riesce a trattenersi. Mentre ricorda, comincia a piangere. Le lacrime le scorrono sulle guance e lei, imbarazzata, cerca di nascondere il viso nel pelo dell'agnellina perché William non la veda, ma inutilmente. «Oh, Lila», dice. Lo sente avvicinarsi a lei, a disagio di fronte al suo dolore.

«Mi dispiace», dice Lila singhiozzando, «fai finta di niente, sono un'idiota.»

«No, non è vero. Non dire così.» Prende in braccio l'agnellina e la depone di nuovo con delicatezza sulla paglia, poi aiuta Lila a rialzarsi. Prima di rendersene conto, lei si ritrova fra le sue braccia, e William le dà dei colpetti gentili sulla schiena, sentendosi impotente. «Su, su», le dice, ammansendola come se fosse un animale bisognoso. «Avanti, su, sfogati. È ora che ti sfoghi per bene.»

18.
MARZO

1981

Sono tutti riuniti intorno al fuoco in un'altra interminabile serata di pioggia. Mac e Kat giocano a scacchi. Ben accorda la sua chitarra seduto sulla vecchia poltrona, mentre volute di fumo salgono nell'aria dalla sigaretta accanto a lui. Carla è immersa in un libro seduta ai suoi piedi e Freya, acciambellata nella sua solita posizione in fondo al divano, rammenda una calzamaglia. Sulla soglia della cucina, Simon si schiarisce la voce. Nessuno sa cosa stia per dire finché le parole gli escono dalle labbra, come sassolini che spezzano la quiete della stanza. «Credo che dovreste sapere che Freya è incinta.»

La mano di Kat resta sospesa sulla sua regina; non osa alzare lo sguardo. L'intera stanza è immobile, nessuno respira.

«L'arrivo del bambino è previsto alla fine di giugno», continua Simon.

Il silenzio si espande. Kat sente lo sguardo di Mac spostarsi su Freya, ma non riesce a guardare in faccia nessuno di loro, tiene gli occhi fissi sui quadrati bianchi e neri della scacchiera davanti a lei.

«Sarà un momento emozionante per tutti noi», prosegue Simon, «e lei avrà bisogno del nostro sostegno.» Un attimo di esitazione. «Ci sono domande?»

Nessuno parla. Carla si muove sul suo cuscino, poi chiude il libro. Kat si sta concentrando così intensamente sulla scacchiera che l'immagine comincia a sfocarsi in un mare di grigio. Alla fine, Ben si schiarisce la gola. «Ti senti bene, Freya?»

«Sì, grazie», risponde lei sottovoce.

Carla sospira. «Uau, un bambino! Non ne avevo idea.»

Kat avverte lo sguardo di Carla che si sposta verso di lei; alza la testa e incontra il suo sguardo, sollevando il mento quasi impercettibilmente. Non vuole la sua pietà.

Solo Mac non si è mosso. Kat percepisce la tensione che emana – il suo corpo è una molla pronta a scattare –, e quando infine lei trova il coraggio di guardarlo, vede che il suo viso è diventato di un rosso impossibile. Mac abbandona il gioco senza una parola e se ne va dalla stanza, oltrepassando bruscamente Simon che è ancora sulla soglia della cucina. Kat vede che Freya lo segue con lo sguardo e che fa una smorfia quando lui sbatte la porta. Simon attraversa la stanza e va a sedersi sul divano all'estremità opposta alla sua. «Vedi», dice, «è tutto a posto. Non so perché fossi così preoccupata.»

Freya fa un piccolo cenno di assenso e Kat capisce che l'annuncio era stato pianificato. Simon e Freya ne avevano parlato prima. Erano complici.

Sembra proprio che l'inverno non debba mai finire. Il cottage è freddo e umido, pervaso da uno sgradevole odore di scarpe da ginnastica ammuffite e biancheria che ci ha messo troppo ad asciugarsi. Sono tutti stanchi di stare rinchiusi in quello spazio angusto, umido e malsano. Avevano sperato che fosse giunto il tempo di verdure primaverili e di sole, di primule e vaporose nuvolette bianche; invece, il cielo sopra la valle è un'infinita distesa grigia che continua a mandare pioggia a dirotto, e nella dispensa rimane soltanto un po' di riso e qualche confezione di fagioli secchi. Senza contare che, cosa ancora peggiore, sono tutti a disagio gli uni con gli altri adesso che sanno della gravidanza di Freya. La rivelazione ha scosso in modo diverso ciascuno di loro e modificato le dinamiche del gruppo intrappolato nel cottage.

Kat sopporta a malapena di stare nella stessa stanza con Freya e, ogni volta che la incrocia, i suoi occhi sono attratti da una forza perversa verso la pancia sempre più grossa della sorella. Quella vista la fa inorridire, e tuttavia non riesce a impedirsi di guardarla. Freya fa di tutto per nasconderla, vagando per il cottage nei suoi vestiti più larghi e avvolta in sciarpe fluttuanti. A volte non si dà nemmeno la pena di togliere la camicia da notte, ma non serve a niente: gli abiti si fanno ogni giorno più stretti e il rigonfiamento che tende la stoffa sul suo ventre è ormai visibile a chiunque.

La cosa più brutta è che adesso tutti trattano Freya in un modo diverso. È come se dalla sera alla mattina le fossero spuntate ali da fata e un'aureola dorata. Simon è il peggiore: sembra che ai suoi occhi lei si sia elevata a una condizione superiore e intangibile, quella di madre di suo figlio. Ma anche gli altri fanno la loro parte, girandole intorno in punta di piedi con rispettosa deferenza. "Posso prenderti qualcosa, Freya? Siediti qui al mio posto, Freya. Ti preparo un tè, Freya." Davanti a lei sono tutti cortesia e soggezione, ma Kat ha udito i loro mormorii e sa quello che pensano davvero. Una notte ha sentito parlare Carla e Ben quando credevano che tutti dormissero.

«È un singolare casino, se vuoi sapere cosa penso», aveva bisbigliato Carla a Ben con una traccia di divertimento lascivo nella voce. «Ero convinta che Simon stesse con Kat e guarda cos'è saltato fuori. Che vadano a letto con lui *entrambe*? Non c'è da meravigliarsi che si pavoneggi come un gallo nel pollaio.»

«Se avessi saputo che qui si propugna un modello poligamico, mi sarei dato da fare anch'io.»

Kat aveva udito la risatina sommessa di Carla seguita dal tonfo di un cuscino tirato addosso a qualcuno. «Potremmo andarcene», aveva sussurrato Carla un momento dopo. «Fare i bagagli e partire.»

«Andarcene? Vorresti che ce ne andassimo adesso?» aveva risposto Ben sottovoce. «Proprio quando la situazione si sta facendo così *interessante*...»

Kat aveva voltato le spalle alla porta socchiusa cercando di non ascoltare più le risatine soffocate di Carla, ma la sera dopo, a cena, aveva dato a entrambi un po' meno riso: un gesto meschino, forse, ma ugualmente appagante.

Poi, all'improvviso, il sole fa capolino timidamente sulla cresta delle colline e al risveglio li accoglie una giornata tersa e frizzante. Escono nel sole pallido trotterellando come agnelli sulle gambe instabili.

«Ci sono uova di rana nel lago», annuncia Ben indicando la gelatina vischiosa e maculata appena oltre il pontile. «Nel giro di poche settimane potremo mangiare zampe di rana», scherza. «Dovrebbero avere lo stesso sapore del pollo, no?»

Carla si fa accompagnare da Kat nel giardino, dove raccolgono le punte di giovani ortiche per la zuppa ed estraggono dal terreno le prime foglie delle verdure primaverili. «Non credevo di poter essere così felice di vedere degli spinaci», dice scherzosamente. «Dopo tutti quei carboidrati, un po' di vitamine sono gradite.»

Kat annuisce.

«Questa roba farà bene anche al bambino», aggiunge Carla. «A proposito, dove è finita tua sorella? Era qui fino a un minuto fa.»

Kat alza le spalle. «Non sono la sua custode.»

Sembra che nessuno sappia dove è andata Freya; lei non ritorna fino al tramonto, e a quel punto Simon è in preda a una rabbia silenziosa. «Dove diavolo sei stata? Eravamo maledettamente preoccupati.»

Lei lo osserva per un istante, poi passa oltre. «Sono andata a fare una passeggiata.»

«Tutto il giorno? E se fosse successo qualcosa... a te o al bambino?»

«Non è successo niente.» La sua voce è piatta, noncurante.

Con un'unica, lunga occhiata, Kat registra l'aspetto della sorella: le guance rubiconde, i capelli intrecciati, i vestiti spruzzati di fango: se possibile, sembra ancora più bella, come un pallido fiore primaverile che sta sbocciando. Kat vede Simon serrare i pugni lungo i fianchi prendendo un respiro.

«Forse la prossima volta potresti farci la cortesia di dirci dove vai?» dice.

Freya si versa un bicchiere d'acqua ed esce dalla cucina senza rispondergli. Kat è sorpresa. Sembra quasi che Freya abbia strappato a Simon un po' del suo potere; il giorno successivo e ogni giorno che segue si allontana dal cottage, senza mai dire dove va a nessuno di loro, ma tornando sempre appena prima del tramonto, e alla fine Simon lascia perdere. Non gli piace, ma sembra che sappia di non poterglielo impedire.

Kat è contenta di vederla andare via. Non sopporta l'espressione tetra della sorella. Freya si comporta come un animale in trappola, ma Kat sa che in realtà è *lei* quella senza alternative. È una sorta di terribile gioco: tutti sono sulle spine in attesa di vedere cosa succederà. Alcune mattine in cui si sveglia presto, Kat resta distesa nel letto; vorrebbe trovare il coraggio di andarsene dal cottage – di lasciarsi tutti loro alle spalle –, ma proprio non riesce a sopportare l'idea di stare senza Simon. Il suo cuore è ancora colmo di lui.

E poi, ci sono ancora momenti di speranza. Quando sta per convincersi che fra di loro è finita, lui la sorprende prendendola da parte, rivolgendo solo a lei la sua attenzione, stringendole delicatamente una spalla o accarezzandole la schiena. Un paio di volte, mentre gli altri sono impegnati fuori nelle loro faccende, la porta al piano di sopra, la spinge sul materasso e fa l'amore con lei con feroce intensità. C'è qualcosa che non le piace in questo – la scarsità di tempo e di tenerezza –, ma si consola dicendosi che è comunque qualcosa, e conserva il ricordo di lui sulle cosce indolenzite e sui capelli arruffati come un segreto prezioso.

Alla fine, è il dettaglio più piccolo che provoca il dramma più grande: un gomitolo di lana viola che si srotola sul grembo di Freya. Kat lo osserva dalla parte opposta della stanza, ascolta i ferri da maglia che tintinnano nelle mani di Freya, e più la guarda più va su tutte le furie. Deve averglielo comprato Simon con i soldi del barattolo. I *loro* soldi. Da quando il materiale da maglia per Freya è considerato essenziale per la sopravvivenza al cottage? C'è una regola per Freya e una per tutti gli altri? Kat prende un respiro e cerca di parlare con voce salda. «Cosa stai facendo?» le chiede.

Freya non si dà la pena di alzare lo sguardo. «Lavoro a maglia.»

«Questo lo vedo. Ma cosa stai facendo con la maglia?»

«Una coperta.»
All'improvviso Kat capisce: una copertina per il bambino. Studia la sorella per un momento. «Da dove viene la lana?»
Freya rimane in silenzio e Kat sente montare la collera. Lo sapeva. «Te l'ha comprata Simon?»
Freya scuote la testa, contando una riga di punti con la lingua fra i denti.
«Ma è per il bambino, no?» Non può averla avuta in nessun altro modo.
«L'avevo già, va bene? L'avevo portata con me.»
Kat scuote la testa. «Non è vero.»
«Come fai a saperlo?»
«Perché l'avrei vista prima d'ora.»
Freya sospira. «Lascia perdere, Kat, non ha importanza.»
Ma per Kat è importante: se Simon gliel'ha regalata, se hanno parlato del bambino, fatto progetti, speso i pochi soldi rimasti, lei vuole saperlo.
«Dimmi solo da dove viene quella lana.» Ci prova con il sorriso, addolcendo la voce. «Non è una grande richiesta.»
Ma Freya scuote la testa e ignora la sorella, concentrandosi solo sui ferri che si muovono rumorosamente fra le sue dita.
«Maledizione, Freya, perché non vuoi dirmelo? Ammetti almeno che è stato Simon.»
Le mani di Freya si fermano e lei alza la testa. «Tu credi di sapere tutto di questo posto, ma non è così. Non sai niente.»
Kat si innervosisce. «E questo cosa vorrebbe dire?»
Freya scuote di nuovo la testa e torna a rivolgere l'attenzione al lavoro a maglia.
«Avanti», insiste Kat, provocata oltremisura, «cosa vuoi dire con questo? Sputa il rospo.»
«Lascia perdere», dice Freya, e Kat capisce dalla sua mascella decisa che da lei non caverà più la minima informazione. Maledizione a Simon: deve per forza essere stato lui.
Lo trova in cucina pochi minuti dopo. È seduto al tavolo, su cui sono sparsi i pezzi smontati del fucile. «Perché hai fatto dei regali a Freya?» gli chiede, incapace di trattenersi.
«Cosa?» chiede con aria confusa alzando il viso. Una striscia di grasso nero gli attraversa uno zigomo. Nonostante la

collera, appena lo vede Kat si sente stringere il cuore. «Di cosa stai parlando?»

«Della coperta... quella che sta facendo Freya per il bambino.»

«Quale coperta?» Simon la fissa con occhi scuri come carbone nella luce fioca e scuote la testa. «Non so di cosa parli.» Poi riprende ad armeggiare con il fucile.

«Sì che lo sai.» Kat si avvicina mettendosi al suo fianco e la sua ombra si proietta sul tavolo. «Le hai comprato la lana.» Lo dice con un sorriso nella voce, anche se ha ancora le budella attanagliate dalla rabbia. «Con i nostri soldi.»

Lui le lancia un'occhiata irritata e sospira. «Quale lana? Puoi spostarti? Mi copri la luce.»

Riabbassa lo sguardo sulla canna del fucile che ha fra le mani e Kat sente il calore della collera nella pancia. Con un movimento fluido, Simon fa scivolare l'otturatore nel castello. Kat va più vicino, allunga un dito e fa rotolare una cartuccia sul tavolo, avanti e indietro, ripetutamente.

«Smettila», dice lui strappandole la cartuccia e mettendola al suo posto con uno scatto.

«Non puoi lasciar perdere il fucile per un momento, mentre parliamo di questo? È importante.»

Simon non la guarda nemmeno in faccia. «Davvero lo è?» Il suo tono è dubbioso.

«È importante che tutti noi esprimiamo la nostra opinione su come spendere i soldi. Non pensavo che ci fosse spazio per i piaceri personali. Non sarebbe giusto.»

«Ti ho già detto che non so di cosa parli », risponde lui, questa volta con una voce dura che suona come un avvertimento. Spinge in basso il caricatore bloccando in sede i colpi e mette il fucile in spalla per prova.

Lei allunga una mano per allontanarlo. «Dannazione, Simon! Mettilo giù.»

Cosa succede in seguito non è chiaro. La mano di Kat colpisce la canna, ma nello stesso momento il dito di Simon deve restare impigliato nel grilletto, perché una frazione di secondo dopo uno sparo assordante risuona nella cucina e manda una pioggia di polvere e schegge dalla trave sopra d loro al pavimento di pietra. Kat fa un balzo indietro, spaventata. Sente martellare il cuore nel petto e una sensazione di bruciore al collo. Si tocca la pelle dove sente pungere e quando toglie la mano vede che è rossa. Mentre guarda il sangue sulla punta delle dita, sente girare la stanza.

«Merda.»

Allunga un braccio per sostenersi, sentendo ancora il colpo rimbombarle nelle orecchie.

«Cosa diavolo?...» chiede Mac, apparso sulla soglia.

Kat fissa Simon. «È stato un incidente», risponde lui debolmente.

«Pensavo che la sicura fosse inserita.»

«Dannazione, Simon», dice Mac entrando nella stanza, «avresti potuto ucciderla.» Gli toglie il fucile dalle mani, inserisce la sicura e lo posa con cautela sul tavolo; poi si rivolge a Kat. «Stai bene?»

Lei annuisce, appoggiandosi al tavolo con tutto il peso.

«Oddio», dice Carla entrando in cucina, «stai sanguinando.» Si avvicina a Kat. «Siediti», la esorta, poi si china a esaminarle il collo. «Ho bisogno di un telo.» Mac le lancia uno strofinaccio pulito e lei comincia a tamponare la ferita.

«Non è niente», dice Kat stringendo i denti. «Solo un graffio.» Si porta una mano al collo ed estrae qualcosa di sottile e acuminato dalla ferita. «Visto? È solo una scheggia... della trave.» Mostra il frammento di legno scuro sulla punta del dito.

«Cosa è successo?» È Freya, in piedi sulla soglia, che guarda la scena inorridita. «Stai bene, Kat?»

Kat guarda la sorella e vede la sua espressione scioccata, il ventre prominente e il gomitolo di lana viola che le si sta srotolando fra le mani. «Volete smetterla tutti quanti di agitarvi? Sto bene.» Ma lancia un'occhiata al legno scheggiato della trave sopra il camino. Qualche centimetro più a destra e le cose sarebbero andate diversamente.

19.
LILA

APRILE

William lancia un bastone a Rosie. Lo inclina raso terra, facendolo volare sulla superficie del lago come un boomerang che non torna indietro. Rosie aspetta il segnale – il tonfo del legno che colpisce l'acqua –, e parte con uno scatto dalla riva, sollevando spruzzi che, solo per un momento, restano sospesi alla luce del sole come fili di perle. Quando l'acqua diventa troppo profonda per guadarla, il cane si mette a nuotare per raggiungere il bastone, lo afferra con la bocca e torna da William, lasciando cadere il trofeo ai suoi piedi e guaendo come un cucciolo eccitato finché lui non lo lancia di nuovo.

«Non si stanca?» chiede Lila, appollaiata accanto a William sul tronco di un albero caduto.

«Continuerebbe per tutto il giorno se io seguitassi a lanciarglielo. Non male per una vecchia ragazza.»

«Guarda, sta sorridendo», dice Lila indicando Rosie che mostra i denti.

«Chi potrebbe biasimarla? Ha un'aria invitante, no?»

Lila guarda il lago e si stringe nelle spalle.

«Non sembra anche a te?»

Lei si muove a disagio sul tronco. «Sì, non è male.»

«Solo "non male"?»

Lila alza le mani. «D'accordo, lo confesso: non so nuotare.»

«Non sai nuotare?» ripete lui.

Lei scuote la testa.

«Dici sul serio?»

«Sì.»

Lui la guarda. «I tuoi genitori...» comincia a dire, ma poi si ferma.

«I miei genitori cosa?»

«Be', avrebbero dovuto insegnartelo. È utile saperlo fare. Può salvarti la vita.»

«Oh, ci hanno provato entrambi, ma non sono mai riusciti a farmi avvicinare all'acqua. Da quando ero molto piccola, pare, bastava un'occhiata al mare, a uno stagno o a una piscina per farmi strillare. La vasca da bagno non mi fa paura, adesso, ma qualsiasi acqua più profonda...» Scuote la testa. «Mi ha sempre terrorizzato.»

William la osserva con curiosità. «Perché?»

«Chissà. Qualche paura irrazionale. Perché a uno viene una fobia?»

Lui annuisce. «Eppure sei qui.» Indica la vicinanza del lago.

«È vero.» Lila sorride. «Non mi disturba se non mi avvicino troppo.»

«Non deve essere così per sempre. Potresti imparare.»

«Oh, credo che sia un po' tardi per farlo, no?»

«Perché mai?»

«Conosci il detto "Non si possono raddrizzare le zampe ai cani"?»

«L'unico cane qui è Rosie. Tu puoi farcela.» William riflette per un momento. «Potrei insegnarti io.»

Lila ride. «Non credo.»

«Perché no?»

«Andrei a fondo come un sasso. Questo corpo», aggiunge indicando sé stessa con un gesto di scarsa autostima, «non è fatto per nuotare. E poi si gela. Sto benissimo seduta qui, e lascio volentieri tutto il divertimento a Rosie.»

«Alla temperatura ci si abitua in fretta.»

«Davvero? Sai come si dice: tra il dire e il fare...»

«È una sfida?»

«Può darsi.»

William si alza e si sfila il maglione. «D'accordo. Se io entro nell'acqua, tu accetti di fare una lezione di nuoto... Affare fatto?»

Lila sorride. «Non entrerai, lo so.»

«Affare fatto o no?»
«D'accordo.»
William posa il maglione sul tronco, poi sfila camicia e canottiera prima di slacciare la fibbia della cintura. Imbarazzata, Lila distoglie lo sguardo e lo posa sulle nuvole grigie che fluttuano sopra le colline più lontane. Quando torna a guardarlo, William sta entrando nell'acqua bassa con indosso solo i suoi boxer. Lila osserva la curva ampia e pallida delle sue spalle che si avvicinano sempre di più alla superficie del lago. «So che stai bleffando», gli grida fischiandogli dietro.
Lui si volta a guardarla e poi, con un largo sorriso, spalanca le braccia e si butta di schiena nell'acqua, sparendo alla vista. Il lago si chiude sopra di lui lasciando solo una scia di bollicine, che salgono in superficie con uno scoppiettio quasi impercettibile.
Lei aspetta che riappaia e si sorprende quando riemerge almeno dieci metri più lontano rispetto al punto in cui si è buttato. Salta fuori dall'acqua come Rosie, scuotendo i capelli e boccheggiando, e il collie, che non vuole perdersi il divertimento, si lancia nel lago con lui. Seduta sul tronco marcescente, Lila strizza gli occhi alla luce del sole e li guarda giocare insieme nell'acqua, pizzicando con le dita le chiazze di muschio morbido che crescono sull'albero caduto. Persino lei deve ammettere che sembra divertente.
«Allora», dice William, quando finalmente riemerge con la pelle d'oca e un rossore diffuso, «domani la prima lezione?»
Lila ride e scuote la testa. «Non ci siamo stretti la mano per suggellare il patto.»
«Oh, coraggio!»
«Non ne sono capace, veramente.» Osserva l'acqua più scura al largo e non riesce a reprimere un brivido.
«Che cosa ti preoccupa?»
Lila pensa ai suoi sogni. Cadere. Affogare. Non le sembra che le due cose siano molto diverse. «Io...» Non riesce a spiegarlo. «Fa troppo freddo per me.»
«Be'», risponde William asciugandosi con la canottiera, «se cambi idea, sai dove trovarmi.»

«Grazie.» Lila sorride sollevata. «Ma non credo che sia possibile.»

Lila vede i costumi da bagno appesi a una rastrelliera del supermercato solo un paio di giorni dopo. Dondolano flosci accanto agli scaffali dei sandali estivi e degli occhiali da sole di plastica e costano poco: solo dieci sterline. Li guarda, gira intorno alla rastrelliera, poi si sposta al corridoio successivo, per non correre il rischio di fare la sciocchezza di metterne uno nel carrello. Non imparerà a nuotare. Neanche per sogno.

Ma mentre è in fila alla cassa, cambia improvvisamente idea. Ha un ricordo impresso nella mente: Rosie che salta fuori dall'acqua e sembra sorridere come una sciocca con quel grosso bastone fra i denti.

«Torno subito», dice in tono di scusa alla donna dietro di lei nella fila, corre al reparto di indumenti da bagno, afferra il primo costume che trova della sua taglia e lo butta sul nastro trasportatore dietro al resto della spesa. "Che diamine", pensa, "sono solo dieci sterline."

Cominciano la settimana seguente. Lila è ancora riluttante, ma il clima è insolitamente mite per essere aprile e la vista del sole che gioca sulla superficie del lago aiuta a stemperare un po' la paura. «Andremo per gradi, iniziando qui dove l'acqua è bassa», la rassicura William. «Solo qualche nozione di base. Puoi fare pratica mettendo la faccia nell'acqua, facendo le bolle e un po' di nuoto a cagnolino. Io starò qui accanto a te. D'accordo?»

Lila annuisce e si sistema il costume a disagio. Si sente come una bambina piccola con quella pelle d'oca e le ginocchia tremanti.

William la conduce per mano nel lago. Attraverso l'acqua cristallina, Lila vede i sassolini che scintillano sul fondo e fronde verdi di erbe lacustri che oscillano nello sciabordio dei suoi piedi. Quando l'acqua sale oltre le cosce, lancia uno strillo. «Mi hai mentito: si congela.»

«Quando sarai immersa, starai bene.»

Lei spinge lo sguardo fino al centro scuro del lago e cerca di mandare giù la paura che le sta salendo in gola come bile. «Non penso che...»

«Non pensare, fa' solo come ti dico.» Procedono finché l'acqua le arriva al petto. È così fredda che le sembra di non sentire più i piedi. «Adesso ci piegheremo in avanti e soffieremo dalla bocca per fare le bolle. Devi mettere la faccia nell'acqua e soffiare, capito? Al tre. Uno, due, tre.»

Si sente un'idiota, una bambinetta che segue le istruzioni del papà, ciò nonostante fa come dice William, copiando esattamente i suoi movimenti.

«Bene», dice lui. «Quando hai la faccia nell'acqua, devi sempre espirare, mai inspirare. Hai già imparato la prima lezione. Vedi, è facile.»

Lei cerca di sorridere battendo i denti.

«Adesso passiamo al nuoto a cagnolino. Devi usare le mani come se raccogliessi l'acqua, allungando le braccia. Guarda.» Lui muove le mani per mostrarle cosa intende dire e lei lo copia di nuovo, tirando l'acqua verso di sé con movimenti ampi. «Bravissima.»

La lezione continua finché lei non si sente più la faccia, oltre ai piedi. «Ho molto freddo, devo uscire dall'acqua.»

William annuisce.

«D'accordo. Vediamo se riesci a mettere in pratica tutto insieme quello che hai imparato. Voglio che nuoti fino a riva.» Lei gli lancia un'occhiata. «Coraggio. Lanciati in avanti dandoti una spinta sul fondo, muovi le gambe come se calciassi e tira l'acqua con le braccia tenendo la testa fuori. Pensa a come fa Rosie.»

Lei scuote la testa. «Non posso», balbetta.

«Vuoi uscire dall'acqua, no? Be', questo è il modo più veloce, fidati di me.»

Lila lo osserva un momento, poi, prima di potersi tirare indietro, si dà uno slancio dal fondo e agita le braccia e le gambe nell'acqua come una forsennata. Il suo unico pensiero è uscire da quel lago dimenticato da Dio, asciugarsi e scaldarsi. Da un punto imprecisato in fondo alla mente le arrivano le istruzioni di William – tira l'acqua con le mani, spingi con le gambe, ginocchia unite, non fare troppa schiuma – e prima di rendersene conto sente le ginocchia che sfiorano il fondo. Ce l'ha fatta a raggiungere la riva, nuotando almeno tre metri senza aiuto. Esce dall'acqua barcollando e si avvolge nell'asciugamano, guardando William che nuota ancora un po'. Quando anche lui torna a riva, lei ha smesso di battere i denti.

«Sei stata davvero brava», le dice. «Hai nuotato da sola.»

«Volevo solo uscire di lì», risponde Lila.

«Be', ha funzionato.»

Lei scuote la testa. «Tom non ci crederà mai.»

«Devi dirglielo stasera stessa», la esorta William.

«Sì», dice Lila dubbiosa, asciugandosi i capelli.

«Non puoi continuare a evitarlo in questo modo», continua lui, infilandosi il maglione dalla testa. «Non sono affari miei», aggiunge quando la sua faccia riappare dal foro per il collo, «ma, se posso darti un consiglio, non trascinerei questa situazione che si è creata fra voi. Non fa bene a nessuno dei due: dovete parlarvi.»

«Noi ci parliamo già.»

William la scruta attentamente e lei capisce che non lo può ingannare.

Sospira, ricordando i suoi sogni. Ripensa alla convinzione che ci fosse qualcuno con lei quando è caduta dalla scala. Che quel qualcuno fosse *Tom*. Sa di doverglielo parlare. Sa che non può continuare a escluderlo dalla sua vita. Ma non ha idea di come dare voce a quel pensiero così orribile. «Non è tanto semplice», dice infine.

«Sì che lo è», ribatte William, sorprendendola con la sua veemenza. «Guardati: eri terrorizzata dall'acqua e adesso sei in grado di nuotare a cagnolino da sola.»

«Solo un paio di metri.»

«Erano tre metri, e comunque sono tre in più di quelli che eri in grado di fare un'ora fa. E questo non ti fa sentire bene?» Deglutisce prima di continuare. «Non puoi passare la vita a nasconderti nell'ombra.»

«Non lo so», replica Lila scuotendo la testa.

William spazia con lo sguardo sul lago. «Non aspettare troppo, Lila. Potresti perdere la cosa più importante che hai.»

Lila si sorprende dell'emozione che avverte nella sua voce, domandandosi se sia ancora di lei e Tom che stanno parlando. «Va tutto bene?» gli chiede.

Lui si riscuote e si china a raccogliere l'asciugamano bagnato. «Sì, bene.»

Lila gli lancia un'occhiata preoccupata, ma lui ha già chiamato Rosie con un fischio e si avvia verso il crinale erboso che lo riporterà alla sua Land Rover.

«Se torni anche domani cercherò di nuotare sei metri», grida lei alle sue spalle. Arrivato in cima alla collina, lui alza una mano prima di scomparire alla vista.

Ci vogliono tre settimane di lezioni quasi giornaliere, ma alla fine di quel periodo Lila non solo ha superato la sua fobia, ha anche imparato a nuotare a rana in modo discreto. Riesce a immergersi sotto la superficie per prendere i sassolini sul fondo e persino a galleggiare sulla schiena con braccia e gambe divaricate come una stella. A poco a poco, con o senza la presenza di William, terminare la giornata con un tuffo nel lago, per lavare via la polvere e la terra dei lavori al cottage, diventa un'abitudine. Dopo una dura giornata passata a levigare e verniciare, martellare e lucidare, le piace distendersi sull'acqua – non troppo al largo, ma abbastanza da percepire il distacco dal cottage e dalla terra che la circonda – per provare quella sensazione di assenza di peso. Per un breve momento, circondata dalla grande coppa della terra, dalla valle che si alza intorno a lei, si sente insignificante. È un niente: un seme di tarassaco che galleggia sulla superficie, un insetto acquatico trasportato dalla corrente, il riflesso di una nuvola.

Fa piccoli movimenti nell'acqua con le mani, come se remasse, per mantenere la posizione come le ha mostrato William. Poi le ferma, le posa sulla pancia e inspira profondamente con gli occhi chiusi. Ancora un minuto e tornerà a riva. Comincia a sentire il freddo, adesso, e la pelle d'oca le dà un pizzicore. Muove le mani sul ventre, sente la pelle fredda e tesa. Le sue dita indugiano. Di colpo, spalanca gli occhi.

Il suo corpo conosce quella sensazione. La pelle tesa, le ossa stanche, i seni pieni e indolenziti. Riconosce i segnali e il respiro le si blocca in gola. Incinta?

Incapace di continuare a galleggiare mentre un vortice di pensieri si scatena nella sua mente, si gira e comincia a nuotare verso riva, in direzione della pila di indumenti che ha lasciato accanto all'albero caduto.

La notte di San Valentino con Tom: può essere accaduto allora? Cerca di ricordarsi se ha avuto il ciclo dopo quella sera. È stata così coinvolta dal cottage, dai lavori per sistemarlo, dalle lezioni di nuoto... È possibile che sia *davvero* incinta?

Esce dall'acqua bassa, prende i vestiti e si avvia verso casa, gocciolante e tremante, facendo rapidi calcoli mentali. Quando è finalmente rivestita e seduta al tavolo della cucina davanti a una tazza di tè, cerca di esplorare con cautela le proprie emozioni. Le saggia come se si avventurasse su un lago ghiacciato, procedendo lentamente un passo alla volta, senza osare scaricare tutto il proprio peso finché non è sicura che regga.

Quando Milly era morta, amici e familiari benintenzionati avevano espresso il loro dispiacere, e alcuni avevano aggiunto: «Siete giovani, potete riprovarci». A Lila quel pensiero era sembrato insensato e crudele, come se cercassero di spazzare via il suo dolore – la sua bambina – sotto un tappeto. Era lontano da quello che provavano lei e Tom, da quello che stavano attraversando.

Da allora, Lila non si è mai concessa di pensare a una nuova gravidanza, e non solo per la situazione del suo matrimonio, per la loro vita sessuale inesistente. In fondo al cuore, sa che la sua prima bambina non potrà essere sostituita. Il senso di perdita resterà per sempre, come un vuoto che non si può riempire. Forse la verità è che non sapeva se avrebbe mai avuto il coraggio di riprovarci, affrontando tutto di nuovo.

Ma adesso c'è questo. Sorseggia il tè guardando fuori dalla finestra l'oscurità che comincia ad ammantare il lago. *Potrebbe essere di nuovo incinta.* Il pensiero la riempie di trepidazione e di paura, ma c'è anche il tenue barlume di qualcos'altro: è eccitazione? Scuote la testa. Non lo sa con certezza. L'unica cosa di cui è sicura è che il suo mondo potrebbe avere appena preso una nuova direzione, e questo la terrorizza.

20.
APRILE

1981

Il lago è ancora freddo, ma dopo essersi lavati per mesi con pezzuole gelate o dovendo scaldare l'acqua sulla cucina economica, è un sollievo potersi di nuovo immergere e nuotare. Ci vuole coraggio, ma i ragazzi non riescono a resistere a quel richiamo. Per Kat, alzarsi presto e buttarsi in quelle profondità è diventata una routine giornaliera. Nuota a stile libero con bracciate vigorose, sentendo i muscoli che lavorano, l'aria espirata dalla bocca, la torsione della testa seguita da una rapida inspirazione, l'ossigeno che ricarica il suo corpo fluendo attraverso il sangue, e gode di tutte quelle sensazioni. È quasi una meditazione: non c'è nient'altro che lei, il suo respiro e i suoi arti che fendono l'acqua. Riesce a sentire il proprio corpo che diventa più forte, più snello e agile: come quello di un animale, tutto muscoli, tendini e pelle.

Al contrario, Freya si sta ammorbidendo e arrotondando. Dopo oltre sei mesi di gravidanza, il suo corpo trabocca di aspettativa, diventando ogni giorno più florido. Sembra ancora restia a mostrarne i cambiamenti, e tuttavia non riesce a resistere alla tentazione dell'acqua, come tutti loro. Entra spesso nel lago con Kat, ma mentre la sorella fa le sue estenuanti nuotate, lei preferisce sguazzare per abituarsi alla temperatura del lago e poi galleggiare sulla sua superficie, con il pancione che sbuca pallido dall'acqua. «Mi sento senza peso», dice una volta, «come se fossi fatta di niente.» Ha un tono assorto. «Come se potessi fluttuare via.»

Kat non la guarda. Trova grottesche la pancia della sorella e la curva piena dei suoi seni. Finge di non aver sentito e si tuffa di nuovo, allontanandosi da lei e tornando a riva.

Kat sta attenta a lasciare l'acqua per prima, quella mattina. È passata circa una settimana dall'ultima lunga passeggiata solitaria della sorella, e lei sente crescere la sua irrequietezza. È sicura che presto si allontanerà di nuovo dal cottage per una delle sue gite misteriose e questa volta Kat ha deciso di seguirla.

Attraversa l'erba umida tremando, indossa in fretta i jeans e un maglione e si asciuga i capelli con un asciugamano. Vicino al cottage, si china su un ciuffo di ortiche sottili e raccoglie con cautela qualche giovane germoglio, con cui, giunta in cucina, prepara una tisana. Mentre le foglie sono in infusione, Kat si mette alla finestra con la tazza calda fra le mani. Sente Ben e Carla ridere a crepapelle al piano di sopra, ma non presta loro attenzione. Invece, osserva Freya che esce dall'acqua, si asciuga il corpo e poi si piega goffamente in avanti, cercando di avvolgere i lunghi capelli bagnati con l'asciugamano. Non sembra un'operazione facile, con quel ventre prominente che le ostacola i movimenti.

Mac le si avvicina dalla tettoia e le dice qualcosa che Kat non può udire, poi allunga la mano per prendere l'asciugamano. Freya annuisce, glielo passa e si volta di schiena. Kat soffia sulla tisana bollente senza mai perdere di vista la coppia sulla riva del lago. Osserva attentamente la scena, mentre Mac prende i lunghi capelli bagnati della sorella fra i lembi dell'asciugamano e li strofina. Kat nota che Freya si tende verso di lui e che le mani di Mac restano sospese sulle sue spalle, come se volesse toccarle ma avesse paura di farlo. Raccogliendo il coraggio con un respiro visibile, alla fine si decide ad abbassarle e la fa girare verso di lui. Freya gli sorride e i loro occhi restano agganciati a lungo. Kat vede tutto dalla finestra del cottage e capisce: Mac e Freya. "Che dolce", pensa con una punta di risentimento. "C'è qualcosa, o qualcuno, che Freya non vuole per sé?"

Un'ora dopo, quando il sole illumina le cime degli ontani, Freya scivola fuori dalla porta sul retro. Kat le dà un paio di minuti di vantaggio prima di seguirla in direzione del prato. Oltrepassa il boschetto appena in tempo per vedere la sorella che scavalca goffamente il cancello e svolta a destra sul sentiero coperto di vegetazione. Kat si ferma per un istante, poi riprende a seguirla.

L'incessante pioggia primaverile ha reso il percorso un pantano. Kat scivola e si infanga su per la collina, seguendo le impronte di Freya nella melma appiccicosa. Dai folti margini del sentiero prorompono fiori di tarassaco e ciuffi bianchi di eriofori. Gli arbusti brulicano di vita. Mentre avanza, una cinciarella curiosa volteggia fuori e dentro la macchia, incitandola a proseguire con uno sfrontato cinguettio.

A mano a mano che salgono il paesaggio cambia, aprendosi da macchie chiuse di arbusti e campi in una brughiera disseminata di cespugli. Per Kat diventa più difficile restare nascosta. Si tiene a distanza, senza perdere d'occhio il balenio bianco dell'abito fluttuante di Freya, ma è una preoccupazione inutile: la sorella non si gira nemmeno una volta. "Tipico di Freya", pensa Kat. "Così fiduciosa, così ingenua."

Il clima si fa via via più freddo, l'aria più nitida e frizzante. Il cielo si spalanca, e Kat ha la sensazione di finirci dentro. È un paesaggio arido: niente di più dell'erica nana e dei cespugli di mirtillo che devono ancora fiorire, oltre a qualche sorbo selvatico solitario che qua e là si erge verso il cielo.

Freya continua a camminare di buon passo senza più seguire un sentiero segnato, ma sembra sicura della direzione, come se fosse guidata da una bussola interna. Kat la segue caparbiamente, decisa a non perderla di vista.

Poco oltre, Freya spaventa una pernice rossa ignara, sbucata da una macchia di erica. Quando l'uccello prende il volo, lei si sostiene con una mano al muretto di pietra diroccato al suo fianco, mentre posa l'altra per un momento sul ventre sporgente. Kat si blocca con il cuore in gola, in attesa che Freya prosegua, ma la sorella non si muove e lei si chiede se possa averla scorta. Invece, non è stata Kat a farla fermare: poco più avanti, solo a una ventina di metri da lei, un cervo si staglia nella brughiera. Kat spalanca gli occhi. È di una bellezza sconcertante: le corna, non ancora cadute, sono puntate al cielo come i rami contorti dei sorbi selvatici. Freya rimane immobile, faccia a faccia con il cervo, finché una raffica di vento incontra il tessuto del suo vestito e lo gonfia, sollevandoglielo intorno alle gambe. Il movimento spaventa l'animale, che scatta indietro sparendo oltre la cima della collina. Kat rimane con il fiato sospeso in attesa che la sorella riprenda a camminare. Non riesce a credere di non essere mai stata lassù. Vivendo al cottage, è facile dimenticarsi della bellezza che li circonda. È diventata pigra, ha smesso di apprezzare il loro isolamento selvaggio.

La marcia continua, e gradualmente il paesaggio cambia di nuovo, assumendo un aspetto più addomesticato, con muretti di pietra e recinzioni di filo spinato, sulle cui punte ciuffi logori di pelo di pecora rimasti impigliati sventolano nella brezza come minuscole bandiere bianche. Kat scorge un campo in cui sgambettano gli agnelli; più lontano, una stradina di ghiaia bianca porta verso un sottile pennacchio di fumo, sospinto in alto nel cielo da un comignolo che Kat riesce solo a intravedere. Finalmente, comprende dove sono dirette: è una fattoria, annidata in cima alla brughiera.

Adesso si tiene ancora più lontana. Dopo essere arrivata fin lì, l'ultima cosa che desidera è essere scoperta da qualcuno che lavora nei campi, ma quando Freya si avvicina alla costruzione di pietra, Kat si rende conto che rischia di perderla di vista del tutto. Allora si rimette in moto velocemente, appena in tempo per udire i latrati di un cane che accolgono la sorella nel cortile della casa. Kat sbircia da dietro un muro diroccato e vede un labrador color miele che salta addosso a Freya, appoggiando le zampe sulle sue gambe.

Avvertita forse dall'abbaiare del cane, una donna dai capelli scuri apre la porta d'ingresso e rimane lì a guardare pulendosi le mani su uno strofinaccio a quadretti. All'improvviso vede Freya che gioca con il labrador e lancia un'esclamazione di sorpresa. Mentre la sorella raggiunge la porta finendo fra le braccia della donna, Kat la osserva a bocca aperta. Si salutano come vecchie amiche, poi Freya viene accolta nel calore della casa e la porta segnata dalle intemperie si chiude alle sue spalle, escludendo Kat dalla scena che si svolge all'interno.

Kat rimane impietrita nel suo nascondiglio. Non ha idea di cosa dedurre da ciò che ha appena visto, ma sa senza ombra di dubbio chi è la donna: è la stessa che l'ha salutata con la mano dall'alto del crinale, tanti mesi prima. Nella mente di Kat scatta la comprensione e i pezzi del puzzle vanno al loro posto velocemente; la generosa cesta di Natale... la lana viola: Freya ha fatto amicizia con la gente del posto. Freya ha *barato*. Mentre tutti loro resistevano alle difficoltà, rispettando le regole, cercando di vivere in modo frugale e autosufficiente, la sorella si concedeva vita sociale e comodità casalinghe. Kat fa un sorriso torvo. Non è certo l'immagine di indipendenza decantata da Simon e lei sa che lui lo considererebbe un tradimento, tanto più che in quel modo Freya ha messo a repentaglio il loro intero progetto. Simon non voleva nemmeno che andassero nei pub e nei negozi locali troppo spesso, e Freya aveva addirittura fatto amicizia con una fattoressa locale, andando a farle visita regolarmente per una tazza di tè e una chiacchierata intima: come avrebbe potuto reagire Simon a quella notizia?

La camminata per tornare al cottage è lunga e in un paio di occasioni Kat non è nemmeno sicura di essere sulla strada giusta, ma prosegue attraverso la brughiera e scende dalla collina finché si ricongiunge al sentiero che porta al prato e al lago, rinfrancata dal pensiero di avere in mano qualcosa che mostra Freya in una luce meno perfetta. Finalmente avrà delle frecce al suo arco quando verrà il momento giusto. Kat sa che Simon non potrà mai perdonare la sorella per questo, e lei stessa cova rabbia e indignazione. Ma in fondo alla fornace bollente delle sue viscere c'è anche qualcos'altro: una scintilla di sollievo.

Simon la sta aspettando. Appare sulla soglia del capanno e le fa cenno di avvicinarsi. Kat attraversa l'erba calpestata prendendosi quel momento per osservarlo da lontano. Vivendo insieme a stretto contatto, si è abituata a vederlo da vicino, dimenticandosi della sua figura intera. Adesso lo osserva come se non lo conoscesse: un uomo alto e snello, con i capelli scuri che si arricciano sulle spalle e un'ombra di barba sul mento. È più magro di quando era all'università, ma in qualche modo sembra più forte, più muscoloso ed energico, con il corpo reso affilato dal lavoro fisico. Anche il suo viso è cambiato – tutto spigoli e ombre nella penombra della tettoia, come in un dipinto cubista –, ma riconosce la piega familiare delle labbra, gli zigomi alti, gli occhi meditabondi. Sente la sua bellezza e il proprio desiderio per lui come uno struggimento.

Si aspetta che le chieda dove è stata, ma la mente di Simon è distratta da qualcos'altro. «Vieni qui», le dice, facendola entrare nell'ombra del capanno.

Lei gli lancia uno sguardo allegro, ma appena all'interno vede un secchio, una corda e un coltello da caccia posati su una cassetta di legno e, poco più in là, il fucile apoggiato al muro, che manda bagliori minacciosi nella semioscurità. «Cos'è tutto questo?» chiede, sentendo svanire il sorriso dalle labbra.

«È ora che Wilbur incontri il suo creatore.»

Kat lo fissa. «Ma... Freya... si disperera.»

Simon scrolla le spalle.

«Mac lo sa?»

«Non credo che abbiamo bisogno del suo permesso, giusto?»

Kat si schiarisce la gola. «Non dovremmo comunque aspettarlo?»

«Perché?» chiede Simon con un sorriso tirato sulle labbra. «Pensi che qui Mac sia l'unico a sapere come si fa qualsiasi cosa di anche remotamente utile?»

«No, certo che no.» Kat fa marcia indietro. «Pensavo solo che... se lo faceste insieme tu e lui... sarebbe più facile, no?»

«Non preoccuparti: io terrò fermo il maiale, sarai *tu* a spargli.»

Kat deglutisce. Cerca nei suoi occhi una scintilla di ironia, spera di capire che sta prendendosi gioco di lei, ma la sua faccia mostra solo una feroce determinazione. «Un colpo in testa, poi lo appendiamo, lo scuioiamo e lo eviscerиamo. Quanto può essere difficile?»

Kat deglutisce di nuovo. «Non so...»

«Cos'è che non sai, Kat?» Simon la guarda con la testa inclinata di lato. «Non è questo che facciamo qui? Coltivare e allevare ciò che diventerà il nostro cibo... essere responsabili della morte come della vita?»

«Non credo che...»

«È stato coccolato come un re per tutto il tempo che ha vissuto qui e probabilmente ha mangiato quasi sempre meglio di noi.»

Kat non riesce a ricambiare il suo sorriso, non riesce a scacciare Freya dalla mente. Sua sorella ama quel maialino. Pensa al modo in cui le sta intorno quando gira per il giardino o la segue in riva al lago, all'affetto che Freya riversa su Wilbur come se fosse un bambino viziato. Proprio mentre Kat si tormenta sulla decisione da prendere, lo sventurato porcellino entra nel fienile. Grugnisce fiutando per terra, poi alza lo sguardo desideroso su di loro, sperando in una crosta di pane o una manciata di avanzi.

«Guardalo, così viziato, così grasso. Non è un animale da compagnia: è ora che faccia la sua parte.» Simon allunga una mano e le sfiora il braccio, ma Kat non ce la fa. Cerca di far scappare il maialino con la forza del pensiero, di farlo voltare e andare via dal fienile, ma Wilbur, ignaro della conversazione decisiva che sta avvenendo sopra la sua testa, trotterella più vicino, sperando ancora di ricevere del cibo.

«Vieni qui, porcellino», cantilena Simon. Si piega con la mano vuota tesa verso l'animale e Wilbur avanza ubbidiente. Quando arriva a tiro, Simon lo afferra per il collo e gli mette intorno la corda come un cappio. Il maialino scalcia e urla, ma Simon lo lega stretto a un palo di legno e gli monta in groppa tenendolo fermo con le ginocchia. L'animale non gradisce quel trattamento e le sue urla diventano più acute. «Sbrigati, Kat, prendi il fucile.»

Lei si muove come un automa, afferra l'arma, sente il metallo freddo sotto le dita tremanti.

«Togli la sicura. Bene. Adesso puntaglielo al centro della testa. Lì, leggermente più in basso, in mezzo agli occhi.»

Wilbur ammutolisce, come se sapesse cosa lo aspetta. Si dimena un'ultima volta senza convinzione, ma Simon lo trattiene a forza fra le ginocchia e stringe di più la corda intorno al palo. «Bene, adesso fa' piano, e appena io mi sposto, spara.»

«Non penso di potere...» Kat è in preda al panico. «E se manco il bersaglio?»

Lo sguardo di Simon la perfora, i suoi occhi sono di pietra. «Non mancarlo.»

Lei preme la canna sulla fronte di Wilbur. Il maiale la guarda con gli occhi blu sbarrati dal terrore. Kat cerca di fargli abbassare lo sguardo fissandolo, poi distoglie il suo. Non può farlo.

«Avanti», la incita Simon. «Sparagli.» Arretra lentamente, lasciando Wilbur legato al palo, con il fucile premuto sulla testa.

Kat pensa a Freya, a quando ha fatto l'amore con Simon nella stanza al piano di sopra; pensa al bambino, il figlio di Simon, che cresce nel ventre sporgente della sorella; pensa al modo in cui Freya ha guardato Mac quella mattina in riva al lago. La rivede camminare decisa nella brughiera... accolta a braccia aperte da quella sconosciuta.

«Adesso», sussurra Simon.

Lei pensa ai tradimenti di Freya, chiude gli occhi e tira il grilletto.

Il suono è assordante. La forza del rinculo si ripercuote sulle sue braccia arrivandole fino alle spalle. Sente l'esplosione dentro il petto, come se fosse stata *lei* a essere colpita, non il maiale. Qualcosa di caldo e bagnato le schizza sulle mani e sulla faccia. Geme per l'orrore, ma gradualmente il rimbombo nelle orecchie cessa e Kat ode dei passi che si avvicinano di corsa al fienile.

«Cosa diavolo...?» Mac compare senza fiato sulla soglia, vede il maiale che giace per terra in mezzo a loro e si scaglia in avanti.

«Cosa avete fatto?»

Una pozza di sangue si sta allargando ai suoi piedi e Kat indietreggia per non calpestarlo.

«Abbiamo pensato che fosse arrivato il momento di mangiare maiale arrosto», dice Simon sorridendo, ma sulla faccia di Mac si è dipinto l'orrore.

«Non si fa in questo modo!»

«Perché no?»

«Non si fa per capriccio, in mezzo alla sporcizia e con l'animale spaventato a morte. Si fa con preparazione e rispetto.»

L'odore di sangue impregna l'aria. Il suo nauseante aroma metallico satura il naso e i polmoni di Kat e le fa venire da vomitare.

«Eravamo *preparati*», dichiara Simon con freddezza.

Mac scuote la testa. «No», ribatte fermamente, «non così.»

Simon alza gli occhi al cielo rivolto a Kat, ma Mac non sembra notarlo: è concentrato sul maiale. «Dobbiamo toglierlo da terra, alzarlo e tagliargli la gola. Se non rimuoviamo lo stomaco e l'intestino la carne si deteriorerà in fretta.» Mac fissa la bestia scuotendo la testa. Kat è scossa dalle lacrime che vede nei suoi occhi.

«Le so anch'io queste cose», dice Simon a denti stretti. Fa un passo verso Mac, che avverte quel movimento e solleva la testa di scatto, stupito. Si fissano al di sopra dell'animale morto, irradiando tensione. Kat vede Simon serrare i pugni ai lati del corpo, il bagliore argentato del coltello da caccia in una mano, e capisce che non si tratta più solo del maiale.

Vorrebbe intervenire. Vorrebbe dir loro di smetterla di fare i macho idioti e dedicarsi invece a macellare il maiale prima che il loro gesto vada sprecato, ma non ha il tempo di farlo. La vista del maialino grasso, esanime in mezzo alla sporcizia, e l'odore metallico del sangue le danno il voltastomaco. Si volta e corre verso l'uscita, riuscendo appena a superare la soglia prima che il suo stomaco si contragga, riversando un fiotto di vomito acquoso sul terreno fuori del fienile.

Freya ritorna tardi al cottage, ancora pervaso di tensione e dell'aroma dolciastro del maiale arrosto.

«Cos'è questo odore?» chiede togliendosi il cardigan e appendendolo accanto alla porta. «Qualcuno è andato a fare la spesa?» aggiunge annusando l'aria.

Ben lancia un'occhiata a Kat, non volendo evidentemente essere lui a darle la notizia.

Kat deglutisce e si schiarisce la gola. «Era... arrivato il momento di...» Non riesce a finire la frase e abbassa gli occhi fissando il pavimento.

Freya sposta lo sguardo da Kat a Ben e poi di nuovo alla sorella. «Il momento di cosa?» chiede. Lentamente, il suo sorriso svanisce. «Non avrete...» dice. La sua voce è meno di un sussurro.

Non è una domanda, ma Kat pensa che comunque non avrebbe una risposta da darle. Riesce a pensare solo agli occhi blu terrorizzati del maialino, che la fissano un attimo prima che lei prema il grilletto.

«Wilbur?»

Ben annuisce.

Le guance di Freya avvampano. Si volta verso Kat. «Chi è stato?» Prima che lei possa rispondere, Simon entra silenziosamente nella stanza a piedi nudi, con le mani chiuse intorno a una tazza sbeccata di tè. «Oh, ciao, Freya», la saluta con frivola noncuranza. «Sei tornata dalla tua passeggiata? Giusto in tempo per la cena, bene.» Si ferma e guarda i tre nella stanza. «Cosa c'è?»

«Chi ha ucciso Wilbur?» La voce di Freya è gelida. «Sei stato tu?»

Simon scuote la testa con un sorrisino. «Non avevo idea che tua sorella avesse una mira così eccellente. Dobbiamo portarla a caccia con noi la prossima volta.»

Incredula, Freya si volta di scatto verso Kat. «Tu?»

Kat china il capo. L'espressione negli occhi della sorella è terribile, più di quanto avesse immaginato.

«Dovresti ringraziarci», dice Simon dalla soglia. «Ti servono un po' di proteine... per il bambino», aggiunge inutilmente.

Freya lo fissa, trafiggendolo con gli occhi, ma non trova le parole. Gli passa accanto spintonandolo e si avvia per le scale pestando i piedi, seguita dal suono dei suoi singhiozzi, che echeggiano mentre si allontana. Simon scrolla le spalle. «Non capisco perché sia così sconvolta», dice. «Sarebbe successo comunque, prima o poi. Le abbiamo sempre detto che non era un animale da compagnia.»

È una cena triste. Siedono intorno al tavolo spostando da una parte all'altra dei piatti pezzi di carne bruciacchiata, e il posto vuoto di Freya spicca in modo appariscente.

«È davvero cocciuta, no?» commenta Simon senza rivolgersi a nessuno in particolare.

Kat inforca un pezzo di carne e lo porta alle labbra. Non ha fame, ma se lo spinge in bocca e lo mastica lentamente. È tenera e dolce, leggermente affumicata dove si è bruciato il grasso, ma lei riesce a pensare solo alla pozza di sangue che si allarga sulla superficie sporca del fienile e al terrore negli occhi sbarrati di Wilbur. La carne le scivola in gola come una biglia dura e finisce nello stomaco, dove va su e giù in modo nauseante per tutta la sera. Sotto lo sguardo di approvazione di Simon, le sembra di aver conquistato qualcosa, ma non sa se Freya la perdonerà mai per ciò che ha dovuto fare in cambio di quel premio.

21.
LILA

MAGGIO

Lila si è asciugata i capelli, ha indossato un abito pulito ed è appena scesa al pianterreno a piedi nudi per mettere la teiera sul fuoco, quando qualcuno bussa forte alla porta. «Arrivo», grida. I latrati eccitati che seguono le fanno capire chi è prima che apra.

«Oh, bene», esclama William fermo sulla soglia, con indosso una camicia stirata di fresco e un sorriso esitante sul viso. «Speravamo di fare in tempo a trovarti.»

«Parto domani mattina», risponde Lila facendo un passo indietro. «Entra, prego. Stavo per preparare il tè. O preferisci un bicchiere di vino? Ne ho una bottiglia in cucina.»

«Grazie», dice William dopo un attimo di esitazione. Si toglie gli stivali accanto alla porta e segue Lila in cucina, con Rosie che gli trotterella dietro. Il cane si acciambella nel suo posto preferito vicino alla cucina economica, mentre William si siede sulla panca di legno, stendendo davanti a sé le lunghe gambe. Si accorge del buco sull'alluce del calzino nello stesso momento in cui lo nota anche lei, sorride imbarazzato e piega in sotto il piede per nasconderlo.

«Vuoi che te lo rammendi io?» lo punzecchia Lila.

William arrossisce. «No, grazie, dovrei riuscirci da solo... più o meno.»

Lei solleva la bottiglia di vino rosso per avere la sua approvazione, poi armeggia con il cavatappi e gliene versa un bicchiere, prima di prepararsi il tè. Quando infine si siede di fronte a lui, William spinge qualcosa verso di lei attraverso il tavolo. «Buon compleanno.»

Lila lo guarda confusa. «Come facevi a sap...»

«Me l'hai detto l'ultima volta che sono stato qui, ti ricordi?»

«Davvero?» Lila scuote la testa. Non se ne ricorda, ma d'altra parte è stata così distratta dal pensiero della sua possibile gravidanza che la cosa non la sorprende. «Comunque, grazie», dice guardando il piccolo dono avvolto nella carta velina. «Non avresti dovuto.»

«È solo una piccola cosa.» Mentre Lila comincia a togliere l'involucro, William si agita sulla panca. «Può darsi che non sia di tuo gusto», aggiunge. «Perciò, ti prego di non sentirti obbligata a portarlo.»

All'interno c'è una scatolina nera. Quando alza il coperchio, Lila vede una sottile catena d'argento con un pendente adagiata sul velluto scuro. Lo solleva sotto la luce: è un ovale più o meno delle dimensioni di una moneta da mezza sterlina, realizzato in argento finemente battuto con tre granelli neri all'interno. Il metallo è stato lavorato da mani così esperte che lo sente sottile e delicato come carta sotto le dita. Lila fissa il pendente e capisce all'istante di che cosa si tratta: tre semi dentro un baccello impalpabile. È un'infruttescenza di lunaria, come quella che cresce intorno al cottage e che ha trovato anche sul davanzale della camera da letto al piano di sopra quando è arrivata lì tanti mesi prima.

«È bellissima», dice sfiorando la delicata collana. «È di...»

«Sì», risponde lui annuendo, prima che lei possa finire la frase. «È una di quelle fatte da Evelyn. Penso che le faccia piacere che l'abbia tu.»

«Veramente?»

William annuisce.

Lila si porta la catenina al collo.

«Vieni, lascia che ti aiuti.»

Le scosta i capelli dalla nuca e aggancia la catenina.

«Voglio vederla», dice lei dirigendosi in soggiorno. Ammira la collana allo specchio sopra il camino, sorridendo a William che la osserva da dietro. Il pendente luccica come una moneta d'argento nell'incavo sotto la gola. Lei passa le dita ancora una volta sul metallo leggero. «Grazie, mi piace moltissimo.»

«Bene», risponde William. Riflessi nello specchio, i suoi

occhi brillano un po' più del solito. «Ti sta d'incanto. La mamma sarà emozionata.»

Lila pensa a Evelyn. Doveva essere penoso per suo figlio vederla deperire giorno dopo giorno. «Come sta?» gli chiede quando tornano al tavolo della cucina.

«Sta bene. Ma continua a chiedere di te. Devi venire di nuovo a farci visita quando torni da Londra. Naturalmente», aggiunge in fretta, «*se* pensi di tornare.»

Lila annuisce e beve un sorso di tè.

Lui piega la testa di lato. «Sembri diversa: cos'hai fatto?»

Lila sorride. Si domanda per un momento se dirgli della possibile gravidanza, ma decide di non farlo. Non ancora. Non prima di esserne certa e di avere avuto la possibilità di dirlo a Tom. A dispetto dei suoi dubbi su di lui, sente che Tom deve essere il primo a saperlo. «Devono essere tutte le nuotate che ho fatto», risponde.

«A quanto pare il tuo lavoro qui è quasi finito», aggiunge William guardandosi intorno con curiosità.

«Sì», conferma Lila seguendo il suo sguardo. «Stavo pensando la stessa cosa prima che arrivassi.» L'interno del cottage non è più tetro e coperto di ragnatele e polvere: è diventato un luogo accogliente, pieno di luce e di colore. I muri e i soffitti di un bianco fresco e luminoso mettono in evidenza le caratteristiche travi di legno che attraversano il soffitto. Lila ha rimesso a nuovo e dipinto una credenza logora scovata da un rigattiere locale e l'ha sistemata lungo la parete a lato della finestra, allineando sulle sue mensole una varietà di bottiglie di vetro eterogenee che ha scovato in giro per il cottage. Tende variopinte ricavate da un'antica trapunta patchwork incorniciano le finestre. Ci sono fiori di prato appena raccolti sul davanzale e frutta fresca in una coppa di terracotta sul tavolo.

Attraverso la porta aperta, si intravedono il divano sotto la finestra rivestito di una nuova fodera di lino e disseminato di cuscini colorati, e il tavolino basso ricavato dal ceppo preso nella foresta. Riparate e lucidate, le assi del pavimento brillano di un bella sfumatura calda color miele sotto il tappeto nuovo di iuta. Sopra il camino è appeso un grosso specchio macchiettato, che riflette la luce dalle finestre all'interno del cottage. Sopra la mensola del camino, Lila ha raccolto i preziosi tesori frutto delle sue passeggiate: una pigna gigante, un sasso levigato, una lunga piuma di fagiano, una vecchia bottiglia di latte piena di primule odorose.

Le stanze al piano di sopra adesso sono allegre e luminose. Sul letto antico di William è stesa la trapunta patchwork multicolore regalatale da Evelyn, cosparsa di cuscini. Un mazzo fresco di infruttescenze verdi di lunaria è stato appeso a seccarsi, omaggio agli abitanti precedenti. Sulla cassetta di legno capovolta accanto al letto, che funge da comodino, sono poggiati una lampada vintage e una pila di libri.

Solo la stanza per gli ospiti è rimasta vuota, ma le tavole del pavimento sono state riparate e i muri imbiancati di fresco, a eccezione del rettangolo con lo strano murale sbiadito. Ogni volta che ha pensato di pitturarci sopra, qualcosa glielo ha impedito. Lila non sa bene perché, ma non si sente pronta a coprirlo, non ancora.

Mentre vaga per il cottage con la mente, non può fare a meno di sorridere: è conscia di aver fatto un buon lavoro. Ha rispettato la proprietà e onorato il suo passato, e tuttavia l'ha trasformata in uno spazio invitante, l'ha resa una casa. Di chi, però, non ne ha ancora idea.

William sembra leggerle nei pensieri. «Hai riflettuto su cosa fare di questo posto?» le chiede.

Lila scuote la testa. «Non lo so. Avevo intenzione di farlo valutare per capire com'è il mercato immobiliare da queste parti.» Riflette per un momento. «Ma ci ho lavorato così tanto che mi sembra di conoscere ormai ogni centimetro di questo posto... E poi ci sono altre migliorie che vorrei fare, con il tempo.» Si guarda intorno. «Il riscaldamento, per esempio, e un vero bagno...» Sospira facendo scivolare le mani sul ventre. «Sarà difficile rinunciare a questo, ma temo che la vita reale mi stia chiamando perché torni a Londra. Non posso nascondermi qui per sempre.»

Adesso riesce ad ammetterlo a sé stessa: si è nascosta per sfuggire al suo dolore, a Tom, al messaggio celato nei propri sogni. Ma quel tempo è finito. Vuole affrontare faccia a faccia il futuro e la verità, qualsiasi cosa comportino. Deve capire come si è verificata la sua caduta una volta per tutte. Si riscuote. «Comunque, non sono obbligata a prendere una decisione immediata, no? Sta arrivando l'estate; potrebbe essere divertente tornare a passare un po' di tempo qui... per godermi il lago e il cottage. Penso che eviterò di fare scelte definitive per il momento.»

«Sì», approva William, «non c'è nessuna fretta. Divertiti con i tuoi amici e la tua famiglia a Londra.» Beve un sorso di vino. «Tom ha organizzato qualcosa di speciale?»

Lila scrolla le spalle. «Non lo so. Ha prenotato un ristorante da qualche parte per la cena, credo... e pranzerò con mia madre.» Lila sorride. «Torna dalla Francia per l'occasione.»

William finisce il vino e si alza. «Bene, spero che tu ti diverta.» Rosie salta in piedi dal suo posticino vicino al fuoco e gli gira intorno alle gambe. «Avanti, Rosie, è ora di andare.»

Lila li accompagna alla porta d'ingresso, da cui si vedono le prime stelle punteggiare il cielo notturno. «Grazie ancora per il regalo, mi piace molto. Puoi ringraziare anche Evelyn da parte mia?»

William annuisce. «Naturalmente.» Allunga una mano e sfiora un bocciolo di clematide che pende dalla pianta rampicante che si inerpica sulla facciata del cottage. «Questa fiorirà presto.»

Lila sorride. «Un motivo per tornare.»

William fa un cenno di assenso. Mentre lui e Rosie spariscono oltre il crinale, Lila chiude la porta e vi si appoggia pesantemente, portando le mani d'istinto una sul ventre, l'altra sulla collana che ha al collo. Un regalo simbolo di sincerità: è più appropriato di quanto William possa immaginare. Qualsiasi cosa accada adesso, Lila sa che il tempo dell'indecisione è terminato. È ora di affrontare Tom e di decidere che direzione prendere.

La città si sveglia per salutarla come un ritaglio di cartone grigio appoggiato all'orizzonte. Il paesaggio urbano è uno shock dopo la quiete e la relativa immobilità della campagna: è tutto movimento e rumore. Lila procede lentamente fra strade sempre più familiari, cercando di non trasalire al suono del clacson di un autobus, alle urla esuberanti degli scolari, alla musica a tutto volume che proviene da un'automobile. Si sente un po' ridicola: è sempre stata orgogliosa della sua conoscenza di Londra, ma adesso, dopo settimane di ritiro in campagna, è come una turista confusa o un'eremita che ritorna dopo un periodo di esilio volontario. Quando finalmente arriva nei pressi della sua casa e parcheggia l'auto prova un vero sollievo.

Apre la porta e il suo «ciao» risuona per il corridoio. Mentre lascia cadere la borsa sul pavimento, vede il biglietto di Tom sul tavolino. Legge il suo breve messaggio di scuse per non essere lì a darle il benvenuto di persona e le indicazioni per raggiungere il ristorante di Soho che ha prenotato per la cena. "Ci troviamo lì stasera alle sette."

Lila è sollevata: ha a disposizione un paio d'ore da sola, un sacco di tempo. Riprende la borsa, tira fuori il test di gravidanza dal sacchetto e studia con attenzione la scatola di cartone prima di avviarsi verso il bagno al piano di sopra.

Non ha pensato praticamente a nient'altro per tutto il viaggio di ritorno. Non può che essere incinta, ne è sicura: il gusto metallico in bocca, la sensazione di gonfiore al ventre, i seni morbidi e pieni... E tuttavia continua a sembrarle strano. Ci sono voluti dodici mesi per riuscire a concepire Milly; come è possibile che adesso, nella sola notte di San Valentino, abbiano concepito un altro bambino? Non sa se ridere o piangere. L'ultima volta che ha fatto un test di gravidanza, era con Tom. Si erano chiusi in bagno e avevano aspettato con impazienza che passassero i minuti necessari. A quel tempo c'erano stati solo speranza e desiderio, ma questa volta è diverso. *Lei* si sente diversa.

Ha paura. Paura di non riuscire a rifare tutto da capo, paura per la fragile vita dentro di sé e per la situazione difficile del suo matrimonio. Non è così ingenua da credere che un altro figlio possa semplicemente tappare le falle e sistemare tutto. Se è davvero incinta, come farà? Come potrà non passare ogni momento a preoccuparsi e tormentarsi? Non riesce nemmeno a pensare con lucidità.

Toglie lo stick bianco dall'involucro di plastica e segue le istruzioni con attenzione, poi lo posa in bilico sul lavandino e si allontana. Non vuole barare, sbirciando prima del tempo. Va in camera da letto e apre l'armadio. Abiti e tailleur che non mette da mesi – quelli che indossava ogni giorno per andare al lavoro – pendono dalle grucce dimenticati. Li passa in rassegna e ne sceglie uno che le piaceva: un vestito lungo fino al ginocchio in un tessuto elasticizzato verde. Lo infila e si liscia il materiale sul corpo, voltandosi da una parte e dall'altra per guardarsi allo specchio. Esamina il proprio riflesso: non c'è traccia di rigonfiamento sul ventre; anzi, adesso il vestito sembra starle troppo grande, e lei si chiede se non si stia illudendo. È vero che ha fatto molto lavoro fisico e nuotato tutti i giorni, ma... il vestito non le starebbe stretto? Accantona il pensiero e prende l'astuccio del trucco. Applica con cura il fondotinta, il fard, il mascara e il lucidalabbra. Poi si spazzola i capelli e fa un passo indietro per controllare l'insieme. Ha esagerato? Prende una salvietta e toglie gran parte del trucco, lasciando solo il mascara e un velo di colore sulle labbra.

Alla fine, quando non ce la fa più ad aspettare, torna in bagno e legge il risultato.

Il ristorante è un nuovo, elegante locale in fondo a una stradina acciottolata di Soho. Lila si guarda intorno mentre il maître dalla faccia compunta la accompagna a un intimo tavolo d'angolo, dove Tom la sta già aspettando. Ci sono tovaglie di stoffa, baluginio di candele, candelieri e bicchieri che tintinnano, il tutto accompagnato dal brusio discreto di clienti in abiti costosi. Lila si sistema il vestito e cerca di tenere il passo con l'uomo che si fa strada fra i tavoli. È evidente che Tom ha fatto le cose in grande e Lila sa che dovrebbe essergliene grata, ma mentre attraversa il locale non riesce a provare altro che disagio. Una volta era brava in queste occasioni, ma stasera si sente in imbarazzo con quel vestito e i tacchi, oltre che a milioni di chilometri dai piaceri rustici del cottage. All'improvviso, vorrebbe avere acconciato i capelli in modo diverso e non essersi tolta quasi tutto il trucco. Si è dimenticata come funzionano queste cose.

Mentre si avvicina, Tom alza lo sguardo, posa il BlackBerry sul tavolo e si alza a metà, tendendo una mano verso di lei. «Eccoti», le dice baciandola su una guancia, mentre il maître le sposta indietro la sedia e apre con uno scatto del polso il tovagliolo arrotolato, posandoglielo in grembo con un movimento ampio. «Buon compleanno. Sei incantevole.»

«Grazie.» Lei si tocca i capelli, li infila dietro le orecchie, poi li lascia scendere di nuovo.

«Gradisce un aperitivo, Madame?» chiede il maître. «Una coppa di champagne?»

«No, grazie», risponde lei. «Per me solo acqua frizzante.»

Tom la guarda. «Ma è il tuo compleanno: dobbiamo festeggiare.»

«Lo so. Prenderò un bicchiere di vino più tardi.»

Tom sembra ferito. «O forse non sei dell'umore giusto per festeggiare?»

Lei gli scocca un'occhiata. Che cosa vorrebbe dire con questo?

«Molto bene, Madame», dice il maître, e scivola via senza farsi notare.

Tom e Lila si fissano per qualche istante e lei resta senza fiato. Aveva dimenticato quanto è bello – gli occhi scuri e la pelle sbarbata, liscia e luminosa, la cicatrice chiara sulla guancia illuminata dalla luce delle candele –, ma le sembra un estraneo, qualcuno che incontra per la prima volta, e quel pensiero le contorce lo stomaco. Vorrebbe prendergli la mano, ma si trattiene.

«Un collega mi ha raccomandato questo posto», dice lui guardandosi intorno nella sala. «Dovrebbe essere ottimo. Siamo stati fortunati a trovare un tavolo.»

«È molto bello, grazie.»

Tom fa un cenno con la testa. «Il viaggio di ritorno è andato bene?»

«Sì.»

Tom fa scorrere lo sguardo su di lei. «Hai un'aria diversa.» La osserva con attenzione. «Sei meno truccata?»

Lila annuisce appena.

«Stai bene. Ho sempre pensato che non ti servissero tutti quegli impiastri sulla faccia.» Mentre la osserva stringe gli occhi e Lila prova l'impulso di sottrarsi al suo sguardo. «E hai preso il sole: ti sono tornate le lentiggini.»

Nel vederlo finalmente sorridere, Lila si sente sollevata. «Ho passato un sacco di tempo all'aperto. Dovresti vedere il posto adesso, Tom. È davvero bello.»

Tom annuisce, ma lei nota che il suo sorriso si spegne e che lui distoglie lo sguardo. «Devo considerarlo un invito?»

Lila lo guarda. «Non hai bisogno di un invito.»

«Davvero?» Lui alza lo sguardo, questa volta con aria di sfida. «Ti ho detto come mi sono sentito.»

Lila scrolla la testa. Aveva pensato di essere solo lei a muoversi su un terreno sconosciuto, ma a quanto pare anche Tom non si sente sicuro di sé stesso. Un cameriere compare all'improvviso con un lungo bicchiere d'acqua frizzante, che posa sul tavolo davanti a lei. «Abbiamo bisogno ancora di qualche minuto prima di ordinare», dice Tom.

«Molto bene, signore.»

Lila prende il suo bicchiere. Goccioline di condensa si stanno già formando sulle pareti esterne, mandando bagliori dorati alla luce delle candele. Lei beve un sorso, poi lo posa con cura sul tavolo e guarda Tom, che ha gli occhi bassi sul menu. «Mi hanno detto che il maiale è molto buono, come anche l'anatra... ma in realtà sono certo che sarà tutto ottimo.»

«Tom», lo interrompe lei, incapace di attendere ancora, di sopportare più a lungo quella conversazione artefatta, «ho qualcosa da dirti.»

Lui alza lo sguardo, chiude di scatto il menu e lo posa sul bordo del tavolo. I suoi occhi sono scuri e impenetrabili. «Credo di sapere di cosa si tratta, ma continua pure.»

«Lo sai?» Lila è confusa. Come è possibile?

«Sì», risponde Tom annuendo. «Vuoi dirmi di William, vero?»

«William?»

«Sì, o meglio di *te* e William.» Nei suoi occhi c'è uno sguardo che Lila non ha mai visto prima, un freddo distacco.

«Io e William?»

Lui sospira. «Se hai fatto tutta questa strada per dirmi che mi lasci per lui, probabilmente avremmo potuto risparmiarci l'imbarazzo di questa cena, ma ormai fa' pure.» Lila avverte la nota tagliente nella sua voce.

«Pensi che io sia venuta a dirti che voglio lasciarti... per William?»

«Sì.» Tom la osserva attentamente, poi scoppia in una risata amara. «Oh, smettila di fingere. Ormai sono mesi che ti nascondi nel tuo piccolo nido d'amore. Non pensi che sia ora di dirmi la verità?»

Con un gesto istintivo, Lila si porta la mano al pendente d'argento che ha al collo. Sincerità: è per questo che è tornata a casa. «William non c'entra», dice, ma Tom sta fissando la collana.

«Molto bella. Te l'ha regalata lui?»

«Sì, ma...»

«Vorrei solo che tu uscissi allo scoperto e me lo dicessi. Sono mesi che mi tieni sulla corda, ormai, e io sono stato più che paziente, Lila. Ho continuato a sperare che tornassi, che se ti avessi dato solo un po' di tempo, tu... ma ora ho capito che non succederà. Ti sei innamorata di lui, vero?»

«Tom!» Le guance di Lila avvampano al pensiero di lei e William insieme. «Potresti almeno...»

Ma il suo rossore sembra solo la conferma che Tom aspettava. Spinge indietro la sedia e si alza dal tavolo. «Scusami, ho bisogno di un po' d'aria.» Si gira sui tacchi e si allontana a grandi passi prima che lei riesca a dire un'altra parola.

Lila lo guarda sconcertata. Cos'è successo? Abbassa gli occhi impotente verso il pavimento e vede il tovagliolo di Tom: una macchia bianca inopportuna sul tappeto color carbone. Un cameriere passa accanto al tavolo, lo raccoglie, lo piega con cura e lo posa sulla sedia vuota di Tom. «Va tutto bene, Madame?»

«Sì... grazie.» Scrolla la testa. Poteva immaginarsi una cosa del genere? Tom che pensa che lei abbia una relazione con William? È assurdo. Deve seguirlo, deve spiegargli. «Devo solo... ho bisogno di...» Guarda il cameriere senza sapere cosa dire. «Torniamo subito, mi spiace.»

Il cameriere fa un cenno con la testa, mentre Lila afferra la borsetta e attraversa di corsa il ristorante dietro a Tom, ignorando le occhiate incuriosite degli altri clienti. Passa in fretta davanti al lungo banco di mogano del bar, con le sue file di bottiglie colorate e gli scintillanti bicchieri da cocktail, poi entra nell'atrio, dove la pesante porta di legno che dà sulla strada viene sbattuta proprio in quel momento. Lei esce di corsa e vede Tom che si allontana velocemente lungo la stradina buia di Soho.

«Tom!» grida. «Tom, torna indietro!»

Udendo la sua voce, lui si volta di scatto, con il viso nell'ombra e un bagliore di collera negli occhi.

«Dobbiamo parlare», lo implora.

«Dobbiamo parlare?» ripete lui allargando le braccia. «Questa è bella, Lila. Sono mesi che vorrei parlare con te, ma sei stata così fredda, così evasiva. Adesso che finalmente sei qui, posso solo dedurre che ti sia decisa a venirmi a dire che il nostro matrimonio è finito. Ma non c'era bisogno che te ne dessi la pena, davvero. Probabilmente siamo già andati oltre, non credi? Un messaggio o un'email sarebbero bastati.»

«Tom.» Si avvicina fino a trovarsi davanti a lui. «Onestamente, non so di cosa stai parlando.» Allunga una mano, ma lui ritrae il braccio e la stoffa della giacca le scivola fra le dita «Smettila. E questa faccenda di me e William è... ridicola.»

«Davvero?» Lui lancia un'occhiata alla collana.

«Questa? È il regalo di compleanno di William e di sua madre. Non c'è niente fra noi.»

Lui continua a fissarla, ma non si ritrae più e lei coglie a volo l'occasione. «Sono qui, Tom, lo vedi anche tu, no?»

Lui scrolla la testa. «So che ti ho detto che mi sarei tenuto lontano, ma non pensavo... non mi aspettavo...» Ride amaramente. «Non abbiamo avuto nessun contatto nelle ultime settimane. Ho avuto la sensazione che tu volessi troncare ogni rapporto con me. Sembra che fra di noi non ci sia più niente di vero... niente di ciò che conta, comunque.»

Lila sussulta, mentre l'immagine della loro bambina assente aleggia fra di loro, poi deglutisce e cerca di spiegarsi. «Sei stato tu a dire che non volevi più venire al cottage.» Lui alza un sopracciglio e lei ci riprova. «Avevo la mente affollata di pensieri; avevo bisogno di tempo.»

«Tempo per capire cosa provi per William?»

«Oddio, no. Vuoi smetterla di nominare William, per favore? Lui è solo un amico. Si tratta di altro, di cose che ho ricordato.» Esita, poi capisce che deve dirglielo. Non ha niente da perdere, a parte l'ultimo anello di verità che sente dondolare appena oltre la sua portata. Prende un respiro profondo e tenta di spiegare. «Ho ricordato delle cose su quel giorno... quando sono caduta. Credo... che non fossi da sola. Rammento la presenza di qualcuno, una lite e poi delle mani su di me.»

Tom la fissa come se fosse pazza. «Credi che ci fosse qualcuno con te quando sei caduta?»

Lei sostiene il suo sguardo e il significato delle sue parole lo colpisce come un pugno, facendolo indietreggiare vacillando. «Pensi che ci fosse qualcuno che ti ha *spinta* giù dalle scale?» Spalanca gli occhi per l'orrore. «Questa è una cosa seria, Lila... Dio mio, dobbiamo andare alla polizia.»

Lila non riesce più a guardarlo negli occhi. «Prima devi rispondere a una domanda, Tom.»

Lui annuisce.

«Devo sapere se tu eri... in casa, quando sono caduta.»

Tom sbarra gli occhi. «Cosa?»

Lila si morde il labbro. «Per favore, ho bisogno di saperlo.»

Lui la guarda con orrore crescente. «Pensi che ci fossi *io* lì con te? Che sia stato *io* a spingerti?» Scuote la testa e all'improvviso si accovaccia sul marciapiede con la testa fra le mani. «Oddio, Lila. Non so cosa ci stia succedendo, ma tutto questo è completamente... assurdo.»

L'espressione sul suo viso dice tutto. Oltre all'incredulità e alla confusione, lei vede l'impatto devastante che quell'accusa ha avuto su di lui e capisce di aver fatto un errore madornale. Il dolore negli occhi di Tom è facile da interpretare: è quello di un uomo innocente ingiustamente accusato.

Un solo sguardo a quegli occhi e capisce che Tom non le farebbe mai del male. Lila vorrebbe fare marcia indietro, rimangiarsi quelle parole, essere ancora seduta al tavolo del ristorante, ma è troppo tardi e non può ritirare l'accusa, non ora.

Tom alza lo sguardo su di lei, sforzandosi ancora di capire. «Onestamente, Lila, cosa mi stai chiedendo? Pensi che ti avrei fatto del male... che avrei fatto del male alla nostra bambina?»

«Dimentica ciò che ho detto», risponde lei. «Torna dentro. Andiamo a parlare al ristorante.»

«No, non posso affrontare questa cosa lì dentro.» Si strofina gli occhi crollando ancora più giù; le forze lo hanno abbandonato.

Lila resta in piedi lì nella stradina acciottolata, impotente e irresoluta. Dall'oscurità emerge un gruppo di giovani donne che barcollano verso di loro sui tacchi alti, ridacchiando frastornate. «Vieni, Tom, non possiamo stare qui, non così. Non dovremmo rientrare?»

Alla fine lui si alza, ma invece di dirigersi verso il ristorante, si volta e si avvia a nord, in direzione di Oxford Circus. «Vieni?» le chiede con voce esausta, girando solo la testa.

Lei lo segue lentamente; nei pressi di Oxford Street la luce arancione di un taxi nero emerge dall'ombra. Tom lo ferma agitando la mano e le apre lo sportello. Lila si siede in un angolo del sedile posteriore e osserva le luci e la vita di Londra sfilare oltre il finestrino. Vede un gruppo d'addio al celibato uscire chiassosamente da un bar: otto ubriachi che cantano e si mettono in posa intorno allo sfortunato amico, cui hanno fatto indossare un enorme costume da banana per metterlo in imbarazzo. Più avanti, due poliziotti parlano a un vagabondo steso su un improvvisato letto di cartone davanti a un portone. Una ragazza in calzoncini argentati litiga con il fidanzato. Un buttafuori respinge un ubriaco all'ingresso di un locale notturno. La vita del sabato notte londinese ruota intorno a loro, ma Lila e Tom rimangono in silenzio, chiusi nella loro buia bolla privata, distanti solo pochi centimetri, e tuttavia divisi da un abisso di smarrimento e sofferenza.

Quando il taxi accosta vicino alla casa, Tom paga il conducente e salta giù, poi tiene la portiera aperta per Lila. Lei lo segue sul vialetto che conduce all'ingresso e lo guarda mentre gira la chiave nella serratura, accende la luce e chiude la porta alle loro spalle.

«Vuoi una tazza di tè?» gli chiede.

Lui scrolla le spalle.

«Metto su la teiera.»

Restano entrambi immobili. Lila abbassa lo sguardo e vede la sua borsa da viaggio accanto all'ingresso dove l'ha lasciata qualche ora prima. Non l'ha ancora disfatta. Allora le viene in mente che potrebbe afferrarla, uscire dalla porta e andarsene... tornare al lago, al cottage. Potrebbe scappare.

Ma è stanca di scappare. Stanca di tutte le mezze verità e delle cose non dette fra di loro. E, soprattutto, ha ancora qualcosa da dirgli. Gli cerca la mano con dolcezza. Lui trasale, ma gliela lascia prendere. «Vieni con me», gli dice, e lo guida nel soggiorno, indicandogli la poltrona accanto al camino, poi si siede sul divano di fronte a lui. Tom la osserva attentamente prima di distogliere lo sguardo. Lila prende un profondo respiro. «Sono incinta», dice tenendo gli occhi fissi solo su di lui.

Lo sguardo di Tom saetta sul viso di Lila. «Sei... incinta?»

Lei annuisce.

Sulla sua faccia si dipinge un'espressione confusa. «È?...»

«Vuoi sapere se è tuo?» chiede lei con un sospiro. Che macello: quella che dovrebbe essere la notizia più felice del mondo è venata di dolore e di sospetto. «Certo che è tuo. Te l'ho detto: non c'è *niente* fra me e William. È solo un amico.»

Tom riflette per un momento. «La notte di San Valentino?»

Lila annuisce di nuovo.

Tom non riesce a trattenersi: un accenno di sorriso gli increspa gli angoli della bocca. «Perché non mi hai detto niente, Lila, prima al ristorante?»

«Non me ne hai dato il tempo.»

Lui scuote la testa. «Un bambino.»

«L'ho appena scoperto con certezza. Ho fatto il test proprio prima di venire all'appuntamento.»

Tom si passa una mano fra i capelli. «Non riesco a crederci.»

Lila esita. Si rende conto di desiderare che lui la abbracci più di qualsiasi altra cosa. «Ho paura, Tom.»

Lui deglutisce e fa segno di sì. «Anch'io.»

Si fissano l'un l'altro attraverso la stanza. «Dove abbiamo sbagliato così tanto?»

Lei scrolla la testa. «Non lo so.» Adesso vorrebbe chiederglielo, fargli l'unica domanda che le brucia sulla punta della lingua: "È troppo tardi?".

Ma prima che possa pronunciare quelle parole, Tom è accanto a lei sul divano. Le mette una mano sul ventre. «C'è un bambino qui», dice guardandola negli occhi. Lila annuisce e lui le apre le braccia. «Dobbiamo affrontare questo insieme. Basta distanza fra di noi. D'accordo?»

Lei annuisce col capo e sente la prima lacrima calda rotolarle sulle guance.

«Non scappi più?»

«No.»

Tom la attira a sé e le sussurra all'orecchio: «Ho una proposta».

«Quale?» domanda lei con un mezzo singhiozzo.

«Ricominciamo da capo la serata. Restiamo qui a parlare... di tutto.»

Lila si appoggia a lui e posa la testa sulla sua spalla. «Mi sembra una buona idea.» Lo è davvero. All'improvviso non desidera nient'altro che essere rannicchiata fra le sue braccia a casa, nella *loro* casa.

«Dovremmo telefonare al ristorante», suggerisce con un mezzo sorriso parlando dentro la sua spalla. «Dovremmo dare una spiegazione.»

Tom fa una risatina. «Spiegare che credevo che tu avessi una relazione con un altro uomo? E che tu pensavi che io ti avessi spinta giù dalle scale? Che sei incinta e te la fai sotto dalla paura?»

Lila fa un largo sorriso. «Se la metti così...»
«Chiamerò domani per dargli il numero della mia carta di credito.»
«Non ti riserveranno mai più un tavolo.»
«Oh, chi se ne importa. Era troppo pretenzioso. Guanciale di maiale candito e gratin di patate al tartufo?» Alza gli occhi al cielo e la guarda. «Sai di cosa ho veramente voglia?» chiede.
Lei fa segno di no. «Un piatto al curry nel nostro posticino in fondo alla strada. Ci stai?»
Lei annuisce. «Ci sto.»

Il mattino seguente Lila si sveglia ancora fra le braccia di Tom, quando lo squillo del cellulare del marito risuona dal comodino. Lui si libera e lo afferra, bofonchiando un saluto nel microfono. Lila resta sdraiata, per metà ad ascoltare e per metà a pensare come è bello essere a casa, di nuovo nel loro letto. Si passa le mani sul ventre e sente la pelle tesa e liscia come quella di un tamburo. Incinta di tre mesi. Non è più solo un suo segreto, ma è suo e di Tom: un segreto condiviso.
Tom sta alzando il tono della voce. Impreca nel telefono e, prima ancora che abbia chiuso la telefonata, lei sa cosa dirà.
«Problemi al cantiere?» gli chiede.
«Sì.»
«Allora non verrai al pranzo con la mamma?»
Lui scuote la testa. «Mi dispiace. È un problema?»
«No, va bene lo stesso.»
«Grazie.» La bacia sulla testa. «Le farai le mie scuse? Dille che era inevitabile.» Lila annuisce. «Le dirai del bambino?»
Lei fa un cenno con la testa. «Credo di sì. Una buona notizia... è probabilmente quello che ci vuole dopo questi mesi.»
«Bene.» La bacia sulla bocca e scivola fuori dal letto, prendendo una t-shirt. Lila lo osserva mentre si copre il dorso.
«Pensavo...» comincia a dire con molta esitazione.
«Sì?...» Tom sta infilando i jeans e spianando le tasche.
«Forse potresti venire al cottage questa estate e passare

qualche settimana lì con me, come se fosse una vacanza.» Lo osserva nervosamente. «Cosa ne pensi?»

Tom si volta a guardarla. «Appena potrò lasciare il cantiere di Stratford verrò sicuramente, perché no?»

Lila sorride e lui si china a baciarla di nuovo. «Mi piace rivederti nel tuo letto. Non alzarti... non ancora.»

Il sole scompare e riappare fra le nuvole che si muovono veloci mentre Lila guida sulla A40 diretta verso il Buckinghamshire. È la giornata giusta per rinfrancarsi con un po' d'aria fresca: Lila abbassa il finestrino per godere della sensazione del vento fra i capelli e sulla pelle. Canticchiando sulle note dello stereo e battendo il tempo con le dita sul volante, arriva di buon umore alla familiare cittadina residenziale e parcheggia nel vialetto della casa dei suoi genitori. La siepe di ligustro è stata potata accuratamente e il prato suddiviso a scacchiera in strisce di colore uniforme. Peonie rosa pallido e grappoli di primule di un giallo tenue sono disseminate nelle aiuole, e l'esplosione di fiori viola dell'aglio ornamentale risalta sotto gli archi di pietra delle finestre della vecchia villa gotica. È indubbiamente una bella casa – per proporzioni e decori –, ma mentre spegne la macchina Lila prova sentimenti contrastanti. La cappa della sua adolescenza pesa ancora sulle sue spalle. "Perché succede?" si chiede. Perché tornare a casa la fa sentire sempre la ragazzina che è stata?

Non ha bisogno di suonare il campanello: la madre l'ha vista arrivare e spalanca la porta prima che lo faccia. «Buon compleanno, tesoro», esclama abbracciandola. «Hai passato una bella serata con Tom? Mi ha detto che voleva portarti in un elegante ristorante nuovo... quello gestito dallo chef della televisione, quel tipo piuttosto affascinante, hai presente?»

Lila si rende conto in quel momento che non vede la televisione da mesi, ma annuisce lo stesso. Non ha idea di come potrebbe spiegare gli eventi della sera prima, così si adegua alla versione della madre, per non complicarsi la vita. «È andata benissimo. Posto molto elegante, con un menu sorprendente.» Non è una vera bugia.

«Oh, mi fa piacere.» Fa un passo indietro e la squadra dalla testa ai piedi. «Sei incantevole. E quella sciarpa è graziosissima.» Allunga una mano per sfiorare la seta colorata intorno al collo della figlia.

«Grazie. È il regalo di compleanno di Tom.»

«Ha buon gusto, vero? Torno subito, vado solo a prendere la giacca. Pensavo di andare al pub sulla collina per pranzo. Offro io.»

«Ottima idea.» Lila aspetta sulla soglia mentre la madre corre qua e là nell'atrio per raccogliere quello che le serve, poi vanno insieme alla macchina.

Mentre guida attraverso la città, Lila rivede le pietre miliari della sua giovinezza: l'edicola dove spendeva i suoi spiccioli in caramelle, il parco dove il padre l'aveva aiutata a pedalare traballando sulla sua prima bicicletta, il pub dove aveva comprato il suo primo alcolico senza avere l'età. Era stata una buona infanzia, in fondo: niente che potesse fare notizia, nessuna grossa angoscia, forse soltanto una sensazione persistente di solitudine, come quella che potevano provare, supponeva, molti figli unici. Si ricordava di avere chiesto un paio di volte ai suoi genitori se poteva avere un fratellino o una sorellina, ma non erano arrivati, e lei aveva smesso di chiederlo il giorno in cui sua madre le aveva rivelato di non poter avere altri bambini. «Ho avuto dei problemi... delle complicazioni dopo la tua nascita», aveva detto con fare alquanto misterioso, ma, sentendosi in qualche modo responsabile, Lila aveva lasciato cadere l'argomento, che non era mai più stato menzionato.

Si inerpicano su una ripida stradina di campagna, superando la vecchia chiesa di pietra dove hanno celebrato il funerale di suo padre e file di graziose villette in selce e mattoni, fino al pub, annidato su un grande spiazzo erboso immacolato in cima alle Chiltern Hills. Lila parcheggia la sua auto di fianco a una fila di auto sportive luccicanti e si avvia con la madre verso il ristorante. Ordinano da bere al bar e la madre consegna la carta di credito al giovanotto dietro il banco. «Metta sul conto», dice.

Portano il menu a un tavolo vicino alla finestra e, mentre

si accomodano su una bassa panca di velluto, il sole scompare dietro le nuvole lasciando improvvisamente il locale nell'oscurità. Dalla finestra, Lila vede i gerani che oscillano al vento.

«Quello è famoso», dice la madre in un sussurro, indicando con la testa un uomo rugoso con un'abbronzatura profonda e una massa sospetta di capelli scuri, che tiene banco al bar.

Lila strizza gli occhi e riconosce un personaggio di una popolare sitcom televisiva. «Ah, sì», risponde ammiccando, «siamo in *quel* genere di posto, eh?»

«Tuo padre gli ha dato una consulenza legale una volta. Sembra che sia un tipo molto difficile... e anche un gran taccagno.» Arrossisce. «Per lo meno, così diceva tuo padre.»

Lila fa un risolino e rivolge l'attenzione al menu. Dopo aver scelto, va al bar a ordinare: sardine per la madre, formaggio e sottaceti con pane abbrustolito per lei. Quando torna al tavolo, vede il regalo che la madre ha posato davanti al suo posto.

«Per il tuo compleanno», dice.

«Grazie, mamma.» Lila scarta il pacco e trova una scatola da scarpe dorata con dentro un paio di pantofole di velluto rosso. Sposta lo sguardo sulla madre, poi torna a guardare le pantofole. Sono una scelta originale e sorprendente – di solito sua madre opta per borsette firmate e costosi golf di cachemire –, ma le piacciono, le piacciono molto. «Sono deliziose, mamma, grazie. Si china, sfila una ballerina e indossa la pantofola per verificare che la misura sia giusta. «Perfetta.»

La madre infila una ciocca di capelli biondi dietro l'orecchio. «Le ho viste in un mercato in Francia e mi hanno ricordato... be', mi hanno ricordato te. Così, ho sperato che ti sarebbero piaciute.» Deglutisce.

Lila fa scivolare le dita sul velluto scarlatto. «Sono bellissime. Grazie.»

«Ho pensato che fossero anche divertenti.»

Lila studia la madre per un momento, cercando di leggere il suo viso, di capire perché all'improvviso sembri così triste. Si chiede se sia tornata definitivamente, questa volta, o se si tratti ancora di una visita passeggera, e sta per chiederglielo quando viene interrotta dalla cameriera che porta il loro pranzo. Lila distoglie lo sguardo dal piatto della madre, che diffonde un odore pungente di aglio. Le sardine nuotano nel burro e la fissano con i loro occhi opachi e ciechi. La vista e l'odore le danno la nausea, perciò prende un boccone di pane e lo mastica lentamente.

«Ti ho già parlato del mio nuovo club del libro?» le domanda la madre, togliendo abilmente la pelle al pesce con coltello e forchetta.

Lila scuote la testa.

«Mi sono appena iscritta. Siamo in dodici: undici donne e un uomo coraggioso. Ci incontriamo una volta al mese e uno di noi a turno sceglie un libro e ospita gli altri per la serata.»

Lila la ascolta a metà, continuando a far girare la limonata sul sottobicchiere. L'ultima volta che è stata in quel pub, suo padre era ancora vivo. Si era appena laureata, avevano festeggiato con una bottiglia di champagne e i genitori le avevano chiesto che progetti avesse. «Allora», aveva detto suo padre levando il calice, «ecco qui la nostra piccola ormai cresciuta. E adesso cosa ti aspetti dal futuro, Lila?»

Lei aveva bevuto un lungo sorso di champagne. «Pensavo di trasferirmi a Londra: ho degli amici che stanno cercando un appartamento. Voglio trovare un lavoro, magari nella progettazione d'interni. Non ho problemi a cominciare dal basso... a fare la gavetta per crescere.» Era stata nervosa, se ne ricorda, ansiosa di ricevere l'approvazione di suo padre.

Lui l'aveva guardata seriamente. «È questo che vuoi fare *davvero*?»

Lei aveva annuito trattenendo il respiro.

«Be', Lila, devi inseguire i tuoi sogni», le aveva risposto osservandola con un'espressione malinconica. «Devi fare ciò che ami veramente. A volte penso che tua madre e io abbiamo rinunciato con troppa facilità ai nostri ideali.»

Lei aveva lanciato un'occhiata alla madre, che aveva risposto con un'alzata di spalle. Talvolta gli capitava di diventare così, lacrimoso e pieno di rimpianti, e allora entrambe sapevano di dover cambiare argomento.

Il sole fa un'altra apparizione sbucando da dietro una nuvola e le incendia attraverso i vetri. Lila lo sente battere sulla schiena. Il pane le si ferma in gola e lei lo ingoia con un sorso di limonata. Sente caldo. Si toglie la sciarpa di seta e la appoggia sulla panca accanto a sé. Taglia una fettina di cheddar e la porta alle labbra.

«Stai bene? Hai un colorito verdastro.»

Lila annuisce e cerca di schiarirsi la gola. Forse è il momento giusto per dire alla madre della gravidanza, ma è ancora combattuta, e per fortuna lei prosegue il suo monologo. Non riesce a decidere quale libro scegliere per l'incontro del mese successivo. Lila mastica il cibo lentamente, mentre la madre mette a confronto i meriti di due romanzi, ma all'improvviso si accorge che è di nuovo calato il silenzio. Alza lo sguardo con un mezzo sorriso, non sapendo se sua madre si aspetti da lei accordo o disaccordo, ma non è nessuna delle due cose. Sembra essersi dimenticata completamente del club del libro. Ha portato una mano alla bocca e la sta fissando in modo molto strano, con un'aria sgomenta, come se avesse visto un fantasma. «Oh... oh mio Dio», balbetta.

Lila si guarda la camicetta. Si è versata addosso qualcosa? Ha i bottoni slacciati?

«Quella... collana.» Il sangue defluisce dal viso della madre.

Lila si porta una mano al collo sfiorando il pendente con le dita. «Questa?»

La madre non le stacca gli occhi dal collo. «Proprio... come lei. D-dove l'hai presa?»

Lila le lancia un'occhiata stranita. «È un regalo.»

«Chi te l'ha fatto?»

«Un uomo... un amico... si chiama William.» La madre continua a fissarla e Lila continua: «L'ho conosciuto al cottage».

«Quale cottage?»

«Quello in cui ho vissuto, sai, per sistemarlo. Non te ne ho parlato?»

La madre ha gli occhi sbarrati e sembra che non riesca a deglutire. Afferra il bicchiere e beve un sorso d'acqua. Quando si riprende, si volta di nuovo verso Lila. «Tesoro», dice, «dov'è esattamente questo cottage?»

«Non te l'ho detto? È nel Peak District, ma è difficile spiegare bene dove.»

«Provaci.» La parola suona aspra, come un ordine.

«Non lo so», risponde, «molto a nord, vicino a un paese chiamato Little Ramsdale, annidato in una piccola valle accanto...» Non riesce a finire la frase, perché lo fa la madre per lei.

«Accanto a un lago.»

«Esatto», dice Lila incuriosita. «Come fai a saperlo? Ti senti bene, mamma? C'è qualcosa che non va?»

Lila guarda la madre che spinge di lato il piatto con le lische di pesce oleose, poi infila le dita nel colletto della camicetta e cerca di allentarlo, come se faticasse a respirare. La osserva attentamente, ma ora c'è qualcos'altro che la assilla, qualcosa che prima le è sfuggito. Ripercorre nella mente la conversazione con la madre e all'improvviso le sente di nuovo, tre parole familiari che le riecheggiano in testa: *proprio come lei.*

Sono le parole del sogno, quelle che è sicura di aver sentito dietro di sé mentre precipitava dalle scale. E tutto d'un tratto, con un'improvvisa, strisciante, gelida consapevolezza, sa chi era a casa con lei il giorno della caduta. Non era Tom. Non è con lui che ha litigato e da cui si è allontanata correndo. Non è lui che l'ha inseguita gridandole quelle parole. Non sono state le sue mani a cercare di afferrarla e a strattonarla facendole perdere l'equilibrio. Non sono i suoi occhi quelli che ha visto girandosi e brancolando nel vuoto, in preda al panico, sapendo che niente poteva frenare la sua caduta, niente poteva impedirle di precipitare rotolando e rimbalzando fino in fondo alle scale.

Non era Tom: era sua madre.

Lila la fissa per un momento. «Cosa significa», chiede cercando di mantenere salda la voce, «proprio come *lei*?»

La madre distoglie lo sguardo. «Scusa?»

«La collana... l'hai guardata e hai detto "proprio come lei". Di chi parlavi?»

Il viso pallido della madre avvampa visibilmente, ma lei deglutisce e scuote la testa. «No, non mi pare di averlo detto.»

Lila piega la testa di lato, la osserva attentamente e poi prende un respiro. «Perché l'hai fatto, mamma?»

«Fatto cosa?»

«Perché hai mentito su quello che era successo? Quel giorno, a casa mia, sulle scale?»

La madre apre la bocca per parlare, ma Lila alza una mano: non ha ancora finito. «Tu c'eri, vero?»

La madre resta in silenzio e Lila continua, mettendo insieme i pezzi ad alta voce. «Non mi hai vista attraverso la buca delle lettere. Non sei entrata in casa con la chiave di scorta per chiamare l'ambulanza, vero? Ti avevo già fatta entrare io, eri salita in camera con me per aiutarmi a scegliere qualcosa da mettere. Ora mi ricordo. Ero agitata e mi lamentavo perché non trovavo niente di carino da indossare che mi stesse ancora con il pancione.» La madre ha un'espressione inorridita, ma Lila non si ferma. «Mi ricordo: sei salita con me al piano di sopra e ti sei seduta sul letto mentre io provavo i vestiti.»

La madre scuote la testa. «No, questo non è...»

«È allora che ti ho chiesto del papà, vero? Volevo parlarti di lui... delle sue relazioni con altre donne e di come ti aveva trattata.» La madre fa una smorfia. «Lui non c'era più, ma io volevo parlare con *te*... cercare di capire il vostro rapporto. Ma tu ti sei arrabbiata moltissimo. Mi hai gridato di smetterla e io ti ho detto di no. Ti ho detto che ero stanca delle bugie, delle finzioni. Volevo capire perché eri rimasta con lui, accettando un rapporto così tossico.»

«Non era tossico.» Lo dice sottovoce e Lila deve piegarsi in avanti per udire le sue parole. «Era amore, vero amore.»

Lila sbuffa piano. «Amore? Non c'era molto amore in quella casa, non negli anni in cui ero lì, almeno. Vi tiravate stoccate come schermidori, cercando di colpirvi a vicenda, di segnare un punto ogni volta che vi era possibile. Quello non era amore.»

«Smettila.»

«No, non lo era, ma tu ti sei arrabbiata tanto, non è vero?

Quando ho osato criticare il papà e la tua devozione per lui, a dispetto di tutto quello che faceva, di tutte le donne con cui andava a letto. Eri in collera, come lo sei adesso, solo che qui siamo in un luogo pubblico e – oh, no», incalza Lila con una risata amara, «qui non possiamo creare scompiglio, vero? Dio non voglia che attiriamo l'attenzione su di noi o che ci diciamo finalmente la verità per una volta.»

La madre si guarda intorno con rabbia. «Per l'amor del cielo, smettila, Lila. Non sai quello che dici.»

«Volevo solo sapere *perché* lo avevi sopportato; volevo solo capire perché gli avevi permesso di renderti così infelice. Ma tu non tolleravi di sentirti dire la verità. Adesso ricordo tutto.» Ricorda davvero: in un lampo è di nuovo nella sua stanza, lei e la madre sono una di fronte all'altra ai due lati del letto disseminato di indumenti.

«Non parlare di tuo padre in questo modo, soprattutto ora che non è più qui a difendersi», aveva urlato la madre, addolorata per la ferita ancora fresca.

«Ma se non potevamo parlarne quando era vivo e non possiamo farlo nemmeno ora che se n'è andato, allora quando, mamma?»

«Perché fai così? Perché vuoi sconvolgermi in questo modo?» aveva gridato. «Io ti ho dato tutto.»

«Non voglio sconvolgerti, mamma: sto solo cercando di capire delle cose. Di capire *lui*. Perché non gli bastavamo noi?»

Le lacrime avevano rigato le guance della madre. «Noi gli bastavamo, Lila.»

«Cerchi ancora di negare le sue relazioni amorose, la sua mancanza di dedizione?»

«Smettila, ti prego.»

«Era mio padre, mamma, ma sai bene che a volte non era un brav'uomo. Non è sbagliato ammetterlo.»

Allora la madre l'aveva fissata, i suoi occhi l'avevano squadrata dalla testa ai piedi, e Lila aveva provato una sensazione stranissima, come se la stesse guardando senza vederla. Poi aveva scrollato la testa. «Tutto questo tempo... e sei proprio come lei.»

Lila aveva udito a malapena, perché la collera risuonava più forte nelle sue orecchie. «Non posso più sopportarlo», aveva detto facendo per andarsene, ma la madre non voleva lasciarla andare.

«Resta qui. Non puoi troncare la conversazione in questo modo. Non lo accetto.»

Adesso Lila ricorda tutto: aveva spinto la madre per passare ed era corsa in corridoio, mentre lei le gridava di tornare indietro. «Lila, fermati! Lila!» La sua voce aveva echeggiato per il corridoio, ma lei aveva proseguito faticosamente, rallentata dal pancione. Era quasi arrivata alle scale, con il braccio teso per appoggiarsi alla balaustra, quando aveva sentito le mani della madre che la afferravano, cercando di tirarla indietro, ma facendole in qualche modo perdere l'equilibrio. Era inciampata barcollando prima di precipitare giù per le scale.

«Mi hai fatto cadere», dice in un sussurro appena udibile. «Mi hai spinto.»

«No, stavo solo cercando di fermarti. Non volevo che te ne andassi: volevo parlare con te.»

«Le tue mani.» Lila ha un brivido. «Riesco ancora a sentirle.»

«Volevo solo che ti fermassi, che mi ascoltassi, che pensassi a ciò che stavi dicendo e comprendessi quanti sacrifici avevamo fatto per te. Tuo padre e io ti amavamo moltissimo. Non sopportavo di sentir uscire dalle tue labbra quelle parole orribili. Eri così arrabbiata. Sembravi... sembravi...»

«Cosa?» chiede Lila. «Sembravo cosa?»

«Proprio come lei.» Lo dice sottovoce.

Lila la fissa, avvinta. «Come chi?»

Sua madre adesso sta piangendo; rimane seduta zitta, scuotendo la testa, poi prende un fazzoletto nella borsa tirando su col naso e si asciuga le lacrime. «Stavi fuggendo da me e io non volevo perderti, non potevo perdere anche te, dopo tutto il resto. Ti ho afferrata per fermarti: volevo solo trattenerti, parlarti... ma devo averti fatto perdere l'equilibrio. Sei inciampata e caduta, e le scale erano proprio lì. Sei ruzzolata giù fino in fondo.» Si morde il labbro. «Non ti muovevi e io ero terrorizzata. Ho pensato che fossi morta, che quella fosse la mia punizione.»

«Punizione? Per cosa?»

La madre si limita a scuotere di nuovo la testa. «Ho chiamato subito l'ambulanza, poi ho aspettato lì con te che arrivassero.» Adesso piange apertamente. «Ero così spaventata. Ero seduta accanto a te sull'autolettiga e ti tenevo la mano. Ho chiamato Tom per dirgli cos'era accaduto. Volevo essere lì per te. Volevo aiutarti.»

Lila la fissa. «Ma non potevi essermi d'aiuto. Nessuno poteva. La bambina è nata troppo presto... per colpa tua.»

«No, è stato un terribile incidente.»

«E allora perché mentire? Perché non dire che eri lì con me?» Lila afferra la sciarpa e la borsetta e si alza. Non ce la fa ad ascoltarla ancora. Non sa cosa credere, ma è certa di non poter restare seduta accanto alla madre a rimuginare su quella follia nemmeno un minuto di più. Sua madre le ha mentito ripetutamente e lei non sopporta di sentire neanche un'altra parola dalle sue labbra.

«Dove vai?»

«A casa.»

«Non andartene. Parliamo. Ho bisogno che tu capisca.»

«Oh, credo di aver già capito. Ho *saputo* per tutti questi mesi che c'era qualcosa. Ho incolpato me stessa... mi sono detta che stavo impazzendo con quegli strani incubi e i frammenti di ricordi... e invece c'eri tu. Tu eri lì con me. È stata colpa tua.»

«No, non ho mai voluto che succedesse niente di tutto questo. Te ne avrei parlato, ma quando sei rinvenuta in ospedale, senza ricordare niente...» Lila vede che la madre ha almeno la decenza di vergognarsi. «Mi è sembrato che non ci fosse niente da guadagnare a rivangare l'accaduto. Eri sconvolta: non volevo turbarti di più. Era già così difficile da affrontare...»

«E così hai mentito?» Lila la fissa dall'alto stringendo gli occhi. Vede lo sguardo incuriosito del barman dall'altra parte del locale, ma non le importa. Scuote la testa. «Non hai idea, vero, di cosa ho passato in tutti questi mesi?»

La madre si guarda intorno disperatamente. «Non andare», la prega. «Parliamone.»

Ma Lila scuote di nuovo la testa. «No, tutto quello che voglio da te adesso è che mi lasci in pace.»

Si volta e attraversa la sala da pranzo a grandi passi, ignorando gli sguardi e le sopracciglia alzate degli altri clienti mentre esce dal locale. Per tutto il percorso fino alla macchina si aspetta di sentirsi afferrare dalle mani della madre, di udire le sue grida lamentose, ma mentre si avvicina alla sua auto, l'unica voce che sente è quella di un uomo che la chiama. «Mi scusi», dice, «mi scusi, signorina...»

Si volta inebetita e vede il giovane barista che corre verso di lei.

«Questa è sua?» chiede, porgendole la carta di credito della madre. «Credo che l'abbia dimenticata al bar.»

Lei lo guarda, confusa.

Lui alza appena le spalle, poi abbassa lo sguardo e legge il nome stampato in fondo. «È lei Freya? La signora Freya Everard?»

Lila lo fissa per un lungo momento prima di scuotere la testa. «No», risponde. «Freya è mia madre e questa è la *sua* carta. La trova ancora al ristorante.»

«Oh», dice il giovane con aria un po' imbarazzata, «mi sono sbagliato. Mi scusi per il disturbo.»

Lila lancia la borsa sul sedile del passeggero e mette in moto la macchina con un rombo arrabbiato. Bugie, solo bugie. In quel momento non le importa se non rivedrà mai più la madre. Troppo in collera per riuscire a piangere, dà di nuovo gas al motore ed esce sgommando dal parcheggio in mezzo a una nuvola di ghiaia. Poi fa il giro dello spiazzo verde e torna a tutta velocità verso Londra senza guardarsi indietro.

22.
MAGGIO

1981

Festeggiare il primo maggio è un'idea di Simon: lo propone agli altri una sera a cena. «È una tradizione», afferma. «Siamo sopravvissuti all'inverno; è stata maledettamente dura, ma ce l'abbiamo fatta, e adesso dovremmo festeggiare. Dovremmo mostrare la nostra riconoscenza alla terra per ciò che ci ha procurato finora... e chiedere che ci conceda fortuna con il raccolto di quest'anno. Dopo tutto, è in arrivo una nuova vita.» Kat nota i suoi occhi che si muovono con un guizzo verso il pancione di Freya.

«Il nostro raccolto?» replica Ben ridendo. «Non esagerare, compare, così sembra che siamo stati nei campi vestiti da contadini a seminare granoturco e frumento.»

«Ehi!» protesta Carla. «Può darsi che non siano campi, ma io ho lavorato sodo là fuori. Abbiamo il rabarbaro, la lattuga sta crescendo e sono spuntati anche i primi germogli dei piselli. Presto avremo carote, zucchine, fragole, fagioli, forse anche qualche pomodoro, se siamo fortunati.»

Simon sorride. «Allora, cosa ne pensate? Ci meritiamo un piccolo festeggiamento, no?»

«Come facciamo a sapere quand'è il primo maggio?» chiede Kat. «Ho perso la cognizione del tempo da parecchio, ormai.»

«Be', il mese è sicuramente quello giusto: è un buon inizio, non ti pare? Che importanza ha se poi è veramente l'uno o magari il ventuno? Divertiamoci e basta. È passato troppo tempo dall'ultima volta che ce la siamo goduta un po'.»

Kat scrolla le spalle. «Facciamolo, allora», dice, cercando di mostrare una parvenza di entusiasmo, ma quando vede

Freya a testa china con l'enorme ventre sporgente, si sente stritolare le viscere tra le spire dell'amarezza.

Ben costruisce un focolare di pietra sulla riva del lago e raccoglie rametti e ceppi per il fuoco, realizzando una griglia essenziale ma efficace. Simon porta le canne da pesca al lago e mette fine alla loro sfortuna prendendo in un'ora quattro grossi persici. Kat aiuta Carla nell'orto e tornano a casa trionfanti con verdure primaverili e una ciotola di piccoli ravanelli rosati. Anche Mac fa la sua parte: esce al mattino presto con le trappole e il fucile e rientra nel pomeriggio con un paio di grassi colombacci e fragrante aglio selvatico raccolto nel bosco. Kat lo vede mentre mostra i volatili a Freya, che gli sorride sfiorandogli il braccio in segno di approvazione. A mano a mano che la cucina si riempie di prodotti della terra, la loro eccitazione cresce. Sembra che stiano tutti cercando di scacciare il ricordo delle ultime settimane di tensione e discordia.

Guardando i suoi amici, Kat torna con la mente a come si erano sentiti arrivando al lago la prima volta, tanti mesi or sono, ebbri di libertà ed eccitazione per aver scoperto un luogo tutto per loro. In un certo senso, sembra che abbiano chiuso il cerchio. Lo vede nel ritorno delle primule gialle e nei ciuffi bianchi di cicuta acquatica che crescono vicino al lago, nel colore rosato dei fiori di lunaria che sbocciano intorno al cottage e nei non ti scordar di me che punteggiano la ripa erbosa. La valle è resa di nuovo viva da piante e insetti, dai tonfi degli anatroccoli, dal calore e dalla luce cangiante che Kat ricorda dall'anno precedente.

«Vedi», dice Simon, mettendole amichevolmente un braccio intorno alle spalle, «sarà divertente.»

Lei annuisce. È stata una buona idea. Dopo un lungo inverno di malanni e di fame, Kat sente che hanno bisogno di festeggiare e, per la prima volta dopo un sacco di tempo, le sembra che si stiano riavvicinando: sono di nuovo un gruppo unito da uno scopo comune. Si appoggia a Simon e lo guarda raggiante, rivolgendogli un sorriso radioso.

«Dove è finita Freya?» chiede lui, guastando quel momento.

«E chi lo sa. Comunque», aggiunge, «non credo che abbia dato alcun contributo alla cena di stasera.»

Simon sospira. «Direi che possiamo lasciarla fuori, visto il suo stato.»

Kat annuisce di nuovo, ma dentro di sé ribolle. Perché a Freya dovrebbe essere risparmiato il lavoro? Sono tutti pronti a scusarla, ormai, perché è grossa e lenta, e vaga inutilmente intorno al cottage, persa nel suo mondo, ma Kat è infastidita. Vive lì anche lei, e avrebbe il dovere di partecipare.

Trova la sorella seduta sul tronco caduto vicino all'acqua, intenta a fissare qualcosa dentro le mani a coppa. Indossa il solito vestito informe e le pantofole di velluto e ha i capelli arruffati sciolti sulle spalle. «Pensi di darci una mano, oggi, o cosa?» Kat aveva intenzione di sembrare incoraggiante, ma le sue parole suonano dure e rabbiose.

Freya fa un'alzata di spalle e Kat sente montare la collera. Sta *ancora* punendola per Wilbur? Sono passati giorni e non le ha quasi rivolto la parola.

«Stasera per cena abbiamo il pesce e i colombacci di Mac. Kat allunga il collo e vede la libellula annidata nel palmo della sorella, il suo corpo verde iridescente che luccica al sole. «È viva?»

Freya annuisce e Kat la osserva mentre la brezza solleva una ciocca dei suoi capelli biondi, scoprendole il viso. La fissa impietrita: per un momento le è sembrato che il profilo tenue di qualcun altro si sia sovrapposto al suo, fondendosi con esso per una frazione di secondo prima di svanire. Kat batte le palpebre. «Mi ricordi lei, sai», dice.

Freya non riesce a resistere alla curiosità. «Chi?»

«La mamma.»

Allora, Freya si volta verso di lei e la guarda con occhi limpidi e azzurri come il lago che si stende davanti a loro. «Io non me la ricordo.» Esita. «Com'era?»

Kat ci pensa. «Bionda come te, e anche simpatica... quando non era ubriaca... o fatta. Le piaceva cantare... adorava quella canzone, *Pretty Woman*, e la cantava sempre. A volte ci faceva girare vorticosamente per la cucina, afferrandoci sotto le braccia e continuando a roteare finché la pregavamo di smettere. Ti ricordi?»

Freya scuote la testa, ma un piccolo sorriso si fa strada sul suo viso. Volta la faccia per nasconderlo a Kat. «Vorrei anch'io ricordarmene: sono gelosa di te che ci riesci.»

Kat resta a bocca aperta. «*Tu* gelosa di *me*?»

Freya annuisce senza guardarla.

Se non fosse un'affermazione così ridicola, Kat riderebbe forte. Farebbe volentieri uno scambio con i suoi ricordi. Sono annidati come ombre nelle profondità del suo subconscio, ma la vista della sorella incinta, che gira con andatura dondolante, li ha fatti riemergere. Ricorda la madre che strascicava i piedi nel loro minuscolo appartamento, con il ventre sporgente come un pallone sotto un vestito di cotone sottile; poi, più avanti, una neonata che strillava fra le sue braccia e il padre con il viso paonazzo che urlava: «Fai stare zitta quella maledetta bambina!». Rivede la piccola Freya che sgambetta in giro con il pannolino sporco, spargendo sul pavimento un pacchetto di sigarette; la madre che piange su un piatto di salsicce bruciate, allungando la mano verso la bottiglia di vodka sotto il lavello, senza guardare. Non è molto, ma *qualcosa* ricorda.

«Cercheresti mai di rintracciarla?» le chiede Freya.

«No.» Kat scuote la testa. «L'ultima volta che ci ha lasciate...» Kat deglutisce. «Se non fossero arrivati quegli uomini con il loro mandato... hanno detto che saremmo potute morire.» Scuote la testa. «Non ho nessun desiderio di ritrovarla.»

Kat nota che le spalle della sorella sprofondano un po' di più. Entrambe capiscono come stanno le cose: non c'è nessun altro; loro stesse sono tutto ciò che hanno, ed è per questo che Freya ora non vuole andarsene. Anche se è infelice, non ha un altro posto dove andare. Così, rimane, e ogni giorno diventa più grossa perché il figlio di Simon cresce, e ogni giorno crescono anche la gelosia e l'amarezza di Kat. Strisciano dentro di lei come i rampicanti verdi che si inerpicano sui muri esterni del cottage. Le sente attorcigliarsi intorno al suo cuore, spremendone fuori la vita. È una situazione troppo complicata e lei non ha la più pallida idea di come mettere a posto le cose. Sa solo che così non può andare avanti perché, che le piaccia o meno, il bambino sta per nascere.

Freya accarezza gentilmente con un dito il corpo della libellula ancora nel suo palmo. L'insetto frulla le ali prima di tornare immobile, restio ad abbandonare il suo santuario. Freya si porta la mano alla bocca e soffia piano sotto la creatura, che infine prende il volo sulla corrente del suo respiro e si allontana ronzando sulla superficie del lago, prima di scomparire nel cielo celeste.

«Vieni», dice Kat, «dobbiamo andare ad aiutare gli altri.»

Quando si riuniscono sulle sponde del lago, metà valle è in ombra, mentre l'altra metà è ancora bagnata dai raggi del sole, come se un'enorme tenda aspettasse di essere tirata sull'intera scena. I colombacci spennati e messi sullo spiedo stanno cuocendo sulla griglia insieme ai pesci. Ben strimpella piano sulla sua chitarra. Carla, seduta accanto a Freya, le spazzola i capelli sotto lo sguardo silenzioso di Mac. Kat è appollaiata al fianco di Simon sul tronco caduto, a bere birra e disquisire sui punti più pescosi del lago. La serata è rilassata e informale, finché Simon si alza in piedi e invita tutti a mettersi in cerchio.

«Ha-ha», dice Ben ridendo, «Simon sale sul podio.»

«Puoi anche ridere», replica Simon, «ma abbiamo superato un inverno veramente duro e credo che qualche parola sia d'obbligo.»

Kat lo osserva: la posa rilassata con il peso caricato su una gamba, l'anca pallida che sporge sopra la vita dei jeans portati bassi, una bottiglia di birra stretta al petto. La sua figura spicca sullo sfondo del lago e lei si rende conto che non ha la minima idea di cosa stia per dire.

«Abbiamo detto che avremmo passato un anno in questo posto e la scadenza non è lontana. Credo che dovremmo essere orgogliosi di noi stessi: abbiamo dimostrato di potercela fare. È stato un grande inizio e, francamente, che io sappia non c'è niente che ci impedisca di fermarci un altro anno... e poi un altro ancora.» Simon si guarda intorno puntando lo sguardo speranzoso su ognuno di loro, e Kat si volta per cercare di leggere le espressioni sulle facce degli amici.

Ben e Carla guardano in basso, dentro le bottiglie di birra. Mac fissa il lago. Freya ha la testa china. Nessuno sembra particolarmente entusiasta all'idea di un altro anno al cottage. «Oh, avanti ragazzi, non ditemi che non ci state.»

Ben si schiarisce la gola. «Andiamo con ordine, amico: pensiamo prima a portare a termine quest'anno, va bene?»

Carla annuisce in segno di approvazione e nessuno fa altri commenti.

Simon alza le spalle sconcertato. «D'accordo, come volete.» Tracanna la birra rimasta e butta la bottiglia sul prato ai suoi piedi, strofinandosi energicamente le mani. «Dunque, mi sono reso conto che non sarebbe una festa del primo maggio come si deve senza una regina di maggio, giusto?» Sorride e Kat ammutolisce, guardando Simon che si china ed estrae una ghirlanda da dietro l'albero caduto: è una bella corona intrecciata composta di primule, anemoni dei boschi e fiori di lunaria rosa raccolti intorno al cottage. Kat sa che è ridicolo, ma mentre vede Simon che alza la corona alla luce incerta della sera, sente di volerla più di qualsiasi altra cosa. Vuole che Simon scelga lei, che la preferisca di fronte agli altri, per dimostrare una volta per tutte che è *lei* la prescelta. «Non male, eh, per un tipo maldestro come me?» Simon tiene alta la corona guardandoli uno per uno.

«Onestamente, amico», dice Ben emettendo un sonoro rutto, «puoi lasciar perdere i discorsi. Sbattila qui e basta.» Indica la propria testa. «Accetto.»

Tutti ridono, ma Simon li zittisce. «No, c'è solo una persona degna di questa corona... qualcuno che rappresenta il futuro del nostro piccolo insediamento.» Sorride a Kat, che si sente il respiro bloccato in gola. «E quella persona sei tu», dice voltandosi verso Freya.

Gli occhi di Kat guizzano sulla sorella. Freya, naturalmente. Cerca di mandare giù la propria delusione, mentre Freya sposta lo sguardo da Simon a Kat e poi di nuovo a Simon. Ha un'espressione inorridita. Simon si avvicina e posa la corona floreale sulla sua testa, ma Freya sorprende tutti strappandosela via e lanciandogliela addosso. «Non la voglio.»

Simon sembra confuso. «Ma è per te.»

Kat vede Carla e Ben che si scambiano un'occhiata. Mac si mette a sedere più eretto, con lo sguardo fisso su Freya.

«Dalla a Kat», sbotta Freya alzandosi goffamente da terra e accingendosi ad andarsene. «È lei quella che la vuole.»

«Non è vero», mente Kat avvampando.

«Ma è tua, Freya», ripete Simon, «l'ho fatta per te.»

Mac si schiarisce la voce. «Hai sentito cosa ha detto: non la vuole.»

«Cosa significa questo?» dice Simon con occhi fiammeggianti, rivolto a Mac. «C'è qualcosa che vuoi dirmi?»

Ma Mac non fa in tempo a rispondergli. È Freya che si rivolta contro di lui con uno sguardo bruciante. «Te l'ho detto, Simon. Non-la-voglio. Non voglio *niente* da te.»

Simon la studia per un momento, poi sorride. «Su, dai, è solo per divertirsi un po'.»

«No», risponde lei, «non è vero. Sai benissimo quello che stai facendo: stai cercando di manipolarci.» In piedi davanti a tutti loro, è una visione straordinaria: la pancia prominente, gli occhi luccicanti, i capelli dorati che brillano sotto l'ultimo sole della sera. «Sono stanca di questo gioco, stanca di fingere che questa sia una sorta di incredibile comune costruita sul duro lavoro e sull'autosufficienza. Non capite che sono solo un mucchio di bugie?» Freya fa per allontanarsi dal gruppo.

«Che cosa esattamente è un mucchio di bugie?» chiede Simon con gli occhi che brillano pericolosamente. «Diccelo, Freya. Dicci che cosa ti disturba. Questa vita che ti ha dato tanto e chiesto poco in cambio?»

Freya spalanca le braccia. «Questa valle, questo cottage in cui viviamo lontani dal resto del mondo... è tutto un'illusione. Ci diamo pacche sulle spalle complimentandoci per la nostra indipendenza, per la nostra originalità, ma non c'è niente di grandioso in quello che facciamo qui.» Si volta di nuovo verso Simon, di scatto. «E tu, Simon, parli di verità e sincerità come se fosse l'unico fondamento di tutto quello che abbiamo costruito, ma la realtà è che tu non vedresti la verità nemmeno se uscisse volando da quei cespugli e ti venisse a sbattere in faccia.»

«Freya», la ammonisce Kat, «basta così.»

Ma Simon scrolla la testa sorridendo. «Continua.»

«Credo davvero che...» interviene Kat, che ha una brutta sensazione alla bocca dello stomaco.

Ma ormai Freya non riesce più a fermarsi. «Vuoi sapere come stanno le cose, Simon? Qual è la verità su questa terra su cui viviamo? Sul cottage?»

Simon annuisce lentamente.

Freya sorride in modo torvo. «Spiacente di deluderti, ma non siamo occupanti abusivi e non stiamo facendo niente di nemmeno vagamente ribelle o coraggioso. Non stiamo dimostrando nulla né tanto meno cambiando il mondo.» Si ferma con occhi fiammeggianti. «Quello che facciamo in realtà è abitare senza pagare l'affitto in un edificio annesso alla fattoria della madre di Mac.»

La fissano tutti a bocca aperta.

«Questa non è indipendenza», continua, «questo è un gruppo di pigri laureati freschi di college, che vivono come giovani ricchi e viziati dell'eredità di Mac... Tutti troppo spaventati all'idea di entrare nel mondo reale.»

Kat fissa Freya inorridita. La donna alla fattoria è la madre di Mac? Si volta verso di lui, aspettando che neghi tutto, ma lui ha lo sguardo basso e le gote in fiamme.

Freya non ha ancora finito. «Pensavi di cambiare il mondo, Simon, vivendo in questo modo? Non è così: ti stai solo nascondendo, sottraendo al vero lavoro e alle responsabilità. Che reale contributo hai dato nell'ultimo anno, Simon? Niente. Ecco come stanno le cose.»

«No», risponde Simon con calma, «ti sbagli.»

«Avanti, allora, consideriamo i fatti.» Gli occhi di Freya lampeggiano d'ira. «Da dove pensi che arrivassero i polli? E il maialino? Perché credi che non sia venuto nessuno a reclamare questo posto? Perché credi che non ci abbiano sbattuto fuori da questa casa e da questo terreno? Quella donna con il cane, che è venuta a controllarci e poi se n'è andata allegramente senza più tornare, è la mamma di Mac. Chi pensi ci abbia lasciato quella cesta di cibo il giorno di Natale? La mamma di Mac. Non ti sei mai fatto queste domande, Simon? Forse non rientravano nella tua visione, nella tua grandiosa immagine di te stesso come chi provvede a tutti ed è il capo di tutti.»

Kat vede che la sorella fa una smorfia posandosi una mano sulla pancia.

«Basta così, Freya», dice Kat. «Ti stai agitando.»

«Mac?» Simon si volta verso l'amico, aspettandosi che neghi tutto, ma lui rimane in silenzio. Non alza nemmeno lo sguardo: se ne sta solo seduto lì a fissare il terreno. Allora Simon guarda Kat, e il suo viso assume uno strano colorito grigiastro. «Qualcun altro era al corrente? Kat, tu sapevi della mamma di Mac? Dopo tutto, sei tu che l'hai vista.»

«Io... ho scoperto la fattoria, ma non sapevo....» Non riesce a dire altro: Simon la zittisce con un cenno della mano. «Così, lo sapevano tutti tranne me?»

Ben scuote la testa. «Mi sono lasciato ingannare.»

«Anch'io», dice Carla.

Freya sembra essersi ripresa. Scuote la testa. «Tutto questo è solo un elaborato gioco di "Simon dice", e noi ci siamo prestati come degli idioti.» Torna a rivolgersi a lui. «Vedo quello che stai facendo; magari gli altri non se ne accorgono, ma io sì. *Divide et impera*: patetico. Dovresti vergognarti.»

Freya si allontana calpestando l'erba con veemenza, in direzione degli alberi. Kat trattiene il respiro. Per un momento si chiede se debba seguirla, ma la blocca la smorfia di collera sul viso di Simon. Lo guarda. Vorrebbe dirgli che non importa, che crede ancora in lui. Vorrebbe raccogliere i frammenti del suo sogno e aiutarlo a ricostruirlo.

Ma prima che abbia la possibilità di avvicinarsi, lui la sorprende scuotendo la testa e aprendo le labbra in un lieve sorriso. «Uau, le donne incinte e i loro ormoni. Chi poteva saperlo?» Lo dice con un tono leggero, ma le sue parole non riescono a far sorridere nessuno. «Dove crede di andare, comunque?» chiede poi. «Sta calando il buio.»

«Vado a vedere», mormora Mac. Si stacca dal gruppo e corre dietro a Freya, inseguendola sulla riva erbosa e oltre, verso il bosco.

«Non vedeva l'ora di allontanarsi da noi», borbotta Ben.

«Perché non ce l'ha detto?» Carla scuote la testa, poi prende la mano di Ben. Kat vede che si scambiano un'altra occhiata.

Adesso che Mac se n'è andato, Simon si lascia cadere sul tronco. Kat sa che dovrebbe essere soddisfatta: le rivelazioni di Freya sono state molto più spettacolari di quanto persino lei potesse sperare. Aveva pensato di poter utilizzare la scoperta che Freya frequentava quella fattoria come un cuneo per dividerla da Simon; invece, la sorella ha infranto in un colpo solo tutte le illusioni riguardo al cottage e al loro lavoro lì. Simon non potrà mai perdonarla. Magari ora la aiuterà ad andarsene? Dentro di lei, nel profondo, si risveglia la speranza. O forse vorrà andarsene lui stesso? Potrebbe finalmente rinunciare al cottage e sgattaiolare via con lei, per ricominciare da capo da qualche altra parte, nel mondo reale, dove potrebbero costruirsi una vera vita insieme. Solo loro due.

«Sai», dice Simon dopo un po', «in realtà, tutto quello che ha detto Freya non fa alcuna differenza.»

«Cosa vuoi dire?» chiede Kat.

«Be', rifletti: che importanza ha chi è il proprietario di questo posto o chi ci ha dato una mano? Abbiamo comunqe fatto la maggior parte del lavoro da soli. È questo che ci ha permesso di restare qui. Semmai», aggiunge, animandosi nella propria argomentazione, «sapere che il cottage è della madre di Mac ci dà una maggiore sicurezza. Adesso possiamo rimanere qui senza più temere di essere cacciati via, capisci?»

Kat lo osserva. Lo pensa veramente? Può davvero fingere che le rivelazioni di Freya non contino niente per loro?

I quattro amici siedono intorno al fuoco, avvolti da un silenzio di piombo, e meditano sulla loro reale situazione. Il sole scivola dietro il fianco della collina. Le braci cominciano a sbriciolarsi e spegnersi, ma a nessuno viene in mente di andare a prendere altra legna. Kat si sta chiedendo se tornare al cottage, quando un urlo acuto echeggia sull'acqua. Si voltano verso gli alberi, dove Mac ha seguito Freya, e lo vedono emergere di corsa fra i massicci tronchi grigi. Rimangono immobili a guardarlo correre verso di loro, sempre più vicino, finché li raggiunge. «È Freya», dice ansimando con le mani sulle ginocchia per riprendere fiato.

«Cos'è successo?» chiede Kat.

Lui la guarda, prendendo un altro respiro affannoso. «Credo... che stia per avere il bambino.»

Kat scuote la testa. «È troppo presto: il termine non è prima di un mese o giù di lì.»

Mac fa segno di no. «Lo so. Vieni, presto, ho bisogno del tuo aiuto.»

Kat non si muove.

«Vieni subito!» urla Mac.

Allora, Kat si alza e lo segue fino al bosco da cui è arrivato, ed è solo quando si addentrano fra le ombre degli alberi che Kat si accorge che Simon non è andato con loro. Si volta e lo vede ancora abbandonato sul tronco con lo sguardo rivolto al lago.

«Che cosa aspetti?» chiede Mac. Lei torna a girarsi e lo segue nel folto scuro della foresta.

Appoggiata a un tronco, con le braccia dietro la testa e le gambe divaricate, Freya dondola seguendo un silenzioso ritmo interno. Di tanto in tanto emette un gemito strano, basso: una sorta di mugghio che Kat ha sentito fare solo alle mucche.

«Freya», dice Kat avvicinandosi con cautela, «è il bambino? Lo senti arrivare?»

«Non lo so», risponde lei, voltandosi verso la sorella. «Credo che mi si siano rotte le acque. Avevo pensato di aver fatto la pipì, ma c'è il dolore. Va e viene. Ho paura: non voglio partorire qui, non voglio stare da sola.»

«Non avere paura», risponde Kat, «siamo qui, ora, non sei sola.»

Lancia a Mac uno sguardo impotente, ma lui alza le spalle. Non sa cosa fare come lei.

Freya si appoggia di nuovo al tronco ed emette un altro gemito. «Fa male.»

«Pensi di poter camminare?»

«Non ne sono sicura.»

«Proviamo: ti aiuteremo noi. Dobbiamo riportarla al cottage, non credi, Mac?»

Ma Mac sembra paralizzato dalla paura. Le fissa entrambe con gli occhi sbarrati, pallido nel crepuscolo che si addensa.

"Mio Dio", pensa Kat, "ecco che fine fa il discorsetto d'incoraggiamento di Simon su Madre Natura che si prende cura di tutto..." Nessuno di loro ha la minima idea di cosa fare. Kat si guarda intorno in mezzo alla folta vegetazione e solo in quel momento si rende conto di quanto siano lontani da qualsiasi forma di aiuto. Deglutisce, cercando di mandare giù la paura.

In qualche modo riescono a portare Freya fuori dal bosco e fino al cottage, sorreggendola Mac da un lato e Kat dall'altro, un po' trasportandola, un po' trascinandola. È pesante e si appoggia completamente su di loro, mentre le contrazioni continuano a squassarle il corpo. Kat sa che dovrebbe prenderne il tempo, così comincia a contare nella sua testa, finché si rende conto di non sapere cosa sta contando: è il lasso di tempo fra una contrazione e l'altra o la durata di ciascuna? Non ne è sicura e, anche se lo fosse, non ne saprebbe il significato. Con quale frequenza dovrebbero ripetersi? Perché non lo sanno? Avrebbero dovuto almeno procurarsi un libro sull'argomento.

Freya rende il loro compito ancora più difficile, respingendo entrambi. Non vuole stare da sola, ma sembra che non voglia nemmeno essere toccata. Un paio di volte cade a terra sulle ginocchia. «Fatelo smettere», implora.

«Sorreggila», dice Kat a Mac per paura che, se si lascia andare sul terreno umido, non riusciranno più a farla rialzare. Kat non sa quasi niente sul parto, ma è abbastanza sicura che non debba avvenire così presto o così in fretta, e quel poco che sa le basta a capire che non si partorisce all'aperto sul terreno fangoso di un bosco.

Alla fine, riescono a portarla all'interno del cottage. «Al piano di sopra?» chiede Mac.

«No», dice Freya, «non ce la faccio.»

«Sì che puoi farcela», la incoraggia Kat.

«Cosa posso fare *io*?» domanda Carla, uscendo dalla cucina bianca come un lenzuolo.

Kat si accorge di avere le mani che tremano e prende un respiro. «Fai bollire dell'acqua, trova della biancheria da letto o degli asciugamani puliti, qualcosa per avvolgere il bambino quando nasce. Avremo bisogno anche delle lampade a olio, lassù.» Carla scompare in cucina come un coniglio che torna nella tana.

«Dov'è Simon?» chiede Mac.

«Non lo so.» Kat si guarda intorno; vorrebbe che fosse lì. «Su, Freya, adesso ti portiamo di sopra in camera da letto, così potrai sdraiarti.»

«No», risponde la sorella. Si aggrappa alla balaustra mentre la scuote un'altra contrazione. Quando finisce, Kat la guida sulle scale. «Coraggio, saliamo in fretta, prima che arrivi la prossima. Di sopra starai più tranquilla... più appartata.»

Quando finalmente riescono ad arrivare alla camera, si sentono sollevati. Kat vorrebbe farla sdraiare su uno dei materassi della stanza, ma Freya si rifiuta. «Non posso, è un'agonia, devo stare in piedi.» Kat non sa cosa fare. Nei film ha sempre visto donne che partorivano distese, ma non ha voglia di contraddire la sorella, non nello stato in cui è. Così, la accompagnano al davanzale della finestra, cui si appoggia per superare la contrazione successiva. Stanno chiaramente diventando più intense e più lunghe. Kat non ha bisogno di cronometrarle per accorgersene. Si guarda intorno disperata nella stanza sporca. Non va bene *niente.*

Mac la prende da parte. «Cosa posso fare?» chiede in tono impotente.

Kat scuote la testa. «Perché continuate tutti a chiederlo a me?»

Lui alza le spalle. «Potrei andare a chiedere aiuto?»

«A chi?»

Lui risponde senza guardarla negli occhi. «A mia madre?»

Kat si irrigidisce. Si immagina un'altra persona in casa – qualcuno che viene dal mondo esterno – e sa istantaneamente cosa ne penserebbe Simon. «Non abbiamo bisogno di aiuto: ci arrangeremo da soli.»

Mac lancia un'altra occhiata preoccupata a Freya. «Quanto tempo pensi che manchi?»

Lei sospira. «Non lo so, Mac. Credo che per scoprirlo dovremo solo aspettare.»

«Dovrei andarmene?» lo chiede a Kat, ma questa volta è Freya a rispondere.

«No», dice con un gemito, «rimani qui, per favore.»

Il travaglio di Freya sembra interminabile. Lei cammina, geme, si aggrappa al davanzale. Un paio di volte cerca di sdraiarsi, ma si rialza in fretta appena il dolore diventa troppo intenso. Quando finalmente Kat riesce a farla stendere sul materasso e le alza delicatamente la camicia da notte per esaminarla, fuori è buio pesto. Non ha la più pallida idea di cosa guardare. Lascia andare la stoffa e fissa il viso della sorella, le sue gote che luccicano di sudore e lacrime. Perché diamine hanno pensato di poter fare una cosa del genere al cottage, senza elettricità né acqua calda né aiuto professionale di alcun tipo? È pura follia.

«Vuoi un po' d'acqua?», chiede. «Una salvietta fresca?»

Freya annuisce gemendo.

«Senti il bisogno di spingere?» Kat si ricorda di averlo sentito dire a un'infermiera in un film.

Freya scuote la testa. «Voglio Evelyn.» Serra le mascelle per un'altra contrazione.

«Evelyn?» Kat scambia un'occhiata con Mac. «Tua mamma?»

Mac annuisce.

Kat prova un lampo di gelosia. Freya vuole Evelyn, la donna che ha visto alla fattoria. Vuole la madre di Mac, non lei. Prende un respiro e reprime l'orgoglio. «Quanto tempo ti ci vorrebbe per andare a prenderla?»

«Un'ora... forse di più. Dovrei prendere la macchina: la strada è più lunga in automobile, ma molto più veloce che attraversare la brughiera a piedi di notte.»

«Non c'è tempo», geme Freya. «Sta arrivando.»

Sulla soglia appare Simon con una grossa pentola d'acqua bollente fra le mani. «Carla mi ha detto di portare su questo.»

Freya solleva la testa dal materasso e mostra i denti. «Fuori di qui!» urla.

Kat si volta verso Simon. «Dalla a me. Probabilmente è meglio se lasci fare a noi.»

Simon si passa una mano fra i capelli. È la prima volta che Kat lo vede spaventato. «Andrà tutto bene? Per lei e per il bambino?»

«Non lo so, Simon», sbotta Kat. Le sembra che la situazione sia troppo pericolosa. Non avrebbe dovuto dargli retta: Freya dovrebbe essere in mezzo a medici e infermieri che sanno cosa fare, nell'ambiente sterile di un ospedale, non sdraiata su un materasso sporco in una vecchia stanza sudicia. Non va bene, non è sicuro. Kat sente crescere un terrore incontrollabile e si sforza di respirare e di dominarsi.

«Mandalo via», grida Freya. «Non lo voglio qui.»

Kat lancia un'occhiata a Simon e lui esce dalla stanza strascicando i piedi; poi si sentono i suoi passi che scendono la scala, facendola scricchiolare.

«Ho bisogno di muovermi... di voltarmi.»

Kat aiuta Freya a mettersi a quattro zampe sul materasso con la testa affondata nel cuscino. Lei soffoca un lamento.

«Adesso vuoi spingere?»

Freya annuisce e geme.

«Bene.» Kat solleva il vestito della sorella e vede le cosce nude lucide di sudore e il corpo che si apre come un fiore che sboccia. È tutto così primitivo, così crudo... Kat non riesce a credere ai suoi occhi. Freya si allunga e geme di nuovo. Si vede il contorno di un piccolo cranio che spinge da dentro il suo corpo. Lei lancia un grido di dolore.

«Credo di vedere la testa», dice Kat. È una buona cosa: se la testa esce per prima va bene, di questo è sicura. Sente che Mac si mette al suo fianco. Si era dimenticata che ci fosse anche lui nella stanza con loro, ma all'improvviso si sente rincuorata dalla sua presenza. Lo guarda e lui le fa un cenno incoraggiante con la testa.

Freya urla. Poi, miracolosamente, la testa spunta fuori di colpo dal suo corpo con un rivolo serpeggiante di sangue. È violacea e coperta di una sostanza bianca, con un accenno di capelli chiari. Kat prova repulsione: non assomiglia a nessun bambino che abbia già visto, ma sa che deve aiutarlo a uscire. Guidata dall'istinto, si allunga e lo sorregge delicatamente.

«La testa è fuori, Freya. Puoi spingere di nuovo?»

«Aspetta», dice Mac all'improvviso. «Devi controllare il cordone ombelicale, verificare che non sia avvolto intorno al collo del bambino.»

Kat lo fissa a bocca aperta. «E come?»

«Metti dentro le dita, cercalo con il tatto.»

Kat scuote la testa. «Non posso.»

«Sì che puoi. Devi farlo.»

«Non so come si fa.»

«Provaci.»

Ma questa volta è Kat a essere paralizzata dalla paura.

«Spostati», le dice Mac.

Kat fa un passo indietro e lascia che Mac si avvicini alla sorella. Lo osserva mentre gira delicatamente le dita dove dovrebbe esserci il collo del bambino. Freya mugola.

«Scusa», dice Mac, «ho quasi finito.» Poi fa un passo indietro. «Va bene, Freya. Puoi spingere... alla prossima contrazione, d'accordo?»

Adesso Freya sembra sapere cosa deve fare, guidata da un istinto primordiale. Aspetta ansimando e, alla contrazione successiva, con un urlo, spinge fuori il corpo del bambino in un unico movimento fluido. Il bambino esce in fretta ed è scivoloso, ma Kat riesce a raccoglierlo in un lenzuolo. Guarda il corpicino viola, cercando di controllare il tremito delle proprie gambe. È un neonato, un *vero* neonato. «È una femmina», dice.

«La placenta», interviene Mac. «Dobbiamo farle espellere la placenta.»

«Cosa facciamo con la piccola?» chiede Kat. La guarda con un senso di impotenza. Una neonata, ancora viola, ancora immobile e muta. «Starà bene?»

Mac si avvicina e prende la bambina fra le braccia. La tiene nel lenzuolo e Kat resta a guardarlo sconcertata mentre lui le infila gentilmente un dito in bocca e le massaggia il piccolo petto con il palmo della mano. La stanza è sinistramen te silenziosa. Kat aiuta Freya a girarsi sulla schiena; con un'ulteriore contrazione, la placenta scivola fuori sul materasso fra le sue gambe. Freya se ne accorge a malapena: i suoi occhi sono fissi su Mac e sulla bambina. «Sta bene?»

«Aspetta», dice Kat. I suoi occhi guizzano verso Mac. Lui continua a massaggiare la piccola. «Cosa stai facendo?» gli chiede.

Mac non risponde. Il silenzio è carico di elettricità. Kat trattiene il respiro finché l'aria è squarciata dal vagito acuto della neonata. La piccola apre la bocca e gli occhi strizzati, prende una grande boccata d'aria e piange di nuovo.

Mac e Kat si sorridono; nel loro sguardo si legge il sollievo, mentre Freya singhiozza sommessamente. «Sta bene, sta bene.»

Mac prende un paio di forbici, le lava nell'acqua calda portata da Simon e taglia il cordone ombelicale. Poi si avvicina a Freya e le porge la minuscola neonata avvolta nel lenzuolo. Non è più di quel viola terribile, bensì rosea e sveglia; agita le manine nell'aria e apre e chiude la bocca come un pesce che respira per la prima volta sulla terra.

Freya guarda il fagottino che tiene fra le braccia. «Ciao», dice, e le lacrime le rotolano sul viso, un rivo di dolore e gioia che le bagna il vestito sporco di sangue. «Ciao, piccola.»

«Come facevi a sapere cosa fare?» chiede Kat, ancora sorpresa per il miracolo di Mac. Come facevi a sapere di dover controllare il cordone... e massaggiare la bambina in quel modo?»

Lui si stringe nelle spalle. «Una volta l'ho visto fare a mio padre con un vitello.» Sembra che non riesca a staccare gli occhi dalla bambina e a Kat viene in mente quello che le ha raccontato la sorella tanti mesi prima: che non era sicura di quella notte. Hanno dato per scontato che fosse figlia di Simon, ma ora Kat si domanda se non possa essere di Mac.

Kat sorride. «Be', sei stato bravo. Ben fatto.» Mac china la testa, imbarazzato dalle sue lodi, poi scivola silenziosamente fuori dalla stanza.

La bimba è minuscola, con ciuffi di capelli chiari e piccole braccia che si agitano nell'aria. La sua faccina è accartocciata, come il bocciolo di un fiore in attesa di aprirsi. Adesso che la paura, il rumore e il caos del parto sono finiti, Freya sembra più tranquilla. Tiene la piccola stretta al seno e le sussurra sottovoce parole rassicuranti che Kat non riesce a decifrare del tutto. Nel giro di pochi minuti, la sorella sembra trasformata: non è più una ragazza, adesso è una madre. Quelle macchie di colore sulle gote e gli occhi brillanti come diamanti la rendono più bella, pensa Kat. Si chiede se sia il caso di portare Freya e la bambina in un ospedale per farle visitare, ma guardandole insieme è difficile credere che madre e figlia abbiano bisogno di qualcos'altro a parte l'una dell'altra. Sembra passata una vita dalla tensione e dal caos di pochi momenti prima.

Qualcuno si schiarisce sonoramente la gola. Kat si volta e vede Simon sulla soglia. Sta fissando sgomento Freya e la neonata. «Mac mi detto che era nata.»

Kat annuisce e lo osserva con circospezione dal bordo del letto mentre lui entra nella stanza.

«Ti ho portato qualcosa», dice rivolto a Freya, avvicinandosi finché la sua ombra si allunga sul letto. Kat nota che la sorella tiene più stretta la piccola.

«È una culla di vimini», continua Simon. «L'ho trovata secoli fa e adesso l'ho ripulita... per la bambina.»

Freya annuisce senza parlare.

«Allora è una femmina?» Simon sorride. «Come la chiamerai?»

«Lila.» Gli butta addosso il nome come una sfida.

«È un nome grazioso.» Lui sorride e si china. Con un dito tira indietro la copertina di maglia viola scoprendole il viso. «È bella.»

Freya ha il cuore già colmo di orgoglio materno e si addolcisce un po'. «Sì», risponde.

Simon la osserva più da vicino. «Ha il mio naso, non credi?»

E così, in quell'attimo, si ricrea la tensione. Kat vede Freya che lo fulmina con lo sguardo, curvando le spalle sulla bambina. È la prima volta che lui esprime a parole la sua paternità, la sua responsabilità, ed entrambe le sorelle comprendono finalmente quello che vuole fare: è lì a rivendicare i suoi diritti. «Non le mancherà niente, vedrai», dice.

«Io... noi non...» Freya non trova le parole.

«Ssh», bisbiglia Simon per tranquillizzarla, mentre si alza dalla posizione accovacciata, bloccando la visuale di Kat. «Devi essere stanca. Contate solo tu e Lila adesso. Devi riposare.» Poi Simon si volta verso Kat. «Anche tu sarai stanca», dice. «Starò qui io per un po'. Va' pure, prenditi una pausa.»

Kat capisce che la sta mandando via ed è come uno schiaffo in faccia. Fa un unico cenno di sì con la testa e si alza per avviarsi verso la porta, poi si volta per un ultimo sguardo. Simon si sposta e, dietro di lui, nell'ombra, Kat vede gli occhi impauriti della sorella. «Aspetta», dice Freya a Kat. «Non vuoi tenerla tu?»

Kat esita un momento con una mano sul chiavistello. Non ha mai avuto fra le braccia qualcosa di così piccolo e prezioso in vita sua. «No, va bene così. Verrò più tardi.»

«Ti prego», insiste Freya, «tu sei sua zia.» Le porge la bambina e Kat capisce cosa sta cercando di fare. Vuole farla partecipare in qualche modo, coinvolgerla, ma Kat scuote la testa. Non lo capisce? Lei non potrà mai essere parte di questo. *Zia*: non madre, non moglie. Nemmeno più l'amante di Simon. Guarda quei tre lì davanti a lei – l'immagine di una famiglia perfetta appena formata – e sente sgorgare il dolore per tutto ciò che ha perduto per sempre. Deglutisce. «Magari più tardi», ripete, ed esce dalla stanza prima che le lacrime comincino a scendere.

Il sole sboccia all'orizzonte in un'alba color pesca che illumina le colline e balugina sul lago immobile. Benché Kat sia esausta, la sua mente brulica di pensieri, e lei sa che non riuscirà a dormire. Nel giro di ventiquattr'ore tutto è cambiato. In casa c'è una neonata: la piccola Lila, la figlia di Simon e Freya.

Per qualche motivo, Kat aveva pensato che le cose sarebbero potute migliorare all'arrivo del bambino, che sarebbe finito tutto; invece, la sua presenza fisica, i suoi vagiti, i suoi bisogni sembrano provare che quello, in realtà, è solo un inizio. A dispetto degli atteggiamenti idealistici di Simon, Kat sa che la loro vita al cottage non è niente di più di un castello di carte, che ha cominciato a crollare in modo spettacolare intorno a loro.

Sente un pianto al piano di sopra, poi la voce di Freya che calma dolcemente la piccola. A Kat gira la testa per la stanchezza, ma non riesce a restare in casa. Vede Ben acciambellato sul divano e Carla sprofondata nella poltrona sacco ai suoi piedi, entrambi profondamente addormentati. Sfila delicatamente un maglione da sotto i piedi di Ben, indossa gli stivali ed esce dalla porta sul retro senza far rumore.

Trasale alla vista di Mac abbandonato sul gradino, con la testa sulle ginocchia e fra le dita qualcosa d'argento, che oscilla catturando la luce.

«Ehi», lo chiama, «stai bene?» Quando lui alza lo sguardo, Kat vede un livido rosso fresco sotto il suo occhio sinistro, dove la pelle sta già cominciando a gonfiarsi. «Cos'è successo?»

Mac alza le spalle. «Simon. A quanto pare, è meno indulgente di voi.»

Kat annuisce. La tensione fra loro montava da settimane: era chiaro che fosse solo una questione di tempo. «Dovresti metterci sopra qualcosa: ha un brutto aspetto.»

Ma Mac scrolla le spalle. «Freya sta bene?»

«C'è Simon con lei.» Kat guarda di nuovo l'oggetto che gli luccica in mano. «Cos'è quello?» chiede.

Lui lo solleva alla luce e Kat vede che è una collana: una catenina con un pendaglio ovale d'argento agganciato a un anello. «È per Freya», risponde, «per la sua bambina.»

Kat annuisce. Povero Mac: anche se fosse figlia sua, non ce la farà mai contro Simon, soprattutto adesso che ha rivendicato la sua paternità. Chiunque lo capirebbe. Osserva più attentamente la collana: il pendente è sottile come carta, con tre granellini al centro. Ha un aspetto familiare, ma nello stato confuso in cui è non riesce a identificarlo.

«È lunaria», dice Mac vedendo la sua espressione perplessa. «Un'infruttescenza di lunaria. A Freya piacciono tanto... ho pensato che...»

Kat non riesce a trattenersi e la sua risata sgorga come un

latrato stridulo. Alla fine Mac regala a Freya la lunaria, simbolo di sincerità. Questa sì che è bella.

«Mio Dio, Kat, è tutto così incasinato», dice Mac. «Come abbiamo fatto a finire così?»

Kat fa un cenno di assenso, ma non trova parole di conforto per lui. Sì... è tutto *molto* incasinato. Potrebbe rimanere lì con lui; potrebbe fargli il fuoco di fila di domande che le frullano per la testa: perché ha mentito quando li ha portati a quel lago tanti mesi prima; perché non ha mai detto che il cottage era di proprietà della madre e che la madre sapeva della loro presenza lì, che era stata lei a regalare loro i polli, il maialino, il tacchino natalizio. Ma forse, in realtà, gli indizi c'erano tutti, solo che nessuno di loro si era dato la pena di vederli: era troppo confortevole starsene lì e illudersi di vivere la loro piccola, ingenua fantasia. Nessuno aveva pensato di scavare sotto la superficie di quell'esistenza... nessuno eccetto Freya.

«Devi aver riso di noi per tutto il tempo», dice Kat con voce inespressiva. Che cosa ridicola. E lei era stata convinta che fosse Simon ad avere il controllo, a prendere le decisioni, a guidare il gruppo; invece, forse, quel ruolo era stato sempre di Mac. È tutto confuso e lei non riesce a pensare con lucidità: è troppo stanca.

«No», risponde Mac, «non è così. Volevo solo che restassimo insieme, che fossimo amici. Volevo essere accettato.»

Lo lascia accovacciato vicino alla porta e si avvia in riva al lago, dove il terreno acquitrinoso sembra risucchiare i suoi stivali. Sfiora con le dita le cime soffici delle canne. Adesso che ha visto Freya con la sua bambina e il modo possessivo in cui Simon stava addosso a entrambe, Kat sa che non finirà mai. Non c'è niente che lei possa fare per spezzare quel legame fra loro. Ci sarà sempre la bambina a unirli. Simon non lascerà mai andare via Freya e sua figlia.

Capisce che è una aberrazione, ma non le importa nemmeno che quel legame possa essere nato da un gesto brutto e violento, qualcosa che Freya – se ha detto la verità – non ha mai voluto. Lei è *comunque* gelosa. Freya ha quello che Kat desidera più di ogni altra cosa: la figlia di Simon e una famiglia tutta sua. Sua sorella è stata consacrata regina, e questo fa di lei la vincitrice persino in un castello di carte che sta crollando. Kat spazia con lo sguardo sulla superficie increspata del lago e sospira. A chi importerebbe se adesso lei se ne andasse senza più tornare indietro? A chi importerebbe se si riempisse le tasche di sassi e camminasse nel lago fino a farsi sommergere dall'acqua?

Sta salendo la brezza. Le canne sembrano sussurrarle oscuri segreti. Afferra una manciata di foglie verdi, taglienti come coltelli, e le tira con il palmo della mano chiuso. Sente il sangue caldo scorrere nel pugno. Il vento mormora, fa stormire le cime degli alberi e freme attraverso gli alti steli verdi e letali della cicuta acquatica in riva al lago. Kat esamina la pianta per un momento, ricordando l'avvertimento di Mac. Trasportato dalla brezza, arriva un vagito acuto, che echeggia lacerante e bisognoso attraverso la valle. Kat allunga una mano e strappa uno stelo di cicuta dal terreno. Le radici pallide della pianta pendono flosce al suo fianco mentre ritorna al cottage, con il viso alzato a sfidare il vento e una sottile scia di sangue che dal suo pugno serrato gocciola sull'erba.

23.
LILA

GIUGNO

Quando squilla il cellulare, Lila sta pagando le provviste nel negozio del paese. «È il tuo o il mio, cara?» chiede Sally da dietro la cassa.

«Il mio, scusa.» Lila dà un'occhiata allo schermo e vede "mamma" lampeggiare sul display.

«Rispondi pure», le dice Sally guardandola con evidente curiosità.

Lila scuote la testa e infila il telefono in fondo alla borsa. «No, non importa.»

«Non una lite fra innamorati, spero?» Sally mette un panetto di burro nella borsa di tela.

Lila le rivolge un sorriso enigmatico. «Qualcosa del genere.» Sa che Sally muore dalla curiosità di sapere di più, ma lei non può parlarne, non lì.

«Devi avere ospiti», continua Sally, mettendo la torta alla frutta e un pacchetto di biscotti di pasta frolla in cima alla borsa perché non si sbriciolino.

«Sì, ho invitato William per il tè, come ringraziamento. Mi ha insegnato a nuotare», aggiunge vedendo le sopracciglia alzate della donna.

«È stato qui proprio l'altro giorno», replica Sally. «Mi ha detto meraviglie a proposito dei tuoi lavori al cottage.» Le fa un largo sorriso.

«È molto gentile da parte sua», risponde Lila. «Ho solo cercato di renderlo un po' più confortevole.»

«Be', è bello che tu abbia conosciuto delle persone del posto... che ti sia fatta un amico *speciale.*»

Lila avverte una domanda in sospeso nelle parole di Sally.

Non c'è da meravigliarsene: un'amicizia sbocciata fra una donna incinta e un allevatore introverso non può che diventare un interessante pettegolezzo di paese, e non ci vuole un genio per capire che direzione ha preso la mente della donna. Lila lascia perdere: ci sono cose troppo difficili da spiegare. «Vieni a trovarmi», propone prendendo la borsa della spesa. «Quando vuoi, per una tazza di tè. Ti farò fare un giro del cottage. Sei la benvenuta.»

«Ooh», esclama Sally, «mi pacerebbe molto. Grazie, cara.» Si piega in avanti e le dà una pacca affettuosa sulla mano. «Prenditi cura di te.» Lancia un'occhiata eloquente alla pancia prominente di Lila. «E anche del tuo bambino, d'accordo?»

Lila sorride. «Lo farò.»

Muovendosi veloci, le nuvole spostano i raggi del sole come riflettori sulle colline circostanti. Lila attraversa lentamente le stradine di campagna, godendosi il cielo immenso e i pascoli verdi che si snodano su entrambi i lati. La madre l'ha chiamata ogni giorno dopo il loro disastroso pranzo al pub, ma Lila non riesce a decidersi a parlarle. Ormai sa che c'era *lei* al momento della caduta. Sa che la madre le ha mentito dicendole di non essere stata in casa. Ma non riesce a rintracciare un senso in tutto questo. Perché avrebbe dovuto farlo? Di cosa aveva così paura? E anche se non l'aveva *spinta,* anche se era stato – come aveva detto – un terribile incidente, questo non spiegava perché le avesse mentito. Ci sono ancora le tre parole che riecheggiano nella sua testa: *proprio come lei.* Che cosa significano? Chi è quella «lei»? Lila capisce che quelle parole sono il tassello mancante del puzzle, ma per avere la risposta dovrebbe rivedere sua madre, una cosa che non è pronta a fare. Il suo desiderio più grande è proteggere il bambino che sta per nascere, e tornare al cottage le è sembrata la scelta più naturale del mondo, questa volta con l'approvazione di Tom.

Sono andati insieme a Londra per l'ecografia prima che lei partisse. Era il ventitré, esattamente un anno dopo la sua caduta e la nascita prematura di Milly. Quando si erano resi conto di quella coincidenza, si erano agitati: avevano guardato in un silenzio carico d'ansia l'immagine confusa del loro bambino, annidato nella curva morbida del suo corpo, apparire sullo schermo. Al centro dell'immagine si era visto un rapido lampeggio bianco e nero. «È il battito del cuore», aveva spiegato il tecnico.

Tom le aveva stretto la mano e si era chinato a baciarle la guancia rigata di lacrime. «Vedi?» le aveva detto. «È tutto a posto.»

Lei aveva annuito, ma sapeva che sarebbe stata comunque nervosa, che avrebbe sussultato a ogni fitta, ogni calcio, ogni tremito. «Lo so, ma come faccio a non preoccuparmi?» aveva replicato, ridendo in mezzo alle lacrime.

Era stato il tecnico a risponderle. «Non può», aveva detto sorridendo. «Fa parte dell'essere genitore. Insieme alla speranza e all'amore, viene la preoccupazione: è normale.»

«Sì», aveva aggiunto Tom annuendo, «questo è solo l'inizio.» Allora Lila gli aveva sorriso, capendo che qualsiasi cosa fosse successa l'avrebbero affrontata insieme: la loro relazione era stata temprata e adesso era più forte di prima.

Lui le aveva promesso di raggiungerla appena possibile per passare due settimane insieme sul lago, una vacanza di cui avevano molto bisogno. Penserà ai problemi con la madre dopo di allora. In questo momento non ha l'energia per farlo.

Lila sobbalza con la macchina sul viottolo sterrato, non più acquitrinoso per le piogge primaverili, ma secco e polveroso, cotto a puntino da una settimana di sole estivo precoce. Abbassa il finestrino e si gode la brezza fra i capelli, ascoltando il brusio basso delle api che ronzano intorno ai fiori di rosa canina e la canzone dolce di un merlo che gorgheggia fra gli arbusti. Adesso, ogni volta che percorre quella strada, ha la sensazione dirompente di tornare a casa, e dentro di sé sa di non volersi separare da quel posto. Spera di convincere Tom a tenerlo, quando la raggiungerà lì. Vorrebbe che fosse il loro rifugio, un luogo in cui appartarsi quando Londra diventa troppo opprimente. E nei periodi in cui non lo usano, potrebbero affittarlo agli amici. È ancora rustico e remoto, ma ha il suo fascino.

Quando esce dalla curva, la vista di una lucente macchina blu scuro parcheggiata accanto al vecchio cancello di legno la fa frenare bruscamente. Il contraccolpo la spinge in avanti sul sedile. Riconosce immediatamente la targa: è la Volvo di sua madre. Lila fissa l'auto inorridita. Come diamine ha fatto a trovarla? Tom è l'unico che può averle dato le indicazioni per arrivare lì. Maledizione a lui, gli aveva detto che non voleva che parlasse con sua madre. Lo ucciderà.

Sull'auto non c'è nessuno, perciò Lila vi parcheggia dietro, afferra le borse della spesa e oltrepassa il cancello, avviandosi sull'erba alta del prato. Quando arriva all'ombra degli ontani, ha deciso che lascerà che la madre le dia la sua versione e poi la manderà via, senza tragedie e senza liti. Mentre procede si convince che deve restare calma. "Pensa al bambino", si dice.

È quasi arrivata al cottage, ma della madre non vede ancora traccia. Si guarda intorno. Non la sta aspettando sulla porta né appostata in giardino. Per un momento si domanda se può essersi immaginata la Volvo accanto al cancello, se ha definitivamente perso il senno, ma quando scruta il lago strizzando gli occhi, la vede: una sagoma seduta sull'albero caduto sulla riva. Dà le spalle a Lila e fissa l'acqua, con un piede sul tronco, le mani intorno al ginocchio e i capelli biondi mossi dalla brezza. Sembra a suo agio, come se fosse a casa, e il pensiero la fa montare di nuovo su tutte le furie. Come osa venire qui? Questa è casa *sua*.

Lascia cadere le borse della spesa davanti al cottage e si avvia per il prato verso il lago, ma il fruscio dei passi nell'erba alta tradisce la sua presenza. La madre si volta e la guarda arrivare con viso inespressivo, gli occhi nascosti dietro gli occhiali scuri. Lila fissa quelle sconcertanti orbite nere, ma non si piega ad abbassare lo sguardo. Alla fine, quando è solo a un paio di metri dalla madre, si ferma con le mani sui fianchi. «Come hai fatto a trovarmi? Te l'ha detto Tom?»

Lei scuote la testa. «Ho tirato a indovinare.»

«Tu *cosa*?»

«Quando ho visto la collana ogni pezzo è tornato al suo posto.»

«La mia collana?» Lila solleva la mano e strofina il sottile disco d'argento fra le dita. «Non capisco.»

«La lunaria cresce dappertutto qui, vero?»

«Sì, ma tu come facevi a sapere che io ero *qui*?»

La madre ignora la domanda. «Te l'ha regalato Mac?» le chiede indicando il pendente.

«Mac?» Lila scuote la testa.

La madre si leva gli occhiali. «Ho avuto gli incubi da quando ci siamo incontrate l'ultima volta... su come potevi essere venuta in possesso di quella collana. Per un terribile momento ho pensato che potesse avertela data *lei*. Ma sapevo che era impossibile. Doveva essere stato Mac: era l'unica spiegazione.»

Mac? Chi era Mac? Lila tocca il pendente, sentendolo caldo e solido sotto le dita.

«Non ero certa di ricordarmi la strada per arrivare qui, ma mi è tornata in mente all'istante: la svolta nascosta per prendere il viottolo sterrato, il cancello nel prato, persino l'odore di pacciame umido del bosco non sono cambiati. Non ci vengo da trent'anni, eppure mi sembra come se fosse ieri.»

Lila vede che la madre, senza gli occhiali da sole, sembra diversa: non più levigata e perfettamente in ordine, adesso è scarmigliata e ha l'aria disfatta. Ci sono ombre scure sotto i suoi occhi e fra i colpi di sole biondo chiaro spuntano le radici dei capelli. Lila si rende conto di non avere mai visto la madre così ripiegata su sé stessa, nemmeno nei primi tempi dopo la morte del padre.

«Me lo sogno, questo posto, sai», dice a voce così bassa che le parole arrivano a malapena alle orecchie della figlia prima di essere spazzate via dalla brezza e trasportate al largo sul lago.

«Questo posto?» ripete Lila, completamente sconcertata, fissando la madre. Le sembra di essere precipitata in uno dei suoi sogni più inquietanti.

«Ho sbirciato dalla finestra», aggiunge la madre, indicando il cottage alle loro spalle con un movimento della testa, «prima che tu arrivassi: hai fatto un lavoro magnifico. Qua fuori è rimasto quasi identico, ma dall'interno non avrei mai riconosciuto il cottage.»

«Quello che dici non ha alcun senso, mamma.» Lila vorrebbe scuoterla. Si domanda se sia definitivamente crollata sotto il peso della perdita del padre, se il dolore l'abbia in qualche modo fatta impazzire. Sta per incalzarla a spiegarsi, quando il latrato di un cane spezza il silenzio.

Si volta di scatto e vede il balenio bianco e nero di Rosie apparire all'improvviso in cima al pendio. Il cane si precipita verso Lila fermandosi bruscamente ai suoi piedi. Ansima e sembra sorridere, in attesa di una sua carezza. Qualche momento dopo, sul pendio appare William. Alza una mano per schermarsi gli occhi dal sole e guarda in basso verso di loro. Non può esserne sicura, ma quando la vede con sua madre, pare che faccia un passo indietro, come se volesse girare sui tacchi e scomparire da dove è venuto, se non fosse già troppo tardi. "Oh, no", pensa Lila, "il nostro tè pomeridiano."

William scende lentamente verso di loro e, mentre avanza, i suoi passi rimbombano sulla terra secca. «Sei in anticipo», dice Lila con un debole sorriso. «Ti presento mia madre.» Sta per fare le presentazioni di rito, ma sua madre parla per prima.

«Ciao, Mac», gli dice sorridendo appena.

William muove i piedi a disagio vicino al tronco dell'albero caduto. Sposta lo sguardo da lei a Lila e poi di nuovo a lei. Sulla sua faccia c'è qualcosa di imperscrutabile. «Ciao», risponde alla fine.

Lila li guarda, confusa. «Voi due vi conoscete?»

La madre non sembra ascoltarla; ha occhi solo per William. «Così», dice con una risata aspra, «hai pensato che fosse arrivato il momento, vero? Il momento di fare un passo avanti e intervenire dopo tutti questi anni?»

William si schiarisce la voce. Lila si accorge che è nervoso: sposta il peso da un piede all'altro e fissa il lago. «Simon non c'è più», dice. Sembra che non riesca a guardare sua madre. «Credo che sia ora di essere sinceri l'uno con l'altro. Lila merita di conoscere la verità, non credi?»

«Che cos'è che mi merito di sapere? Di cosa state parlando? Chi diavolo è Mac?» Lila sposta lo sguardo da uno all'altra sconcertata. «Uno di voi due vuole dirmi per favore cosa sta succedendo?»

William strascica un piede sul terreno.

Lila si volta verso la madre, ma lei non dice una parola: continua solo a fissare William con gli occhi stretti.

«Non pensi che sia proprio come lei?» dice lui alla fine. «La somiglianza è straordinaria.»

La madre annuisce e Lila si sorprende alla vista della lacrima che le riga il viso tirato. «Sì, lo è.»

«Se non glielo dici tu, lo farò io», aggiunge William con un barlume di minaccia nella voce.

«Il piccolo Mac», dice la madre. «Adesso che è cresciuto prende finalmente il comando.»

Lila pesta i piedi come una bambina. «Se uno di voi non mi dice di che cosa si tratta in questo preciso momento, vi lascerò qui tutti e due e me ne tornerò subito a Londra.»

«Vieni a sederti qui, d'accordo?» Con un colpetto, la madre indica il posto al suo fianco sul tronco.

«Non voglio sedermi. Voglio che tu mi dica cosa sta succedendo.»

«Per favore.»

Lila va a sedersi all'estremità opposta del tronco battendo i piedi sull'erba e lanciando un'occhiata furente alla madre, come se potesse farla parlare con lo sguardo.

«Questo vecchio albero mi ha quasi uccisa, sai?» Con la punta delle dita la madre liscia la corteccia increspata intorno al nodo del legno che assomiglia a un occhio che piange. Accarezza il tronco nodoso, poi guarda Lila con un debole sorriso.

Irritata, Lila scuote la testa. «Cosa?»

«Ero proprio qui quando fu abbattuto dalla tempesta. Mi mancò solo di un metro o due.»

«Quando eri qui? E *perché*?»

Ma la madre non risponde. «Hai pensato che sia stato per debolezza se sono rimasta con tuo padre per tutti questi anni, vero? Mi hai accusato di essere troppo passiva, di subire le sue relazioni amorose, la sua impudenza, ma non era così, io non ero una vittima. Ero felice di fare dei sacrifici per tuo padre... e per te, Lila. Eravamo una famiglia.»

Si allunga per prenderle la mano, ma Lila si ritrae. Non vuole conforto da lei: vuole una spiegazione. Con la coda dell'occhio vede William che si siede per terra e Rosie che si acciambella docilmente al suo fianco. Lui è a una certa distanza, ma Lila capisce dalla tensione nelle spalle e dal modo in cui tiene la testa che sta ascoltando ogni parola di sua madre. Per qualche motivo, si sente rassicurata dalla sua presenza. «Continua», dice alla madre.

«Tuo padre e io abbiamo dovuto prendere molte decisioni difficili... potresti non sapere mai veramente a cosa abbiamo rinunciato, ma è importante che tu capisca che ti abbiamo amato entrambi, sempre. Il mio unico desiderio era che fossimo una famiglia.»

Come arrivata dal nulla, una folata di vento vortica sul lago e si infila tra le foglie degli ontani. L'aria si riempie del sussurro degli alberi e le ombre danzano sull'acqua, ma Lila quasi non se ne accorge, intenta com'è ad ascoltare.

«Sono tua madre, Lila. Ti ho cresciuto e amato, nutrito e vestito, curato quando eri ammalata, ho disinfettato e bendato le tue ferite quando cadevi. Ci sono stata io accanto a te... il resto non conta.» Deglutisce con forza e Lila vede che sta lottando contro le lacrime. Poi, alla fine, alza la testa e la guarda. «Ma il mio nome non è Freya.»

Lila la fissa a bocca aperta.

«Il mio nome è Kat, il diminutivo di Katherine. Freya era mia sorella. Era *lei* la tua madre biologica.»

A Lila viene da ridere: le parole che escono dalla bocca della madre non hanno senso. È ridicolo. Vede la madre lanciare un altro sguardo al pendente che ha al collo.

«La collana che hai indosso apparteneva a Freya, la tua vera madre. Gliela aveva regalata Mac.» Si ferma per correggersi. «Scusa, volevo dire *William.*»

Allora Lila guarda William, che alza la testa per incontrare il suo sguardo con un piccolo cenno a metà tra la conferma e le scuse, prima di abbassare di nuovo gli occhi a terra su un ciuffo solitario di margherite. Non riesce a ragionare su ciò che la madre le ha appena detto, così si concentra sui dettagli secondari: fattoria Mackenzie; William Mackenzie, forse Mac per gli amici? Gli ingranaggi girano nella sua mente e un piccolo tassello del puzzle si infila al suo posto.

Lila fissa William, poi torna a guardare la madre, seduta sull'albero caduto, con gli occhi luccicanti di lacrime. Lassù, sopra di loro, un aquilone ruota nel cielo come una sagoma scura. Intorno al cottage la lunaria freme alla brezza. Dopo tutto quello che è accaduto, le tenebre del passato, gli strani sogni e i frammenti di ricordi interrotti, Lila capisce che sta per ascoltare la verità, finalmente.

Distoglie lo sguardo dal cottage e dalla lunaria e torna a guardare la donna seduta sul tronco. «Raccontami», dice sfidandola con lo sguardo, «raccontami tutto.» E mentre il sole splende su di loro e gli alberi stormiscono sussurrando segreti al lago, Lila ascolta intenta la madre, che le rivela l'ultimo capitolo inconfessato della loro storia.

24.
GIUGNO

1981

Ben e Carla sono i primi ad andarsene. Si dileguano in piena notte come ragazzini che scappano di casa, portando con sé solo gli zaini, la chitarra scassata di Ben e metà della cassa comune rimasta nel barattolo di latta. Quando scopre che sono spariti, Simon va su tutte le furie. «Ma come hanno osato? E l'amicizia? E la lealtà? E chi si occuperà del maledetto orto?» Porta fuori il fucile e sfoga la sua rabbia sulle anatre ignare che scivolano sulla superficie del lago. Gli spari risuonano rabbiosi nella valle e Kat sente le spalle contrarsi ogni volta che rimbomba un colpo. Al piano di sopra, la bambina comincia a piangere.

Kat finge di condividere l'indignazione di Simon. Davanti a lui annuisce e sostiene che quello di Ben e Carla è stato un volgare tradimento, ma dentro di sé è sollevata. Si rende conto che alla fine sta succedendo quello che aveva previsto: il castello di carte sta crollando. Al lago rimangono solo in quattro, cinque contando la bambina. Sembra che gli ultimi pezzi del puzzle siano stati messi al loro posto e Kat è sicura che il gioco che hanno portato avanti per quasi un anno stia giungendo al termine.

Però ci sono delle complicazioni. Freya non vuole alzarsi dal letto. Sta distesa sul materasso nell'angolo della stanza al piano di sopra, con lo sguardo fisso sulle nuvole che passano davanti alla finestra, mentre la bambina dorme al suo fianco nella culla, sotto la copertina viola fatta a maglia, emettendo ogni tanto qualche vagito. Quando piange, Freya la prende e la tranquillizza avvicinandosela al petto. Kat la sente cantare ninnenanne la cui dolce melodia le risveglia ricordi d'infanzia, frammenti di un passato lontanissimo: l'odore acre della vodka e il canticchiare sommesso della loro mamma.

Kat sale le scale con una tisana all'ortica e del pane tostato e trova la sorella che piange con il viso affondato nella trapunta. «Ssh...» le dice, «va tutto bene.»

«Non ce la faccio.» La voce di Freya è piatta. «Non posso rimanere qui.»

«Sei stanca, devi mangiare qualcosa. Prendi.» Le porge il piatto con il pane tostato, ma Freya lo ignora.

«Hai notizie di Evelyn? Sai se verrà?»

«Vedremo. È una donna impegnata, sai, deve mandare avanti una fattoria.»

«Ma tu glielo hai chiesto?»

Kat annuisce, ma non riesce a sostenere lo sguardo della sorella. Anche se da qualche tempo Freya chiede della mamma di Mac, senza dire niente a nessuno lei e Simon hanno deciso di non invitarla. Non vogliono un'*estranea* che ficchi il naso nei loro affari e, almeno per il momento, sembra che Mac stia dalla loro parte.

Freya si accascia. «Immagino che tu sappia che Simon vuole la bambina. Vuole aiutarmi a crescerla.» Deglutisce e poi solleva lo sguardo su Kat, con un'espressione spaventata. «Ha scritto ai suoi genitori, gli ha raccontato di me... e di Lila. Ha chiesto dei soldi... in modo da potere... andare avanti quassù.» Seppellisce la faccia nel cuscino.

Kat sente montare l'amarezza. Certo, pensa, è logico che *adesso* abbia chiesto il loro aiuto. Cerca di soffocare la rabbia. «Ssh...» dice di nuovo alla sorella. «Ti stai agitando. Devi conservare le forze per la bambina.»

Freya non reagisce, respira solo rumorosamente nel cuscino, e allora Kat le lascia il piatto sul pavimento accanto al letto e attraversa la stanza. C'è un tale silenzio che aveva creduto che la bambina stesse dormendo, ma quando sbircia oltre il bordo della culla vede che Lila è completamente sveglia e la fissa con i suoi immensi occhi blu, succhiandosi il pugnetto. Guarda la piccola, osserva i suoi occhioni, scruta la curva minuscola del naso e la peluria che le spunta sulla testa. Continua a studiarla, ma nei suoi tratti non riesce a scorgere alcuna somiglianza né con Simon né con Mac. È solo una neonata, piccola e grinzosa. La osserva ancora per un momento, poi si volta ed esce dalla stanza.

«Dio mio», dice sobbalzando alla vista di Mac che si aggira in cima alle scale. «Vorrei che smettessi di fare così, mi hai fatto prendere un colpo.»

«Scusami». Strascica i piedi sul pianerottolo, con le mani in tasca. «Come sta?»

Kat si stringe nelle spalle. «È stanca.»

«La bambina sta bene?»

Kat annuisce, mentre attraverso la porta chiusa si sente il pianto sommesso di Freya.

«Ho sentito dire... che a volte...»

Kat è sulle spine.

«...certe donne vanno in depressione, sai, dopo avere avuto un bambino.» Guarda Kat. «Credi che lei stia bene? Sei sicura che non dovremmo mandare a chiamare mia madre?»

Kat è stanca, nemmeno lei ha dormito bene dalla notte in cui è nata la bambina. Il cottage è troppo piccolo e i frequenti pianti della neonata disturbano tutti. «Dimmi una cosa», sospira, «perché pensate tutti quanti che *io* abbia le risposte?»

«Perché sei sua sorella.»

«Be', forse qualcuno avrebbe dovuto ricordarglielo prima che andasse a letto con il *mio* fidanzato.»

Le guance di Mac si infiammano, ma lui prosegue comunque. «Io potrei darle una mano, potrei portarla da qualche parte, in un posto lontano.» Non serve che dica lontano da chi: è perfettamente chiaro.

Kat si lascia sfuggire una risata roca e rabbiosa. «Pensi che lui ti lasci andare via di qui con loro due? Hai visto come guarda la bambina: è lei il suo nuovo progetto, molto più di quanto lo potremo mai essere io o Freya o questo maledetto cottage.»

«Ma forse non spetta a lui questa decisione, forse...»

Kat scuote la testa. «Se la ami così tanto, Mac, trova tu il modo. Fatti avanti, fai l'eroe.» Scende le scale a passi pesanti. Accidenti a Mac; non sarebbe successo niente di tutto questo se tanto per cominciare lui non li avesse portati a quello stupido lago, lasciando che Simon facesse i suoi giochetti.

Senza Carla e Ben, l'atmosfera della casa è cupa e opprimente, come le ore prima di un temporale, quando il cielo si riempie di spesse nuvole nere e tutto diventa silenzioso e immobile. Senza Ben, la preparazione dei pasti è diventata sporadica, ed è strano guardare l'orto e non vedere più Carla china su una fila di lattuga o intenta a fissare fili metallici per i fagioli di Spagna. Kat sente la mancanza del suo viso allegro e delle sue frequenti risate spensierate. In quei giorni gli unici suoni della casa sono lo sbattere delle porte, i gemiti della piccola affamata e il pianto incessante di Freya. Kat desidera soltanto che tutto finisca.

Porta a Freya un piatto di uova strapazzate e una ciotola di fragole appena colte nell'orto. Il viso della sorella è rigato di lacrime e pieno di chiazze, il suo sguardo non sfiora neanche il vassoio del pasto: è troppo impegnata a scarabocchiare su un pezzo di carta.

«Ci sarà un matrimonio reale», dice Kat in segno di pace, ma Freya non alza gli occhi. «Carlo e Diana. Simon dice che i giornali non parlano d'altro... La definiscono una *favola* che diventa realtà.» Freya rimane zitta. «Che cosa stai facendo?» le chiede Kat dopo un po'. Ha notato il pendente d'argento con la lunaria al collo della sorella: Mac alla fine deve averglielo regalato. Mentre aspetta la risposta, attraversa la stanza e osserva la bambina che dorme nella culla.

«Ti sto dando quello che vuoi», dice alla fine Freya, con voce piatta e inespressiva.

«E che cosa voglio?» chiede Kat senza alzare lo sguardo dalla neonata, scrutando la sua minuscola cassa toracica che si alza e si abbassa, su e giù.

«Simon.»

Kat si gira verso Freya e scuote la testa. «Non è così semplice.»

Freya sostiene il suo sguardo per un attimo, poi si volta. Ripiega con cura a metà il pezzo di carta e lo fa scivolare sotto il cuscino.

Kat osserva i suoi capelli aggrovigliati, gli occhi bordati di rosso, la camicia da notte in disordine, e sospira. Forse Mac ha ragione; forse Freya non ce la fa. «Dovresti scendere di sotto», prova a dirle, «prendere un po' di aria fresca. Ti farebbe stare meglio.» Ma Freya sprofonda sotto le coperte e chiude gli occhi. «Fa' come credi.»

Sembra che sia passato un secolo dall'ultima volta che hanno mangiato un pasto come si deve e ancora di più dall'ultima vera dormita. Il pane è finito e stanno per terminare anche il latte in polvere e il riso. Kat sente la fame che le morde lo stomaco come un cane che addenta un enorme oggetto inamovibile. Gironzolando nell'orto trova un grappolo di fagioli verdi e una manciata di frutti di bosco. Senza nemmeno pensarci, se li caccia in bocca e li mastica in fretta. Le lasciano in bocca un sapore di terriccio e di sole, e più tardi le si agitano brontolando nella pancia.

«La collina è piena di conigli», dice Simon affacciandosi dalla porta sul retro, con il fucile appoggiato alla spalla. «Li ho visti attraverso il mirino.»

Mac annuisce. «Dovremmo controllare le trappole.»

Freya deve averli sentiti uscire, perché pochi minuti dopo scende in cucina. Kat è sorpresa di vederla in piedi. Ha il viso pallido, ma le gote sono rosse e gli occhi scintillano come vetro. Tiene la bambina stretta al seno.

«Ti sei alzata», dice Kat. «Ho appena scaldato l'acqua, ti va un tè?»

Freya annuisce e si siede a tavola. Piega la testa sulla piccola come per respirare il suo profumo caldo. Sembra diversa, turbata.

«Stai bene?» chiede Kat osservandola.

Freya annuisce di nuovo ma continua a tacere.

Kat si muove per la cucina, prende delle foglie di ortica nella dispensa e le fa a pezzetti sul tagliere. Poi vi versa sopra l'acqua calda e passa la tazza a Freya. La sorella indossa ancora la camicia da notte; a forza di portarla, è tutta spiegazzata ed emana un lieve odore di latte rancido. Si è dimenticata di allacciare i bottoni dopo avere allattato la bambina e Kat intravede la curva del suo seno chiaro. Ha perso luminosità, la sua pelle è opaca. I capelli le ricadono dritti e unti sulle spalle e sul mento le è spuntato un brufolo rosso fuoco. Freya non sembra notare l'esame attento a cui la sta sottoponendo la sorella; si limita a stringere la tazza e a bere lunghe sorsate.

«Dovresti prendere un po' di aria fresca», le suggerisce Kat. «Ti farebbe bene. È una bellissima giornata.»

Freya annuisce fissando la tazza.

«Posso guardare io la bambina, se vuoi.»

Freya abbassa lo sguardo, come se vedesse la piccola per la prima volta. Fa cenno di sì. «Ho bisogno di lavarmi...» dice con la voce che le si spezza, «...di fare una nuotata nel lago.» Si tocca una ciocca di capelli unti e Kat sorride, sollevata.

«Buona idea, ti farà sentire meglio.»

«Penserai tu a Lila?»

Kat sorride. «Ne sarei felice.»

Freya finisce la tisana e si alza. Tiene stretta la bambina e ne respira ancora una volta l'odore, poi la porge a Kat. «Occupati di lei.»

«Certo che sì, non sono un'incapace totale. Noi due ce ne staremo qui, vero?» Sorride alla piccola, poi guarda la sorella e si sorprende nel veder spuntare nuove lacrime nei suoi occhi. «Non piangere», le dice. «È la bambina che dovrebbe piangere sempre, non tu. Si aggiusterà tutto, in qualche modo, vedrai. Ci vuole solo un po' di tempo per abituarsi.»

Freya annuisce ed esce dalla cucina senza voltarsi. Dalla finestra, Kat la vede camminare verso la riva erbosa e poi avvicinarsi all'acqua. Inciampa, si riprende e si incammina nell'acqua bassa.

Kat si rivolge alla bambina che tiene in braccio. «Che sciocchina, la nostra Freya», mormora alla piccola, «ha ancora addosso la camicia da notte.»

La bambina è calda e leggera tra le sue braccia. Il sole filtra dalla finestra e le sfiora le spalle e la nuca. Kat chiude gli occhi, ascoltando il ronzio soporifero di un'ape rimasta intrappolata all'interno della finestra. Sente il leggero tonfo di Freya che si tuffa nel lago. C'è qualcosa di ipnotico nel tenere in braccio una bambina che dorme, qualcosa di rilassante nella sua pelle dal profumo dolce e nel movimento della respirazione. I versi di Lila si mescolano al pigro sciabordio distante di Freya che si muove nell'acqua. Le notti insonni stanno per avere la meglio. Kat lascia che il suo respiro si muova allo stesso ritmo di quello della bambina. Riaprirà subito gli occhi, tra un istante. Ancora un minuto con il calore del sole sulla schiena e la piccola che dorme pacifica tra le sue braccia, ancora solo un minuto.

Viene svegliata da un grido. Kat salta in piedi e osserva la bimba che ha in braccio, sorpresa nel vedere che è rimasta accoccolata al sicuro, ancora profondamente addormentata. La stringe a sé. Che irresponsabile: avrebbe potuto farla cadere.

Il sole si è spostato. Kat sa che è avanzato lungo la sua traiettoria, perché non risplende più attraverso la finestra scaldandole la schiena, ma illumina di sbieco la parete di fronte. La stanza ha perso la sua luce giallo vivo. In lontananza sente il rumore di qualcuno che si agita nell'acqua, poi altre grida. Simon e Mac devono essere tornati.

«No!» È la voce di Mac. «No, no, no!» Ha un tono di terribile disperazione che le fa gelare il sangue.

Si alza in fretta e si avvicina alla finestra, tenendo ancora stretta a sé la bambina appisolata, e guarda fuori in direzione del lago, dove riesce appena a intravedere Mac e Simon che lottano con qualcosa di pesante nell'acqua, nel punto in cui una linea sottile separa il fondale basso e verde dalle acque più profonde, che hanno una sfumatura più scura.

La bambina si muove tra le sue braccia, apre la bocca ed emette un vagito di protesta. «Ssh...» dice Kat, tornando subito con gli occhi ai ragazzi nell'acqua. Cosa diavolo stanno facendo?

Mac è ancora completamente vestito, stivali compresi; lui e Simon stanno trascinando qualcosa a riva, qualcosa di chiaro e fluttuante. Osserva con maggiore attenzione e rimane senza fiato quando riesce a capire cos'è. Un attimo dopo esce dalla porta sul retro e corre più veloce che può con la bambina in braccio in direzione della riva del lago.

«Freya!» grida. «Freya.»

La sorella giace sulla riva, con il viso grigio e chiazzato, gli occhi aperti e fissi. Le labbra hanno un'orribile tinta bluastra e i capelli umidi le serpeggiano come tentacoli scuri sul collo e sul petto. Mac la stringe a sé, preme il corpo freddo di Freya contro il suo, la implora di muoversi, ma lei non reagisce.

La stende di nuovo e cambia strategia. Kat lo osserva mentre le infila le dita in bocca, le sposta la testa all'indietro e appoggia le mani unite in corrispondenza del cuore, iniziando a premere. Conta in modo regolare, poi le soffia in bocca il proprio fiato vivo e caldo. Una volta, due volte, poi torna al petto e ricomincia a fare pressione.

«Forza», dice insufflando l'aria, e Kat, con il cuore in gola, lo guarda mentre si dà da fare intorno alla sorella implorandola di vivere.

Simon è in piedi qualche passo dietro di lui, con il viso bianco e sudato. Lei gli si avvicina e gli si appoggia, seppellendo il viso nel calore della sua spalla, incapace di continuare a guardare.

«Respira», incita Mac, «respira!» Continua a praticarle la respirazione artificiale e il massaggio cardiaco. Dieci minuti, un quarto d'ora, senza fermarsi. È concentrato e madido di sudore, ma non si arrende finché Simon non fa un passo avanti e gli mette una mano sulla spalla, dicendogli che è finita.

Le mani di Mac restano immobili sul petto di Freya. Si siede sui talloni e fissa il cielo che impallidisce. Solo in quel momento Kat vede le lacrime che gli solcano il viso. Mac si alza vacillando e fa un passo verso il lago, solleva le mani unendole dietro la nuca e alza lo sguardo al cielo. «No!» grida, una parola terribile che echeggia sulla distesa d'acqua e rimbalza sulle colline circostanti.

«Amico mio», dice Simon, cercando di abbracciarlo e consolarlo, ma Mac si ritrae e lo fissa come se fosse un estraneo.

Kat rimane immobile sulla riva. Guarda la sorella: non è

più Freya, ma una sua imitazione pallida e rigida, una statua di marmo caduta che giace abbandonata sull'erba. Mentre in cielo le nuvole corrono, un frammento di sole pomeridiano le sfiora la pelle chiara e colpisce la sottile catenina d'argento che porta al collo, facendo scintillare per un attimo il pendente ovale, lucente come il sole. Kat fissa Freya, la sua splendida e fragile sorella, e scoppia a piangere.

All'inizio non sanno cosa fare, perciò lasciano il corpo sulla riva sotto il cielo che si fa sempre più scuro. Nessuno di loro riesce a parlare. Kat prende dalla sua stanza una copertina per la piccola, la avvolge stretta e si accascia insieme agli altri intorno al tavolo di cucina; sono ammutoliti per lo shock. Intanto, il crepuscolo avvolge la valle con il suo manto. Dopo un po' la piccola si agita e inizia a piangere. «Ha fame», dice Kat. «Che cosa facciamo?»

Mac fissa nel vuoto, senza vedere niente.

«Abbiamo qualcosa da darle?» chiede Simon con voce spezzata dall'emozione.

Kat si sente assalire dalla disperazione. Che cosa si può dare a una bambina di quattro settimane che ha sempre e solo preso il latte della mamma? Si alza, rovista disperata nella dispensa e torna con una confezione di latte in polvere quasi vuota. La mostra ai ragazzi per sentire che cosa ne pensano, ma loro non sanno che dire, perciò mescola un po' di latte in polvere con l'acqua calda della pentola che aveva fatto bollire prima e cerca di darlo alla piccola con un cucchiaino. La bambina gorgoglia e soffoca, poi lo sputa.

«Forza, piccina», la incoraggia riprovando a imboccarla, ma la bimba gira la testa e inizia a piagnucolare. Kat si passa le mani tra i capelli, frustrata.

«È un gran casino.» Simon scuote la testa. «Non riesco a pensare lucidamente.»

«Dovremmo chiamare un'ambulanza», dice Mac in tono piatto. «Forse dovrà intervenire la polizia. Io potrei andare da mia mamma... fare qualche telefonata.»

Kat gli lancia un'occhiata spaventata. «Finiremo nei guai?»

«Dovranno aprire un'inchiesta, fare un'autopsia. Ci saranno domande. Era un'ottima nuotatrice. Non ha senso che sia annegata.»

Kat si preme le nocche contro la bocca. «Vuoi dire che l'apriranno in due? Non so se potrei sopportarlo.»

Simon scuote la testa. La bambina continua a piangere e lui si allunga per prenderla dalle braccia di Kat, cercando di cullarla. «Aspettiamo. Per ora non lo diremo a nessuno.»

Kat vede Mac scuotere la testa, chiaramente disperato, ma adesso bisogna occuparsi di una questione più urgente: la bambina ha fame.

«Riprova con il latte.»

Simon lo fa e stavolta sembra che la piccola riesca a berne una goccia, poi un'altra.

«Questa roba non è adatta. Dovremmo comprare una bottiglia... di latte per bambini.» Kat inizia a piangere piano, rendendosi finalmente conto dell'assenza di Freya.

«Quello che dobbiamo fare è dirlo a qualcuno», afferma Mac a denti stretti, «per lo meno informare la sua famiglia.»

Kat scuote la testa. «Non c'è nessun altro a cui dirlo: siamo *noi* la sua famiglia.»

«E allora che cosa facciamo?»

I tre si guardano l'un l'altro, sconvolti.

Alla fine nessuno di loro riesce a sopportare l'idea di lasciarla fuori al buio, in riva al lago, perciò portano il corpo di Freya nel cottage e lo sdraiano sul divano. Vederla fredda ed esanime è terribile. Kat le sistema la camicia da notte in modo da coprirla per bene, le allaccia i bottoni ancora sganciati sul seno.

«Ti va di prendere qualcosa da farle indossare?» dice Mac. «Non voglio lasciarla con quella camicia da notte bagnata, non mi sembra giusto.»

Kat annuisce e sale la scala scricchiolante. Quando torna, ha in mano uno dei vestiti preferiti di Freya, un flacone di aspirine e un foglio di carta. Non riesce a fermare le lacrime che le scorrono sulle guance. «Ho... ho trovato questi... sul suo letto. Il flacone di aspirine...» soffoca un singhiozzo, «è vuoto.» Tiene il biglietto in modo che entrambi possano leggere le poche parole scarabocchiate sulla superficie bianca dalla mano di Freya; sull'ultima lettera del nome, scritto frettolosamente, c'è una grossa macchia di inchiostro nel punto in cui la punta della penna ha bucato la carta.

Perdonami, ma non ce la faccio a restare qui un minuto di più.
Freya

Mac legge le parole ad alta voce, poi si accascia a terra accanto al divano, con la testa tra le mani, cercando di nascondere le lacrime che gli rigano il viso.

La bambina piange e strilla per tre insopportabili ore, e a turno ciascuno di loro la prende in braccio, la culla e cerca disperatamente di farla tacere, e quando alla fine si addormenta, esausta, si siedono intorno al tavolo, con il pezzo di carta in mezzo a loro come un'accusa.

«È colpa mia. Avrei dovuto... avrei potuto...» Kat si morde una mano, cercando di soffocare un singhiozzo.

«Nessuno di noi sapeva... Non abbiamo capito...» Mac deglutisce. «Che cosa facciamo?»

Simon scuote la testa. «Non lo so, non so più niente.»

Ha un'aria sfatta, distrutta, non è più l'uomo sicuro e deciso di qualche giorno prima. Guardandolo, Kat si rende conto che tocca a lei farsi carico della situazione. «Niente polizia», dice con calma.

«Perché no? Dovrebbe esserci un'inchiesta.» Mac la guarda con aria di sfida.

Lei raddrizza le spalle e sostiene il suo sguardo. «Sono sua sorella e dico no alla polizia. A che cosa servirebbe, adesso? È stata una scelta di Freya. Probabilmente non capiremo mai perché l'ha fatto, ma almeno sappiamo la verità. Che vantaggio ci sarebbe a chiamare la polizia? Che altro potrebbero dirci? Era depressa, avremmo dovuto aiutarla e invece l'abbiamo lasciata sola.»

Mac scuote la testa. «Perché l'ha fatto?» chiede con la voce ridotta a un sussurro. «Non capisco, pensavo che fossimo d'accordo di...»

Simon stringe gli occhi. «Pensavi foste d'accordo di fare *cosa*?»

Mac si schiarisce la voce. «Doveva venire via con me.»

Simon lo osserva per un attimo. «Cazzate.»

Mac alza appena il mento. «L'avrei aiutata... avremmo trovato un posto... per lei e la bambina. Ha detto che era ciò che voleva, voleva una... "via d'uscita".» Sulle ultime parole la voce gli si spegne e Mac chiude gli occhi per fermare le lacrime. Quando si ricompone, prosegue: «Non pensavo che intendesse *questo*».

Kat rabbrividisce. «Dobbiamo fare la cosa più giusta per Freya», dice, «ma anche per la sua bambina. Freya se n'è andata, ma Lila è qui e ha bisogno di noi. Dobbiamo comprarle del latte... latte per neonati. Abbiamo bisogno di quello e di un biberon. Questa dev'essere la nostra priorità.»

Sentendo nominare la figlia di Freya, gli occhi di Mac si rischiarano. Annuisce, si alza e va verso la credenza. «Hai ragione», dice aprendo il barattolo. «Ci rimangono venti sterline.» Le mostra agli altri con fare interrogativo e Kat annuisce. «Farò più veloce che posso», aggiunge.

Gli occorrono due ore per trovare un negozio aperto fino a tardi che venda biberon e latte in polvere per neonati. Mentre Mac è fuori, Kat e Simon restano in cucina. Simon si muove appena, non riesce quasi a parlare. Per fortuna la bambina continua a dormire, inconsapevole del dramma che si svolge intorno a lei.

«È la fine di tutto», dice Simon dopo un po'. «Che cosa faremo?» Si volta verso Kat e la guarda. «Che cosa farò? Non sono capace di occuparmi di una bambina, non da solo.» La voce gli si spezza e Kat vede che gli tremano le mani: si sta rendendo conto della realtà.

Lo osserva per un attimo. Non l'ha mai visto così perso, così alla deriva. Gira intorno al tavolo e gli posa un braccio sulle spalle per consolarlo, poi gli sussurra all'orecchio: «Non devi farlo da solo. Ci sono io, lo faremo insieme. Ti aiuterò».

Cerca di tranquillizzarlo, lo abbraccia forte mentre piange. «Ssh... io sono qui e ti prometto che non ti lascerò.»

Gli accarezza la schiena e lo tiene stretto mentre le lacrime cadono sul tessuto rosa della maglietta di Kat, colorandolo di un rosso acceso.

Alla fine lo fanno, perché pensano che sia ciò che Freya avrebbe voluto: un funerale tranquillo sul lago, vicino agli ontani e ai ciuffi di lunaria che amava tanto. Senza formalità né confusione. Kat mette a Freya uno dei suoi vestiti più belli, le pettina i capelli, le raddrizza la collanina d'argento posata nell'incavo della gola. Quando è pronta, si china a baciarla sulle labbra fredde e pallide. «Mi dispiace», sussurra. «Mi dispiace di tutto.»

Mac la guarda in piedi sulla soglia, cereo in viso. «Pronta?»

Kat annuisce e Mac va verso di lei. Si ferma accanto a Freya, guarda il suo corpo perfettamente immobile. Le scosta con delicatezza una ciocca di capelli chiari dal viso, poi le toglie la catenina d'argento dal collo. «Per la bambina», spiega; Kat annuisce e lo guarda mentre si infila la collana in tasca.

La seppelliscono vicino al lago. Mentre la calano nella fossa fangosa che i due ragazzi hanno scavato sotto i rami di un grande ontano, nessuno dice una parola. Kat tiene stretta la bambina e, quando Ben e Simon gettano le prime palate di terra, inizia a piangere lacrime calde e rabbiose per sua sorella e per la madre che la piccola non conoscerà mai.

I due ragazzi fanno a turno per coprirla di terra. Quando hanno finito, tutto ciò che resta è un monticello di terriccio. Sul viso sporco di Mac scorrono le lacrime, mentre Simon se ne sta lì tremante, anche se la giornata è calda.

«Dobbiamo dire qualcosa?» chiede Mac, ma a nessuno viene in mente niente. Tornano lentamente al cottage, dove Kat prova di nuovo a preparare il latte usando quello per neonati e finalmente la bambina apre la bocca e inizia a poppare. Finisce in fretta e si addormenta subito tra le sue braccia.

«Povera piccina», dice Kat tenendola stretta. Sente una

sensazione di calore sulla pelle e, alzando gli occhi, vede che Simon la sta guardando.

Passano un altro giorno avvolti in una specie di nebbia, a vagare per la casa come fantasmi, senza vedere né parlare, e solo le inesorabili richieste della neonata affidata alle loro cure li obbligano a mantenere una parvenza di routine. Poi, un giorno, quando si ritrovano accanto all'albero caduto vicino al lago, trascinati lì da una forza invisibile che li riporta sul luogo della tragedia, iniziano a parlare del futuro.

«Stavo pensando», dice Mac rompendo il silenzio, «che potrei prenderla io.»

«Chi?» chiede Kat, confusa.

«Lila. Mi occuperò io di lei.»

Kat guarda la bambina che dorme nell'incavo del suo braccio e scuote la testa. «È bello da parte tua, Mac, ma...»

«Voglio farlo. Per Freya.»

Kat scuote ancora la testa. «No, lei è sangue del nostro sangue, Mac. È la figlia di Simon, è mia nipote. La responsabilità è nostra, dobbiamo essere noi a crescerla.»

«Io non posso», dice Simon con la testa fra le mani.

«Sì che puoi», ribatte Kat con decisione. «Io ti aiuterò, sarò al tuo fianco.» Gli dà un colpetto sulla spalla. «Devi essere forte, sei suo padre.» Mac si schiarisce la voce, ma Kat lo ignora. «Ha bisogno di suo padre e di una madre. Io e te possiamo farlo insieme, Simon.»

«E dove andremo? Non possiamo certo restare qui... non dopo quello che è successo.» Le sue domande sono come le lamentele di un bambino capriccioso, non c'è più traccia della determinazione e dell'autorevolezza di un tempo.

«Dai tuoi genitori», ribatte Kat, e appena si accorge che lui sta per protestare, alza una mano. «Gli hai scritto del bambino, no?»

Lui annuisce, pieno di vergogna.

«Be', non possono cacciarti via, se hai una moglie e una bambina.»

«Una moglie?»

«Se ci sposiamo... e se loro pensano che la bambina sia *nostra*... che cosa c'è di così scandaloso? Torneremo da loro portandogli la prima nipotina. Ci vorrà un po' di tempo, ma poi impareranno ad amarla.» Gli prende la mano e gliela stringe. «Ci aiuteranno.» Sente lo sguardo duro di Mac, ma ha occhi solo per Simon. «Ne sono sicura.»

«Io invece penso...» comincia a dire Mac.

«No, Mac», sbotta lei, «questo non è un tuo problema, non ha niente a che fare con te. Pensa a Lila, pensa a quello di cui ha bisogno. Due genitori, stabilità, una famiglia. Noi possiamo darle queste cose. E *tu* che cosa puoi offrirle?»

Mac scuote la testa. «Voglio dare una mano.» Struscia con rabbia i piedi a terra.

«Lo so», dice Kat in tono più dolce, «ma Freya se n'è andata. Dobbiamo pensare alla bambina.»

Come se avesse capito che quello è il momento giusto, Lila inizia ad agitarsi. Kat si alza piano e si avvicina a Simon per posarla delicatamente tra le sue braccia. Lui tira su con il naso e poi la stringe a sé, seppellendo il viso nella pelle calda della piccola. «Quando partiamo?» chiede dopo essersi ricomposto.

«Prima possibile. Non c'è motivo di rimanere qui, ormai.»

Sono avvolti dal silenzio.

«Prendete la mia auto», dice Mac.

Kat annuisce, grata. «Te la restituiremo appena possibile.»

Mac abbassa la testa. Non c'è altro da dire.

Non prendono molte cose, solo un po' di vestiti, i biberon, i pannolini e il latte in polvere che Mac ha comprato con i soldi rimasti. Mentre Kat mette i loro pochi averi nelle borse, Mac entra in camera e posa la collana con i semi di lunaria sul davanzale della finestra. «Per Lila», dice, «quando sarà più grande.» Kat annuisce e gli sorride ma, dopo che ha controllato per l'ultima volta e trascinato le borse fuori dalla stanza, la catenina è ancora sul davanzale, splendente nel sole estivo sotto gli steli bianchi e secchi della lunaria che Freya aveva raccolto solo pochi mesi prima.

Trasportano le borse lungo il prato sotto un sole torrido e le stivano nel bagagliaio dell'auto. Simon si mette al volante.

«Abbiamo dimenticato la culla», dice all'improvviso guardando la piccola tra le braccia di Kat, seduta accanto a lui.

«Non importa», risponde lei agitando una mano in segno di disinteresse. «Le prenderemo qualcos'altro: questo è un nuovo inizio per tutti noi.»

Simon avvia l'auto di Mac. Il motore va su di giri. Kat vede Mac in piedi accanto al cancello che li guarda partire; alza una mano in un saluto triste mentre passano sobbalzando sullo sterrato. Kat si stringe la bambina al petto.

A metà viottolo, Simon schiaccia il freno. «Merda», dice.

«Che c'è?»

«Gliel'ho detto.» Si volta verso di lei con gli occhi sgranati. «Ho detto ai miei di Freya, nella mia lettera.» Scuote la testa con un'espressione infelice. «Non funzionerà mai.»

Kat lo osserva per un istante, sorpresa di vedere quanto è distrutto.

Inspira profondamente ed è altrettanto stupita del proprio senso di calma, che contrasta con lo stato d'animo di Simon. «È semplice», dice alla fine, «*sarò* Freya.»

Lui la guarda con la bocca spalancata. «Non lo so», dice, «non mi sembra giusto, non è rispettoso.»

Kat stringe a sé la piccola, respirando l'odore della sua pelle morbida. «Pensaci», dice tranquilla. «Potremmo onorare Freya tenendo vivo il suo nome in questo modo. Sarebbe una cosa piena di significato per Lila, non credi?»

Lui scuote la testa. «Io... io...»

Lei lo guarda negli occhi. «Fallo per me, Simon. È chiederti troppo? È troppo fingere che la ragazza sepolta sotto gli ontani sia Kat e non Freya? Ti chiedo solo questo, restituisci a Lila la sua mamma. Dalle la famiglia che avrebbe dovuto avere.»

Simon scuote la testa. Kat capisce che l'idea non gli va, ma sa che gliela darà vinta.

Dopo la loro partenza, Mac torna al cottage deserto ed entra dalla porta principale. I suoi passi echeggiano sull'assito e la polvere gira vorticosamente in granelli d'oro sotto i raggi del sole che entrano dalle finestre. Osserva le bottiglie di birra vuote e il posacenere stracolmo sulla cassa capovolta; il libro tascabile di Simon è ancora aperto sul bracciolo di una sedia, la cesta vuota della legna da ardere è accanto al caminetto. In cucina le tazze del loro ultimo tè sono rimaste sulla tavola insieme alla confezione vuota di latte in polvere. Al piano di sopra segue con le dita il profilo sbiadito del buffo murale di Carla: sei figure stilizzate che danzano allegre sulla tela bianca della parete. Nella seconda camera da letto, quella che Kat divideva con Freya, scopre la catenina d'argento illuminata dal sole sul davanzale, sotto gli steli fruscianti di lunaria. La prende e la fa scivolare in fondo alla tasca, sentendo con le dita la superficie in rilievo del pendente, con i suoi tre semi custoditi al sicuro nel loro fragile involucro simile a carta. Tre semi. Aveva chiesto a sua madre di farlo in quel modo: Mac, Freya e Lila, la famiglia che aveva sperato segretamente di poter costruire.

Al piano di sotto trova la culla che Kat e Simon hanno dimenticato. Vederla fredda e vuota gli fa venire le lacrime agli occhi. Per un attimo si porta la copertina viola vicino al viso pensando a Freya, a quando lavorava a maglia con le sue dita snelle, a come teneva stretto a sé il corpicino caldo della bambina, e non riesce a guardarla un momento di più. Rimette la copertina nella culla e le ripone in un posto dove non può vederle: l'armadio a muro polveroso del sottoscala.

Fuori, apre il recinto dei polli e costringe le galline riluttanti, che beccano e graffiano, a entrare in una cassa di legno. Per un attimo esita sulla soglia del cottage, sopraffatto dalla solitudine, guardando la superficie a specchio del lago. È immobile, silenzioso, indifferente agli eventi di cui è stato testimone nell'ultimo anno. Né il lago né il panorama circostante rivelano i segreti del periodo che hanno trascorso lì. Il lago si è richiuso alle loro spalle, gli alberi continuano a ondeggiare nella brezza estiva. L'unico segno della tragedia è il mucchio di terra fresca all'ombra degli ontani. Mac rimane sulla soglia con il sole sul viso e la sua ombra che forma un triangolo scuro all'interno del cottage, poi si chiude la porta alle spalle, solleva la cassa con i polli e si incammina verso il prato e il lungo, tortuoso sentiero che lo porterà a casa.

25.
LILA

LUGLIO

«Non riesco ancora a crederci.» Tom prende la bottiglia di vino e si versa un altro bicchiere. Lui e Lila sono seduti nella cucina del cottage, con davanti i piatti vuoti della cena e una candela bianca tremolante a centrotavola. «Quindi il vero nome di tua madre è *Kat.* Ma non è tua madre, è tua zia, giusto?»

Lila annuisce. «Lo so che sembra una cosa da pazzi. Se William non fosse stato con noi ad ascoltare e confermare i fatti, avrei pensato che fosse ammattita.»

Tom scuote la testa. «Quindi lei e un gruppo di amici si sono presi una pausa e hanno vissuto qui per un anno? Senza sapere che questo posto, un vecchio cottage di pastori, hai detto?...» Lila annuisce. «...era di proprietà della famiglia di William? E lui non glielo ha mai detto?»

Lila scuote la testa.

«Vecchia volpe!» Tom si guarda intorno. «Adesso è difficile immaginare in che stato era, ma devono aver fatto una vita dura.» Beve un altro sorso di vino. «E William ti ha spiegato perché ha lasciato il cottage a te – facendoti recapitare la chiave e la cartina – in circostanze così strane? Perché farlo in modo anonimo?» Scuote la testa. «Perché non dirlo apertamente?»

Lila si allunga per bloccare un rivolo di cera che corre lungo il fianco della candela e che sta per cadere sul tavolo di legno pulito. Lo osserva raffreddarsi e diventare opaco sulla punta del dito. «Ha detto che voleva lo avessi io. Pensava che in qualche modo il posto mi appartenesse, ma credeva che se si fosse limitato a regalarmelo, essendo un perfetto estraneo, non lo avrei accettato. E temeva che se mi avesse raccontato troppe cose di sé ne avrei parlato con la mamma – cioè, con Kat – e che lei mi avrebbe convinta a non venirci. Voleva che venissi a vedere il cottage per conto mio, per capire se il posto mi piaceva. Forse sperava che me ne innamorassi e volessi scoprirne la storia da sola. Pensava che dovessi conoscere la verità su Freya, credo, ma dopo tutti questi anni non aveva idea di chi fossi... se avrei voluto il cottage... o se avrei avuto voglia di scoprire che cosa nascondeva la vita che Kat e Simon mi avevano dato.»

«Ma tu l'hai fatto, no?»

Lila annuisce. Era stato strano, quel pomeriggio al lago con Kat e William: nel suo tono distaccato e tranquillo, Kat le aveva raccontato di Freya, la madre che Lila non aveva mai conosciuto. Era stato uno shock, ovviamente, ma via via che Kat aveva dipanato la storia e ricongiunto i fili del passato, Lila aveva sentito che quelle parole, insieme alla verità, le offrivano un sollievo singolare. In qualche modo le cose assumevano un senso: tutti quei sogni assurdi, le strane sensazioni di déjà vu, l'impressione di essere entrata immediatamente in contatto con quel posto.

Povera Freya, una donna di una bellezza delicata, troppo giovane e fragile per affrontare le pressioni della maternità. Depressione post partum: Kat e William avevano attribuito a quella il suo suicidio. E di certo la cosa aveva senso, ma adesso Lila non sa cosa prova riguardo a tutto questo. È difficile piangere la perdita di qualcosa o qualcuno che non si è mai conosciuto. Eppure, in qualche modo, si sente legata a Freya, al ricordo della madre biologica, forse attraverso il lutto per Milly. Freya doveva essere terribilmente malata per non vedere altra via di uscita, e Lila sa di avere lottato a sua volta contro i propri impulsi oscuri dopo la morte della figlia.

Aveva chiesto a William e Kat di mostrarle dove avevano seppellito Freya ed erano rimasti tutti e tre all'ombra degli alberi in un silenzio carico di solennità, mentre Lila cercava di evocare parole ed emozioni per una madre che non aveva mai visto. Avrebbe voluto dire qualcosa che suonasse significativo e vero, ma niente di ciò che le aveva raccontato Kat le sembrava ancora reale e, mentre fissava quel riquadro di terra nella luce screziata, si era sentita solo stanca e triste. Quando alla fine si era allontanata dalla radura, da Kat e William, si era resa conto che c'era soltanto una persona con cui desiderava stare in quel momento. Quello stesso pomeriggio era andata alla macchina e aveva telefonato al marito.

Il mattino seguente, Tom la sveglia presto. «Lila», dice scuotendola piano, «Lila, svegliati, è ora.»

Lei si muove e si gira nel letto antico, poi apre gli occhi e si ricorda.

«Sei pronta?» le chiede.

Lei si alza e guarda dalla finestra: una fievole luce grigia filtra dalle tende. «Sì», risponde, «sono pronta.»

Remando, si spingono con la barca fino al centro del lago proprio mentre il sole comincia a spuntare dalle colline. Il cielo è disseminato di nuvole lente, infuocate dalle prime luci dell'alba. La barca avanza con facilità, scivolando tra le nubi fiammeggianti riflesse sulla superficie piatta del lago. È di una bellezza struggente; Lila si porta le ginocchia al petto ricacciando in gola la sofferenza. Sa che quella è la cosa giusta da fare, ma adesso che è venuto il momento, si sente sopraffatta.

Quando raggiungono il centro del lago, dove l'acqua è ferma e scura, Tom rallenta e tira i remi in barca. Si china e solleva la piccola scatola bianca che hanno portato, posandosela in grembo.

«Vuoi farlo tu?» chiede.

«Facciamolo insieme.»

Tom annuisce e apre la scatola. Infila una mano ed estrae una manciata di ceneri, che sparge sull'acqua; la brezza leggera le trasporta, poi si posano come polline sulla superficie del lago. Porge la scatola a Lila e lei fa lo stesso. Insieme, sotto le nuvole accese, spargono le ceneri della figlia.

Quando hanno terminato, Lila vede che il viso del marito è rigato di lacrime. Non può farne a meno: si alza e avanza con cautela nello scafo per accoccolarsi tra le sue braccia. «Sarà sempre con noi», gli dice.

Tom annuisce e posa una mano sulla pancia di Lila. «La prima cosa che racconterò a questo bambino sarà la storia della sua coraggiosa sorella maggiore Milly e di quanto fosse speciale.»

Lila sorride e rimangono allacciati ancora un po', lasciandosi portare dalla corrente e osservando i disegni formati dalle nuvole, che si agitano sopra lo specchio del lago.

È il pomeriggio ideale per fare un barbecue, l'aria è immobile e calda, il sole che picchia sul lago lo fa luccicare e splendere come una lastra d'argento. Hanno pescato del pesce, raccolto erbe nell'orto e William ed Evelyn sono arrivati con spiedini di agnello e insalata da aggiungere alle cibarie. Lila esce dal cottage con una ciotola di fragoline di bosco, i piedi nudi e l'abito estivo che svolazza al vento mentre cammina.

«C'è una tale pace», dice Evelyn guardando la distesa d'acqua dalla sedia a sdraio che hanno sistemato per lei all'ombra degli alberi. «Sono già stata qui?»

«Sì», risponde William con dolcezza. «Ci sei già stata. Con Albert... e me.»

Evelyn ci pensa un istante e poi sorride. «Mi ricordo. Mi ero tirata su la gonna e avevo sguazzato nell'acqua... proprio là. È stato stupendo.»

«Be', sei libera di farlo anche adesso», dice Lila, «per noi va benissimo.»

Al solo pensiero, gli occhi di Evelyn luccicano. «Mi date una mano?»

Lila si china e aiuta Evelyn a togliersi le scarpe robuste e le calze arricciate, poi la prende per mano e la guida con cautela nell'acqua bassa. Eveyln prova un brivido di piacere mentre l'acqua fresca le lambisce i piedi, poi chiude gli occhi e rimane così, ad ascoltare la dolce carezza dell'acqua e a godersi il calore del sole sul viso. Lila le rimane accanto alzandole l'orlo dell'abito di cotone fin sopra le ginocchia. Più al largo ci sono nugoli di moscerini che danzano a pelo d'acqua, luccicando al sole come granelli di polvere. Lila chiude gli occhi e respira a fondo.

«Guardatevi», dice William sorridendo dalla riva, «che bel quadretto.»

Mentre sistemano il pranzo sulla coperta da picnic in riva al lago, Lila nota le occhiate nervose del marito verso la fila di alberi e il prato in fondo. «C'è qualcosa che non va?» gli chiede.

Tom cerca di sostenere il suo sguardo, poi sospira e abbassa gli occhi. «Adesso», le dice alzando le mani in segno di resa, «non vorrei che ti arrabbiassi...»

Lei lo guarda. «Che cosa hai fatto?»

«*Potrei* avere invitato tua madre. Scusami», si corregge, «voglio dire Kat.» Poi scrolla la testa. «Dio mio, è un tale casino.»

«L'hai invitata qui... al lago... *oggi*?»

Tom fa una smorfia. «Scusami. È davvero un'idea *così* tremenda?»

Lei gli lancia un'occhiata.

«Pensavo che doveste vedervi... per lo meno iniziare a parlarvi... sai, fare chiarezza.» La guarda speranzoso.

Lila scuote la testa, poi guarda verso il prato respirando a fondo. «E lei ha detto che sarebbe venuta?»

«Ha detto che ce l'avrebbe messa tutta, ma... sai com'è... credo che si sentisse piuttosto in imbarazzo.»

Lila annuisce. Una parte di lei pensa: "Bene, è proprio ciò che voglio... che si senta in difficoltà, che rimanga alla larga", ma un'altra parte è trepidante, e anche qualcos'altro – speranzosa, forse? – all'idea che venga, che possano iniziare a chiarirsi un po'. La verità è che Lila non sa bene che cosa vuole. È stato sconvolgente ricomporre il quadro delle tragiche circostanze che hanno portato alla sua caduta e scoprire di Freya, ma questo non cambia il fatto che è con Kat che lei è cresciuta. Per tutto quel tempo, Kat l'ha amata e l'ha allevata come una figlia. La verità la rende meno madre? Lila non lo sa.

«Sei arrabbiata?» chiede Tom.

Lila si stringe nelle spalle. «No, non sono arrabbiata. Non con te, in ogni caso», aggiunge in tono eloquente. Guarda un'altra volta verso il prato, non può farne a meno. All'improvviso si sente anche lei nervosa. Non vede Kat dal pomeriggio del mese prima, quando la madre l'ha colta di sorpresa lì al lago. Quel giorno, Lila era stata seduta sul tronco per un tempo infinito ad ascoltare le spiegazioni della madre, lanciando ogni tanto delle occhiate a William e, quando Kat aveva smesso di parlare, lei era rimasta lì in silenzio.

«Be'?» le aveva chiesto la madre.

Lila aveva scosso la testa. «Be' cosa? Che vuoi che dica?»

«Sei arrabbiata? Mi odi per non avertelo detto prima?»

Lila aveva fatto un respiro profondo. «Non lo so. Non riesco a pensarci, adesso.»

Erano rimaste sedute in silenzio per un po' e poi, più che altro per ritagliarsi del tempo per pensare, Lila si era offerta di mostrare a Kat tutti i cambiamenti che aveva apportato al cottage. «Solo se ne hai voglia. Sapendo che hai vissuto qui...»

Kat l'aveva osservata per un istante. «Sì, mi piacerebbe... mi piacerebbe tanto.»

William, pieno di tatto, era rimasto in riva al lago, mentre loro si erano incamminate sul pendio erboso fino alla porta del cottage, che adesso era dipinta dello stesso azzurro chiaro degli armadietti della cucina. Lila l'aveva tenuta aperta per far entrare Kat, poi l'aveva guardata girare per la stanza, mentre esclamava sorpresa ammirando i cambiamenti. Aveva fatto commenti sulla pittura luminosa, il nuovo rivestimento del divano, l'atmosfera fresca, e si era soffermata a osservare gli oggetti familiari recuperati: un piatto sbeccato, una vecchia bottiglia di latte, una pila di libri ammuffiti. Nella stanza libera al piano di sopra, era rimasta a lungo davanti al murale sbiadito ancora in mostra sulla parete. Senza dire una parola, aveva seguito con le dita la sagoma sottile della ragazza con i lunghi capelli intrecciati finché Lila aveva distolto lo sguardo dal suo viso rigato di lacrime.

Doveva essere difficile, si era detta Lila, rivedere il cottage dopo tutti quegli anni; i ricordi di ciò che Kat e gli altri avevano condiviso lì echeggiavano ancora intorno a loro. Ma guardando la madre girovagare per le stanze, Lila non era riuscita a scrollarsi di dosso la fastidiosa sensazione che mancasse ancora qualcosa. Era emersa davvero tutta la verità? Non c'era nient'altro? Da allora aveva provato con tutte le sue forze a iniziare il cammino verso l'accettazione... verso il perdono... ma era impossibile negare la distanza che ormai le separava.

«Bene», dice Lila infine rivolgendosi a Tom, «l'hai invitata. Vediamo se viene.»

Tom le prende la mano e la stringe, cercando di rassicurarla.

Pranzano sulle tovagliette da picnic all'ombra degli ontani. Lila ogni tanto si guarda intorno, gli occhi calamitati dagli alberi e dal prato. Pensa a Kat, si chiede se verrà, ma il pomeriggio avanza e Kat non si presenta, e Lila è troppo assonnata per via del cibo, della gravidanza e del sole per rimanere in agitazione. Si stende sulla coperta da picnic e pizzica distrattamente i fiori di tarassaco, mentre Rosie si stende ansimando ai suoi piedi. Un po' più in là, Evelyn sonnecchia sulla sedia a sdraio, con un cappello di paglia floscio che le ripara gli occhi. Tom è seduto sul tronco raggrinzito accanto a William, e insieme lanciano sassi nel lago, finché Tom si alza e si stira. «Credo che proverò a pescare un po'. Va bene a tutti se esco in barca?»

Lila sa perché lo sta facendo e gli lancia un'occhiata riconoscente. Lo guarda raccogliere l'attrezzatura da pesca, spingere la barca in acqua e remare verso il centro del lago. Dopo che si è allontanato, Lila si sposta al vecchio tronco su cui è seduto William e si accomoda accanto a lui. C'è qualcosa che gli deve chiedere, ma ha paura e perciò aspetta un istante, cercando di farsi coraggio. Quando riesce finalmente a parlare, scopre che è più facile se evita di guardarlo. «Kat mi ha detto una cosa, dopo che te ne sei andato l'altro giorno. Per essere sincera fino in fondo, mi ha detto che c'era un'ultima cosa che avrei dovuto sapere.»

«Quale?» chiede William, incuriosito.

«Pare che una volta Freya le abbia detto che *tu* avresti potuto essere mio padre.» Lila arrossisce e strappa un pezzetto di corteccia secca accanto a sé. Ancora non riesce a decidersi a guardarlo. «È... è possibile?»

William si schiarisce la voce. Stringe gli occhi e guarda il lago, dove la sagoma di Tom si staglia contro il sole, poi riporta lo sguardo su Lila. «Sinceramente non so perché mai Freya abbia detto una cosa del genere a tua madre. Forse pensava che Kat sarebbe stata meno arrabbiata con lei sapendo che forse ero stato io a metterla incinta, e non Simon.» Poi scrolla la testa. «Ma temo che non sia vero. Io e Freya non siamo mai andati a letto insieme. Neanche una volta.»

Lila sente una punta di delusione.

«C'è stata una notte...» continua William con la voce un po' roca, «in cui ci siamo andati vicino... Probabilmente Kat te l'ha detto. Eravamo così giovani... e davvero stupidi. È stata una notte un po' folle in cui le cose sono andate...» si ferma per schiarirsi la voce, «fuori controllo. Ma... non mi sembrava giusto. La desideravo, ma non in quello stato, non mentre eravamo tutti sballati.» Deglutisce e guarda il lago. «Amavo Freya, solo che non sapevo come dirglielo. Quella collana, quando sei nata, è stato l'unico modo che ho trovato per dimostrarglielo.»

Lila cerca con le dita il pendente che porta al collo. È strano e allo stesso tempo confortante sapere che un tempo l'ha indossato la sua mamma naturale. Con le dita accarezza i tre semi in rilievo nel disco d'argento. Mac, Freya, Lila: loro tre racchiusi insieme in un mondo fragile e sottile come carta. Lila vede che William ha gli occhi lucidi e gli lascia il tempo di ricomporsi. «È davvero un peccato», dice poi, accennando un sorriso timido. «Saresti stato un bravo papà.»

Entrambi osservano il lago, guardando Tom che infila l'esca nell'amo e lancia la lenza in acqua. «Lei com'era?» chiede Lila, alla fine.

«Freya?» dice William con un sospiro. «Incantevole. Era molto creativa; aveva il tuo stesso occhio per il design, la capacità di guardare il paesaggio o un angolo della casa e abbellirlo. Era sempre occupata a fare qualcosa con le mani, raccoglieva fiori, cuciva, lavorava a maglia. Ma era giovane e, credo, un po' in soggezione nei confronti di Kat. Tra loro due c'era una dinamica singolare, a volte più da madre e figlia che da sorelle, ma anche complicata. Freya brillava di luce propria, attirava l'attenzione come una fiamma, eppure non la cercava; a volte sembrava che preferisse nascondersi all'ombra di Kat. Quando è rimasta incinta è cambiato tutto. Per Kat è stata dura... e Simon era così autoritario e insistente riguardo a come andavano fatte le cose e alle regole del cottage che nessuno di noi sapeva cosa fare per aiutarla. Lo si leggeva negli occhi di Freya che si sentiva come un animale in gabbia. In trappola.» Scrolla la testa. «Rimpiangerò per sempre di non avere fatto di più.»

Lila percepisce il dolore di William. Quando allunga una mano per sfiorare la sua, lui si volta e le rivolge un sorriso triste.

«Le assomigli in modo incredibile, sai; è sorprendente... soprattutto adesso che sei incinta.» Sorride di nuovo. «Anche la mamma le voleva bene. Adorava quando veniva a trovarci alla fattoria. Diceva sempre che l'arrivo di Freya era come il momento in cui finalmente il sole fa capolino tra le nuvole.»

Lila deglutisce e si volta a guardare la linea scura degli alberi che costeggiano il lago. Non può farne a meno: prova ancora la sensazione sconcertante di essere osservata. È la sua immaginazione, lo sa, probabilmente stimolata da tutti quei racconti su Freya. Deglutisce ancora cercando di scrollarsela di dosso. «Pensavi davvero che sarebbe venuta via con te?»

William annuisce. «Sì, ne ero convinto. Ne avevamo parlato proprio il giorno prima. Le avevo detto che saremmo potuti andare ovunque, che l'avrei aiutata.» Sospira. «Non capirò mai perché l'ha fatto... perché non fossi abbastanza per lei e per la bambina... perché abbia preso quella decisione... e perché ti abbia abbandonato. Per un po' sono stato molto arrabbiato con lei. Evidentemente, non avevo idea di cosa fosse la depressione post partum.»

Lila gli prende la mano e la stringe con dolcezza. «Mi dispiace», dice.

«Oh, negli anni ho avuto un sacco di tempo per pensarci. Kat e Simon hanno preso la decisione giusta. Simon *era* tuo padre e Kat tua zia. Forse stabilire di non dirti niente di Freya è stata la scelta migliore. Sarebbe stato duro da accettare, a qualunque età.» Si volta verso di lei. «Forse lo è anche adesso?»

Lila annuisce spostando lo sguardo sulla barca di Tom. «Sì, è difficile, ma sono contenta di saperlo.» Osserva un rondone che scende in picchiata verso la superficie del lago per catturare un insetto ignaro e poi si libra nuovamente nel blu. «Ma tutto questo tempo passato fingendo di essere Freya... è un po' strano, non credi?»

«Be', devo ammettere che è strano... ma aveva *appena* perso sua sorella. Forse ha pensato di poter ricominciare con Simon e con te, di creare una vera famiglia. Dopo tutto, è l'unica cosa che ha sempre voluto, una famiglia.» Scuote la testa. «Il dolore agisce in modo strano su tutti noi.»

Lila annuisce. Nell'anno appena trascorso ha imparato diverse cose sul dolore e il buio in cui può gettarti. È difficile credere di essere la stessa donna che, solo un anno prima, si era seduta in un parco e aveva pensato, anche se solo per un attimo, di rapire la figlia di qualcun altro.

«Forse l'ha fatto per ricordare la sorella», continua William. «O forse per te... così che in qualche modo tu potessi averle entrambe nella tua vita.» Si volta nuovamente per guardare il lago. «Credo che tu debba porre questa domanda a Kat, non a me. La verità è che forse non riuscirò mai a comprendere del tutto ciò che è accaduto qui quell'anno.»

Una libellula sfreccia davanti a loro e si libra sopra l'acqua bassa; batte le ali così velocemente che Lila ne sente il fruscio, tenue e continuo come il ronzio di un elicottero molto distante. L'insetto rimane lì per un attimo, poi sfreccia verso le canne e si posa su uno stelo sottile. Al largo, Tom agita i remi in acqua con un tonfo. William fa per dire qualcosa ma si ferma, esitante. Poi deglutisce e ci riprova. «Allora, come va adesso tra te e Tom?»

Lila sorride. «Stiamo bene. La situazione sta migliorando. Le cose sono diverse, noi siamo un po' provati, ma credo che ne usciremo più forti di prima. Mi sembra che adesso ci capiamo di più... e io non scapperò un'altra volta», aggiunge abbozzando un sorrisetto.

«Credo di avere imparato qualcosa sul dolore, nell'ultimo anno. So che me lo porterò sempre dietro, che sarà una parte di me. Ma so anche che non devo nasconderlo, non devo vergognarmene. Amo mia figlia Milly e sarò sempre la sua mamma. L'amore e la gioia, la sofferenza e il dolore, ogni emozione, buona o cattiva, e tutto quello che dovrà ancora arrivare... be', fanno di me ciò che sono, no?» Gli sorride. «Mi sento come se stessi uscendo da un anno di ombre per andare in un posto più luminoso.»

William annuisce e Lila si sente capita. «E come vanno le cose fra te e Kat?» chiede lui.

Lila deglutisce. Solleva lo sguardo verso il prato prima di tornare a guardare la barca. «Ci vorrà del tempo», dice tranquillamente. «Sono arrabbiata perché lei e papà mi hanno nascosto la verità su Freya così a lungo. È difficile non ripensare alla nostra famiglia come a un'unica, grande bugia, ma d'altra parte erano molto giovani. Kat aveva appena perso la sorella e si è ritrovata a dover accudire una bambina di quattro settimane: dev'essere stato un vero shock. Sono sicura che abbiano cercato di fare del proprio meglio, in mezzo a quella tragedia.» Scrolla la testa. «Be', *so per certo* che non è stato facile: c'ero anch'io, e so com'è stato il loro matrimonio.» Lila si volta verso William. «Ma adesso capisco anche questo, capisco perché è rimasta con lui. L'ha fatto per me... e per Freya: ci ha tenuti insieme, ha sopportato il comportamento da donnaiolo di papà, in modo che potessimo rimanere una famiglia. Non c'è alcun dubbio che ci abbia amato davvero.»

William annuisce.

Lila sorride con un'ombra di tristezza. «Credo di avere finalmente capito ciò che provava, quella brama di avere una famiglia.» Lila allunga la mano, sfiora il muschio che cresce sul tronco dell'albero caduto e gliene rimane un frammento tra le dita, morbido e spugnoso. «Ma sto ancora cercando di capire *quel* giorno, quello della mia caduta. Kat mi ha raccontato altri particolari: avevo insistito molto perché mi spiegasse come mai era rimasta con il papà nonostante i suoi tradimenti e lei mi ha detto che in quel momento ero così simile a Freya – furiosa, incinta come lei – che ne era rimasta profondamente sconvolta. Stava per dirmi tutto, a quanto pare, ma quando sono corsa via... be', mi è venuta dietro, ha cercato di fermarmi, e quello che è successo dopo è stato solo un terribile, tragico incidente.» Strizza gli occhi mettendo a fuoco la barca e vede Tom catturare un pesciolino che si dibatte. Mentre lo toglie dall'amo e lo ributta in acqua con un tonfo, le sue scaglie brillano argentee alla luce del sole. «Le bugie... non sono facili da perdonare, ma Kat è l'unica madre che ho. Se vogliamo continuare ad avere un rapporto, dovremo trovare un modo per conviverci.» Sospira. «Sai, ho sempre percepito che c'era qualcosa che non andava. Non mi sono mai sentita del tutto "a casa" con loro. Eppure, venendo qui, passando del tempo al cottage... ho provato un senso di pace. A volte mi è sembrato che la mia casa fosse *qui.*»

«È incredibile ciò che riesce a comunicarci il nostro subconscio, il modo in cui un luogo ci può parlare. È *qui* che sei nata», dice William indicando la vallata. «È stata solo una parte minuscola della tua vita, ma è qui che hai vissuto le tue prime settimane con la tua mamma biologica. È qui che è accaduto l'evento più determinante e sconvolgente per la tua vita. Non mi sorprende che tu senta un legame con questo posto.»

Lila ripensa ai sogni, ai sussurri degli alberi, alle ombre sul lago e a quella strana sensazione di déjà vu, e non può fare a meno di rabbrividire. Guarda intorno a sé la casa, il lago, gli alberi sulla riva. «Ho preso una decisione riguardo al cottage», dichiara alla fine. «Non lo venderò, voglio tenerlo così com'è. Verremo qui il più possibile: desidero che i nostri figli conoscano questo posto. Voglio portarli qui e dar vita a una nuova storia, una storia di unione e gioia.»

William annuisce senza dire niente, ma Lila vede che è contento.

«William, ti devo ringraziare. Se non fosse stato per te, che mi hai regalato tutto questo», dice allargando le braccia per indicare l'intera valle, «non avrei mai scoperto la verità su Freya. Sei stato tu a farmela conoscere.»

William sorride e abbassa lo sguardo sulla corteccia nodosa del tronco su cui sono seduti. «Sarei stato orgoglioso di averti come figlia.»

Lila deglutisce e cerca di trattenere le lacrime strizzando gli occhi. Si guarda intorno e vede il futuro che si apre davanti a loro, nebuloso ma distinguibile, come il sottile velo dei cirri che si stanno formando alti nel cielo. Immagina Evelyn seduta all'ombra degli alberi che fa saltellare sulle ginocchia un bebé gorgogliante. Immagina una bimbetta sorridente appollaiata sulle spalle di Tom e un ragazzino dalle gambe ossute che cammina al loro fianco con la canna da pesca in mano; William si china per infilare l'esca nell'amo mentre Rosie gli trotterella intorno. Vede sé stessa passeggiare nell'acqua bassa o cogliere fiori nel prato per posarli sulla tomba di Freya. Chiude gli occhi e le sfilano davanti le estati che devono ancora venire. Ormai sa che, qualunque cosa accada – con Kat, con William ed Evelyn, con Tom e il cottage – ci sarà sempre la famiglia.

Sospira. Nel profondo di sé avverte i primi movimenti di una nuova vita, il fremito dolce ma insistente di un braccino o di una gambina che si agitano. Sente il bambino come una presenza reale, come la superficie luccicante del lago e le fronde ondeggianti dei cespugli di lunaria. Apre gli occhi e sorride.

26.
KAT

LUGLIO

È tardo pomeriggio. Kat avanza in mezzo all'erba alta del prato, supera il crinale e si ferma accanto ai cespugli di more sopra il cottage. In basso distingue Lila e William seduti sull'albero caduto e a quanto pare impegnati in una fitta conversazione, mentre una donna anziana dai capelli grigi – è *davvero* Evelyn? – sonnecchia su una sedia a sdraio. In mezzo al lago, con la canna da pesca in mano, Tom è sdraiato a un'estremità della barchetta di metallo che ondeggia sotto il sole. Invitata da Tom, Kat ha fatto un'unica tirata in auto dal Buckinghamshire, ma ci è voluto tutto il suo coraggio per abbandonare il rifugio sicuro dell'abitacolo e coprire a piedi quelle ultime centinaia di metri fino al lago, e adesso che è arrivata non sa se riuscirà a farlo, a raggiungerli sulla riva.

Giunta sul crinale, esita, chiedendosi se tornare sui propri passi. Nessuno sa che è lì, potrebbe fuggire prima ancora che si accorgano che è venuta; ma se da un lato non si sente abbastanza coraggiosa da raggiungerli al lago, dall'altro sa di non essere ancora pronta per tornare indietro. In quell'acqua screziata dalla luce e nel vento che soffia tra l'erba e arruffa gli alberi c'è qualcosa che la tiene prigioniera; così, invece di dirigersi verso il lago, attraversa il crinale e s'incammina in direzione degli ontani, cercando rifugio tra i loro tronchi alti e bianchi, immergendosi nella loro ombra.

I ricordi si annidano dappertutto: nell'acqua che lambisce dolcemente la riva, nelle infruttescenze verdi e lucenti della lunaria, nel tronco che giace abbandonato sulla sponda erbosa, persino nell'ombra obliqua che si allunga dal cottage nel sole del tardo pomeriggio. Kat accoglie per quello che è ogni frammento familiare, che le penetra nel cuore come una minuscola lama: una punizione. Ma la cosa più difficile è guardare Mac e Lila seduti l'uno accanto all'altra sul tronco.

Anche se Mac è cambiato parecchio in quei trent'anni, Kat riesce ancora a intravedere il profilo sbiadito dal tempo del ragazzo allampanato di allora, nascosto nella corporatura che si è fatta più massiccia. E Lila... non è identica a Freya, no, ma c'è qualcosa nella curva alta degli zigomi, nelle labbra piene e nel lungo groviglio di capelli chiari che la colpisce, come un'eco proveniente da un luogo lontanissimo. Guardandoli insieme, Kat sente il respiro morirle in gola ancora una volta. Se solo sbattesse gli occhi, potrebbero sembrare Mac e Freya trent'anni prima, e Kat si sente sommergere da una familiare ondata di dolore per la sorella.

Potrebbe andare da loro, potrebbe raggiungerli e cominciare il difficile cammino del perdono e della guarigione, ma qualcosa la trattiene. Persino quando Lila si guarda intorno una o due volte, scrutando il posto dove lei è nascosta all'ombra degli alberi, persino in quel momento non si muove. Non andrà da lei, non ancora.

Naturalmente, ora ci sono anche i ricordi recenti. Le tornano in mente, nitidi, quelli del giorno in cui, solo un mese prima, era tornata al lago per raccontare a Lila la verità su sua madre. Entrare nel cottage per la prima volta dopo tanti anni era stata un'esperienza strana e frastornante: aveva trovato quel luogo allo stesso tempo dolorosamente familiare e completamente cambiato. Aveva vagato per le stanze con il cuore che le batteva in petto come un uccello in gabbia, gonfio di quell'intrico complicato di emozioni fatto di dolore, amore e perdita... e anche orgoglio, per il lavoro e i risultati di Lila. In seguito, nel tentativo di ricomporsi, aveva passeggiato da sola fino in fondo al pontile e aveva osservato l'intatta superficie verdeazzurra del lago. Si era guardata intorno meravigliandosi di come non fosse cambiato niente – non l'acqua luccicante né le canne fluttuanti né le ombre degli alberi –, pur sapendo al tempo stesso che era cambiato *tutto.*

Si era sporta dal pontile e aveva osservato l'acqua sotto di sé. Sulla superficie aveva visto la propria immagine riflessa che la fissava di rimando: non più il viso liscio della giovinezza, ma quello di una donna di mezza età, segnato da un ricamo di rughe intorno agli occhi e dai primi capelli grigi, che cominciavano a spuntare sotto la tintura. Ma più aveva guardato quel riflesso, più aveva visto con chiarezza non tanto il suo viso, quanto il suo animo cupo e tormentato. Simon se n'era andato... Lila ormai era un'adulta... e la verità – o per lo meno la sua ombra – era stata svelata e condivisa, resa reale. Aveva raccontato una storia chiara e limpida come l'acqua bassa vicino alla riva, eppure al fondo, proprio come nel fondo del lago e della sua stessa anima, giaceva un'altra verità torbida e oscura che, lei lo sapeva, non avrebbe mai potuto essere rivelata. Aveva riscritto la storia come meglio le era riuscito.

All'ombra del bosco, Kat è percorsa da un brivido. Vede Lila prendere la mano di William e stringerla, e la vista di quel gesto intimo non fa altro che ricordarle la propria distanza. Inghiotte la solitudine e si accascia sul terreno, inginocchiandosi tra le foglie umide e il pacciame, senza smettere di guardarli.

Il mese precedente, dopo essersi allontanata dal pontile aveva raggiunto Mac – anzi, William – ai piedi della tomba senza nome di Freya, come per un tacito accordo. Erano rimasti lì e per un istante nessuno dei due aveva detto niente. Kat sapeva bene che stavano entrambi ricordando, soffrendo per la perdita. «Lila è una ragazza fantastica», le aveva detto lui alla fine, senza guardarla. «Freya ne sarebbe stata orgogliosa.»

«Sì», aveva concordato Kat, cercando di controllare i singhiozzi che minacciavano di erompere da un momento all'altro.

William aveva grattato l'erba con la punta di uno scarpone e lei aveva abbozzato un sorriso, ricordando che era un suo tipico gesto anche da ragazzo. «Sei stata felice con lui, Kat?» le aveva chiesto. «Hai avuto la vita che desideravi?»

Aveva avvertito una punta di giudizio nella sua voce e si era stretta nelle spalle. Era stata felice con Simon? Che domanda difficile. Strano che di colpo tutti si preoccupassero dei complessi meandri del suo matrimonio. Prima Lila, adesso William. Era quella la vita che aveva desiderato? Be', quella domanda era più facile. Certo che sì. Simon e Lila – una famiglia vera – era ciò che aveva sempre desiderato più di tutto. Nonostante gli alti e bassi, i sacrifici che aveva dovuto affrontare, la carriera interrotta sul nascere, si era sforzata di non ripetere mai gli errori dei suoi genitori. Lila era sempre stata al sicuro, amata, accudita: di questo poteva essere fiera. «Sì», aveva risposto a William, lì davanti alla tomba di Freya, «ho avuto la vita che desideravo.»

Quello che non gli aveva detto, però, quello di cui non aveva potuto parlargli, era il prezzo terribile che aveva dovuto pagare per la sua famiglia. Aveva sempre saputo che Simon non sarebbe mai stato veramente suo. Non era così sciocca da credere che una fede d'oro al dito avrebbe fatto la differenza. E infatti non aveva spinto Simon a desiderarla più di quanto non la desiderasse ai tempi del cottage. Ma lui non l'avrebbe mai lasciata, questo Kat lo sapeva, perché gli si era data completamente nel momento in cui lui aveva più bisogno di lei. Era entrata nella sua vita e aveva accettato sua figlia, crescendola come se fosse stata la propria, e sapeva che di questo Simon le sarebbe stato sempre riconoscente.

No, Simon non l'aveva mai lasciata, ma c'erano state altre croci da portare. La disapprovazione e il disprezzo dei suoi genitori quando erano tornati nel Buckinghamshire da novelli sposi. La rinuncia di Simon ai suoi ideali per accettare il posto che gli era stato offerto nell'azienda del padre. L'alcol... le donne... e la cosa più difficile di tutte, forse: il graduale distacco di Simon nei suoi confronti, la gratitudine che si trasformava lentamente in qualcosa di più simile al rancore. Anche il fatto che non fossero mai riusciti ad avere un figlio insieme l'aveva ferita profondamente. Aveva sempre pensato che li avrebbe avvicinati, ma sembrava che non fosse destino, e Kat aveva sopportato la propria infertilità per quello che era convinta che fosse: una condanna.

A volte la solitudine la faceva soffrire, soprattutto in quelle notti senza di lui, quando rimaneva sola nella loro grande casa vuota, percependo tutto ciò che le mancava nella vita come una pietra fredda e dura che le sprofondava nell'anima.

E poi c'era stata Lila: più cresceva, più assomigliava a Freya, e questo l'aveva ferita nel vivo. Le bastava un'occhiata fugace alla figlia che si aggirava per la casa con una camicia da notte bianca o vagava per il giardino sotto il sole, per far pulsare di dolore la parte oscura del suo cuore e riempirle gli occhi di lacrime. Lila era stata una benedizione e al tempo stesso una maledizione straziante. Ma non avrebbe mai smesso di amarla né di prendersi cura di lei, non solo perché quella era la promessa che aveva fatto a Freya, ma anche perché era l'unico modo che conosceva di risarcire Lila per tutti i propri terribili errori, e Kat sapeva che avrebbe cercato di farlo fino alla morte.

Quando Tom tira la barchetta in secco e solleva due pesci argentei perché Lila e William li possano ammirare, il sole sta cominciando a calare dietro le colline più lontane. Kat, ancora nascosta tra gli alberi, sente un brivido nella penombra e sa che è ora di andarsene. Forse tornerà un altro giorno, quando si sentirà più coraggiosa. Dopo un'ultima occhiata, si alza dalla terra umida e volta le spalle al gruppetto radunato in riva al lago, ripercorrendo con cautela il sentiero tra gli alberi in direzione del prato.

Mentre cammina nell'erba alta sfiora con le mani le corolle piegate dei fiori selvatici e ricorda il momento in cui lei e Lila si sono salutate l'ultima volta, rigido eppure carico d'emozione. «Torni in Francia?» aveva chiesto Lila, in piedi accanto alla macchina di Kat sullo sterrato invaso dalle erbacce, senza quasi riuscire a guardarla.

Kat aveva scosso la testa. «Non ancora, no. Credo che mi fermerò un po'. Nel caso... sai... nel caso tu volessi chiedermi qualcos'altro o parlarmi.»

Lila aveva annuito. «Sono contenta, sai... che finalmente sia venuto tutto alla luce... che finalmente ci stiamo dicendo la verità.» Aveva avvertito lo sguardo attento di Lila che la osservava. «Perché è così, vero?» aveva continuato. «Adesso stiamo parlandoci sinceramente?»

Kat aveva annuito. La sincerità era qualcosa che aveva temuto per gran parte della sua vita. Aveva respirato profondamente, inalando il profumo dolce e familiare dell'erba. Era una linea molto sottile, aveva pensato, quella tra ciò che accade e ciò che raccontiamo... E se nel racconto veniva omesso un particolare, destinato a restare per sempre inespresso, si sarebbe potuto considerarla comunque una bugia? Kat non lo sapeva.

«Devo proprio andare», aveva detto, percorsa da un brivido, stringendosi lo scialle di cotone intorno alle spalle. «Ho un sacco di strada da fare.»

Lila si era chinata per sfiorarle la guancia, ma Kat, incapace di sopportare tutta quella formalità, aveva tirato a sé la figlia e l'aveva abbracciata stretta, respirando il profumo dei suoi capelli puliti e quel vago sentore di acqua lacustre. Aveva sentito Lila rilassarsi per un istante prima di tornare a irrigidirsi e allontanarsi. Non avrebbe voluto lasciarla andare, ma sapeva di doverlo fare.

Sta calando il crepuscolo e Kat riporta l'auto sul viottolo sconnesso. Dalla siepe sfreccia fuori un coniglio, con gli occhi sbarrati davanti ai fari. Lei frena bruscamente e poi rallenta, percorrendo il resto dello sterrato con maggiore attenzione, finché non si ritrova sulla stradina di campagna, diretta a sud.

Sarebbe dovuta partire prima, ma anche solo rimanendo lì a guardare da lontano aveva fatto fatica ad allontanarsi dal lago scintillante, dal cottage e dalla vista del gruppetto sulla riva. Era la famiglia che aveva sempre voluto e che aveva creato a caro prezzo.

A poco a poco la brughiera scura e le tortuose stradine di campagna scompaiono e Kat si ritrova a guidare per le strade illuminate di una cittadina. Svolta a una rotonda, poi si immette sulla carreggiata a due corsie che la riporterà all'autostrada. La strada è tranquilla, solo poche auto che viaggiano a velocità di crociera sulla corsia di sinistra e il nastro dei catarifrangenti che le guizzano incontro dallo spartitraffico centrale. Deve fare molta strada, chiusa nella tranquillità della sua auto, e sa che adesso niente potrà impedirle di ripiegarsi su sé stessa. Il lago ha fatto riemergere dalle profondità della sua mente i segreti più bui, che ora danzano come ombre in superficie.

EPILOGO

Il lago luccica dietro il vetro alle spalle di Simon, in piedi alla finestra del cottage con la bimba accoccolata fra le braccia. «Vieni qui», dice. «Vieni a vedere.» Kat si avvicina e guarda la bambina che gli afferra un dito, apre la bocca e gorgoglia soddisfatta. «Non è dolcissima?»

Kat annuisce. «Freya lo sa che è qui con te?»

«Freya dorme. Abbiamo pensato di starcene un po' tra di noi, vero, piccolina?» Si rivolge alla bambina, con voce calda e melodiosa, e il suo sguardo adorante è concentrato solo sulla figlia che tiene fra le braccia. Kat lo osserva per un attimo, vede crescere il suo orgoglio paterno, percepisce la sua devozione incrollabile. Davanti a tutto questo si sente invisibile, si rende conto che da quel momento in poi sarà sempre così. Per Simon vengono prima la carne e il sangue, viene prima la *figlia*.

Sta per voltarsi e andarsene quando lui la sorprende liberando le dita dalla stretta della bambina per cingerle le spalle con il braccio libero. Kat rimane ferma per un attimo, godendo la sensazione del suo corpo caldo premuto contro di lei. La bimba sbadiglia. Kat respira piano. Cerca di vedersi per un istante dall'esterno, come farebbe un estraneo: sono una famiglia. È quello che ha sempre voluto, ma quella famiglia non è sua. Non ha alcun diritto su di essa.

«Sei o non sei una bimba fortunata?» sussurra Simon alla figlia. «Hai tutto quello che ti serve... la tua mamma... il tuo papà... tua zia Kat.»

Kat lo vede chiaramente, come vede la luce scintillante del lago fuori dalla finestra o le nuvole che passano nel cielo: Simon non sceglierà mai. Non rinuncerà mai al cottage o a Freya e alla bambina, perché lì Simon ha tutto ciò che potrebbe mai desiderare: le sue tre ragazze insieme su un piatto d'argento. Per Kat è come regolare l'obiettivo di una macchina fotografica che lo mette improvvisamente a fuoco. Simon non è né forte né deciso: è un debole che non farà mai una scelta. Non sceglierà mai *lei*.

La bambina dorme tranquilla tra le sue braccia quando Kat la riporta nella loro stanza, ma Freya è sveglia, seduta sul letto e intenta a scribacchiare qualcosa su un foglio di carta.

«Che cosa stai facendo?» chiede Kat, sistemando la bimba nella culla prima di andare a prendere una pila di indumenti sgualciti.

«Niente», dice Freya, ma Kat la vede piegare con cura il foglio a metà e infilarlo sotto il cuscino. Al collo di Freya, Kat vede un lampo argentato; si avvicina e riconosce il pendente con la lunaria.

«Bella collana», le dice.

Freya annuisce. «Me l'ha data Mac, per la bambina.»

Kat osserva la sorella. Sembra diversa: più vivace, più spensierata, più viva. Si chiede che cosa le abbia detto Mac. Ripiega un maglione e lo posa in fondo al letto. «Sulle colline ci sono i conigli», dice. «I ragazzi sono andati a controllare le trappole.» Afferra un paio di jeans.

«Davvero?» chiede Freya stirandosi.

Kat la guarda per un istante. «Vado a fare il tè. Ti andrebbe una tazza?»

Freya annuisce ruotando le spalle per scioglierle. «Sì, grazie.» Si alza e si passa le dita tra i capelli. «Accidenti, mi sento orribile. Ho bisogno di lavarmi.» Kat continua a trafficare con i vestiti sparsi in giro. «E devo anche andare in bagno. Ti dispiace portare Lila con te quando scendi?»

Kat lancia un'occhiata alla bambina che dorme. «Figurati», risponde, e guarda la sorella uscire dalla camera. Mentre attende per un istante, nota che il sole illumina la lunaria opaca sul davanzale della finestra, facendola risplendere come madreperla; poi, quando sente sbattere la porta sul retro, si precipita a estrarre il foglio di carta da sotto il cuscino della sorella, e i suoi occhi corrono a leggerne le parole.

Cara Kat,
mi spiace doverti salutare in questo modo, ma mi sembra che sia davvero meglio per tutti. Io e Mac ce ne andiamo, portiamo Lila da qualche parte lontano da qui. So che ami Simon, ma io non lo perdonerò mai per quello che mi ha fatto e non lascerò che abbia la bambina.
Perdonami, ma non ce la faccio a restare qui un minuto di più.
Freya

Kat fissa le parole scarabocchiate in inchiostro blu, le legge e le rilegge finché non registra a pieno il loro vero significato. L'occhio le cade sulla macchia di inchiostro alla fine del nome, segno dell'urgenza, della fretta della sorella. Freya e Mac stanno per partire, prenderanno la bambina e se ne andranno.

Sa che la notizia dovrebbe farla felice. Sa che quella dovrebbe essere la risposta alle sue preghiere: in un colpo solo, Freya e Lila usciranno per sempre dalla vita di Simon, mentre lei rimarrà al suo posto, vittoriosa con il suo trofeo.

Si avvicina alla bimba addormentata e la guarda, osservando il suo viso pallido e le lunghe ciglia. Sua nipote avrà quello che lei e Freya non hanno mai avuto: una famiglia. Lei rimarrà con Simon, e potranno ricominciare da capo.

Scrolla la testa. Se solo fosse così semplice... Ha visto come Simon guarda la bambina. Ha visto l'adorazione nei suoi occhi e sa che lei da sola non sarà mai abbastanza per lui. Non adesso, almeno. La abbandoneranno *tutti.* Freya e Mac, Lila, Simon. L'abbandoneranno *tutti* e lei rimarrà sola e senza amore.

Kat si porta la mano alla bocca e la morde con forza, cercando di controllare il terribile senso di vuoto che le si sta spalancando dentro. È un abisso di oscurità che si sveglia e si espande nelle viscere. È arrivato il momento: le sue paure più tremende alla fine si avverano. Chiude gli occhi e cerca di respirare... di non andare in pezzi, ma l'unica cosa che vede sono le pallide radici pendule della cicuta acquatica che ha nascosto nella dispensa. "Ci siamo", si dice. "È ora di mettere finire alla storia, prima che Simon o Freya possano ferirmi ancora."

Entra in cucina, posa con cura sul tavolo la cesta con la bambina addormentata. Freya è ancora fuori e Kat recupera uno degli steli di cicuta dal posto in cui l'ha nascosta, dietro alcune casse vuote. È mortale: ecco che cosa le ha detto Mac. Sono rimaste molte ortiche per la tisana di Freya, ma per sé Kat preparerà qualcosa di speciale. Lo berrà lì in cucina con la sorella e con Lila. Sarà il suo quieto addio a tutti loro e nessuno scoprirà che cosa ha fatto finché non sarà troppo tardi.

Sminuzza le foglie e le radici delle piantine e le mette in due tazze – ortica per Freya, cicuta per sé –, stando attenta a non contaminare la miscela di Freya con la sua. La sorella torna al cottage e, in attesa che l'acqua bolla, Kat si siede lì con lei e la osserva mentre allatta la bambina, godendosi la scena. "Sì", pensa, "è una vera famiglia."

«Se per te va bene, vado a farmi una nuotata», dice Freya. «Torno presto.»

«Non andare», le dice Kat in fretta, «aspetta. Stai qui con me ancora un po'.»

Adesso che è giunto il momento – quello dell'addio che nessuna delle due vuole confessare –, non vuole che finisca. «Stai qui e bevi la tua tisana con me... poi guarderò io la bambina mentre tu sei in acqua.»

«Sei sicura?» chiede Freya.

«Sì», risponde Kat, «sono sicura.» Solo allora si concede di immaginarsi la scena, il lento avanzare del veleno nelle vene. L'ultimissima cosa che vedrà sarà il viso di sua nipote, tranquillo e silenzioso, segno di un futuro luminoso.

Kat si alza e va alla cucina economica, su cui adesso il pentolino diffonde nuvole di vapore per la stanza. Versa l'acqua nelle due tazze e le porta al tavolo. La bambina si muove al seno della sorella.

«Guarda», dice Freya, «credo stia sorridendo.»

Kat posa le tazze sul tavolo e si china per guardare più da vicino. «Oh, sì», dice, e prende il ditino della bambina con le lacrime agli occhi. «È bellissima, vero?» Si piega ancora di più e strofina il naso sulla pelle morbida di Lila. «Hai gli occhi di tua mamma», mormora.

Quando torna a guardare il tavolo, vede con orrore che rimane una tazza sola. Guarda Freya appena in tempo per vederla sollevare la tazza alle labbra.

«Grazie per la tisana», dice, bevendo una lunga sorsata.

«No», dice Kat. «Non... non...» Ma non riesce a parlare. Rimane solo a guardare impotente la sorella che beve dalla tazza sbagliata.

«Cosa?» chiede Freya con un sorriso perplesso. «Che cosa c'è?»

Kat scrolla la testa, ma non riesce ad agire. Sente il sangue defluire dal viso, mentre un lampo di terrore le saetta lungo la spina dorsale. Potrebbe fermare tutto, potrebbe far volare via la tazza dalle mani della sorella, prima che sia troppo tardi.

Freya guarda la bambina, che adesso è rannicchiata sotto la coperta. Esita per un istante, poi dice: «Mi dispiace, sai, per il modo in cui sono andate le cose».

Kat riesce a malapena a guardarla. Le lacrime le pungono gli occhi e lei batte le palpebre per ricacciarle indietro. Non è ancora troppo tardi, potrebbe farlo adesso, non deve finire così. Deglutisce. «Dispiace anche a me», è tutto quello che riesce a dire.

«Credo che d'ora in avanti andrà meglio, vedrai.» Freya sorseggia lentamente la sua tisana finché non l'ha finita, mentre Kat la guarda, ammutolita dall'angoscia. «Grazie», dice posando nuovamente la tazza sul tavolo.

Kat annuisce. Non riesce a staccare gli occhi dalla tazza. La sua mente ribolle: è stata lei a *fare in modo* che accadesse? È stata lei a mettere la tazza davanti alla sorella... un millimetro troppo vicina? Era *questa* la soluzione che stava cercando da tempo? Il solo pensiero la stordisce e deve allungare la mano verso il tavolo per cercare un appoggio.

«Non ti dispiace prenderti cura di lei?» dice Freya porgendole la bambina. Kat scuote la testa e accoglie Lila nel suo caldo abbraccio. «Non ci metterò molto, piccolina.» Si china per baciare la fronte chiara della bimba, poi si volta e lascia la stanza.

Mentre Freya esce dal cottage, Kat tiene stretta la bambina sentendo scendere le prime lacrime. Cadono una dopo l'altra sulla copertina viola di maglia e spariscono assorbite dal tessuto. Fuori, Freya cammina, attraversa la riva erbosa e avanza vacillando verso l'acqua. Kat la vede inciampare una volta e raddrizzarsi prima di entrare nell'acqua bassa. Torna a guardare la bambina che ha in braccio. «Che sciocchina, la nostra Freya», sussurra con voce dolce e triste, «ha ancora indosso la camicia da notte.»

La bambina è calda tra le sue braccia. Il sole filtra dalla finestra e si posa sulle sue spalle, sulla nuca. Mentre Freya avanza nell'acqua più profonda, Kat vede la sua camicia da notte sollevarsi intorno alle gambe e sbocciare come una ninfea sulla superficie del lago. L'unica cosa che può fare è guardare e aspettare, con la bambina al sicuro tra le braccia.

RINGRAZIAMENTI

Sono in debito con Sarah Lutyens, Kate Mills e Vanessa Radnidge per avermi dato il coraggio di scrivere questa storia quando ero a un passo dal rinunciare. Il loro incitamento, i consigli e l'intuito editoriale sono stati come sempre impagabili. Ringrazio tutte le persone di Orion, Hachette Australia e Lutyens & Rubinstein che hanno dedicato il loro talento e le loro energie alla pubblicazione di questo libro. Il mio ringraziamento va anche alla Varuna Writers' House e alla Sydney Writers' Room per la loro assistenza e per avermi procurato il tempo e l'isolamento necessari a scrivere questo romanzo. Infine, grazie alla mia famiglia e agli amici per il loro sostegno: sono sinceramente grata a tutti voi per avermi sopportata nelle numerose giornate in cui ero persa dietro ai miei pensieri, e un grazie particolare va al cuore generoso di mia sorella Jess, ai miei meravigliosi bambini Jude e Gracie e a mio marito Matt: *il migliore momento della giornata,* sempre.

L'azzurro del cielo non ricorda *è il suo secondo romanzo: scriverlo è stata un'esperienza molto diversa rispetto al primo,* Le bambine che cercavano conchiglie*? Si è sentita più sicura o si è invece ritrovata a dover affrontare una nuova serie di sfide?*

So che la risposta sembrerà un luogo comune, ma scrivere questo secondo romanzo mi ha fatto sentire come sulle montagne russe. Certi giorni ero rinfrancata dal sapere che lo avevo «già fatto» e sicura di poter scrivere un altro romanzo (i commenti lusinghieri di lettori e recensori generosi delle *Bambine che cercavano conchiglie* sono stati un grande incoraggiamento), ma per lo più ero intimorita dal peso delle aspettative e dall'incombere della data di pubblicazione. Senza contare che mi ero resa le cose più difficili da sola. Infatti, mi sono imbattuta nella storia di *L'azzurro del cielo non ricorda* mentre ero impantanata nella prima stesura di un romanzo completamente diverso. Avevo già scritto centomila parole, quando il lago, il cottage e il personaggio di una giovane donna disperata (che poi sarebbe diventata Lila) hanno bussato alla mia mente. Ho cercato di metterli da parte per potermi concentrare sulla storia che stavo già scrivendo, ma non mi lasciavano in pace. Per qualche settimana sono stata combattuta se continuare o abbandonare la bozza su cui stavo lavorando, ma alla fine ho sentito «di pancia» che buttarmi sul nuovo progetto, che poi sarebbe diventato *L'azzurro del cielo non ricorda,* era la cosa giusta da fare. È successo così, e non c'era più spazio per i dubbi e le ansie: dovevo scrivere quella storia e basta. Il tempo stringeva.

Il personaggio di Lila ha qualcosa in comune con lei: è cresciuta nel Buckinghamshire, in Inghilterra, più o meno nello stesso periodo. Questo background comune le ha reso più semplice «entrare nella sua testa» e immaginare come potesse pensare, sentirsi e reagire nelle diverse situazioni?

Non esattamente. Lila si è formata con me mentre scrivevo il romanzo. Nella mia testa era una vera «londinese», cosa che ha contribuito a farla sentire un pesce fuor d'acqua al suo arrivo nel Peak District. Solo quando ho cominciato ad addentrarmi nella sua infanzia e adolescenza e nella vita offertale dai suoi genitori, ho deciso di collocare la loro casa nel Buckinghamshire, un luogo che conoscevo bene fin dalla mia stessa infanzia. È stato il fatto di appartenere alla stessa generazione che mi ha aiutato di più, credo, a entrare nella testa di Lila.

Come nel suo primo romanzo, anche in L'azzurro del cielo non ricorda *l'ambientazione gioca un ruolo centrale. L'incantevole lago della storia collocato nel Peak District inglese è un luogo reale che lei conosce? Che cosa è nata per prima: l'ambientazione o la trama?*

Il primo elemento che mi si è affacciato alla mente è stato il cottage abbandonato davanti al lago, insieme all'idea di una giovane donna disperata che lì trovava rifugio e conforto. Non ho saputo chi fosse quella donna e dove si trovasse quel lago per parecchio tempo, ma ero consapevole di dover scegliere una zona realmente esistente in Inghilterra, che offrisse davvero un senso di isolamento così assoluto. Per un po' ho pensato al Lake District, ma alla fine mi sono decisa per il Peak District. Sono stata attratta dalla varietà paesaggistica di quell'area: altopiani e scarpate, colline ondulate e pascoli, e anche la brughiera più desolata. A mano a mano che mi documentavo sull'ambiente naturale e sul susseguirsi delle stagioni – sulla possibilità di andare a caccia di cibo nella natura e di vivere dei frutti della terra, come sui rischi e sulle insidie di un ambiente così remoto –, i tasselli della trama andavano al loro posto. Per molti versi, la storia è cresciuta in modo organico a partire dalla sua ambientazione.

Walden ovvero Vita nei boschi *è un classico americano, che descrive l'esperimento di Henry David Thoreau, che provò a vivere frugalmente per due anni in una capanna nei boschi di Concord, Massachusetts, a metà dell'Ottocento. Lei ha scelto una citazione tratta da questo libro di Thoreau come epigrafe e, nel corso della storia, lo fa leggere a Simon, uno dei personaggi.* Walden *è stato un punto di riferimento per lei mentre scriveva* L'azzurro del cielo non ricorda*? Crede che cercando di comprendere la natura possiamo comprendere meglio noi stessi?*

Ho studiato Americanistica alla Nottingham University e conoscevo già gli scritti di Thoreau prima di cominciare a lavorare sul romanzo, ma è stato quando mi sono immersa nella storia che *Walden* mi è tornato in mente. Era molto evidente, in realtà: l'idea di isolamento e di fuga, di allontanarsi dalla vita di ogni giorno per capire chi si è veramente o per dare un senso alla propria esistenza presente sono temi che Thoreau esplora nei suoi libri e che sono anche chiaramente radicati in *L'azzurro del cielo non ricorda*. Quando ho cominciato a notare queste analogie, mi è sembrato evidente che Simon *dovesse* leggere *Walden* al cottage e, in seguito, quando ho riletto la citazione sul lago definito «l'occhio della terra», ho capito immediatamente che sarebbe stata un'epigrafe perfetta. Ho preso in prestito quest'idea di Thoreau del lago come «occhio» fin dall'inizio del libro, e c'è anche una scena in cui Kat si specchia nelle acque del lago e rimugina sulla propria natura oscura.

Dopo aver completato *L'azzurro del cielo non ricorda*, mi sono resa conto che sia in questo romanzo sia nelle *Bambine che cercavano conchiglie* c'è una forte consapevolezza del potere della natura: il potere di nutrire e curare, ma anche di devastare e distruggere. A livello personale, trovo nella natura una fonte inesauribile di ispirazione. Quando mi blocco e non riesco a proseguire, spesso mi concedo una passeggiata all'aria aperta. Non trovo modo migliore per sentirmi libera e in pace che vagabondare per la campagna inglese con un paio di scarponi infangati... o esplorare il bush australiano all'ombra degli eucalipti... o percorrere un sentiero sulla costa dove si sente solo il rumoreggiare dell'oceano. È curioso che andare *fuori* nel mondo ci aiuti a esaminarci *dentro*, nel processo introspettivo della creatività come nella scoperta di sé stessi.

La struttura che ha scelto per L'azzurro del cielo non ricorda *è interessante: nel prologo è a un passo dallo svelare la risposta all'ultimo mistero, ma poi riesce a tenere in sospeso il lettore, che è costretto a fare congetture fino alle ultime parole del libro. È stato difficile calibrare quali informazioni rivelare e quando farlo? Mentre scrive e rivede il suo lavoro, in che modo riesce a tenere traccia di ciò che il lettore sa già e di ciò che deve ancora essere svelato?*

Be', spero davvero di riuscirci a tenere i lettori in sospeso fino alla fine... Nascondere le informazioni è complicato, ma è anche un modo eccellente per creare tensione. Per me rappresenta anche una delle parti migliori della scrittura: mi piace molto giocare con la struttura di una storia. È come ricostruire un puzzle, ma più procedo con il racconto, più diventa difficile vedere tutti i pezzi in modo chiaro. I miei primi lettori – mia sorella, mio marito, la mia agente e la mia editor – mi hanno dato un aiuto indispensabile a fare sì che il flusso di rivelazioni avvenisse al momento giusto. Il prologo è stato l'ultimo brano che ho scritto. Per un certo periodo di tempo il romanzo non ha avuto un prologo, ma sia io che la mia editor continuavamo a tornare su quell'idea. Ne abbiamo discusso un paio di volte, e alla fine ho scritto una pagina che spero stuzzichi la curiosità del lettore, oltre a creare un'immagine nitida del lago e del cottage nella sua mente.

Al centro della storia ci sono due tragedie, delle quali un unico personaggio è sostanzialmente responsabile, ma è evidente che lei non affronta la questione della colpa in modo semplicistico. Che cosa la attrae di questa problematica e perché ha voluto esplorarla?

Il senso di colpa e il rimorso sono sentimenti forti, e a quanto pare mi viene spontaneo scrivere di personaggi che provano intensamente entrambi. Immagino che dipenda dal fatto che le mie storie ruotano intorno a scelte drammatiche, e non si possono avere personaggi che commettono gesti estremi o moralmente ambigui senza le inevitabili elucubrazioni su ciò che è giusto o sbagliato. Come scrittrice, mi piace esplorare il percorso che ha portato una persona a un gesto drammatico. Alla fine, prevale l'idea di mettersi nei panni di un altro per vedere il quadro reale della sua vita, più che la fiducia semplicistica nella visione in bianco e nero del bene e del male, di ciò che è giusto o sbagliato. Sono le zone grigie del carattere le più affascinanti. Sono queste che possono darci il fremito dell'immedesimazione e porci domande sui nostri stessi valori e su ciò che crediamo veramente: cosa farei in una situazione simile? Sarei capace di un comportamento così estremo?

Hannah Richell

LE BAMBINE CHE CERCAVANO CONCHIGLIE

Il mare in tempesta si infrange sulle coste frastagliate del Dorset. In alto, su una scogliera impervia, si erge una splendida casa colonica dai muri bianchi. Clifftops. Il posto che una volta Dora chiamava casa. Da dietro le ampie finestre le sembra ancora di sentire risuonare le risa di sua sorella Cassie, il rumore delle loro corse di bambine gioiose. Adesso l'edera avvolge le antiche mura della magione dei Tide in un viluppo di silenzio, polvere e segreti. Dora è fuggita da tutto questo, schiacciata dal peso di una colpa inafferrabile come il vento, ma che si è insinuata nelle fibre del suo essere in profondità. E non le fa dimenticare quella lunga e calda giornata d'estate di tanti anni prima. I giochi alla ricerca di conchiglie, i nascondigli tra le rocce e quella piccola, fatale distrazione che ha distrutto un'intera famiglia. Da allora Cassie non le vuole più parlare e le due sorelle si sono allontanate irrimediabilmente. Ma oggi Dora non può più fuggire, il soffio di una nuova vita respira dentro di lei e per amore del suo bambino deve ritrovare i pezzi perduti della sua vita. Perché dietro il massiccio portone di Clifftops ci sono due occhi pieni di accuse ad attenderla, gli occhi di una donna che dovrebbe amarla, ma che sembrano covare solo risentimento. Gli occhi di sua madre. Dora deve trovare il coraggio di affrontarli una volta per tutte.

Finito di stampare nel mese di agosto 2015
da Press Grafica s.r.l., Gravellona Toce (VB)